万葉集の歴史

日本人が歌によって築いた原初のヒストリー

A HISTORY OF MANYOSHU

Tatsumi Masaaki

笠間書院

『万葉集の歴史——日本人が歌によって築いた原初のヒストリー』目次

万葉集の解題　3

Ⅰ　巫系から〈歌〉へ　遠き世の歌と物語の歴史

神々の自然誌　神話とフォークロア　23
神倭伊波礼毘古の誕生　磐座祭祀と石中出生神話をめぐって　57
苗族《みやおぞく》の焚巾曲《はんきんきょく》と兄妹の恋　恋歌はなぜ兄と妹の関係で歌うのか　72
軽太娘皇女《かるのおおいらつめのひめみこ》の恋と風流鬼　兄と妹の殉愛物語り　91
死者の旅と指路経典　111
高天原と死者の書の世界　143
言霊論　164
万葉集の神話叙述　家持の高千穂神話　188

Ⅱ　歌謡の民族学　作者未詳歌の形成の歴史

歌謡の時代　大歌系と小歌系について　205
貴州省南部侗族《とんぞく》の大歌とその儀礼的性格　219

甘粛省紫松山の花児会《かじかい》　234
歌垣と民間歌謡誌　249
磐姫《いわのひめ》皇后の相聞歌　女歌の四つの型について　275
乞食の歌謡　ホカヒと芸能　292
人麿歌集七夕歌の歌流れ　308
民間歌謡のテキスト形成　恋歌はどのように歌われたのか　327

Ⅲ

歌人の生態誌　万葉集の歌びとの誕生の歴史

額田王の春秋判別歌　345
人麿挽歌と守夜の哀歌　358
待つ女とうつろいの季節　376
大宰府圏の文学　389
僧中の恋と少女趣味　405
旅の名所歌と歌流れ　笠金村　423
家持の女性遍歴　恋の歌遊びについて　440
家持の歌暦　457

Ⅳ　万葉集と漢文学　東アジア史の中の詩歌の歴史

憶良と敦煌百歳篇　473
憶良と敦煌九相観詩《くそうかんし》　486
倍俗先生と得道《とくどう》の聖　504
古代日本漢詩の成立　百済文化と近江朝文学　522
太平歌と東アジアの漢詩　538
日本的自然観の源流　物色と第三の自然　552
懐風藻の自然と自然観　季節と〈色〉の発見　571
懐風藻の詩と詩学　文学における美的理念の形成　586

初出一覧　610
跋　614
事項索引　左開き　1〜18

●カバーデザイン……A&Dスタジオ

万葉集の歴史

日本人が歌によって築いた原初のヒストリー

万葉集の解題

巫系から歌へ　現在に残された二十巻、四五〇〇余首を収める『万葉集』★1は、大伴家持の手によって、奈良時代の末までにはその原核が成立したものと思われる。この『万葉集』に集められた古代の歌々が、何時から出発するかは定かではない。それは歌謡の起源や歌うことの成立の過程を想定しなければならないからである。人が口の端に言葉らしきものを発し、リズムを持つに至った段階に歌謡の発生を想定するならば、その起源は太古に遡るに違いない。しかし、それを仮想することは出来ても、文学史として歴史時間の中に想定することは不可能である。

言えることは、歌がそのような太古において出発し、集団的活動における集落の祭祀に創世記や神の物語りあるいは王の誕生が歌として唱えられ、歌垣においては恋の思いが山のように歌われ、喪葬に死者を哀惜し、巷間の者たちは歌によって日々の思いを述べることで、村落の歌や名も無き衆庶の歌が累積されたということである。『万葉集』が成立するには、古代的な混沌が、或いは神秘が人々の世界に満ち満ちていたものと思われる。

そうした混沌や神秘という多元世界と向き合う中で歌の歴史が出発し、やがて専門的な歌人を生み出すに至る。専門的歌人は、巫系《ふけい》（shamanism）の末裔である。混沌に立ち向かう巫系の歌手を近い祖先として誕生し、そこから自立することで歌人としての存在を確立する。『万葉集』が収録する多くの歌から、このような段階を想定することが可能であり、それは古代に原核を形成して現代に至るまで歌の歴史は継続する。

定型とリズム　太古に誕生する歌は、この列島に及んだ民族にも受け継がれたが、その歌はどのようなリズムとして出発したのか。歌がリズムを持つことは常識であるが、その発生については謎である。文学の発生に関心を示した折口信夫は、まれびと神の宣り言が律文であったと説く★2。これは神の言語が祝詞などのように神聖なものであり、かつ非日常的なものであることを想定するのであり、それはshamanismの領域に属する問題である。

古代的なリズムは、『万葉集』の巻頭歌を例に取れば、次のようになる★3。

こもよ　みこもち　三・四　ふくしもよ　みふくしもち　五・六
このをかに　なつますこ　五・五　いへきかな　なのらさね　五・五
そらみつ　やまとのくには　四・七　おしなべて　われこそをれ　五・六
しきなべて　われこそませ　五・六　われこそは　のらめ　五・三
いへをもなをも　七

このリズムは、不定型ではなく未定型であることは、基本が短長の型を取ろうとしていることから知られる。この未定型句は上句が短、下句が長として働き、やがてその音律は上句が五音律へ下句が七音律へと向かい、この五七音は七・八世紀の歌の原核としてのリズムを形成したのである。五・三のリズムが見えるのは、長歌謡の中に稀に見る古体句形のものであり、やがて末尾は五七七へと定型化される。

古代歌謡（『古事記』や『日本書紀』収録の歌謡）を含めて、古代には文献の上で次のような形式の歌が存在したことが知られる。

片歌体《かたうた》　五七／七
旋頭歌体《せどうか》　五七七／五七七
長歌体　五七／五七／五七／五七……五七（三）／七

短歌体　　　五七／五七／七
仏足石歌体《ぶっそくせっか》　五七五七七／七
連歌体　　　五七五／七七

この中で片歌体は古代歌謡にのみ見られるもので、『万葉集』の段階では消滅したと考えられ、古層の歌体であったと思われる。この形式を片歌と呼ぶのは、片歌のみが独立する場合もあるが、基本的には対となるべき形式が存在したことを示している。その形は古代歌謡に片歌問答として残されていることから知られる。いわば、片歌体というのは相手との問答をする時に多く機能した形式であり、これは歌垣などの場で男女が相互に即興的に掛け合う機能性を備えた形式であった。この形式の展開したものが旋頭歌体であり、片歌問答の形式が独詠化へと向かうことで成立したのである。そうした段階の名残は、作者未詳の旋頭歌に、

水門《みなと》の　葦の末葉《うらば》を　誰か手折《たお》りし（四七七）・・・・・問
わが背子が　振る手を見むと　われそ手折りし（五七七）・・・・答

のように、問と答に分割可能であるところに見られる。長歌体は叙事的内容を歌うことに機能する歌体であり、これが大歌系（叙事歌）に属する歌体である。これも短句と長句とを一対としながら交互に織り交ぜて基本音数とする。この長歌体に主に短歌形式の歌が付いて長歌が成立する。長歌の成立は新しく、およそ七世紀半ばであったと思われる。短歌体は『万葉集』の最も基本となる歌体であり、これは小歌系（恋歌）に属する歌体で、歌垣や社交集会で機能していた。七・八世紀にはこの形式が定着し、独詠歌（個人的抒情を表出する歌）としての機能も備えることで、短歌和歌への道を開いた。仏足石歌体（奈良の薬師寺に石に彫られた歌がこの形式であることから、名がある）は、短歌体に長句が一句加わるもので、これはリーダの歌に最後に衆人が唱和する形式である。労働の時のリズムの調整や、あるいは儀式に集団性が求められる時に機能したものと思われる。連歌体は片歌問答の形式の変形であり、短歌体を

用いて二人が一つの歌を完成させるもので、後世の連歌の祖として位置づけられている。

定型以前　古代の歌が基本的に五七調であるのは、短の五と長の七との組み合わせが一つの単位（リズム）として強く結ばれることにより成立するからであるが、その古層においては、ある程度の短長のリズムを取りながらも、未定型のリズムであった。折口信夫によれば、短句は神や土地を祝福する呪詞としての修辞的機能を、長句は神や土地の由縁を語る内容的機能を持つのが古層の形式であったとする★4。そうした段階の歌の形式は、必ずしも五七定型という今日的なリズムではなく、未定型の中に存在していたのである。枕詞に四句のものが見られるのは、必ずしも五音が枕詞の基本ではないことを示している。

むしろ五七定型の成立は、新しく整えられた段階の形式と考えるべきである。定型が成立すると、それに合わせることで形式を整えようという意識が働くことから、歌は整然としたものになる。しかし、歌はあくまでも歌うものであるから、それは声がすべてである。現在の秋田に見る掛唄は、元歌である荷方節の七七七五を定型とはするが、即興（非伝統的歌詞）における実際の歌では、この定型を逸脱することが多い。そこには字余りや字足らずの現象が頻りに起きるのであり、それでありながら七七七五の音に合うように歌われ、そこには歌の場における声の歌の特徴が見られる。そのような未定型の状態を整形することで、歌詞が定型化して伝統歌詞が成立することになるのだと思われる。歌が形成される段階の未定型の声の歌は、歌の歴史の中では最も長く、しかも、その歌の場は多くは社交の場であったといえる。

古代に日本列島を縦断するように歌垣が頻りに行われ、長い時間の中で声の歌が日本列島を駆け抜けて、定型へと向かったものと思われる。その歌垣の場の歌は、古くは片歌体とその展開の旋頭歌体があり、さらに短歌体も同時的に掛け合いの形式として存在していたものと思われる。いわば、定型以前には歌は短長の未定型を主とした混沌とした形式をいくつも持ちながら声により歌われ、やがて定型の五七へと整形されることになったものと思われる。そうした五七未定型の状態は、中国の新形式の五言・七言詩とは別に、六朝歌謡においては三句体・四句体・五句体・七句体などを標準として、三五五、三三七七七、三三六六六句体の歌謡なども多く持つことや、明清歌謡に至ればさらに複雑な句体の歌謡が存在するのは、声による歌の特質である。また中国西南地域の少数民族の歌も、五（音・句）や七（音・句）のリズムの外に、いくつもの音律・句形式の歌が存在したことが確認される。このことから見れば、この五・七律への集約は東アジア的なリズムとして最後に整形されたものと思われる★5。

万葉集の時代区分　早くに人々は神を創造することにより、季節毎に祭祀を繰り返し、巫系の歌手は祭りの歌を右のようなリズムによって神に捧げていたであろうということが想像出来る。その片鱗は前掲した巻頭歌である雄略天皇の求婚歌や舒明《じょめい》天皇の国見歌、あるいは作者未詳の古歌謡から想定される。そのような祭祀歌は、後に柿本人麿や山部赤人あるいは田辺福麿《さきまろ》たちの登場により、天皇の行幸における儀礼歌や新都を讃美する儀礼歌へと継承される。このような段階において歌はある程度の階層性や機能性を持ち始め、社会の形成段階に見合うように分化するとともに、儀礼的な大歌や巷間に流行する小歌が成立することで、社会的機能性の中において歌うことが人間の感情と大きく向き合うことを理解したことが知られる。季節の歌も季節祭から展開し、大陸の知識を理解した宮廷文化としての季節歌へと向かう。歌うことは祭祀・儀礼の場を整え、また人間の喜怒哀楽を表す表現方法であることを理解し、大歌は集団に緊張感をもたらし、小歌は例えば東国に生まれた東歌や都市市民の作者未詳歌のように、個人の思いを伝達する方法として確立した。

このように原型としての『万葉集』は、歌謡の時代を経糸にして、祭祀・儀礼の時代を緯糸にしつつ、六・七世紀に中国や韓半島との文化接触を経ることで、古代日本は急激に大陸的状況の彩りを見せ始め、やがて巫系の流れを汲んだ専門歌人の誕生を促すこととなった。近江朝の額田王や、あるいは持統朝の柿本人麿らの登場である。以上のような形成過程を想定すれば、次のような時代が『万葉集』の流れである。

①歌謡の時代　？―――――→万葉集へ
（歌垣歌・伝説歌・伝承歌）

②祭祀・儀礼歌の時代　？―――→万葉集へ
（祭祀歌・儀礼歌）

③歌人の時代―――→万葉集へ
（宮廷歌・伝説歌・書記歌）

歌謡は歌の基本を保ちながら、それは現代へと継続する。むしろ、いかなる時代においても歌謡は歌の源泉であり続けたのであり、歌も和歌も歌謡から十分な栄養を補給し、それぞれの時代に新たな歌の世界を展開した。

『万葉集』の年代的区別は研究史の上でいくつか見られるが、次の五期区分が理解しやすいと思われる。

第Ⅰ期　伝承歌の時代から舒明天皇即位の六二九年まで
第Ⅱ期　舒明天皇の即位から壬申の乱の六七二年まで
第Ⅲ期　壬申の乱から平城遷都の七一〇年まで
第Ⅳ期　平城遷都から山上憶良没年の七三三年まで
第Ⅴ期　憶良没年から大伴家持最終歌の七五九年まで

第Ⅰ期は磐媛皇后・雄略天皇・聖徳太子などの伝承上の歌人、第Ⅱ期は天智天皇・額田王などの近江朝の歌人、第Ⅲ期は持統天皇や柿本人麿・高市黒人などの持統朝の歌人、第Ⅳ期は大伴旅人・山上憶良・山部赤人・高橋虫麿などの平城京前期の歌人、第Ⅴ期は大伴坂上郎女《いらつめ》・紀女郎・笠女郎《いらつめ》・大伴家持などの平城京後期の歌人である。

時代の特徴　この五期に区分される文学史的状況は、歌の発生から完成へと至る歴史であり、また歌う歌から書く歌へと至る歴史であり、さらに伝承歌から歌人の登場へと至る歴史でもあり、日本文学史の上では極めてダイナミックな展開を示した歴史であったといえる。以下は、各期の時代と代表的な歌人の登場の紹介である。

第Ⅰ期は伝承の時代を抱え込みながら、歌の形成を予想させる段階である。伝承の歌は巫系の世界に伝えられ、祭祀・儀礼で歌われた神話や物語りなどであるが、それらはある段階で特定の作者に仮託して歌われるようになり、伝承時代の歌の姿を色濃く見せている。巻一に見る雄略天皇の求婚歌や舒明《じょめい》天皇の国見歌は村落の予祝祭の歌から出発し、いずれも天皇へと仮託された歌である。巻二の磐《いわの》姫《ひめ》皇后の相聞歌も恋愛世界を代表する皇后に仮託され構成されたものであり、巻三の聖徳太子の歌も、仏教的に衣替えして成立したものであり、伝承の時代の歌は、このように仮託されるという特徴を持つ。もちろん、仮託されるにはそれだけの理由があり、歌の伝承の背後には、歌とともにその由縁や物語りが存在したものと思われる。ただ、『万葉集』はこうした伝承性や超自然性を出来るだけ排除し、近い時代の人間の喜怒哀楽の歌を集めることに努めており、神秘や異常を特別に取り立てることはない。むしろ、人間の生活態度の中から現れる歌を中心に採集したことが知られる。

第Ⅱ期は、歌人の登場する時代である。六四五年の大化改新は、天皇を中心とする中央集権化を進めることで、社会制度・政治体制等が大陸的な色彩を強く帯びる。続いて六六三年には、韓半島の白村江における百済・日本対新羅・唐の連合軍による東アジアの国際的な紛争があり、百済という国が滅亡する。そのことにより百済からの亡命人が多く日本に逃れ、百済宮廷に仕えていた知識人たちは、新しい京である近江大津京に仕えることとなった。これらの知識人たちは、経学・兵法・薬学などにすぐれた者たちであり、ここに近江朝時代は百済宮廷の学問・政治・文化を大きく取り入れることとなる。その最大の特徴は、漢詩文化の成立であった。日本最初の詩人は、現在残されている漢詩から推測すると、天智天皇の皇子である大友皇子である。皇子には百済亡命渡来人の五人の学士が、帝王学を教授する賓客として招かれた。このような漢詩文化の享受によって、近江朝には新たな歌の世界が出発する。かつて巫系の歌い手であった額田王は、新しい宮廷文化を受けて詩人と等しい歌人として登場する。その歌も季節感を漢詩の中から理解して、宮廷の歌に新風を送り込んだのである。

第Ⅲ期は、六七二年に近江朝の大友皇子と吉野朝の大海人《おおあま》皇子（天武天皇）との間に皇位継承をめぐる骨肉の戦いが起き、近江朝が滅亡したところから始まる。いわば、戦後の文学である。その出発は近江朝滅亡の鎮魂歌を詠んだ、藤原京に活躍する持統朝の柿本人麿に始まる。戦争による王朝の滅亡という喪失感の中から、人麿の文学は喪失するものを鋭く嗅ぎ取り、なかでも人の死へと関心を移すことで、当時の皇子や皇女の死を慟哭し、あるいは周囲の人たちの死を慟哭《どうこく》する。そうした滅亡を歌う人麿は、王朝の永続性や人間の生の永遠性を願い、天皇の行幸などの讃歌を多く残すこととなる★6。また、七〇一年に大宝律令が施行されることで、時代に大きな変革の波が押し寄せる。その最も大きな波は、集団的社会から個人の能力主義の時代へと入ったことであり、同一氏族の中でも身分階級が優先されることとなる。そのような近代化へと向かう時代の到来とともに、集団の意向の中において歌詠みであった人麿は、歴史の表舞台から姿を消すのである。

第Ⅳ期は、七一〇年に京が藤原から平城京へと移されたことから始まる。咲く花の匂うが如き平城の都は、遣唐使たちが持ち帰った大陸の文物によって彩られた。さらに律令時代が本格的に出発し、国司たちが地方へと派遣されることで、都と鄙との文化が交流する時代の到来である。そのことによって宮廷に偏向していた歌の世界は、地方へと広がりを見せて、地方に文学的サークルが形成される。それを代表するのが、大宰府文学圏である。神亀三（七二六）年頃に老齢の山上憶良が筑前国司として大宰府へ下向し、続いて大伴旅人が神亀末頃に大宰府の長官として着任する。都では長屋王と藤原氏との対立が激しさを増した時であり、都の権力争いに倦んだ旅人は、大宰府で人間の生き方を考えることとなる。信頼できるのは一杯の濁酒であり、酒を友として真実を語り合う態度は、中国の詩人の陶淵明のようでもあり、都に背を向けた隠逸者の風貌である。あるい正月を迎えて大宰府の役人たちを集めて、風雅な梅の花をテーマに花宴を開くのも、世俗の政治から逃れる態度にある。一方、憶良は大宰府に同行した旅人の妻の死を契機として、人間の無常としてある生・老・病・死をテーマに、多くの作品を残す。遣唐使として渡唐した折に手に入れた文物は、儒教の書物のみではなく『遊仙窟《ゆうせんくつ》』などのエロ小説や、医学・薬学の書物、養生や仙人になるための本、敦煌関係の書物など、雑多な書物を持ち帰ったのである。「貧窮問答歌」のような作品も、唐に流行していた坊さんが辻で歌っていたものであり、そうした雑書を通して、憶良は人間の苦の相を文学として創作するのである。

第V期は、山上憶良の没年以後の、平城京の文化が爛熟を迎えた時期である。その時代の状況をいち早く取り込んだのは、女性たちであった。都の貴族の家では、毎夜のようにサロンが開かれていた。そこは歌のサロンであり、歌の場を取り仕切っていたのは、家の刀自《とじ》と呼ばれる主婦たちであるが、歌の場では歌刀自として活躍する。この時代に多くの女流の歌が登場するのは、恋歌が社交的な役割を果たすようになり、今日でも仲間たちがカラオケを楽しむような歌の場が隆盛したのである。紀女郎《いらつめ》も笠女郎もあるいは大伴坂上郎女も、いわば貴族サロンを切り盛りする歌刀自であった。そのようなサロンで歌の技を磨いたのが、青春時代の大伴家持である。おりしも藤原広継の乱が起きて、聖武天皇は平城京から東国へと巡行し、恭仁京などへの都移りが行われ不安定な時代であったが、乱の平定の後に、天皇の詔を受けて国分寺や国分尼寺の建立が始まり、それらの総寺としての東大寺大仏の造像が始まるのである。その家持は天平十八（七四六）年に越中の国司として赴任することとなり、都とは異なる鄙を経験する。着任早々に病気となり、病の床に伏す状態が続いた。この時、家持は都から持参した多くの漢籍を読み耽ったらしく、たまたま同族の大伴池主から歌の見舞いを受けて交流を深め、二人の間では手紙による文学論が交わされている。この二人の交流は、家持に旺盛な歌の創作意欲を高めさせたのであり、この交流から歌学という日本学が芽生えるのである。

作者未詳歌巻　このような『万葉集』の時代に並行しつつ、都や地方の巷間でも多くの歌が生まれていた。作者未詳歌巻の巻七・十・十一・十二には、そうした都鄙の多くの歌が集められている。『万葉集』の大きな特質に、作者未詳の歌が半ばを占めるところにあり、それらは殆どか短歌体により詠まれていることにある。そのことから考えると、作者未詳の世界が『万葉集』の生成する基層の姿であり、そこに歌が現れる混沌とした原初の状況が想定されるであろう。こうした作者未詳の歌は、どのように生成したのか。

作者未詳歌群の歌は短歌により詠まれており、これは小歌系に属することから、主に巷間における歌垣の混沌や宴会の雑踏あるいは労働の場において生み出されたものと思われる。それらは都鄙の生活者を中心とする、社交的な場において成立したものであろう。古代には歌垣という場が、人々の最も楽しみとする歌の場であった。歌垣は農閑期の春秋の祭りとして開かれ、また市などでは臨時に開かれていた。そこでは男女の出会いが可能であり、恋しい者や歌仲間たちと思う存分に歌うことが出来たのである。生活の時間の中では恋人同士が自由に会うことも歌うことも叶わないが、この歌垣の場では自由であった。そのような環境の中から、恋歌が大量に産生されたのである。

そのような作者未詳歌の生成状況は、巻十四に収録する東歌に明らかに示されている。東歌も短歌により成立しており、多くは恋歌である。東国における恋歌も主に歌垣の場で生成したものであり、やがて宴会や迎客などの社交の場に提供されて、広く人々の口にのぼった歌であろう。他の地方に比べて東歌が特別に一巻として収録された理由は、東国の男は勇敢であるということから、東国から防人を徴発したように、あるいは言語的にも風俗的にも特異な風土の地とされ、鄙という場所を代表する異域として特殊視されたことによる。そうした風土により東国の歌は鄙歌を代表し、やがて風俗歌を形成することとなる。

また巻十三・十六収録の未詳歌は、長歌謡であることを考えるならば大歌系に属すものであり、巫系の歌と思われる内容も見られ、乞食の歌などは村の祭りの芸能の中に生成したものと思われる。とくに道行きの歌がいくつも見られるのは、叙事的歌謡の流れにあり、神の巡幸歌謡を継承しながら、やがて人間の恋の道行きなどの歌へと変質したことが窺える。巻十六にも作者未詳の歌が収録されているが、それらは古物語りの流れを汲みながらも、巷の噂話と変わることなく、当代の男女の悲喜劇を週刊誌風に伝えた今物語りであり、報告文学（ノンフィクション）的性格を持ち、都市のサロンや宴会の座興に提供されたものと思われる。

万葉集の表記　無文字民族が漢字を用いて民族語を表記する方法は、現在の中国少数民族に多く見られるが、そうした経験を古代日本は一五〇〇年ほど前に実験した。日本の漢字文明の受容は、『古事記』によれば応神天皇の世に百済から渡来した和邇吉師という学者が、『論語』と『千字文』を天皇に献上したことに始まる。『論語』は孔子の教えを筆録した儒教の聖典であり、『千字文』は四字熟語による漢字・漢文・書道の教科書である。これらを受けて無文字社会であった古代日本は、東アジアの文化圏に参加したのである。初めは漢文で文章を書いていたと思われるが、韓国の表記法である吏読《りと》★7を学び、日本語表記の工夫を始めることになる。地名や人名などの固有名詞は漢字の意味を除いて音のみを利用したり、漢語を訓読するなど、漢文を崩すことで日本語に近づけたのである。それらの特徴は埼玉県稲荷山古墳出土の鉄剣に彫られた象眼銘の文字から知られる。この鉄剣は西暦四七一年ころの成立と思われ、そこには、①漢語の利用、②漢文の利用、③漢字の音の利用、④漢字の訓読という四つの方法を駆使して日本語を表記したことが知られる。さらに六九七年の文武天皇即位の宣命には、助詞などの付属語表記が定着して、漢字利用によるが今日の日本語文章の骨格が成立したのである。この表記法は、宣命体と呼ばれている。

五世紀から八世紀初頭に至るまでの時代には、日本列島で日本語を成立させるためのさまざまな工夫が試みられていた。金石に彫られた古代の文章は、その面影を伝えている。また今日、日本各地から出土する土器や漆紙に文字が見られ、あるいは木簡（文字が書かれた木札）には、漢字の音を用いた一字一音表記の歌詞の断片が発見されていて、これらにも日本語表記の工夫が試みられている★8。

『万葉集』に見える歌表記の方法は、次の三点に集約できる。

①詩体表記（略体表記ともいう。付属語が記されないか、大部分が省略されている）

春楊　葛山　発雲　立座　妹念

②常体表記（非略体表記ともいう。付属語が記されるが、完全ではない）

天海丹　雲之波立　月船　星之林丹　榜隠所見

③一字一音表記（漢字の音のみを用いる仮名表記）

和何則能尓　宇米能波奈知流　比佐可多能　阿米欲里由吉能　那何列久流加母

これらの表記は、漢語や漢字音あるいは漢文や和訓を用いながら工夫を凝らしているものであり、そこに日本語文章の誕生する段階があった。このような多様な表記法は、『古事記』の編纂者である太安万侶も悩みながら工夫したものであった。もちろん、『万葉集』は歌であることにより、歌を表記するための工夫も凝らされる。①の表記はまるで漢詩のようであり、漢字を通して意味が鮮明に浮き上がる。しかし、このような表記では訓読が常に困難となる。さらには歌の命であるリズムが見えにくい。これは、たとえば「喚犬《ま》追馬《そ》鏡《かがみ》」や「馬声《い》蜂音《ぶ》石花《せ》蜘蟵《くも》荒鹿《あるか》」のような謎形式に類するものであり、ごく限られた仲間内で通用することを目的とする戯れの類の表記法である。②は『万葉集』に一般的に見える表記であり、意味も鮮明であり、漢字を和語として訓むことも見られ、それなりに訓読は可能であるが、漢字や漢語の訓に困難が生じることは同じである。そのような中で漢字音を利用した、③の一字一音形式の表記は、歌を確実に訓読する方法として優れている。この方法が木簡などに記されているのであるが、これは声の形を優先した表記であり、①や②と異なり、直ちに歌うことに還元可能であるから、習書のみではなく歌の場に機能した表記である。だが、これにも欠点がある。訓読はできても、今度は意味の理解が難しくなるからである。このように、歌を表記する場合には、漢字・漢文・音仮名・訓仮名などを用いて表記する方法を獲得するのだが、歌は五音・七音の型に生命が宿ることを考えると、①から③にはいずれも欠点があり、『万葉集』にはいまだ訓読の確定しない歌が多く残されているのである。

三大部立　これらの時代の歌を『万葉集』の原型である巻一・巻二は、雑歌《ぞうか》・相聞《そうもん》（歌）・挽歌《ばんか》の三つに分類している。雑歌は祭祀・儀礼歌、相聞歌は恋歌、挽歌は死者哀悼の歌である。歌の種類をこのような三つに分類（三大部立）することの可能性の発見は、編纂者の歌学的知識によるものである。古代中国の詩集である『詩経』にも風《ふう》・雅《が》・頌《しょう》の三つの分類が見られ、これは詩の形式分類を指すものであり、風は民謡、雅は宮廷詩、頌は祖先祭祀歌である。こうした『詩経』の三分類をモデルとしたことも考えられるのだが、『万葉集』の三大部立はそれとは異なり、より深い人間的理解に根ざすものと思われる。むしろ三大部立は人間の存在や感情の上に立った分類法であったように思われ、それは内容分類に属すると考えるべきものである。すなわち、雑歌は神を、相聞歌は愛を、挽歌は死を内容として分類したものであったと思われ、人間の感情表出の型は、この三つに収斂されることを理解したことによる分類であるといえる。神と愛と死というのは、社会的にも個人的にも人間が感情を最も大きく表出する性質のものであり、人間の普遍的な感情のあり方を指し示すものであるからである。

　この三つの分類は、人間感情の文化類型として理解されるのではないか。古今東西の文学上の感情表出の文化類型は、この三つに収斂されるからであり、それは人間の感情のあり方を十分に知悉し、それを詩学として構築した編纂者の人間理解に根ざしたものであったろう。以後の勅撰和歌集に細かな分類を見るのとは大きく異なることを、この分類法は示しているのである。ここで三大部立における感情表出の文化類型を見るならば、

雑歌――神――人間存在の救済への祈り
相聞――愛――人間存在の関係への祈り
挽歌――死――人間存在の永生への祈り

のようになる。この三つが歌という方法により感情表出する時の三大文化類型であることにより、そこには人間が根源的に希求する生存権への祈りが見えてくるに違いない。生きること、生き抜くことのために神に祈り、人としてあることのために異性や家族との人間関係を求め、死と滅亡の恐れのために生の永続を希求するということの中に、人

間の基本的な感情が表出されたのである。その意味で歌は祈りの感情であり、そうした祈りの歌の世界が『万葉集』だといえる。それは悲しいほどに生を愛おしんだ人々の感情の履歴であり、そこに〈悲しみの歌集〉としての『万葉集』の成立があった。

人間が生存することの困難さは現在も普遍的な事象としてあり、古代に遡ればより厳しくかつ広範囲に人々の上を覆っていたに違いない。しかし、そのような生の困難を直接的に詠むのは、山上憶良などの限られた知識人の歌や、あるいは強制的に家族から引き離された防人たちの歌である。一般的に見れば挽歌は直接的に悲しみを訴える歌であり、雑歌は祭祀・儀礼において予祝（予定調和の祈り）する歌であり、農作物の豊穣や王の繁栄を祈ることに目的があり、そこに悲しみの表現は見られない。しかし、古代におけるさまざまな災害や飢饉あるいは労働生活などの厳しい生の困難さが神に祈り、神の救済を希求するものであれば、それも人々の切なる思いと悲しみに裏打ちされた祈りである。あるいはまた、人麿が死者たちに深く慟哭したのも、死を古代的 khaos（日常性の破壊）として捉えたからであり、さらにまた古代の恋歌が男女の喜びを歌うもののように見えながらも、その生成は社会の掟の中では愛する者と結ばれないという悲しみに根ざすものであった★9。恋愛は反社会的なものとして排除されながらも、それを継承した恋歌は、人目・人言を辛い恋の合い言葉として悲しい男女の遂げられない思いを歌い、巷に起きた悲恋の物語を伝えて自らの恋を慰めた。また恋歌が社交的な場に提供される段階を迎えることで、平城京の女歌を代表する大伴坂上郎女や紀女郎や笠女郎のような、貴族社会で活躍する歌刀自たちを生み出したのである。

歌の内省化　歌の集団的性質は、歌の社会性の問題に帰属するが、『万葉集』も後期に入ると人間的存在への意識が高まり、個としての存在に対する内省化への道をたどる。待つ女や棄てられた女の内省化が進む一方で、漢文学を学ぶことで現れる内省化があり、歌を文字に書くことによる内省化がある。大伴旅人のように酒に向かい自らの生を問いかける態度も、あるいはまた山上憶良のように生老病死をテーマとして人間の生の悲しみを訴える態度も、老荘や仏教の思想的高まりの中で、人間としての自己省察へと向かうことに起因するものである。そのような段階を迎えると、歌は一層のこと内省化を深めることとなる。万葉歌人最後の大伴家持の登場は、彼の「悽惆《せいちゅう》の意は歌に非ずは撥《はら》ひ難し」（巻十九・四二九二左注）という発言からすれば、人間がこの世に存在することそれ自身が悲しみなのだということを明らかにし、歌のみが救済の悲しき玩具だということを訴えるに至った。そのような兆しは、すでに持統朝において柿本人麿が自らの存在を水の沫のようだと嘆いたところに現れている。

かくして、『万葉集』は〈悲しみの歌集〉として成立することとなる。死の歌を除けばその悲しみを表立てることはないが、それは歌々の基調低音として『万葉集』の中に響き、それぞれの時代を色濃く染め上げて行くのである。そうした『万葉集』の感情における文化類型は、東アジア文化と段階的に呼応しながら存在したものと思われ、中国文学史に重ねるならば、口承文化である歌垣は中国西南地域の歌唱文化と類同することが認められ、文字文献の上からは『詩経』を古典として、魏晋《ぎしん》南北朝から初唐の文学に至る漢字文明にその類型が認められ、特殊に個別ではない。むしろ、そのことの中から、書く歌へと向かい自己省察の歌を獲得するのであり、『万葉集』が東アジアの文学史に屹立する文学史を描いていることを確信するのである。

万葉集の名義　このようにして成立した古代の歌々は、最後の歌人である大伴家持の手によって原核が整えられ、『万葉集』という名が与えられた。この歌集名は誰によって付与されたのか不明であるが、〈万葉集〉という名には特別な願いが込められているように思われる。その名称についての説は、

一、多くの言葉（歌）の集められた歌集（仙覚・賀茂真淵）
一、万代へも受け継がれるべき歌集（契沖・鹿持雅澄）
一、天皇の御代が永遠に続くことを願った歌集（折口信夫・辰巳正明）

のように、大きくは三つの意味があるとされている。〈万〉がたくさんの量を表すことは確かであり、〈葉〉が言の葉

を意味することを考慮すれば、たくさんの歌が載せられた歌集の意味となる。また〈万葉〉が〈万世〉や〈万代〉の意であるとすれば、永遠に伝えられるべきすぐれた歌集の意味となる。〈万葉〉という言葉から、このように理解することが今日の通説である。

一方、この歌集が天皇の御代を言祝ぐものであるという理解は、〈万葉〉の語が漢語由来であることによる。中国の古典籍で〈万葉〉の語が見えるのは、主に楽府系統の詩であり、それらは中国の皇帝や皇室の慶祝を意味する場合に用いられ、特に〈万葉〉の語の象徴的な用例は、隋の高祖を祝賀する「流沢《りゅうたく》は万葉、用数は百年」にあり、百年の対として万葉が万年の意味で用いられ（「流沢」は天子の恩徳）、これは万代に亘り天子の恩徳が流れるという意味である。あるいはまた唐の開元十一（七二三）年に玄宗皇帝が、神壇である圜丘《えんきゅう》で行った天神を降ろす時の頌詞に見える「祚流万葉《そりゅうまんよう》」は、「祚（幸）は万葉に流れる」という意味として用いられており、天の神の恩寵を得て皇帝の世は万代に続くという意味である。楽府系が用いる〈万葉〉の漢語は、天子や皇室を祝賀する修飾化された詩的用語であり、一般に用いる万代や万世に意味の上では同じである。

このような〈万葉〉の漢語上の用例から見ると、〈万葉〉とは単に万代に伝えられるべき歌集の意味や、あるいは多くの歌の意味である以上に、天皇の御代が永遠に続くことを祝福する歌集の意味であることが知られる。そのことは、『万葉集』の巻頭歌が古代の色好みの王として知られた雄略天皇の歌から始まり、最終歌が因幡の国庁で正月の宴を開いて詠んだ大伴家持の、「新たしき年の初めの初春の今日降る雪のいやしけ吉事」（巻二十・四五一六）をもって終わることから理解すべきである。冒頭が雄略天皇の歌であるのは、天皇の歴史を英雄性と色好みを兼ね持つことで名の知れた雄略天皇に集約して祝福するのであり、最終歌が新年の雪により未来の希望を詠み、雪が豊年の予兆として喜ばれたこと以上に、天皇を祝賀する瑞雪であることに由来するからである★10。

かくして『万葉集』は、天皇の御代の永遠を祝福する歌集として成立した。天皇の恩徳は大和の国に広く流れ、人々はその恩徳を得て生きているのだという理解によるものである。ここに歌がすぐれた天皇の世を祝福するという思想が生まれることによって、続いて『古今和歌集』などの勅撰集の成立を促すこととなるのである。

注

1　『万葉集』の全歌数は不明である。写本の書写上の問題、一首の歌の切れの問題、類歌の数え方の問題など、その処理に困難さがあり、現在流布している歌番号はあくまでも仮の番号である。
2　「万葉集の解題」『折口信夫全集　1』（中央公論社）参照。
3　当該歌は、訓が必ずしも一定していない。ここでは『万葉集　全訳注　原文付』（講談社文庫）を参照した。
4　「万葉集の解題」注2参照。
5　辰巳「心の中では別のことを・遊女」『詩霊論　人はなぜ詩に感動するのか』（笠間書院）、同『短歌学入門　万葉集から始まる〈短歌革新〉の歴史』（同）参照。
6　中西進『柿本人麻呂』（筑摩書房）参照。
7　姜斗興『吏読と万葉仮名の研究』（和泉書院）参照。
8　「歌木簡と万葉集」『高岡萬葉歴史館叢書22　歴史の中の万葉集』（高岡市万葉歴史館）参照。
9　辰巳『詩の起原　東アジア文化圏の恋愛詩』（笠間書院）、『詩霊論　人はなぜ詩に感動するのか』注5参照。
10　辰巳「光輝に満ちた書・万葉集」『詩霊論　人はなぜ詩に感動するのか』注5参照。

I 巫系から〈歌〉へ

——遠き世の歌と物語の歴史

第一章　神々の自然誌
1　序
2　自然誌の中の神々
3　神々の欲望
4　神々の退場
5　〈まれびと〉の巡行へ
6　結

第二章　神倭伊波礼毘古の誕生
1　序
2　日向三代と異常出生譚
3　磐座祭祀と石中出生の神話
4　結

第三章　苗族の焚巾曲と兄妹の恋
1　序
2　焚巾曲と民族の系譜
3　兄と妹の恋
4　結

第四章　軽太娘皇女の恋と風流鬼
1　序
2　兄と妹の殉愛物語
3　殉愛と風流鬼の誕生
4　結

第五章　死者の旅と指路経典
1　序
2　黄泉の使者
3　葬頭河を渡る
4　高天原への回帰
5　中国少数民族の死者の旅
6　結

第六章　高天原と死者の書の世界
1　序
2　人麿神話と死者の書
3　古墳壁画に見る死者の書
4　天極と天官書
5　藤原宮と高天原世界
6　結

第七章　言霊論
1　序
2　言向けと言挙げ
3　皇神の厳しき国
4　言霊の幸はふ国
5　結

第八章　万葉集の神話叙述
1　序
2　家持と高千穂神話
3　家持と降臨神話
4　結

第一章

神々の自然誌

神話とフォークロア

ふつうの人とシャーマンとの主な違いは、シャーマンが変成意識の中で自分の守護霊を積極的に活用することにある。シャーマンはしばしば守護霊に会って相談し、共にシャーマンの旅に出かけ、霊に手伝わせて、他の人が病気や怪我から回復するのを助ける。（マイケル・ハーナー・高岡よし子訳『シャーマンへの道』平河出版社）

1 序

土居光知は『文学序説』の中で神話・伝説の時代の特徴を「神話に於ける神は動物神から半獣神、人格神の順序で、個別神から、普遍神にまで発達するのが常であるが、記、紀によつて保存された神話に於て動物神と半獣神とは僅かに痕跡を残してゐるに過ぎぬ所を見ても、又大和出雲等を支配した種族は石器時代を通過し、銅器時代を飛び超え、鉄器時代に進んでゐたことを見ても、それ等の神話がかなり文化の程度が高くなつた時代に構成されたものであることが推測される」とのように述べ、「動物神の痕跡は記、紀に鳥や熊の如き動物を祖先とする種族があることによつても推察される。八咫烏は葛野主殿県主の祖先である。蛇は『可畏之神』と称せられ、常陸風土記によると夜刀神として祀られてゐた。出雲系の物語には常に蛇が出現し、キュピットとサイキの物語を想起せしむるやうな伝説を持ち、熊襲には兄熊、弟熊、熊津彦（熊県の人）、熊鰐（岡県主の祖先）、忍熊王、熊之凝等といふ語を名にする人物が多いのであるが、これ等は動物崇拝の痕跡であって、我国にもTotemismに類似したものが存在してゐたのではなかろうかと想はしめる」と述べ、さらに加えて「我国の先住民族のあるものはかゝる自然神を崇拝してゐたらしい。この種族は未だ鉄で作った武器を知らなかった。而して祖先崇拝の大和種族が天の沼矛を以て国を修理固成するや、自然神は祖先神と同化され或は祖先神の背後に隠れるやうになった」★1のように述べている。こうした自然と文化の両義性については、山口昌男も古風土記の神々の生態を通して論じているのだが★2、それらを通して古代日本人の認識した自然は、どのような文化性の中に存在したのかが問われるであろう。

大正十一（一九二二）年に刊行された土居の著書は、昭和二年に増訂版、昭和二十四年に再訂版を、昭和四十年に十九刷を刊行している。大正十一年前後は大和民族の北方・南方起源説に係わる論議が盛んになる折であり、比較文学的方法による文学起源論も広く行われた。そのような中で土居光知の『文学序説』は世界的規模における文学起源に関しての高い見識を示した書として歓迎されたのである。同じ頃、折口信夫も文学の発生論に取り組んでいた時期であり、昭和四年に『国文学の発生』を刊行する。両者の発生論には呼応する所も見られ興味深いが、土居のこの問題提起にも大和民族の形成を意識した状況が見られ、折口も柳田国男に導かれながら大和民族の起源を南方に求める立場を文学発生論で展開した。先の土居光知の神話における神の変遷の考えには、大和民族の起源に係わる問題があり、その予想としてTotemismについて触れているのである。Totemismは民族の祖先の烙印でもあることから、そこに自然神崇拝（自然の霊的威力への信仰）から動物神や半獣神へと到るのは、必然的な方向であったのである。

動物神や半獣神は古代日本においても見られるが、それらの神はどのような生態の中にあったのか。その一つとしては神異としての奇異や怪異を表すことに特質が認められ、さらにもう一つは動物神や半獣神が女性を求めることで物語が展開するところにあり、そこに最も大きな特質があるように思われる。女性のもとに動物神が通婚するという物語は、民族や氏族の始祖を語る場合が多く、そこに本旨があるように見えるのだが、そうした動物神や半獣神の自然神としての性格が祖先神と同化する様態にあるのだとすれば、それは民族や氏族の系譜の物語ということになる。もちろん、そうした個別的な物語ばかりではなく、これらの物語の示す奇異や怪異は、神々の自然誌というべき姿である。神々の自然誌とは、中国古代に成立した『山海経《せんがいきょう》』や『博物誌』、あるいは『風土記』などと呼ばれる書がそれであるが、それらは人間が自然と対峙しまた親和して来た歴史でもある。それらを含めて自然誌と呼ぶことが可能であるが、その自然誌において動物神や半獣神が活動する。その自然誌が示す歴史は、神と神を祀る者との歴史でもあったのだが、日本文化史上においては、自然としての神と文化としての天皇（王）との交替へと到る問題でもあった。それらを東アジア文化論として考えてみたい。

2　自然誌の中の神々―奇異・怪異について

自然誌は博物学の領域でもある。そこには自然の歴史（Natural history）が息づいている。晋《しん》の張華《ちょうか》の『博物誌』は殆どが失われてしまったが、「河図括地象曰、地南北三億三万五千五百里、地祁之位起形高大者有崑崙山、広万里高万一千里、神物之所生、聖人仙人之所集也」、「河図玉板云、龍伯国人長三十丈、生万八千歳而死。大秦国人長十丈、中秦国人長一丈」、「東南之人食水産、西北之人食陸畜。食水産者亀蛤螺蚌以為珍味、不覚其腥臊也。陸畜者狸兎鼠雀為珍味、不覚其膻焦也」、「羽民国民有翼。飛不遠。多鸞鳥。民食其卵。去九疑四万三千里」★3のように見えるのは、古来よりの自然誌を書き記したものであり、同じ晋の周処《しゅうしょ》撰の『風土記』（散逸）や『呉中風土記』『貴州風土記』などの各地の『風土記』に繋がるものである。『隋書』経籍志二十八には、昔先王が民を化す目的で九州の山林・川沢・道路・地理・風俗および天下の地誌・地図を纏めさせたこと、そして「隋大業中、普詔天下諸郡、条其風俗物産地図、上于尚書。故隋代有諸国物産土俗記一百五十一巻、区宇図志一百二十九巻、諸州図経集一百巻、其余記注甚衆」★4のように、多くの地誌などを編纂させたことが見える。そこには『山海経』『水経』『風土記』『異物志』『名山志』などの書名が数多く見られ、それらは空想（神話）の書ではなく、あくまでも地理・物産・土地などに関する自然科学の書物として現実的に利用されることを目的として編纂されたものであり、これらは自然誌の宝庫をなすものであった。自然誌は各地の山川原野の風土や地理・地質あるいは産物などのほかに、奇異・怪異の宝庫でもあるが、むしろそのような奇異・怪異こそ〈自然〉そのものの現れに他ならない。しかも、そうした自然の隣には、さまざまな物語りともいうべき古伝が存在した。『芸文類聚』地部には『山海経』に見えるとして「都広之野、后稷葬焉。爰有黍稷、百穀自生。鸞自歌、鳳自舞。霊寿宝華、草木所聚」★5という話が載る。この話は、晋の郭璞《かくはく》の注に見える内容である。后稷《こうしょく》は周の始祖であり、『史記』周本紀に「名弃、其母有邰氏女。曰姜原。姜原為帝嚳元妃。姜原出野見巨人跡、心忻然説欲践之。而身動如孕者。居期而生子、以為不祥、弃之隘巷。馬牛過者皆辟不践。徙置之林中、適会山林多人。遷之而弃渠中冰上、飛鳥以其翼覆之。姜原已為神。遂収養長之。初欲弃之因名曰弃」（百衲本『史記』）とある。母が巨人の足跡を踏んで弃《き》を身ごもり、不祥として棄てたが幾度棄てても助かり、神の子だと思い養ったというのである。その弃が后稷《こうしょく》と呼ばれたのは、子どもの時から農耕を好み帝舜が農師としたことから后稷（農師）と号したのである。こうした異常出生は殷の契《けい》も同じで、「母曰簡狄、有娀女。為帝嚳次妃。三人行浴、見玄鳥墯其卵。簡狄取呑之、孕生契」（『史記』同上）のように、水浴の時に燕の卵を呑んで身ごもり契（禹）を生んだという。

　このような奇異は自然誌に多く見られる内容であり、先の『山海経』『風土記』『水経注』『神異経』、あるいは『華陽国志』『竹書紀年』などの地方誌を含め、多くの自然誌に奇異が記されている。そうした書籍に録される奇異・怪異は、自然の側に属する超常現象や特殊な自然力であり、自然が剥《む》き出しにある状態といえる。そこに自然が人間に接近し、また人間が自然に接近することにより、奇異・怪異が現れるのである。そのような怪異は『捜神記』にも多く記されている。その一つの怪異は、東越の国閩中郡に、高さ数百丈もある庸嶺という山がある。この山の西北にある洞穴に、長さ七、八丈、胴の周囲が十抱え以上もある大蛇が住みついており、土地の住民は絶えず恐れ続けていた。東冶県の都尉や県内の町の役人は、大蛇による死者があまりにも多いので、牛や羊を犠牲に捧げて蛇を祭ったが、どうもよい結果は得られない。大蛇は誰かの夢に現れたり、巫祝を通じたりして、十二、三歳の少女を食べたいと要求するのである。都尉も県令も県民も、こまったことになったと心配したが、大蛇の弊害はいっこうにやまない。そこで役人たちが手分けして、奴隷の生んだ娘や罪人の娘を探し出しては養育し、八月一日の祭りの日になると、蛇の穴の入り口にまで送って行った。すると蛇が穴から出て来て、がぶりと飲み込んでしまう。こういうことが毎年繰り返されて、すでに九人の少女が人身御供にされていた。★6

のように記されている。大蛇が毎年のように村の少女を生贄として求めたというのは、人を驚かせる怪奇譚である以前に、これが祭りの日であることからも、年毎に繰り返されている祭祀の存在が示唆されている。蛇という異類、異類が求める生贄、生贄とされる少女、毎年繰り返される祭りの日の人身御供。この蛇と生贄の少女をめぐる怪奇譚は、知恵のある少女が進んで生贄となり、大蛇を退治することになるが、蛇と生贄の背後には、村落における神と神を祀る人々との歴史が見えてくる筈である。このような怪奇譚は柳田国男の『遠野物語』にも満ちているが、なかでも河童に係わる次のような話がある。

川には河童多く住めり。猿ケ石川殊に多し。松崎村の川端の家にて、二代まで続けて河童の子を孕みたる者あり。生まれし子は斬り刻みて一升樽に入れ、土中に埋めたり。其形極めて醜怪なるものなりき。女の聟の里は新張村の何某とて、これも川端の家なり。其主人人に其始終を語れり。かの家の者一同ある日畠に行きて夕方に帰らんとするに、女川の汀に踞りてにこ〳〵と笑ひてあり。次の日は昼の休に亦此事あり。斯くすること日を重ねたりしに、次第に其女の所へ村の何某と云ふ者夜々通ふと云ふ噂立ちたり。始めには聟が浜の方へ駄賃付けに行きたる留守をのみ窺ひたりしが、後には聟と寝たる夜さへ来るやうになれり。河童なるべしと云ふ評判段々高くなりたれば、一族の者集りて之を守れども何の甲斐も無く、聟の母も行きて娘の側に寝たりしに、深夜にその娘の笑ふ声を聞きて、さては来てありと知りながら身動きもかなはず、人々如何にともすべきやうなかりき。其産は極めて難産なりしが、或者の言ふには、馬槽に水をたゝへ其中にて産まば安く産まるべしとのことにて、之を試みたれば果たして其通りなりき。その子は手に水掻あり。此娘の母も亦曽て河童の子を産みしことありと云ふ。二代や三代の因縁には非ずと言ふ者もあり。此家も如法の豪家にて〇〇〇〇〇と云ふ士族なり。村会議員もしたることあり。★7

『遠野物語』は、序文によると明治四十二年に佐佐木鏡石（喜善）が柳田国男の元を訪れ、彼が採訪し語った昔話を書き記したものだという。遠野は岩手県東南部に位置し、北に神の山である早池峯《はやちね》山を望み、村の東西を猿ケ石川が通り多くの支流が流入する古い民俗や伝承の残る地域である。殊のほか河童に関する伝承が多い。遠野郷では自然が深く人間の生活に密着している。その自然（川）は、河童という怪異として人間の側に現れる。夜になると女のもとに男が通うようになり、女は妊娠して子どもを産む。その子どもは醜怪なもので切り刻んで埋めたとか、生まれた子どもの手に水掻きがあったなどと伝えられる。先の『博物誌』に「昔夏禹観河。見長人魚身。出曰吾河精河伯也。馮夷華陰潼郷人也。得仙道化為河伯」と見える長人魚身（『酉陽雑俎《ゆうようざっそ》』には「河伯人面乗両龍」といい「又曰人面魚身」ともある）の河伯《かはく》は河の精であるといい、名は馮夷《ふうい》で華陰（陝西省）潼郷の人だという。その馮夷は仙道を得て河伯《かはく》と称したというのだが、『楚辞』の河伯から見れば河（黄河）の神に他ならない。『水経注』によれば黄河の神である河伯は「俗巫為河伯取婦、祭此陌」★8というのであり、河伯が妻を娶《めと》るというのは、生贄《いけにえ》を求めたことを指すのであろう。河伯を巫が祭祀したとあるのは、その事情を良く語っている。

このように自然と人間とが接近し、そこに奇異が現れたり、偉人の子孫が誕生したりする事例は少なくない。『漢書』ですら「嘗息大沢之坡。夢与神遇。是時雷電晦冥。父太公往視則交龍於上已而有娠。遂産高祖」（百衲本）のように、女が龍と交わって高祖が生まれたということが語られ、あるいは朝鮮百済の武王も「母寡居。築室於京師南池辺。池龍交通而生」★9のように、池の龍に交わって生まれたと語られる。中国西南地域の歴史書である『華陽国志』南中志には「有竹王者、興於遯水。有一女子浣於水浜、有三節大竹流入女子間、推之不肯去。有児声取持帰、破之得一男児。長養有才武、遂雄夷狄氏、以竹為姓。」「王与従人嘗止大石上、命作羹。従者曰無水。王以剣撃石水出。今竹王水、是也。」★10とある奇譚は、良く知られている夜郎《やろう》国の竹王誕生に関する始祖伝承である。沐浴する女の所に流れてきた竹が女に纏い付き、竹の中から児童の声が聞こえるので家に持ち帰って割ると子どもが生まれ、後に偉人となったという。この竹王はまた盤古《ばんこ》の子孫であるとされ、盤古・竹王を祭る祭祀が中国西南地域の貴州・雲南・四川・湖南などの民族で広く行われていた★11。

自然というのは人間によって耕作されていない――即ち、人間の文化的範疇に属していない存在に対する観想に違いない。その自然は近代的な進化論や科学的因果律により現れるものではなく、本来、人間の側には属さないと想念される他者としての現実的な存在であった。中国類書に龍や麒麟《きりん》あるいは鳳凰などの想像上の禽獣が他の現実の禽獣と同列に現れるのは、奇異・怪異として現れる他者が現実的に観念されていたからである。その他者こそ神々の自然的存在であり、それ故にそのような他者はすべて奇異・怪異として現れ、人間の側に働きかけて来ることにより露わになる存在であったのである。そこに現れる他者なる自然は、一方に人間の側と親和し、また一方に人間の側と対立する存在として現れる。そのような他者である自然との親和や対立が生み出す歴史が、まさに神々の自然誌（博物誌）として記録されたのである。

3　神々の欲望―生贄を求める神々

和銅六年（七一三）五月に朝廷から発せられた制は、各国の風土調査に関する命令である。その内容は「畿内七道諸国郡郷名著好字。其郡内所生。銀銅彩色草木禽獣魚虫等物。具録色目。及土地沃塉。山川原野名号所由。又古老相伝旧聞異事。載于史籍亦宜言上」★12とあり、①好字による地名改革の状況、②物産の状況、③土地の状況、④山川原野の地名の由来、⑤古老の伝承、の五項目に亘る。それが順次中央に奏上され、中国の『風土記』に倣って同じく『風土記』と命名された。『常陸国風土記』の冒頭に「常陸国司解　申古老相伝旧聞異事」とある「解」は、下級官庁から中央官庁へ報告する公文書の形式であり、『出雲国風土記』は郡司、大領、少領、主政らのもとに纏められたことが記されていて、各国は和銅六年の制に応えたことが知られる。

風土とは、古代日本の戸令の注によると「観風俗。釈云。風俗釈。見職員令。穴云。晋書云。風俗。謂百姓土風土俗」（新訂増補国史大系『令集解《りょうのしゅうげ》』吉川弘文館）と説明され、それは風俗に等しく人々の土風・土俗のことであり、その土地の生活・習慣および耕作や物産を意味する。現存するのは常陸・出雲・播磨・肥前・豊後の五風土記と各地の逸文に過ぎなく、常陸のように「古老相伝旧聞異事」を主として取り纏めた省略本的性格もあるが、これらの残存する五風土記を見ると、まさに古代日本の博物誌の誕生であったといえる。殊に④⑤に関する項目には奇異・怪異が語られていて、『風土記』の編纂は律令的役割としてのみでは理解できない別の側面をも持つのである。⑤に関して見ると、『常陸国風土記』行方郡には次のような話が載る。

古老のいへらく、石村の玉穂の宮に大八洲馭しめしし天皇のみ世、人あり。箭括の氏の麻多智、郡より西の谷の葦原を截ひ、墾闢きて新に田を治りき。此の時、夜刀の神、相群れ引率て、悉尽に到来たり、左右に防障へて、耕佃らしむることなし。〔俗いはく、蛇を謂ひて夜刀の神と為す。其の形は、蛇の身にして頭に角あり。率引て難を免るる時、見る人あらば、家門を破滅し、子孫継がず。凡て、此の郡の側の郊原に甚多に住めり。〕是に、麻多智、大きに怒の情を起こし、甲鎧を着被けて、自身杖を執り、打殺し駈逐らひき。乃ち、山口に至り、標の梲を堺の堀に置て、夜刀の神に告げていひしく、「此より上は神の地と為すことを聴さむ。此より下は人の田と作すべし。今より後、吾、神の祝と為りて、永代に敬ひ祭らむ。冀はくは、な祟りそ、な恨みそ」といひて、社を設けて、初めて祭りき、といへり。即ち、還、耕田一十町余を発して、麻多智の子孫、相承けて祭を致し、今に至るまで絶えず。★13

頭に角のある蛇とは、自然を認識した時の姿である。その自然に対して人間の側の侵略を語るのが当該の話である。継体天皇の統治が行われた時代に、箭括麻多智《やはづのまたち》という者が郡西部の葦原を田に開墾しようとした。そこには夜刀《やと》の神と呼ばれる蛇神が多く住み、悉くやって来て妨害するために開墾が困難であったという。夜刀は〈ヤト〉であり、ヤトとは〈ヤツ〉〈ヤチ〉に等しく湿地を指す（『時代別国語大辞典　上代篇』三省堂）。葦は湿地に生える植物であり、人の入ることの困難な自然の領域であるのに対し、田は人間の側が開墾した文化の領域である。葦原とは自然の状態であり、『古事記』によれば天地初発の混沌の中に最初に萌え出たのが葦であったというように、原初のイメージの中にある。その葦原に蛇身頭角という怪異が姿を見せ、夜刀の神と呼ばれているのである。

箭括氏は古代に他に見ることのできない氏族であり、この箭括麻多智のみが古代文献に登場する、孤立した氏である。「箭」を持つ氏に箭集《やづめ》があり、この氏も孤立した氏であるが、奈良時代に明法家の箭集宿禰虫麻呂がいる。ここの箭括麻多智に直接繋がる氏は見られず、麻多智が天皇の命を受けてこの地の開墾を任されたことを考えると、同族の中に東国経営に参加した者がいたのであろう。しかも、麻多智は夜刀の神を駆逐しながらも、「今より後、吾、神の祝と為りて、永代に敬ひ祭らむ」と述べているように、神の祝となって祭祀を行うのだというのであり、そのことから見ると箭括氏の祖先には祭祀に関係する者が存在したのかも知れない。だが、より本質的には東国の開墾に荒ぶる神との競合が予想されていたと思われ、麻多智は中央官庁の一役人として派遣されたのではなく、初めから荒ぶる神を祭るべき巫祝としての任務を負い東国へ派遣されたものと考えられる。新地開墾は、まず荒ぶる神との対立があり、神の領域を侵略した人間側がその代償として神を祭ることで神の心を鎮める必要があったのである。それは人間の側が神を祭ることの初期的段階であったであろう。倭語の〈まつり〉は動詞連用形の名詞化した語であり、その意味は〈たてまつる〉と同じく「神や人に物をさしあげるのが原義」（『岩波古語辞典』）だとされる。『万葉集』には持統天皇が吉野に行幸した折に、山川の神々が天皇に奉仕した姿が詠まれ「畳はる　青垣山　山神の　奉る御調と　春べは　花かざし持ち　秋立てば　黄葉かざせり」★14と見える。山の神は天皇に花や黄葉を「奉」（まつる）のだという。漢字では祭・祀が当てられる。祭字は「祀也。従示、従手、持肉。会意。広雅釈言、祭薦也」★15といい、祭は祀と等しく手に肉を持って神に捧げる行為であり、それ故に祭りは薦める意味だという。示字は「天垂象見吉凶示人。従古文上三垂日月星辰也。観乎天文以察時変示神事也」（同上）ということからすれば、天が何らかの形を垂れて吉凶を示すこと、それで天文の運行を見て神事を察することであるという。これらからすると、祭祀とは神の意志を窺う神事のために物を神に捧げることが原義であり、それは倭語の〈まつる〉と等しいことが理解されよう。

少なくとも麻多智が現れる以前に、この地は蛇身頭角の神の支配する土地であった。同じく常陸の香島郡に角折浜があり「謂古有大蛇。欲通東海。掘浜作穴。蛇角折落。因名之」と見える。こうした蛇身頭角の怪異を、この土地を支配していた在地勢力と理解するのは正しくない。蛇身頭角とは自然の神そのものの姿であり、長く自然は人間の手を加えられることなく存在したが、その自然を人間が侵略し人間と競合した時に、初めて自然が人間の前に奇異や怪異として立ち現れたのである。そのような自然を制御出来たのは、まさに巫祝にほかならない。神祭りの起源は、このような所に見られる。

頭に角のある蛇神とは、土地の支配神であろうと思われる。そうした蛇神に関する話が、やはり『常陸国風土記』那賀郡の茨城の里にも見える。

此より北に高き丘あり。名を晡時臥の山といふ。古老のいへらく、兄と妹と二人ありき。兄の名は努賀毗古、妹の名は努賀毗咩といふ。時に、妹、室にありしに、人あり。姓名を知らず、常に就て求婚ひ、夜来りて昼去りぬ。遂に夫婦と成りて、一夕に懐妊めり。産むべき月に至りて、終に小さき蛇を生めり。明くれば言とはぬ如く、闇るれば母と語る。是に、母と伯と、驚き奇しみ、心に神の子ならむと挾ひ、即ち、浄き坏に盛りて、壇を設けて安置けり。一夜の間に、已に坏の中に満ちぬ。更、瓮に易へて置けば、亦、瓮の内に満ちぬ。此かること三四して、器を用ゐあへず。母、子に告げていへらく、「汝が器宇を量るに、自ら神の子なることを知りぬ。我が属の勢は、養育すべからず。父の在すところに従きね。此にあるべからず」といへり。時に、子哀しみ泣き、面を拭ひて答へけらく「謹しみて母の命を承りぬ。敢へて辞ぶるところなし。然れども、一身の独去きて、人の共に去くものなし。望請はくは、矜みて一の小子を副へたまへ」といへり。母のいへらく、「我が家にあるところは、母と伯父とのみなり。是も亦、汝が明らかに知るところなり。人の相従ふべきもの無けむ」。爰に、子恨みを含みて、事吐はず。決別るる時に臨みて、怒怨に勝へず、伯父を震殺して天に昇らむとする時に、母驚動きて、瓮を取りて投げ触てければ、子え昇らず。因りて、此の峯に留まりき。盛りし瓮と甕とは、今も片岡の村にあり。
其の子孫、社を立てて祭りを致し、相継ぎて絶えず。

古老が語るには、兄と妹が居て妹の所に夜来て昼には帰る者があった。夫婦となり一夕に懐妊し、小さな蛇の子を生んだ。その子は昼は物言わず夜になると母と話をし、神の子だと思い坏に入れて養うが忽ちに成長し、ついに養うことが不可能となり、父の元に行くように促すと、蛇の子は付き添いの子を求めたが断られたのを怨み、伯父を震い殺して昇天する時に、母の投げた瓮に当たり昇天出来ず、この晡時臥《くれふし》の山に留まったという内容である。その蛇神を子孫が社を立てて祭ったというように、神社祭祀の始まりを語る内容となっている。この話は晡時臥山の神の祭祀起源にあるのだが、より重要なことは名も知らない男が女性の元に通って来て、ついに蛇の子を産んだという所にある。その女性は兄と一緒に住んでいたという。この兄妹の登場は何を意味するのか。話の末尾において兄妹の子孫がこの蛇神を祭ったというのは、兄妹が初めから神を迎える家筋であったと考えられるのではないか。その形態的類似性は『魏志』倭人伝に「一女子を立てて王となす。名づけて卑弥呼と曰う。鬼道に事え、能く衆を惑わす。年已に長大なるも、夫壻無く、男弟有り、佐けて国を治む」（岩波文庫）とあるように、これは姉と弟によるクニの祭政を記録したものであるが、この兄と妹も同じ祭政構造に位置づけられるのではないか。むしろムラの祭祀の側に、兄と妹の関係が認められるように思われる。蛇神を浄い坏に盛り壇を設けて安置したというのは、結果的にそのように兄と妹が祭ったのではなく、蛇神を祭る方法を彼らは理解していたことによろう。さらに思惟されることは、この兄と妹は、イザナギ・イザナミの二神のように、民族の始祖的性格を負わされていたのではないか。それが神を祭る側に展開したのは、この兄と妹が巫祝の家筋であったことに原因があろう。神を迎え神を祭る者が、男女一対の形式を示す場合も少なくない。その構図は、夫のある婦人の元に通って来て河童の子を孕ませた、あの遠野に語られている婿入りの河童の話と等しいように思われる。

こうした異類を専門的に祭祀する必要が生じたのは、明らかに自然との関わりからであり、『古事記』や『日本書紀』に載る三輪山の神の問題もここにある。

『古事記』崇神天皇条

此の意富多多泥古と謂ふ人を、神の子と知れる所以は、上に云へる活玉依毘売、其容姿端正しかりき。是に壮夫有りて、其の形姿威儀、時に比類無きが、夜半の時に儵忽到来つ。故、相感でて、共婚ひして共住める間に、未だ幾時もあらねば、其の美人妊身みぬ。爾に父母の妊身みし事を恠しみて、其の女に問ひて曰ひけらく、「汝は自ら妊みぬ。夫无きに妊身める。」といへば、答へて曰ひけらく、「麗美しき壮夫有りて、其の姓名を知らぬが、夕毎に到来て共住める間に、自然懐妊みぬ。」といひき。是を以ちて其の父母、其の人を知らむと欲ひて、其の女に誨へて曰ひけらく、「赤土を床の前に散らし、閇蘇紡麻を針に貫きて、其の衣の襴に刺せ。」といひき。故、教の如くして旦時に見れば、針著けし麻は、戸の鉤穴より控き通りて出でて、唯遺れる麻は三勾のみなりき。爾に即ち鉤穴より出でし状を知りて、糸の従に尋ね行けば、美和山に至りて神の社に留まりき。故、其の神の子とは知りぬ。故、其の麻の三勾遺りしに因りて、其地を名づけて美和と謂ふなり。★16

『日本書紀』崇神天皇十年条

是の後に、倭迹迹日百襲姫命、大物主の神の妻と為る。然れども其の神常に昼は見えずして、夜のみ来す。倭迹迹日百襲姫命、夫に語りて曰はく、「君常に昼は見えたまはねば、分明に其の尊顔を視ること得ず。願はくは暫留まりたまへ。明旦に、仰ぎて美麗しき威儀を観たてまつらむと欲ふ」といふ。大神対へて曰はく、「言理灼なり。吾明旦に汝が櫛笥に入りて居らむ。願はくは吾が形にな驚きましそ」とのたまふ。爰に倭迹迹日百襲姫命、心の裏に密に異ぶ。明くるを待ちて櫛笥を見れば、遂に美麗しき小蛇有り。其の長さ大さ衣紐の如し。則ち驚きて叫啼ぶ。時に大神恥ぢて、忽に人の形と化りたまふ。其の妻に謂りて曰はく、「汝、忍びずして吾に羞せつ。吾還りて汝に羞せむ」とのたまふ。仍りて大虚を践みて、御諸山に登ります。爰に倭迹迹日百襲姫命仰ぎ見て、悔いて急居。〔急居、此をば菟岐于と云ふ〕則ち箸に陰を撞きて薨りましぬ。乃ち大市に葬りまつる。故、時人、其の墓を号けて、箸墓と謂ふ。是の墓は、日は人作り、夜は神作る。故、大坂山の石を運びて造る。則ち山より墓に至るまでに、人民相踵ぎて、手逓伝にして運ぶ。★17

『古事記』『日本書紀』ともに類似した話であるが、大きく異なるのは神が訪れる女性の結末である。『古事記』は神の妻として神と親和するが、『日本書紀』は神と対立し神により滅ぼされる。この両者の相違は自然への対処の相異にあるのではないか。『古事記』の女性は活玉依毘売《いくたまよりびめ》と呼ばれる女性であり、タマヨリとは神が寄り付くという意で、活玉依毘売が神祭りの専門家（巫女）であることを示すに違いない★18。それが美和山祭祀の起源や、神君、鴨君の始祖に繋がる伝承を発生させているように、極めて重要な古伝であったといえる。それに対して倭迹迹日百襲姫命《やまとととひももそひめのみこと》は神祭りの方法を間違え、誤りを犯した。倭迹迹姫命は、孝元天皇の皇女に倭迹迹姫命の名が見える倭迹迹速神浅茅原目妙姫は倭迹迹姫命と同じとされている。この名前の由来は、神浅茅原で神憑りしたことに基づく。崇神天皇七年条に「『昔我が皇祖、大きに鴻基を啓きたまひき。其の後に、聖業愈高く、王風転盛なり。意はざりき、今朕が世に当りて、数災害有らむことを。恐るらくは、朝に善政無くして、咎を神祇に取りてむや。盍ぞ命神亀へて、災を致す所由を極めざらむ』とのたまふ。是に、天皇、乃ち神浅茅原に幸して、八十万の神を会へて、卜問ふ。是の時、神明倭迹迹日百襲姫命に憑りて曰はく、『天皇、何ぞ国の治らざることを憂ふる。若し能く我を敬ひ祭らば、必ず当に自平ぎなむ』とのたまふ。天皇問ひて曰はく、『如此教ふは誰の神ぞ』とのたまふ。答へて曰はく、『我は是倭国の域の内に所居る神、名を大物主と為ふ』とのたまふ。時に、神の語を得て、教の随に祭祀る」と見える。この話から見ると倭迹迹姫命は神の憑依が容易であった、巫女の能力を有する女性であることが知られる。それでありながら彼女がタブーを犯し神迎えに失敗をするのは、神の教えに従わなかったからである。さらにこの系譜からは、祭祀の起源や氏族の始祖伝の成立が語られず、そこにはそれらを拒否する態度があるように思われる。それは『日本書紀』の態度であるが、神迎えの失敗は祭政権の喪失という問題になろう。

このような美和山の話に類するものには、後百済の甄萱《ギョンフォン》の出生にも見られる。『三国遺事』の「古記」には「昔一冨人居光州北村。有一女子。容姿端正。謂父母。毎有一紫衣男到寝交婚。父謂曰。汝以長糸貫針其衣。従之。至明尋糸於北墻下。針刺於大蚯蚓之腰。因妊生一男。年十五。自称甄萱」（前掲書）と見え、女子のもとに通うのは蚯蚓《みみず》であったという。そこに生まれた子が後百済の甄萱王である★19。先に見た百済武王が龍の子であることの事情は、素性の分からない男の正体を知るために、父親が男の衣の裾に糸を刺すことを娘に教え、翌日、その糸をたどって行くと池の中に続いているので、糸を手繰り寄せると大きな魚龍が掛かってきたという話に展開する★20。いずれも偉人誕生（国王）を語るものであり、その類似性は小さくない。甄萱の話で注目されるのは、その女性が容姿端正であったということである。『古事記』の活玉依毘売も容姿端正だとされ、『日本書紀』の倭迹迹姫命は目妙姫だとされるように、見た目に美しい姫のことである。異類の通う女性は、容姿端正という条件が求められたのであるが、それは神を迎える巫女の条件であったのであろう。

これらの話からは、自然なる神を鎮める役割を担う専門家が求められ、その専門家は巫と覡《げき》とを一対とする形態、あるいは巫女のみの形態も認められるが、神が女の元に通うところへ展開するのは、神々の結婚の話が存在し、その神の通う女が巫女や生贄の役割を担うことになったのではないか。『出雲国風土記』仁多郡に恋山があり「郡家正南一十三里。古老伝云。和爾。恋阿伊村坐神。玉日女命而上到。爾時。玉日女命。以石塞川。不得会所恋。故云恋山」という話が載る。和爾（ワニ）が玉日女命の元に通おうとしたが、姫は川を石で塞いだのでワニは姫を恋い慕ったというのである。ワニは鮫《さめ》のことかともいわれるが、阿伊川に住む神であろう。玉日女命は神のより来る巫女であるとされる（同書頭注参照）。玉日女は魂姫であり、神を迎える巫女であるに違いない。だが、この玉日女とは、霊魂の象徴化された神であり、直ちに巫女とするには説明が必要であろう。同じく『出雲国風土記』神門郡の朝山郷には「神魂命御子。真玉著玉之邑日女命坐之。爾時。所造天下大神。大穴持命。娶給而。毎朝通坐。故云朝山」のようにあり、大神の通う女性は真玉著玉之邑日女命と呼ばれ、神魂命の子であるという。真玉著玉之邑日女命とは麗しい玉の寄りつく玉の邑の姫の意であり、彼女は玉の邑の女神である。神の通う巫女は、それ以前に神女であったと思われる。

そのような話は、須佐之男の命の八俣大蛇退治にも見える。『古事記』によると高天の原を追放された須佐之男は、出雲の肥《ひ》の鳥髪《とりかみ》に降った。河上を尋ねて行くと老夫と老女が童女を中に置いて泣いていた。老夫は大山津見の神の子で足名椎《あしなづち》といい、妻は手名椎《てなづち》といい、娘は櫛名田比売《くしなだひめ》というのだという。もともと娘は八人いたが、毎年高志の八俣の遠呂智《おろち》が来て喫い、今それが来る時なので泣いているのだと語る。その形を問うと目は赤酸漿のようで、身は一つに頭も尾も八つあり、その身には蘿や杉などが生え、その丈は谿八谷峡八尾に渡るのだという。まさに荒々しい自然そのものの姿を備えている神である。そこで素佐之男は「汝等は、八塩折の酒を醸み、亦垣を作り廻し、その垣に八門を作り、門毎に八佐受岐を結ひ、其の佐受岐毎に酒船を置きて、船毎に其の八塩折の酒を盛りて待ちてよ。」と教え、その通りにすると八俣遠呂智が現れ船ごとに己の頭を垂れ入れて、其の酒を飲み酔って寝てしまったという。

八俣の遠呂智は、老夫婦の語る所によれば巨大な怪異の姿の蛇神である。その怪異の遠呂智を迎えていたのは、山神の子の老夫婦であり、怪異の神に生贄として捧げられていたのが山神の八人の娘たちであった。年毎に現れるという蛇神の登場は、年毎の神の訪れと巫女による神迎えを予想させるであろうし、ここでの神迎えの形態は、老夫・老媼の二人と若い娘である。しかし、この八俣の遠呂智を迎える老夫婦は、その神に娘を生け贄として差し出す方法しか知らないのであり、須佐之男が神を迎える新しい方法を教えることになる。須佐之男は老夫婦に酒を醸させて、その酒を以て神迎えの方法とする。その意味では須佐之男は新たな文化的英雄神として語られ、八俣の遠呂智はより一層剥き出しの荒々しい自然神として語られていることが窺える。ここで注目されるのは、須佐之男の教えた新しい神迎えが酒を醸して捧げる方法であったということであり、それに対して生贄を捧げる方法は古い神迎えであったのである。老夫婦は古い神迎えの方法しか知らず、八人の娘を生贄として捧げていたのである。ここには、そうした文化交代の話が語られているように思われる。『山海経』海外北経にも九首の相柳が登場し禹《う》により退治されるのは、こうした文化交替の中に現れた奇異と思われる。

八俣大蛇の話は『日本書紀』にもほぼ同じように語られているが、童女の名については『古事記』では櫛名田比売であり、『日本書紀』では櫛稲田姫だとする。櫛は不思議な性質を持つからクシ（奇）と呼ばれ、霊妙な山は〈クシフルタケ〉と呼ばれた。稲田もまた不思議な力を持つから〈クシ稲田〉と呼ばれた。その奇稲田の霊の象徴が櫛稲田姫（不思議な霊力を持つ稲田の女神）に表されている。このことから窺えるのは、この大蛇伝承は高志という異境から出雲の稲田の女神の元へと通う蛇神の妻問い（また、生贄の要求への展開）の話であり、他の蛇神の求婚伝承と等しい所に求められるであろう。それが年毎に来るというのは、毎年の決まった祭りを意味することは明らかであり、異類の通婚の奇譚は、神々の結婚という神祭りに由来することも明らかである★21。こうした神々の通婚が処女の生贄の話として考えられるか否かは検討される必要があるが、養老令の戸令には「知百姓所患苦」とあり、『令集解』の注に「患苦」とは「仮如、為河伯娶婦女之類。是患苦也」（新訂増補国史大系／吉川弘文館）のことと説明されていて、あの河伯《かはく》のことが例示されている。河伯の婦に関しては後述するが、民の患苦の事例として河伯への生贄の例が用いられるのは、比喩とは言えそれが前近代の悪習（淫祀）であることを指しているからである。それ故に高天原の神である須佐之男は、地上での新たな文化的英雄神として迎えられ、稲田（文化）の女神と結婚することになる。自然の怪異から解放させた須佐之男という文化的英雄は、生け贄と共にあった稲田の自然性を高天原の文化性へと変質させるのである。この話の背後には、幾層もの古代的文化が重なっていることを知るのであるが、そこからは自然を馴化した人間の側の新たな文化の歴史が読み取れるように思われる。

4　神々の退場―殺される神について

折口信夫はこうした人身御供《ごくう》について「時を定めて、妖怪が村の女を喰ふ、と言ふ話から考へて見ると、或時期になると、女だけが、独り村の外れに出て、参来る神を待ち受けて、神に仕へた時代の印象が残つたのだ、といふ事が訣る。」★22といい、また「八重山では、初春の植ゑつけなどに、色々の神が来る。或村には鬼、或村には簑笠を着けた者、或村には盆の時に、祖先が伴を連れて幸福を授けに来る。此訪れる神の唱へる文句が、神に扮した人によつて伝へられる」★23という。神を迎える女と訪れる神の姿を、沖縄の民俗的祭祀や各地の民俗行事を参考にしながら解き明かしたのは、〈まれびと〉の来訪を説く基本的理論としてであった。『常陸風土記』筑波郡には富士と筑波の神のもとへ巡行して来る神祖があり、『備後国風土記』逸文には妻を求めて巡行する武塔《むとう》の神があり、いずれも新嘗《にいなめ》の夜の話である。そうした巡り来る神に対して神を迎えるのは、巫《ふ》・覡《げき》の役割であった。

先に『水経注』に見える河伯の祭祀を見たが、そこには続いて「魏文侯時、西門豹為鄴令。約諸三老曰、為河伯娶婦。幸来告知。吾欲送女。皆曰。諾。至時三老廷掾賦斂百姓。取銭百万。巫覡行里中。有好女者。祝当為河伯婦。以銭三万聘女。沐浴脂粉如嫁状。豹往会之。三老巫掾与民。咸集赴観。巫嫗年七十。従十女弟子。豹呼婦視之。以為非妙。令巫嫗入報河伯。投巫於河中。云々」（前掲書）のように記されている。西門の豹が三老に河伯のために妻を娶らすので、婦を得れば自分が女を河伯へ送り届けるというと、三老は了解して百姓たちから租税の銭百万を収めさせた。巫覡が里中を行くのを見ると好い女がいたので、河伯の妻とすべく銭三万で女を手に入れた。沐浴をさせ化粧をするとまるで花嫁のようであった。そこで皆が見に行くと巫は年が七十の嫗で、女弟子を十人従えていた。豹が婦をよく見ると少しも美しくなかったが、ともかく河伯に報いるために巫嫗を河の中へ投げ入れたという。この話は淫祀《いんし》を語るものであり、『風俗通義』佐神巻之九に「会稽俗多淫祀。好卜筮。民一以牛祭。巫祝賦斂受謝。民畏其口。懼彼祟。不敢拒逆。是以財尽於鬼神」★24のように、巫祝が民を惑わして財産を取り上げる話であり、河伯の話もこれに類するが、本来は河の神（河伯）の祭祀に神の妻が求められたということであり、その妻として求められた女が老嫗《ろうおう》ではあるが、巫女であることに意味がある。河の神の祭祀に専門的な巫祝者が当てられているのは、彼女が神を祭る巫祝であると同時に神の妻となるという、二重性を示しているのである。

こうした巫祝の習俗について林珂《りんか》は瑶《やお》族に関わって「彼らの文化はまさに信鬼好巫の巫文化であり、彼らの巫文化は彼らの祭祀風俗と祭祀経文の中に見いだされる」★25という。巫は鬼神を制御する役割を果たすのみではなく、『山海経』には巫が深山渓谷に入り薬草を採集していることが記されている。そうした自然を制御するのが巫である。それは自然を祭祀において制御する能力を持つ、自然に最も近しい専門家であった。たとえば、『山海経』には山神の形容とその祭祀について、「山の神の姿は鳥の身に龍の首。祀りの供え物は毛物」(南山経)「十人の山の神は人面馬身、七人の山の神は人面牛身。祀りの供え物は毛物」(西山経)、「山の神は人面蛇身。供え物は雄鳥・猪子・玉」(北山経)、「山の神は人身龍首。祀りの供え物は犬」(東山経)、「山の神は人面鳥身。祀りの供え物は毛物・玉」(中山経)などのように記されいるのがそれであり、ここに祭祀者の登場はないが、神の姿や祭祀のための供え物が列挙されるように、その方法を熟知しているのは巫の役割である。また、これらの山の神の異形は Totemism の面影を見せるものであろう。鳥身龍首、人面馬身、人面牛身、人面蛇身などの異形が祭りに登場する神の姿であることは間違いなく、そのような異形を自然の姿と観相したものであり、それは自然と人間との接点を示す姿でもあるといえる。前近代の民族の神は異形の姿を見せながらも、それらが祖先神である場合が多い。中国西南の白族勒墨《ろくぼく》人が熊の子孫である理由は、次のようである。阿布帖《あふちょう》という男がトウモロコシの実が成熟する季節に、長女を連れてトウモロコシを守るために畑へ出かけた。そこに一頭の熊が出没し手で長女を招き呼ぶので、長女は大声で父を呼んだ。阿布帖は娘の騒ぐ声を聞いて急いで弓矢を取り熊を射ようとしたが、どうしても射ることが出来なかった。熊は少しも慌《あわ》てずに阿布帖に「阿布帖よ、あなたの娘を私の嫁に呉れませんか。もしダメなら私はあなたの穀物を食いちぎりますよ」と語りかけた。阿布帖は心では願わないので、そこで「熊よ、あなたは人ではない。人で無ければ嫁にはやれない」というと、熊は「私は人に成ることが出来ますよ」と言い、一人の子どもに変身して阿布帖の前に立った。阿布帖はまた「あなたは仕事が出来るか」と聞くと、子どもは「出来ます」と答えた。「それなら柴を刈り、蜂蜜を取って来なさい」と言いつけて、娘を連れて家に帰った。暫くして熊が変身した子どもは大きな柴の束を背負い、阿布帖の家にやって来た。今度は阿布帖を呼んで、彼と蜂蜜を取りに出かけた。彼らは大きな樹下に着くと、果たして驚くほど多くの蜂蜜があった。熊は蜂蜜を取り、阿布帖は蜂蜜を持って家に帰った。長女は熊の嫁となり、立派な子どもを産み大きな氏族に発展した。現在も蘭平《らんぺい》一帯には熊と言う氏族が多く住んでいるというのである★26。

このような異類との結婚を通して始祖を語る話は、中国民族には多い。熊と結婚した女性に子どもが出来て、それが氏族の祖となり、今も熊を姓とする家が多いというのは、熊をTotemとするからにほかならない。古朝鮮の檀君《だんくん》もまた、熊女の生まれであることは知られている。また『古事記』には海神の娘の豊玉毘売が鰐《わに》の姿となり出産していたといい、そこに生まれた子孫が天皇の始祖となる。そうした人間以外の異類が人間の領域に侵入することで始祖を語ろうとするのは、人間の側が自然の力を取り込み自然と同等の自然力を得ようとした結果であろう。美和山《みわやま》の蛇神の話も、神や鴨氏の祖だという。この神は蛇神のことであろうから、後に三輪氏が大神（オオミワ）と称するのも、蛇神との結婚によりそれを祖とするからであり、蛇をTotemとするからであろう。「山城国風土記逸文」に賀茂の社の由来譚があり、玉依日売という女性が石川の瀬見《せみ》の小川で川遊びをしていると丹塗矢《にぬりや》が川上から流れて来たので、持ち帰って床辺に挿して置いたら妊娠して男子を生んだという★27。そこで、「人と成る時に至りて、外祖父、建角身命、八尋屋を造り、八戸の扉を竪て、八腹の酒を醸みて、神集へ集へて、七日七夜楽遊したまひて、然して子と語らひて言りたまひしく、『汝の父と思はむ人に此の酒を飲ましめよ』とのりたまへば、天に向きて祭らむと為ひ、屋の甍分け穿ちて天に升りき。乃ち、外祖父のみ名に因りて、可茂雷命と号く。」とあり、父無し子の正体を探ろうとする。これに類似する話は『播磨国風土記』の託賀《たか》郡荒田にも、「此処に在す神、名は道主日女命、父なくして、み児を生みましき。盟酒を醸まむとして、田七町を作るに、七日七夜の間に、稲、成熟り竟へき。乃ち、酒を醸みて、諸の神たちを集へ、其の子をして酒を捧げて、養らしめき。ここに、其の子、天目一命に向きて奉りき。乃ち、その父を知りき。」と見える。酒を醸すのは、父無し子の正体を知り神の意志を探る方法（盟酒）であることが知られる。

果たして神を集めて子に酒を奉らせたところ、天目一命《あめのめひとつのみこと》に向いて酒を奉ったので父神と知った。天目一命は鍛工者の奉じた神で、荒田神社南方に式内社の天目一神社があるという（同書頭注）。これが常陸の晡時臥山の話にも等しいことが知られ、その系統から見るならば、この子は蛇神の子ということになる。

龍に関する話の多い中国においても、蛇の話は少なくない。『太平広記』巻第四五六には蛇に関する多くの話を載せるが、次の王真《おうしん》妻と朱覲《しゅきん》の二話は興味深い。

〔王真妻〕華陰県令王真妻趙氏者燕中富人也。美容貌。少適王真洎随之任。近半年。忽有一少年。毎伺真。出即輒至趙氏寝室。既頻往来。因戯誘趙氏私之。忽一日王真自外入乃見此少年。与趙氏同席飲酌歓笑甚。大驚訝。趙氏不覚自仆気絶。其少年化一大蛇。奔突而去。真乃令侍婢扶腋起之。俄而趙氏亦化一蛇。奔突倶去。王真遂逐之。見随前出者。倶入華山。久之不見。出蕭湘。

〔朱覲〕朱覲者陳蔡遊侠之士也。旅遊于汝南栖。逆旅時。主人鄧全賓家有女。姿容端麗。常為鬼魅之幻惑。凡所医療莫能愈之。覲時過友人飲。夜艾方帰。乃憩歇於庭。至二更見一人着白衣。衣甚鮮潔而入全賓女房中。逡巡聞房内語笑甚歓。不成寝。執弓矢於黒処。以伺。其出候至鶏鳴。見女送一少年而出。覲射之。既中走。覲復射之。而失其跡。暁乃聞之。全賓遂与覲尋血跡。出宅可五里。已来其跡入一大枯樹。孔中令人伐之。果見一蛇。雪色長丈余。身帯二箭而死。女子自此如故。全賓遂以女妻覲。出集異記。★28

中国六朝・唐代には、古来の神々の物語が志怪・伝奇小説へと変容する。これらの話も伝奇的性格を見せるのだが、蛇の怪異は残されている。王真妻の話では、王真の妻は趙氏で、裕福で美しい美貌の妻であった。王真と結婚した後、一人の少年が頻りに妻の寝室へと通うのを王真が見かけると、二人は酒を飲み楽しそうに語らっていた。妻が倒れて意識を失った時、少年は大きな蛇になり去った。妻は侍女に助け起こされると、突然蛇に変身してもう一匹の蛇と共に去った。王真はこれを追いかけて行くと華山《かざん》に入り、久しく見えなくなったと語られている。結婚している妻の元を訪れる少年が蛇であり、妻も蛇となり華山へと隠れる。この蛇は華山の神であると思われる。また、朱観の話は、遊侠《ゆうきよう》の士である朱覲は、汝南の栖《せい》に旅をしていた時、鄧全賓《とうぜんぴん》の家でその家の娘と出会う。容姿端麗で、魔物が彼女を惑わすこと屡々であった。医療でも効果は無かった。朱覲が友達と酒を飲んで帰り、庭で酔いを醒ましていると、二更ころに白衣を着た麗しげな者が全賓の寝室へと入っていった。暫くすると寝室の中から、二人の楽しそうな笑い声がして来た。寝ることも出来ず、弓矢を取って暗闇を伺っていると、鶏鳴の折に女は一人の少年を見送った。覲はこれを弓で射た。矢は中《あた》ったらしく、男は逃げた。覲は再びこれを射たが、見失ってしまった。明け方、全賓と一緒に血の跡をたどって行くと、家から五里ほどの処に大きな枯れ木があり、孔の中を伐らせると、果たして一匹の蛇がいた。雪のように白く、体に矢を二本受けて死んでいた。娘は無事であった。全賓は娘を朱覲の妻としたという内容である。

この二話は必ずしも古代に成立したものではなく伝奇的であるが、異類婚の様態は同じように認められる。蛇に魅入られた女性は、二人とも容姿端麗である。その蛇は、美しい少年となって女の元を訪れる。容姿端麗な女性とは神の求める資格であり、二人の女性はもと神を迎える巫女であったと考えるのが妥当であろう。山に住む蛇も大樹の洞に住む蛇も、本来は村の守護の神であったはずであり、王真の妻が蛇となり共に華山へと隠れた話は、『古事記』型の美和山の話のように、始祖を語るものへと接続する話であった。一方、射殺される蛇は、須佐之男の退治した八俣大蛇のように、邪神へと展開した姿であろう。このような変質は、先に掲げた『常陸風土記』行方郡の夜刀の神の後日談から窺える。

其の後、難波の長柄の豊前の大宮に臨軒しらしめしし天皇のみ世に至り、壬生連麿、初めて其の谷を占めて、池の堤を築かしめき。時に、夜刀の神、池の辺の椎株に昇り集まり、時を経れども去らず。是に、麿、声を挙げて大言びけらく、「此の池を修めしむるは、要は民を活かすにあり。何の神、誰の祇ぞ、風化に従はざる」といひて、即ち、役の民に令せていひけらく、「目に見る雑の物、魚虫の類は、憚り懼るところなく、随臨に打殺せ」と言ひ了はる応時、神しき蛇避け隠りき。謂はゆる其の池は、今、椎井の池と号く。池の回に椎株あり。清泉出づれば、井を取りて池に名づく。

かつて神の地であった葦原に天皇の手が入り葦原が田へと開墾されたが、それでも箭括麻多智は神の社を設けて祀り、その子孫たちも巫祝となり蛇神を祀った。しかし、孝徳天皇の時代に、再び夜刀の神の土地は池の築造のために侵害される。池を造る理由は、民のためであるという。民のためには如何なる神も追い払われるという新たな威力が現れたのであり、そのような天皇の意向は〈風化〉というイデオロギーのもとに旧俗を退けた。風化とは、天皇の徳によって前近代的な人々の生活習慣を、新来の儒教秩序に合わせることである。大化の改新を経て天皇は民を基本に据える政治方針を出し（『日本書紀』孝徳紀）、儒教的な〈民本《みんぽん》〉によって政治理念としたのであった。そうした民本政治の前には、いかなる神であっても逆らうことは出来ないのであり、夜刀の神もまた天皇の前から退散する運命を余儀なくされた。おそらく、蛇神が退散するのは儒教的秩序と深く関係するのではないか。儒教の現実的政治思想は、怪力乱心を語らないからである。中国文献から空想とされる神話が消失したのも、儒教思想によるといわれる★29。天皇の民本の政治的遂行や風化の思想が地方にまで及べば、自然は天皇と対峙しながらも天皇の〈徳〉の前に退かなければならず、対峙を続ければ〈邪神〉となり民の伝統的祭祀を失うことになる。ここには、天皇と神という二者の対峙と親和とが同居しながら、天皇の徳の前からすごすごと退散する蛇神の姿が見られるのである。そのことを物語るように、養老令の「百姓患苦」の事例として、先の『令集解』の注では、

史記曰。西門豹為鄴令。豹到鄴。会長老。問民之所疾苦。長老曰。鄴三老廷掾。常歳斂百姓。収取其銭数百万。為河伯取婦。当其時。巫行視小家・好者云。是当為伯婦。娉取洗沐之。如嫁女牀席。令女居其上。浮之河中。始浮行数十里。乃没。其人家有好女者。恐大巫祝為河伯取之。以故多持女逃亡。後豹曰。至河伯取婦時。願三老語

之。至其時。豹往河上。呼河伯婦。来曰。是女子不好。願大巫嫗為入報河伯。得更求好女。後日送之。即使人抱巫嫗投河中。豹顧曰。巫嫗不来。復欲使廷掾与豪長一人趣之。皆叩頭血流地。後不敢言為河伯取婦。豹即発民。鑿渠十二。引灌民田。皆渠漑。至今得水利。

を挙げているのは、『水経注』の話の続編であり、その出典は『史記』の滑稽《こっけい》列伝（第六十六）であった。そこには皇帝の意向を受けた儒教の徳を持つ官吏が、河伯の生贄となる女性の救済を行い、かつ、灌漑《かんがい》用水を引いて民の田を開墾し、民の利となる事業を行ったという。そのことから見れば、夜刀の神の追放は、天皇の徳によって民の苦患を救済することにあったことが知られる。夜刀の神もまた容姿端正な女性のもとに通い、生け贄を求める旧俗の中にいた神であったに違いない。天皇はそのような在地の支配神に代わり、クニの支配者へと向かいつつあったのである。

5 〈まれびと〉の巡行へ――神から天皇への文化交替

かつて土地の少女を生贄に求めた異類神は、英雄により退治されて神の土地から後退するのだが、松村武雄が述べるように、それは異類が仮面を脱ぎ捨てて、自らが異類を退治することで新たな英雄として登場した姿であるように思われる★30。この英雄の現れこそが自然（動物神）から文化（人格神）への交替によるものと思われる。異類・異形の神が去っても、人々は神の力を求めたからである。各国の「風土記」に見る神々の巡行では、国造りを行い、村を開拓し、地名を定め、穀物をもたらし、耕作を教えるなどの文化英雄の姿を示す。その中でも『常陸風土記』には、倭武《やまとたける》天皇という聞き慣れない天皇が巡り来て荒ぶる者を平定しつつ、土地の予祝を行うという伝承がある。倭武天皇というのも仮面的であるが、これは自然神が文化英雄へと衣替えした姿であるように思われる。

行方の郡と称ふ所以は、倭武の天皇、天の下を巡狩はして、海の北を征平けたまひき。是に、此の国を経過ぎ、即ち、槻野の清水に頓幸し、水に臨みてみ手を洗ひ、玉もちて井を栄へたまひき。今も行方の里の中に在りて、玉の清井と謂ふ。更に車駕を廻らして、現原の丘に幸し、御膳を供奉りき。時に、天皇四を望みまして、侍従を顧てのりたまひしく、「輿を停めて徘徊り、目を挙げて騁望れば、山の阿・海の曲は、参差ひて委蛇へり。峯の頭に雲を浮かべ、谿の腹に霧を擁きて、物の色可怜く、郷体甚愛らし。宜、此の地の名を行細の国といふべし」のりたまひき。後の世、跡を追ひて、猶、行方と号く。(行方郡)

倭武天皇に見られる特質は、一に巡行すること、二に湧水に関係すること、三に高所に登ること、四に四方を望見すること、五に土地を祝福すること、六に土地に名付けが行われること、の六項目にある。いわば、巡行の中で清水を発見し、丘の上から土地を誉め称えて祝福し新たな支配地を定めるという文化英雄の顔を持つ。殊のほか倭武天皇は深く水に関与し、「昔、倭武の天皇、岳の上に停留まりたまひて、御膳を進奉りし時、水部をして新に清井を掘らしめしに、出泉浄く香しく、飲み喫ふに尤好かりしかば、勅したまひしく、『能く渟れる水かな』俗、与久多麻礼流弥津可奈といふ、とのりたまひき。是によりて、里の名を、今、田余と謂ふ」(行方郡)や、角折浜にも「倭武の天皇、此の浜に停宿りまして、御膳を羞めまつる時に、都て水なかりき。即て、鹿の角を執りて地を掘るに、其の角折れたりき。この所以に名づく」(香島郡)のようにあり、水部《もひとりべ》をして新に清井を掘らせたとあることから見れば、井戸掘削の専門知識を有していることが窺える。だが、鹿の角で井戸を掘っているように、卜占により水脈を探し出す能力者の面影を見せている。井戸が重要であったのは、泉水(湧水)を中心として村落が形成されたからであり、倭武天皇は井戸のみではなく村の開拓者として重要な位置を占めるのである。この伝承形式は倭武天皇に限らずに、例えば、景行天皇も「下総の国印波の鳥見の丘に登りまして、留連ひて遥望しまし、東を顧て、侍臣に勅したまひはく、『海は即ち青波浩行ひ、陸は丹霞空朦けり。国は其の中より朕が目に見ゆ』とのりたまひき。時の人、是に由りて、霞の郷と謂へり」(行方郡)とあるように、天皇は各地を巡行することにより、先の一から六のような特質を示すのである。神々あるいは天皇における巡行という行為は、この世界を自然（混沌）から文化（秩序）へと交替させる文化的遷移を意味するであろう。

このような天皇巡行の形式は、すでに八俣大蛇の年毎の訪れのような自然神の巡行ではない。特別な目的、即ち人々に生活の基本となる火や水あるいは技術等の文化を祝福の言葉を通して与えるために巡行するという、新たなタイプの英雄の登場であり、それが良く知られている文化英雄（culture hero）の姿である★31。『風土記』の地名がこうした文化英雄（神）により名付けられたのは、自然誌の発想を基本に持つからであり、自然誌の基本的発想は、『山海経』に見るように地理的説明と名付けが基本にあったのである。神の巡行のもう一つの特質は、土地の女性への求婚にあった。これは訪れる神が女性を生贄として求めた旧俗にあったものであるが、次の文化英雄の段階にも若干ながら継承されたのである。その理由は、始祖を語ることと深く結びついていたからだと思われる。櫛名田比売と婚姻した須佐之男の命は、「其の櫛名田比売を以ちて、久美度邇起して、生める神の名は、八島士奴美神と謂ふ。又大山津見神の女、名は神大市比売を娶して生める子は、大年神、次に宇迦之御魂神。兄八島士奴美神、大山津見神の女、名は木花知流比売を娶して生める子は、布波能母遅久奴須奴神。此の神、淤迦美神の女、名は日河比売を娶して生める子は、深淵之水夜礼花神。此の神、天之都度閇知泥神を娶して生める子は、淤美豆奴神。此の神、布怒豆怒神の女、名は布帝耳神を娶して生める子は、天之冬衣神。此の神、刺国大神の女、名は刺国若比売を娶して生める子は、大国主神。亦の名は大穴牟遅神と謂ひ、亦の名は葦原色許男神と謂ひ、亦の名は八千矛神と謂ひ、亦の名は宇都志国玉神と謂ひ、并せて五つの名あり」（『古事記』上巻）のように、その系譜により綴られる出自の重要さが認められよう。こうした系譜へと至る神々の出自を語るのが、神々の巡行の物語であり、先の系譜の最後に現れた八千矛の神の求婚歌謡は、その典型的な事例である。

そうした神々の巡行と求婚の旧俗を、なぜ天皇が引き受けることとなるのか。その理由として考えられるは、異界の神（異類）と少女（生贄）との結婚（人身御供）の祭祀が存在したこと、その神は文化英雄として新たな装いの中で土地の支配神や始祖となり、その上昇の果てに天皇、すなわちスメロキへと継承されたと思われることである。もちろん神の巡行から天皇の巡幸への展開は直線的ではなく、その間にもう一つの段階を必要とした。そうした過程を示すものとして、『万葉集』の古歌謡に見られる次の歌がある。

隠口の　泊瀬の国に　さ結婚に　わが来れば　たな曇り　雪は降り来　さ曇り　雨は降り来　野つ鳥　雉はとよむ　家つ鳥　鶏も鳴く　さ夜は明け　この夜は明けぬ　入りてかつ寝む　この戸開かせ（巻十三・三三一〇）

隠口の　泊瀬小国に　よばひ為す　我が天皇よ　奥床に　母は寝たり　外床に　父は寝たり　起き立たば　母知りぬべし　出で行かば　父知りぬべし　ぬばたまの　夜は明けゆきぬ　幾許も　思ふ如ならぬ　隠妻かも（巻十三・三三一二）

この二つの歌は「問答」として載ることから、長歌による掛け歌であることが知られる。隠国《こもりく》といわれる泊瀬の国に、ある男が妻を求めて来ると、空は曇り雪が降り雨が降って来たといい、その上に野の雉が騒ぎ、鶏も鳴いて夜は明けてしまい、急ぎ寝室に入り一緒に寝たいから早くこの戸を開けよというのである。古代の妻問いという求婚を色濃く反映した恋歌である。求婚のために泊瀬へと男が赴いて来ると、野の鳥である雉が鳴き、庭で飼う鶏も鳴き出したというのは、いまだ女性の家に至らないのに山では鵺《ぬえ》鳥が鳴き、野では雉が鳴き、ついに夜明けを告げる鶏が鳴いたと嘆く八千矛の神の求婚歌と等しい。そこから類推すれば、泊瀬へ巡行をして来た男は、明らかに神へと遡及《そきゅう》可能な男であろう。しかも、泊瀬の国に巡行して来るのは、娘の呼びかけから「天皇《すめろき》」だということを知る。泊瀬は山奥の狭小の地であり小国と呼ばれたが、そこに「天皇」なる者が訪れるのである。女性は父母に守られているから外出もままならず、それ故に「隠妻」だという。このような女性の生態は古代の社会性を反映しているように見えるが、これはムラにおける神迎えの祭祀構造の中にあると見るのが正しいであろう。「隠妻」とは神に仕えるために外との関係を絶ち、身を清めて隠り待つ巫女《ふじょ》であり、それを管理しているのが父母である。これを櫛名田比売の場合に重ねれば、老夫（父）と老媼（母）が生贄の少女（娘）を用意して、神（蛇神）の訪れを待つという祭祀の形態が認められるのであり、そこに〈天皇〉という神が訪れて来たというのが恋歌成立前史の姿であったろう。その〈天皇〉は〈スメロキ〉と呼ばれており、泊瀬の国を支配する古層の神の姿であろう★32。古い泊瀬小国には、スメロキと呼ばれる神が、年毎の祭りに少女のもとへ求婚に訪れていたのである。

こうした内容を持つ歌謡が祭祀歌謡として認められるならば、おそらく『万葉集』の巻頭に載せられている、泊瀬の王の求婚歌に直接に接続することであろう。

籠もよ　み籠持ち　堀串もよ　み堀串持ち　この岳に　菜摘ます子　家聞かな　名告らさね　そらみつ　大和の国は　おしなべて　我れこそ居れ　しきなべて　我れこそ坐せ　我れこそは　告らめ　家をも名をも（巻一・一）

この歌は春の岡辺で行われていた若菜摘みの祭りに、ある男が若菜を摘んでいる少女に求婚をするという内容である。男は何処の誰とも知れないが、この岡辺に巡り来て最後に大和の国の支配者であることを宣言する。また、家や名を女性に聞くのは、古代の歌の類型によれば求婚の意味である。『万葉集』の配列は泊瀬朝倉の宮、すなわち雄略天皇の時代に置かれ、歌の題詞には「天皇御製」とあるから、主人公は泊瀬の大王である雄略天皇である。雄略天皇は倭の五王の一人である武《ぶ》といわれ、五世紀後半の天皇である。『古事記』や『日本書紀』を見れば英雄天皇として描かれているが、雄略天皇には求婚に関する物語も多い。『古事記』には美和《みわ》河へと遊行した天皇が、河で衣を洗う少女を見初めて求婚する話がある。天皇が少女に名前を聞くと、引田部の赤猪子《あかいこ》だという。そこで嫁がずに待つように命じて宮に帰ったが、ある時、老婆が天皇に面会して八十年も待ったが音沙汰がないので尋ねて来たのだと訴えた。天皇はそのことをすっかり忘れていて、老婆に謝ったという。あるいはまた、吉野川で形姿美麗な童女と出会って結婚し、再び吉野へ遊行して童女に琴を弾かせ舞を舞わせたという。このような河や山中で出会う少女たちは、神を迎える者であると思われるから、天皇前史において神が少女のもとを訪れたということになる。雄略御製からは春の岡辺で神に奉る若菜を摘み神を迎える巫女がいて、そこに巡行して来た神が巫女に求婚し、神の名告りをするという神事歌謡が推測される。

若菜を摘むのは早春であり、春の岡辺で若菜摘みが行われているのは、若菜摘みという春の季節祭に基づく。若菜は春の生命の象徴であり、羹《あつもの》にして食べた。『万葉集』には「春山の咲きのをゐりに春菜摘む妹が白紐見らくしよしも」(巻八・一四二一)のように、少女らの若菜摘みを一目見ようと男たちが窺っていたのである。このような所からは、若菜摘みが男女の出会いや歌垣あるいは聖婚儀礼の場であったことが想像できるのであり★33、それは『詩経』の采蘋《さいひん》や采蘩《さいはん》のような草摘みの祭事詩にも見られ、春の祭事の普遍世界が広がっている★34。そうした普遍性を共有することから、若菜摘みの行事が次のような神仙伝と結びつくことにもなるのである。

昔老翁ありき。号を竹取の翁と曰ふ。この翁、季春の月に丘に登り遠く望むに、忽ちに羹を煮る九箇の女子に値ひき。百嬌儔無く、花容匹無し。時に娘子等老翁を呼び嗤ひて曰はく「叔父来れ。この燭の火を吹け」といふ。ここに翁「唯唯」と曰ひて、漸に趍き徐に行きて座の上に着接る。良久にして娘子等皆共に咲を含み相推譲りて曰はく「阿誰かこの翁を呼べる」といふ。すなはち竹取の翁謝へて曰はく「慮はざる外に偶に神仙に逢へり、迷惑へる心敢へて禁ふる所なし。近く狎れし罪は、希はくは贖ふに歌をもちてせむ」といふ。

この老翁は「竹取の翁」と呼ばれる。春の末に丘に登り遠く望むと、若菜の羹を煮る九人の女子に出逢ったという。その女子らの戯れと老翁との問答が展開し、老翁が若い娘に交わり失礼をしたことから償《つぐな》いとして歌を詠むと、女子らも老翁に身も心も寄せることを詠んで返歌する。その女子らを老翁は「神仙」だという。これを神仙と呼ぶのは、中国の伝奇小説の『遊仙窟』を下敷きとするからだが★35、そこへと辿り着くのは、この若菜摘みでは女性たちが神を迎え神と結婚をするという祭事が存在したからである。老翁とは異界から巡行して来た翁神であり、その老翁の容姿が〈竹取の翁〉の姿であったということになる。中国に竹王始祖伝承があるように、竹取の翁はこの地の始祖であり、人々に文化（教訓）を教えた老翁であったに違いない。『万葉集』には竹・小竹・篠竹などの竹類が多く見られ、篠は「小竹」（紀神代）という。小竹はササである。そのササは「天にある神楽良の小野」（巻十六・三八八七）とあるから、天にササラの小野があり、そのササラは「月別名佐散良衣壮士」（巻六・九八三）ともあり、月の別名がササラエで、ササラの野は月にあることが知られる。ササラは「ササ」を語根とすると思われ、ササは擬音であろう。また『日本書紀』神代紀に彦火火出見尊が釣り針を失い憂いて海辺を彷徨《さまよ》っていると、「時有一長老、忽然而至。自称塩土老翁。乃問之曰、君是誰者。何故患於此処乎。彦火火出見尊、具言其事。老翁即取嚢中玄櫛投地、則化成五百箇竹林。因取其竹、作大目麁籠、内火火出見尊於籠中、投之于海」と見える。塩土《しおつち》の老翁が、袋から櫛を取り出して地に投げると、五百箇の竹林が成り、それで目麁籠を造ったという。この翁は塩筒《しおつつ》の翁とも呼ばれるが、塩土は「塩つ道」のことと思われ、潮路を知る神であろう。その神は呪術者でもあった。しかも老翁と竹の呪力がこのように語られていることを考えると、竹取の翁もまた月のササラの小野の竹の呪力を身に帯びた老翁の意と考えられていたのではないか。その竹取の老翁は季春に丘に登り国見をするのである。国見は舒明天皇が香具山に登り国見をして、国原には煙が立ち海原には鴎が飛び交う素晴らしい国であると大和を祝福する寿詞《じゅし》を述べるが（『万葉集』巻一・二）、この国見が〈天皇〉の専権的な祭祀となるように、クニの王が神から引き継いだ祭事なのである。その前史に竹取の翁の巡行があり、翁は巡行神としてこの春の岡辺で国見を行いムラを祝福し、翁神を迎える土地の少女（土地の女神）と戯れつつ、聖婚へと向かったことが知られる。しかも翁の歌には棄老《きろう》説話に基づく教訓が示されているのは、人のあり方を教えるものである。雄略天皇がクニの王であることを宣言する以前の、村々における神の巡行と聖婚の祭事歌謡がここには存在したのである。その雄略天皇も祭事歌謡の中にあっては、春の岡辺で若菜を摘む少女へ求婚をするという、在地の神である「スメロキ」（祖霊）の姿を見せる★36。そのスメロキは、塩土の翁や竹取の翁と共通する祖神であったのだと思われる。

6　結

このように、前近代の自然神は〈スメロキ〉という新たな神（始祖神・祖神）へと衣替えし、再び巡行を始める。そのスメロキの神の巡行は、やがて律令的な天皇の巡幸へと継承されるのであり、しかも天皇の巡行による国見や祝福は、早くも中国的な天子の望祭《ぼうさい》の様相へと変質し、七世紀の持統天皇の行幸儀礼によりその制度的様式が完成するのである★37。神と天皇との交替という変化は、まさに自然（怪異）と文化（秩序）との交替を意味したのであるが、ここには神々の自然誌が天皇の歴史へと接続して行く、中華文明史的文化継承の様態を認めることが出来るように思われる。それは人間主義を目指す儒教的秩序への憧憬に発するものであり、すでに動物神も半獣神もTotemismも退場することを余儀なくされた。そこには律令的な国土の王である天皇の徳によって導かれるべき、各地の風土・風俗が発見されることとなったからである。

八世紀の史書である『日本書紀』は、そうした天皇の王土についての教化を「導民之本、在於教化也。」（崇神紀）、「夫君天下、以治万民者、蓋之如天、容之如地。」（仁徳紀）、「群卿百寮、以礼為本。其治民之本、要在乎礼」（推古紀）、「思弘徳化、覃被含霊。愛育之情、無隔遐邇。知皇介居海表、撫寧民庶、境内安楽、風俗融和。」（同上）、「然素頼天皇聖化而習旧俗之民、未詔之間、必当難待。」（孝徳紀）のように繰り返し記すことになる。民を本とする儒教的政治制度は、孝徳紀に見られるように、旧俗の慣習の中にある民に対して天皇の聖化を説くものであり、その天皇の教化は急激に地方にも及んだのである。奈良朝の律令官吏である山上憶良も、本貫《ほんがん》を逃亡する農民に対して「この照らす　日月の下は　天雲の　向伏す極　谷蟇の　さ渡る極　聞こし食す　国のまほらぞ」（巻五・八〇〇）というように、日月の下はすべて天皇の治める国なのだと王土の絶対性を教える。神々の自然誌はこうした宣言のもとに交代し、新たに天皇の歴史は儒教知識を教養とする史官に委ねられたのである。

注

1 「日本文学の展開」『文学序説』(岩波書店)。
2 山口昌男「古風土記における『文化』と『自然』」『文化と両義性』(岩波書店)。
3 四部備要本『博物誌』(台湾中華書局)。
4 百衲本『隋書』(台湾商務印書館)。以下二十四史の引用は同書による。
5 中文出版社本による。
6 竹田晃訳『捜神記』(東洋文庫)。
7 『柳田国男集　第四巻』(筑摩書房)。旧漢字は、新漢字に直した。
8 『水経注』(世界書局)巻十、濁漳水条。
9 朝鮮史学会編『三国遺事　巻二』(図書刊行会)。
10 四部備要本『華陽国志』(台湾中華書局)。
11 林珂「古夜郎国的竹王祭」『民俗与曲芸』(台湾)、候哲安「夜郎初步研究」『夜郎考』(貴州人民出版社)、尤中「夜郎民族源流考」(同上)、蒙礼雲「関于夜郎文化的思考」『夜郎研究』(貴州民族文化出版社)参照。
12 新訂増補国史大系『続日本紀』(吉川弘文館)。
13 日本古典文学大系『風土記』(岩波書店)。以下同じ。
14 巻一・三八番歌。中西進『万葉集　全訳注 原文付』(講談社文庫)。以下『万葉集』の引用は同書による。
15 『説文通訓定声』(芸文印書館)。
16 日本古典文学大系『古事記　祝詞』(岩波書店)。以下同じ。

17 日本古典文学大系『日本書紀』（岩波書店）。以下同じ。
18 日本古典文学大系『日本書紀』注17の頭注に「タマは、生命力。ヨリは、憑りつく意。つまり巫女」という。
19 甄萱の神話研究に関しては、金厚蓮・田畑博子編『韓国神話集成』の補注20「後百済の建国神話」に詳しい。
20 黄浿江著・宋貴英訳『韓国の神話・伝説』（東方書店）。
21 西郷信綱は「新しい春を迎える季節祭りを暗示する」『古事記注釈』（平凡社）という。
22 「年中行事」新編『折口信夫全集 17』（中央公論社）。
23 「万葉集の解題」新編『折口信夫全集 1』注22参照。
24 『漢魏叢書』（吉林大学出版社）。
25 林珂「古夜郎国的竹王祭」注11参照。
26 陶陽・鐘秀編『中国神話』（上海文芸出版社）。
27 この丹塗矢の話は、神武記に「三嶋湟咋之女、名勢夜陀多良比売、其容姿麗美。故、美和之大物主神見感而、其美人為大便之時、化丹塗矢、自其為大便之溝流下、突其美人之富登。尓其美人驚而、立走伊須須岐伎。乃将来其矢、置於床辺、忽成麗壮夫。即娶其美人生子、名謂富登多多良伊須須岐比売命。亦名謂比売多多良伊須気余理比売。故、是以謂神御子也」と見える話に類似する。
28 『校補本　太平広記（下）』（中文出版社）。なお、出典の「蕭湘」は不明であるが、「集異記」は唐の薛用弱の伝奇小説とする。
29 玄珠著・伊藤弥太郎訳『支那の神話』（地平社）。
30 『日本神話の研究　第三巻　個別的研究篇（下）』（培風館）参照。
31 「英雄神話」石川栄吉他編『文化人類学事典』（弘文堂）によれば、「人類に役に立つ、あるいは有意義な発明や発見をもたらし、人間世界の文化的秩序の設定に寄与した存在」が「文化英雄」だとしている。
32 辰巳「神に等しい者—スメロキ」『詩霊論　人はなぜ詩に感動するのか』（笠間書院）参照。
33 阪下圭八「聖婚・歌垣・国見」『初期万葉』（平凡社選書）参照。
34 白川静「巻頭の歌」『初期万葉論』（中央公論社）、竹友藻風「ディオニュウソウス」『詩の起原』（梓書房）参照。

35　「竹取翁の論」『中西進　万葉論集第二巻　万葉集の比較文学的研究（下）』（講談社）参照。

36　辰巳「人麻呂の吉野讃歌と中国遊覧詩」『万葉集と中国文学』（笠間書院）参照。なお、天子行幸について蔡邕が「幸者宜幸也。世俗謂幸為僥倖。車駕所至、民臣被其徳沢以僥倖。故曰幸也。先帝故事、所至見長吏三老官属。親臨軒作楽、賜食帛越巾刀珮帯、民爵有級数、或田租之半。是故謂之幸」（『独断』漢魏叢書／吉林大学出版社）と述べている。「行幸」というのは、こうした儒教理念へと置き換えられている。

37　辰巳「天子非即神と反天皇論」『折口信夫　東アジア文化と日本学の成立』（笠間書院）参照。

第二章

神倭伊波礼毘古の誕生

磐座祭祀と石中出生神話をめぐって

1　序

神武天皇は、カムヤマトイハレヒコと呼ばれる。『古事記』（記）では神倭伊波礼毘古、『日本書紀』（紀）では神日本磐余彦火火出見天皇、神日本磐余彦火火出見尊、神日本磐余彦尊、磐余彦尊などのように幾通りかの表記と異称が見られるが、基本的にはカムヤマトイハレヒコノミコトと呼ばれ、亦の名としてカムヤマトイハレヒコホホデミノミコトと呼ばれる。記・紀が共通して呼ぶのは、カムヤマトイハレヒコである。神武天皇という呼称は七八世紀頃の漢風諡号《しごう》であるが、カムヤマトイハレヒコというのは彼に与えられた和風諡号であろう。記のいう「伊波礼」というのは、紀の「磐余」の仮名書きに相当するものであり、また紀が「火火出見」と呼ぶのは、彼の祖父の名を継受したものである。この和風諡号の中には、イハレヒコの出生に関わる因縁が示唆されているように思われる。紀の神話が語るところでは、天孫であるニニギの尊《みこと》（イハレヒコの曽祖父）が天降り、妻となる国つ神の娘の阿多都毘売《びめ》が一夜で孕《はら》んだ事を疑ったことから、毘売は産屋に火をつけて子供を産む。火の燃えさかる中から出現した子供の一人が彦火火出見の尊（山幸彦／イハレヒコの祖父）であり、この彦火火出見の尊と海神の娘である豊玉毘売との間に生まれたのがウガヤフキアヘズの尊（イハレヒコの父）であり、フキアヘズの尊と海神の娘である玉依毘売（豊玉毘売の妹）

との間に生まれたのがイハレヒコの尊で、亦の名がカムヤマトイハレヒコホホデミの尊である。神武天皇がホホデミ（火火出見）と呼ばれるのは、祖父の名を受けたからであるが、それは祖父の出生の由縁を語るものでもあろう。

一方、彼はまた「イハレ」（伊波礼・磐余）とも呼ばれる。このイハレは磐余と当てられることから、一般に地名の磐余に基づくものであるとされる。しかし、カムヤマトイハレヒコホホデミという名称に基づくならば、この名称には二つの類似した意味が込められているように思われる。その一つがイハレであり、もう一つがホホデミである。この二つの名称が一つに結合したのが、イハレヒコホホデミであり、称辞を除くとイハレとホホデミである。ホホデミが祖父の火中出生神話による名を継承したことからすれば、ホホデミと並んでイハレにも神武天皇の出生に関する、ある特別な由縁が与えられているのではないかと思われる。父親が神話的にはホホ（火中）から出生したことを指示するのがデミ（出現／誕生）という名称であると思われるから、それを受けて彼もまた特殊な出生があり、その名に与えられたのではないか。結論的にいえばホホデミがホホ（火中）からデミ（出現）したのと等しく、イハレがイハ（磐）からのアレ（出現／誕生）を意味するものであり、それはイハレヒコの石中誕生を物語る神話であると考えられるのである。

2　日向三代と異常出生譚

イハレがイハアレ（石中出現）であるというのは、もちろん慎重でなければならない。だが、イハレヒコ誕生に到る物語は、異常出生に満ちているのであり、その流れの中にイハレヒコ誕生の物語も組み込まれている。記の神話によれば天孫の邇邇芸の命が天上より降り笠紗《かさ》の地で国つ神の娘である神阿多都毘売《かみあたつびめ》（木花佐久夜毘売）と出逢う。二神は結婚をするが阿多都毘売は一夜にして懐妊し、これを疑った邇邇芸《ににぎ》の命に対して阿多都毘売は「妊娠した子どもが、もし国つ神の子であるならば、産む時に無事ではないでしょう。もし天つ神の子どもならば、無事に産むことが出来るでしょう」といい、戸無し八尋《やひろ》殿を作り殿内に入り土で塗り固め、出産に及んで火を着けた。その時の出産のさまを、記・紀では次のように物語っている。

A故、其火盛焼時、所生之子、名、火照命。此者隼人阿多君之祖。次生子名火須勢理命。須勢理三字以音。次生子御名、火遠理命。亦名、天津日高日子穂穂手見命。三柱（神代記）★1

A′燄初起時共生児、号火酢芹命。次火盛時生児、号火明命。次生児、号彦火火出見尊。亦号火折尊。

一書曰、初火燄明時生児、火明命。次火炎盛時生児、火進命。又曰火酢芹命。次避火炎時生児、火折彦火火出見尊。（神代紀）★2

この火中出産の神話には、火と出産に関わる習俗が想定されるが★3、夫からの疑いに対して火中出産により潔白を証明するというのは、高天の原における天照大神と須佐之男の命との宇気比《うけひ》による子生みの如く、祈誓により真実を明らかにする方法である。ここに生まれた三柱の神は、記・紀ともに火が燃えている中に生まれた神だという。それゆえに火照（火が燃え始めた様）・火須勢理（火の勢いが盛んな様）・火遠理（火の勢いが少し弱まった様）という名が与えられたのである。ただ、記の天津日高日子穂穂手見命の名に関して、その表記の上から本居宣長は次のように述べている。

穂々は稲穂にて、即字の如く、重ね云へるか、又大穂にてもあるべし、【大を、意を省きて、富と云る例、伝七、忍穂耳命の処に委云るがごとし、】穂々と云例は、書記一書に、邇々芸命を、天之杵火々置瀬命ともあり、此火々も稲穂に依れり、【稲穂は、天津日嗣に、重き由縁あること、上に処々云るが如し、考合すべし、然るにこれらの富々を、書紀の字に依て、火の意とするは非なり、火折こそ、生坐る時の火に因れる御名なれ、此亦御名は、天津日嗣しろしめしての御称名にて、彼火に因れることには非ず、故此記に、火照火須勢理火遠理と、火に因れる御名には、皆火字を書るに、同じつゞきにて、此御名のみは、穂字を書て、別たるを以ても知るべし、但書記には、或は彦火々出見尊とのみありて、火折てふ御名をば出さず、或は出しながら、亦御名とせるなどは、火々出見と申す方を、火明などと並べて、火の義に取れる伝なり、されど其はもと混ひつるものにて、正しからず、此記及一書に、火折尊亦号彦火々出見尊とあるぞ、正しかりける、】手は根に通ひ、見は耳と同じくて、並美称なり、★4

記が穂穂手見命と表記していることから、ホホが火々ではなく稲穂に因るのだというのは、おそらくその通りなのであろう。だが、ここでは火中出産を物語る場面であること、それ故に他の二神が火の由縁を以て名付けられていることを考えるならば、第一義的には火々手（出）見の命であることが自然である。それを記が稲穂へと理解するのは、次の段階の問題であり、それだけこの名称は多様であることを示しているのである。それは西郷信綱が「焔は『火の穂』である。そして穂は秀であり、目に立つもの、秀でたもの」★5というように、多義性を認めるべきであろう。何よりも火中出生を語る第一義に基づくならば、それが穂々と書かれても火々と読み取ることが基本となる理解である。また、デミ（手見／出見）は美称ではなく、出現の意味であろう。西郷信綱は「ホホデミのデミはよく分からぬが、デは穂が出るにかかり、ミは尊称と見ておく」（同上）として、デは出るの意味と理解する。デミ（出見）の用例は『万葉集』に「出見」（イデミ）が見られ、「出見浜」（同・一二七四）は出て見るべき良い浜の例であり、「出見向岡」（巻十・一八九三）は出ると向こうに見えて来る岡である。後者から類推すると、デミは出ることと現れることを重ねた用字であることが知られる。デは船出、宮出、打出などに見られるから、イデミのイは接頭語と思われ、古くはデミの用法が存在したのであろう。類似したものに「入出見川」（巻九・一六九六）があり、これはイリ＋イヅ＋ミに分割され、出見はイヅミを意味し、このイ＋ヅミはイ＋デミを可能とするであろう。また安寧天皇の和風諡号は「師木津日子玉手見命」であり、この玉手見（タマデミ）は玉から出現した意味が第一義で、玉に等しい高貴な子として誕生したというのが現実的な意味であろう。デミには〜から出て見る、〜に出現する、〜から生まれるのような意味が含まれているといえる。記に見える弟橘比売の詠んだ「火中に立ちて問ひし君」の歌は、倭建の命が相模で火難に遭遇したことを指すが、その背後には火中出現の神話的要素が含まれていると見ることが出来よう。

　ここに誕生した火照の命は海幸毘古《うみさちひこ》、火遠理の命は山幸毘古《やまさちひこ》と呼ばれて各々の幸を取るのだが、ある時兄弟は幸を交換したことで山幸毘古は釣針を失い、兄から元の針を返すように強く迫られる。火遠理の命は泣き憂いながら翁の教えに従い、海神の宮へと到る。そこで豊玉毘売と出逢い結婚し、海神の宝物を得て本郷へと帰り兄の火照の命を懲らしめて守護人としたという話に続き、海神の女である豊玉毘売が火遠理の命の元へ尋ねて来て、天つ神の子どもは海原に産むことが出来ないのでこの海辺で子を産むといい、鵜の羽を以て産屋を建てる。まだ作り終えないうちに出産となり、豊玉毘売は「他国の人は、子を産む時に本国の姿で産みます。私も本の身となるので、どうか見ないで下さい」という。

B於是思奇其言、竊伺其方産者、化八尋和邇而、匍匐委蛇。即見驚畏而遁退。爾豊玉毘売命、知其伺見之事、以為心恥、乃生置其子而、白妾恒通海道欲往来。然伺見吾形、是甚怍之。即塞海坂而返入。是以名其所産之御子、謂天津日高日子波限建鵜葺草葺不合命。訓波限云那芸佐、訓葺草云加夜。(神代記)

B′逮臨産時、請曰、妾産時、幸勿以看之。天孫猶不能忍、竊往覘之。豊玉姫方産化為龍。而甚慙之曰、如有不辱我者、則使海陸相通、永無隔絶。今既辱之。何以結眤懇之情乎、乃以草裹児、棄之海辺、閉海途而俓去矣。故因以名而、日彦波瀲武鸕鷀草葺不合尊。(神代紀)

　ここに誕生する天津日高日子波限建鵜葺草葺不合《あまつひこひこなぎさたけうがやふきあえず》の命は、神武天皇の父親となる。その父親の出生もまた、海神の娘である豊玉毘売を母とする異類婚によるものであり、しかも娘の正体が記では鰐《わに》であるとし、紀では龍であるとする。それがいずれであるにしても異類との婚姻を通すことで、葦原の新たな支配力を得る根拠となるのであろう。ただ天津日高日子波限建鵜葺草葺不合の命という名称には、その説話性のみならず重要な意味があるように想われる。それは鵜葺草葺不合が名義の中心を占めていることであり、正確にいえば葺不合がその核の部分であろう。産屋を鵜の羽を以て建てたことから鵜葺草が付与され、それが完成しない内に出生したことから葺不合が付与されたのである。紀では「以草裹児、棄之海辺」というのは、いわば草に包まれて捨てられたことをいい、捨てられ御子の説話を示唆していよう。父親も異類婚の他に産屋が未完成でありながら誕生する、或いは捨て子として育てられるという異常出生譚の要素が与えられている。

この天津日高日子波限建鵜葺草葺不合の命は、豊玉毘売の妹である玉依毘売と結婚する。この玉依毘売もまた海神の娘であり、ここにも異類との婚姻が行われてカムヤマトイハレヒコが誕生するのである。

C是天津日高日子波限建鵜葺草葺不合命、娶其姨玉依毘売命、生御子名、五瀬命。次稲氷命。次御毛沼命。次若御毛沼命、亦名豊御毛沼命、亦名神倭伊波礼毘古命。四柱。故、御毛沼命者、跳波穂、渡坐于常世国、稲氷命者、為妣国而、入坐海原也。(記)

C′彦波瀲武鸕鷀草葺不合尊、以其姨玉依姫為妃。生彦五瀬命。次稲飯命。次三毛入野命。次神日本磐余彦尊。

一書曰、先生彦五瀬命。次稲飯命。次三毛野命。亦号神日本磐余彦尊。所称狭野者、是年少時之号也。後発平天下、奄有八洲。故復加号、曰神日本磐余彦尊。

一書曰、先生五瀬命。次三毛野命。次稲飯命。次磐余彦尊。亦号神日本磐余彦火火出見尊。

一書曰、先生彦五瀬命。次稲飯命。次神日本磐余彦火火出見尊。次稚三毛野命。

一書曰、先生彦五瀬命。次磐余彦火火出見尊。次彦稲飯命。次三毛野命。(紀)

記によれば五瀬、稲氷《いなひ》、御毛沼《みけぬ》、若御毛沼の子どもが誕生し、若御毛沼は亦の名を豊御毛沼《とよみけぬ》といい、また神倭伊波礼毘古というのだという。紀も基本的に等しく、一書においても出生の順序に多少の違いが見られる程度である。宣長は五瀬は厳稲、稲氷は稲飯、御毛沼は御食主の義であるとし、亦の名の伊波礼毘古というのは、「書記一書」に見えた「次狭野尊。亦号神日本磐余彦尊。所称狭野者、是年少時之号也。後撥平天下、奄有八洲。故復加号、曰神日本磐余彦尊」とあるのを根拠として、大和の京に遷坐して天下を統治したことによる称ではあるが、伊波礼と称した理由は詳らかではないとする（記伝同上）。ただ、大和での統治に因って磐余彦と呼んだとしても、橿原とは距離的に離れていることから違和感を感じる。何よりも宣長がイハレと称した理由が不詳だとしたのは、大和の十市郡に磐余の地名はあるが、その名に付与する由縁は無い（記伝同上）というように、磐余という地理的な問題を抱えていたからである。しかし、以後の研究においては「大和の畝傍に都を奠め給うた後に、地名の磐余によつて称へた御名である。磐余は畝傍のあたりを広く称へた名である」（次田潤『古事記新講』明治書院）、「伊波礼は大和の磐余であらう。この名は大和の地名から出た名であることは明らかだ」（中島悦次『古事記詳釈』山海堂）、「『いはれ』（磐余）は櫻井市谷に磐余山があるのでこの辺りの男という意味になるが、東征後の名前が遡ってここに用いられている形式になっている」（武田祐吉訳注『古事記』角川文庫）、「伊波礼（磐余）は大和の地名で奈良県櫻井市中部から橿原市東南部にかけての地」（思想大系『古事記』岩波書店）、「『伊波礼』は大和の磐余、『毘古』は美称。この名は大和に宮を定めて天下を治めることを先取りしたもの」（日本古典文学全集『古事記』小学館）等のように、大和の磐余の地が統治に先取りされて磐余彦という名が与えられたとする。またイハレを地名の磐余としながらも西宮一民は、「石寸《いはれ》」の表記は「石村」の古字であるが「村」の古語を「ふれ」ということから、「石村《いはふれ》」によって「いはれ」と訓むのだろうといい、磐余は「いはあれ」の約で「イハレ」と訓み、堅固な村の意味か（日本古典集成『古事記』新潮社）という。二重母音の脱落現象（母音が二つ重なるときに直前の母音が脱落する）から見れば、ifafure よりも ifaare が原則に適うことは明らかであるが、いずれにしても地名を基準としていることに変わりはない。

　これらは書記一書からの理解に基づくものであり、伊波礼毘古が地名に因ると考えるのは至って自然な思考ではあるものの、しかし宣長が疑問視するように、大和統治の象徴として磐余がなぜ選択され、それがなぜ名前に付与されたのかという問題がある。西郷信綱は、「イハレビコのイハレを単純に地名と決めることはできない。第一、すでにカムヤマトといっているのに、さらに地名を取ってイハレビコと続けたりするのはいかにも不自然である。カムヤマトイハレビコとは、宮廷がヤマトに都して天下を治めるに至ったそのイハレ（由縁）を負う君主という意に違いない。その方が、イハレを地名と見るより神武天皇の業績、その初代君主としての位置によくかなう。名づけかたとしても無理がない。書記はむしろ、イハレビコの名から逆に地名磐余を説話のなかにとりこんでいったのだろう」（前掲書）という。イハレは地名の磐余なのか由縁のイハレなのか、問題は解決されていないのである。

3　磐座《いわくら》祭祀と石中出生の神話

古代には樹木とともにイハ（石・磐）に関する語彙が多く見られ、それらには何らかの神話的あるいは信仰的背景があるように思われる。一般的に考えるならば、磐や石が永遠の生命を持ち、そこからトコ（常）という信仰を生み出していることにある。『万葉集』には「波多の横山の巌を見て」詠んだという「河の上のゆつ岩群に草生さず常にもがもな常処女にて」（巻一・二二）★6の歌が見え、ゆつ岩群（湯津磐村）に処女の永遠を祈る。巌の並び立つ景観が斎《ゆ》つ（神聖な）磐群であり、そこに生命力を見ているのである。あるいは祝詞には「堅磐爾常磐爾」（「祈年祭」）★7という表現が多く見られ、頑強性と永遠性とが結合したものである。柳田国男は、そうした石神に関する信仰の事例を多く集めているが★8、そこには日本人の石崇拝にまつわる古代文化を見ることが出来よう。紀には天磐櫲樟船（巻一）、鳥磐櫲樟船（同）、五百箇磐石（同）、磐裂神（同）、磐筒男命（同）、磐筒女命（同）、千人所引磐石（同）、長道磐神（同）、所塞磐石（同）、磐土命（同）、天石窟（同）、磐戸（同）、天磐座（巻二）、天津磐境（同）、磐長姫

（同）、磐石之常（同）、天磐靫（同）、磐根木株草葉（同）、天磐盾（巻三）、磐排別（同）、磐余邑（同）、天磐船（同）、底磐之根（同）、磐衝別命（巻六）、磐城別（巻七）、磐鹿六鴈（同）、磐之媛命（巻十一）、磐坂媛（同）、磐坂市辺押羽皇子（巻十二）、磐木縵（巻十三）、三輪磐井（巻十四）、磐城皇子（同）、堅磐固安銭（同）、紀大磐（同）、市辺押磐皇子（巻十五）、磐城王（同）、磐坂皇子（同）、天萬国萬押磐尊（同）、磐杯（同）、国造磐井（十七）、磐隈皇女（巻十九）、穂積磐弓（同）、大嶋首磐（巻二十）、中臣磐余（同）、葛城直磐村（巻二十一）、土師連磐村（同）、東漢直磐井（巻同）、吉士磐金（巻二十二）、河辺臣磐管（巻二十五）、坂合部連磐積（同）、坂合部連磐鍬（巻二十六）、磐瀬行宮（同）、磐城村主殷（同）、次田生磐（同）、布師首磐（同）、韋那公磐鍬（巻二十八）、樟使主磐手（同）などが見られ、神代には磐を管理する神の他に特殊な磐の事例が多く、それ以後には人名が殆どを占めている。磐が神名として現れるのは、磐を基本とした古代文化が存在したことを思わせ、空を飛ぶ磐船は神話的であり、天磐座は古代の祭祀に関わるものであろう。磐長姫は石のように醜いとされたが、その本質は頑強や永遠のシンボルであったのであり、それが花の美との対比により石の醜へと価値の転換が現れたのである。磐が人名に多く用いられるのは、磐の頑強さが第一義であり、それはいずれトコなる生命力へと向かうことで人名などへ一般化したのだと思われる。

一方、記では磐の字を用いず石の字で表されるのが特徴であり、「石云伊波」（上巻）とあるから、石はイハと訓むことが知られる。記には石巣比売神、鳥之石楠船神、湯津石村、石析神、石箇之男神、千引石、天石屋戸、天堅石、五百引石、底津石根、天石屋、天石門別神、櫛石窓神、豊石窓神、天之石位、天之石靫、石長比売（以上、上巻）、石上神宮、石押分、石城国造、蘇賀石河宿祢石衝別王、石衝毘売命、石无別、石硐之曽宮、石祝作、小津石代之別、御裳之石、堅石、河石、堅石王（以上、中巻）、石之日売命、石上之穴穂宮、石巣別命、石木王、石坏崗、石上広高宮、竺紫君石井、石比売命、小石比売命、石寸掖上（以上、下巻）などが見られ、特殊な働きをもつ神の例が多いのは、石の古い文化性をより強く示すものと思われる。

このような磐や石への古層文化がイハレヒコという人名へと展開したことは、記・紀の事例から知られることである。そしてこの磐余の地名は、神武前紀によると旧名が片居または片立で、皇軍が敵を破り大軍が集まりその地に満ちたので、名を改めて磐余としたという。「屯聚居、此云怡波灑萎」（同上）とも注に見えていて、人が蝟集して満ち溢れることをイハミヰといい、それが磐余の地名になったというのである。これは磐余の起源説話であり、直ちに信頼は出来ない。松岡静雄は磐余をイハ（石）アレ（像）だとしてその由来が、「山上に二躯の自然石像が存したことにある。其は神武紀に夫磐余之地旧名片居、亦曰片立とあるによっても証明せられることで、一体は坐像、一体は立姿であったのである」★9と、石像の存在を推定して由来を説いている。

だが、イハレヒコ（伊波礼毘古／磐余彦）の祖の異常誕生からの流れを汲み取るならば、この名も彼の出生にまつわる名称として考えるのが至当ではないか。何よりも記が伝える鎮懐石伝説は、石と出産との関係を物語っている。神功皇后が新羅へと出兵する時に突如出産の時を迎え、「其懐妊臨産。即為鎮御腹、取石以纏御裳之腰而、渡筑紫国、其御子者阿礼坐」（神功皇后記）のように、石で腹を鎮めたことで出産を延ばすことが出来、帰国して子どもが「阿礼」ましたという。この話は『万葉集』（巻五）にも見られ、また『筑前国風土記』には、「息長足比売命、欲伐新羅、閲軍之際、懐娠漸動。時取両石、挿著裙腰、遂襲新羅。凱旋之日、至芋湄野、太子誕生。有此因縁、曰芋湄野」★10とあり、この由来により世間の女性は突如腹の子が動くと裙の腰に石を挿むのだという。これは石から生まれた話ではないが、子どもの出産を調節するのが石だということであり、その調節の結果として子どもが産まれたというのであり、そこにも石神信仰が見られる。

イハレ（伊波礼）ヒコがイハアレ（伊波阿礼／石中出現）ヒコという名であると仮定すれば、そのような名の類型が存在するのかが問題となる。例えば、記に「兄名蝿伊呂泥、亦名意富夜麻登久迩阿礼比売命」（孝霊記）とあるのが相当するのではないか。兄姫の名は蝿伊呂泥で、亦の名はオホヤマトクニアレヒメの命だという。この蝿伊呂泥の亦の名とイハレヒコの亦の名を分割化すれば、次のような形になる。

オホ（大）＋ヤマト（倭）＋クニ（国）＋アレ（阿礼）＋ヒメ（比売）

カム（神）＋ヤマト（倭）＋イハ（磐）＋アレ（阿礼）＋ヒコ（比古）

この二つの奇妙な偶合は、稀な類型の中にある。そして、彼女の名の本質はクニアレにあり、その文脈の理解は「（倭の）国に生まれた」となるはずであるから、イハアレもまた「（倭の）磐に生まれた」となるのが必然であろう。国に生まれたというのは理解可能であるが、磐に生まれたというのは奇妙である。この奇妙さはイハレヒコの出生が神話性を有するからで、そのような神話的背景に石中出現神話が存在するのだと思われる。

石の中から誕生する物語は、天照（アマテラス）大神の天の石屋隠りに見られる。記には須佐之男の命の乱暴により石屋に隠った大神を呼び出そうと、高天の原の神々は祭祀を行ったことが見える。神々の楽しげな笑い声に疑問を持った大神が戸を少しばかり開けると、手力男の神が大神の手を取り引き出した。これにより高天原及び葦原中国は自ら照り明るくなったという。ここには太陽（日神）の再生・復活の祭祀が指摘されているように、新たな太陽の誕生を語るものであり、西郷信綱は「この再生を通して天照大神は始めて名義どおりに天照大神に、つまり高天の原の至上神になり、さらにいえば天空に輝く太陽神として誕生したのである」★11という。新たな太陽神の復活が石屋からの誕生であることからいえば、イハヤアレに違いない。この石屋を宣長が「必しも実の岩窟には非じ、石とはたゞ堅固を云るにて、天之石位天之石靫天之磐船などの類にて、たゞ尋常の殿をかく云へるなるべし」★12というのは、やはり第二義的な解釈に偏るものであり、神話的には石屋（岩窟）であるべきである。しかも天石門別の神（神代記）という神名が見えるように、手力男とは別に石門を開けて石屋から神を導き出す、いわば専門職の神が存在したことが推測される。

アマテラス大神の石屋からの再生の段では、さまざまな祭祀が執り行われ、その様子は長鳴き鳥を鳴かせ、天の香具山の鹿の骨で占い、天の香具山の真賢木に鏡、勾玉、和幣《にぎたえ》を掛けて祝詞をあげ、天宇受売の神懸かりした踊りに神々は笑いどよめいたという。この石屋戸祭祀の意味するところは、磐座祭祀の反映であるように思われる。記は邇邇芸の命の天降りに際して「離天之石位、押分天之八重多那雲而、伊都能知和岐知和岐弖、於天浮橋、宇岐士摩理、蘇理多多斯弖、天降坐于竺紫日向之高千穂之久士布流多気」という。この天之石位《あまのいわくら》は、紀によれば「天磐座、此云阿麻能以簸矩羅」（神代紀）とあり、アマノイハクラである。天孫はこの磐座から天の八重雲を押し分けて天降るのであるが、その時の「天之石位／天磐座」とは何を指すのか。天孫降臨条に関する紀では、

Ⅰ皇孫乃離天磐座、天磐座、此云阿麻能以簸矩羅。且排分天八重雲、稜威之道別道別而、天降於日向襲之高千穂峯矣（神代紀）

Ⅱ皇孫、於是、脱離天磐座、排分天八重雲、稜威道別道別、而天降之也。（神代紀）

Ⅲ一書曰、高皇産霊尊、以真床覆衾、裹天津彦国光彦火瓊瓊杵尊、則引開天磐戸、排分天八重雲、以奉降之。（神代紀）

Ⅳ於是、火瓊々杵尊、闢天関披雲路、駆仙蹕以戻止。（神武即位前紀）

のように記している。Ⅰは「離天磐座」といい、Ⅱは「脱離天磐座」といい類似しているが、Ⅲは「引開天磐戸」といい、Ⅳは「闢天関」という。天関は天闕《てんけつ》と同じく天の門である。磐座には天の門があるのである。ⅢおよびⅣに基づけば天孫は天の磐戸（天の門）を開いて出現したことを意味し、ⅠとⅡの話はその上で天降りのために磐座を離脱したということであろう★13。磐座は古代祭祀の重要な斎場であり、奈良県三輪山の磐座からは須恵器、土師器、臼勾玉などの祭祀具が多く出土したことから、大場磐雄は「自然石を磐座として三輪山をおまつりし、祭器類はそのまま下に埋納した」★14という。そうした磐座祭祀の調査・研究は各地の磐座の発見とも重なり詳細にされつつある★15。天孫が天の磐戸を引き開いたというのは、明らかに磐座からの出現（阿礼）を意味したのであり、それはまさにイハ

アレ（伊波阿礼／磐余）を語るものであるに違いない。天孫邇邇芸の命（瓊々杵《ににぎ》の尊）は、アマテラス大神と等しく石屋（磐座）から出現し、新たな霊力を得て天降ることになるのである。そのような祭祀が磐座で演じられたということになり、磐座祭祀の根義は新たな神の誕生を促すものであったといえる。かかる磐座祭祀の痕跡は、『万葉集』の人麿の詠む皇子挽歌に「天原石門乎開神上々座奴」（日並皇子殯宮挽歌）「天都御門乎懼母定賜而神佐扶跡磐隠座」（高市皇子殯宮挽歌）と見え、亡き皇子は天の門を開けて磐隠れするのだという思想の中に残されているのである★16。

このようにイハレヒコホホデミという名称は、祖父の火中出現と、皇祖神アマテラス大神及び天孫ニニギの尊の石中出現（石屋／磐座）とを受けたものであり、さらにイハレの名称が、神々の再生を願う磐座祭祀とその神話とを背景に付与され、かつ倭国を統一する初代王としての資格を与えられたことによる神話的名辞であったと思われる。堀内民一氏は磐余を宮名とする稚桜宮（履中紀）・甕栗《みかくり》宮（清寧紀）・池辺双槻《ふたつき》宮（継体紀）が、香具山を中心とした天壇としての地形であるという興味深い指摘をしているのは★17、清寧天皇の即位に「命有司、設壇場於磐余甕栗、陟天皇位」とある即位儀礼とも関与するからであろう。むしろ壇上即位は磐座祭祀の後に現れた、中国の皇帝即位に倣うものであったと思われる。

4　結

カムヤマトイハレヒコホホデミの尊（神武天皇）は、燃え盛る火中から誕生した祖父、海神の娘（ワニ）との異類婚により生まれた父、そして自らも海神の娘から生まれるという異常出生の系譜を持つ。ホホデミという名は、祖父の名を受けたものであることは明らかであり、イハレヒコという名にもこの神話のストーリーとは別に、ある出生の因縁が付与されていると思われる。イハレがイハ・アレの意であれば、それは石中からの誕生を意味した。岩屋戸から誕生するアマテラス大神や、石位（磐座）の戸を開けて出現する天孫ニニギの命のように、イハレヒコという名は石中から出現する神話と祭祀の系譜を併せ持つ。

その直接的な名は、曾祖父のニニギの命の石門からの出現を受けたものであり、石（磐）は出産を調節する呪力や堅固さによる永遠性への期待があり、そうした石中出現による神が、民族の始祖となった神話は台湾諸族に多く見られる★18。それもまた民族文化の基層にある、イハアレ神話によるものであろう。イハレヒコの誕生においては、天照大神の岩屋戸からの出現や、ニニギの命や日の皇子が石門を開いて降臨する神話に反映されていて、それは古代の磐座祭祀を通して誕生する神々の系譜を継受し、さらに岩石の頑強さと常なる性質を称辞として付与されたことに因ると思われる。それもまた古代的な石の文化を基盤に据えたもので、地名の磐余も、古代の磐座祭祀が行われた聖地であった可能性は十分に考えられよう。いわばイハレヒコ・ホホデミという名は、高天の原神話と日向三代の神話が集約された象徴的な名称であったのであり、そのような祖先の神話的事跡を背負わされて誕生したのが、初代神武天皇となるカムヤマトイハレヒコであったということである。

注

1　日本古典文学大系『古事記　祝詞』（岩波書店）による。以下同じ。
2　新谷尚紀『生と死の民俗史』（木耳社）参照。
3　日本古典文学大系『日本書紀 上』（岩波書店）による。以下同じ。
4　『本居宣長全集　十』（筑摩書房）。
5　『古事記注釈　第二巻』（平凡社）。
6　中西進『万葉集　全訳注 原文付』（講談社文庫）による。

7　日本古典文学大系『古事記　祝詞』（注1）による。
8　「石神問答」『柳田国男全集　第十一巻』（筑摩書房）参照。また前掲注2『生と死の民俗史』にも詳しい。
9　「イハレ」『新編　日本古語辞典』（刀江書院）。
10　日本古典文学大系『風土記』（岩波書店）。
11　『古事記注釈　第一巻』（注5）による。
12　『本居宣長全集　九』（注4）。
13　『まつり　考古学がさぐる日本古代の祭』（学生社）。
14　辰巳「日の皇子と高天の原神学」『折口信夫　東アジア文化と日本学の成立』（笠間書院）参照。
15　例えば、辰巳和弘『聖なる水の祀りと古代王権　天白岩座遺跡』（小学館）参照。
16　辰巳「日の皇子と高天の原神学」（注14）参照。
17　「磐余」『國學院雑誌』七三六号（昭和四十五年十一月号）。
18　佐山融吉・大西吉寿『生蕃伝説集』（南天書局）、巴蘇亜・博伊哲努『台湾鄒族的風土神話』（台原出版社）参照。

第三章
苗族の焚巾曲と兄妹の恋
恋歌はなぜ兄と妹の関係で歌うのか

1　序

ここに中国少数民族苗《みやおぞく》族に伝えられている「焚巾曲《はんきんきょく》」★1という叙事詩がある。これは以下に示すように、葬送にあたり死者が旅をして楽土へと至る道行きの記録であり、「指路経《しろきょう》」と呼ばれる、いわゆる死者の書である。この中に兄と妹の恋の物語が見られ、その兄と妹が結婚をして民族の祖先となることが記されていることに注目される。中国少数民族の恋歌が〈兄と妹〉との関係で歌われるのには、このような神話的背景が存在するのではないかと推測される。古代日本においては背と妹との関係で恋歌が歌われているが、この背と妹という呼称は恋人関係にある者が互いに呼び合うものとするのが通説である。しかし、背は和語では兄の意味であり、妹はそれから見れば同母の妹の意味であることが知られ★2、背と妹とは同母の兄妹であることを思わせる★3。なぜ恋歌が兄と妹との関係において詠まれるのかはまだ謎が多いが、このような現象は中国少数民族の恋歌においても同じである。日本において兄と妹による恋歌の生成理由は不明であるが、中国少数民族の事例を検討すると、そこには天地創造から始まる民族の誕生・洪水神話・兄妹の結婚・母の死と死者の旅などに関わる叙事詩が存在する。それ自体は中国少数民族の事例であり、日本の古代に連接させることは慎むべきであるが、恋歌を兄と妹とで歌い会う問題を考えるに際しては、一つの参照軸となるに違いないであろう。

以下は、「焚巾曲」の解説である★4。この曲が伝えられているのは貴州省台江県台盤地区であり、演唱者は同県台盤公社排羊公社苗族歌手の ghet gad ghetkod wuk yut wuknax である。また採集者は王秀盈《おうしゅうえい》で、採集時は一九八〇年二月である。内容が重要であることにより、出来る限り多くの内容を翻訳して掲載する。

「焚巾曲」は黔《きん》東南自治州苗族の喪葬風俗の歌である。普段は唱わず、老人が天寿を全うして眠りに就き埋葬する当日の夜に唱う。併せてまた一般の人の唱うものではなく、巫師にお願いして唱って貰うものである。唱う時に死者生前の頭巾・腰帯、脚絆《きやはん》などを燃やす。この歌を唱う目的は、死者の霊魂を祖先の遷徙《せんし》して来た道に沿って送ることにあるのであり、一歩一歩遠い祖先が住んでいた東方の故郷の家へと帰り、その後再び天上の始祖である胡蝶媽媽《こちょうまあまあ》(妹榜妹留)と遠い祖先の央公の住んでいる月へと行くのである。

この歌は黔東南苗族地区に広く流伝している。民間には口本が少なからず有り、歌名は統一されていない。多くの土地では「焚巾曲」(hxak 歌 peed 焼 qub 巾)と呼び、ある地方では「焚縄曲《はんじょうきょく》」(hxak 歌 peed 焼 hlat 縄)と呼び、またある地方では「賛娘歌《さんじょうか》」(hxak 歌 hent 賛 nal 娘)と「帯路歌」(hxak 歌 yang 引 geed 路)と呼んでいる。「焚巾曲」というのは、頭巾や腰帯や脚絆を焼くことにより名付けられ名で、「焚縄曲」というのも同じであり、苗語の巾、縄も同義であり、「賛娘歌」は歌の中に死者生前の功労を内容とするものが少なからず、それで名としたものであり、また「帯路歌」とは死者の霊魂を故郷の家へと連れて帰る目的から名付けられたのである。それぞれの呼び名はいずれも正しいものである。ただ、我々は多くの地方に用いられている呼び方、および苗語の頭巾・腰巾の巾(qub)と漢語の曲(qu)とが音が近いことから、「焚巾曲」に統一して用いる。

「焚巾曲」は長詩であり、その内容はかなり雑然としている。それは民族の来源、民族(部族)の戦争と遷徙を包括し、死者の出生、成長、恋愛、結婚、出産と育児、生産と労働および故郷の家に連れて帰るのに経過する各地の詳細な描写と歴史変遷とを包括している。併せて洪水神話と兄妹結婚の原因、また洪水を収めた生き生きとした描写も含まれている。このほか、またいくつもの興味ある民俗や歴史が入り交じっている。例えば、長詩が反復して唱う祖先たちの最初の居住地である東方の故郷は〈渾水緑水《こんすいりょくすい》〉（ある歌では渾水黄水）の浜という如きである。描写の地形や環境に従って見ると、黄河下流域および渤海《ほっかい》の浜に頗る似ている。渾水とは黄河を指していると見ることも可能であるが、緑水は何処であろうか。ただ、大海は緑である。また、長詩が唱う三度の苗・漢戦争の如きは、漢族が渾水の上流域（すなわち西方）から船に乗り下って来て苗族を攻撃した。両次の大戦は漢族がみな敗北した。第三次では漢族が別の一部族と連合して苗族を攻撃した。使用したのは弓矢であり、苗族の首領はこれに中り死亡し、苗族は戦いに敗れ、最後に渾水の浜の懐かしい故郷を出て、遠方へと移り四方へと逃げて漂泊の悲惨な生活を強いられた。これに似ているのは蚩尤《しゆう》と黄炎の戦い、および夏《か》禹《う》が三苗を三危に遷したことなどの影であり、そこにかすかな手がかりがあるのではないか！これらは歴史書などを読まない苗族の巫《ふ》師《し》たちが、どのようにしてこうした歴史を知ったのだろうか？「焚巾曲」は巫師たちの独占するもので、一般人は掌握していない。これら長詩の内容は、研究するに値するものである。

「焚巾曲」が唱われる前に、喪家では長テーブルを一つ（楓の木で作ったもの）を準備し、家の中央に備え、テーブルの上には煮た鴨や鶏を各一羽（頭は背の上に置き、それぞれに箸を一膳煮た鴨と鶏の背に挿す）を用意し、テーブルにはまた祭祖酒を三杯、木の升一つ、テーブルの下には一つの竹籠を置き、それに米を盛り（これは歌唱する巫師の謝礼である）、籠の口に新しい白い布を二張（これも巫師への謝礼）、テーブルの下にはまた木製の洗面器一つがあり、これには少しばかりの清水が入れてあり、蓋の上には新しい白い布が一張ある。歌唱が終了した時に、この白い布を盆の中で燃やす。それで亦の名を「焚巾」というのである。

唱歌を開始する前に、喪家には賓主が家の中に集まり、テーブルを囲んで座る。家族の長老が座るのはテーブルの傍で歌場を管理する。喪家の年輩者、新しい各門親戚の順序を案配し、一門親戚の名前を点呼し、彼らに「焚巾曲」を唱うようにお願いする。呼ばれた者は等しく遠慮して引き延ばして唱うことはできないといい、ただお金を出すから人に唱って貰うことを願い出るのである。ここに各自お金を取り出してテーブルの上の木の升の中に放り込む（多少に拘わらない）。その後に歌場の管理者は正式に巫師にお願いして唱ってもらうのである。歌唱が済んで管理者は籠の口の白布を巫師の腕の上に掛け、併せて籠の中の穀物を巫師に上げるのである。最後に客人たちが買った歌のお金を聞きに来た人たちに分け与える。

ここに重要なのは、この物語は天寿を全うした老人のために、その死者の霊魂を祖先の遷徙して来た道に沿って送る時のものであり、それは巫師によって語られるということである。祖先の遷徙して来た道というのは、その民族が戦争、迫害、凶作など何らかの理由で故郷を離れて移動を行い（遷徙《せんし》）、通過して来た道のことである。現在の新天地に至り着いて生活を始め（定住）、現在の土地で死者が出ると、死者の魂はかつて祖先たちが移動して来た道に沿って故郷へと戻るのである。「焚巾曲」の主要内容は死者の魂が故郷へと帰る物語りであり、その死者の系譜へとたどり着くのが物語前半に展開する兄と妹の恋と結婚の物語である。

2　焚巾曲と民族の系譜

最初に老人の死から物語は始まる。この部分は序章に当たる。

老人は短命にして、老人は長い眠りに就き、長い眠りから起きることはない！泣き叫びながら客人たちがやって来て、主客みんなやって来て、老人の死を悼む。老人の死を悼み、みんなお金を取り出し、私らの唱う歌を買い、老人を連れて旅に出るのだ。天上の胡蝶媽媽の家に行くのに、金銀の食べ物を集め、出掛けて金銀を集めて来て、

出掛けて金銀を集めて来て、出掛けて金銀を集めて来て、兄は御飯に責任を持ち、妹は着物に責任を持ち、あなたは裕福で私も裕福で、主人と客人それぞれみんな金持ちであった。

老人の死によって客人たちが老人たちの家へと集まり、巫師はこの歌によって死者を連れて旅に出るのだという。兄弟姉妹たちは葬送の準備に余念無く、死者が天上へと行くための金銀（旅に必要な物品）が集められ、これから葬式が始まる内容が歌われる。これに続いて語られるのが第二章であり、天地開闢と祖先の誕生の物語である。

混沌とした太初の時、朦朧とした歳月の中、蝶媽《ちょうまあ》は老人（姜央《きょうおう》公公）を生み、遠い祖先の央公（姜央公公）を生み、央公は我等の媽媽を生み、媽媽は我等みんなを生んだ。男の子を生んで懐中に抱き、女の子を生んでオッパイを与えた。生まれた男の子はベッドから下り、生まれた女の子はベッドから下り、その場でオッパイを飲み、しばらくオッパイを飲んだ。三日三晩を経て、三日目に媽は人を呼び、老人が家に来てくれるようにお願いし、老人たちに家に来てくれるようにお願いした。老人たちに家に来てくれるようにお願いし、老人たちが媽の家に至り、媽は花鶏を殺し、鴨をつぶして女の子の誕生を慶び、鴨をつぶして兄の誕生を慶び、鴨をつぶして末子の誕生を慶んだ。鴨をつぶして末子の誕生を慶び、老人たちが来て、好い名をつける。名前を妹妹と付け、名前を哥哥と付け、詳しいことは母の兄弟に伝え、おばさんは背帯を縫い、おばさんは背帯を縫い、おばさんは子どもの生まれたのを慶び、一羽の鶏を選び、一匹の布を選んだ。おじさんはどんなものを贈ったのか？おじさんはどんなものを贈ったのか？おじさんは緞子を贈った、おばさんも緞子《どんす》を贈った。一段の布は青々として上品だ。

天地開闢の時へと時間は遡る。朦朧とする歳月の中に「蝶媽」が現れて老人を生んだという。蝶媽がどのような存在か不明であるが、そこに生まれた老人は遠い祖先で姜央公公（央公）と呼ばれる。その老人の央公は我らの媽媽を生んだというのは、媽媽は母の意味であるから、民族の母を意味する。その媽媽は我らみんなを生んだというのは、この媽媽が民族のすべてを生んだことを指しているが、それは最初の母なる存在を指すのであり、この媽媽が生んだのは、まず女の子の「妹妹《めいめい》」と男の子の「哥哥《があが》」である。媽媽までをたどると蝶媽が央公を生み、央公が媽媽を生む。この央公は野火が木々を燃え尽くし、洪水が山を崩して人類がすべて滅んだ時に、姜央兄妹が生き残り二人は結婚するという叙事詩があり、姜央は姜央老大人と呼ばれている（『苗族古歌』貴州民族出版社）。そのような古歌を背景としながら、媽媽に妹妹・哥哥が生まれる。妹妹は妹、哥哥は兄の意味である。つまりここに媽媽は兄と妹の双子である二人の兄妹を生んだのである。天地開闢に関する神話では天地がまだ生まれない時に、半神半人のものが現れ、次に姜央が天地やすべてのものを創造したという（『苗族古歌』同上）。これらを考えるとここでは祖先の神と民族の母の誕生が語られていることが知られ、ここから兄と妹の誕生に連接していることが知られる。次に第三章では、兄と妹の成長のことが語られることとなる。

妹はまだ針のように小さく、兄はまだ若い葉っぱのようで、上の丘に行くのに媽は背負い、家に帰るのに媽は背負い、媽はまた頬ずりしまた口づけをし、媽は妹妹に頬ずりし、媽は哥哥に頬ずりした。媽は子どもを背負って労働し、虫を捕らえて水牛に見立て、稲藁で芦笙《ろしょう》を作り、妹は面白がって大笑いし、兄を騙《だま》して喜ばせる。妹はおとなしい性格で、媽媽は安心し、一生懸命に働いた。一年が過ぎ、二年が過ぎ、三年目に子どもは大きくなり、三年目に這って進むことが出来て、三年目に大きくなり、三歳で道を行くことが出来、火灰で田を造り、三脚で銅鼓を運び、大人に跳舞を学び、向日葵《ひまわり》の茎で碓を作り、媽媽から米搗きを学び、一年が過ぎ、二年が過ぎ、四歳になり、四歳になり歩くことが出来て、四歳になりよその家に遊びに行くことが出来て、歌を学び唱うことが出来た。七歳になりまた大きくなり、七歳になり媽の後ろについて行き、肉や野菜を取ることが出来て、薪を拾うことが出来て、媽の仕事を手伝い、媽媽を喜ばせた。七歳の兄はまだ幼く、八歳の兄はまだ幼く、兄はまだ股割れズボンを穿き、妹はまだ短いスカートを穿き、放牧場の山野に在り、竹の竿で牛を追いかけ、牛を追いかけ蚊が飛んでいるようで、まだ愛情を理解していない。一年がまた過ぎて、二年がまた過ぎて、十歳の兄は大きくなり、十歳の妹は大きくなり、兄は成長して青年となり、妹は成長して娘さんとなり、十歳で相手を探すのに若者たちと一緒に遊び、遠くまで遊びに行き、一夜に九つの集落に行き、十夜に九カ所に遊びに行き、十夜に九カ所の客人に倍して遊んだ。

幼い妹と兄の成長が語られる。媽媽に背負われ、あるいは後ろについて歩き、次第に成長して媽媽の手を離れ、集落の若者たちと遊び楽しむところまでが語られる。続いて第四章では、兄と妹が成長するに従い心を寄せ合い恋をし結婚するまでが語られる。

友だちが一人で遊んでいると、兄は一緒に遊び、妹は一緒に遊び、南利の水車のように堅牢で、九つの石が支え、九つの台が支えて安定していて、固くタガを締めたように兄はあり、固く巻き付いたように妹はあり、大水が来て水が激しくぶつかりギシギシと鳴っても、大水が河床に満々と漲り、大水が激しく土手にぶつかり、大水が水車をうち砕くようでも、水車は蹴散らして縄がタガを締めるように、兄が離れようとしても妹は合うことを求め、妹が離れようとしても兄が合うことを求め、大水が引くのを待ち、支えの根幹は堅く、二人の愛情は依然として初めのようで、依然として一対であり、愛情は依然として元のようであり、兄は離れて久しくある筈はなく、妹も離れる筈はない。欧利の水は川底を浸食して綺麗になり、妹の心は誠実で、兄の心も誠実で、純潔さは天上の月のようで、真心の兄は誠意あり、どんな人よりも勝れ、心から一対となり、生涯を共にしようとする。

一月が来て、二月が来て、木々の葉は芽吹き、白い花は満開になり、気持ち良く二月の春を楽しく過ごし、春を楽しむのは過ぎてからでは出来ず、二月の春は、一緒に楽しく過ごし、一人では不安であった。二月の春が来て、兄は山に行き、田を耕し山の大切な土地に、田を耕して水を引くのに、溝を掘って水を流した。二月の春が来て、妹は山の上に行き、大切な土地に野菜を植え、春風が吹いて顔を払い、髪は飄々と靡いた。兄は草笛を吹き、妹は頭巾を取って応え、兄は高い山を下り、妹も高い山から下り、互いに土手の辺で会い、山際の楓の木の下に座り、楓の木は葉を茂らせ、楓の枝は兄を遮り、楓の枝は女の子を遮り、遮られた処で兄は思いを語り、遮られた処で妹は思いを語り、遮られた処で兄は愛を説き、遮られた処で妹は愛を説いた。恋歌はのびやかに、愛のささやきはやさしく、飛歌《ひか》は芦笙を吹くようで、恋歌は芦笙の響きのようだ。歌声は聞く人を感動させ、飛んでいた鳥もやって来て、鳴く虫も鳴くのを止め、画眉鳥《がびちょう》もやって来て、佳発鳥は山からやって来て、蓓蕾《ばいらい》鳥も山からやって来て、錦鶏《きんけい》はそこから去ることを願わず、妹の歌声を学ぼうとし、兄の歌声を学ぼうとした。鶺宇《せきう》は山からやって来て、楓の樹の傍に止まり、鶺宇は兄に言う、鶺宇は妹に言う「一緒になるのは青春の時で、青春が過ぎれば一緒になれず、青春の時が過ぎれば、若い葉も黄色く色づき、若者は老人となる。青春の時を過ぎると、若菜も黄色くなり、菜は食べられず、菜は味わいを失ってしまう。青春の時を過ぎたら、恋人たちは老人となり、恋人たちは結婚が出来なくなり、睦言もする気がなくなる」と。

二月の春が過ぎ、高い山へ行くと、田圃の水は春風に吹かれて青波を起て、木々の緑の葉は翻り波濤のようで、鳥たちはチイチイと鳴き、人の心は沸き返るように跳ね、この時に結婚をすべきではないか兄よ、この時に結婚をすべきではないか妹よ、長い間引きずるべきではないよ妹よ、長い間引きずるべきではないよ兄よ、春の二月が来たので、山の麓へ行き、兄は一緒になりたいと思い、妹は一緒になる心があり、兄はその機会をどのようにつかまえるのか。妹は何を用意して交換するのか。兄は指輪を用意し、妹は花巾《かきん》を用意して交換する。高い山に登り、銀の指輪はあるだろうか。花手巾はあるだろうか。蒿芝樹《こうしじゅ》の根を抜き、芦笙の長い竹の節で、上手に兄は刻み家に帰り、上手に妹は刻み家に帰った。心は平静ではなく、身体は普段を装い、笑いさざめく媽媽は米を搗き、瓶に酒を醸して待ち、笑いさざめく媽媽は銀の宝を得、銀の宝は少しではなかった。妹は市場で何を買うのか？市場で花糸を買い緞子を買い衣服を縫い、花巾を買い結婚する。市場の後ろで青傘を買い、市場の入り口で竹篭を買い、緞子を六尺買い、金箔を買い刺繍に用いる。市場で青い靴下を買い、洗濯石鹸と洗面石鹸を買い、青布を買い衣服を作り、金花の刺繍の入ったハンカチを買った。花糸を五銭分買い、金箔を一捧買い、刺繍をして花衣を作り、六層の花頭に刺繍し、身体を美しく装い、あなたたちの集落を過ぎて、あなたたちは妹のことを思うのだ。刺繍の美しい花頭巾、吃新節《きつしんせつ》に至り兄に贈り、結婚の心を表すのだ。兄は市場へ行き何を買うのか？市場で塵取りを買い、鍬と砥石を買い、篭を買い、二つの曲がった鍬を買い、一つは兄のために、一つは妹のためである。鎌を買い柴を切り、二つの柴刀を買い、良く切れる斧を買い、草を刈りまた柴を切る。市場の後ろで猟銃を買い、市場の入り口で指輪を買い、指輪を買い布を買いズボンを縫う。芦笙の笛を買い、芦笙を吹く広場へ行き、妹を呼ぶとやって来て、兄と一緒に愛を語らう。兄と一緒に愛を語らい、ともに深夜に至り、二月の春風が吹き、火も消え香も消える時、子どもはみな眠り、老人もみな眠り、ここには兄と妹がいて、門外に一緒にいて、一緒に深夜に至った。青春の歌を対唱し、結婚の歌を唱い、恋歌はのびやかに響いた。一緒に深夜に至り、鶏は竹篭の中に鳴き、犬は大門の入り口で吠え、終了したのだ妹よ、終了したのだ兄よ、行って働かねばならず、明晩また遊び、一緒に深夜に至ろう。二月の春は移り、二月の天気は暖かく、二月は一緒になるのが良く、約束は天の引き合わせだろうか。約束は鼠が天に引き合わせ、半夜に結婚をする。約束はどんな天が引き合わせるのか。約束はどんな鼠が天に引き合わせるのか。約束は鼠が天に引き合わせ、九月にまた結婚をし、急いで結婚をし、食べ物を用意し衣服を用意し、妹は何の愁いも無く、兄も何の愁いも無い。二月は移り、時節に乗じて一緒になり、二月の春が過ぎたら、心は再び遊ぶことは無く、二月が過ぎたら、三月が来て、三月は労働に忙しく、遊ぶ暇などは無い。四月は田圃を耕すのに忙しく、兄は遊ぶ暇は無く、妹は遊ぶ暇は無い。五月は農閑期で、五月にまた遊び、六月は吃新節で、お互いに歌会で会うことを約束する。楓の香樹の庭に、楓の樹は枝葉を繁らせ、楓の枝は兄を遮り、楓の枝は妹を遮り、遮られて兄は情を語り、遮られて妹は愛を語り、護られて兄は結婚し、護られて妹は結婚するのだ。六月は吃新節で、六月に歌会へ行き、一緒にいつまでも、夫婦となることを話し合った。六月が過ぎて、七月が移り、八月九月が来ると、兄はまた歌会に来て、妹はまた歌会に来て、一緒になることを話し合った。深夜はひっそりとして、火は消え香も消える時、老人たちは眠りに就き、子どもたちも眠りに就き、妹は家に帰り、きれいな水で髪を梳り、青布の服で装い、手提げの袋を提げて、歌会にやって来て、兄と結婚をする。

　情を一つにした妹の心は、情を一つにした兄の心は、歌の場を去り、茅の生える場所に移り、酸っぱくなった御飯を食べ、娘の家に帰さず、帰ることは無い。歌の場から移り、行き行きまた行き行き、急いで前に進んだ。一歩妹の集落を離れ、二歩妹の村を離れ、妹の井戸を離れ、妹のカマドを離れた。行き行きまた行き行き、急いで前に進み、一歩妹の故郷を離れ、二歩妹の故郷を離れ、村の菜園を離れ、村の稲田を離れ、妹の歌垣の場を離れ、妹の柴刈り場を離れ、行き行きまた行き行き、急いで前に進んだ。一歩妹の坂を離れ、二歩妹の坂を離れ、村を護る楓の樹を離れ、野菜を取る丘を離れた。行き行きまた行き行き、急いで前に進み、一歩は一つの坂、二歩は二つの坂、一歩で心は沸き返り、二歩で心は沸き返った。行き行きまた行き行き、急いで前に進み、媽媽の田の畦にやって来て、兄の家郷に至った。妹の心は興奮し、兄に問いかけて、「そこはどなたの集落ですか。それはどなたのおばさんですか。そこはどなたの山際ですか。」と。兄の心は率直で、兄は妹に答えるには、「そこは他人の山際で、そこの村は他人の家のもので、そこは別人の媽媽で、私の媽媽はそこから下です」、「私たちの集落はこの良い処で、集落の下は大きな田圃で、田圃には魚が満ちていて、浮き草が田に満ちていて、それを食べる豚は早く育ちます」、「私たちの集落は良い処で、集落の背後には良い山があり、樹木が集落を護り、集落は静かで、住まいは吊り脚の楼で、速くいらっしゃい妹よ」と。行き行きまた行き行き、急いで前に進み、一歩で一つの丘を越え、二歩で二つの丘を越え、一歩で兄の山に着き、二歩で兄の丘に着き、兄の田圃に着いた。行き行きまた行き行き、急いで前に進み、一歩で兄の集落が見え、二歩で兄の村が見えた。兄の母親が火を焚き、青い煙がゆらゆらと、妹の心は爽やかで、妹は兄に問い、「その山際はどなたのですか。それはどなたの母親ですか。どなたの母親の焚く火ですか？」。兄は率直に、兄は妹に答えるには、「それは我が家の山際で、それは私の集落で、それは我が家の母親で、私の母親が火を焚いていて、青い煙はゆらゆらとしています」と。

行き行きまた行き行き、一歩一歩前に進みました。母親の田圃の畔に到り着き、兄の撃った鉄砲の音がドンと響き、妹は傘を開き、鉄砲の煙は集落の半分を覆い、人々は賊が来たと思い、人々は大騒ぎして急いだ。人々は大騒ぎして、老人等は衣服を拾い、女の子等は母親の足に抱きつき、大人達は鉄砲を持ち、そこは轟々として、そこは大騒ぎとなり、人々は逃げまどった。兄の母親の心は明らかで、兄の母親は老人等に教え、兄の母親は子ども達に教え、兄の母親がみんなに教えるところでは、「私の子が結婚するので、新婦がやって来たので、驚くお爺さんも子ども達も、驚く多くの青年達も、驚く子ども達も、驚くのはやむを得ず、大人達は散り散りにならず、急いでみんなやって来て、みんな急いで行き、新婦を迎えに門に進み、兄を迎えに門に進みなさい」と。みんなは母親を信じ、みんなはあちこちに行かず、子どもはズボンを探し、大人は鉄砲を背に、娘さんは火を点し、急いで集落の東に行き、急いで新婦を迎え、急いで新郎を迎え、若者は鉄砲を持ち、娘さんは新しい傘を持ち、兄嫁は竹の篭を持ち、女の子は芦笙を持って吹いた。母親は古い礼を知っていて、母親は門などを開き、新婦の到着を待ち、新郎の到着を待ち、妹は左足から門に進み、歩みはとてもゆっくりと、兄は左足から門に進み、足取りはとてもゆったりとしている。母親は火を点して照らし、見ると妹は白く生き生きとして、本当にとても美しく、鬼はあえて祟りをすることはない。兄は家の中に入り、妹も家の中に入り、母親は三匹の鯉を煮て、お湯は鍋に沸き、魚の姿はそのままに、つまんで新婦に与え、つまんで新郎に与えた。母親は杯で乾杯し、妹を敬って一杯、兄を敬って一杯、兄は食べ兄は安らかに、妹は食べて妹は心を落ち着かせ、一世の夫婦の縁を結び、互いに愛し合って一生を過ごす。兄は家の中にやって来て、三日三晩、兄は清潔にして別の部屋で眠り、小姑は兄嫁と一緒に眠り、三晩を一緒に過ごし、三日三晩の後に、小姑は離れて去り、妻は門などを開いて、新郎の来るのを待ち、新郎が来ると妻は同室し、初夜は腕を枕にして、初夜は心が動揺し、夜が明けて鶏が鳴き、夫は山へ行き柴を刈り、妻は碓を踏んで米を搗き、互いに助け合って日を過ごし、何の心配も無かった。

ここに兄と妹は労働や歌会を通して愛情を育て、やがて結婚することとなる。ほかの若者たちと遊んでいる描写からすると、ここにはすでに社会が成立していることを示唆している。すでに媽媽の周囲に老人たちがいたことからも、原初的でありながら物語は社会性の中に語られていることが知られる。さらに、媽媽から生まれたこの兄と妹は、途中から別途の出生を持っているように語られて行く。「情を一つにした妹の心は、情を一つにした兄の心は、歌の場を去り、茅の生える場所に移り、酸っぱくなった御飯を食べ、娘の家に帰さず、帰ることは無い。歌の場から移り、行き行きまた行き行き、急いで前に進んだ」の所から明らかになるのは、兄が妹を伴って歌会の場所から兄の家へと向かう道行きが語られていることである。この道行きによって兄は妹を村へと導き、村では兄の媽媽や兄弟・姉妹あるいは村人たちが妹の嫁入りを歓迎する。しかし、この矛盾はなぜ生じているのか。おそらく最初に生まれた兄と妹は最初の媽媽の子であるが、後の兄と妹はその子孫たちであろう。そのように考えられる理由は、この後者の媽媽はやがて年老いて天寿を全うして亡くなり、いま葬式が行われている媽媽だからである。兄と妹の恋を重ねながら、ここには過去と現在とが二重写しとなっているのであり、歌垣で一緒になった兄とともに妹の道行きがあり、この道行きにおいて両者を交差させているのだと思われる。

3　兄と妹の恋

第五章は、この兄と妹の道行きが〈駆け落ち〉であったことと、妹の母親が娘を捜し求めることが語られる。

結婚して一ヶ月、結婚して二ヶ月、妹の母親は家にいて、妹の母親は大声で妹を起こす、「鶏が篭で鳴き、犬が大門で吠えて、東の空は明るくなり、集落の人の声が聞こえ、鳥たちは木の上で囀り、早く起きて来なさい妹よ、起きて早く水を汲み、起きて早く米を搗き、起きて早くおかずを作り、母親を助けて仕事をしなさい」と。母親は妹を何度も呼び、何度言っても応答が無く、母親は腹を立て、母親は棒を持って打ち、母親は妹の部屋へ行くが、妹の部屋は空っぽで、衣紋《えもん》掛けの新しい服は無く、花篭の手篭は無く、母親の怒りは大きく、母親は大門に行って、母親は大声を張り上げ、「誰が意地悪をして、私の子どもを唆《さと》して逃げ、ほったらかされた母親は家にあり、ほったらかされた友達は集落の辺にあり、若者たちは私に教えよ、娘さんたちは私に教えよ。彼女は何処へ逃げたのか。あなた達はみんな知っているか？」と。

菜園の老人が、母親に教えるには、「子どもが大きくなると所帯を持ち、娘が大きくなると嫁に行き、あなたは大騒ぎするのは間違いだ。お家に帰り、きれいな水で髪を洗い、青い服を着て、鍋で青菜を煮て、カボチャを肉と煮て、お客さんが来るのを待ち、騒いでみんなと行くことなく、集落を罵《ののし》るのは良くない」と。水を運ぶ娘さんは母親をなだめて、「子どもが大きくなれば結婚し、女の子が大きくなれば嫁に行きます。何処かへ逃げ、そこで結婚したのでしょう。そこへ行けば誰かが知っている。行ってあなたの娘さんのことを聞き、あなたの子どもの彼女と同じ所で、仲良く知り合いになるべきです」と。母親の気は膨れあがり、母親は菜園に行き、急いで息子の嫁に聞く、「あなたの小姑はどこへ行ったのか。あなたは嫁がどこか知っているか。あなたはいつも彼女と住んでいて、仲良くしていて知り合いだ」と。嫁は率直な人で、話しは明確にまっすぐ母親に話し、「私の嫁はあなたの家に行き、私の嫁はあなたの子どもに与え、来てあなたの息子となった」と。「来てあなたの息子となり、私はひたすら水を汲み、私はひたすら碓を引き、私はひたすら菜を育て、私はひたすら穀物を乾し、一日中豚を飼い、あなたの子どものことを管理していない。小姑と兄嫁は仲良しで、小姑と兄嫁は語り合い、家の仕事を助け合い、一緒に仕事をし、一緒に山に行き、いつも語り合い心から話し合い、一緒に家に帰り、何をするにも二人は助け合っている」と。「夜に私に夫があり、私の夫はあなたの子どもで、私と眠り、私は遊びには行かず、私は彼女と遊ばず、何処へ行ったか私は知らず、母親は怒るべきでなく、母親は怒ることなく、あなたは行って夫の姉に問い、あなたは女性が彼女に随い、山の方で遊び、一緒に知り合い、彼女が嫁がどこかを知っている」と。母親は女性に問い、「あなたの妹である嫁はどこへ行ったか。あなたは必ず知っていて、あなたはいつも彼女と住み、親しく知り合いで、あなたは早く私に教え、私に教えて安心させて下さい」と。女性の心は率直で、女性は母親に対して言うには、「私は嫁に出てから、私には舅と姑があり、私には男子があり、私には子どもがあり、私はすでに時が過ぎ、とうのたった菜っ葉で味わいもなく、私は娘が家に帰ってきて、帰って来た娘は家に住み、私は遊びには行かず、妹である嫁が誰か知らず、母親が行き妹に問い、妹は彼女と住み、遊びに行き山にいて、一緒にいて仲良しです」と。母親は妹に問い、妹が答えて言うには、「私はまだ若菜で、私は小さく針のようで、私はまだ寝てばかりで、私はまだ愛情というものを知らず、わたしは歌垣へ行ったことなく、わたしは遊びに行ったことがなく、彼女が誰の嫁か知らず、お母さんは急いで行って二番目の姉に問い、二番目の姉は彼女と住み、一緒にいて仲良しです」と。母親は急いで行き、急いで行き次女に問い、「あなたは嫁が何処か、あなたは必ず知っていて、あなたは可愛がって彼女と遊び、遊んで山の尾根にあり、一緒で知っている」と。妹は心が優しく、妹は母親に教えて、「昨日と一昨日、昨日は私たちは遊び、遊んだ処は山の尾根で、二人の男性と遊び、一対の白い鶴のようで、身体は実に美しく、話しはとても感動的で、歌声は芦笙のようで、女性を誘い迷わせ、遊びは深夜に至り、火は消え香も止む時、老人はみな眠りに就き、子どももみな眠りに就き、ただ彼女は外にいて、男性と一緒で、一緒に深夜に至り、二月の歌を対唱し、歌は結婚の歌で、歌声はさざ波のようで、太鼓の音のようで人の心を動かし、留まって夜の風は吹き、留まって夜の鶯の声のように水を吐き、留まって鶏が鳴き始め、鶏がココと篭に鳴き、妹は髪を梳り、花の竹篭を提げて、その人と結婚し、その人と行ったのです」と。「その人と行き、何処へ行ったかは知らず、明日新郎の家から報告があり、どこに嫁したか分かり、あなたは素直にこの親族に同意し、男の家から使いが家に来て、男の家から使いが来れば、願うか願わないかはあなた次第です！」と。

母親は娘が結婚したことを知り、母親は家に帰り着き、清水で頭を洗い、青い服を身につけ、母親は曲がった杖をつき、母親は出かけて妹を追いかけた。母親は妹を追いかけ、山を越えまた嶺を越え、丘を越えまた大通りを進み、川の浅瀬を越え、進んで山の尾根に至り、白楓樹を見て、それは高い丘の上に立ち、母親は白楓樹に問いかけるには、「あなたはこの高い丘にいて、私の娘が急いで、人に随い結婚し、どの白楓樹を去り、何処に行ったかあなたは知っているでしょう！」と。白楓樹の枝は長く、白楓樹は母親をなだめ、「樹は大きく枝は長くなるように、女性は大きくなると嫁になり、伴侶があれば彼女は行き、彼女にガミガミ言ってはならない」と。母親は白楓樹に怒り、母親をなだめて追わせず、母親は楓の樹を三度殴りつけ、三度叩いて目から涙がこぼれ落ちた。母親は白楓樹を行き、行って劈柴《へきさい》の平地に近づき、一人の若者に出会い、母親は問いかけて、「劈柴の若者よ、あなた達は知っているか。私は娘が出奔し、他人の兄と結婚し、あなた達の集落に逃げたと、そうではないですか？」と。若者たちはみな、その場で母親に告げるには、「昨夜あなたの娘さんは逃げて、逃げて私たちの集落を過ぎ、人について逃げて行ったよ！」と。新婦は貧しい場所へ行き、とうのたった男子に嫁ぎ、話しはみな話しとしては明白でなく、生きて行く道は困難で、貧しさは極まったよ、お母さん！。母親は劈柴の平地を過ぎ、急いで山と嶺を越え、服は破れスカートは千切れ、行って新妻の集落に至り、行って婿の家の門に近づいた。母親は大声で新郎を呼び、私は兄の為にやって来て、やって来て安心し、母親は新郎を質《ただ》さず、「あなたは真実の事があり、本当に恋人を探し、縁を結んで東へと行き、わが娘の鈍いのをいいことに、嫁と立派な男子が、愚かな娘婿を得て、話すにも話しにならず、話すにも成すことを知らず、女を害し一生貧しく、私は彼女を呼び戻しに来て、嫁がせるのに裕福な処に至り、若者に嫁がせ、それはあなたはこんなに貧しく、それはあなたはこの種の人だ」と。兄の母親は道理が分かり、兄の母親は話しをして、「貧しい息子は我が子であり、貧しい娘はまたわが娘であり、娘さんは我が家に来て、彼女は再び帰ることはありません」と。女はまた早口で話し、台所で答えるには、「私の夫は真っ直ぐにして杉の木のようで、私のお婆さんは織物が出来て、お婆さんの家は良い処で、麓の集落の田圃は大きく、魚をたくさん養っています。集落の後ろは高い山が多く、多くの樹木は覆い、集落は涼しく静かで、山際には多くの浮き草があり、妹の飼う豚はすぐに成長し、兄が売りに行くとすぐに売れる」と。「牛は大きな市場に運んで、戻って囲いまでは行かず、姉嫁は夫の家に行き、戻って母親の家に行かず、母親は慎み深く母親は同意し、あなたに随うことを願わないのだ！」と。母親は娘の言うのを聞いて、母親の息は高鳴り、母親は家に帰り、妹は結婚して家を起こした。

この章から妹の媽媽は母親と呼ばれる。その違いは不明であるが、母親は娘である妹の居ないことを知り、狂ったようにあちらこちらと捜し回る。その道々で噂を頼りに妹の所在を捜し出して、兄の家に談判するが、却って諭されて二人の結婚を許すこととなる。兄と妹の愛と母親の愛情の葛藤が語られている場面であり、きわめて物語性の強い内容である。ここで兄と妹が駆け落ちの末に結婚したことについて語られているが、この妹が天寿を全うして亡くなった媽媽であるか否かは不明である。この駆け落ちの話も、物語として語られている祖先の話であろう。中国少数民族の物語には〈逃婚調《とうこんちょう》〉という駆け落ちの歌があり、男女が親元を離れて遠くへと逃げる内容である。そこには婚姻に関する民族集団の掟（族法）や、子どもの結婚を管理する親の強い権限があり、自由な結婚が叶わないという事情があることから、このような駆け落ちが発生することとなる★5。それは苗族も同じであった。

ここまでの物語で気がつくのは、これが天地創造から祖先神の誕生、さらに民族の母なる媽媽から生まれた兄と妹が成長する中で、二人は愛情を育てて結ばれるという内容でありながら、二人が駆け落ちをする段階から家を異にする恋人関係へと変容していることである。これは民族誕生の段階で生まれた〈兄と妹〉という兄妹があり、その子孫たちもすべて同じ血縁の中にあること、しかもここに現れる時間は空間化された時間であり、歴史時間ではないことである。それゆえに兄と妹と呼び合う関係は神話的時間を受けて成立しているものと思われる。しかし、そのようにして兄と妹と呼び合う関係は、駆け落ちをして結ばれる者たちであるということでもあろう。

この物語りによれば、兄と妹と呼び合う関係は駆け落ちを前提とした恋人であることになる。そのようであれば最初の媽媽から生まれた兄と妹を人間の祖先として、そこから生まれた男女はすべて兄と妹という系譜の中に存在することとなる。最初の媽媽から生まれた二人の兄妹は、同母結婚をしたことが知られるが、続く兄と妹は村や家を異にした兄妹であり、駆け落ち婚へと向かうことにより、母親の怒りと追跡が描かれることとなる。むしろ、この物語が駆け落ちによる結婚を語ることの意義にあろう。これは男女の結婚に関する社会的環境があると思われ、それは自由な結婚が許されないという民族内の結婚の制約に至るように思われる。

愛する男女が駆け落ちをして結ばれるという結婚形態は、他の少数民族にもしばしば見られるものであり、また結婚式の風習に新婦が新郎の家へと至る途中で何度も逃げる真似をしたり、式では双方が「逃婚調」の歌を歌うというのも、駆け落ち婚ともいうべき結婚の名残といえる。そうした儀式化された風習としてある背景には、かつて親の反対にあってやむなく駆け落ちをしたということも報告されていて★6、歴史的な事実が存在したことを知る。駆け落ちによって結ばれるというのは、自由結婚を指すのであり、それは愛する男女の理想であり願望であったが、その実現は極めて困難であった。そのような中で駆け落ちという自由恋愛を得て結婚をした男女は、必ずしも幸運な結末を得ることが難しく、それらは恋愛の悲劇物語りとして、あるいは歌会の起源伝説として語られているのである。

4　結

「焚巾曲」の兄と妹は始祖的な段階を示すことで兄妹婚が成り立っていたが、歴史的段階へと入ることで愛する兄妹は駆け落ちによって自由恋愛を獲得することとなる。一般に自由な恋愛は親兄弟や村の掟によって成就することは困難であるが、その上に兄と妹の婚姻は始祖的兄妹婚を除けば、いかなる民族においても禁忌である。しかし苗族の「焚巾曲」に語られる兄と妹の結婚を見ると、始祖の兄と妹に生まれた子孫たちは、みな兄と妹という関係で結婚することを神話的に保証されているのであろう。そのことから見れば恋歌も兄と妹との関係で歌うことを必然とするのであり、それは習俗的であることにより非日常的関係が許容されることになる。その神話的原初において兄と妹との結婚から始まる民族の叙事詩が存在したということであり、そこに民族的な文化の形成が存在したのである。

このような民族史の上に成り立つのが、「焚巾曲」の叙事詩である。ここに天寿をまっとうしたお婆さんが亡くなり、その葬送にあってお婆さんの駆け落ちと兄との結婚が語られるのは、始祖である兄と妹の歴史に重ねられていることによると思われ、その兄と妹の結婚を理想とし願望する民族的な了解が存在したことを物語るものである。

注

1　民間文学資料第四十八集「焚巾曲」（中国民研会貴州分会編印・貴州民族学院編印）。訳は辰巳の試訳による。

2　『万葉集』には「田村大嬢坂上大嬢、並是右大弁大伴宿奈麿卿之女也。卿、居田村里。号曰田村大嬢。但、妹坂上大嬢者、母、居坂上里、仍曰坂上大嬢。于時姉妹諮問、以謌贈答」（巻四・七五九）のように、妹は姉に対する妹の意味で用いられている。〈イモ〉の二重構造の中に〈妹〉はあるのである。

3　辰巳「愛を身をもって苦しむ者・兄と妹」『詩霊論　人はなぜ詩に感動するのか』（笠間書院）参照。
4　注1「焚巾曲」の解説による。
5　辰巳「逃婚調」『詩の起原　東アジア文化圏の恋愛詩』（笠間書院）参照。
6　辰巳「逃婚調」『詩の起原　東アジア文化圏の恋愛詩』注5参照。

第四章
軽太娘皇女の恋と風流鬼
兄と妹の殉愛物語り

1 序

相聞歌の始まりを磐姫《いわのひめ》皇后が告げたのは、夫である天皇への純愛にあった。その思いが純愛であることにより、他の女を愛する夫への強い嫉妬が現れたのである。『古事記』や『日本書紀』の物語には、皇后の激しい嫉妬が描かれている。それは古代的王（天皇）の婚姻制度に対して、一人の女が女として生きて愛することとは、相容れない問題であったからである。そうした純愛への願望は、男よりも女に強く存在したことは明らかであり、磐姫皇后の嫉妬は、裏返せば制度を逸脱することで現れる夫への強い愛情（一対一の要求）にあったことは確かである。そのような皇后の純愛（独り占め）を示したのが、『万葉集』巻二相聞部最初の皇后の歌である。ところが、この皇后の歌には異伝が載り、それは『古事記』や『日本書紀』に見える、あの兄と妹が恋をして情死する物語を伝えるものであり、軽太郎女の歌とされるものである。情死へと至る物語は、聴く者へ恐れを生じさせるとともに、またそうした愛への憧憬をもたらしたことであろう。純愛の極は兄と妹の恋にあり、その上に愛に命を捧げる殉愛という情死にあるということを理念とする男女には、恋の鬼となる極北の愛も望まれることであったに違いない。風流の鬼は、そこに誕生することになる。磐姫皇后の歌の純愛も、また殉愛を内在させていたということに違いないであろう。

2 兄と妹の殉愛の物語

磐姫皇后の歌が殉愛を予想させるということは、ここでの単なる想像ではない。なぜなら皇后の歌は、続いて見える兄と妹との殉愛の歌と重なる構成を取るからであり、皇后の四首の歌に続けて、次のような変奏曲を物語とともに載せているからである。

古事記に曰はく「軽太子、軽太郎女に姧く。その太子を伊予の湯に流す。この時、衣通王恋慕に堪へずして追ひ往く時の歌に曰はく

君が行き日長くなりぬ山たづの迎へを往かむ待つには待たじ〔ここに山たづと云ふは、今の造木なり〕（巻二・九〇）

といへり。右の一首の歌は古事記と類聚歌林と説ふ所同じからず。歌の主もまた異なれり。因りて日本紀を検ふるに曰はく『難波高津宮に天の下知らしめしし大鷦鷯天皇の二十一年春正月、天皇、皇后に語りて『八田皇女を納れて将に妃となさむとす』といへり。時に皇后聴さず。ここに天皇歌よみして皇后に乞ひたまひしく云々。三十年秋九月乙卯の朔の乙丑、皇后紀伊国に遊行して熊野の岬に到りて其処の御綱葉を取りて還りたまひき。ここに天皇、皇后の在しまさざるを伺ひて八田皇女を娶きて宮の中に納れたまひき。時に皇后、難波の済に到りて、天皇の八田皇女を合しつと聞かして大くこれを恨みたまひ云々。」といへり。また曰はく「遠飛鳥宮に天の下知らしめしし雄朝嬬稚子宿禰天皇の二十三年春三月甲午の朔の庚子、木梨軽皇子を太子としたまひき。容姿佳麗しく、見る者自ら感でき。同母妹軽太娘皇女もまた艶妙。云々。遂に竊かに通け、すなはち悒しき懐少しく息みぬ。二十四年夏六月、御羹の汁凝りて氷となりき。天皇異しびて、その所由を卜へしむるに、卜者

の曰さく『内に乱あり。けだし親々相姧けたるか云々』といへり。よりて太娘皇女を伊予に移す」といへり。

今案ふるに二代二時にこの歌を見ず。★1

一つの歌にこれだけの注記を施すのは特別なことであり、いかにこの歌が物語性を帯びて伝承されていたかを語るものである。題詞によると、皇后の歌の「君が行き日長くなりぬ山たづね迎へか行かむ待ちにか待たむ」（巻二・八五）と類似する当該の歌は、軽太子《かるのひつぎのみこ》が軽太娘皇女《かるのおおいらつめのひめみこ》に姧《たわ》けたことが発覚し、太子は伊予の湯へと流されたのだが、その時、衣通王《そとおしのおおきみ》（軽太娘皇女）は恋慕に堪えず、後を追いかけて往く時に歌ったものだというのである。「あの人が伊予へと流されて行き、日数も経てしまったので、山たづの木が後に出会うように、お迎えに行くべきだろうか、待つことなどとてもできないことです」という。皇后の歌には「待ちにか待たむ」と逡巡する姿が見られたが、この歌では「待ちには待たじ」というように、強い意志を持った追いかける女へと大きく変質している。太娘皇女の心の思いを実に的確に捉えて、皇后の歌を異化していることが知られる。さらに左注が長々と記されていて、その注によれば、この歌には異説があり、一つは仁徳天皇が八田皇女を召し入れようとして皇后に相談したところ拒否されたこと、皇后が紀伊へと出かけた隙に、皇女を宮中に召し入れたこと、それを聞いた皇后は、たいそう怒ったことが録される。この左注の話は記・紀の仁徳条に見られ、天皇が黒日売を召すことに失敗した後、皇后は豊の宴のために栢《かしわ》の葉を取りに紀伊の国に出かけた隙に、今度は八田皇女を召して日夜戯れ遊んでいたが、そのことが皇后に伝えられ、皇后はひどく恨んで船に乗せた栢の葉をことごとく海に捨て、宮へは還らずに各地を転々として、最後まで八田皇女を入れることを拒み続けて、ついに三十五年夏六月に筒城の宮で薨じたという。豊の宴のために栢の葉を準備するというのは、天皇の儀礼に皇后が奉仕することを指し、それは皇后として婦徳を現したことを語るものである。夫唱婦随を示すことで、公民のモデルとなるのが后妃の徳であった。

黒日売から八田皇女に到るまでの仁徳記紀には、他の天皇記にまして歌が多く組み込まれていて、まるで歌劇のような展開を示している。そのような背景の中に、原撰相聞部の巻頭を飾る磐姫皇后の四首の歌も成立して来たものと思われる。それが続く注記において軽太子と軽太娘皇女との悲劇の物語へと展開するのは、磐姫皇后の歌が一方に軽太子と軽太娘皇女との愛の悲劇の歌と重なっていたからである。ただ、この歌は記・紀に載ることはなく、別のルートにより伝えられていたのであり、一方が磐姫皇后の物語へ、一方が軽太子と軽太娘皇女の物語へと展開したのである。そして軽太子と軽太娘皇女の悲劇は記・紀が取り上げる物語であり、『万葉集』ではさらに巻十三にも木梨軽太子が作るところの情死へと向かう歌（三二六三）が見えるから、この悲劇は記・紀のみではなく『万葉集』にも強い関心が示されていたのである。記が伝えるところでは、次のように物語は始まる。

天皇崩りまして後、木梨の軽の太子、日継知らしめすに定まりて、いまだ位に即きたまはざりし間に、その同母妹軽の大郎女に奸けて、歌よみしたまひしく、

あしひきの　山田をつくり、
山高み　下樋をわしせ、
下娉ひに　吾娉ふ妹を、
下泣きに　吾泣く妻を、
昨夜こそは　安く肌触れ。

これは志良宜歌なり。また歌よみしたまひしく、

笹葉に　うつや霰の、
たしだしに　率寝てむ後は
人は離ゆとも。

うるはしと　さ寝しさ寝てば、
刈薦の　乱れば乱れ、
さ寝しさ寝てば。

こは夷振の上歌なり。

ここを以ちて百の官また、天の下の人ども、みな軽の太子に背きて、穴穂の御子に帰りぬ。

木梨の軽の太子は、軽の大郎女と同母の兄と妹であるという。また、その兄妹が姧《たわ》けたのだという。この木梨の軽の太子と軽の大郎女の悲劇は、太子が伊予に流された後に、軽の大郎女が太子を追いかけて伊予に到り、二人で情死をして終わる。姧は姦や奸に同じで、「犯婬也　謂犯姦淫之罪」(『説文解字注』)のように、姦淫の罪を犯すことであるとする。また「奸姦　同、乱也、犯姦也、誰也、比須加和伎、又太波久」(『新撰字鏡』享和本)とあることから、奸は「太波久(タハク)」と訓されることになる。奸はタハクことであり、姦淫《かんいん》の罪を意味したのである。しかも、この場合は同母兄妹の姦淫であり、即位を目前にした太子の姦淫の罪が発覚したのである。そのような大事件が、古代の人びとの記憶に強く留められたのである。

注記が取り上げた二人の愛の悲劇は、紀の記録に基づくものである。記と比べると話の内容に異なりを見せ、また悲劇伝承も簡略に記されているが、穴穂天皇条において「是の時に、太子、暴虐行て、婦人に淫けたまふ。国人謗りまつる。群臣従へまつらず。悉に穴穂皇子に隷きぬ」★2という記録を載せて、太子は弟の穴穂皇子と戦うことになるが、大前宿禰が仲裁に入り、太子は大前宿禰の家で死んだとされる。太子は婦人を姦淫するなど、人としての性質に問題があったように記すのは、皇位継承者である太子の正当性を排除する政治性にあろう。異伝として伊予の国に流したとも伝えられているのは、太子の伝承に揺れがあることを示すものであり、この揺れの中に太子の伝承が成長したものと思われる。その前段における物語は、次のように伝えられている。

二十三年の春三月の甲午の朔庚子に、木梨軽皇子を立てて太子とす。容姿佳麗し。見る者、自づから感でぬ。同母妹軽大娘皇女、亦艶妙し。太子、恆に大娘皇女と合せむと念す。罪有らむことを畏りて黙あり。然るに感でたまふ情、既に盛にして、殆に死するに至りまさむとす。爰に以為さく、徒に空しく死なむよりは、刑有りと雖も、何ぞ忍ぶること得むとおもほす。遂に窃に通けぬ。乃ち悒懐少しく息みぬ。仍りて歌して曰はく、

あしひきの　山田を作り　山高み　下樋を走せ　下泣きに　我が泣く妻　片泣きに　我が泣く妻　今夜こそ　安く膚触れ

二十四年の夏六月に、御膳の羹汁、凝以作氷れり。天皇、異びたまひて、其の所由を卜はしむ。卜へる者の曰さく、「内の乱有り。蓋し親親相奸けたるか」とまをす。時に人有りて曰さく、「木梨軽太子、同母妹軽大娘皇女を奸けたまへり」とまうす。因りて、推へ問ふ。辞既に実なり。太子は、是儲君たり。加刑すること得ず。則ち大娘皇女を伊予に移す。

木梨軽皇子は容姿佳麗で、妹の軽太娘皇女も衣の中から光が通り出ることから通衣郎姫《そとおしのいらつめ》と呼ばれる艶妙な女性であったという。太子は罪となることを知りながらも、皇女と合うことを思い、妹を可愛く思う情は一層激しくなり、その思いに死んでしまうほどであったといい、そこで空しく死ぬよりは、罪であっても忍ぶことは出来ないと思うに至り、ついに窃かに通じて、少しばかり心の鬱憤が止んだという。そこに詠まれた歌は、聞く者にとってはおぞましい鳥肌の立つ事柄であったに違いないが、一方では、男女の愛の極北ともいうべき陶酔と恍惚とに満ちていたことも確かであろう。

ここには、反社会的な罪とされる感情を抑制できない愛の姿が描かれている。内容は異なるが、これに似た語り口の話は『常陸国風土記』の香島郡に伝えられている童子女《うない》松原の伝説である。那賀の寒田の郎子と海上の安是の嬢子とは形容端正で郷里に輝き、互いに名声を聞いていたが会いたいという願望は叶えられず、その思いにより自重する

ことも失われるほどであったが、その後、嬥歌（カガイ・ウタカキ）の会に出逢い、松の木の下で手を取り膝を近づけ、今までの思いを語り、鬱積した恋の苦しみを解き、あたらしい恋の思いに喜びあっていた時、犬が吠え鶏が鳴く夜明けとなったのを忘れていた二人は、人に見られるのを恥じて二本の松の木になったという。ここに二人が人に見られるのを恥じたというのは、社会的な通念である神の時間を逸脱したからである。男女の逢会は夜の時間であるのに、それが夜明けの時間へと至ったことが反社会的な罪とされたのである。村里に響く容姿端麗な男女、そのような美しい男女の恋、タブーの侵犯、そして、反社会性による他の世界への転成。ここにあるのはモノ（霊的なもの）へのカタリの基本形式であるが、そうした反社会性は政治的なものに限られず、愛情物語においても展開したのである。反社会的な罪となる感情を抑制できない愛の姿、それを超えたところに、愛の悲劇が発生するのだが、その極北に兄と妹の悲劇が存在したのである★3。

3　殉愛と風流鬼の誕生

男女の愛と悲劇は、典型の中に語られていたと思われるのであり、それは歌垣の起源伝説に現れるのを特徴としている。童子女松原の伝説がその一つの形態であるが、中国には歌垣伝説がいくつも語られていて、それが男女の恋歌を成立させているのである。例えば、中国貴州省の布依《ふい》族に見られる歌垣伝説は、次のように伝えられている。

阿章と阿花は、幼い時から清泉洞の近くで石灰を焼いて染料を作っていた。冬が去り夏が来て、労働の中で、やがて愛情が生じたが隠していた。十八の春が来た時に、激しい感情を押さえきれず、桃の花と澄んだ池の水に向かい、恋歌を歌い合い、心の中を訴えた。歌声は二人の琴線に触れ、生きては同じ家に住むことは出来ない、死んで一緒になろうと誓い、贈り物をして結婚の約束をした。それが族長たちに知られることとなり、村の掟に背く淫らな行為だとして二人は引き離された。二人は表面的には族長たちの勧める、ほかの男女との結婚に同意はしたが、結婚式の前夜の三月三日に、二人はひそかに清泉洞に来て、土を取り天地を拝み、心を固めるために水辺で二人だけの婚礼を挙行した。それが族長たちに知られ、族親法を要求されたが、二人は死んでも屈しないといって、手に手を取り泉の中に身を投げた。その時、清泉洞は干上がり、洞中より一対の金の花鳥が飛びだし、遠方へと飛び去った。そのことにより、この日を二人の殉愛の日と決めて、それ以来、伴侶を求める祭の日（愛情節）としたのである。★4

幼い時から一緒に働いていた二人の男女は、成長して恋するようになるが村の掟に背く行為として引き離され、それぞれ他人と結婚することを強要される。二人はそれを拒否して泉に身を投げて心中をする。人びとは二人が心中をした日を、歌垣の日としたというのである。おそらく、恋歌が形成される背後には、このような極北の愛の物語、すなわち殉愛の物語が意識されていたのではないか。仁徳天皇と磐姫皇后の物語、木梨の軽の太子と軽の太娘皇女との物語は『万葉集』において組み合わされるが、それは愛を至上とする男女の中に共有された、典型としての愛の姿であったと思われる。たった一人の男（夫）への愛、兄の妹への愛。それ故に異伝の歌を通して二つの物語世界への通路が開かれたのである。それのみではない。やはり仁徳天皇の物語には、もう一つの極北へと向かう愛の物語が伝えられているのである。

また天皇、その弟速総別の王を媒として、庶妹女鳥の王を乞ひたまひき。ここに女鳥の王、速総別の王に語りて曰く、「大后の強きに因りて、八田の若郎女を治めたまはず。かれ仕へまつらじと思ふ。吾は汝が命の妻にならむ」といひて、すなはち婚ひましつ。ここを以て速総別の王復奏さざりき。ここに天皇、直に女鳥の王のいます所に幸でまして、その殿戸の閾の上にいましき。ここに女鳥の王機にまして、服織りたまふ。ここに天皇、歌詠みしたまひしく、

女鳥の　吾が王の　織ろす機
誰が料ろかも。
女鳥の王、答へ歌ひたまひしく、
高行くや　速総別の　みおすひがね
かれ天皇、その情を知らして、宮に還り入りましき。
この時、その夫速総別の王の来れる時に、その妻女鳥の王の歌ひたまひしく、
雲雀は　天に翔り。
高行くや　速総別、
鷦鷯取らさね
天皇この歌を聞かして、軍を興して、殺りたまはむとす。ここに速総別の王、女鳥の王、共に逃れ退きて、倉椅山に騰りましき。ここに速総別の王歌ひたまひしく、
梯立ての　倉椅山を　嶮しみと
岩かきかねて　吾が手取らすも
また歌ひたまはひしく、
梯立ての　倉椅山は　嶮しけど、
妹と登れば　嶮しくもあらず。
かれそこより逃亡れて、宇陀の蘇邇に到りましし時に、御軍追ひ到りて、殺せまつりき。
仁徳天皇は、今度は庶妹の女鳥の王を召し上げようとして、弟の速総別《はやぶさわけ》の王を媒人として遣わすのだが、女鳥の王は八田皇女のこともあるので断り、むしろ速総別の王の妻になることを望むのである。それを知った天皇は、殺そう

と計画し兵隊を派遣する。二人は倉椅山《くらはしやま》へと登り、さらに宇陀の蘇邇《そに》へと逃れるが、そこで軍に追いつかれて殺されたというのである。最後は情死ではなく天皇の手に掛かり殺されるという結末であるが、いずれにしても二人は情死への逃避行の中にあったのであり、殉愛へと向かった二人である。それもまたこのような歌の台詞の中に展開していたことからも、これが愛に殉じた男女の典型として伝承されていたに違いない。

しかも、倉椅山への逃避行で歌われた速総別の王の一首目は、九州の杵島《きしま》岳の歌垣で歌われていた杵島曲という歌と同類である。杵島曲は男女が山に登り「霰降る杵島が岳を峻しみと草取りかねて妹が手を取る」と歌ったのがそれで、速総別の王の歌は倉椅山の歌垣の歌から転用されたことが知られることからも、そこには歌垣と愛の逃避行とが一体となる状況が存在した。いわば、歌垣とは愛の逃避行を求めた男女の終極の愛の世界なのであり、そこにも愛の極北が顔を覗かせていたのである。愛の典型は、極北の愛の物語により象徴化されたのである。平安時代の『伊勢物語』も『源氏物語』も極北の愛の物語の典型として歓迎されたのであり、非現実的・反社会的でありながらも憧憬と羨望の物語であったのである。

むしろ、そうした極北への愛が風流（色好み）という文化性を形成したのではないかと思われることである。社会的には負の文化性であるものが、殉愛という極北の愛に到りついた時に、それは奸（姦淫＝タワケ）の罪から色好みという風流への文化価値を生み出したように思われる。風流の意味は、古く遺風・余流にあったとされ（諸橋轍次編『大漢和辞典』）、過去の美風のなごりを指したのである。それが色好みを指すようになるのは、六朝宮体詩あたりからであろう。例えば、江洪《こうこう》の「詠紅箋」は恋人に出す桃色の便箋であり、「情幸の人に値はず、豈に風流の座を識らんや」★5は、情け深い人などに出会ったことがないから、そんな恋文をやり取りする風流な席を知らないという。ここでの風流とは恋文をやり取りするような恋仲の関係である。また、范靖婦《はんせいふ》の「戯蕭娘」は歌妓の蕭娘《しょうじょう》に戯れた詩で「意を託す風流子に、佳情詎ぞ肯て私せん」と、風流男に二人は首っ丈なのだが、作者は蕭娘にあの人を私が独り占めなどせず、あなたにも少しは分けてあげようというのである。ここでの風流子は、恋愛に長けた男である。このような風流に続くのが、唐代小説の『遊仙窟』である。双六《すごろく》の盤をもとに張郎と十娘との贈答詩が展開するが、そこにこの時代の風流の意味が現れている。

下官因つて局を詠じて曰く、

眼は星の初めて転るに似、眉は月の銷えんと欲するが如し。

先づ須らく後の脚を捺ふべし、然らば始めて前腰を勒くべし、と。

十娘則ち詠じて曰く。

腰を勒かば須らく巧みに快かるべし、脚を捺へなば更に風流ならんことを。

但細眼をして合せしめば、人自ら輸籌を分とせん、と。★6

ここには男女の交接の場面が具体的に展開していて、その快楽の状態を風流だという。風流は、恋文をやり取りしたり、恋の手練に長けた客と恋をすることに始まり、ついには男女の交接の悦楽までをも意味することになったのである。日常には寝室の中に閉ざされている男女の交接の場面が、小説の上で開放されているのだが、それを淫靡《いんび》なものとしてではなく風流へと転換させたのは、あくまでも非日常性がもたらすものであり、特別な時間・空間の中に幻視されるものとしてである。

そうした男女の交接の場面は、紀の歌謡にも見ることが出来るのである。

檜の板戸を　押し開き　我入り坐し　脚取り　端取りして　枕取り　端取りして　妹が手を　我に纏かしめ　我が手をば　妹に纏かしめ　真析葛　たたき交はり　鹿くしろ　熟睡寝し間に　庭つ鳥　鶏は鳴くなり　野つ鳥　雉は響む　愛しけくも　いまだ言はずて　明けにけり我妹

これは勾大兄皇子《まがりのおおえ》が春日皇女を娶り、月夜に清談して不覚にも夜が明けて、「斐然之藻」（フミツクルミヤビ）の思いが起きて詠んだのだという。この類型は記の八千矛の神の妻問い歌にあるが、こちらは唐代小説の『遊仙窟』に比しても遜色のない風流である。紀はどのようにしてこのような男女悦楽の表現を獲得したのか。すでに『遊仙窟』の影が認められる時代である。『万葉集』にも、好色な女が老女に仮装して男の寝室へ火を貰いに行き共寝を企むのだが失敗し、風流な男だと評判を聞いていたのに「愚鈍な風流士」だと罵《ののし》る歌がある（巻二・一二六）が、そこには『文選《もんぜん》』に載る宋玉の「登徒子好色賦」を典拠としながら★7、美風という古風の風流と、好色という今風の風流とをめぐる論争が存在したのである★8。道徳的な風流から反道徳的な風流へと至る、この道筋の反転したところに極北の愛の悲劇が生み出されたのである。倭語のミヤビは都市的に洗練された優美や情趣を指すようであるが、むしろ姦淫には純愛も含まれながら、それがタワケ（戯れること）であるところに風流へと接続する概念が生まれたように思われる。例えば、天平期の歌人である高橋虫麻呂は、上総の周淮《すえ》の珠名娘子という女性が「たはれ」てある様子を次のように詠んでいる。

しなが鳥　安房に継ぎたる　梓弓　周淮の珠名は　胸別の　ひろき吾妹　腰細の　すがる娘子の　その姿の　端正しきに　花の如　咲みて立てれば　玉桙の　道行く人は　己が行く　道は行かずて　召ばなくに　門に至りぬ　さし並ぶ　隣の君は　あらかじめ　己妻離れて　乞はなくに　鍵さへ奉る　人皆の　かく迷へれば　容艶きに　よりてそ妹は　たはれて（多波礼弖）ありける（巻九・一七三八）

反　歌

金門にし人の来立てば夜中にも身はたな知らず出でてそ逢ひける（同・一七三九）

この周淮の珠名は男たちが理想とした、胸別にして腰細の、容貌端正な女であり、花の如く微笑めば、男たちは競って珠名のもとへと通い、珠名もまた美人であることを良いことに、男たちとタワレ（戯れ）ていたという。男たちからするならば珠名という女性はこの上ない風流の女であり、財産を投げ棄つほどの憧れの女であるが、社会的通念からすると男を惑わす女であり、戯けの女である。それをミヤビと見るかタワケと見るかは、社会的な価値観や道徳観の問題に過ぎない。都会からは遠く離れた東国に住む珠名のような女でありながらも、その美しさが男を惑わすまでに至ればタワケにほかならないが、そのタワケには洗練された女の技が潜んでいる。その技を持った地方の女性たちが采女や宮女として宮廷へと召し抱えられ、それらがミヤビへと変質する時、都市的な風流が成立するのだと思われる。もともとタワケの意味が、国つ罪に見るような上通下通婚、馬婚、牛婚、鶏婚などの親子や動物との異常な婚外の婚を指すのを原義としていたことからも、この異常な性愛を抱えながらタワケがミヤビへと成長することにより、ミヤビにも異常性愛という好色の記憶が残されているのだといえる。

このような風流の極北にあるのは、殉愛により情死を遂げた、タワケた男女の愛の姿であろう。しかし、情死によって死ねば風流でありながら、祭られない鬼となる。軽太子・軽太娘皇女の情死も、速総別王・女鳥王の悲惨な死も、その後の記録はない。情死の物語に関心はあっても、死後については記されない。これらの男女はどのように処理されたのか。丁重に扱われて、先祖の墓に葬られたとは考え難い。そうであれば、彼らは罪人として野晒しとなる運命であっただろう。

中国雲南省に住む納西《なし》族社会には古くから情死が多く、そこでは情死文化と呼ばれるほどに殉愛の死が多発していたといわれる。結婚は父母の請け負う条件下でしかなく、相愛の者であっても殆ど結婚は出来ないという中で悲惨な情死が起きたのである。そうした情死について、木麗春氏は次のように説明する。

双方の情死の時、女性が死に男性が死ななかった場合に、女側では男の家に行き、人命の賠償を求め、併せて男の方に死体を処理させる。男の方が死んで女の方が生き残った場合に、男側は女の家に行き人命の賠償を求め、併せて女側に死体の処理をさせる。★9

このような死体は丁重に扱われることはなく、薦に巻かれて人里を遠く離れた野にうち捨てられた。死者の祟りを畏れたからである。そのような情死者は、死後に鬼神となる。いわば、風流の鬼である。和志武氏によると、この風流鬼について、「非正常死亡（凶死悪亡）一般都挙行祭風儀式、因此是祭風的起因、従古代至近代的漫長歳月中、結合納西族社会歴史的発展、非正常死亡産生的原因很多、帰納起来、大体有因殉情、戦争、自殺、自然災害、死于異郷等縁由」★10といい、正常ではない死に方をした者たちが祭風儀式の対象者となること、その中の殉情死の原因について、「使広大牧奴更難以忍愛的是、他們被剥青春的歓楽和幸福的婚姻、即従奴隷制開始的〈meni 不願 zzeeqdol 相配 si 苦、mediuq 有病 lobbei 做活 si 苦〉、即〈不愛配婚苦、帯病干活苦〉、這是奴隷制度下広大奴隷所遭愛的苦和難、尤其強迫配婚、是対人性的極大摧残」（同上）というように、奴隷社会の時代に自由な結婚が出来ないことの苦難に由来するというのである。そこで愛する男女は首吊りや毒薬などの方法で殉死し、風流鬼となる。この男女は「其殉情地点往々選択在本土本郷的山上或郊野景致較好的地方、一般能見到玉龍雪山、因為伝統観念認為、殉情者霊魂最終将帰宿于〈十二歓楽山〉ceiqni jjekueq bbuq（玉龍雪山）、理想的〈游翠大黒石〉yeqchel lvmeinaq 脚下」（同上）といい、風景の美しい山上や郊野あるいは玉龍雪山などで愛に殉じるのであり、そこは十二歓楽山・游翠《ゆうすい》大黒石と呼ばれる楽土であるという。

このような殉愛の男女は、親の決めた結婚を強いられることに反抗して情死へと至る。雲南省に住む納西族の伝える「逃婚の歌」は、次のように歌われている。


家に帰り白米に水を入れ、清水で米を洗います。

うまくご飯を炊いて悲しい声で父母をよびます。

「お母さん、起きてください。お父さん、起きてください。」

お椀にご飯を盛り、二つの手で母にすすめます。

母とは永久の別れ、母はそれを知ろうか。

身を転じてご飯を盛り、二つの手で父にすすめます。
父はお椀を受け取るが、どうして娘のことを知ろうか。
目には別れの涙があふれ、はらはらと落ちこぼれます。★11

父母や家族との別れが歌われ、この後、男女は手を携えて玉龍雪山の麓へと向かうのである。そこには十二歓楽山・游翠大黒石と呼ばれる、殉愛の男女の住む楽土がある（前掲書）。このようにして愛に殉じた男女は、そのようにありたいと願う男女の憧れとなり、風流の鬼として祭師の儀式を経て祭られることとなるのである。

こうした不幸な風流鬼に涙を濺《そそ》ぐ者は、一緒になることの出来ない運命の青年男女や、夫や妻がありながらも愛に生きたいと願う、現実に不幸な愛を強いられている多くの男女であろう。参考までにあげるならば、『万葉集』に見える鬼はモノという訓を示すに過ぎないが、「恋敷鬼呼」（巻七・一三五〇）、「応恋鬼香」（巻十一・二六九四）、「可死鬼乎」（巻十一・二七六四）、「吾恋八鬼目」（巻十三・三二五〇）などの表記からは、恋も恋死も鬼の仕業だと理解しているように見受けられるのである。

一方、『古事記』では二人の兄妹が殉愛に至る段階で、軽太子が詠んだ歌として見られる歌があり、

隠国の　泊瀬の川の
上つ瀬に　斎杙を打ち、
下つ瀬に　ま杙を打ち、
斎杙には　鏡を掛け、
ま杙には　ま玉を掛け、
ま玉なす　吾が思ふ妹、
鏡なす　吾が思ふ妻、

ありと　　　　いはばこそよ、
家にも行かめ。　国をも偲はめ。★12

のように歌われたと伝える。なぜここに隠国の泊瀬が取り出されたのかは不明であるが、その川で行われる祭りの様子が序として述べられて、そこから思われる妹が導かれている。この兄妹の殉愛をめぐる歌は、古歌謡として『万葉集』にも見えることは注目される。

隠口の　泊瀬の川の
上つ瀬に　斎杭を打ち
下つ瀬に　真杭を打ち
斎杭には　鏡を懸け
真杭には　真玉を懸け
真玉なす　わが思ふ妹も
鏡なす　わが思ふ妹も
ありと　言はばこそ
国にも　家にも行かめ
誰がゆゑか行かむ（巻十三・三二六五）

反歌に続いて「古事記を検ふるに曰はく、件の歌は、木梨軽太子のみづから身まかりし時に作る所といへり」とある。前半は神祭りの類型を踏まえるものであり、後半に玉や鏡の如き妹を思うという先の歌と同じ内容で構成されている。この前半は玉や鏡を導く序となっているが、むしろこの神祭りの表現は、殉愛の兄と妹とを祭る意味が加えられているのではないか。これは風流の鬼となって情死した二人の魂を慰める歌の導入部分であると思われ、それを受けて軽太子の妹への思いが述べられているのだと思われる。兄と妹という関係での愛を殉愛という方法で収束した物語を、歌劇仕立てにして語るのが『古事記』であるが、それは『万葉集』へも継承されて、不幸な愛の者たちによる風流の鬼への憧憬がこのように歌われ伝えられたものと思われる。隠国の泊瀬の地は死者を葬る場所としてあるが（巻三・四二〇参照）、そこはまた古代の歌垣が行われた場所であったと思われ、巻一巻頭歌の春の歌垣の場でもあろうし、近くには倉橋川の歌垣も存在した。愛する男女はこの地で殉愛を約束し、駆け落ちの末に情死を遂げた物語りもあったのであろう。「隠口の泊瀬の山の山の際にいさよふ雲は妹にかもあらむ」（巻三・四二八）の歌は土形娘子《ひじかたのおとめ》の火葬を詠んだ挽歌であるが、そこには娘子の悲劇が感じられる★13。そのような泊瀬の山には、

隠口の泊瀬の山に照る月は盈昃しけり人の常無き（巻七・一二七〇）

隠口の泊瀬の山に霞立ち棚引く雲は妹にかもあらむ（巻七・一四〇七）

狂言か逆言か隠口の泊瀬の山に廬せりといふ（巻七・一四〇八）

のような歌が並ぶ。泊瀬は死のイメージを持つ場所としてあるばかりではなく、泊瀬と妹の死との深い関わりを見ることが出来るのは、そこが愛する男女の死の聖地として成立したからではないかと思われる。但馬皇女の愛した穂積皇子が、皇女の死後に詠んだという「降る雪はあはにな降りそ吉隠の猪養の岡の寒からまくに」（巻二・二〇三）の吉隠も隠口の泊瀬の地であり、皇女はこの地で岩城に隠った（自殺した）のであろうか。隠口の泊瀬は愛する男女が情死の末にその魂が宿る地として、そこは情死者たちの楽土であったように思われる。右のような長歌は、愛に殉じた男女を祭る歌として泊瀬の地に伝えられていたのであろう。

不幸な愛はこの兄妹の物語に限られるものではなく、愛により命を絶った男女は風流の鬼となり、不幸な死でありながらも同じ運命にある男女の尊敬する鬼神でもあったに違いない。殉愛の物語を伝え得たのは、そうした風流鬼を尊敬し敬愛して心の中に祀る、愛の世界に生きる男女であったといえる。風流鬼はこのような男女の愛を叶えてくれ

る、愛の神でもあったといえよう。もちろん彼らや彼女たちにとって殉愛はあくまでも憧憬や羨望でしかなく、伝承や故事の中に現れるに過ぎないのだが、人びとの憧憬と羨望の眼差しは、この非現実をつねに現実化するであろうほどまでの期待と畏れとを抱いていたのである。

『万葉集』の相聞の歌は愛の喜びと悲しみを歌いながらも、実はこうした殉愛への期待と畏れの狭間にあって生み出されているように思われるのである。磐姫皇后の歌が、夫を恋う深い愛の姿と婦徳を示すものでありながらも、容易に軽太娘皇女の歌へと変奏するのは、それは歌の異伝の問題にあるのではなく、風流の鬼にせかれた人びとの殉愛への憧憬と羨望、期待と畏怖により生じる問題だったのだといえよう。

4 結

『万葉集』を一瞥するならば相聞歌の多くを占めるのは、男女の恋愛感情をテーマとした恋歌にある。軽太娘皇女の歌は、そうした男女の恋愛感情の極北に位置した。恋する思いを持つ人びとは、この愛のあり方を典型とし、またそれに憧憬と羨望の眼差しを向けたのである。中国の少数民族には、現在でも歌会という行事が行われているが、そこで歌われる恋歌は、あたかも恋愛の展開に沿う内容のようである。そして、その最後に逃婚調の歌（駆け落ちの歌）や情死調の歌（殉愛の歌）が加えられる。逃婚調も情死調も物語歌として伝えられていて、涙無くしては聞けない。それらは民族の古歌であり、民族の苦しい愛の歴史を伝えるものであったからである。貴州省の侗族《とんぞく》では、これを大歌と呼んで、民族が伝えなければならない特に重要な歌としている★14。

東アジアの民族社会では、結婚は親や親戚が決めるものであるから、好きな人とは基本的に結婚できない歴史が長く続いた。その鬱々とした思いは、駆け落ちや情死という殉愛の物語を生むのだが、そのような思いは、毎年の歌会において恋歌を歌うことで解消され、改めて社会生活へと回帰したのだと思われる。歌会の歌にも逃婚や情死が主題となるのは、そこに至り着くことで真実の愛を獲得出来るからであるが、一方にそのような感情を解消することが出来たのである★15。そこには恋愛世界が日常と非日常との間に揺れ動いていることが知られ、恋歌は辛うじて恋の思い（病）という非日常性を、生活という健康な日常性へと引き戻す役割を果たしていたことが推測されるのである。

注

1　本文は、講談社文庫『万葉集　全訳注　原文付』（講談社）による。以下同じ。
2　本文は、日本古典文学大系『日本書紀』（岩波書店）による。以下同じ。
3　西郷信綱は、恋歌がアニとイモとの関係により成り立つのは「社会的に恋をせかれたもの同士の、いわば非合法の、あるいは結婚外の」関係にあるのであり、それは近親相姦的響きの中にあるのだという。「近親相姦と神話」『古事記研究』（未来社）。「辰巳「愛を身をもって知り苦しむ者・兄と妹」『詩霊論　人はなぜ詩に感動するのか』（笠間書院）参照。
4　中国少数民族文学史叢書『布依族文学史』（貴州民族出版社）。訳は辰巳による。
5　新釈漢文大系『玉台新詠』（明治書院）。以下同じ。
6　八木沢元『遊仙窟全講』（明治書院）。
7　小島憲之「万葉集と中国文学との交流」『上代日本文學と中國文學　中』（塙書房）参照。
8　辰巳「風流論―万葉集における古風と今風」『万葉集と比較詩学』（おうふう）参照。
9　木麗春「〝情死〟文化因由」『東巴文化掲秘』（雲南人民出版社）参照。訳は辰巳による。また、結婚が許されない男女は、駆け落ちをして玉龍雪山の麓で情死をする。駆け落ちに失敗して男が生き残ると鼻や耳を削がれ、女が生き残ると入れ墨をされて他の男に与えられるともいう（同書）。
10　和志武『祭風儀式及木牌画譜』（雲南人民出版社）参照。
11　和鐘華「民間伝統大調」『納西族文学史』四川民族出版社。

12　本文は、『古事記』（角川文庫本）による。

13　この歌に続く出雲娘子は溺死とあり、土屋文明は吉備津采女と同じく「自殺」であろうという（『万葉集私注』筑摩書房）。この辺りの娘子や采女の死には、悲劇的物語が窺われる。

14　辰巳「叙事大歌における民族的感情の形成」『折口信夫　東アジア文化と日本学の成立』（笠間書院）参照。

15　辰巳「歌路―中国少数民族の歌唱文化」『詩の起原　東アジア文化圏の恋愛詩』（笠間書院）参照。

第五章
死者の旅と指路経典

ああ、善い人よ、三日半の間、汝は失神していたのである。失神から目覚めると、自分に何が起こっていたのだろうかという想いが生ずるであろう。汝はバルドゥの状態にあるのだと覚るべきである。その時に輪廻の反転から、ありとあらゆる幻影が光明と身体を持った姿で現れるであろう。虚空すべてが紺青色の光となって現れるであろう。（川崎信定訳『原典訳 チベットの死者の書』筑摩書房）

1　序

日本人の死者儀礼の中で、ある宗派においては死者に旅の装束をさせたり、草鞋やあるいはお金を柩に入れる習俗がある。これは死者が死後に旅をすると考えたことに因るものであり、そのために草鞋や路銀を準備したことが知られる。そうした死者の旅は、どのような宗教性や習俗性から出発し、日本人は死後にどのような旅をして、何処へ行ったのかという疑問が生じる。人類が誕生して以来、人は死を避けることが出来なかったことから、死はさまざまな観念や神話を生み出し、また特殊な死者儀礼を成立させた。死者が船に乗ってあの世へと旅だったことは、古代日本の古墳壁画から想定されるし、エジプトの死者の旅は、死者があの世へと向かう折に、さまざまな危難を乗り越え、また通りに神がいてその名前を言わなければ通交が出来ないのだという。すでに漢代には瘞銭《えいせん》というお金を墓に埋める習俗があり、また草履や通行証を死者に与える習俗も見られる★1。

一方、最初の国生みがなされた『古事記』の神話においては、イザナミという女神が火神を生んで神避《かむさ》り、出雲の国と伯耆の国との堺の比婆山に葬られたという。『日本書紀』に見える神話においても女神は火神を生んで神退り、紀伊の国の熊野の有馬村に葬られて花の時に花の祭りが行われたと伝えている。女神の死を悲しむ男神は、妻を連れ帰るために〈黄泉〉の国へと出向いた。黄泉の国には普段のように妻がいて男神に対応するが、女神は黄泉の神の許可を得るために相談に出かけるにあたって、一つのタブーを言い渡した。「私を待っている間に、明かりをつけてはならない」こと。このことから言えば、黄泉の国は暗黒の冥界であることが知られる。結局、待ち切れなかった男神は櫛の歯に火を灯してタブーを侵し、妻の腐乱した死体を見てしまう。その死体には、蛆がたかり恐ろしい八つの雷が轟いていたという★2。日本人が初めて経験した、最初の死のイメージである。

女神が黄泉の国へと出かけた場面は描かれていないが、男神は女神の後を追いかけて黄泉の国へと至り黄泉の縢戸《くみど》で夫婦神は出会う。黄泉という漢字は漢籍に見える地下世界であり、死後に行く場所としても理解されているが、そのイメージの中に古代日本人の死後の観念が存在したのである。また別の伝えである『日本書紀』には、男神が妻を見ようとして「殯斂《ひんれん》之処」に至ったという。「殯斂之処」は「毛加里乃止古呂」(神代紀私記乙本)と訓まれるが、毛加里(モガリ)の意味は不明である。殯斂とは遺体が殯宮に納められることであり、殯は埋葬までの一定の期間に行われる死者への礼遇の儀礼(『説文解字』)であり、中国古代の伝統的な殯儀礼は極めて複雑である★3。殯儀礼は、アメワカヒコという神の葬送にも見られ、喪屋が造られて鳥たちが殯の儀礼に奉仕している。そうした神話に続いて天皇たちの殯儀礼が行われるが、天武天皇の殯儀礼が最も重要にして長期間に渡ることから特に注目され、さらにこの時代に墓室には四神や星宿図が描かれることで、死者の旅は大きく変容したように思われる。

こうした死者儀礼を語る古代文献を通して見ると、神話的には黄泉の国が死者の行くべき国であることが認められるものの、歴史的には死者がどのような旅をして、何処へ行くのかという事は語られることが寡《すく》ない。古代日本人は死後の世界にそれほど強い関心を示さなかったとも受け取れるが、おそらく古代的な死後観は理論的にも儀礼的にも驚くべき荘厳な装いの仏教思想に取って代わられ、古代の土俗的習俗はローカルな旧俗として葬られたのではないかと思われる。古代日本の仏教は国家的な庇護のもとに鎮護国家の仏教として崇拝され、他の宗教を排して大勢力となる。聖徳太子の時には天寿国が理解され、奈良時代には神仙と仏教とが結び付いて登仙の者は浄国に生まれると考えられ（長屋王神亀願経跋）、さらに行基《ぎょうき》のような個人救済の仏教徒も活動を開始し、死後の観念は新たなものに塗り替えられる時代を迎えたのである。「地獄」という漢語も天平三年書写の聖武天皇宸翰《しんかん》「雑集」に見られ、地獄の思想もそれほど遠くない時代に、日本列島に定着する。しかし、それでありながらも死者は旅をするという思想が今日の葬礼の中にも生き続けているのは、旧俗とは言えない日本人の思想の根源を示唆するのではないか。死者が旅をして行くべき場所は、古代日本人が死後に回帰すべき場所であったからに違いない。仏教思想にも死者の旅を語るのは、古代的な観念を継承するものではないか。死者の旅を考えることは、死後に人は何処へ行くのかという問題を考えることでもあると言える。

2　黄泉の使者

死者の霊魂が鳥となって飛び去るというのは、英雄ヤマトタケルの物語に見られるが、歴史時代に至っても死者の霊魂は肉体を離れて浮遊するものと考えられていた形跡は、天智天皇の聖体不予《ふよ》の時に大后が、青旗の如き木幡の上を通う天皇の霊魂を目には見るが直接に逢えないことだと嘆いた歌（『万葉集』巻二・一四八）からも知られる。まだ死に至らない段階であるにも関わらず、青旗のように木々の繁る木幡山の上を、愛しい夫の霊魂が浮遊するのを目にしている。死に臨んで魂は肉体を遊離して浮遊し、肉体に戻らなければ魂の行くべき場所へと向かうこととなるが、その行くべき場所は知られない。この歌よりも少し遅れて謀反の罪により刑死を受けることとなった大津皇子は、夕方の時を報せる鼓の音を聞きながら、「泉路」（黄泉への路）には賓客もそれを迎える主人もいないのだと嘆く（『懐風藻』）のを見ると、七世紀の後半には死者が黄泉の路を旅してあの世へと向かうのだという理解がなされていたのである。また、七世紀後半から八世紀初頭に造営される高松塚古墳やキトラ古墳の壁画に二十八宿図が描かれているのは、死者世界の荘厳を意図したものではなく、死者の回帰する世界を天上に想定した結果であろう。

奈良時代の八世紀初頭に登場する歌人の山上憶良は、人の死を通して文学的創作を行うところに特徴がある。筑前の国司の時代に大宰府長官であった大伴旅人の妻が亡くなった折に、無題の漢詩を詠んでいるが、そこに「従来厭離此穢土。本願託生彼浄刹」★4の句を見る。前句は仏教思想の厭離穢土《おんりえど》のことであり、そのようにして本来の願いは生を浄刹《じょうせつ》に託すことであったという。浄刹は清浄な処であり浄土のことで、浄刹に託すとは欣求浄土《ごんぐじょうど》のことである。憶良の理解によれば、人は死後に浄土へ行くのだということであり、そこには浄土教典の理解が窺えるのであり、仏教の他界観が十分に浸潤していることが知られる。また、熊凝《くまこり》という青年が旅の途次で病に罹り、臨終に際して悲しみながら「常知らぬ道の長手をくれくれと如何にか行かむ糧はなしに」（『万葉集』巻五・八八八）と詠んだという。常知らぬ道とは死者がこれから辿る道であり、暗い思いで食糧も持たずに死者の旅へと出かけることを嘆くのである。

そのような憶良が、古日《ふるひ》という幼い子どもの死を悲しむ長歌と反歌二首とを詠んでいる。その反歌の二首は、当時の死後の世界を考えるのに重要である。

和可家礼婆　道行之良士　末比波世武　之多敝乃使　於比弖登保良世（巻五・九〇五）
若ければ　道行き知らじ　賄はせむ　下辺の使ひ　負ひて通らせ

布施於吉弖　吾波許比能武　阿射無加受　多太尓率去弖　阿麻治思良之米（同・九〇六）

布施置きて　吾は乞ひ祈む　欺かず　直に率行きて　天路知らしめ

古日は幼い子どもだから、これから行くところの道は知らないので、賄賂《わいろ》を上げるから下辺の使いの者よ、古日を背負って困難な道を通してやってくれ、というのである。あるいはまた、布施を置いて私は一生懸命にお願いしお祈りするので、この子を欺さずに連れて行って天への道を教えてやってくれ、というのである。注目されるのは「下辺の使」が登場することである。漢字本文は仮名書きで「之多敝乃使」と書かれ、「シタヘノツカヒ」と訓むべきものである。シタへのシタは下方、へは辺、つまり下の場所を指すから、下方の土地の意味で地下を指すと思われ、ツカヒは使者であるから、地下からの使者であり、それを漢文脈に翻訳すれば「黄泉の使者」ということになる。この黄泉の使者は賄賂（末比＝まひ）に弱い者であることが知られ、賄賂を上げるから背負っていって欲しいというところには、何かしらユーモラスを感じるに違いないが、それとともに死者が路銀を必要とした理由もここに求められる。それは次も同じで、今度は賄賂ではなく布施（この場合は「財施」）を用意して祈るので、子どもを欺さずに真っ直ぐに天への路を教えよというのも、黄泉の使者は常に死者を欺すというのが常套であったのであろう。「天路」は「阿麻治」と仮名書きされているが、天への路であることは間違いないと思われる。ここに死の使いが現れて死者をあの世へと連れて行くという理解は、特殊な根拠を持つものであると思われる。シタへの使いとは地下世界からやって来る死の使いであるから、人が臨終を迎えると使者がやって来て、死者を行くべき場所へと連れて行くという発想である。それは古代日本人の中には見られなかった思想であり、死後のことがある形をなしてすでに理解されていたことを意味している。夙《つと》に推古天皇が聖徳太子と妃のために作らせたという「天寿国繍帳」は、渡来人の技術になるものであるが、その天寿国は浄土の意である。

ここに問題となるのは、幼い古日という子どもが死の使いによって、一方では「之多敝」（下方）に向かう旅をして地下へと連れて行かれるということであり、もう一方では「阿麻治」（上方）へと向かう旅をして天上へと連れて行かれるのだということにある。古日の魂は一方では黄泉へ、一方では天上へと行くのである。ここには矛盾するような内容が認められるが、そこには憶良なりの理解が存在したからだと思われる。このような理解は矛盾するのではなく、おそらく一度地下世界へ行き、続いて天上へと行くことを示唆しているのであろう。地下へ行くのは地下世界において死者生前の善悪が裁判官により判断されるからであり、天へ行くのは死者の善業が認められたからであると思われる。このように死者生前の業を量るのは、因果応報の思想によるものであり仏教の思想であるが、ここには地獄や極楽の思想が想定される。

3　葬頭河を渡る

源信の『往生要集』（九八五年成立）では厭離穢土・欣求浄土を以て地獄の様を描くが、そこには獄卒が登場し、罪人たちの肉体を切り刻む様子が描かれる。

獄卒、罪人を執へて熱鉄の地に臥せ、熱鉄の縄を以て縦横に身に絣き、熱鉄の斧を以て縄に随ひて切り割く。或は鋸を以て解け、或は刀を以て屠り、百千段と作して処々に散らし在く。また、熱鉄の縄を懸けて、交へ横たへたること無数、罪人を駈りてその中に入らしむるに、悪風暴に吹いて、その身に交へ絡まり、肉を焼き、骨を焦して、楚毒極りなし。已上、瑜伽論・智度論。★5

八大地獄ではその地獄ごとに獄卒が登場して罪人を苦しめ傷みつけては切り刻むのであり、凄惨な地獄絵が展開する。これらの地獄は瑜伽《ゆか》論や智度論に依るのだというように、仏典の説く地獄である。その獄卒の姿も「頭は羅刹の如く、口は夜叉の如し。六十四の眼ありて鉄丸を迸り散らし、鉤れる牙は上に出でて、高さ四由旬、牙の頭より火流れて阿鼻城に満つ。頭の上には八の牛頭あり。一々の牛頭に十八の角ありて、一々の角より猛火を出す」(『往生要集』前掲書)という。憶良の厭離穢土・欣求浄土への願いも、このような仏典の説く地獄を理解した上でのものであろうし、「沈痾自哀文」では「嗟乎愧哉、我犯何罪、遭此重疾」という罪への意識は、因果応報を理解してのことである。隋の地婆訶羅《じばから》の漢訳になる「大乗顕識経」でも、逃げようとする罪人を打ち叩き、獄卒は罪人の後に随い罪人に対して「何処にか去る。汝此に住すべく、復、東西して、何に逃竄んと欲する勿れ。今此の園は、汝の業もて荘厳したるところなれば、離るるを得べきや否や」★6というのである。美しい園と思われた園林は一変して刀剣に変じ、罪人たちを切り刻むのであり、庭園は阿鼻叫喚の地獄絵となる。この「大乗顕識経」には、続いて死の使いのことが説かれていて興味深い。

是の如く、大薬、地獄の衆生は、種種の苦を受け、七日にして死して、還地獄に生ず。業力を以ての故に、遊蜂の花を採り、本処に還帰するが如し。罪業の衆生、応に地獄に入るべきもの、初めて死する時、死の使の来るを見、繫項駆逼して、心身大に苦しみ、大黒闇に入り、劫賊に執捉せられて将に去らんとするが如く、是の如きの言を作さん「訶訶、禍なる哉、苦しい哉。我れ今、閻浮提なる、種種の愛好する親属知友を棄てて、地獄に入る。我れ今、天の路を見ずして、但だ苦事を見ること、蚕の糸を作り、自ら纏ひて死を取るが如く、我れ自ら罪を作し、業の為に纏縛せられ、羂索を項に繫け、牽曳駆逼せられて、将に地獄に入らんとす」と。

初死の時に死の使いが来たことに驚く様子が描かれ、罪人は「天の路」を見ずに苦事のみを見るのだと嘆くのである。地獄へと導かれる罪人、天の路へと向かうことの出来る善業の者、この両者の向かうのは地下と天上であるが、その両者を区別する問題がある筈である。憶良が最初に地下への旅を言い後に天路への旅を言うのは、古日は幼くして罪業はないと判断される筈であるから、当然のこと天路へと旅立つと考えたからに他ならない。地獄は獄卒が罪人たちを切り刻む阿鼻叫喚の世界であるが、それらを罪人と判断するのは、どのような思想が存在したのか。死の使いは「正法念処経」★7によれば「此の如き丈夫は第一の大力にして形貌は醜陋しとも能く他人を壊し、（中略）是の丈夫を閻羅の使と名け、死ぬ時の使いと名く」という。死の使いは、閻羅《えんら》の使いであるというのであり、閻羅とは即ち閻魔大王のことである。

このような地獄の世界は絵解きでも行われ、敦煌本『仏説十王経』★8は、その詳細を伝える。中央に位置する仏の左右に五人ずつ十王が配され、判官と大判官が二人ずつ左右の王の後ろに立つ。十王は地獄の裁判官であり、死者は七日を経るごとに裁判を受けなければならない。それぞれ第一七日・秦広王、第二七日・初江王、第三七日・宋帝王、第四七日・五官王、第五七日・閻羅王、第六七日・変成王、第七七日・太山王、第八百日・事正王、第九一年・都市王、第十三年・五道転輪王である。まず死者は七日を過ぎて秦広王のもとに呼ばれるが、その死者は木製の首枷《くびかせ》をかけられて王のもとに引かれて行く。王の前では判官が罪の決定を仰ぎ待つ。近くには川が流れていて数人の罪人たちが溺れて助けを求め、川の傍では、牛頭の獄卒が鉄棒を持って罪人を打ちのめし川へと落とし込む。第四の五官王の前では首枷の罪人たちが取り調べられているのは同じであるが、その横には鏡が懸けられていて前世の悪業を映し出している。

これは広く信仰された十王信仰であり唐末から道教との融合のもとに起こり、閻魔信仰となって民衆に流布し、日本では鎌倉時代以後に盛行したとされ、十王を描いた図を十王図といい、敦煌文書にも絵入りの写本があり、中国から日本にかけて盛んに描かれたと解説されている★9。それらは憶良の時代から見れば後世のものだが、シタへの使いが来て死者をシタへやアマヂへと連れて行くのは獄卒のことであり、これは地獄で裁判を受けることを前提とした表現であることは間違いない。そうした地獄へと向かう旅が、死者の旅である。そのような死者の旅を記した経典として「仏説地蔵菩薩発心因縁十王経」があり、中国偽経あるいは日本偽経のものが一般に流布し多くの民間信仰を生み出したのであるという★10。いずれにしても死者の旅は十王庁への旅を指し、それぞれの途次でさまざまな苦難を

経ることとなる。例えば「第二初江王官」への道では、

> 葬頭河の曲、初江の辺に於いて官庁相連って渡る所を承く、前の大河は即ち葬頭なり。渡るを見て亡人、奈河津と名く。渡る所に三有り。一には山水瀬、二には江深淵、三には有橋渡なり。官前に大樹有り。衣領樹と名く。影に二鬼を住す。一を奪衣婆と名け、二を懸衣翁と名く。婆鬼は盗業を警めて両手の指を折り、翁鬼は義無きを悪んで頭足を一所に逼め、尋いで初開の男をして其の女人を負はしめ、牛頭、鉄棒をもって二人の肩を挟み、追うて疾瀬を渡し、悉く樹下に集む。婆鬼は衣を脱せしめ、翁鬼は枝に懸けて罪の低昂を顕し、後、王庁に送る。★11

のように説明される。葬頭河《そうとうが》というのは一般に知られる三途の川のことであり、ここには山水瀬、江深淵、有橋渡の三つの渡りがあるから三途の川と呼ばれている。初江王の役所の前の大樹の二つの鬼は奪衣婆《だつえば》と懸衣翁《けんいおう》で、獄卒の牛頭は罪人たちを集め、鬼の婆と翁は罪人の下調べをする。このように十王のもとへと至る道中が死者の旅であり、そこには渡らなければならない色々な危難が待ち受けているのである。

古代の日本文献から死者の旅を探ることは困難であるが、七世紀末には死者が黄泉の国へと向かうことは知られており、そこへの旅が意識されていたことは推測される。仏教の理解が及ぶと死者は地下世界へと旅をして、やがて天路へと至ることが理解されるようになる。それ自体も漠然とした内容であるが、すでに罪への意識と因果応報の理解は、地獄の裁判による判決のあることが意識されていたのである。そのような死後の世界は印度撰集の仏典ではなく、中国の道教思想と交じりながら東アジア仏教として成立した偽経において形成されたことが注目されるのである。

4　高天原への回帰

古代日本人の死の観念が明らかでないのは、もともと死という概念を持ち合わせていなかったことが理由として考

えられる。人の死の起源は神話的に語られることが多いが、日本の神話に残されている天皇の短命起源譚は、天皇が死ぬことのない存在であったことを語るものであろう。天孫降臨の神ニニギの命が地上で山の神の娘である美しい木の花の咲くや姫と出会い求婚をすると、娘は父神の許しが必要だという。父神に申し出て承諾を得たが、姉の石長姫《いわながひめ》も一緒に嫁がせるという。しかし天孫は姉があまりにも醜い女性であったことから断り、妹のみと結婚する。父神は姉を一緒に嫁がせたのは石のように永遠の命が得られるからで、妹は花のような繁栄を期待してのことであるのに、妹のみを選んだことにより花のように短い命となるだろうと呪《のろ》う。このことから天皇の命は花のように短いのだということを語る起源譚であるが、天皇に象徴された人間の命の短命由来の神話である★12。人の命は永遠ではないと理解するのも、歴史性の中に現れた認識であり、人は死ぬのだという事実が確認されれば、死の儀礼が工夫され、死なない方法が工夫され、あるいは再生の方法が工夫される。それ故に天皇の命は短命であると神話的に決定されたとしても、天皇は神上がりや神去るのであり、あるいは雲隠るのであり、それは死ぬことではなく葦原の国から退去することを意味した。天皇は死ぬのではなくして、神として帰るべき場所へと退去するのである。神上がりという定型句からすれば、天皇の上がるべき場所は天孫が降臨する以前の場所であることとなり、そこは高天の原のことである。天皇は死ぬことなく、高天の原へと神上がるのである。

　この理解は天皇に限定されたものではなく、古い時代の日本人の理解だったのではないか。儒教や老荘や仏教以前に〈去る〉や〈隠る〉によって理解された、日本人の死の観念であったと思われる。人は一定の時を迎えると住み慣れた土地から去るのだという考えであり、それは肉体ではなく魂の行方の問題であったと言える。天孫降臨から日向の三代を経て初代神武天皇が東征の果てに奈良の橿原《かしはら》に都を置き、代々の天皇は橿原の宮からその統治を継承して来た。柿本人麿はそうした天皇統治の歴史を、「玉襷　畝火の山の　橿原の　日知の御代ゆ　生れましし　神のことごと　樛の木の　いやつぎつぎに　天の下　知らしめししを」（巻一・二九）と歌うのは、橿原に都を置いた神武天皇以来の天皇統治の歴史である。その天皇も一定の時を経ると崩御《ほうぎょ》するのであるが、『古事記』が記す天皇崩御記事は、例えば「神倭伊波礼毘古天皇の御年、壱佰参拾漆歳。御陵は畝火山の北の方の白梼の尾の上に在り」というのであり、ここには崩御の詳細は記されることがない。同じく『日本書紀』の記事においても「天皇、橿原宮に崩ります。時に、年一百二十七歳にまします。明年の秋九月の乙卯の朔にして丙寅に、畝傍山東北陵に葬りまつる」と見えて、年紀が詳しく記される程度で相違はない。これらの「葬る」は、肉体の処理についてである。

こうした天皇の崩御に関して史書は天皇の年と陵墓の位置とを類型的に記すのみで、葬送に関する記録はなく無関心のように見える。唯一、例外的に天皇の葬送儀礼が詳細に記録されたのは天武天皇に関してである。二年間に及ぶこの葬送の儀礼は、殯宮《ひんきゅう》における誄《るい》儀礼を中心としたもので、誄はシノビゴトであるから死者生前の業績や徳行を申し上げる儀礼である。天武天皇崩御の記録によれば、

○丙午に、天皇の病、遂に差えずして、正宮に崩りましぬ。

○戊申に、始めて発哭たてまつる。則ち殯宮を南庭に起つ。

○辛酉に、南庭に殯し、即ち発哀たてまつる。

○甲子の平旦に諸の僧尼、殯庭に発哭たてまつりて乃ち退でぬ。是の日に肇めて進奠り即ち誄たてまつる。★13

のように始まり、以下に壬生の事、諸王の事、宮内の事、舎人の事、命婦の事、膳職の事の誄が奉られ、乙丑に僧尼の殯庭での発哭に続き、太政官、法官、理官、大蔵、兵政官の事の誄、丙寅に僧尼の殯庭での発哭に続き、刑官、民官、諸国司の事の誄、丁卯に僧尼の発哀があり、続いて百済王良虞《りょうぐ》、百済王善光に代わる誄、国造の誄があり、種々の歌儛が奏されている。発哭や発哀が僧尼によって行われ、諸官庁によって誄が奉られるのは、天皇葬儀が仏教的儀式や律令的儀式へと移行していることを物語っている。

そのような天皇葬儀の変質の中で登場するのが、柿本人麿である。もちろん人麿は天皇の死を歌うことはないが、

草壁皇子（日並皇子）や高市皇子の殯宮挽歌は天皇の死を理解するのに重要である。日並皇子の殯宮の挽歌の前半では、天地開闢《かいびゃく》の時に神々が日女《ひるめ》の尊と日の皇子に天地の分治が行われたことが述べられ、日の皇子は葦原の統治を命じられて、その任を終えると再び天の原へと回帰することが詠まれる。

天地の　初めの時　ひさかたの　天の河原に　八百万　千万神の　神集ひ　集ひ座して　神分ち　分ちし時に　天照らす　日女の尊〔一は云はく、さしのぼる　日女の命〕天をば　知らしめすと　芦原の　瑞穂の国を　天地の　寄り合ひの極　知らしめす　神の命と　天雲の　八重かき分けて〔一に云はく、天雲の　八重雲分けて〕神下し　座せまつりし　高照らす　日の皇子は　飛鳥の　浄の宮に　神ながら　太敷きまして　天皇の　敷きます国と　天の原　石門を開き　神上がり　上がり座しぬ〔一は云はく、神登り　いましにしかば〕（巻二・一六七）

ここに重要なのは分治された日の皇子が、飛鳥の浄の宮に神の意志を受けて葦原の国を統治したが、やがて天皇の支配する国として天の原の石門を開いて神上がりしたというところにある。浄の宮は飛鳥浄御原の宮を指すから、そこに宮を置いたのは天武天皇である。日の皇子とは高天の原で天皇の霊を継承した皇子のことであり、葦原の国でその霊を受けて天皇となるのであるが、その日の皇子は「天皇の　敷きます国」だとして天の原へと回帰したという。そのことの理解は複雑であるが、このような理解が可能となるのは、天皇の霊魂は日の皇子を通して天の原から継承され、葦原での任務が終わると再び天皇の統治する天の原へと回帰することを語るものであろう。問題となるのは「天皇」の語にあるが、ここでの天皇はスメラミコトという天皇霊を指すものと思われることであり、天皇霊は天孫系譜の祖の霊魂であり、それゆえに天の原を統治することになるのだといえる★14。

ところで日の皇子が葦原へと降臨するにあたり、「天雲の　八重かき分けて〔一に云はく、天雲の　八重雲分けて〕」のように表現される。この表現は類型的であり天孫降臨に際してニニギの命も『古事記』では、「離天之石位、押分天之八重多那雲而、伊都能知和岐知和岐弖、於天浮橋、宇岐士摩理、蘇理多多斯弖、天降坐于竺紫日向之高千穂之久士布流多気」というのであり、天孫が天の八重多那雲を押し分けて道を開きながら降臨する様子が描かれる。これは『日本書紀』の天孫降臨においても同じであり、「排分天八重雲、稜威之道別道別而、天降於日向襲之高千穂峯矣」（本文）、「排分天八重雲、稜威道別道別、而天降之也」（一書）、「則引開天磐戸、排分天八重雲排分、以奉降之」（一書）などと見られ、天から降臨する時には天雲を押し開いて降るのだという。この天雲は地上世界と天上世界とを隔てる境界を指す吉祥雲と思われ、天上界の神聖にして不可思議な雲に覆われた世界のイメージ化であろう。天上の神は、そうした不可思議な存在として天下るのである。

天孫が降臨する場面と等しくあるのが人麿の描いた日の皇子の降臨であり、これは天孫の降臨する神話が一度ではなく地上の王が新たに天皇となる段階で、日の皇子が降臨することを示すものである。それは高市皇子の城上《きのへ》の殯宮の挽歌でも「背面の国の　真木立つ　不破山超えて　高麗剣　和蹔が原の　行宮に　天降り座して　天の下　治め給ひ」（巻二・一九九）からも窺えるのであり、大君（天武天皇）は戦いの始まる和蹔《わざみ》が原の行宮に直接に天降り、戦いに勝利して天下を統治したというのがそれである。このような思想が生まれる背後には、降臨神話が大きく変質していることが予想されよう。その段階が天武朝であったことは、人麿の描く世界から理解できる。

この降臨神話と対となって日並皇子挽歌に神上がり神話が詠まれたことは、天皇の崩御の後の行方を知るために極めて注目されることである。人麿は日の皇子の神上がりを「天の原　石門を開き　神上がり　上がり座しぬ」と描く。日の皇子は本来の天の原へと回帰するのであるが、石門《いわと》を開いて神上がりしたというのである。この石門は天孫が降臨するに当たって開かれた石の門のことらしく、『日本書紀』ではニニギの命の降臨を「則引開天磐戸、排分天八重雲、以奉降之」ということから、天の磐戸《いわと》を引き開いて降臨したことが窺える。その反対に当たる回帰の場面が神上がりであり、天の原の世界には石門があり、そこから神が出入りしていたことを示している。天の岩戸は天照大神の岩屋戸（磐戸）隠りで知られるが、この岩屋戸は大神の居住する屋戸（宿）であろうと思われ、石門は文字通りに理解すれば石造りの門のことである。神上がりする日の皇子とは、おそらく八重の雲を押し開いて道を開き、この門を開けて天の世界へと回帰することをいうのであり、そこは天の原である。大伴家持はこの門を「天の門」（巻二十・四四六五）と詠んでいるのは、ニニギの命の降臨神話に関してであるが、ここには「天門」という考えが存在したからであろう。

天の石門というのは天の原の入り口にある堅牢な門の意味と思われるが、この天の石門とは何を意味するのであろうか。少なくともニニギの命や日の皇子がこの門を出入りすることから考えるならば、明らかに天の門であることが明らかである。この天の石門は、漢籍に見られる天門と極めて類似するものであるように思われる。例えば『史記』「天官書」には、次のように見える。

> 蒼帝徳を行えば、天門これが為に開く（索引曰く、いわゆる王は春令を行い、徳沢を布き、天下を被い、上に則り、霊威に応じ、これを帝に仰ぐ。しかして天門これが為に開き、以て徳化を発するなり。天門は即ち左右の角の間なり）。★15

蒼帝《そうてい》というのは春を司る神であり、蒼帝が徳を行うと天門が開くという。その注によれば王が春に行うべき政事を正しく遂行して民に恩恵を及ぼし、天下を覆い天に則り天の帝を仰ぐと、天門は開かれるであろうという。王の政事に感じて天門は開かれるのであり、天の支持を得られることとなるという意味である。これは地上の王が天の神の意向に沿って政事を行うことで、天帝は喜び天門を開くということであり、悪い政事が行われれば天帝は王の願いを聞かずに災いを下すということになる★16。さらに天門は「左右の角の間なり」というのは、角二星《かくにせい》の間にあるという意味である。『隋書』「天門志」に角二星について「二十八舎。東方の角二星は天閬《てんろう》となす。其の間は天門なり。その内は天庭なり」★17とある。これらによれば、天門は天庭の入り口にある角二星のことであり、二十八舎は二十八宿の一つであり、二十八宿図は古代日本でも高松塚古墳やキトラ古墳の天井に描かれていることが知られ、東西南北各七星の東方の星宿図の中に角二星も描かれている。これらの古墳は七世紀後半から八世紀初頭と推測されているから、天武・持統朝の思想を反映したものであることは明らかである。いわば天の石門というのは、天の宮廷（天庭）の出入り口の門であることが知られ、それは天文図からいえば角二星のことである。その天庭というのは、天の最高神である天帝の住まう居処であり、天文図の上からいえば、北極星を中心とする天帝の世界（紫微宮）であり、それは中国古代の宇宙観であったのである。

日の皇子が天の石門を経て地上に天降り、また天の石門を通り天の原へと回帰する構図は、このような星空の世界であることを考えるならば、日本神話の高天の原という概念は天帝の住む天の宮廷のことであることが理解されるであろうし、天皇の崩御によりその天皇霊は天門を経て再び天の原へと回帰するのである。そこにはニニギの命が高千穂の峰へと天孫降臨して以来、日向の地で三代が過ごしながらも、天皇たちの霊魂は祖先の地である日向へと回帰することはなかった。今、ここにおいて天皇の霊魂は日向ではなく、八重雲を押し開き天の石門を通って天の宮廷へと回帰するのである。その天の宮廷こそ高天の原であり、日の皇子が天の宮廷へと回帰するのは、そこに死者の書が存在したことを教えている。

5　中国少数民族の死者の旅

古代日本人が死者の霊魂が黄泉や天上へと至るという考えを持ったのは、道教的あるいは仏教的要素の強いあの世の思想からであると思われる。こうした思想の中に死者が旅をするという考えが含まれているのは、必ずしも道教や仏教の思想を受けるものではなく、死者は旅をしてあの世へと行くのだという信仰が土俗的な思想として存在したのではないかと思われる。肉体はこの世に葬られるが、魂は旅をしてあの世へと向かうのであり、あの世の魂は祖霊として一定時期にこの世へと回帰し先祖供養を受けるのではないか。かつて中国湖南省から出土した前漢時代の馬王堆《まおうたい》一号墓の帛画《はくが》には、天上・現世・地下の三段に別れた世界が描かれていて、そこには神話世界が濃厚に認められた。いま丘桓興《きゅうかんこう》氏の解説によってこの三段の世界観を窺ってみたい。

天上部分は、右上の角に一輪の赤い太陽があり、太陽の中に一羽の、足が三本ある金色の烏がいる。下部には、曲がりくねった「扶桑の木」(東海の日の出るところにあるという神木)と八個の小さな太陽が描かれている。左上の角には、眉のような三日月があり、月の中にはひき蛙と白い兎がいる。これらは、当時の太陽と月に関する神話や伝説を表している。

太陽と月の間には、頭は人で体は蛇の、髪を振り乱した女神がいる。それは伝説上の始祖神の女媧に違いない。女媧のそばには、五羽の白い鶴が羽を広げたり、首を伸ばしたり鳴いたりしている。下部にはさらに二匹の龍が舞い、神獣が地を走り、吉祥雲が絡みついている。ここに描かれているのは、神話の天上の世界である。(省略)二匹の龍の中間には、伝説上の神馬「飛黄」にまたがった二匹の怪獣が、それぞれ太い縄をつかんで、「鐸」という楽器を引っ張っている。「鐸」の下には、虎と豹が通じる天門を両側から守っている。長い袖のゆったりとした長衣を着た天門の門番である「閽」が、門柱のそばに対座し、拱手して、龍に乗って昇天しようとする女性を歓迎している。飛龍の翼に乗り、両手で弓張り月を待っているこの婦人こそ、まさに昇天した墓の主の軑侯夫人である。(省略)

画面の左右には、青龍と赤龍がいて、巨大な「玉璧」(中央に孔のある円板状の玉の礼器)を交互に貫いている。画面の中央には、一人の老婦人が杖をついて立っている。彼女は錦の長衣を着けて、髪に長い簪を挿し、珠の飾り物をつけている。(省略)

祭祀の図の下にある平らな台は、現世と地下とを分ける境界線である。裸の巨人が、二匹の大魚の上に乗り、

両手と頭で、大地を象徴する平らな台を支えている。(中略)
　構図の面から見ると、作者はT字形の幅の広い両翼で、広い天上の世界を現し、下の方は二つの平たい台で、天上と現世、地下を分け隔てた。同時に、巨大な竜や神亀を用いて上下三つの世界を関連付け、竜に乗って昇天するという主題を突出させた。★18

三本足の烏や月兎あるいは扶桑の木などは日本にも馴染み深いものであるが、ここには天上・現世・地下の世界観のもとに、それぞれの神話世界は絵によって完全な形に埋め尽くされ視覚化されている。その世界観は、極めて古くから神話として語り継がれて来たことが窺える。墓の主人公である軑侯夫人《たいこうふじん》は、前漢初期の長沙国丞相である軑侯の利蒼《りそう》の夫人であり、これによると軑侯夫人は飛竜に乗り昇天する。当時の王侯貴族の死後の世界観が窺われるが、そこに天上・地上・地下の世界が見られるのは、人類的規模の普遍世界であることが知られる。

　このような神話・伝説によって極端に装飾された王侯貴族の死後の世界観に対して、基本的に地下(墓)・現世・天上の世界を持ちながら、死後の旅をするのが中国少数民族に見られる。ここに中国少数民族の死の儀礼を見ることで、死者の旅が何を意味するのかを考えてみたい。中国少数民族には死者の旅を語る聖典があり、おそらくシャーマンの伝えるものであったと思われる。苗族《みやおぞく》の葬祭に歌われる古歌では、シャーマンが新しい服を纏《まと》った死者に出会う所から語られ、このシャーマンが死者の道案内をするのである。病に罹った年寄りのもとに死神が使わされると、家族たちは泣き騒ぐが死者を留めることは出来ずに、死者は旅へと向かうこととなる。死者は道中で役立ついろいろな贈り物を貰い、竈《かまど》の神や門の神あるいは屋敷神や屋根の神などと別れを告げてさまざまな場所を通過する。その道では多くの危難にも出会うがシャーマンに助けられ、他の民族の住む村を通過しつつ祖先の地へと至るのである。苗の一支族の伝承では、次のように語られている。

　苗家壩を過ぎて蔭壩に至り、蔭壩を過ぎて樺竹壩に至り、樺竹壩を過ぎて蒿芝壩に至ると、そこは祖公が安住する処であり、祖婆は祖婆たちの側に、祖公は祖公たちの側に、祖婆はあなたたちを思い、あなたは祖婆のスカートの裾をしっかり握り、祖公はあなたを思い、あなたは彼の衣服の角をしっかり握りなさい。あなたは鬼であるから、あなたは行くことが出来、あなたは祖先に従って日月の落ちる場所に至る。私は人で私は行くことが出来ず、私は家に帰る。あなたは行き、祖婆は祖婆の方にあり、祖公は祖公の方にあり、祖婆はあなたを思い、あなたは彼女の衣服の角を引っ張って、祖公はあなたを思い、あなたは彼の手をしっかりと握るのだ。あなたは行くことが出来るから、祖先と西方へ行くのだ。雲は遮り霧は障害となるが、あなたは前に行くことが出来るが、私は凡人であり私は行くことが出来ず、ここから家に帰る。天辺の洞窟は手指の大きさで、天上の洞窟は足指の大きさで、あなたは行くことが出来ても行かねばならず、行くことが出来なくても行かねばならない。天地の暗い処へ行ってから、新しい家屋や財産を享有することが出来る。竹卦で占うと、私の魂魄はすぐに帰路につかなければならない。私が竹卦で占うと、多くの兄弟の妻たち、遠くの親戚や近隣の者の魂魄は、笙と太鼓の音と一緒にここから帰るべしとある。★19

シャーマンにより導かれた死者の魂は、蒿芝壩《こうしは》という祖婆や祖公の住む処へと至る。祖婆や祖公は民族の祖先であるから、死者は民族の祖の土地へと帰ることが知られるが、さらに死者は日月の落ちる場所へと向かうのである。そこは祖先と行く西方だという。雲が遮り霧が障害となるが、そこに至ると手指ほどの大きさの洞窟があるといい、足指ほどの大きさの洞窟があるといい、その洞窟は天上の洞窟である。死者はこの洞窟を通って天上世界へと至るのであり、天地の暗い処というのは洞窟を通過する時の状態であり、その洞窟を抜ければ死者の安住するための新しい家屋や財産を享有することが出来る場所があるのだというのである。ここには天上の楽土が用意されているのである。このようにしてシャーマンは死者を祖先の地まで導き、ここで死者と別れることになる。しかもシャーマンは多くの兄弟の妻たち、遠くの親戚や近隣の者の魂魄をも引き連れて祖先の土地まで来たことが知られ、笙や太鼓の音と一緒に生者の魂魄は帰ることとなるのである。これは明らかに東洋の死者の書である。

苗族には、さらに「焚巾曲《はんきんきょく》」（hxak 歌 peed 焼 qub 巾）という死者の書がある。その解説によると、

「焚巾曲」は黔東南自治州苗族の喪葬風俗の歌である。普段は唱わず、老人が天寿を全うして眠りに就き埋葬する当日の夜に唱う。併せてまた一般の人の唱うものではなく、巫師にお願いして唱って貰うものである。唱う時に死者生前の頭巾・腰帯、脚絆などを燃やす。この歌を唱う目的は、死者の霊魂を祖先の遷徙して来た道に沿って送るのであり、一歩一歩遠い祖先が住んでいた東方の故郷の家へと帰り、その後再び天上の始祖である胡蝶媽媽（妹榜妹留）と遠い祖先の央公の住んでいる月へと行くのである。★20

と解説される。老人が天寿を全うして亡くなり埋葬する当日、死者の使用していた頭巾や腰帯や脚絆《きゃはん》などを燃やす時に巫師《ふし》と呼ばれるシャーマンにより歌われるのであるという。この歌を唱う目的は、「死者の霊魂を祖先の遷徙して来た道に沿って送る」ことにあるというのは、死者の辿る道が祖先たちがこの地に移ってきた歴史を辿ることでもあるというのである。多くの少数民族の歴史は、元の土地を離れて敵と戦いながら苦難の移動を行い現在の地へと到る「遷徙《せんし》物語」に語られている。この「焚巾曲」はそうした祖先の移動して来た道を辿り祖先の地へと回帰する内容が歌われるのであり、先の苗族の死者が「蒿芝壩に至ると、そこは祖婆が住むところであり、そこは祖公が安住する処であり」と歌うのは、蒿芝壩が祖先の出発した本来の土地、彼らの故郷であることが知られ、死者はその故郷へと回帰したのであり、そこから死者の最後の楽土である天へと向かったのである。

また、「焚巾曲」は「長歌であり、その内容はかなり雑然としている。それは民族の来源、民族（部族）の戦争と遷徙を包括し、死者の出生、成長、恋愛、結婚、出産と育児、生産と労働および故郷の家に連れて帰るのに経過する各地の詳細な描写と歴史変遷とを包括している。併せて洪水神話と兄妹結婚の原因、また洪水を収めた生動的な描写も含まれている」（前掲書）という。「焚巾曲」は死者を送ることのみを歌うのではなく、苗族の起源から始まり、民

族の遷徙、死者の人生や労働が歌われ、故郷までの詳細な歴史的経緯が歌われるのであるという。いわば、民族の起源に始まる一大叙事詩であり、その叙事詩の中に老人の死と旅が歌われるのである。以下は、その内容である。

（1）老人の死
（2）兄と妹の誕生
（3）幼い兄と妹
（4）洪水と兄妹の駆け落ち
（5）娘を追いかける母親
（6）兄と妹の愛情と家族
（7）妹の死と死出の旅への出発
（8）死者の旅
（9）祖先の故郷から月の楽土へ

（1）の「老人の死」は、実際に亡くなった老人のために、シャーマンが老人の衣類を燃やしながら、民族の歴史を語ることから「焚巾曲」は始まる。

老人は短命にして、老人は長い眠りに就き、長い眠りから起きることはない！泣き叫びながら客人たちがやって来て、主客みんなやって来て、老人の死を悼む。老人の死を悼み、みんなお金を取り出し、私らの唱う歌を買い、老人を連れて旅に出るのだ。天上の胡蝶媽媽の家に行くのに、金銀の食べ物を集め、出掛けて金銀を集めて来て、兄は御飯に責任を持ち、妹は着物に責任を持ち、あなたは裕福で私も裕福で、主人と客人と、それぞれみんな金持ちであった。

ここで重要なのは、「焚巾曲」の歌い手が「老人の死を悼み、みんなお金を取り出し、私らの唱う歌を買い、老人を連れて旅に出るのだ」ということにある。この歌手は死者の魂をあの世へと導くシャーマンであり、彼はここに集まった親類縁者から歌を買って貰い、死者とともにあの世への旅を始めることを宣言するのである。続く（2）の「兄と妹の誕生」は、苗族の創世記であり混沌とした中から蝶媽《ちょうまあ》という先祖の神が現れ、老人（姜央公公）を生み、遠い祖先の央公（姜央公公）を生み、央公は我等の媽媽《まあまあ》を生み、媽媽は男の子と女の子を生み、媽媽はみんなを生んだことが語られる。その男の子に哥哥《があが》（兄）と名付け、女の子に妹妹《めいめい》（妹）と名付けたこと、（3）の「幼い兄と妹」では、この兄と妹が成長する様子を、（4）の「洪水と兄妹の駆け落ち」では、大洪水の時に兄と妹は助け合って危難を去り、互いに愛する気持ちが芽生え歌垣で心が一つになり駆け落ちをしたこと、（5）の「娘を追いかける母親」では、駆け落ちした娘を母親が追いかけて探し出すが、やむなく二人の結婚を認めたこと、（6）の「兄と妹の愛情と家族」では、結婚した兄と妹に家族が増え、年老いて平安な生活を送ったことが語られるのである。そして、母親としての彼女は老衰により亡くなることとなり、（7）（8）で死出の旅が語られる。

（7）妹の死と死出の旅への出発

生きて久しく年を取り高齢の母親は老衰し、人が老いると容貌も衰え、老衰は本当に見るに忍びがたく、人の世に留まることを願わず、天上に行くことを思い、天の家に行くには徳を修め、祖先に随い天にあり、央公の集落に住む。他人の生命は長く、母親の生命は短く、短い命は逃れられず、短い命は押しのけることが出来無い。五倍樹は先覚者で人の寿命を知っていて、誰の寿命をも支配し母親の寿命を決めているのだろうか。爸央は支配者で母親の寿命を決め、逃げても逃げ切れず、押しのけても逃れられない。鬼魂は集落の下で叫び、かつては他人を呼び、呼び立てて母親の所にやって来て、呼び立てながら母親の所にやって来た。母親は死んで孫らは顔を覆ってあげ、死者の口や目を閉じてあげた。娘たちは台所で声を放って哭き、鳴き声は夜中に到っても止まず、鳴き声はすさまじく風の響きのようで、深夜に吹き付けられる木の葉の音のようだ。誰が歌を唱うのか。誰が親友に告げに行き、母親の家事のことを話し、母親の結婚のことを話し、母親の往事を話すのか。誰が歌を唱うのか。先生が歌を唱う。歌は遠い古事で、歌は若者に述べられる。誰が親友に告げに行くのか。若者が親友に告げに行き、すべての老人や子どもたちに告げ、やって来て老人を哀悼する。こうして廻って行き、本当に永別し老人は良い帽子を被り静かに横たわり、客人はお悔やみを述べ、母親は金銀を贈られ、母親は親しい者たちと別れ、子どもたちに別れを告げ、娘たちに別れを告げ、家との別れを告げ、水牛と黄牛とに別れを告げ、鋤とマグワとに別れを告げ、「豚や犬はこのようにいて、鉈や斧もこのようにあって下さい」と。母親は入り口の門に別れ、「私の身内の者はどうぞそのままで、母親の命は短命であり、央公の死者の道に行くのです」と。これで本当に行くのであり、どの道から行くべきか。

大門から出て行き、身に付けた綺麗な衣装を振るい、地を踏む音はトントンと響く。老人は村落を行き、集落の上手に別れを告げ、「村はこのままであってください」と。江も山も永くあり、人の命は旅人のように過ぎ行き、生命は極めて短い。「歌垣の場もどうぞこのままで、池もどうぞこのままで、田圃も畑もどうぞこのままで、野菜畑も台所もどうぞこのままで、あなたたちは留まり子孫を養ってください」と。母親は田圃の曲がった道を行き、「曲がった田圃はどうぞそのままで、阿秀が帝位に登り、阿秀が説き勧めて―、一年の死はまた好く、二年の死もまた好く、また一生を数えるのも好い」と。母親は上の丘に登り母親の新居に到り、家は黄色の土で塗り、青石を積み上げて垣根を作り、墓の上には野の花が咲き、人の世と永別し探しても帰る道は見つからない。母親は丘の上で眠り、眠りの後に起き、すっきりと目覚めた母親は、カササギの鳴き声について行く。カラスを信用してはならず、その地の画眉鳥の声はがやがや騒ぎ、あなたを騙して道を誤らせる。誰が好い人で、桐の木の枝は呼んだか。呼び声はとても好く、呼び声で母親は立ち上がり、呼ばれて母親はそこへ行くのか。カササギと小雀、カササギは好い人で、白のそれは着ず、黒のそれは着ず、青布は白を挟み着て、カササギは母親を呼んだ。母親は亡骸に別れを告げ、母親は墓の井戸に別れを告げ、母親は銀二つを選び、母親は歩いて行き、震える地はホウホウと響き、山の尾根に随って下り、高い丘から山際に下りた。母親は山を下り突き進み、山を越え嶺を越えて、誰が好い人であるか。山際にある、浅瀬や土手を行き、母親が通り過ぎたのを見たか。カワウソは好い人で、カワウソは手足がすばしこく、カワウソは岸辺にいて、カワウソは土手に住み、住むのは川の浅瀬であり、魚やエビを捕らえて食べ、母親が過ぎ去るのを見ると、足はきらきらと輝いていた。母親は山を越え嶺を越え、台江の土地に着いた。

（8）死者の旅

母親は山を越え嶺を越え、台江の土地に着き、台江は漢人の土地で、両側両層は漢人の家で、貧しい者は食べ物が無く、金持ちは酒を飲み肉を食べ、顔は赤く猿のようだ。台江の地を過ぎ台拱の集落に着き、並ぶ山を這って登り歩みは速く、心は遠い道を行き、歩みは遅くなること無く、心は野や林を過ぎ足を上げて行く。道を遮るものを押しのけ、古い山林を押しのけ、泥の滑る道を押しのけ、母親は足を上げて過ぎゆき、丘を登り力強く行き、一歩で一つの丘を、二歩で二つの山を越え、ついに倉門の平地に着いた。倉門の平地に着いて、平地の門は梁にあり、望むとそこはみな遠く、平地の門は好い所である。あなたの足は痛み疲れ、一休みする必要がある！少し休んで再び歩き始めた。魯の集落に登って見れば、交皮は眼前にある。母親はすこし休んで行き、梁に沿い道に随い進み、真っ直ぐに下流へと進み、加甫の通りに近づいた。加甫の通りに井戸があり水は細く流れ、清水は甘く蜜のようで、冷たかった。胸の中はとても気持ち良く力を得て再び歩き出し、平地を過ぎ山の裾を過ぎ、一歩で一つの丘、二歩で二つの丘、丘を越え山を越え、進んで亜細河に近づき、翁河は眼前にある。翁河は好い川の流れで、河の水はうまく筏を流し、好い平地は友が交わり、山の斜面は柴を斬るのに好く、翁河には油魚が多く、高い丘の方の人を見ると、腰に無地の腰巻きを締めて、飛歌は上手く唱い、スカートの襞は細かくまた緻密である。下の方の人を見ると、刺繍の花は細かくまた一様で、飛歌は本当に美しい。高い丘の人は勤勉で、一人一人腰篭を付け、河辺でエビを掬い上げ、カニや小魚を捕らえ、多いものは火で焼き、少ないものは生で食べ、口の回りは血に染まって赤い。河に沿って行き、歩き歩いて下に行き、歩みは大人の歩みで、歩き歩いて一様に行く。誰も好い人で、鬚は天秤棒みたいで、口は大きく臼の杵のようで、水や山を押しのけて進み、母親の為に道案内はいるか?巨獣は好い男で、鬚は天秤棒のようで、水や山を押しのけ、母親の道案内となる。浅瀬に到り一人の先生に会い、手に竿を持ち魚を釣っていて、全身衣服は破れていて、たくさん得たものを火で焼き、少し得たものは生で食べ、口は血に染まって赤く、それは怠け者の子で、それはのろまで、かれは貧乏者であろうか！翁河を行き足をあげて高い丘を登り、西側は風がこすり落とし山は白雪が降り、髪は風が吹いて顔を覆い、這い上がって青杠梁へと至り、青杠梁の上は立派な櫟の木で、昔の先人らは官兵に追われ、かつて青杠坪に住み、種を植えたが収穫が無く、老人たちは引っ越して台江の東辺に至り住んだ。這い上がって青杠坪に至り、母親は青杠坪を通り過ぎ、一歩で一つの丘、二歩で二つの丘、山裾から行き平地を過ぎ梁を過ぎ、櫟樹の丘に近づき、榕江の地界は東辺にある。榕江は平坦な良い土地で、平坦でよく馬が足掻く。美味しい水の淵で魚を捕り、地方は生活に適している。先人の老人たちは官兵から逃げて、榕江の東に住んで、荒れ地を開墾してカボチャを植え、瓜は実って山に満ちた。母親は足を上げて歩き、足を上げて高い丘に上った。母親は榕江の東に至り、榕江の東に住むことなく、榕江は侗族の郷で、母親の家郷ではなく、榕江の東と別れて、榕江を過ぎて行き、南利河を渡って行き、足を上げて急いで行き、跋山の集落に近づいた。跋山の集落に近づき、跋山の集落は苗族先人の場所で、苗族の先人は官兵を逃れて跋山の集落に至り、荒れ地を開墾してカボチャを植え、カボチャは実を結んで丘に満ちた。母親は跋山の集落に留まり、暫く留まったが土地は痩せていて、作物は大きく育たず、母親たちは家を引っ越し、榕江の東を過ぎた。行き行き跋山の集落に至り、跋山の村落は漢族で、跋山の集落に住むこと無く、跋山の集落を過ぎ、歩いて東に向かった。一歩で一歩進み、二歩で二歩進み、一歩で一つの丘、二歩で二つの丘、行き行き日出の丘に近づき、日出の丘は痩せていて、昔の老人は官兵から逃げて来て住み、食べるご飯も無く、野菜のおかずも無く、祖先はここを離れ歩いて高山へ行った。歩いて日出の丘に至り、日出の丘に留まること無く、歩いて東に向かい、平坦の続く懐かしい家郷へと帰った。先人は平坦な場所と別れ、大いに力を発揮して困難な山を登り、一歩で一つの山、二歩で二つの丘、行き行き平坦な良い場所に近づき、母親の懐かしい家郷に帰り、母親の家郷はここに在った！祖先の場所は本当に良く、土地は平らで広く平坦で天上のようで、高い大空のようで、その場所は無限に広く一目望むと遠くは見えず、両目で望んでも遠くは見えず、再び望んでも広くて果てしない。

この母親の死出の旅は、生命を支配する神により決定された寿命が尽きると「鬼魂」という死の使いが現れることから説き起こされる。母親は親しい者・子ども・娘たち・家・牛・鋤・入り口の門と別れ、続いて大門・村落・歌垣の場・池・曲がった田圃・野菜畑・丘を経て新居である墓へと向かうのである。この新居で母親は眠り、暫くして母親は鵲《かささぎ》の声で眠りから覚め、いよいよ死者の旅が始まる。自らの亡骸《なきがら》と別れ、墓の井戸や山の尾根・高い丘や幾つもの山を越えて台江へと到着する。この台江は台洪鎮として現在に残る地名であり、貴州省凱里《がいり》市の東数十キロの所である。ここは漢人の地であり、そこから山を登り林を過ぎ、丘に登り二つの山を越えて倉門の平地に到り、魯の集落を経て梁沿いに加甫の井戸を経て亜細河から翁河に至り、そこで漁をする人と出会い、雪の残る高い丘から青杠《せいこう》梁《りょう》に出た。ここはかつて作物が穫れずここから台江へと移った処であり、青杠梁から丘を経て平地に至り、櫟樹の丘から榕江《ようこう》に至る。この榕江は古洲鎮といわれ、現在も地名としてある。そこから高い丘を経て榕江の東に至ると、ここは侗《とん》族の郷であり、南利河を経て跋山の集落に至り苗族先人の地に到着する。この榕江の東は、母親の懐かしい家郷であるという。榕江の東には高増などの侗族の郷があり、それをさらに東へ進むと都柳江の支流である河があり、口江や双江などの地がある。

このようにして母親は新居の墓を出て死者としての旅をして来たが、その旅は母親が過去に榕江の東に住んでいて、そこから台江へと移動したルートであることが知られる。つまり苗族の死者の旅は、過去の懐かしい家郷へと帰る旅であったのだ。これは少数民族に多く見られる遷徙《せんし》物語を反映したものであり、死後に死者はその故郷を目指して旅をするということなのである。

（9）祖先の故郷から月の楽土へ

母親は家郷へと帰り、水は漫々として極まりない処に帰り、祖先の平坦な家郷へと帰り、母親の大好きな処で祖先の家郷は遠い処で、央公が生まれた処で母親の生まれた場所である。母親の処に帰り懐かしい家郷に別れて、母親の場所に別れて水の湛える無辺の土地を去り、何からも別れてあなたは再び歩いた。母親はその路より進み、母親は虹に随って進み、虹は緑の絨毯のようで、虹は虹橋のようであった。母親は階段を一層上り階段を二層上り、上って三層の高さに上り、当公が池を掘るのが見え、熊公が田を開くのが見え、井戸を掘り田に水をやり、清水はこんこんと湧き出て、整えられた山の畑に注がれ、泥鰌は穴を掘り進み穴を掘り出る。母親には友達が多く、親友は多くの贈り物をし、それで水を買って飲み再び出発した。母親は三層の高い処に登り第四層に登り、登って鬼梁の丘に至り、鬼梁は古い山林で、鬼梁は冷たい丘で雪は足の半ばを埋める。寒風は鋭く刀のようで、頭を切り落とすようで、髪の毛は風に乱れ、母親の心はとても憂えた。鬼の丘は古い山林で、鬼の丘は貧しい山林で、恨みの死者の留まる処で、天寿を全うした者の過ぎる路である。母親は明るい処に行くべく、暗い隅の方へと行ってはならず、もし暗い隅へと行けば、母親は命を捨てることになる。鬼岭の二人の娘さんは、喋ると甘く一番に人を騙し、騙された人は罠にはまるのだ。鬼梁の丘を登り、彼女の話とは同じくせず、彼女に和せず彼女たちを避けて過ぎた。五層の階段に登り高山と錯誤するが、これは大きな丘であり、誰もが知る年老いた榜香のお婆さんで、四つの足で八つの手、天を支えて直立している。榜香のお婆さんは、天上から降り来て母親の昇天を助け母親と一緒に行く。六層の階段を登り、そこから見るが見えず、身体は隠れてしまい、天上へと至った。

母親は七層を過ぎ、十層の階段を登り、十二層の処で、ついに天上の最も良い処に至り、天の家では銅鼓の音が響き、芦笙の響きが轟いた。芦笙の響きはゴウゴウと、祭りの樹の太鼓で良く足を踏み踊り、樹の太鼓は良い音で、銅鼓はトントンと響き、祖先は足を踏み太鼓を鳴らし、足をそろえてホウホウと踏む。銅鼓はオンオンと響き、人々はみな来て踏み、足を上げて軽々と踏み、歩みはじつに細やかだ。軽快に阿沙を仰ぎ見ると、頭髪は梳かれて花のように美しい。装いはなんとも美しい！額の肌色はクチナシの実のようで、頭髪は青糸のようで、手指は竹の子のようで、顔は素敵で白銀の鋳物のようで、唇は薄く、魚篭の口に似ている。またあの妮鳩秀（伝説の女性）を見ると、飄々と小刻みに軽快に舞い、軽々と身をねじり、袖を振り飄々と舞う。あの宝東哈（伝説の人）を見るようだ。両手には二つのバチ、銅鼓を叩いてタンタンと、太鼓の庭は人を熱中させ、急いで場に誘い込む！母親は天宮に至り、進んで踩鼓場（踊りの場）に至り、央公と集落を同じくし、祖先と同じく天に在る。央公は天宮に在り、彼は生前と同じように、容貌は昔のまま、健康で美しく話しは尽きない。和妮を仰げば美しく、身体は若い苗のようで、そのようにとても美しく、二人と見かけることは無い。月宮の祖先たちには、先人の亮公がいて、芦笙を吹いて感動させ、月宮の先人たちには、また汪公があり、虹の背に登場し、芦笙の舞で跳ね上がる。月宮は本当に良いところで、月宮は芸能の場で、母親は天上に至り、進んで銅鼓の場に至り、行って金銀を招き、母親は永く我々に別れ、永遠に帰って来ることは無い。

ここでは母親の最後の旅となる。故郷は水が豊かで平坦な土地で、央公が生まれた処で、母親の生まれた処で、そこを離れて虹橋に沿って進み階段を三層まで上がると当公や熊公が仕事をしており、多くの友だちと出会い贈り物を貰い、四層の鬼梁《きりょう》に登ると寒い処で、そこは怨みを持つ死者の留まる処で、天寿を全うした者は急いで過ぎ去る処で、暗い方へ進んではならず、そこは死者を欺すものがたくさんいるという。五層に上ると大きな丘があり、榜公《ぼうこう》のお婆さんが四つの足と八つの手で天を支えていて、母親を助けて六層へと上り天上へと至る。さらに七層から十二層へと至り、ここは天上の最も良いところで太鼓や芦笙《ろしょう》の音が賑やかで、祖先たちが楽しく踊っていて、天宮に着くと央公と一緒であり祖先たちと一緒であり、そこは月宮と呼ばれる良いところであり芸能の場であり、母親はここで我々と長く別れ、永遠に帰ってくることはないのだと閉じられる。虹の橋は天上へと至る橋であるが、神話世界に天上と地上を繋ぐ時に、この虹の橋が現れるのは、古代的な思考が存在したことを教えている。

かくして老人の魂はシャーマンとともに長い道行きの果てに祖先の地へと至るのであり、ここで祖先たちと出会い、シャーマンと別れてさらに天上の楽土へと至り、子孫たちと永遠の別れを告げる。注目されるのは、この死者の旅はかつて故郷を追われ、新しい土地を求めるために苦難の旅をして定住した現在の故郷から、逆の道を辿りながら祖先の故郷へと回帰する旅であることにある。央公はこの支族の始祖であり、そこへと向かうのが第一次の死者の旅であったのである。そこから幾層もの虹の階段を登り、天上の楽土へと至るのが第二次の旅であった。

このような死者の旅に関する伝承は、中国少数民族においては一般に〈指路経〉あるいは〈引路経〉と呼ばれるものであり、たとえば彝族《いぞく》においては「不同的儀式地点通往租界的路経是地彝族祖先分支遷徙的路線」★21であるといい、また納西族《なしぞく》においては〈魂路《こんろ》〉とも呼ばれ、「把死者的霊魂送到祖先之地是納西族的古伝民俗。各地納西族都有十分詳細的送魂路線、霊魂返回祖先之地必経的毎一箇地名都通過口伝或写于東巴経中的送魂路線中一一標出、它与民間口頭伝説和東巴経所記祖先従北方遷徙下来的路站一致」★22というのである。祖先たちが昔遷徙《せんし》（民族移動）して経過して来た道をたどりながら、死者は祖先の地へと帰るのであるといい、この経典は死者の行くべき道を示すものであることが知られる。民族の歴史的な移動の歴史と、死者の旅とが一体であることは民族にとっては必然的な思考であったのである。それは地獄や極楽の思想で理解されたものではなく、天寿をまっとうした者はこの魂の路を通過して、やがて祖先の国へと帰るという民族的思想が存在したことを教えているのである。

6　結

東アジアに地獄の思想が成立する以前に、死者は旅をして祖先の待つ故郷へと帰っていたのではないか。あの世の思想も歴史的に民族的に大きく変遷を遂げていると思われるが、死者の旅装束や路銀は民族が移動をして来た困難な道のりを、祖先の住む故郷へと帰る旅路の用意であったということから考えるならば、それはより根源的な民族の死の思想の形成であったに違いない。路銀は貨幣経済の反映であるが、それに相当するのは鶏や衣類などの死者への贈り物である。それらは死者が安全に旅をするための、死後の世界の神や荒ぶるものへの賄賂である。そうした思想が成立するのは、明らかに民族そのものが旅をして今の土地へと至り着いたという記憶をもととして、死者もまた故郷の土地を目指して旅をして帰るのだということにある。

日向に天降った皇孫は三代を経て故郷を離れ東方へと旅立ち、大和の橿原へと至り着く。それ自体も民族の移動（遷徙）を示すものであり、さまざまな荒ぶる神や敵との戦いを繰り返し、いくつもの困難を経て橿原の宮を創建するのである。橿原へとたどり着いた民族は、大和を開き安定した国を形成するが、死者は故郷の日向へと帰ることは伝えられていない。王権神話では、天皇は天上へと真っ直ぐに神上がりをすることとなる。だが、一般庶民の認識では人が〈亡くなる〉ことにより、旅をして祖先の故郷へと帰り楽土へと至り着くのではなかったか。それが今日の死者の旅装束や路銀に残されている習俗ではないかと思われる。そのような古層の民俗思想の上に、七世紀から八世紀にかけて王権神話や仏教思想が大きく覆うことになったのではないか。

そうした死者の旅を現在も伝えているのが中国少数民族の死者儀礼であるが、それに対して仏教や道教との交わりの中で地獄の思想が成立し、東アジアの近代的思想として〈あの世〉の思想を大きく変質させたのだといえよう。仏教の因果応報やあるいは輪廻《りんね》の思想は、生前の者の業《ごう》が評価されることで、生きている人間への強い道徳性を求めたのである。それでありながらも死者が危険な旅をして地獄の世界へと向かうのは、民族が経験した旅の危難を反映しているからであろう。死者に草履を贈るのは旅をすることを前提としたものであり、鶏や路銀の贈り物をするのは、道の途中で危難にあった時に渡す賄賂なのである。これらには、民族移動の旅の記憶が根本にあって、それが民族の歴史・宗教・思想あるいは民俗や文学を支えていたのだと思われる。

注

1 辰巳和広『他界へ翔る船 「黄泉の国」の考古学』（新泉社）、村治笙子・片岸直美『図説 エジプトの死者の書』（河出書房新社）、『漢代婚喪礼俗考』（上海世紀出版集団）、『喪葬史』（上海文芸出版社）参照。
2 これらの神話は、『古事記』『日本書紀』の神代巻に見える。
3 西岡弘「殯の意義」『中国古代の葬礼と文学』（三光出版）参照。
4 本文は、講談社文庫本『万葉集 全訳注 原文付』（講談社）による。以下同じ。
5 岩波文庫『往生要集 上』（岩波書店）。
6 地婆訶羅訳「大乗顕識経」『国訳一切経 宝積部 七』（大東出版社）による。以下同じ。
7 「正法念処経」『国訳一切経 経集部 九』注6による。
8 『DEPARTEMENT DES MANUSCRITS 2193』（BIBLIOTHEQUE NATIONALE PARIS）
9 「十王」『岩波 仏教辞典』（岩波書店）。
10 「仏説地蔵菩薩発心因縁十王経」『国訳一切経 大集部 五』注6解説。
11 「仏説地蔵菩薩発心因縁十王経」注10による。

12 『古事記』による。『日本書紀』には、人の命の短命起源譚として語られている。
13 日本古典文学大系『日本書紀』による。以下同じ。
14 辰巳「天皇の解体学」『折口信夫　東アジア文化と日本学の成立』（笠間書院）。
15 百衲本『隋書』（台湾商務印書館）による。
16 辰巳「日の皇子と高天の原神学」『折口信夫　東アジア文化と日本学の成立』注14参照。
17 百衲本『隋書』注15による。
18 「馬王堆（下）古代思想を知る手がかり　帛画と帛書」『人民中国』二〇一〇年十一月号参照。
19 織錦県少数民族古籍叢書『苗族喪葬』（貴州民族出版社）。
20 民間文学資料第四十八集「焚巾曲」（中国民研会貴州分会編印・貴州民族学院編印）。演唱者は台江県台盤公社排羊公社苗族歌手 ghet gad ghetkod wuk yut wuknax。流伝地区は台江県。捜集者は王秀盈。採集時間は一九八〇年二月。
21 巴莫阿依「彝文文献《指路経》語言句式析」『彝文文献研究』（中央民族学院出版社）。
22 楊福泉「回帰祖先故土的〝魂路〟」『魂路』（海天出版社）。

第六章
高天原と死者の書の世界

1　序

日本神話に見える〈高天原〉は、『古事記』（記）に特有の他界概念であり、『日本書紀』（紀）の〈天原〉とは異なるというのが今日の通説である★1。〈高天原〉の語構成は高＋天＋原に分割される。高は天により導かれた上方を意味する意味加上の形容詞であり、天は地上の上空を指すことが第一義である。そして、原は地上の王が宮を置くべき聖地の意味であるといえる。その形容を除けば〈天原〉となる。この〈天原〉に対して天孫の支配領域として定められたのが〈葦原〉であり、海神の支配領域は〈海原〉である。天上・地上・海上のそれぞれの支配領域が〈原〉であるのは、原が郊野の意味を越えて、〈クニ〉という概念以前の古層の支配領域概念としての〈ハラ〉であったのではないか。その葦原に最初の宮が置かれたのは、神倭磐余彦命《かむやまといわれひこのみこと》が日向から東征を経てたどり着いた橿原《かしはら》であった。それが神武天皇の橿原の宮であり、白橿の群生する原であったことが知られる。白橿は生命の永遠を保証する樹木として古代に信仰されていたことが知られ★2、その〈橿原〉が聖地として選ばれたのである。そのような信仰が新たな都を開く思想とされたのが、飛鳥浄御原《きよみはら》の宮である。天の命を受けた大海人《おおあま》皇子は、壬申の乱に勝利して飛鳥浄御原の宮を創建し即位して天武天皇となる★3。そこが〈浄御原〉だというように、抽象的な地名であるのは宮廷を開くべき清浄にして特別な原であるという理念に基づいたことに由来しよう。その天武天皇はさらに新たな建都の事業へと着手するが在位中に完成せず、次の持統天皇が日本最初の都城である藤原の宮を完成させる。

藤原はもと藤井が原と呼ばれた聖水の湧き出る地であったが、そこを藤原の宮と呼んだのは藤原氏の影響というよりは、藤という蔦の生命力への信仰と、宮としてあるべき聖地としての原への理解にあったからだといえる。その持統天皇は『日本書紀』に、「高天原広野姫天皇《たかまのはらひろのひめ》」と諡《おくりな》される。一方、『続日本紀』の崩伝には「大倭根子天之広野日女尊」とも呼ばれている。大倭根子は「大日本根子彦太瓊天皇」(孝霊)、「大日本根子彦国牽天皇」(孝元)のように、まず神武系を指す天皇に付与される美称であり、女帝持統の諡の本旨は初代神武の系譜へと回帰する志向が見られ、また「天之広野」の指示する意味は、「高天原広野姫」から推測すれば、高天の原の広野を指していることは間違いない。この諡により象徴されるのは、女帝持統は高天の原の神であり、高天の原の広野に居ます日女神であるということにある。しかも、持統天皇の幼名が「鸕野讃良皇女《うののさらら》」と呼ばれたのも、「天有左佐羅能小野」(『万葉集』巻四・四二〇)、「天尓有哉神楽良能小野」(同・巻十六・三八八七)を参照すれば、左佐羅や神楽良《さら》は天上にある小野に関わる語である★4。これらは死者を祀る歌や怕き物を詠んだ歌に見え、この小野は天上の特別な神威ある野であったということになる。いわば持統天皇は神として天へと神上がり、日女尊として広野に居ますのだという理解があったということであろう。天武天皇は生前に神として頌《たた》えられ、死後には神(真人)として天へと神上がりする。持統天皇も死後に高天の原へと回帰したことが諡によって知られるのであり、ここには通説のように天武・持統朝時代に高天の原に関する特別な思惟が成立して来たことを物語っているように思われる★5。

持統天皇の諡は『古事記』と呼応するものであるが、一方、『日本書紀』のみではなく『万葉集』も「天原」(アマのハラ)をもって統一的であるのは、高天の原の本源が天原にあったことを語る証左でもある。ただ、天原にしてもその本旨は原にあり、それが天上性へと向かえば天の原が成立し、天上世界はもとより天(アメ・アマ)にある。原が天原や高天原へと延伸して文献の上で固有な世界を形成したに過ぎないのであり、基本的な認識は〈天〉の概念により成立したものである。倭王を天皇と称するのも天なる皇の意味であり、天武天皇の〈真人〉とともに道教的な命号であることは通説としてある★6。天原にしても道教的な用語として知られるから、斉明天皇の天宮への強い関心とともに、道教的な雰囲気が天武・持統朝に至り集約されたことが考えられ、それが一方に『古事記』の高天の原へ、一方に『万葉集』や『日本書紀』の天の原へと個別化したことが知られる。おそらく持統天皇に高が付与されたのは、高御産巣日などと等しく天原をさらに過剰に威厳化したからであろう。天原の本源は天にあり、葦原の地における宮の造営に聖地として選ばれたのが天上世界の天原を写し取ることであったということにほかならない。

ここに問題となるのは、およそ天武・持統朝頃に集約される高天の原は、なぜ天武・持統朝なのか、それはどのような世界として創造されたのかにある。史書その他による古代文献の固有性を考えるならば個々の論述を必要とするが、それらの相違は文献の持つ内的態度の問題であるから、ここではそれらの天上世界を形成するオリジナルとしての〈高天の原〉を考察する必要がある。それらは史書の形成する段階において、いずれも天・天原・高天原により認識された世界観であり、天原のオリジナルは〈天〉の概念にあることは明白である。おそらく〈原〉の持つ天上性から天原の概念が生じ、〈高〉が更に加上されることで、天の神威が高められた高天の原が成立するということになる。

しかし、それらの根源となる〈天〉を通した世界は天孫降臨の物語を出発としながら、天武・持統朝において地上の王たちの帰るべき世界として選ばれ、そこは皇祖神たちの住む場所としても認識されている。少なくとも持統朝の歌人である柿本人麿は、そのような理解を示している。天上の神々とともに皇祖らの住む場所へと地上の王たちは回帰するというのは、天武・持統朝に死者の書（死者が行くべき場所を示す伝承・書物）が成立する段階で、天原や高天原が構想されたのではないかと思われるのである。

2　人麿神話と死者の書

古代日本の文献から死者が行くべき場所として黄泉の国が認められるが、柿本人麿の日並皇子《ひなみし》（草壁皇子）殯宮《ひんきゅう》挽歌の長歌には、次のような神話的叙述が見られ注目される。

a天地の　初めの時　ひさかたの　天の河原に　八百万　千万神の　神集ひ　集ひ座して　神分ち　分ちし時に

b天照らす　日女の尊〔一は云はく、さしのぼる　日女の命〕　天をば　知らしめすと

c葦原の　瑞穂の国を　天地の　寄り合ひの極　知らしめす　神の命と　天雲の　八重かき分けて〔一に云はく、天雲の　八重雲分けて〕　神下し　座せまつりし

d高照らす　日の皇子は　飛鳥の　浄の宮に　神ながら　太敷きまして　天皇の　敷きます国と　天の原　石門を開き　神上がり　上がり座しぬ〔一は云はく、神登り　いましにしかば〕（巻二・一六七）★7

aの天地初発の時とは天地開闢《かいびゃく》の時であり、その時に神々が天の河原に集って会議を行い、bで天上は日女《ひるめ》の尊が統治し、cで葦原の瑞穂の国は日の皇子が飛鳥の浄《きよみ》の宮にあって統治することを決定し、dで日の皇子は神が命じたままに葦原の国を統治したのだという。これに続いて皇子の死が述べられている。いわば人麿の神話では、天と地の分治の決定が天地開闢の時に行われ、葦原の国は日の皇子の支配領域とされたという葦原統治の起源神話を叙述する。もちろん、かかる神話は記紀とは異なることから、この文脈の読みに問題を多く残している★8。しかしながら日の皇子が飛鳥の浄の宮に神ながら太敷きましたということから見れば、それは天武天皇を第一に指し示していることは疑いないことであり、この文脈においてはそれ以外を想定する必要はないであろう★9。なぜなら、このような表現は同じく人麿の「高市皇子尊の城上の殯宮の時に、柿本朝臣人麿の作れる歌」の長歌にも、

aかけまくも　ゆゆしきかも〔一は云はく、ゆゆしけれども〕言はまくも　あやに畏き
b明日香の　真神が原に　ひさかたの　天つ御門を　かしこくも　定めたまひて　神さぶと　磐隠ります
cやすみしし　わご大君の　きこしめす　背面の国の　真木立つ　不破山越えて　高麗剣　和蹔が原の　行宮に
天降り坐して　天の下　治め給ひ〔一は云はく、掃ひ給ひて〕食す国を　定めたまふと
d鶏が鳴く　吾妻の国の　御軍士を　召し給ひて　ちはやぶる　人を和せと　服従はぬ　国を治めと〔一は云はく、掃へと〕……（巻二・一九九）

のように見えるからである。aは天皇への敬意であり、bの明日香の真神が原とは、天武天皇が宮処を置いた飛鳥の浄御原の宮であり、そこに天の御門を定めた後に神として磐隠《いわがく》れしたという。cはその天武天皇が和蹔《わざみ》が原の行宮に天降りして天下を治められたというのであり、日の皇子と等しく天降りしてこの国の統治を行ったのだとする。その天武天皇は、日並皇子挽歌では、天皇の支配する国であるとして天の原の石門を開いて神上がりしたといい、高市皇子挽歌では天皇が「磐隠り」したという。この「磐隠り」は後述するように、天の原の石門を開き隠れたことを意味するものと思われる。dは天皇が皇子に対して荒ぶる者たちの平定を命じた場面である。

この人麿神話は、記紀の伝える神話とは大きく異なるものであり、人麿の創作によるものとすればどのような理解がそこに存在したのか。記紀が成立するのは八世紀に入ってであるが、人麿神話が成立するのは七世紀後半であり、それは記紀以前の神話を示唆するものであるから、時代的には記紀とは異なる天武・持統朝の思想を反映しているものと思われる。それは天武天皇を主人公とするところの、高天の原神話の創造であったのではないか。そのことを示すのが天孫降臨の神話から神武天皇を経て天武・持統へと連接する思想的展開にある。

記の伝承によれば、天孫であるニニギの命は「離天之石位、押分天之八重多那雲而、伊都能知和岐知和岐弖、於天浮橋、宇岐士摩理、蘇理多多斯弖、天降坐于竺紫日向之高千穂之久士布流多気」★10という。天の石位《いわくら》を離れ、天八重

多那雲を押し分けて、荘厳の道を進み、天の浮き橋に立ち、竺紫《ちくし》の日向の高千穂の久士布流多気《くしふるたけ》へと天降ったと伝える。石位は磐座《いわくら》であり神を祭祀する自然石を用いた石造の施設であるが、この場合は「神の居る御座」（本居宣長『古事記伝』）であり、そこからニニギの命が離れるというのは、天の磐座から新たな神が誕生したことを示唆している。また雲を押し分けるというのは、人麿が「天雲の／八重かき分けて」（「天雲の／八重雲分けて」とも）と詠んだ天と地とを隔てる瑞雲のことであり、天孫が天降るときの常套的表現である。そのようにして天降った処が日向の高千穂の久士布流多気であり、久士布流多気は一般にクシフルの峰と理解され、クシフルは神聖なとか不可思議なという意味とされている。この記の伝える天孫降臨神話に対して紀には第九段本文の外に一書の所伝が三つ見られる。第九段本文では、

于時、高皇産霊尊、以真床追衾、覆於皇孫天津彦彦火瓊瓊杵尊使降之。皇孫乃離天磐座、〔天磐座、此云阿麻能以簸矩羅〕且排分天八重雲、稜威之道別道別而、天降於日向襲之高千穂峯矣。既而皇孫遊行之状也者、則自槵日二上天浮橋、立於浮渚在平処、〔立於浮渚在平処、此云羽企尓磨梨陀毘邏而陀陀志〕而膂宍之空国、自頓丘覓国行去〔頓丘、此云毘陀烏。覓国、此云矩弐磨儀。行去、此云騰褒屡〕。★11

のように見られ、記の天之石位が天磐座であることが知られ、これを阿麻能以簸矩羅《あまのいわくら》と訓むことも知られる。その磐座を離れて八重雲を分けて日向の襲《そ》の高千穂の峯に天降ったことも記と同じである。このような伝は第九段一書第一・第六にも見られる。しかし、この本文では槵日《くしひ》の二上の天浮橋より国見をする伝があり、ここでは高千穂の峯の二上の天浮橋だという。そうした伝を持つのは第九段一書第四も同じであり、そこでは、

高皇産霊尊、以真床覆衾、裹天津彦国光彦火瓊瓊杵尊、則引開天磐戸、排分天八重雲、以奉降之。于時、大伴連遠祖天忍日命、帥来目部遠祖天槵津大来目、背負天磐靫、臂著稜威高鞆、手捉天梔弓・天羽羽矢、及副持八目鳴鏑、又帯頭槌剣、而立天孫之前。遊行降来、到於日向襲之高千穂槵日二上峯天浮橋、而立於浮渚在之平地、膂宍

　空国、自頓丘覓国行去、到於吾田長屋笠狭之御碕。

のように、日向の襲の高千穂の槵日の二上の峰の天の浮橋であるという。このような伝えは第九段一書第一や第六には見られず、二上山を特殊化していることが窺える。二上山は奈良と大阪の堺に聳える山であることは知られているが、また大伴家持が越中の二上山を詠んでいることも知られ、家持の詠む二上山は懐かしい奈良の二上山であると同時に、大伴の祖がニニギの命を守り天降った日向の二上山であることも考えられる★12。奈良から望まれる二上山は、天孫降臨の山の写しであるとすれば、家持には二重の意味での懐かしい山であったのである。

　紀第九段一書第四で注目されるのは、天孫降臨にあたってニニギの命が天の磐戸《いわと》を引き開いたという伝である。記と紀第九段の本文と一書第一・第六に見えた石位・磐座は、一書第四では磐戸《いわと》とされることである。磐戸は後に述べるように磐門であると理解され、それが磐座ではなく磐戸だというのは、誤伝か別伝かという問題が生じる。おそらくこれは誤伝でも別伝でもなく、磐座と磐戸とは一連の高天の原の構造を指すものと思われる。先の家持は「ひさかたの　天の戸開き　高千穂の　岳に天降りし」（巻二十・四四六五）のように歌い、また人麿も先のように「天の原　石門を開き　神上がり　上がり座しぬ」という。天の原には石の門があり、それを開いて天降りや神上がりするのだというのを参照すれば、天孫は天の原の石の門を押し開いて天降ったというのが一書第四である。いわば天の原には神の座である磐座があり、そこを天孫は離れて天の磐門を押し開いて天降ったことを指し示していると考えられる。

　このような天上への神上がりや神下りの中で描かれる、例えば「則引開天磐戸、排分天八重雲」（第九段一書第四）のような表現は、張衡《ちょうこう》の「思玄賦《しげんのふ》」（『文選』志第十五）と類似するように思われる。不遇の身の張衡は、心を遊ばせるために崑崙《こんろん》などの想像の地を経歴するのであるが、やがて天上へと向かう。天上へと上がる車に四神を従わせ、「雲旗」を棚引かせて天上の都に到着し、「天皇」に見えて天上の楽しみを尽くし、「紫宮」から「太微《たいび》」へと至り、「河鼓」（牽牛星）から「天漢」に浮かび、日月を遠く「開陽」（北斗七星）に寄り添い、「閶闔《しょうこう》」（天門）を出て「天途」（天道）を下ると、「雲《くも》菲菲《ひひ》」として車を廻り旗を震わすのであるという。天上世界や天上への昇降は想像の範囲であるから、それをどのように描くかは何らかの知識により可能であったとすれば、記紀や人麿の描いた天上世界は、張衡の描くような天上世界が参考テキストとして存在した可能性が考えられる。

　このニニギの命による天孫降臨以降、子孫は日向で三代を経てカムヤマトイハレヒコの命が高千穂の宮から東征へと出発する。さまざまな苦難の末にやがて奈良の橿原へと入り、そこに橿原の宮を造営して即位し神武天皇となる。こうして葦原の国は天皇統治の国（倭国）として確立し、以後、綏靖《すいぜい》・安寧・懿徳《いとく》などの天皇が即位し、天武・持統天皇へと続く。この間の宮処は橿原から出発して葛城周辺あるいは山辺の道周辺に宮処を置く場合も見られるが、基本的には明日香あるいはその周辺に多くの宮処が造営され、死後に天皇陵が造営されて行く。しかし、持統朝に人麿が登場するまで、これらの天皇が死後に何処へ行ったのかは明らかではない。神武天皇においても「御年、壱百参拾漆歳。御陵は畝傍山の北の方の白梼の尾の上に在り」という享年と陵墓の位置を示す程度の記録であり、それらは持統天皇に至るまで変化はない。そのような中で人麿が詠んだ皇子挽歌に見る「天雲の　八重かき分けて　神下し　座せまつりし」および「天の原　石門を開き　神上がり　上がり座しぬ」という神下りと神上がりの表現は、新たに登場した天皇の天降り神話としての意味のみではなく、天皇の死後の行方にも触れる注目すべき表現であったのである。この表現から見るならば、天皇は天の原から神下りして、死後に天の原へと回帰するという神話が成立したことを示している。少なくとも、天孫ニニギが降臨した高千穂の峰と三代の祖先が過ごした日向の地へ回帰することはない。

　しかし、この日向の地は天皇の祖先の重要な故地であったはずであり、記によれば「日子穂穂手見命者、坐高千穂宮、伍佰捌拾歳。御陵者、即在高千穂山西也」とあり、その子の天津日高日子波限建鵜葺草葺不合命《あまつひこひこなぎさたけうがやふきあえずのみこと》は四人の子を生み、稲氷命は妣《はは》の国である海原へ、御毛沼命は常世へと渡り、残る五瀬命と若御毛沼命（後の神武天皇）は東征へと出発することとなる。そのことから見ても日向の高千穂の宮の地は先祖の眠る天皇家の故地であることにほかならないが、そこへの回帰を語らないのみならず、高千穂の地はこれ以降の記紀の物語では忘れ去られることとなるのである。そのことを以てすれば、この高千穂の地は神武東征の果てに至り着く橿原の地において再現されることとなるのではないかと思われる。それが二上山への拘りであったのではないか。

3　古墳壁画に見える死者の書

死者の書を明らかな形として語るのは、七世紀から八世紀ころにかけて描かれた古墳壁画においてである。現在知られるのは、奈良県の高松塚古墳とキトラ古墳であり、この二つの古墳に共通しているのは、四神と日月、天上に二十八宿図が描かれていることである。高松塚古墳には、ほかに東壁と西壁のそれぞれに男女の群像が描かれているのが特徴である。これらの古墳の主人が誰かは明らかではないが、大化の薄葬令以後に陵墓の規模を縮減するとともに、古墳内部に華やかな装飾を凝らすことへと向かったものと思われる。初期の装飾古墳は九州などに多く見られるが、そこに描かれた壁画はその時代の他界観念を示すものとして興味深い。特に多くの船の絵が描かれるのは、他界へと死者が向かうことを意味したものと思われ、福岡県の珍敷塚古墳の船と鳥の絵は、死者が鳥の案内によって他界へと向かう内容と思われ、明らかに死者の書としてのそれである。

古墳壁画が民族の伝統的な他界観を示すものであるとすれば、高松塚古墳やキトラ古墳の四神・日月・星縮図が語るのは、倭国の伝統的な他界観と見ることが可能であろうか。四神・日月・星宿図は、船や鳥による他界観とは極めて異質な死者の書によって成立していることが知られる筈である。四神は東西南北の壁に描かれた空想の動物神であり、東に青龍、南に朱雀、西に白虎、北に玄武であり、これらは古代中国に発した墓の四方を守る守護神として見られるが、すでに夏王朝と思われる河南省二里頭《にりとう》遺跡から青いトルコ石で龍を象った杖が発見されており、古代周の四神思想を超えるものとして注目されるのであり★13、後に韓国・日本にも見られるようになる。さらに星宿図は日月も含めて古代中国に成立する天文図で、高度な天文学的知識を必要とする。高松塚古墳壁画の二十八宿図は、東西南北に七宿図が描かれ、東に箕《き》・尾・心・房・氐《てい》・亢・角の七星、南に軫《しん》・翼・張・星・柳・鬼・井の七星、西に奎《けい》・婁《ろう》・胃《い》・昴《ぼう》・畢《ひつ》・参・觜《し》の七星、北に壁・室・危・虚・女・牛・斗の七星が描かれている。この上にキトラ古墳には天体運行線の円や天の川も記され高度・精密な星宿図であり★14、かつ十二支の寅などの絵が描かれていたことが認められ★15、細部の方角や季節・時間を切り刻んでいたことが知られる。この星宿図は四、五千年前の北朝鮮の支石墓にも見られるものであるといわれ★16、同じく朱雀も北朝鮮南浦市江西中墓の朱雀と類似していることが認められ★17、古代東アジアにおける墓石壁画に共通することが知られた。またこれらの二十八宿図の中央には天極の星々が描かれており、それらは帝・太子・後宮などの星であり、紫微《しび》と呼ばれる天の宮廷、つまり天庭が描かれているのである。その星空の世界は、司馬遷『史記』の「天官書」の世界でもある。日本における星宿図は七世紀から八世紀という時期であり、中国や朝鮮半島の同類の壁画から見れば後のものである。しかしながら、この四神・星宿図壁画の受け入れられた段階で、古代日本の死者の書は大きく書き換えられたものと思われる。

高松塚古墳とキトラ古墳のもう一つの重要な共通点は、その墓室の構造にある。それは墓室内を四角い構造とすることにより東西南北を指示し、天井に日月・星宿図を描くことで夜の星空を指示するということである。こうした構造は現実的な墓室の構造であるよりも、世界観や宇宙観に基づく理念の現れである。いわば天は円く地は四角いという古代的世界観であり、墓室を四角くし天井に星空を描くのは、古代中国の〈天円地方〉の思想を踏まえたものである。それが墓室の構造として形作られることで、そこは死者の宇宙として成立し、死者の魂は天へと帰ることが期待されているのである。古く『呂氏春秋』巻三「天圜《てんえん》」において「天道圜、地道方。聖王法之所以立上下、以説天道之圜也。精気一上一下、圜周復襍無所稽留、故曰天道圜。何以説地道之方也。万物殊類殊形、皆有分職、不能相為、故曰地道方」★18という天円地方は、『大戴礼記《だたいらいき》』「曽子天円」において曽子は孔子の言として「天道は円であり、地道は方であり、方は幽（陰）で円は明（陽）で、陽は施し陰は化すことである」と語るのによれば、陰陽による天地自然の秩序について説明したものであることが理解される。その思想は墓室の方の陰と円の陽との関係をも説明するものであり、しかも墓室は季節と時間の廻る永遠の宇宙世界として完成するのである。

この墓室の宇宙は、実は古代の都城の構造と等しいことが知られる。藤原の宮は六九四年に遷都したことが知られ、その造営については「藤原御井の歌」に建都の思想的性格が詠まれていて注目される。長歌（巻一・五二）によると、香具山は日の経《たて》の大御門であり、畝傍山は日の緯《よこ》の大御門であり、耳成山は背面《そとも》の大御門であり、吉野山は影面《かげとも》の大御門であるという。都は経と緯、背面と影面の東西南北の門により象徴化されているのは、四角い都城の成立を意味するものである。さらに平城京の都の造営の折の詔では、「方今平城之地、四禽叶図、三山作鎮、亀筮並従、宜建都邑」★19というように、平城の地は四禽《しきん》の図に叶った（四神が相応する様子）といい、三山（春日・生駒・寧楽）が都を鎮護するのだという。そのことから見れば藤原の宮をめぐる香具山・耳成山・畝傍山・吉野山は都城鎮護の山であったことが知られ、都城が山を重視するのはそれもまた建都の思想であり、漢の班固《はんご》の「両都賦」に詳しく見えている★20。さらに都城には一面三門の十二門が配置されているのは、東西南北が春夏秋冬のそれぞれの三ヶ月を指すものであり、十二門はすなわち一年の時間と一日の時間と方角を指し示した。そこには王の時間（暦）と版図とが完全な形式をもって構築されていたのである。

つまり、高松塚古墳やキトラ古墳の墓室の構造は、当時の都城の思想と一体であったということである。しかもその死者の回帰する処は天極《てんきょく》の星であり、『史記』では「天の中宮は天極星で、その中のもっとも明るいのは太一の常居である。そのかたわらの三星は三公ともいい、また太一の子の属ともいわれる」★21という。死者はこの宇宙構造の中で永遠の時を生きることになるのであろう。都城は天極から派遣された日の皇子の常居の場となり、崩後は天極へと回帰する。人麿が詠んだ「天皇の／敷きます国と／天の原／石門を開き／神上がり／上がり座しぬ」というのは、こうした新たな古墳の思想や都城の思想の中に現れたものであり、天武天皇は葦原の国での任を終えて天上の世界（天原）をスメロキの治める国として石門を開き神上がりしたのだというのである。天皇は天極へと回帰したというのであり、人麿が夜空を見上げれば目の前に墓室の天井に描かれた燦然と輝く天極星と同じ天極星が大空に耀いていたはずである。その天極こそ天原を指すものと思われるのであり、その中心には天地分治の時に天を統治することが決定された〈天照らす日女の尊〉が天極の常居の神として存在しているのである。

4　天極と天官書

人麿のいう天の原が天極の世界として想定できるとすれば、そこは天庭（天の宮廷）を指すことが知られ、そこでの神々の営みが記神話の高天の原や紀神話の天の原世界だということとなる。もちろん記紀神話の神々の営みは原神話を継承するものであろうから、中国の天文の思想が直接に反映するものではないと思われる。したがってこの両者の関係を接続させることは難しいが、紀の天地初発の段が『芸文類聚《げいもんるいじゅう》』に引用する「徐整三五暦紀」などによるものであることが指摘されているように★22、記紀神話と中国文献との関係は窺われる。もっとも天の原の世界と地上世界とが日の皇子の統治により接続しているのは、天上と地上との相関関係を語るものであり、そのような思想は『史記』「天官書」に見られる二十八宿の星が地上の地域と重ねられることでも知られる。所謂、野である。そこでは「角・亢・氐の諸星の分野は、その下が袞《こん》州にあたり、房星と心星は豫州に、尾星と箕星は幽州に、斗星は江湖に、牽牛星と婺女《ぶじょ》星は揚州に、云々」（前掲）というのであり、これは地上が天上の写しであることを語るものである。天官書なるものが地上の災異と連動し、それは紛争や政治の得失とも大きく関与することから、天の運行を知るテキストとしての役割を果たしているのである。そのことからも地上の王宮は、まさに天上の写しだということが可能であろう。日本の史書においても舒明《じょめい》朝以降に星の異常と災異とが記されているのは、このような理由による。

このことは、天皇の統治する地上世界が天の原の写しであるということを示唆する。そのような理解は「天官書」にいう星の異常と不可分な関係を示すことからも知られ、推古紀の「百済僧観勒来之。仍貢暦本及天文地理書、并遁甲方術之書也」とある新たな天文知識があったことは疑いえない。次の舒明朝から星の異常が多く記されるのは、このような事情によろう。かつ天武天皇が占星台を建てたことや、天文・遁甲《とんこう》に優れたことが記されるのも、王の政治と天文の知識とが一体であったからである。このような天文の知識が天武朝前後に理解されることで、それが「星神香香背男」（紀神代）の登場のように、神話世界に反映することは十分に考えられ、そのような天文知識を、人麿の天の原の「石門」から窺うことができるように思われる★23。この石門は天の原の入り口の門であることは明らかであるが、それは天孫の天降りに関わるものであり、記紀の石位《いわくら》や磐座《いわくら》を離れたというテキストのほかに、前述のように紀第九段一書第四に「引開天磐戸」と見えることであった。この磐戸《いわと》が人麿のいう石門であろうし、いずれも天の原へ出入りする時の石門であることが知られる。結論的にいえば、これは天の原の門のことであり、いわば〈天門〉に相当する。先に見たように、家持も天孫の天降りに際して「安麻能刀（天戸・天門）」を開いたと詠んでいる。

中国古代では天門は一般に陵墓の石造りの門を指し、土居淑子氏によれば漢代の四川簡陽県董家埂郷深洞村鬼頭山崖墓出土の石棺画像に太倉、白虎、天門の文字があり、天門の文字の下には半開きの石門と人物が描かれ、石門には両方の柱に屋根が配され、その二つの屋根には鳥が止まっている絵が描かれていことを報告している★24。天門は漢代においては墓室の入り口の門を指したのであり、『万葉集』にも手持女王の作る挽歌に「鏡山之石戸」（巻三・四一八）「石戸破手力」（同四一九）が詠まれるのは、墓室の石門を指しているのであり、古代中国ではこれを天門と呼んでいたのである。この天門は、『淮南子《えなんじ》』墬形訓《ついけいくん》によれば崑崙《こんろん》山の入り口に〈閶闔《しょうこう》〉と呼ばれる門があるという。閶闔は『説文』によれば「閶闔、天門也」とあるから、崑崙の山の入り口に天門があり、死者はここから神仙世界へと入ったことが知られる。もちろん、天門は死者が墓室へと入る入り口の門のみを指すのではない。『史記』「天官書」によれば、「蒼帝徳を行えば、天門これが為に開く〈索引曰く、いわゆる王は春令を行い、徳沢を布き、天下を被い、上に則り、霊威に応じ、これを帝に仰ぐ。しかして天門これが為に開き、以て徳化を発するなり。天門は即ち左右の角の間なり〉」という。蒼帝《そうてい》は春を掌る神であり、春令は王による春の政治的な準備である。春が至り王が正しい農務を行う令を下すならば天門が開かれ、帝により徳化を発するのだとう。この天門は天極への出入りの門であり、それは左右の角の間にあるという注がある。ここにいう〈角〉とは東方七宿の一つである角星のことであり、角二星と呼ばれる星である。『隋書』の「天文志」に「二十八舎。東方の角二星は天閬《てんろう》となす。其の間は天門なり。その内は天庭なり」という角二星のことであり、そこを入ると天庭（天極）へと至るというのである。

　このことから見ると天門は墓室の入り口の門であるとともに、天帝の常居する天極の入り口の門でもある。紀一書のいう磐戸は天孫の降臨において現れ、人麿の詠む石門が天皇の崩御により天の原へと回帰する時において現れるということは、降臨にしても回帰にしても天の原の入り口の門として理解されていたことは明らかであろう★25。

　なお、「六月大祓祝詞」には大中臣に天つ祝詞の太祝詞事を宣《の》れと伝えられ、「かく宣らば、天つ神は天の磐門を押し披きて天の八重雲をいつの千別きに千別きて聞こしめさむ」★26とある。この祝詞を宣れば天の磐門が押し開かれて天つ神が聞くのだというのは、先の『史記』「天官書」において蒼帝の徳化と王の正しい春令が行われることで、天が天門を開いてそれらの徳化を聞くのだという内容と連接していることが知られる。ここには〈天門〉が天上世界との通路としてあることを意味し、そこを通して天つ神との関係が結ばれることを示しているのである。

5　藤原の宮と高天原世界

地上が天上世界の写しであるということは、『史記』等に見る古代中国の天に対する知識である。このような思想は、孔子以前の古代中国に興る〈天〉への崇拝と不可分な関係にある★27。いわゆる天と人との合一の思想であり、そのような中から孔子の道徳思想も育まれることになる★28。天文学により宇宙の運行を観察して政治に利用することは、奈良時代に一般的となり、古代中国で〈仰観俯察《ぎょうかんふさつ》〉と呼ばれた天人感応の政治理念である。天の運行を仰ぎ見て星辰の異常を細かく観察し、地の様子を俯《うつむ》き見て自然の異常を細かく観察することであり、そこから天の意志を判断したのであるが、それはすでに孝徳天皇紀に現れている★29。

天上と地上との相関関係を示すのは、理念的問題のみではない。例えば天孫の降り立った高千穂の峯がある伝承に二上山であるということを理解すれば、それは奈良の二上山が想起されるはずである。神武天皇の即位した橿原から西に望まれる山であり、そこが二上山であるのは、故郷の二上山（日向）であったと見ることができよう。さらに明日香の香具山は、高天の原にある天香山の写しであろう。『万葉集』に「天の香具山」と詠まれるのは、香具山が聖なる山であったのみではなく、それは高天の原の写しであるゆえに〈天〉が添えられたのである。その香具山は記紀においては天香山または香山と書かれ、多くは天香山と書かれる。香山と書かれながらも「宜取天香山社中土、香山、此云介遇夜摩」（神武紀）というように、カグヤマと訓まれる。特に天香山が集中して見えるのは、記紀神代の天岩戸神話においてであり、天照大神の岩戸隠れにより祭祀を行い、大神を岩戸から導き出す場面においてである。その祭祀は記によるならば天香山の天の波々迦《ははか》や五百津の真賢木が用意され、それに八尺《やさか》の勾玉や五百津《いほつ》の御須麻流《みすまる》の玉あるいは八尺の鏡を懸けたという内容である。紀においても天香山の五百箇の真坂樹を掘り出し、その枝に八坂瓊《やさかに》の五百箇の御統《みすまる》や八咫《やた》の鏡あるいは青和幣《にぎて》・白和幣を取り掛けて祈ったという。これ以外に現れる香山は、神武天皇が天神の教えにより天香山の社の中の土を取り天の平瓮《ひらか》や厳瓮《いつへ》を造り天神地祇を敬祭した話（紀）のような、香山の土を取り祭祀を行うことに関してである。天の香山の土を用いて行う祭祀は天神祭祀を意味するものであり、それは正統な王の行う専権的祭祀であることを語るものである。天の香山での祭祀は、高天の原の香山において行われていた祭りの写しと考えることができる。その香山の伝説には、天から降ってきた山だとある★30。

香具山が耳成山と畝傍山とを含めて大和三山と呼ばれるのは、藤原宮の造営と深く関係することが知られる。それは古代中国の都城の景観を踏まえたものであり、先述した「藤原宮の御井の歌」の歌にその思想的構造が展開されているのであるが、この藤原宮の御井というのは藤原がもともと藤井と呼ばれていたことと関係する。藤井には泉が湧き出ていたことに由来し、そこが宮処造営の適地として選択されたのである。宮処の造営に井が求められるのは、天水の湧き出ることが重要であったからに違いない。『太平御覧《たいへいぎょらん》』の休徴部《きゅうちょう》に「孝経援神契曰、王者徳至淵泉則醴泉出」というように、王者に徳があれば醴泉《れいせん》が湧出るのだという★31。この藤井はおそらく高天の原の天の真名井に相当するものであり、それもまた宮処造営の適地の条件の一つとされたのであろう。

このような地上による天上の写しは、なかでも七夕伝説によって広く知られていたものと思われる。人麿歌集の「庚申《こうしん》の年」（巻十・二〇三三左注）は天武九（六八〇）年と天平十二（七四〇）年が考えられているが、天武天皇の天文への関心は占星術を主とするものであるから、それに付随して七夕伝説も受け入れられ、それが地上の恋と混じり合いながら肥大化したことが考えられる。七夕伝説で男女を隔てるのは天の河（天漢）であるが、高天の原にある天の安河原は、この天の河の河原のことではないかと思われる。神話では天の安河原は天上に重大案件が生じた時に神々の会議場として見えるが、これはまた七夕伝説の彦星と織女の二星を隔てる河としての役割を果たしていたのではないか。キトラ古墳に描かれた星宿図には、牽牛星と織女星とが向かい合って配置されており、七月七日の夜には天上に託した地上の恋が展開したことが知られる。七夕の星合伝説をもとに展開した『万葉集』に多く見られる七夕歌の中でも、柿本人麿歌集に見る歌々は当時の皇太子であった草壁皇子邸宅でのサロンにおいて詠まれたものであると思われる。皇子の邸宅は蘇我氏の邸宅跡である島《しま》と呼ばれる地にあり、その庭園が山斎《さんさい》造りであったことが皇子の死を悲しむ人麿や舎人たちの挽歌から知られる。そこは「島の宮」（巻二・一七〇）と呼ばれ、「勾の池《まがり》」（同）が築造され、「放ち鳥」（同）が飼育されていた。島の宮というのは山斎庭園のある宮殿の意味であり、山斎とは大海に浮かぶ島である須弥山《しゅみせん》や三神山を指し、その構造のもとに庭園が造られて貴族の邸宅に流行するのである。勾の池は島をめぐる大海のミニチュアであり、湾曲した構造の池であったことが知られる。その島の宮跡の発掘調査により、石舞台下の島庄が皇子宮殿跡であることが確認され、そこに荒磯などの構造化された流水施設と池跡が認められ、最近の調査によりこれが勾の池であることが結論づけられたのである★32。

七夕の夜には、この皇子庭園の勾の池で歌会が開かれていたのであろう。この時代に皇子たちの邸宅ではサロンが開かれ、歌人や詩人たちが出入りしていた。いわゆる皇子文化圏と呼び得る、文化サロンである。後の山上憶良が首皇子の七夕宴で詠んだ歌に「応令」と記しているのは、皇太子の命を受けたという意味である。草壁皇子庭園の勾の池は天の川（天漢）に見立てられ、そこには彦星と織女に扮した主人公が川を挟んで立ち、彦星の側には男グループが、織女の側には女グループが集まり、互いに恋歌を掛け合うことが行われたものと思われる。人麿歌集の七夕歌を見ると、それは七夕の夜に限られず、秋風が吹く立秋の夜から始まり、七日の夜にピークを迎え、二星の別れとなる七日の夜明けまで続けられたことが知られる。

このように地上では天上の伝説を写し取り、賑やかな七夕の宴が催されていたが、しかしそれは年中行事としての遊びにあったのではなく、本来は天上の星の運行を地上に写し取ることが目的であり、星の運行を知ることが王の政治であったことによる。山斎を築造して宇宙世界を取り込むように、天上の星々の運行を理解するのも王による宇宙世界の取り込みである。このような天上世界を地上に写し取ることを試みたのは秦の始皇帝であるが、そこには天の帝に並ぶ地上の皇帝という始皇帝の権力が示されていたのである。『史記』「荊軻《けいか》列伝」の咸陽《かんよう》宮の注に「三輔黄図《さんぽこうと》」を引いて、咸陽に都を置いた始皇帝は紫宮の制を取り、帝居に象ったというのであり、さらに渭水《いすい》を都に貫き天漢に象り横橋を南に渡し牽牛に法るのであるという★33。このような王宮のあり方は、漢の時代にも昆明池に牽牛・織女の石像を池の東西に立てたことからも窺える★34。それは七夕の宴のための施設ではなく、天上の世界を写し取ることにあり、その中心には天極があり天帝の住む紫微宮があったのである。いわば天極の構造をそのままに地上に写し取ったのが、まさに地上の王宮であった。王宮は天と王とが感応するための施設であり、さらには王が天上性を獲得する装置でもある。

　古代日本の最初の藤原宮は、四角い宮域により築造された都であるが、その宮処は「藤原宮の御井歌」によれば、東の香具山は日の経《たて》の門、西の畝傍山は日の緯《よこ》の門、北の耳成山は背面《そとも》の門、南の吉野山は影面《かげとも》の門として位置づけられ、東西南北の四方に門が配置されている。宮門は十二門であるが、この四方の門は四方を示す観念上の門であろう。四方の意味するものは、崇神紀に「則天皇相夢、謂二子曰、兄則一片向東。当治東国。弟是悉臨四方。宜継朕位」というように、四方を手に入れることが皇位を継承することであり、四方とは四方の国を意味したのである。その四方の理念が、東西南北の四方の山の門に象徴化されているのである。その理念化された四角の都は、どこまでも左右対称の四角い区域に整然と区切られるが、しかし、その四角の都は天の円により保証されている。天の円が示すものは、二十八宿図に見える天上の星々の世界であった。高天の原にある天の香具山も天の真名井も、また天の川も彦星や織女も、さらに天の宮廷も地上に写し取られることで藤原の宮が成立したのである。いわば、藤原の宮は、高天の原の写しであることが知られる。それと同時に天上は、また地上の理念が写し取られたものでもある。それをもってすれば、持統天皇が「高天原広野姫天皇」と諡《おくりな》された理由も知られよう。

ここに問題となるのが、記紀の記す石位《いわくら》（磐座）や磐戸《いわと》であり、人麿の天の石門《いわと》である。これらは天上の神が降臨するに当たってそこを離れた場所であり、そこから天降る際の門の意味であるが、それらは神話的表現として考えられるものの、それのみではないように思われる。特に著名な三輪山の磐座は、祭祀遺跡でもある★35。磐座は日本列島に広く存在し、明日香・奈良にも多くの磐座遺跡が認められる。どのような祭祀が行われていたか不明であるが、想定されるのは神々がこの磐座から誕生するための、磐座祭祀が存在したと思われることである。それを保証するのが天照大神が岩屋から誕生した神話であり、これは岩座祭祀を背景に語る神話であろう。天の岩屋は、石位そのものと理解される。それゆえに天孫ニニギは石位（磐座）から新たな神として誕生し、天降りをしたのである。神武天皇もイハレヒコと呼ばれるのは、磐から誕生（イハアレ）したことを意味するものと思われ★36、それが初代天皇となるための新たな誕生（異常出生）を語るものだといえる。神や王の誕生は、おそらく磐座祭祀の中で行われた誕生儀礼であったと思われるのである。

6　結

高天の原は想像された他界観念であるが、それは単なる神話的イメージの世界ではないように思われる。もとより天から神が降臨する神話は古代朝鮮半島にも見られるものであり、天が民族の原郷として考えられていたことは確かである。そのような天への原郷意識は、そこが死者の帰るべき祖先の世界であるという考えとしても見られる★37。

しかし、かかる他界観念は古代日本の七世紀から八世紀にかけて大きく変容した。それは倭国の王号（天皇）や王都（藤原宮）が、古代の中国思想により理念的に成立したからである。天円地方の思想は単なる他界観ではなく、王者に宇宙観を示したのである。天上の天極（天廷・紫微）と地上の宮廷とが合応し、天の主宰者と地の主宰者とが呼応することで、偉大な王が誕生することとなった。それらの保証は、天および天孫の系譜として語られることで成り立つのであり、天は王の祖先たちの世界、すなわち古代日本神話に語られる高天の原の世界として成立したのである。七世紀後半からの古代倭王は、人麿神話によれば高天の原から降臨し、ふたたび祖先の世界である高天の原へと回帰するのである。そうした高天の原の成立を遡れば、中国思想以前に日本列島で営まれていた磐座祭祀があった。この磐座祭祀は神々の誕生を語る祭祀であったと思われ、明日香では香具山の周辺で磐座祭祀が行われていたことが推測される。その磐座が高天の原神話において見える、天の岩屋と呼ばれる祭祀施設であったといえる。磐座祭祀は神々が磐座に籠もることで新たな誕生を繰り返す祭りであったと思われるが、中国あるいは韓半島から輸入された宇宙観と合流して、高天の原そのものが天上に燦然と輝く二十八宿の中に収斂されることとなったのであろう。

注

1 太田善麿「古事記の神話と伝説」『古代日本文学思潮論 Ⅱ』(桜楓社)、中村啓信「高天の原について」『古事記の本姓』(おうふう)、青木周平「高天の原の形成」『国文学　解釈と鑑賞』平成十八年五月号参照。

2 垂仁紀二十五年三月には「是以倭姫命以天照大神、鎮坐於磯城厳橿之本而祠之」という記事があり、橿は厳橿ともいわれる。

3 辰巳「橿原宮創建と死者の書」『折口信夫　東アジア文化と日本学の成立』(笠間書院)参照。

4 また「左佐良榎壮士」(巻六・九八三)とも見え、これは「或云月別名曰左佐良榎壮士」とある。

5 青木周平「高天の原の形成」『国文学　解釈と鑑賞』注1に纏められている。

6 津田左右吉「天皇考」『津田左右吉全集　第三巻』(岩波書店)参照。

7 題詞に「日並皇子尊の殯宮の時に、柿本朝臣人麿の作れる歌」とある。本文は、中西進『万葉集　全訳注　原文付』(講談社)による。以下同じ。

8 澤瀉久孝『万葉集注釈』(中央公論社)では、ニニギの命と天武天皇とが二重写しとなっているとするように、これは記紀神話の伝えを前提として理解したからである。

9 辰巳「日の皇子と高天の原神学」『折口信夫　東アジア文化と日本学の成立』注3参照。

10 日本古典文学大系『古事記　祝詞』（岩波書店）による。以下同じ。

11 日本古典文学大系『日本書紀』（岩波書店）による。以下同じ。

12 「万葉集と神話叙述」本書I参照。

13 朝日新聞二〇〇四年十月九日朝刊記事による。

14 朝日新聞一九九八年三月七日朝刊記事による。

15 朝日新聞二〇〇五年六月十四日朝刊記事による。

16 朝日新聞一九九六年一月九日夕刊記事による。

17 朝日新聞二〇〇一年四月四日夕刊記事による。

18 四部備要本『呂氏春秋』（台湾中華書局）による。

19 新訂増補『国史大系　続日本紀』（吉川弘文館）。

20 辰巳「都城の景観」『万葉集と比較詩学』（おうふう）参照。

21 天極は『史記』「天官書」に「天の中官は天極星で、その中のもっとも明るいのは太一の常居である。そのかたわらの三星は三公ともいい、また太一の子の属ともいわれる。うしろのまがった四つの星のうち、もっとも端の大きな星は正妃であり、その他の三星は後宮である。これらの星の外側をめぐって、内をただし外を護る十二の星は藩屏の臣で、総称して紫宮という」（世界文学大系『史記』筑摩書房）とある。

22 小島憲之「日本書紀の文章」『上代日本文學と中國文學　上』（塙書房）参照。

23 勝俣隆『星座で読み説く日本神話』（大修館書店）参照。

24 「古代中国の半開の扉」『古代中国考古・文化論叢』（言叢社）参照。

25 辰巳「日の皇子と高天の原神学」『折口信夫　東アジア文化と日本学の成立』注3参照。

26 日本古典文学大系『古事記　祝詞』注10による。

27 高田真治『支那思想の展開』（弘道館図書株式会社）、池田末利『中国古代宗教史研究』（東海大学出版会）参照。
28 陳江風『天人合一　観念与華夏文化伝統』（三聯書店）、佐藤貢悦『古代中国天命思想の展開』（学文社）参照。
29 辰巳「古代日本における国学的方面の形成」『折口信夫　東アジア文化と日本学の成立』注3参照。
30 「伊予国風土記逸文」には、昔天から天の香具山が大和に降ってきた時、頭が折れて伊予国に落ちたといい、それでこの山を天山というのだとある。
31 辰巳「都城の景観」『万葉集と比較詩学』注20参照。
32 『朝日新聞』一九八七年九月十一日（朝刊）。その後にも発掘調査が進められ、最近の調査で勾の池の規模などが明らかにされた。
33 辰巳「日の皇子と高天の原神学」『折口信夫　東アジア文化と日本学の成立』注3参照。
34 『初学記』「昆明池」に「作二石人。東西相対。象牽牛織女」（鼎文書局）と見え、隋の虞茂の賦に織女石が発見されたことが詠まれている（同上）。
35 大場磐雄『まつり　考古学がさぐる日本古代の祭』（学生社）に、多くの磐座祭祀の事例と解説が載る。
36 「神倭伊波礼毘古の誕生」本書Ⅰ参照。
37 「死者の旅と指路経典」本書Ⅰ参照。

第七章

言霊論

1 序

言霊《ことだま》は言語の霊魂や言葉の精霊を指すとされるが★1、それらはどのように古代文学の上で機能しているのか。『古事記』『日本書紀』『万葉集』などの古代文献には「ことむけ」や「ことあげ」の語が多く見られる。ヤマトタケルの物語にも「言向け」や「言挙げ」が見られ、言向けは言葉により相手を平定することであり、言挙げは慎まなければならない特別な言語行為として物語られている★2。あるいは古代天皇たちの物語の中には、山や丘に登り特別な言葉を以て土地を祝福することで地名の起源や、あるいは物語展開が見られるのは、古代的な言語行為の現れであることは間違いない。『万葉集』においても「言挙げ」をしないことが、個人の態度として重要な行為だと歌われている。すでに言葉の威力を感じ取っていた古代人には、言葉を以て世界を創造し変革することが可能であると理解していたと思われるが、そのような古代的な言語行為はどのようなものであったのか。

一方、奈良時代の神亀・天平期に活躍する万葉歌人の山上憶良は、天平五年三月に第九次遣唐大使を任命された丹比広成が憶良宅を訪問したのに対して、「好去好来歌」を謹呈している。そこには神代以来の倭国の伝承や神々の名を列挙し、遣唐使たちの無事の帰国を願う内容が綴られている。その歌の中に「言霊の幸はふ国」という語が見える。

七〇一年に再開された遣唐使の書記次官として唐に渡った憶良であるから、大唐のすぐれた文明性を披瀝《ひれき》するものと思われたが、むしろ皇神と言霊の国への誇りを叙述し、神々の名を列挙して遣唐使への加護と無事の帰国とを願うのである。憶良においても倭国の古代的イメージは、言霊にあったのである。

このような古代的言語行為は、言葉に精霊を認めることで発せられるのではあるが、その言語行為は個人的な発語ではなく、神との契約において成立するところの制度的な行為であることが認められる。正しい言葉は神との契約が求められ、その上において特別な言語行為が保証されて現れるのだとすれば、それらは新たな言葉の制度へと向かうことが予想されるであろう。

2 言向けと言挙げ

言向けに関わる物語は、『古事記』の倭建命の平定物語に見られる。しかしこの物語には、西征と東征とに一つの対立があるように思われる。それは次のようなことである。

（西征条）

是に天皇、其の御子の建く荒き情を惶みて詔りたまひしく、「西の方に熊曽建二人有り。是れ伏はず礼无き人等なり。故、其の人等を取れ。」とのりたまひて遣はしき。

（東征条）

爾に天皇、亦頻きて倭建命に詔りたまひしく、「東の方十二道の荒夫琉神、及摩都楼波奴人等を言向け和平せ。」とのりたまひて、吉備臣等の祖、名は御鉏友耳建日子を副へて遣はしし時、比比羅木の八尋矛を給ひき。★3

この西征条と東征条との違いは、景行天皇の詔の違いにある。西征では服従しない者を「其の人等を取れ」と命じているのに対して、東征ではそれらを「言向け和平せ（言向和平）」と命じていることである。「取る」とは、「取殺す」意味である。ここには天皇の詔に大きな対立があると見ることが出来る。その対立こそ武力によって平定するか、あるいは言葉によって平定するかに関わるものであろう。もちろん西征においても熊曽建《くまそたける》平定を終えて還り上る時に山神、河神、穴戸神を言向け和平したという。この場合は土地神であることから武力ではなく言葉の平定が行われたものと思われ、その判断基準は敵に「礼」が有るか否かである。熊曽建二人は礼の無い反逆者であったことから、武力により平定されたことになる。礼とは儒教の道徳的基準を指す語であるが、ここでは天皇に敬意を示すことである。熊曽が服従しないのみではなく、礼がないというのは荒ぶる性格のみではなく、天皇に敬意を示さないということであるから、熊曽は天皇への反逆者として位置づけられているのである。西国は日向三代の地であり、かつ神武東征により倭国の版図とされた歴史があるが、ここに至っても天皇に反逆しているのが熊曽たちである。単なる荒ぶる者であれば、服従すれば殺されずに済むのであるが、熊曽建は初めから殺されるべき反逆者だった。もともと礼は神祇祭祀における祭祀者側の態度を示すものであったと思われ、それが祖先や天皇へと延伸されたものといえる。

これに対する東征は、反逆者への平定ではない。むしろ東征の目的は処女地である東国の地を平定して倭国を統一することにあり、その対象は荒ぶる神や服従しない人等ではあるが、それらは言向けによる和平で可能であると考えられたのである。熊曽建の場合の礼の有無とは異なり、言向け和平には礼を求める天皇の教化や、あるいは皇化の態度が現れているように思われる。すでに天皇の存在が言葉（言向け）に関わり、身につけるべき条件の一つが優れた徳（和平）であることを示すのが言向け和平だということである。

しかし英雄は武力と知恵とをもって荒ぶる敵を平定することを旨とするのだとすれば、英雄が言葉によって平定を委任されるというのはどのようなことか。すでに神代において天照大神が葦原中国を皇孫の地とすべく、そこへ誰を派遣すべきかを決めかねていた時に諸神の意見を聞き、建御雷神《たけみかづち》を派遣することが決定された。そこで建御雷神は葦原中国へと降り、国の支配神である大国主神を平定して国譲りを承諾させ、その状を「言向和平葦原中国」と述べている。建御雷神が葦原中国へと派遣されて大国主神に葦原中国は天孫の支配する地であることを告げると、大国主神はそれは子の八重言代主神《やえことしろぬし》が答えるだろうという。八重言代主神に問うと「この国は天つ神の御子に立奉らむ」ということになる。他の子どもたちの反抗があり多少の混乱を見るものの、国譲りの話し合いは決着する（『古事記』神代）。その結果の報告が建御雷神の「言向和平」であったが、ここに明らかなのは言向和平というのは、話し合いにより物事を決着する方法であり、高天の原の命を受けた者の行う言語行為であるということである。そのことからすれば天皇の言葉や徳は、高天の原により得られたものであることが知られよう。倭建命が天皇から命じられた「言向け和平」は、建御雷神（天照大神の代行神）による葦原中国平定の理念に基づくものであり、その理念を倭建命へと命じたのが東征の物語であろうと思われる。

　それでは、景行天皇が命じた西征条の武力平定から東征条の言向和平への変化は何を意味するのか。この二項の対立は、武力か話し合いかという対立として考えられるものであり、天皇は武力から話し合いへという態度を示したということである。その態度の変化は、武力が暴力や野蛮と等しいものであり、話し合いによる決着は天皇の徳としての「礼」を基準としたからだといえる。これは高天の原において「言向け」という概念が、すぐれた支配者の理念的価値として成立したことを意味する。いわば言向けとは高天の原において創出された言語的な文化価値であり、それは天皇が継承すべき重要な道徳律とされ、やがて「詔《みことのり》」という概念を生み出したものと思われる。それがスメ（皇神）によるミコト（言葉）であり、天皇（スメラミコト）の詔は高天の原に保証された徳を前提として正しく発せられるべき言葉であり、臣下や公民に向けられる法的な言葉なのである。その言葉に背くことは反逆であり、詔により国を治める法的な原則が成立したのが葦原の国の天皇権である。

　しかし、建く荒き御子である倭建命がなし得る方法は武力による平定であり、言向けによる平定ではない。初めから天皇と対立する武の倭建命は、天皇の徳との対立でもあったと言えよう。しかも東征における任命は言向け和平であり、武力での平定ではないことに倭建命の運命が決定ずけられた。生来の建く荒き御子から建く荒き力（武力）を排除するのが言向け和平であり、それは天皇の徳（礼）を受けて教化することであった。倭建命にとって言向けによる平定とは、天皇の徳を大和に実現化することであるから、武力を頼りとする倭建命はすでに時代遅れの無用者の系譜へと導かれることとなる。天皇の徳が言葉（詔）を基準とすれば、天皇を越える荒き力は排除されることが必然である。倭建命は言葉による存在者ではなく、武力を以て存在することを本質とするから、倭建命に言葉を優先させることは彼の情を大きく乱すことになる。天皇が倭建命を西征へと向かわせるに当たり「御子の建く荒き情を惶み」と述べている情とは暴力によるものであり、天皇の言葉の徳とは背反するものである。倭建命の「言挙《ことあ》げ」も、この混乱の中に生じたものであろう。武をもって生きる英雄が、最も不得手とする言葉を求められたからである。正しい言葉は高天の原により保証されるものであり、そのことにより天皇の理念としての徳を優先する、新たな時代の状況が見て取れる。武のみでは価値が生み出されない時代の中で、倭建命の運命も決定づけられたのだと思われる。

言挙げの語は『万葉集』にいくつも見られる。「千万の軍なりとも言挙げせず取りて来ぬべき男とぞ思ふ」（巻六・九七二）★4は、藤原宇合《うまかい》が西海道節度使となった折に、高橋虫麿が餞に作った長歌の反歌である。節度使は地方軍団の設置に伴う管理を職務とし、千万の軍を率いる敵であっても、言挙げなどせずに平らげて来る軍士だと褒め称える。この言挙げの事例は、特別に宣言をしなくても容易にそれが成就出来ることを指す。あるいは柿本朝臣人麻呂歌集の歌に言うとして、「蜻蛉島　日本の国は　神からと　言挙せぬ国　然れども　われは言挙げす」（巻十三・三二五〇）と言い、その理由は全知全能の神であるといっても我が恋の心の痛みを知らず、それゆえ苦しい日々を送ることから生きる希望もなく過ごし、もし愛する人と逢うことが出来ればわが恋も終息するだろうということにある。男は恋に死ぬという状況の中で、言挙げすればこの状況が打開されるかも知れないというのである。つまりこのまま恋に死ぬか、言挙げして何らかの助けが得られるか、その厳しい選択の中でこのまま恋に死ぬよりも言挙げに賭けるのだと宣言するのである。そのようであれば、言挙げというのは成功すれば幸が得られ、失敗すれば不幸が現れるという判定が基準としてあることを示唆している。言挙げが失敗して死ぬのも恋のために苦しんで死ぬのも同じだとすれば、このまま恋死するよりも、言挙げをして一か八か（吉か凶か）の賭を試みるということである。

この言挙げは「神から」にあるという。「神から」は神の心のままにの意である。「神ながら」も、この範疇にある。そのことは、次の歌からも知られるであろう。

葦原の　瑞穂の国は　神ながら　言挙せぬ国　然れども　言挙ぞ我がする　言幸く　真幸くませと　恙なく　幸く坐さば　荒磯波　ありても見むと　百重波　千重波しきに　言挙す我れは　言挙す我れは（巻十三・三二五三）

反　歌

磯城島の大和の国は言霊の助くる国ぞま幸くありこそ（巻十三・三二五四）

旅行く者への餞《はなむけ》の歌と理解されるが、生命に大きく関わる事が予想されていることから、このような言挙げがなされるのであろう。注目すべきは、長歌と反歌に言挙げと言霊とが一対となって詠まれていることである。「神ながら」とは神の心のままにの意であるから、言挙げをしないことは神の教えということである。葦原の国は、言挙げをしなくとも、神が守る国なのだということにある。しかし、ここに言挙げをするのだという理由は、言挙げをすればAかBかのいずれかの結果（幸か不幸か）がもたらされるからであろう。だから「言挙げをしない」で行われる行動こそが、神の教えに従うことなのである。しかし、言挙げをしてまでもそれに賭けるというのは、いま命に関わる危急の障害が予見されるからであり、その予見を回避するには唯一言挙げが残されていて、そこに幸運が得られるかも知れない可能性が残されているのである。「言幸く　真幸くませ」というのは、命の危機が予見される状況にあって、言挙げにより言幸く真幸くあろうとしている賭けなのである。いわば言挙げは神の意志に沿うか否かを確かめる判断法であり、沿えば幸、沿わなければ不幸という結果のもたらされる判断法にほかならない。そのような判断方法は、古代における祈誓法に見られるのと類似する。

そうした危急の中で言挙げをしたのが倭建命である。草薙の霊剣を妻の元に置き忘れたことで、彼にはすでに危急の事態（とみの事）が予想される状況にあった。それは山の途次で白猪と出逢い、白猪をA「神か」、B「神の使者か」を判断する時に、白猪を神の使者だと判断して素手で倒そうと言挙げした。しかし、この言挙げは正しい判断ではなかった。言挙げが言挙げをする者の運命を左右する言語行為であるのは、それは自らの運命の「未来」という時間を予測出来なければならない、結果が重んじられる言語行為であったのである。瑞穂の国は言挙げをしない国なのだというのは、いかなる場合も神の意志を重んじて生きることが求められた、神の国の思想であったからである。

3　皇神の厳しき国

『万葉集』には「春日祭神之日、藤原太后御作歌一首」と題された歌があり、これは「即賜入唐大使藤原朝臣清河」もので、第十次遣唐使（七五〇年）の大使藤原清河に向けて光明皇后が贈ったものである。その歌は「大船に真楫繁貫きこの吾子を韓国へ遣る斎へ神たち」（巻十九・四二四〇）のように、遣唐大使清河の加護を春日の神に祈る内容である。この時代に春日の地では遣唐使を送る祭祀が執り行われていたらしく、ここには遣唐使関係の歌が並ぶ。その中には「天平五年贈入唐使歌一首并短歌　作主未詳」の歌も見え、これは第九次遣唐使に贈られた歌であり、次のように詠まれている。

そらみつ　大和の国　あをによし　平城の都ゆ　押し照る　難波に下り　住吉の　御津に船乗り　直渡り　日の入る国に　遣はさゆ　吾が背の君を　懸けまくの　ゆゆし畏き　住吉の　我が大御神　船の舳に　領き坐まし

船艫に　み立いまして　さし寄らむ　磯の埼埼　漕ぎ泊てむ　泊泊に　荒き風　波に遇はせず　平けく　率て帰りませ　本の国家に（巻十九・四二四五）

反　歌

沖つ波辺波な越しそ君が船漕ぎ帰り来て津に泊つるまで（同・四二四六）

遣唐使として派遣される使人の妻か恋人の歌である。奈良から難波に下り、住吉《すみのえ》の津から船に乗り、真っ直ぐに日の入る国（唐）に遣わされるのだといい、そこで住吉の大神は舳《へ》や艫《とも》に居て立ち寄る岬や泊まりで風に遇わぬように無事に連れて帰ってきて欲しいという。道行きの方法により唐までの道筋を詠み、次いで航海の神である住吉の神に帰国までの加護を祈る内容である。遣唐使たちは、その無事を海神である住吉の神に祈願したことが知られ、家族もまたこうした祈りの歌を詠んだのである。住吉の神は『古事記』にイザナギの神の禊《みそ》ぎにより生まれた底筒男《そこつつお》の命・中筒男の命・上筒男の命があり、『延喜式』の神名帳に「摂津の国住吉坐神四座」と見える。『住吉大社神代記』には第一宮表筒男、第二宮中筒男、第三宮底筒男の他に第四宮に姫神宮が見え、気息帯長足姫《おきながたらしひめ》皇后の宮だという。この住吉の神は、航海安全の神として信仰されていたことが知られる。

一方、『万葉集』に載る山上憶良の「好去好来歌一首 反歌二首」の作品も、天平五（七三三）年の第九次遣唐使に関する歌である。この作品は、遣唐大使である丹比《たじひ》広成に贈られていて、作歌事情を記す左注によると、広成は三月一日に憶良宅を訪問しており、二日後の三日に憶良から歌が謹呈された。広成が憶良宅を訪問したことに対するお礼の作である。「好去好来」とは、契沖が「旅人ヲ祝フ詞ナリ」（『万葉代匠記』）というように、「無事に行き、早く帰って来てください」の意味であるが、澤瀉久孝（『万葉集注釈』）は陶淵明に「帰去来辞」があるが、『詩語解』に「好来投轄末須疑」の例から当時の口語であろうという。

好去好来の歌一首　反歌二首

Ⅰ　神代よりの伝承

神代より　言ひ伝て来らく　そらみつ　倭の国は　皇神の　厳しき国　言霊の　幸はふ国と　語り継ぎ　言ひ継がひけり　今の世の　人も悉　目の前に　見たり知りたり

Ⅱ　神の心による治世と大使の選任

人多に　満ちてはあれども　高光る　日の朝廷　神ながら　愛の盛りに　天の下　奏し給ひし　家の子と　撰び給ひて　勅旨〔反して、大命といふ〕　戴き持ちて　唐の　遠き境に　遣され　罷り坐せ

Ⅲ　神々の守護

海原の　辺にも奥にも　神づまり　領き坐す　諸の　大御神たち　船舳に〔反して、ふなのへにと云ふ〕　導き申し　天地の　大御神たち　倭の　大国霊　ひさかたの　天の御空ゆ　天翔り　見渡し給ひ　事了り　還らむ日には　またさらに　大御神たち　船舳に　御手うち懸けて　墨縄を　延へたる如く　あちをかし　値嘉の岬より　大伴の　御津の浜辺に　直泊てに　御船は泊てむ　恙無く　幸く坐して　早帰りませ

Ⅳ　無事帰国への願い

反　歌

大伴の御津の松原かき掃きてわれ立ち待たむ早帰りませ

難波津に御船泊てぬと聞え来ば紐解き放けて立走りせむ

天平五年三月一日、良の宅に対面して、献ることは三日なり。山上憶良謹みて上る

大唐大使卿記室

Ⅰ段に、「神代」より言い伝えて来たこととして、この倭国は「皇神《すめかみ》の厳しき国」であり、「言霊の幸はふ国」であると語り継いでいるといい、Ⅱ段では、祖神の心を理解する天皇の優れた治世に遣唐大使として選ばれた名誉が詠ま

れ、Ⅲ段ではすべての海神や天神地祇そして大和の大国霊などの神が総力を挙げて遣唐使船を守護することへの願いが歌われ、Ⅳ段では、大使の帰国の無事を願い難波津で待つことが歌われる。

　冒頭Ⅰ段に見える「神代」という概念は、上代の文献の上からは必ずしも明確ではない。『古事記』や『日本書紀』（記・紀）に神代の物語りが記され、『日本書紀』には神代巻が用意されているから、奈良朝初頭には神代という概念は生まれていたことが理解される。一方、『万葉集』に「神代」が歌われるのは当該歌を除いて十五例に及び、①中大兄皇子（巻一・一三）、②丹比国人（巻三・三八二）、③崗本天皇（巻四・四八五）、④山部赤人（巻六・九一七、一〇〇六）、⑤田辺福麻呂（巻六・一〇四七、一〇六七）、⑥柿本人麿歌集（巻九・一七〇七、巻十・二〇〇二）、⑦作者未詳（巻十三・三二二七）、⑧大伴家持（巻十八・四一〇六、四一〇六、四一一一、四一二五、巻二十・四四六五）が見られ、⑦の作者未詳歌以外で憶良に先行してあるのは①③⑥であり、他は憶良と同時代かそれ以降の作品である。また、⑦の例を除くとこれらの作者やその所属が明確であるのは、ある種特別なことであろう。それは「神代」という言葉が、ある特定のもとで用いられるようになった結果であり、①③⑥の例を除くと憶良と同時代かそれ以降に現れるという傾向と重なる問題である。

　その早期の例が③の崗本《おかもと》天皇の歌である。左注によると、高市崗本宮と後崗本宮とがあり、いずれか不詳とする。高市崗本宮は舒明《じょめい》天皇（六二九年即位）であり、後崗本宮は斉明天皇（六五七年即位）である。歌は「神代より　生れ継ぎ来れば　人多に　国には満ちて　あぢ群の　去来は行けど　わが恋ふる　君にしあらねば」と歌われ、憶良の「人多に　満ちてはあれども」と重なるが、これは恋歌である。長歌体恋歌は公的性格を強く持ち、伝承歌としての要素を持つ。それゆえに巻十三相聞歌にも「磯城島の　日本の国は　人多に　満ちてはあれど」（三二四八）のような類歌が載る。これとても伝承の中で変容していると思われるが、巻十三には「敷島の」から歌い出される歌が当該歌を含め四首見られ（なお、これ以外に『万葉集』には三例ある）、古歌謡の歌い出しの基本があったように思われる。それを「神代」から歌い出すのは、今に対する概念の成立と関わり、歌謡段階からは変容している可能性が大きく、そうした変容の段階で崗本天皇へと仮託されたものと思われる。また、②の中大兄皇子は後の天智天皇であり、三山の妻争い伝説を素材に、神代も昔もそうだから今の世も妻争いをするらしいと歌う。ここでは神代・古昔・今という時代区分が明確にされていて、すでに歴史認識が存在する。そこには人の世という概念が神代の概念を明確にしたといえる。③も①もその背後には神の時代に言寄せて今の思いを述べようとする形式を踏み、古歌謡における語り歌の類型を踏んでいるものと思われる。⑥の人麿歌集では「山城の久世の鷺坂神代より」（一七〇七）「八千矛の神の御世より」（二〇〇二）と詠まれ、久世の神の社を想起させることから神代が詠まれ、また八千矛の神と等しい神代に牽牛・織女の物語が存在したことから神の御世と詠まれる。憶良に先立つ歌は、続いて④の赤人の神亀元年に行われた紀伊の国行幸の歌である。そこでは雑賀野《さいがの》の背後に見える沖つ島の清らかな渚に「風吹けば　白波騒き　潮干れば　玉藻刈りつつ　神代より　然そ尊き　玉津島山」（九一七）であると詠まれる。ここでの神代の捉え方は、神代から伝えられ継続されてきたことを受けて歌うのとは異なり、作者自身が自然の美しさを捉え、その美しさの理由を神代に求めるというタイプである。ここに神々による伝えがあるのではない。この赤人の段階あたりから神代から伝えられて来たと述べる形式を離れ、今の状況を作者が判断し根拠づけるものとしての神代が現れ、作者を主体とする新たな態度が萌芽して来たことを意味している。神を主体にしてそれを人がそのまま受け入れる形と、人を主体としてそれを神代に根拠づける形とである。

　このことから、神代を歌う歌には二つの系統が存在するように思われる。一つは(a)神代から言い伝えられ継承されて来た伝統を歌い今へと続ける系統と、もう一つは(b)今のすばらしい理由を、神代のことに求める歌の系統とである。それらを整理すると、(a)は①③⑥⑦⑧、(b)は②④⑤のように分類が可能である。憶良のタイプは(a)に属し、「神代より　言ひ伝て来らく」というように、神代から言い伝えられていることを以下に述べるタイプであり、そのタイプの作品は、⑦の作者未詳歌や、⑧の大伴家持の作品に特徴的である。⑧の家持を例に取れば、「大汝　少彦名の　神代より　言ひ継ぎけらく　父母を　見れば尊く　妻子見れば　愛しくめぐし」（巻十八・四一〇六）、「ひさかたの　天の戸開き　高千穂の　岳に天降りし　皇祖の　神の御代より　櫨弓を　手握り持たし　真鹿児矢を　手挟み添へて大久米の　ますら健男を」（巻二十・四四六五）のように、それらは神代の事柄であり、それを今も継承しているのである。⑦は古歌謡であり制作時期は不明であるが、雑歌に分類されていて「葦原の　瑞穂の国に　手向すと　天降りましけむ　五百万　千万神の　神代より　言ひ継ぎ来たる　神南備の　三諸の山の（中略）剣刀　斎ひ祭れる　神にし坐せば」と歌われ、三諸の山に対する祭祀歌であることが知られる。これが古歌の原型を保つものかは不明だが、神代より言い伝えて来たと歌うタイプの典型であり、そこには神祇祭祀が存在したように思われる。古歌は神々の時代を再現する歌であり、その背後には祭祀があり、祭祀歌謡が存在したことが窺われる。

事柄が神代以来のことだとするのは、神代に事物の起源を求める態度であり、神代の理想が遠のいたことでもある。参考として挙げるならば、持統朝に草壁皇太子の死去に伴い皇位継承に混乱が生じた時、葛野王《かどの》が「我が国家の法と為る、神代より以来、子孫相承けて、天位を襲げり。若し兄弟相及ぼさば則ち乱此より興らむ。云々」と述べて、皇位は子孫相承であることの正当な論理を作り出した。しかし、そうした継承法は曖昧であったのだが、それを神代以来であると説くことにより、正当な継承論理が生み出されたのである。

憶良の理解する神代より伝えられて来たこととは、この倭国は「皇神の厳しき国」であることと「言霊の幸はう国」であるということにある。皇神《すめかみ》の厳《いつく》しき国とは、「神威のいかめしい国」（次田閏『万葉集新講』）であり、皇神が威厳をもって守護する国の意である。ただし、皇神は記・紀には見られず『万葉集』ではこの一例に見られ、その意味は必ずしも明らかではない。類似した表記に「皇神祖」（巻一・三二二、巻十八・四一一一、巻十九・四二〇五）があり、これはスメロキと訓まれる。一方、「須売神《すめかみ》」と表記される例があり、スメ神と訓まれる。和銅元年に天皇

（元明）の御製に和した御名部《みなべ》皇女の歌に「吾大王　物莫御念　須売神乃　嗣而賜流　吾莫勿尓」（巻一・七七）がある。「吾大王」は元明天皇への呼びかけで、天皇は物思いをする必要はなく、皇神が天皇を助けるようにと遣わした私が居ないわけではないのだという。天皇の政事はスメ神の指示に基づき行われることを前提に、その補佐役として私が遣わされたのだというのであろう。ここに須売神なる神が登場することから、憶良の皇神も須売神に等しいとされている。鴻巣盛広『万葉集全釈』では皇祖の神たちを言うが、神の尊称にも用いられ、ここは後者だと考える意見もあるが、澤瀉久孝『万葉集注釈』は須売神と同じで、皇祖の意であるとする。そのように一般には皇神も須売神も皇祖の神のこととされ、それゆえ「皇神祖」とも等しいということになる。しかし、スメ神なる神は上記の二例を除くと、『万葉集』にある特徴をもって現れていることが知られるのである。

①千磐破　金之三埼乎　過鞆　吾者不忘　牡鹿之須売神（巻七・一二三〇）

②……山科之　石田之社之　須馬神尓　奴左取向而　吾者越往　相坂山遠（巻十三・三二三六）

③……布里佐気見礼婆　可牟加良夜　曽許婆多敷刀伎　夜麻可良夜　見我保之加良武　須売可未能　須蘇未乃夜麻能……（巻十七・三九八五）

④安麻射可流　比奈尓名可加須　古思能奈可　久奴知許登其等　夜麻波之母　之自尓安礼登毛　加波波之母　佐波尓由気等毛　須売加未能　宇之波伎伊麻須……（巻十七・四〇〇〇）

⑤……須美乃延能　安我須売可未尓　奴佐麻都利　伊能里麻乎之弖……（巻二十・四四〇八）

これらの例は御名部皇女の歌と等しく、「スメ」が仮名表記であることに特徴が見られる。①は、神の荒ぶる金の岬を過ぎても鹿の須売神の加護があったことは忘れないという。鹿の須売神は福岡県志賀島に祭られる神であり、この地方の有力な海神である。②は雑歌に収められた古歌謡であり、奈良山から山科《やましな》への道行きが歌われ、山科の石田《いわた》の社《もり》の須馬神が詠まれる。石田の社は京都府久世の式内石田神社が想定されているが、地理的にそぐわないことから不明とされている★5。それが具体的に指摘出来ないとしても、奈良山から山代、宇治を経て山科に入り、そこの石田の社の神に旅の安全の手向けをして相坂山《おうさかやま》を越えるということが分かれば、ここに山科の石田の社の須馬神が存在したことは十分に知られる。③は家持の二上山の賦に見られ、その山の神を須売神と呼んでいる。④は同じく家持の作の立山の賦に見られ、立山の神を須売神と呼んでいるのである。⑤は同じく家持の作で、防人の別れを悲しむ情を陳べた歌に見られ、防人の私は親も妻子も無事に帰国することを願っているから、住吉の我が須売神に幣《ぬさ》を祭り祈るのだという。住吉の神は先に見た大阪住之江神社の祭神であり、航海の神であるから航路の安全を祈るのである。これらのスメ神に共通して現れるのは、スメ神という固有の神名が存在するのではなく、二上山や立山あるいは住吉の神のように、在地の神に対する称であり、これらを共通にスメ神と呼んでいるのである。このようなことからスメ神というのは、重要な航路の安全を守護する海神、信仰の対象となる山神、行路上の峠神であることからも、その土地や行路や海上の保護神を指していることが知られるであろう。

これらと異なるのが、御名部皇女の須売神である。この神は御名部皇女を天皇の補佐に遣わしたということから見ると、明らかに皇祖の神を指していて地方の神ではない。憶良のいう皇神が、倭国の皇神だというから、御名部皇女のいう須売神と等しい。倭語「スメ」は、スメロキ・スメラミコト・スメミマ・スメイクサなどの語根であり、そのスメは漢字の「皇」に飜訳されている。そのことから憶良のいう皇神は、スメロキすなわち皇祖神のことと考えるのが妥当であるのだが、そのような認識はどのようにして可能であったのか。皇神が最も多く現れるのは、延喜式の祝詞である。例えば「祈年祭祝詞」の「天社・国社登称辞竟奉、皇神等能前爾白久」★6に見える皇神は、次田潤『祝詞新講』★7では、「皇」は敬称の接頭語で、御神や大神と同じで皇祖神であると説明する。スメが「皇」の漢字に充てられたのには十分な配慮があってのことであるから、大や御と同じ接頭語とするのは正しくないが、祝詞系統の皇神は、明らかに憶良と等しいものであり、御名部皇女のいう須売神とも等しい。つまり、スメ神にはこの二系統が認められるのである。おそらく、本来は大和を含めた在地的な保護神がスメ神であったが、倭国の統一の中で倭国を守護する神としてのスメ神が皇祖神と考えられるようになり、「皇」の漢字を当てられて皇神と呼ばれるようになったものと思われる★8。「皇」の文字は中国においては皇室専用の特殊文字であり、「皇神」は天の神を指すのが基本である。憶良や祝詞系統に見る皇神も、倭国の皇室専用文字に合わせ統一したことが知られ、そのことから皇祖の神という理解へと至ったのである。

4　言霊の幸はふ国

一方の「言霊」について藤原雅澄《まさずみ》が「言霊は、言の神霊を云て、いひ出る言のはに、自然微妙霊徳あるをいふ」★9といい、「言霊の幸はふ国」とは、次田閏は「言語によつて幸福を祈願すれば、必ずその言葉通り幸福が授けられる国と云ふ意であつて、言語の霊の助ける国といふ意」★10だとしている。言葉に霊魂が存在するという考えは、「事霊　八十衢　夕占問　占正謂　妹相依」（巻十一・二五〇六）があり、言霊に満ちた衢《ちまた》に出て夕方の占いをすると、あの子は私に靡くだろうと占が確かに告げたというようなところにある。事霊の八十の衢というのは、多くの人々が行き交う交界の場であり、そこではいろいろな言葉が飛び交うのである。折口信夫は「道行く人の無意識に言ひ捨てる語に神慮を感じ、其暗示を以て神文の精霊の力とする」★11ともいうように、その衢の言葉を聞きながら未来を占うのが道行き占である。「玉桙の道行き占に占へば妹に逢はむと我れに告りつも」（巻十一・二五〇七）のように、道行きの中で占うのは、道行く人の言葉を聞いて占う方法である。また「志貴嶋　倭国者　事霊之　所佐国叙　真福在与具」（巻十三・三二五四）にも見られ、これは柿本人麿の歌集収載の長歌の反歌である。長歌には葦原の瑞穂の国は、神の意により「言挙げ」をしない国であるが、私は言挙げをするのだといい、言葉が祝福をもたらし無事においでなさい、何事もなく無事にいらっしゃれば後に逢えようから、千重頻く波のように言挙げを私はするのだという恋歌である。長歌の「事挙」や「言幸」を受けて、反歌に「事霊」が詠まれる。古代には事・辞が通用しているから、事霊は言霊のことでもある。その言霊が倭国を助けるのだというのは、倭国は言霊に満ちた国だからであると考えることによる。そこには言霊が西郷信綱の言うように、「祭式言語の属性」であるという問題があろう★12。

憶良の言霊は遣唐使へ向けられたことから、対外的な高揚によると見る説もあるのだが★13、「─霊」について『日本書紀』を見ると、神名の産霊に見える他には、乾霊・皇祖之霊、聖帝之霊・天皇之神霊・皇霊・神祇之霊・神霊・天之霊・天皇之霊・天皇之威霊・天皇霊・奠霊などに見られるのを特質とし、これらが意味する「─霊」というのは、皇祖や天皇に専有されている傾向を示すということである。つまり、「霊」の漢字は皇室の中でもスメロキ（天皇・皇祖）系統に限定されるという傾向を持つのであり、そこに多少の広がりを見せるとしても、その傾向に変わりはない★14。つまり『日本書紀』の表記基準に従って見れば、「─霊」とは天皇や皇祖に関与する専有的な用語であり、『万葉集』でも霊は異界の霊をクスシ（不可解）といい、命の枕詞にタマキハル（霊極）といい、男女の心が合うことをタマアヒ（霊合）という程度での広がりであり、枕詞や男女の霊はタマシイ（魂）の意味が強く表れている。そのような中で大伴家持の出金詔書を賀す歌の「天地乃　神安比宇豆奈比　皇御祖乃　御霊多須気弖」（巻十八・四〇九四）は、皇祖の霊（威霊）を指し『日本書紀』系統の霊の使い方である。それゆえに志貴嶋の倭の国の言霊というのも、天皇支配の倭国の威霊にほかならず、八十の衢の事霊は恋歌に転用されているが、それは占部の職掌の中の占法から出発した方法であったものだと思われる。「卜部をも八十の衢も占問へど君をあひ見むたどき知らずも」（巻十六・三八一二）は、占部の専門家でも八十の衢での占いにも聞いたのだが、あなたに逢う方法がないという恋歌である。『万葉集』には石占・夕占・足占・水占・八占などの占いが見られ、これらは誰でも可能な方法に違いないが、少し専門的になると「武蔵野に占へ象焼き」（巻十三・三三七四）のように占いに鹿の肩（或いは亀甲とも）を焼くことになる。令制下には職員の神祇官に卜部《うらべ》が二十人属している。古記は「卜者焼亀甲也」とし、「是卜部執業」（義解）だという。諸国の神社にも卜部が属していた。そうした専門家に依頼して亀甲や鹿肩を焼いて占ってもらったのであろう。それが恋歌へと展開しているのである。

八十の衢《ちまた》は神霊のもっとも顕著に現れる境界であり、八達の衢には衢神が居る（『日本書紀』）のであり、八十の衢の言霊とは、倭国が言霊の幸わう国であることを前提にしたものである。折口信夫は、「ことだま」は言語精霊というよりは、神託の文章に潜む精霊であるといい、言霊は祭祀における特別な言語に現れると見るのであり（前掲書）、言霊は祭祀的な管理のもとに存在したことが考えられる。言葉の霊魂は特別な存在と認められた者の言葉に現れるのを第一義としたと思われ、それが天皇や皇祖らの言葉の力を指すことになったものと思われる。天皇の言葉はミコトノリであり、それは「ノル（告）」ことにより現れるが、ノルは神の意志の現れである。占いにより現れた結果は「言霊の八十の衢に夕占問ひ占正に告る妹は相寄らむ」（前掲）と詠まれるように、「ノル（告）」といわれる。ノルは告げる、教えるの意である。そこに神の意志が現れるからである。人麿歌集のそれが倭国は言挙げをしない国だと述べたのは、言挙げは国家の政事に関与する重要な言葉の霊力であるからで、誤った言挙げは慎まなければならない。言挙げの禁忌は、先の倭建命の言挙げにより伝えられ、スメロキなる天皇や皇祖の意志を受けたものでなければならないから、勝手な言挙げは避けるべきものであったことが窺われる。人麿も憶良も言霊を倭国の問題として捉えているのは、それが天皇や皇祖に関わることだと認識していたからに違いないであろう。言霊は天皇や皇祖の威厳ある言葉として、それが倭の国中に満ちているというのが人麿や憶良の言霊の捉え方であったといえる。

倭国は皇神が威厳をもって守護し、さらに皇祖や天皇の言霊が幸わう国だという。それは古くからの伝承であるとともに、今の世の人も悉く目の前に見知っているのだという。今の時代にもそれが皇祖や天皇の力として働いているという理解は、「高光る日の朝廷において、神の教えのままに神の愛でられる盛りに、天下を治められる」からであり、それゆえ遣唐大使に選任された広成に対して、Ⅲ段のように倭国のすべての神が、この遣唐使の船を守護することになるのだという。そこに集められた守護の神々は、海原の辺にも奥にも坐ます諸の大御神たち（海神）であり、船の舳にあって先導し、天地の大御神たち（天神地祇）や倭の大国霊《おおくにたま》（国霊）においては、天空から天翔り見渡し守護する神たちであり、事が終われば、帰国の日には再び大御神たちが船の舳《へ》に手をうち懸けて、倭国まで導いて来るのだというのである。つまり、倭国を守護する神々がすべて呼び出されて（神勧請）ここに勢揃いしたのであり、その加護のもとに遣唐使の大命が全うされることになる。そのような朝廷の大事業は倭国のすべての神々の加護によるものであり、その神々の加護は皇孫が皇祖らの教えに従って国を治めているからである。Ⅱ段の「神ながら愛の盛りに」というのは、神ながら（神の教えの通りにあること）により神の恩寵《おんちょう》を得ての意であり、今の天皇の政事は皇祖の意志に沿っているというのである。

　皇祖神の意志に沿うこと、それは神道そのものである。神道という語が『日本書紀』の孝徳紀に、「詔曰、惟神〔惟神者、謂随神道。亦謂自有神道也。〕我子応治故寄。是以、与天地之初、君臨之国也。自始治国皇祖之時、天下大同、都無彼此者也」★15と見られるからであり、「惟神」の注に「惟神とは神道に随うこと」であるといい、また「自ずから神道のあること」をいうのだとする。「惟神」は通説として「カンナガラ」と訓まれているが、しかしその根拠は無く『日本書紀』の「惟」字の用法に基づくならば、「惟」は「コレ」という発語である。従って「これ神とは、神道に随うことを謂うのであり、また自ずから神道が備わっていることを謂うのである」という意である。神とは神道そのものであり、神道が備わっているというのは、神道は神の教命であり、神の意志そのものだからである★16。それゆえに、皇祖神の教えは、我が子孫（皇孫）が葦原の国を統治するように委任し、天地の初めから天皇が君臨して来たのだという。ところが、今になって神の名や王の名を勝手に用いたり取引をしたりして汚すことが多く、国の政治が困難となった。そのために、今こそ天神の御心のままに（「随在天神」）天下を治めるべき時運が来たので、それを人々に悟らせるのだというのが詔の概要である。この詔の主旨を端的に言えば、神道とは神の教えのままに政治を行うことだということにある。

「神道」という語は漢語であり、『易《えき》』の「観《かん》」に見える「大観在上、順而巽、中正以観天下。観盥而不薦、有孚顒若、下観而化也。観天之神道而四時不忒。聖人以神道設教、而天下服矣」★17である。観とは観察することであり、天の神道を仰ぎ見れば四時は違うことなく、それで聖人は神道のままに教えを設けたことから、天下の人々は服したという。これによれば、神道とは天なる神の教えのままに政治を行うことであり、そのために天の動きに対して細心の観察を行うのである。「観天神道」とはそうした天の観察を通して得られる神の教命であり、同じく『易』の「繋辞《けいじ》上」では「仰観《ぎょうかん》俯察《ふさつ》」ともいい、天を仰ぎ観察し府して地を観察し政治を行うことを指した。天の神は言葉を発しないが、季節の運行などにさまざまな変化を現し、政治が悪ければ災異で警告し、良ければ慶雲や神亀などの瑞祥により示した。それゆえ、『易』の上からいえば、神道とは天の神の意志を知るために細心の注意を払って仰観府察を行い、その結果によって行う政治の方法を意味したのである。孝徳紀が神とは神道に随うことであり、自ずから神道が備わっていることだとしたのは、神そのものに随うことであり、神にその教えが備わっていることを指したのだといえる。白雉の祥瑞が現れたのは、その政事が正しかったからである。憶良が「高光る　日の朝廷　神ながら　愛の盛りに　天の下　奏し給ひし」と述べたのは、今の天皇は、まさに神の教命のまま（神道）に国を治められるので、神の恩寵を盛んに得て天下の政治を取り行っていること、それゆえに、この度の遣唐使の大命も無事に果たされるのだということにある。高光る日の朝廷とは、天照らす神（皇祖神）の加護を得ている今の朝廷のことであり、天皇が神の教えのままに政治を行うことを褒め称えた表現であり、それが神道に基づく政治であるということを憶良は理解しているのである。

神道の語は『続日本紀』延暦元年七月二十九日の記事にも見え、ここには古代に「神道」を具体的に理解した内容が見られる。

右大臣已下。参議已上。共奏偁。頃者災異荐臻。妖徴並見。仍命亀筮。占求其由。神祇官陰陽寮並言。雖国家恒祀依例奠幣。而天下縞素。吉凶混雑。因茲。伊勢大神。及諸神社。悉皆為祟。如不除凶就吉。恐致聖体不豫歟。而陛下因心至性。尚終孝期。今乃医薬在御。延引旬日。神道難誣。抑有由焉。伏乞。忍曽閔之小孝。以社稷為重任。仍除凶服以充神祇。詔報曰。朕以。霜露未変。荼毒如昨。方遂諒闇。以申鳳極。而群卿再三執奏。以宗廟社稷為喩。事不獲已。一依来奏。其諸国釈服者。待祓使到。祓潔国内。然後乃釈。不得飲酒作楽。并著雑彩。★18

右大臣以下と参議以上とが天皇に奏上した内容は、次のようなことであった。「この頃災害が頻りに到り、不吉なことがさまざまに現れていますので、亀卜《きぼく》や筮竹《ぜいちく》で占わせましたら、国家の恒の祭祀は幣《ぬさ》を奉るが、天下は先帝の服喪のため喪服を着ていて、吉と凶とが入り交じっている。それで伊勢の大神も諸の神社の神も祟《たた》りをなすのであるとありました。もし凶を除くことなく吉を求めるなら、天皇は重い病となります。しかし天皇の心は孝行にあり、それを全うしようとされている。今病気になられると薬でも効果はなく、十日以上も延びることになることでしょう。神道は欺くことが出来ません。それには理由があるのです。どうぞあの孝行者とされる孔子の弟子の曽《そう》や閔《びん》が小さな孝行を忍んだように、国家の政事を大切にしてください。今、凶服を除き、神祇を祀るのが重要です」というのである。これに対して天皇は「私が思うに父母への思いには変わりなく、苦痛は今まで通りであるので、父の諒闇《りょうあん》を遂げて親の恩に報いようと思う。しかし、群臣が再三上奏し宗廟や国家のことを以て諭してくれた。やむを得ないので、上奏のようにしよう。諸国で喪服を脱ぐのは、祓《はら》いの使者が行き、国内の祓いが終わってからにせよ。飲酒や音楽あるいは色の服は禁止せよ」というものであった。国の災異は、天皇の政治に過失があるからであると理解する。その原因は先帝の服喪の優先にあり、神祇の祭祀に凶と吉とが入り交じっていたのだという。そのことにより伊勢の大神も諸国の神々も祟りをなしているのだというのは、神道を無視した結果であると理解する。「神道難誣」というのは、神道は欺くことが困難だという意味である。この神道も神の教え、つまり教命のことであり、『易』の「神道設教」や『日本書紀』の「自有神道」に等しいものである。そうした理解は、壬申の乱後の天武天皇の詔に見える「其天瑞者、行政之理、協于天道、則応之」（『日本書紀』天武紀十二年）というように、行政の理が適《かな》えば天道も応じるという考えと重なる問題である★19。延暦元年の記録によれば神の祟りは災異となって現れるのであり、その原因を理解しない者は病となるという。これは中国の災異思想によるものであることが知られ、奈良朝の天皇はこの災異思想を早くに受け入れて、道徳的立場を表明するのである★20。親への孝を優先するか、国家の祭祀を優先するか、そうした問題の上から「神道」が取り出されたのは、国家の祭祀は皇祖天神の祭祀であり皇祖への大孝を現すものであったが（『日本書紀』神武紀）、皇祖祭祀と国家祭祀とが分離し、そのいずれを優先するかという問題へと展開していることが知られる。皇祖祭祀は、先祖祭祀として考えられているのである。こうした問題はしばしば天皇から策問《さくもん》として提出されていたらしく、『経国集』の対策に「問。孝以事親。忠以奉国。既非賢聖。孰能兼此。必不獲已。何後何先」（日本古典全集本）は、親に仕えること（孝）が先か、国に仕えることが先か（忠）を問うものであり、天皇においても親か国かの問題が論議されるべきものとして右大臣らの上奏があったということであろう。孝徳紀に神道が取り出されたのも、国を治めることと民を治めることのいずれを優先させるかにあったのであり、そうした政治の大事にあって判断される基準が「神道」に求められたのである。日本的神道の形成される前夜のことである。

5 結

古代の特殊な言語行為として見られる「ことむけ」や「ことあげ」は、言葉が神との契約の中に存在したことを示すものである。倭建命に命じられた「言向け」は高天の原において基準とされた言語秩序であり、武力を排除した支配方法である。その高天の原の理念を受けるのが景行天皇の求めた言向けであり、言向けという新たな政治思想により天皇の徳を示すことであった。天皇の威力が武力的な強権から言語による秩序が求められたのであり、それが「和平」という考えであったと思われる。この思想が後には徳をもって宣る天皇の詔の概念を形成したものと思われ、その早期の表れは崇神《すじん》天皇紀に理念化されている★21。一方の「言挙げ」には、言語による卜占の性格を窺うことが出来る。その方法は、古層に属する判断方法であったと思われ、未来に対してAかBかを言葉により判断する方法であろう。しかも言挙げは生命に関わる危急の場合にのみ行われる判断方法のようであり、日常的には慎まれるものとなるのはこのようなところに理由があったといえる。倭建命の言挙げは、草薙の霊剣を忘れたことにより判断力を失い、結果的に言挙げへと至ったのである。

一方、憶良の「好去好来歌」は、遣唐大使の無事の帰国を祈る歌であり、倭国は神代以来「皇神の厳しき国」であり「言霊の幸はう国」であるという。皇神は各地の有力な神を指していたものと思われ、皇字が充てられることでスメ神の性格が拡大し、皇室専有の神となり、皇祖などの意へと展開したものと思われる。言霊はそうした皇神によって保祐され祭祀において発現する言葉の基本的な霊力と考えられるのだが、それが天皇祭祀の中に取り込まれて天皇や皇祖の言葉の霊力となった可能性が高い。言霊の幸わう国だというのは、一般的言語認識によるものではなく、天皇や皇祖が民を愛しみ恵むことを意味する言葉であり、それが満ちあふれている国の意味である。敷島の倭の国は言霊の助ける国だというのも、皇祖や天皇の言葉の力による加護を指しているのである。

国の政事は天の神の意志を受けて行うものだというのが、奈良時代の政道への考えであるが、それが『古事記』や『日本書紀』には天の神の命や大命として語られる。皇神が威厳を以て倭国を守護するのも、言霊が幸いをもたらすというのも、天の神の意向（教命）に沿う政事が行われているからである。そのような言霊の信仰は、天皇の礼の理念として成立し詔勅の基本を形成することとなるが、その前史に武力平定から言向けによる平定の段階が想定されるのであり、それが倭建命物語に反映しているのだと思われる。

注

1　折口信夫「国文学の発生（第二稿）呪言の展開」『折口信夫全集　1』（中央公論社）参照。とくに折口は言霊が有効性を持つのは、特別な存在者の言語によるからであると考えているのは、注意すべきことである。

2　次田潤『古事記新講』（明治書院）の「言挙」の項目に「特に言ひ立てる儀。広言する事。書紀には『揚言』若しくは『興言』の字を用ゐてある」とし、「評」に「是は神の意志に反して、自己の意志を揚言する事を云つたものらしい」とし、「言趣け」の項目に「コトは『事依す』の事と同じく、ムケは背いてゐる者を此方へと向かせる意」とある。また西郷信綱『古事記注釈』で「言挙」を「特に何かを言葉に出していうのがコトアゲであり、ねぎごと、ごうまん心、不平などにそれはわたる語であった」とする。

3　本文は、日本古典文学大系『古事記』（岩波書店）による。以下同じ。

4　本文は、講談社文庫『万葉集　全訳注　原文付』（講談社）による。以下同じ。

5　佐佐木信綱『万葉集事典』（平凡社）。

6　日本古典文学大系『古事記　祝詞』（岩波書店）。

7　『古事記新講』注2。

8　『万葉集古義』（国書刊行会）。

9　辰巳「天皇と皇神」『折口信夫　東アジア文化と日本学の成立』（笠間書院）参照。

10　『万葉集新講』注2。

11　「言霊信仰」『折口信夫全集　1』注1参照。

12　「言霊論」『詩の発生』（未来社）。

13　太田善麿「万葉時代の現出基盤の問題」『古代日本文学思潮論　Ⅳ』（桜風社）参照。

14 辰巳「天皇の解体学」『折口信夫　東アジア文化と日本学の成立』注9参照。

15 日本古典文学全集『日本書紀』(小学館)。

16 辰巳「古代日本における国学的方面の形成」『折口信夫　東アジア文化と日本学の成立』注9参照。

17 岩波文庫本。

18 新訂国史大系本。

19 辰巳「人麿と天皇即神」『万葉集と中国文学』(笠間書院)参照。

20 辰巳『悲劇の宰相　長屋王』(講談社選書メチエ)参照。

21 「詔」という概念が神や高貴な者の言語表出以外に、優れた徳を有する天皇の言語表出として現れるのは、崇神天皇紀においてである。例えば、次のような「詔」である。

○詔曰、惟我皇祖、諸天皇等、光臨宸極者、豈為一身乎。蓋所以司牧人神、経綸天下。故能世闡玄功、時流至徳。今朕奉承大運、愛育黎元。何当聿遵皇祖之跡、永保無窮之祚。其群卿百僚、竭爾忠貞、共安天下、不亦可乎。(四年十月条)

○詔群卿曰、導民之本、在於教化也。今既礼神祇、災害皆耗。然遠荒人等、猶不受正朔。是未習王化耳。其選群卿、遣于四方、令知朕憲。(十年七月)

○詔、朕初承天位、獲保宗廟、明有所蔽、徳不能綏。是以、陰陽謬錯、寒厚失序。疫病多起、百姓蒙災。然今解罪、改過、敦礼神祇。亦垂教、而綏荒俗、挙兵以討不服。是以、官無廃事、下無逸民。教化流行、衆庶楽業。異俗重訳来。海外既帰化。宜当此時、更校人民、令知長幼之次第、及課役之先後焉。(十二年三月)

これらには祖先への祭祀とともに、「時流至徳」「愛育黎元」「導民之本、在於教化也」など民への慈しみが現れていて天皇の徳を示す態度が見られる。なお、辰巳「古い名門の家に生まれた者・天皇」『詩霊論　人はなぜ詩に感動するのか』(笠間書院)、および「惟神の真意義と民族的モラルセンス」『折口信夫　東アジア文化と日本学の成立』注9参照。

第八章

万葉集の神話叙述

家持の高千穂神話

1　序

『万葉集』には柿本人麿の歌に見られるように、神話叙述が見られる。人麿の神話は天皇の来歴に基づくものであり、天皇の降臨や天上への回帰を歌う。そのような神話叙述は万葉後期の大伴家持にも見える。家持の歌は「大伴の遠つ神祖の　その名をば　大来目主と　負ひ持ちて　仕へし官」（巻十八・四〇九四）★1のように、大伴家に関する家の伝承を神話叙述として語るものであり、そこには、いわば「大伴家伝」と呼び得る古伝承が存在したように思われる。もとより大伴氏は天孫降臨神話に関わる氏族であり、『古事記』に記すところでは天孫である天の日子番《ひこほ》の邇邇芸《ににぎ》の命の天降りに際して、「天の忍日の命天津久米の命二人、天の石靭を取り負ひ、頭椎の大刀を取り佩き、天の波士弓を取り持ち、天の真鹿児矢を手挟み、御前に立ち仕へまつりき。かれその天つ忍日の命、こは大伴の連等が祖。天つ久米の命、こは久米の直等が祖なり」★2とあるように、神代以来の名族である。同じく天孫降臨を記す『日本書紀』（一書第四）にも、「時に、大伴連の遠つ祖天忍日命、来目部の遠つ祖天槵津大来目を帥ゐて、背には天磐靫を負ひ、臂には稜威の高鞆を著き、手には天梔弓・天羽羽矢を取り、八目鳴鏑を副持へ、又頭槌剱を帯きて、天孫の前に立ちて、遊行き降来りて、日向の襲の高千穂の槵日の二上峯の天浮橋に到りて、浮渚在之平地に立たして、膂宍の空国を、頓丘から国覓ぎ行去りて、吾田の長屋の笠狭の御碕に到ります」★3と見えるように、大伴氏の祖に関わる神話が語られている。そうした古伝承が大伴氏の名誉ある家伝としてあり、それを背景に家持の氏意識や遠祖への言及が見られるのだと思われる。しかし、それは氏族意識に留まらず、現実の政治的意識を内在させた古伝承への言及であるようにも思われる。そこには天孫降臨に関わる名誉ある氏族でありながらも、危機を迎えて弱体化する大伴氏の再構築を果たすことで、氏族再興を目指す家持の態度が存在したように思われるからである。さらには名門氏族としての家持が、明き心といった精神による天皇奉仕への新たな意識を持ったことも窺える。これらを過去の神話叙述から始めようとするのは、大伴氏の原点に立ち返ることで、家持の新たな志を述べることにあったものと思われる。

2　家持と高千穂神話

家持の「喩族歌」は天平勝宝八（七五六）歳六月十七日に詠まれた歌であるが、大伴氏に及んだ危難に当たり氏族の引き締めを内容とするものである。原因は淡海真人三船が出雲守大伴古慈斐《こしび》を讒言《ざんげん》したことで、古慈斐の任が解かれたことにある。このことは左注の記すところであるが、ただ、左注の理解には問題が残されている。

族に喩せる歌一首并せて短歌

ひさかたの　天の戸開き　高千穂の　岳に天降りし　皇祖の　神の御代より　櫨弓を　手握り持たし　真鹿児矢を　手挟み添へて　大久米の　ますら健男を　先に立て　靫取り負ほせ　山河を　磐根さくみて　踏みとほり国覓しつつ　ちはやぶる　神を言向け　服従はぬ　人をも和し　掃き清め　仕へ奉りて　秋津島　大和の国の橿原の　畝傍の宮に　宮柱　太知り立てて　天の下　知らしめしける　皇祖の　天の日嗣と　継ぎて来る　君の御代御代　隠さはぬ　明き心を　皇辺に　極め尽して　仕へ来る　祖の官と　言立てて　授け給へる　子孫の

いや継ぎ継ぎに　見る人の　語りつぎてて　聞く人の　鏡にせむを　あたらしき　清きその名そ　おぼろかに
心思ひて　虚言も　祖の名絶つな　大伴の　氏と名に負へる　大夫の伴（巻二十・四四六五）
磯城島の大和の国に明らけき名に負ふ伴の緒心つとめよ（同・四四六六）
剣大刀いよよ研ぐべし古ゆ清けく負ひて来にしその名そ（同・四四六七）

右は、淡海真人三船の讒言に縁りて、出雲守大伴古慈斐宿禰任を解かゆ。是を以ちて家持この歌を作れり。

天孫降臨以来、赤き心を以て天皇に奉仕して来たのが大伴氏であり、見る人聞く人の鏡ともなるべき誉れ高い氏であるのだから、祖先の名を汚してはならぬという諭しの歌である。そのことを氏族全体に求めたのは、左注のように三船が古慈斐を讒言《ざんげん》し、それにより古慈斐が解任となったことによる。しかし、『続日本紀』の天平勝宝八歳五月十日の記録には「出雲国守従四位上大伴宿祢古慈斐。内竪淡海真人三船。坐誹謗朝廷无人臣之礼。禁於左右衛士府」★4とあり、古慈斐と三船とが人臣の礼を欠く朝廷誹謗《ひぼう》の罪で監禁されたことを伝えている。十三日には共に赦免《しゃめん》されているから、取り調べの中でこれが讒言によるものであることが明らかになったのであろう。しかし、左注が三船の讒言に因るとしたのは、何らかの事情が存在したのであろうが不明である★5。宝亀八年八月十九日の古慈斐薨伝には「勝宝年中。累遷従四位上衛門督。俄遷出雲守。自見疎外。意常鬱々。紫微内相藤原仲満。誣以誹謗。左降土佐守。令之任。未幾。勝宝八歳之乱。便流土左」（前掲書）とあることから、時の権力者である藤原仲満《なかまろ》がらみの事件であったことが窺える。それでありながら三船の讒言としたのは、史書とは異なる家持の理解が存在したのであろう。誣告《ぶこく》や讒言による事件は古代史の中にしばしば見られるものであるが、その背後に親しい仲間や信頼した者などが相手を事件に引き込むという例がある。代表的な事例は有間皇子の謀反を告げた蘇我赤兄であり（『日本書紀』斉明紀）、大津皇子の謀反を密告した川島皇子である。大津皇子の場合は新羅僧行心《こうじん》が皇子に謀反を勧誘し（『懐風藻』皇子伝）、事件後に行心も罪を得るが、ところが天皇は行心が大津事件に関与したものの罪を加えることに忍びないので、飛騨の寺に移せ（『日本書紀』朱鳥元年）ということで終えている。こうした事件から考えるならば、三船が古慈斐を事件に引き込んだということも十分に考えられ、家持の理解は、むしろそこにあったのではないかと思われる。

家持は族《やから》を喩《さと》すに当たって天孫降臨の神話から始めるのであるが、それは大伴氏と大きく関わるからである。高天の原の天の戸を開いて高千穂の岳に天降りした神の時代に、櫨弓《はじゆみ》を手に握り真鹿児矢《まかごや》を手挟み添え、健男を先に立てて靫《ゆぎ》を取り負い山河を渉り磐根を踏んで天皇に従ったのが大伴氏の遠祖である。このことについて『古事記』では、

かれここに天の日子番邇邇芸《ひこほのににぎ》の命、天の石位《いわくら》を離れ、天の八重多那雲を押し分けて、稜威《いつ》の道《ちわ》別き道別きて、天の浮橋に、浮きじまり、そりたたして、竺紫の日向の高千穂の霊じふる峰に天降りましき。

のように語られている。この話では邇邇芸の命が天の石位を離れて、天の八重多那雲を押し分けて清められた道を分かち天の浮き橋に浮き立ち、筑紫の日向の高千穂の霊威ある峰に天降ったという。ここに問題となるのは、天孫降臨に際して神が天の戸を開いて（安麻能刀比良伎）、高千穂の岳に天降りしたというのが家持であり、天の石位を離れたというのが『古事記』である。家持の歌では多くの省略があるから、『古事記』の神話との比較は慎重を要するが、両者の大きな違いは「天の戸」と「天の石位」とにあることは明らかである。石位はイハ＋クラヰであるがクラヰのヰを除きイハクラと訓ませたものである。そのイハクラとは本居宣長の『古事記伝』に、

天之石位、書紀に、皇孫乃離天磐座云々、天磐座、此云阿麻能以簸矩羅、また皇孫於是脱離天磐座など見え、また引開天磐戸ともあり、【神武巻には、此の事を、闢天関雲路とあり、関字は闢の誤か、】大祓詞に、天之磐座放とあり、【遷却崇神祝詞同じ、】位は坐と同じ、【久羅韋は座居の意なり、又人の坐処のみならず、物を居る台などをも、久羅と云り、又倉鞍なども、同意の名なり、】石は、堅固きよしなること、石屋戸段に云るが如くなれば、ただ高天原なる大殿にて、此の尊の坐々御座を云なり、★6

と説かれるように、岩座《いわくら》（磐座）を指し、邇邇芸の命の御座を指すのであるという。この『古事記』に対して家持の

いう天の戸は、人麿に「天原石門平開」（巻二・一六七）と見え、手持《たもち》女王の挽歌に「鏡山之石戸立」（巻三・四一八）、「石戸破手力」（同・四一九）と詠まれる石門・石戸と関係するであろう。鏡山の墓所の入り口を指すのも石門であるが、それを除くと人麿の作品も日並皇子に関する挽歌であり、日の皇子が天雲の八重を掻き分けて天降った後、再び日の皇子は天皇の支配する国として天の原の石門を開いて神上がりしたというのである。この人麿挽歌にも『古事記』のいう石位（岩座）ではなく「石門」のことが見えていて、家持の「天の戸」との関係が注目される。

天孫降臨神話は、『祝詞』や『日本書紀』にも記すところである。『日本書紀』には、以下のようにいくつかの伝承があったことが知られ、いくつかの形が認められる。

A于時、高皇産霊尊、以真床追衾、覆於皇孫天津彦彦火瓊瓊杵尊使降之。皇孫乃離天磐座、（天磐座、此云阿麻能以簸矩羅）且排分天八重雲、稜威之道別道別而、天降於日向襲之高千穂峯矣。既而皇孫遊行之状也者、則自槵日二上天浮橋、立於浮渚在平処、（立於浮渚在平処、此云羽企尓磨梨陀毘邏而陀陀志）而膂宍之空国、自頓丘覓国行去（頓丘、此云毘陀烏。覓国、此云矩弐磨儀。行去、此云騰褒屡）。（第九段本文）

B皇孫、於是、脱離天磐座、排分天八重雲、稜威道別道別、而天降之也。果如先期、皇孫則到筑紫日向高千穂槵触之峯。（第九段一書第一）

C高皇産霊尊、以真床覆衾、裹天津彦国光彦火瓊瓊杵尊、則引開天磐戸、排分天八重雲、以奉降之。于時、大伴連遠祖天忍日命、帥来目部遠祖天槵津大来目、背負天磐靫、臂著稜威高鞆、手捉天梔弓・天羽羽矢、及副持八目鳴鏑、又帯頭槌剣、而立天孫之前。遊行降来、到於日向襲之高千穂槵日二上峯天浮橋、而立於浮渚在之平地、膂宍空国、自頓丘覓国行去、到於吾田長屋笠狭之御碕。（第九段一書第四）

D是時、高皇産霊尊、乃用真床追衾、裹天津彦国光彦火瓊瓊杵尊、而排排天八重雲、以奉降之。故称此神、曰天国饒石彦火瓊瓊杵尊。于時、降到之処者、呼曰日向襲之高千穂添山峯。及其遊行之時也、云々。（第九段一書

第六）
E於是、火瓊々杵尊、闢天関披雲路、駆仙蹕以戻止。是時、運属鴻荒、時鍾草昧。故蒙以養正、治此西偏。皇祖皇考、乃神乃聖、積慶重暉、多歴年所。（神武紀前紀）

ＡＢは天磐座であるが、Ｃは天磐戸であり、Ｅは天関である。天磐座は『古事記』の石位と同じくイハクラを指すが、天磐戸は天の岩戸であり、宣長が誤りとする関は「関、以木横持門戸也」（『説文』）とあり、天関は天闕《てんけつ》に同じく、天の門戸を指す（「闕、門観也」『説文』）。天の門には出入りの戸があるから同義に用いているものと思われるが、人麿の「石門」を考慮すれば、戸（ト）は門（ト）でもあり、石や磐は頑丈な、威厳あるなどと解されるから、天磐戸は天上の頑丈な門の意味として理解するのが良いであろう★7。また神名にも『古事記』に「天石戸別神。亦名謂櫛石窓神。亦名謂豊石窓神」が見られ、「此神者、御門之神也」とあり、これは天照大神の隠れた岩戸を開けたという手力男の神とは別の神であり、天上の門の護衛神と思われ、天神の降臨や帰還の際に天の門を開ける専門職の神であろう。磐座は阿麻能以簸矩羅《アマノイハクラ》で、一般には神のいる聖なる居処であり、古代では祭祀が行われていた。天磐戸は人麿の言う「神上がり」（巻二・一九九）も考慮すれば、天上の神々が磐座から降臨したり磐座に回帰する時の出入り口の門であり、それが家持のいう「ひさかたの　天の戸開き　高千穂の　岳に天降りし」たところの門である。家持の歌がＣの降臨神話の理解にあることが知られるが、Ｃである理由は天孫降臨に際して大伴連の遠祖である天忍日《あめのおしひの》命《みこと》が「背負天磐靫、臂著稜威高鞆、手捉天梔・天羽羽矢、及副持八目鳴鏑、又帯頭槌剣、而立天孫之前」のように活躍したことの確認にある。

一方、天孫が降臨した処は、『古事記』では日向の高千穂のくじふる峰であり、『日本書紀』のＡは日向襲之高千穂峯、Ｂは筑紫日向高千穂槵触《くじふる》之峯、Ｃは日向襲之高千穂槵日二上峯天浮橋、Ｄは日向襲之高千穂添山《そうのやま》峯であり、いずれも高千穂の峰であることが共通している。高千穂が特別な山であることからくじふる峰と呼ばれ、槵触の峯、槵日二上峯などと呼ばれるのであろう。大和の二上山も家持の詠む越中の二上山も、この高千穂の二上山を写し取るものだと考えられるのではないか。家持は越中の二上山を「神柄や許多貴き」（巻十七・三九八五）、「いやしくしくに古思ほゆ」（同・三九八六）と詠むのは、二上山が奈良の二上山を写し取ったこと以上に、天孫の降臨と共に天降った古の祖先の功績を忍ぶ高千穂の二上山として、家持は仰ぎ見ていたからではないかと思われる。

ただ、天孫降臨神話と日向神話を経過して神武東征により橿原の宮が成立すると、不思議なことに『古事記』にも『日本書紀』にもあのくじふる高千穂の山は語られることがなくなり、橿原に都を置いた神武天皇以降の天皇たちは、祖先の地である日向や高千穂に帰ることも、また思い出すこともない。人麿の詠む降臨神話も高千穂の峰は詠まれず、家持において高千穂の峰が改めて現れるのである。この事情は、人麿神話が新しい天皇神話として語ろうとしているのに対して、家持は祖先の功績と直接に結びついた高千穂神話に拘ったからであろうと思われる。天武朝には天皇の霊が日の皇子として地上の王宮に直接に降臨する神話へと向かい、邇邇芸の命が降臨した高千穂の峰は顧みられなくなったのだと思われる★8。しかし、家持が邇邇芸の命の降臨を高千穂の峰に拘ったのは、大久米のますら健男として先頭に立ち、大伴の祖先が大きな功績を挙げたことを伝えるためにほかならなかった。そこには古慈斐事件を契機として、大伴家の歴史である高千穂神話から始まる天皇の辺に奉仕した家柄としての名誉や、明き心を以て仕え来た代々の祖が、子孫たちや見る人に語り継がれ聞く人の鏡になるべきことを教えたことに誇りを持ち、大伴という氏のために心つとめよと喩すのである。家持が高千穂神話を取り出したのは、このような事情にあったのである。

3　家持と降臨神話

家持が神話的叙事に直接触れることとなるのは、越中守在任の折に陸奥の国から黄金が出土したことによる。陸奥から黄金が出土したという喜びの詔書の言葉を手に入れ、家持は大伴氏の神祖である大来目主の名を伝え、仕えて来た天皇奉仕の歴史を「海行かば　水浸く屍　山行ば　草生す屍　大君の　辺にこそ死なめ」（巻十八・四〇九四）と歌う。『続日本紀』によれば、朝廷では天平勝宝元（七四九）年四月に大仏建立に必要な黄金が出土したことによる天皇の詔書が出され、「又大伴佐伯宿祢波常母云如久天皇朝守仕奉事顧奈伎人等尓阿礼波汝多知乃祖止母乃云来久海行波美豆久屍山行波草牟須屍王乃幣尓去曽死米能杼尓波不死止云来流人等止奈母聞召須」（前掲書）と、大伴氏の功績を特別に労うのである。そのような朝廷の詔勅を聞いて詠んだのが「海行かば」の歌であり、家持はそれを氏族の誇りとしていたのである。

黄金出土の詔勅を受けた家持は、「葦原の　瑞穂の国を　天降り　領らしめしける　皇御祖の　神の命の　御代重ね　天の日嗣と　領らし来る　君の御代御代」（巻十八・四〇九四）と詠み、皇御祖の天孫降臨と天皇の歴史に触れることで、大伴氏の遠祖の事跡へと立ち返るのである。それ自体も先の詔書において、「高天原尓天降坐之天皇御世乎始天中今尓至麻弖尓天皇御世御世天日嗣高御座尓坐弖治賜比恵賜来流食国天下乃業止奈母神奈我良母所念行久止宣大命衆聞食宣」（続紀前掲書）のように見られ、天孫降臨から天皇の御世の始まりと、現在の天皇による天日嗣《あめのひつぎ》とが語られている。その天皇は天下を治め人々を恵み、神の意志のままに大命を受けて日嗣の業を継いで来たのだという。ここには天皇の詔勅と家持の歌とが呼応することが知られるが、家持がこうした神話叙事に触れる意味は、天皇の日嗣の業と大伴氏の奉仕ということの、その関係性の強化にあったことは認められるであろう。

黄金の出土という特別な慶事による詔書を受けた家持の頌歌でありながらも、大仏建立の喜びを歌うことのない疑問も呈されるが、そうした国家の大事業に関わって大伴という氏族の奉仕の確認をするのが家持の意識である。天皇の日嗣の業を、海や山の戦いで屍となっても命を賭《と》して奉仕するという、大伴の氏族精神から来る高揚が家持の歌である。この三年後の天平勝宝三年に家持は少納言となり国司の任を終えて帰京することとなるが、その途次に「向京路上、依興予作侍宴応詔歌」（巻十九・四二五四題詞）の歌を詠んでいる。帰路の道中で詠んだというのであるから、この度の帰京がいかに嬉しかったかが分かるが、さらに依興《いきょう》による予作の歌であり、しかも侍宴の時に天皇に奉る応詔の歌だというのである。依興というのはその場に応じて感興を催すことと理解されるのだが、その感興は都への思いにある。それは予作という語からも理解されるのであり、都への感興の深さが予作として準備されたのであり、天皇の催す公宴を予想し、かつ天皇の前で詔を受けることを予想し、今の自らの思いを歌に詠むことを予作であるとする。すべてこれらは予想の中でしかないのだが、そこには家持の逸る思いが見えている。

その依興予作歌の冒頭では、「秋津島　大和の国を　天雲に　磐船浮かべ　艫に舳に　真櫂繁貫き　い漕ぎつつ　国見し為して　天降り坐し　掃ひ言向け　千代累ね　いや嗣継ぎに　知らしける　天の日継と　神ながら　わご大君の　天の下　治め賜へば」（巻十九・四二五四）のように、天孫降臨神話が詠まれる。これは天孫降臨神話の一種と思われるが、『古事記』では「かれここに天の日子番の邇邇芸の命、天の石位を離れ、天の八重多那雲を押し分けて、稜威の道別き道別きて、天の浮き橋に、浮きじまり、そりたたして、竺紫の高千穂の霊じふる峰に天降りましき」とあるように、天雲に磐船《いわふね》を浮かべて降臨するのは邇邇芸の命であるが、しかしここには磐船の話はない。『日本書紀』の天孫降臨条でも「高皇産霊尊、以真床追衾、覆於皇孫天津彦彦火瓊瓊杵尊使降之。皇孫乃離天磐座、〈天磐座、此云阿麻能以簸矩羅〉且排分天八重雲、稜威之道別道別而、天降」（本文）、「皇孫、於是、脱離天磐座、排分天八重雲、稜威道別道別、而天降之也」（一書第一）、「高皇産霊尊、以真床覆衾、裹天津彦国光彦火瓊瓊杵尊、則引開天磐戸、排分天八重雲、以奉降之」（一書第四）のように、磐船に乗って漕ぎながら国見をして天降ったという記事はない。ただ、神武前紀に神武が日向にあって子どもたちに先祖の物語をしている中に、塩土の老翁から聞いた話として「東有美地。青山四周。其中亦有乗天磐船而飛降者」と見える磐船があり、この磐船に乗り飛び降る者は饒速日《にぎはやひ》かとし、饒速日という神は天神の子で天の磐船に乗り天から降ったのだと伝えている。天孫降臨神話は磐船ではなく八重雲を開いて道別《ちわき》して天降ることから、磐船が登場するのは異なる伝承である。あるいは国見をして天降ったという伝承も、神武紀三十一年条に天皇が巡幸して山に登り国状を見て蜻蛉《あきつ》のような国であったことから秋津島と名づけたこと、さらに饒速日の命の古伝承として「乗天磐船、而翔行太虚也、睨是郷而降之、故因目之、曰虚空見日本国矣」があり、この神話では饒速日《にぎはやひ》の命が磐船に乗り太虚《おおぞら》を翔り行き、国の状況を見たことから日本の国号が起きたことを語る。この神話が国見をして天降ったという、家持の神話に最も近いように思われる。

もちろん、天孫が磐船に乗り国見をしつつ降臨して、葦原の国を掃い言向けたという神話が別に伝えられていたと考えることも可能であるが、それは正伝ではなく大伴家伝の中のものであろう。特に天孫が天降り葦原を掃い言向けたというのは、大伴氏にとって重要な奉仕の部分であり、「大君に　奉仕ふものと　言ひ継げる　言の官そ　梓弓手に取り持ちて　剣大刀　腰に取り佩き　朝守り　夕の守りに　大君の　御門の守り　われをおきて　人はあらじと　いや立て　思ひしまさる」（巻十八・四〇九四）ということの根拠であり、武を以て天皇に奉仕する伴の誇りである。そのような家持の神話叙述の意図は、天孫降臨の時代から引き継がれた「天の日嗣」を以て、今の天皇が神の意志のままに天下を治めることにある。そうであれば、「物部の　八十伴の緒を　撫で賜ひ　斉へ賜ひ　食国の　四方の人をも　遺はず　恵み賜へば　古昔ゆ　無かりし瑞　度まねく　申し給ひぬ　手拱きて　事無き御代と　天地日月と共に　万世に　記し続がむそ」（巻十九・四二五四）という、聖君として万代にも語り継がれるのだというのである。「撫で賜ひ」「斉《ととの》へ賜ひ」「手拱《たむだ》きて」などの語は、いずれも政治的理念の書である『尚書《しょうしょ》』の言葉であり、それらを散りばめた歌であり★9、家持が望むところの理念的天子像である。そのような家持の望みが現れるのは、越中で疎外感にあった苦しみから解放されて、帰京という新たな状況の到来に期待したからであろう。しかし、三年前に聖武天皇が譲位して孝謙女帝へと代が移ったのは、必ずしも期待ばかりではなかった。しばしば家持が天の日嗣に触れるのは、天皇家の伝統と伴氏の誇りの上にあるべき未来を求めるからである。天の日嗣というのは天皇位の継承に関わる問題であるが、それを君臣の関係に及ぼすのは特殊なことである。いわばスメロキという神霊たる天皇に対する崇敬を示すのが家持であり、それは先に見たように「皇祖の　天の日嗣と　継ぎて来る　君の御代御代　隠さはぬ　赤き心を　皇辺に　極め尽くして　仕へ来る　祖の官と　言立てて　授け給へる　子孫の　いや継ぎ継ぎに見る人の　語りつぎてて　聞く人の　鏡にせむを」（「喩族歌」巻二十・四四六五）というように、天の日嗣《ひつぎ》を受ける天皇に対して赤心をもって子々孫々に至るまで奉仕するという、氏族としての覚悟にある。

家持が天孫降臨神話や天の日嗣に拘るのは、大伴氏の立場もあるに違いないが、より本質的には日嗣のあるべき姿を天孫降臨から述べたということであり、そのあるべき日嗣にこそ大伴という誉れある氏が、改めて赤き心を持って奉仕するのだという意志であろう。『万葉集』に日嗣を歌うのが家持のみであることを考えるならば、この時代の家持には政治性が強く表れていたと考えることが出来る。そのような家持の意識の背景には、君臣関係の理想が存在するからであろう。天平宝字五年の詔によれば貪欲な人が多く清廉な役人が少ないことを嘆き、「上交違礼、下接多諂。施政不仁、為民苦酷。（中略）巧弄憲法、漸汚皇化。如此之流、傷風乱俗。雖有周公之才、朕不足観也」（『続日本紀』前掲書）とあるのは、この時に始まった役人による不仁の様ではないであろう。家持が求める「明き心」とはまったく異なるところの、役人の皇室を汚す違背が社会問題として存在したのである。そのようなことから孝謙天皇は、周《しゅう》の賢人である周公旦《こうたん》のような才能を持った者であっても見るに足らずという。このような腐敗した官僚社会の中で、古慈斐事件も含めて危機の及ぶ大伴氏の状況を憂慮し、家持が鏡にすべき氏族としての大伴を鼓舞するのは、家持の新たな志を述べたものであろう。その志の原点が、何よりも天孫降臨神話であったのである。

もちろん、家持が降臨神話へ立ち返るのは、それのみではないであろう。天下を統治された皇祖の「天の日嗣」が詠まれるのは、大伴氏として明き心を以て奉仕する確認であるが、そのような天の日嗣を汚すような状況が惹起《じゃっき》される中で、その天の日嗣を正しく守り通すのは、天孫降臨以来の大伴氏の役割であり、しかも、それは周公に連なる賢臣がいて可能になるという思いであろう。大伴池主は家持との書簡のやりとりの中で、潘岳《はんがく》や陸機《りくき》の文学を引き合いに出しているが、陸機が尚書郎に抜擢《ばってき》された時に、潘岳が魯公の賈謐淵《かひつえん》に代わって陸機に贈った「為賈謐作、贈陸機」があり、その内容は「肇自初創、二儀烟熅、粤有生民、伏羲始君。結縄闡化、八象成文」★10と始まるように、神話叙述から語られ、呉国の建国へと及ぶ内容である。また、これに答えた陸機の「答賈謐淵詩」においても「伊昔有皇、肇済黎蒸。先天創物、景命是膺」（同上）のように、神話から晋の時代の成立を説く。この二人の贈答が暗示しているのは、神話叙述によって王朝の正統性が語られることであり、それに奉仕する臣下の志が語られることにある。

そうした神話叙述による王統の流れから導かれる「天の日嗣」が、いま家持の関心事であるが、その天の日嗣を潘岳や陸機のような文人（賢臣）が支えるのだという自負であろう。武人としての大伴ではなく、文人としての大伴への変化である。家持の手中にある『文選《もんぜん》』には、王子淵《おうしえん》の「聖主得賢臣頌」が載る。そこには「聖主必待賢臣、而弘功業、俊士亦俟明主、以顕其徳。上下倶欲、懽然交欣。千載一会、論説無疑」（同上）というように、賢臣を得ることで君主は余分な労力をなさなくても国が良く治まることを論じたものであり、聖君や明君は賢臣を得ることが肝要であることを説く。それが家持の言う「手拱きて　事無き御代」（巻十九・四二五四）のことである。さらに依興予作歌は続けて、「わご大君　秋の花　しが色々に　見し賜ひ　明め賜ひ　酒宴　栄ゆる今日の　あやに楽しさ」（同上）と結ぶのであるが、酒宴の栄える今日とは、天皇が垂拱端座《すいきょうたんざ》することにより示される天下太平の世のことであり、天皇の主催する酒宴は、太平の世の象徴であったのである。一方に聖君の周囲に色々に咲く美しい秋の花が詠まれるのは自然への賞美にあるのではなく、それらはすぐれた賢臣の比喩であろう。すぐれた賢臣たちが、まるで秋の花のように彩って天皇に奉仕するのであり、そのことにより天皇の世は何もしなくとも太平となるだろうと言うことである。それは大伴氏を筆頭とした、天孫神話に繋がる賢臣たちを秋の花に比喩したものであったと思われる。

4　結

家持の歌う神話叙述は、大伴氏が天孫降臨に直接に繋がる名誉ある氏族であることを説明するためであるが、それのみではない。家持の選んだ神話が高千穂神話にあったのは、大伴氏の原点への回帰を示したものであり、降臨神話もまたその流れにある。そうした天孫降臨神話を通すことで、祖先の功績を回顧し大伴氏の行く末を思うことである。越中からの帰京の途次に詠んだ依興予作歌が天孫降臨から天の日嗣へと及ぶのは、それが大伴氏の原点でもあったからである。しかも、その誇りの中で思量された「天の日嗣」とは、聖君と賢臣との関係において代々継承されて来たということにあり、家持はここに賢臣としての自負をもって天皇に奉仕する態度を言挙げしたのである。伝統的には武人の家であり、それを誇りとしているが、今の家持は武人としてではなく、潘岳や陸機のような文人（賢臣）として天皇に奉仕することを望んだのである★11。

依興予作歌はそうしたことの準備であり、その喜びによる予作の歌であったと思われる。家持神話の意義は、帰京以後に待つ自らの運命への、確かな立場の確認にあったといえよう。大伴の家の伝統としての武よりも、むしろ文によって天皇に奉仕する賢臣としての家持の、新たな志がかかる神話叙述を導いたのだと考えられる。

注

1　本文は、講談社文庫『万葉集　全訳注 原文付』（講談社）による。以下同じ。
2　本文は、角川文庫『古事記』による。以下同じ。
3　本文は、日本古典文学大系『日本書紀』（岩波書店）による。以下同じ。

4　本文は、新訂増補国史大系『続日本紀　前編』（吉川弘文館）による。以下同じ。なお一部補訂した漢字がある。
5　この左注についての諸説は、川口常孝「喩族歌と世間厭離の歌」『大伴家持』（おうふう）に詳しい。
6　『古事記伝』『本居宣長全集　第十巻』（筑摩書房）。
7　辰巳「日の皇子と高天の原神学」『折口信夫　東アジア文化と日本学の成立』（笠間書院）参照。
8　辰巳「高天原と死者の書の世界」本書Ⅰ参照。
9　辰巳「真の男らしさとは・民と天皇」『詩霊論　人はなぜ詩に感動するのか』（笠間書院）参照。
10　重刻宋淳熙本『文選』（中文出版社）による。
11　辰巳「応詔―大伴家持の政道について―」『万葉集と比較詩学』（おうふう）参照。

II 歌謡の民族学

――作者未詳歌の形成の歴史

第一章　歌謡の時代
1　序
2　民間歌謡から詩学へ
3　小歌系歌謡の伝承と口伝
4　大歌系歌謡と民族の祭祀・儀礼
5　結
第二章　貴州省南部侗族の大歌とその儀礼的性格
1　序
2　男女をめぐる侗族の歌と社会
3　大歌の歌唱システムとその儀礼的性格
4　結
第三章　甘粛省紫松山の花児会
1　序
2　蓮花山の花児会
3　紫松山の花児会
4　花児会の歌詞と対歌程式
5　結
第四章　歌垣と民間歌謡誌
1　序
2　黄河流域の歌会と歌の流れ
3　揚子江流域の歌会と抒情詩の形成
4　万葉集恋歌の成立
5　結
第五章　磐姫皇后の相聞歌
1　序
2　磐姫皇后の歌物語
3　女歌の四つの型
4　結
第六章　乞食の歌謡
1　序
2　乞食とホカヒビト
3　〈ホカヒ〉の祝福芸
4　結
第七章　人麿歌集七夕歌の歌流れ
1　序
2　七夕歌の歌の場
3　七夕歌の歌と漢詩
4　七夕の歌流れ
5　結
第八章　民間歌謡のテキスト形成
1　序
2　集団歌謡のテキスト分析
3　室内歌垣のテキスト分析
4　結

第一章

歌謡の時代

大歌系と小歌系について

1　序

私たちの住むこの世界に、歌（poem）を持たない民族が存在するだろうか。いったい、なぜ人は歌をうたうのか。この素朴ともいえる疑問を前に、直ちに答えることは困難であるが、答えるにしても複雑な答案を用意しなければならないように思われる。何よりも歌はあらゆる民族が共有する普遍的な文化現象であるということであり、歌は民族が育てた伝統に根ざす民族の精神を象徴する固有な文化の一つであるということである。個人を単位として考えるならば、人には喜怒哀楽や愛憎の感情があり、それらが自ずと歌となり口の端にのぼるというのも答えの一つである。だがそれのみではなく国家あるいは公的な儀式が歌から始まるというのも、少なからず世界各地において見られることを考えるならば、歌が集団や民族を統一するという集団的機能を有することとが理解出来るはずである。そうした民族の歌の成立には、各地域における伝統的な文化と共に、複雑な文化接触の歴史も考えられる。各民族の、各地域の歌謡を検討すれば、言語・民俗・神事・芸能・音楽・感情などを廻る中心性と周縁性の構造が渦巻きのように流動しつつ、互いに絡み合っている状況が見えて来るであろうし、そうした中心と周縁の構造は一つの類型にあるのではなく、各地域・各民族にいくつもの複雑な文化類型上の構造として存在するものである。それらは多く近隣文明圏との関係において渦を形成し、一方に自国語により固有性を獲得する様相が各民族の上にいくつも表れているはずである。

この歌という一般論に対して、ここに歌謡という言葉がある。概念上の分類として和語の〈ウタ〉を上位概念とするならば、漢字で示される歌・詩・吟・唱・謡・詠・誦・読・念などの一連の下位概念を導くことが可能であり、これらの漢字による意味概念の異なりが〈ウタ〉の行為面（あるいは、動詞面）を指示することになる。さらには、各概念が歴史的展開の段階で固有な文学性・芸術性を創造することにより、日本の和歌・韓国の時調・中国の詩のように独自の道を歩むことにもなる。もちろんこれは漢字文化特有の概念であるから、東アジア文化圏に見る〈ウタ〉の概念規定であり、非漢字文化における概念はまた異なりを見せるに違いない。

歌謡という漢語の場合は、〈ウタ〉に相当する韻文の表現様式の名称として使われた近代的な概念規定の語であるが、本来は漢語として由緒正しい語である。初唐の学者である顔師古《がんしこ》は「女童謡聞里之。為歌謡也」★1といい、巷に歌われた童謡を歌謡とする。童謡は予兆や風刺に満ちる〈風《ふう》〉の歌であり、これは『日本書紀』に見える童謡へと繋がる。しかも歌謡は〈ウタ〉の持っている原初性（口承性）を保持しているもの、あるいは原初性を継承している様式への名称であり、特徴は匿名性・民衆性・流行性・諷刺性・臨場性などにあり、俚謡《りよう》や俗謡あるいは今様などの様式がこれに相当する。いわば、歌謡は民間に流行する世俗性や風刺性を多分に含む〈ウタ〉に与えられた名称であり、これが民間に流通する歌謡という意味から〈民間歌謡〉と呼ぶことが可能であろう。

このような民間に流通する歌謡は、民族の創造した太古以来の伝統に根ざす歌唱文化であるのだが、しかしそれは一律ではない。歌謡の分類は種々見られるが★2、ある民族社会で歌を大歌《おおうた》と小歌《こうた》に分類するのは、簡潔にして要を得ている★3。その大歌と小歌の性質は、次のような機能性を持つことが知られる。

ウタ
- 大歌 ── 公的歌謡 ── 集団的集会 ── 祭祀・饗宴・迎客
- 小歌 ── 私的歌謡 ── 社交的集会 ── 歌垣・労働・迎客

大歌や小歌は歌の場と大きく関与し、大歌は儀礼的な場であり小歌は私的な場だと理解できる。大歌は長詞形式が主で独唱・対唱・斉唱があり、小歌は短詞形式が主で独唱・対唱がある。大歌は公的集団の行事である祭祀、饗宴、迎客に歌われ、民族の歴史を語る儀式歌（叙事歌）が主となり、小歌は男女の社交活動や労働に歌われ、伝統歌詞や即興歌詞による恋歌が主となる。さらに楽器の有無による機能分類など細分化されるが、大凡は以上にある。しかもこの大歌・小歌のいずれもが専門的な歌師《かし》により伝承され教育されるところに特徴があり、歌の管理は専門家の手に委ねられる。日本においても平安時代以降に見られる大歌はこの枠組みにあり、雅楽寮が管理していた。小歌もそれを専門とする巷間の師匠のもとに、歌詞・歌唱法が伝えられ管理されていた。江戸小唄と呼ばれる恋歌を主とする短詞形式も小歌の枠組みにあり、芸者の師匠や稽古事の師匠が管理した。この大歌・小歌の分類は、歌の公的・私的による区別であり、歌の場の機能性の理解による分類であり、歌謡の特性をよく表していると思われる。国や都市成立以前の村落社会から出発する歌謡は、社会の機能分化とともに整理され、大歌・小歌ともに集団的集会や社交集会において重要な役割を果たしていたのである。さらに村落社会が宮廷や都市へ向かうことで、より高度に洗練され〈みやび〉という風流を形成することとなるが、いずれにしても歌は素人の管理するところではなかったのである。

2　民間歌謡から詩学へ

中国の聖典である『尚書《しょうしょ》』虞書《ぐしょ》の堯典《ぎょうてん》に「詩は志をいひ、歌は言を永じ、聲は永に依り、律は聲を和す。八音克く諧し、倫を相奪ふこと無くなば、神人以和せん」★4という。詩は志をいい、歌は言を永く発するのだといい、各楽器の音は神と人とが諧和《かいわ》するのだという。これは毛詩序《もうし》へと接続する詩学であろう。また、同じく皐陶謨《こうようぼ》に、

夔曰く、「於、予石を撃ち石を拊てば、百獣率舞ふ」と。帝庸て作ちて歌ふ、曰く、「庶尹允に諧ぐ、天の命を勅み、惟れ時み惟れ幾めよ」と。乃ち歌ひて曰く、「股肱喜むかな、元首起つかな、百工熙ぐかな」と。皐陶拝手稽首し、颺言して曰く、「念はんかな、率ゐ作つて事を興すを。乃の憲を愼み、欽しまんかな。屢乃の成を省み、欽しまんかな」と。乃ち賡いて載めに歌ひて曰く、「元首明めんかな、股肱良きなか、庶事康きかな」と。又歌ひて曰く、「元首叢脞なるかな、股肱惰るかな、萬事墮るるかな」と。帝拝して曰く、「兪り、往きて欽まんかな」と。（同上）

という。この場面は音楽を司る夔《き》が楽器を奏して歌うと祖先の霊が降り、鳥獣も舞い踊ったことから、そこで帝舜《ていしゅん》が立って歌う時に、「役人たちは天の命を謹み勤めるべきこと」を述べ、「民が楽しむためには君が先んじ、百官が相和することが必要だ」と歌うと、皐陶謨が稽首《けいしゅ》して「臣下は常に念い率先して事を興し法度を慎み、成果を省みることに勤めよ」と述べ、そこで帝は「君は勉め臣は善良であれば、諸事順調に行くであろう」と歌い、さらに「君が万事細かく、臣が怠ると万事破れることになる」と歌い、帝は拝して「そのようにして行き勤めよ」といったというのである。ここには古代中国において歌がどのように機能しているかが示されている。歌は天の命を受けた帝が、臣下たちに天の秩序に沿う正しいあり方を教化するものであったのであり、歌による言葉は最も正しく秩序ある言語としての権威を持っていたことを示している。歌によって正しい秩序を明らかにするということは、歌はもともと国を治める政治性に関係なく、歌そのものが重要な言霊の性質を有し、その言葉が権威を有していたということである。歌は楽器の音と等しく、天の意志が音韻となって現れるからである。それを『礼記《らいき》』では「大楽と天地は同和し、大礼と天地は同節する」（楽記）のだというのであり、天人が感応すべきいわゆる天人合一の音が尊重されたのである。

詩を政治的教化のテキストへと展開したのは、『論語』の「詩三百」に基づくならば孔子であるが、その詩も民間の歌謡に根ざすものであった。黄河流域に伝承された詩は、国風《こくふう》としてまとめられ、詩の風雅頌《ふうがしょう》の巻頭を飾る。毛詩鄭箋《ていせん》には「関雎。后妃之徳也。風之始也。所以風天下。而正夫婦也。故用之郷人焉。用之邦国焉。風風也。教也」★5のように、河の洲に住む鴛鴦《えんおう》の仲睦まじい姿をもって后妃の徳へと展開させ、天下に風を用いて夫婦や郷閭《きょうろ》の人を正しく導き、そのようにして国家へと及ぼすのであり、風というのはすなわち教化のことであると説くのである。

こうした中国詩学は現在の詩経学にも継承されているが、詩の教化性は原初的詩歌が持つ意味の多義性に基づくものである。それ故に詩の効用として「正得失。動天地。感鬼神」（同上）というのであり、そのような効用を「経夫婦。成孝敬。厚人倫。美教化。移風俗」（同上）といった儒教的教化主義へと展開させたのであり、日本においても『古今和歌集』の両序がこのような詩学を高らかに謳《うた》っていることは周知のことである。

詩の持つ多義性は、歌謡の持つ多義性のことである。詩の鄭風《ていふう》は淫《いん》（『論語』衛霊公）だといわれ、他の国風も『礼記』では多く淫風だとする。そうした国風の淫風的性質の理由は、それらが民間歌謡だからである。もちろん国風歌謡が淫風なのではなく、儒教主義が淫風と解釈したのである★6。その鄭風の褰裳《けんしょう》には「子恵思我。褰裳渉溱。子不我思。豈無他人。狂童之狂也且（あなたがいい人で私を大切にしてくれるなら、私はスカートをかかげてこの川を渡ります。あなたが私を思わないなら、あなた以外にいい人がいないわけではないのよ。不良なんてどこにでもいますもの）」という歌がある。その内容から『集伝』は男と通じる女の言葉と理解し、それゆえに鄭風は淫風の歌なのだと説くのである。しかし、これは古代社会に展開した歌会（歌垣）習俗を理解しない儒教的観点からの評価に過ぎず、現代では中国古代詩と歌会との関係が積極的に説かれるようになり、その方面からの研究が進みつつある★7。この歌は溱水《しんすい》の辺で開かれた歌会の歌であることが知られ、歌会は多くの聴衆を前にして男女が恋歌を掛け合い歌で闘う民俗的習俗であり、女性は積極的に歌会に参加して男からの誘いに可否を歌で応え、また男を挑発して誘うのである。当該の歌は煮え切らない返事をしている男に、河を渡ること（駆け落ち）の覚悟を示し、男の可否を問い詰める歌であり脅迫の歌でもある。歌会はそうした男女対唱の方法で展開する恋歌の祝祭であり、現在では揚子江以西に残されている習俗であるが、そこには数千年にも及ぶ民間歌謡の発生に関わるドラマが展開していたのである。あるいはこの揚子江以西には少数民族が多く住み、神話・歌謡が伝えられていた。屈原《くつげん》の『楚辞《そじ》』にはそうした神話・歌謡が満ちていて、この中国南方の歌謡との関係に立った詩学の構築が、今後の詩経学に求められるように思われる★8。

東アジアの歌謡研究にあっては、当然のことながら文字文献として残された詩経は最も古く最も尊重されるべきテキストである。このテキストを通して二五〇〇年以前の古代歌謡の一端が想定されるからであり、それを基準として東アジア周辺の歌謡研究が可能になるはずである。

3 小歌系歌謡の伝承と口伝

澤田瑞穂氏によれば中国の俗謡は妓女《ぎじょ》との関係が深く、その多くは花柳界を中心として創作、歌唱、伝承されて来たもので、この世界には師傅《しふ》または烏師《うし》と呼ばれる音曲の師匠がいて、妓女たちに稽古をつけ、客があれば妓女の伴奏者となったという★9。いわゆる青楼《せいろう》と呼ばれる遊郭はすでに古詩十九首（二）に「盈盈楼上女。皎皎当窗牖。蛾蛾紅粉粧。繊繊出素手」（『文選』中文出版社）が見られ、六朝《りくちょう》時代には『玉台新詠《ぎょくだいしんえい》』や「楽府《がふ》」に妓女と士大夫との交流による六朝詩の産生の様子が見られる。より古くは楽府華山畿《かざんき》の伝説が韓国李朝の妓生《きいせん》である黄真伊の伝説に結びついているように、民間歌謡を生み出す青楼の歌舞音曲の伝承は、時代を超え国境を越えて見られることに注目される★10。青楼の詩は唐代に隆盛を極めるのであるが、『全唐詩』四万九千四百三首の中で妓女に関する詩は二千余首、妓女は二十一人、百三十六首を見るといい、平康里《へいこうり》の北門を入れば、そこは妓女たちの多く聚居するところであったという★11。平康里はまさに長安の都における風流を尽くす好色風流街であり、開元・天宝時の〈花鳥之使〉を予想させる。日本においては大江匡房の『遊女記』や『傀儡記《くぐつ》』に詳しい。

こうした妓女を取り巻く民間歌謡の隆盛は、『古今和歌集』が成立する前夜の状況でもあった。仮名序の作者である紀貫之は、歌は華美を尽くし公的な場に出すようなものではなくなったと嘆き、また真名序の作者である紀淑望《きのよしもち》の嘆くところによれば「及彼時変澆漓。人貴奢淫。浮詞雲興。艶流泉涌。其実皆落。其華孤栄。至有好色之家。以此花鳥之使。乞食之客。以此為活計之謀」★12だというのは、例えば元稹《げんじん》の楽府詩「上陽白髪人」に「天宝年中花鳥使。撩花狎鳥含春」★13と詠まれるように、玄宗帝の開元・天宝年中（西暦七三〇年前後）の好色・風流に等しいことを指した。それらは唐都長安の男たちと妓女による風流であるが、これがすでに六朝楽府として詠まれるように、呉声西曲の子夜歌《しやか》や懊悩《おうのう》歌などの揚子江周辺の恋歌の流れにあることは間違いない。子夜歌は『宋書』楽志に「晋孝武太元中、琅琊王軻之家、有鬼歌子夜。殷允為予章、予章僑庾僧虔家、亦有鬼歌子夜」（百衲本）とあり、鬼が恋愛歌謡を歌うというのは妓女を鬼に喩えたものであろうし、妓女らの恋愛歌謡を忌避することから生まれた伝説であろう。恋愛歌謡を忌避する社会的風潮は、日常生活人において当然であったろうし、それはあくまでも日常生活の夫婦関係を損ないかねない、好色隆盛の時代風潮を意味したのである。

しかしながら民間歌謡の伝承は、時代と共に古歌が忘れられ曲調も変化して行くことは避けられない。それが口伝であるだけに伝承者によって変質する状況は必然であろう。民間歌謡の中心を占める小歌系統の歌は伝統を正しく保持されるべき古典ではなく、何よりも今様であり時調なのである。今を生きる新しい歌詞や曲調が生命であり、それが多くは青楼で生まれ巷の流行歌として人々に歌われる。それ故に歌謡は時代を映す鏡であり、風流を生み出す源泉であり、廃れた歌は古歌（古典）として別の生命が与えられる。

この民間歌謡の蒐集に努めたのが院政期の後白河天皇であったが、天皇はすでに廃れようとしていた今様などを乙前という歌の師匠から聞き取り、十年を経て歌詞と口伝とを取り纏め『梁塵秘抄《りょうじんひしょう》』として完成させた。口伝集巻第一によれば「昔より今に到るまで、習ひ伝へたる歌あり。これを神楽・催馬楽・風俗といふ。神楽は、天照大神の天の窟戸を押し開かせ給ひける代に初まり、催馬楽は、大蔵の省の国国の貢物納めける民の口遊に起これり。是れうちあることにあらず。時の政治、よくもあしくもあることをなん、褒め貶りける。催馬楽は、公私のうるはしき管絃の琴の音、琵琶の音、笛の音につけて、我が国の調べともなせり。皆これ天地を動かし、荒ぶる神を和め、国を治め、民を恵むよたゝてとす」★14により、平安宮廷に奏せられた大歌の有り様を述べるのであるが、これらは毛詩序の詩学を受けて歌謡が治国・治民の法として理解されているのであり、その背後には政道における楽府の精神が窺われるはずである。

これに対して後白河天皇が好んだのが今様であり、口伝集巻第十に「昔、十余歳の時より今に至るまで、今様を好みて怠ることとなし（中略）。昼は終日にうたひ暮らし、夜は終夜うたひ明かさぬ夜はなかりき」（同上）のように語られている。今様は巷に流行して人々の遊び心を捉えるほどの時流の歌だったのである。小西甚一氏はこの今様を広義と狭義とに分類し、広義の今様は仏教歌謡系統と神事歌謡系統と民俗歌謡系統に別れ、これらが今様歌謡に変化したのであるという。その理由として「当時、遊女とか傀儡子とか、歌うたひを職業とする者が有つて、それらが仏教歌謡や神事歌謡や民俗歌謡をうたふ中に、あそびのためにうたふわけなので、それに適はしいやうな旋律が加はり、もとの姿とはよほど違ふものになつたのである」★15という指摘は、その時代に流行する先端的風流の担い手の問題を明らかにするものである。この歌謡の口伝については口伝巻第十に詳しく記されているように、乙前という老女からのものである。今様の沙汰も無くなった保元二（一一五七）年に乙前の歌を聞こうとして尋ね当てて、彼女を身近に置き、歌謡談義に花を咲かせ、足柄・大曲様・旧古柳・今様・物の様・田歌などを習い唱ったという。

小歌系統の歌謡は流行歌でもあり、時が経れば忘れ去られて行く運命をもちながらも、その時代の精神・感情を掬い取り時代の流行を変化させて行く。それらの歌謡を伝える師傅や鳥師などの師匠と、歌い手である妓女たちの織りなす風流が巷の中に流れ行き、それらが古歌へと向かう段階でそれを懐かしむ世代により写し取られることとなる。韓国の今様というべき時調《しちょ》（短歌・詩余・新翻・新調ともいう）にも師匠と妓生たちとによる口伝された歌謡があり、宮廷の風流を彩ったのである。

4　大歌系歌謡と民族の祭祀・儀礼

古代日本の宮廷に雅楽寮が設置され、そこに歌師四人が置かれて歌人・歌女への教習を行うことが見え、歌人は三十人、歌女は百人と定められている（養老令）。外来的装いを取りながらも、歌が国家形成に重要な意味を持つことは、雅楽寮の成立によって理解されよう。ここに管理されていた歌が後の大歌所へと入り、新たな大歌の収集・管理が行われ、その断片が『古今和歌集』「大歌所御哥」の「おほなほびのうた」「ふるきやまとまひのうた」「あふみぶり」「みづぐきぶり」「しはつ山ぶり」などの大歌であった。これらは短歌体であるが「おほなほび」の歌は、『続日本紀』天平十四年正月の群臣宴に歌われた「新年始爾何久志社仕奉良米万代麻弖丹」★16に発して、催馬楽《さいばら》にも琴歌譜《きんかふ》にも載り、催馬楽では「安多良之支。止之乃波之女爾也。加久之己曽。波礼可久之己曽。川可戸末川良女也。与呂川与万天爾。安波礼。曽己与之也。与呂川与万天爾」★17のように、囃子や繰り返しを以て歌われた形跡を残していて、大歌が集団的に歌唱されていたことが窺えるのである。文献上に見える大歌所の初見は嘉祥《かしょう》三（八五〇）年十一月六日の『文徳実録』の記録であり、大歌所別当《べとう》の興世《おきよ》朝臣書主《ふみぬし》が没した記事の中に、書主は弘仁七（八一六）年に大歌所別当に任じられたことが見える。奈良時代には「歌儛所」の名が見えるが、前身に相当するものと思われる。

歌を大歌・小歌に分類可能であることは先に触れたが、この分類は早くに折口信夫が「日本の歌を大別すると、宮廷の歌、即宮廷詩といふべきものと、民間の歌、即民謡といふものとに分けられる。此が、日本の歌に最古からある様である。宮廷の歌は大歌と言ひ、其公の歌に対して、民間の歌を小歌と言ふて居る」★18と説いていて、歌謡を考える場合の重要な指摘であった。ただ、大歌を宮廷の歌と考えたのは正しくなく、国や朝廷が存在しない民族にも大歌の概念が存在することから、むしろ私の歌に対する公の歌を大歌と捉えているのが正しいといえる。

大歌が短歌体へと移行した理由としては、日本の歌が奈良時代には短歌へと向かったことと関係するように思われる。中国少数民族の大歌が饗宴・迎客に歌われる外に、民族の歴史（叙事）を語る叙事歌として公儀・祝宴などに歌われることに注目するならば、それらは古歌として長く伝承されて来た、民族の重要な儀式歌であり、そこに大歌という概念が生まれる理由がある。中国西南地域に住む苗《みやお》族の古歌は、天地開闢《かいびゃく》・天地創造・稲の由来・洪水滔天《こうずいとうてん》・農耕始祖・祖先の英雄・遷徙《せんし》のこと、芦笙《ろしょう》の吹き手のこと、女心のことなど、民族の起源や歴史あるいは哲学や倫理がさまざまに歌われている★19。これらが民族の節日に歌われる叙事大歌であり、大歌とは民族の歴史とアイデンティティとを伝え、民族が共有する精神的文化そのものである。大歌で知られる貴州省の侗族《とんぞく》は、その精神生活と喜怒哀楽を大歌によって表すのであり、それは民族の心底からの声なのだとされ★20、かつ民族の融和をはかり、病をも癒《いや》す力があると考えられているのである★21。

こうした大歌を古代日本に求めるならば、天地創造や民族始祖、あるいは英雄叙事詩や大王の事績などの歴史は、『古事記』（記）や『日本書紀』（紀）の史書へと掬い取られ、民族の歴史はこの二書に託されたのであるが、しかし、これらは史書でありながら多くの歌を通して歴史が語られている所に特徴があり、これらの歌謡が大歌の性格を示していることが窺われる★22。その中でも即位直前の木梨軽太子が同母妹を愛し、そのことが発覚して捕らえられ伊予に流されるが、後を追ってきた妹と情死をするという物語は、多くの歌で構成されているところに特徴があり、民族の愛の歴史を歌劇として歌い伝えていたことが知られる。このような兄と妹の愛を主題とする大歌は、中国少数民族に多く見られ★23、民族がたどった困難な愛の物語が祖先たちの愛の歴史として歌われているのであり、その一端が記・紀に見える兄と妹の愛の物語であったと思われる。大歌は形を変えながら、民族の歴史としての史書を生み出したのである。

大歌は、さらに民族の祭祀における歌謡としても歌われている。それらも記・紀歌謡に納められているが、日本古代の歌集である『万葉集』にも多く見られ、その巻頭を飾るのが雄略天皇御製と伝えられる祭式歌である。「籠もよ　み籠持ち　ふ串もよ　みふ串持ち」(巻一・一番歌)と始まるこの歌は、春の丘辺に現れた男が若菜を摘む少女に求婚をし、自ら倭国の王であることを名告るという内容である。若菜摘みが春の始まりの祭りであったことは知られるから、この歌は春の祭祀歌謡であり、遡れば来訪する神と大地の女神との聖婚が演劇的に行われた時の、大歌の歌詞であるといえる。あるいはまた香具山に登り国見を行い大和への祝福をする天皇の歌(巻一・二番歌)も、常世から訪れた来訪神(まれびと)による祝福の歌の姿を見せている。そうした古代の祭りに現れる神は民族の始祖神であり、大地への予祝《よしゅく》(このようにあるだろうという祝福の宣言)を行う〈まれびと〉の姿であったと思われる★24。祭りに訪れる神が民族の始祖神でろうというのは、スメラミコトが天皇へと翻訳される以前に〈根源なる民族の祖霊〉という意味のスメラミコト(スメロキ・スメカミ)があり、その神が村を訪れる祖先神であった。毎年の村の祭りに訪れては、子孫たちへ教訓と予祝を述べて行くのである。これが村落の祭る祖先神であることから、祖先神の物語が大歌(叙事大歌)として伝承されていたことが窺われる。そこには民族が伝承する始祖神の物語(神話)があり、祭祀においてその始祖神の物語や芸能が大歌(祭祀歌謡)を通して村落の人々の前に現れるのであり、そのような物語と祭祀との中に長く伝えられて来た民族の歴史を歌うのが大歌だったのである。

大歌の概念の成立する時代は平安初頭に当たり、この時代は短歌の時代であった。『古今和歌集』の数少ない長歌を見れば理解できるように、すでに長歌は形骸化している。短歌こそが最も先端の文芸であった。さらにこうした短歌文芸の隆盛の時代に、地方の歌謡（風俗歌）が逆に風流を目覚めさせた。歌謡は、和歌を再生させる風流として貴族たちに歓迎されたのである。それは政治的には中国詩学の〈風〉の再認識であり、風を理解して治民安国の世を作った聖王の時代の証しとしての歌集が編まれることとなる。それが勅撰集の編纂なのであった★25。

5　結

このように歌謡とは、人類が口に言葉を発した時代から始まった民族の最も基層となる精神的文化を創出する源泉であり、歌謡の時代とは民族が歌謡により文化を育みその心を伝えて来た歴史のことである。歌謡には民族的感情が最もよく表れていることは言うまでもなく、現在もまた老若男女を問わず、日本列島にさまざまな歌声が響く、歌謡の時代であることは明らかであろう。歌謡の性格からいえば低俗といったレッテルが貼られる場合もあるが、こうした民衆性・前衛性が次の文芸・芸術を生み出す契機となっていることは、どの時代を眺めても言えることである。日本においては歌謡から和歌への流れがあり、和歌は勅撰集が早期に成立するように、宮廷の最高の文芸として花開いた。それのみではない。これらの和歌を通して歌学が発生し、中世には学術的な性格を持ち、江戸時代には和歌を中心とする国学という学問を完成させたのである。中国では黄河・揚子江流域の歌謡が六朝詩・唐詩を生みだし、韓国では郷歌《ひゃんが》（土地の歌）が時調《しちょ》を生み出した。

歌謡の時代とは、民族が公私につけて歌と共にある歴史のことである。公私の儀式や祭りが歌から始まるのも、あるいは衆庶が常に歌を傍らに置いて生き抜いて来たのも、歌は大衆社会が共有する文化であったからで、それは歌の威力にほかならなかった。しかしそれは過去形の姿ではなく、未来に渡っても歌謡の時代は続くであろうし、それらの歌謡は新たな民族や国の方向を示す精神的文化を歌い続けるものと思われる。

注

1　歌謡という語は、すでに『漢書』（五行志七下）の顔師古注に見られる。夏が滅び周の厲王の時に龍の涎により宮廷の妾らが妊娠し不吉として棄て、宣王の即位の時に童女の童謡に「桑の弓、箕の服、ついに周国を滅ぼそう」と歌われたという。この童謡について師古は「女童謡聞里之。為歌謡也」（百衲本）と注し、このような巷閭に歌われている歌を〈歌謡〉と呼んでいることが知られる。

1　土橋寛『古代歌謡論』（三一書房）では、「うた」の分類を次のようにしている。

うた
- 歌謡
  - 民謡（常民の歌謡）
  - 芸謡（芸能人の歌謡）
- 詩歌（創作詩歌）

3　例えば、中国水族に大歌・小歌の分類があり、大歌は結婚、葬式、酒宴の時に歌われ、一人がリードしてみんなで唱和するといい、小歌は日常生活、労働の時に歌われて恋歌が中心だという（『中国少数民族民俗大辞典』内蒙古人民出版社／中国）。

4　漢文大系『尚書』（集英社）。訳も同書による。以下同じ。

5　四部備要本『毛詩鄭箋』（台湾中華書局）。以下の詩の本文は同書による。

6　辰巳「中国の古代歌謡と淫風の成立」『折口信夫』（笠間書院）参照。

7　廖群「《風》詩情歌的魅力及其命運」『詩経与中国文化』（東方紅書社／香港）、羅義群編「苗族情歌与《詩経》比較」『中国苗族詩学』（貴州民族出版社／中国）、白川静『詩経』（中公新書）参照。

8　辰巳『詩の起原　東アジア文化圏の恋愛詩』（笠間書院）参照。

9　「清代歌謡雑稿」『中国の庶民文芸』（東方書店）。

10　辰巳「時調と恋歌」『詩の起原』注8参照。

11　陶慕寧「唐代青楼文学的審美品味及其文化意蘊」『青楼文学与中国文化』（東方出版社／中国）。

12　日本古典文学大系『古今和歌集』（岩波書店）。

13 『全唐詩』六函十冊（上海古籍出版社）。
14 小西甚一校注『日本古典全書　梁塵秘抄』（朝日新聞社）。
15 注14「解説」参照。
16 日本古典文学大系『古代歌謡集』（岩波書店）。
17 『未刊国文古注釈大系第三冊　万葉緯』（帝国教育出版社）。
18 「万葉集講義―飛鳥・藤原時代―」新編『折口信夫全集　7』（中央公論社）、「歌の発生及び万葉集における展開」新編『折口信夫全集　6』（同上）参照。
19 楊光漢ほか編『西部苗族古歌』（雲南民族出版社）。
20 楊秀昭「侗族大歌是人類文化的珍貴遺産」呉定国主編『侗族大歌与少数民族音楽研究』（中国文聯出版社）。
21 鄧敏文「侗族大歌の社会的役割と歌師の伝承方法」『東アジア圏の歌垣と歌掛けの基礎的研究』（『科学研究費基盤研究B研究成果報告書／平成二十一年三月』代表辰巳正明、國學院大學）。
22 記紀歌謡を叙事歌として論じたものに、居駒永幸『古代の歌と叙事文芸史』（笠間書院）がある。
23 辰巳「愛を身をもって知り苦しむ者・兄と妹」『詩霊論　人はなぜ詩に感動するのか』（笠間書院）参照。
24 折口信夫は、このような訪れ神の姿を〈まれびと〉と呼び、そこに文学の発生を考えている。「国文学の発生」新編『折口信夫全集　1』注18参照。
25 辰巳「勅撰―政道と歌道について」『万葉集と比較詩学』（おうふう）参照。

第二章
貴州省南部侗族の大歌とその儀礼的性格

1　序

中国貴州省の南部に属する地域には、侗族《とんぞく》が多く居住する。侗族は"Gaeml"と自称し、中国の古い歴史書には洞あるいは峒とも見られるが、今日では漢語で〈侗〉と書かれる。民族的には壮、布依、水などの民族と兄弟とされており、古代に存在した百越の別れであると考えられている。言語学上では古越語に発して侗語属漢蔵語系壮語族侗水語支であるという。人口は約百八十万人（これは二十年前の統計で、今日では二百八十万人ともいわれる＝筆者注）で、その内の百十万人が貴州省に住み、黎平、榕江、従江、天柱、錦屏、三穂、鎮遠、剣河、銅仁、玉塀等の県が主要な居住地域であるという★1。

侗族の多く居住する黎平《れいへい》県などの南部地域は、東に湖南、南に広西、西に雲南の各省が取り囲み、多くは山深い土地であるが主要産業は稲作であり、一面の棚田が山の上にまで続く風光明媚な地域でもある。村には〈鼓楼《ころう》〉と呼ばれる五重塔に似た建造物や〈風雨橋〉と呼ばれる美しく彩られた屋根を持つ橋が建てられていて、侗族文化のシンボルとして独特の民族的風情を醸し出している。この地域に生活する侗族も、他の周辺民族に等しく歌の盛んなことで知られるが、殊に侗族の〈大歌〉は中国でも全国的な民族歌謡大会でしばしば優勝し、貴重な文化的遺産として認められている。さらにフランスでの公演が行われ、高い評価を得たことを誇りとしている★2。

歌が各民族においてさまざまな形態を取りながら歌われ、またそれが何代においても継承されていることを考えると、歌は民族文化の基本を形成していることが知られる。しかし、近年に見られる現代化の大きな波は都会から遠く離れた山村にも打ち寄せ、若者が都会に出て行くことにより歌の継承が困難になりつつある。そうした状況の中で黎平県にある岩洞村では、中国社会科学院の鄧敏文《とうびんぶん》教授や貴州民族学院の呉定国《ごていこく》客員教授らの手により、岩洞を「侗族大歌保護基地」と定めて保護活動が積極的に行われている。侗族にとって大歌は民族の社会的紐帯や精神文化を形成して来たものであるという誇りがあり、また自民族語の継承のためにも重要な役割があり、それが失われることは極めて重大なことであるという認識である。

歌が社会的紐帯や民族的精神を形成するということは、歌が芸術的価値のみではなく民族の社会生活全般に関わる営みの主要な要素であり、また民族の形成して来た知恵や教養、あるいは感情や歴史そのものであることを教えている。歌を通して個々人や民族内部の交流が可能となり、また歌を通して民族の苦難の歴史や精神あるいは道徳を理解することが可能となるのである。殊のほか大歌はそれらを可能とする極めて重要な歌であったのであり、民族の基本的文化であることの意味が知られる★3。

ここにいう〈大歌《おおうた》〉とは、民族における重要な古歌であり、儀礼において歌われる公儀の歌の意味である。いくつかの民族において歌を〈大歌〉と〈小歌《こうた》〉とに分類するものがあり、例えば侗族と兄弟といわれる水族の大歌は〈酒歌〉ともいわれ、主に結婚式や葬式の時の酒宴に歌われるという。歌唱法は一人がまず歌いそれに続けてみんなが唱和する形式で、楽器は用いない。歌詞は長短一律ではなく、多くは七言句の形式で頭韻・腹韻・脚韻を踏むとされる★4。これに対する小歌は、日常生活や労働の中で歌われ、恋の歌が主で、即興にして短い歌であるという(同上)。水族の酒歌は結婚式や葬式に客を迎えて歌われるもので、酒席が正式な儀礼の場と考えられて水族の大歌が酒席に残存しているのである。これに対して侗族の大歌は、〈嘎老 al laox〉と呼ばれ、嘎は歌、老は古や大の意味で、古歌あるいは大歌と翻訳され、祭日や遠来の招待客に対して盛大に歌われるという★5。侗族の大歌は祭祀儀礼として歌われる場合と、客人を迎えて歌われる場合とに分類されるようであるが、おそらくこれは一つであろう。客人を迎えるのは儀礼として迎えるのであり、遠来の客をあたかも神のごとく迎えるのである。また侗族大歌の特質は、男女が一対となって歌うところにあり、常に歌は男女の対詠《たいえい》（対歌）の方法により歌われる。また歌の伝承方法は、男女の歌師《かし》と呼ばれる歌の先生が村の子どもたちを教育し、歌に優れた才能を持つ者が長老になると歌師となり教育に回る。男女にはそれぞれ年齢別の歌班が存在し、祭祀や客を迎えた折に歌えるように制度化されている。そこに侗族大歌の特質があり、侗族歌唱文化の社会的機能性が認められるとともに、このような歌を民族の重要な文化として考える民族的態度が存在する。そうした民族的態度によって形成される侗族大歌の文化性について、以下に些か考えてみたい。

2　男女をめぐる侗族の歌と社会

日中共同研究による貴州省侗族の歌掛け調査は、平成十八年の年末から同十九年の年初に掛けて行われた★6。貴陽空港に侗族文化研究の専門家である鄧敏文教授と呉定国教授の出迎えを受け、翌早朝にバスに乗り込み十二時間をかけて黎平県に到着した。さらに翌日岩洞《がんどう》に到着した我々一行を、岩洞村の青年男女が寨門《さいもん》という村の入り口の門で迎えてくれた。女性たちは銀の頭飾りをつけ藍染めの民族衣装で美しく装い、男性も頭に藍染めのターバンを巻き、服も藍染めの民族服で芦笙《ろしょう》を吹いて出迎えてくれた。寨門は高く立派な構えであり、最近になり新しく建てられたものである。かつて寨門は村からさらに奥に入った集落（寨）の入り口に小さく作られていたが、大歌の保護地に見合う堂々とした門構えで、柱には対聯のように「侗族大歌声伝五湖」と立派な文字で書いてある。門前には長椅子が

（写真１／攔路歌）

一つ据えられ、椅子の上には茅の葉で結ばれた糸巻きや魚を取るビクが置かれていて、その椅子の向こう側で十名ほどの女性たちが我々一行が門に入るのを阻止し、歌をうたい掛けてきた。これは他の国の民族にも時々見られる〈道塞《ふさ》ぎ〉あるいは〈通せんぼ〉であり、ここでは〈攔路《らんろ》〉と呼び、その折に歌われる歌が〈攔路歌〉である。どこから来たのか、何をしに来たのかなどを問いただすのだという。これに対して客人も歌で答えなければならない。我々一行も日本から来た証拠に、日本の歌を合唱し無事に通してもらうことが出来た。一行は紅蛋《ほんたん》という赤く染めた卵の付いたネックレスを首に掛けて貰い、酒歌が歌われて「ハンバラ、ホー」のかけ声と共に、女性の手から我々の口に差し出された杯の酒を飲み干し、銅鑼《どら》・芦笙の鳴り響く中を岩洞の村まで徒歩で進み、村人から歓迎を受ける中、ようやくベースキャンプにたどり着いた。

道塞ぎは村を守るための防備の役割を果たしているように思われるが、ここでの〈攔路〉という習俗は、むしろ賓客を迎える儀礼のように見える。椅子の上に置かれた茅の葉で結ばれた糸巻きやビクの意味は、部外者に対する通行の阻害だとしても、脅しとは見受けられない。まして攔路歌を歌いかけて来るというのは、村を侵害する者に対する警戒とも思われない。そこには外来の他者である者を歌と酒で歓待し、丁重に迎え入れる態度が存在するからである★7。何よりも紅蛋は中国の民族が目出度いときに用意する祝儀の卵であり、外来の者を祝福する卵であることは明らかである。しかも客人を迎えた女性が、酒歌と共に杯を手に客人の口に当てて飲ませるという行為は、客人を最上の方法で迎えるという態度から出ているにほかならず、客人はこの時、外来の神としての接待を受けているのだといえる。

しかも、攔路歌は客人が男性の時は男の客人に見合う女性たちが迎えて歌うのであり、女性の客人ならば男性が迎えるのである。ここに男女を一対とする考えが強固にあり、侗族文化を考える時に、このような男女一対の伝統的文化を十分に理解する必要があるのである。それは攔路の場合に限らず、侗族の基本的文化が男女一対の関係の中に現れるからである。それは大歌において最も顕著に見られる文化的関係である。

侗族社会では「不会唱歌、不学歌、不懂歌、在侗郷寸歩難行（歌を歌えない人、歌を学ばない人、歌を知らない人は、侗の村を一歩も行くことが出来ない）」といわれるほどに、歌が生活のすべての基本である。これは極端にいえば歌が日常生活の会話と等しく機能していることを意味し、歌が人間関係を作る上で最も正しい言葉であることを意味している。特に侗族の習俗には「行《こう》歌《か》坐《ざ》夜《や》」があり、青年たちが行う妻問いの習俗である。これは〈愛する女性の家に行き、恋歌を歌って夜を明かす〉という意味であり、女性の家に入れて貰うためにも歌が必要であり、恋歌が歌えなければ女性と会話も恋愛も出来ないのである。それゆえに小さい時から親に歌を教わり、歌師は人々に歌を伝えているのである。

そのような中でも大歌は、年齢階層ごと、さらに男女ごとに構成された〈歌班〉によって歌われるのが特徴である。幼年班・少年班・青年班・壮年班・老年班などの歌隊が存在し、老年班は歌師としての役割を果たしている。幼年班は男女混成であるが、それ以上の年齢層は、男女別々に歌班を構成するのである。もっとも華やかで歌声にも張りがあるのが少年班や青年班であり、祭りには数百人あるいは千人を超える大集団によって歌われるという。この大歌は独唱することが不可能であることから、歌班が構成されるのであるが、歌唱の方法については、以下のように説明されている。

歌班から歌のリーダーと高音部分の歌手を選ぶ。高音は侗語で〈塞嘎seit al〉、あるいは〈所賽soh seitl〉、〈所胖soh pangp〉とも呼び、雄声、雄音、高音の意味である。高音を歌う者は、小さいときからその目的のために教育を開始し、一般には同時に三人を教育する。但し公演中においては歌隊の人数の多少に関わらず歌うことが出来るのは一人だけであり、三人の時は輪番で担当することもある。高音を除いたほかの他の構成員は低音声部を歌う。侗語で〈毎嘎meix al〉、あるいは〈所毎soh meix〉、〈所登soh taemk〉ともいい、母声、母音、低音の意味である。高音を歌う者は、通常歌班の中にあって自然にリーダーとして認められ、歌隊に対して正確に号令を出すことから、高音の者を一般には〈歌頭〉と称し、比較的高い名声を得ることが出来るのである。★8

大歌の歌唱システムは、男女ともに一人の高音部と多数の低音部とからなり、リーダーが高音部を担当して全体をリードする。リーダーにはそのために早くから秀才教育が行われ、大歌の責任者としての能力を身に付けるのであるが、彼はリーダーであることにより社会的な名声を得るのだという。歌が民族の基本文化としてあることにより、リーダの果たす役割は大きい。そのような教育を受けたリーダーは、いずれ歌師として後続の教育に当たることとなる。その歌師は一つの村に男女それぞれ数人程度いて、伝統歌詞を数百首記憶しているといわれる。大歌の数百首という数は、二・三日歌っても可能な数であり、そうした歌師の資格というのは、①歌詞を多く記憶していること、②創作能力を持つこと、③歌の指導が出来ることにあるとされる★9。

大歌と呼ばれる所以は民族の重要な「古歌」(伝統歌曲)にあるが、普虹氏《ふこう》は侗族の大歌について「大歌は原来侗族多声部の一種である。男女の歌隊が鼓楼で正式に対歌をする時の一種の〈干賽《かんさい》〉で、歌頭と歌尾の多声歌にある。この種の歌は鼓楼対歌の終始を通じて、その多声歌が曲を挟むことから、侗族多声歌の代表となった。以後、それが一般的となり人々は大歌を侗族多声歌の総称と見るようになった」★10と解説している。その上で普虹氏は大歌の因素について、「一に大歌は民間の歌隊が演唱するもので、一人独唱あるいは二・三人の斉唱と比較すると、それを演唱する隊伍と陣容とは膨大であり、同時に歌隊は村を代表し全体を代表する。二に大歌には二つの声部があり、ある時には三つの声部が現れることもある。第一声部は、〈唆胖《さはん》〉といい、口を引くときに一人から二人により順次独唱し、第二声部は〈唆吞姆《さどんも》〉といい、衆人が斉唱する。単声と比較すると、その声部は多く気勢は広く、音量は大である。三、大歌の正式な演唱は、等しく主客双方の男女の歌隊が特定の場合に、広場で多くの人たちが声を放ち歌唱する」（前掲書）という。こうした大歌には、基本的に「鼓楼大歌 al dees louc」「声音大歌 al soh」「叙事大歌 al jenh」「礼俗大歌 al liix xangh」「児童大歌 al lagx uns」「戯曲大歌 al wagx」などがあり、鼓楼大歌が大歌の主要な要素で、異なった村の男女の歌隊が鼓楼対歌をする場合の主となる歌種であるとされる★11。侗族が培ってきた基本となる民族的な伝統文化や精神文化は、この大歌の中において見出されるのである。

3　大歌の歌唱システムとその儀礼的性格

そうした大歌のいくつもの種類や歌唱法は、長い伝統の中に育まれて来たものであり、その教育は歌師（桑嘎 song gal）の専門とするものであった。しばしば見られるように、この大歌は基本的に男女別に教育され、歌う場合も男女による対歌《たいか》形式である。しかも、ここに注目すべき問題としてあるのは、男女が歌の練習をする場合において相互に交わることが無いという事実である。男女は混成することなく、同一の宗族の男隊と女隊とは相互に対歌をしてはならず、これは侗族の伝統的な婚姻制度と関係するのであるという★12。そこで歌は歌師の指導を受けるが、男性は男の歌師に女性は女の歌師に教育されるのであり、歌は〈男の歌〉と〈女の歌〉とに明確に区別されているのである。それゆえ男性が女の歌を学んでも実用的ではなく、女性も同様である。しかも男性歌隊にしても女性歌隊にしても、対歌を行うべき相手が同村の男性や女性ではなく、他村落の男女の客人たちであることから見れば、同村の男女が互いに練習をしても意味がないといえる。もちろん、遠方から訪れる不特定の客人たちとも練習をすることはな

（写真２／踩歌堂）

い。それでありながら客人を迎えて鼓楼対歌が始まると、客人もまたそれに対して即刻に応答をする。いわば主人側も客人側もそれぞれが相互の練習も無く対歌の応酬が可能であるのは、大歌にはさらに複雑な歌唱システムが存在することを示しているように思われる。

大歌の中で一般に歌われるのが鼓楼大歌であるとされる。まず遠来の客人を鼓楼に招き入れ、そこで鼓楼大歌によって客人への接待が行われるのである。男性の客人であれば女性の歌班が歌で接待をする。こうした男女を一対とする考えが侗族の歌の基本であり、その来源は古代の歌会（歌垣）に遡るものと思われる。歌会は基本的に男女を一対とするからであり、男女一対の歌は恋歌を基本とするところに特質がある。これは歌がどのように形成され社会性を獲得したかを教えるものであり、歌の形成には男女の歌掛けが重要な役割を果したのである★13。そうした古代の歌会を継承して歌が迎接の方法へと向かい、典型的に儀礼化されたのが侗族における大歌だと思われる。そうした男女一対の恋歌を歌う歌会から儀礼化へ展開したと思われる要素は、客人を迎えて最初に歌われる鼓楼大歌の「阿荷頂《あかちょう》」★14に認められるように思われる。

「阿荷頂」は主と客とによる挨拶歌の役割を持ち、主人と客人とが鼓楼で向かい合った時に最初に歌われるものである。男性が女性の村の客人となり、迎えた女性から歌が開始される。

女　真想不到你們今天来　　まさか今日来るとは思いませんでしたが、

情哥个个都是好人才
従上面看好个包頭帕
従下面看好双鱗頭鞋

お兄さんたちはとても立派な人ばかりです。
上を見るとターバンは素敵で、
下を見ると素敵な沓を履いています。

身穿新衣光閃閃
銀鏈項圏挂満杯
你們打扮這様好
不知因為什么走到這里来

体にはピカピカの新しい服を着て、
銀の首飾りは首にいっぱいで、
あなたたちはこのように着飾り、
何のためにここに来たのか分かりません。

男

家中无米進寨借
没有銭花買草鞋
郎因没有妻子到処走
好像蜜蜂采花来

我家には米も無くこの村で借りようと思い、
まして沓を買うようなお金もありません。
私には妻子もなくここに来たのは、
蜜蜂が花を求めるようなものです。

穿着破爛没有人帮補
哪有銀鏈項圏挂満杯
我們出門不為別的事
為找好伴才到這里来

服は破れても接《つ》いでくれる人はなく、
どこに銀の首飾りなど掛けているでしょうか。
私たちが村を出て来たのは他でもなく、
ここで良い伴侶を探すためです。

女

你們到来請你莫要敬
我們心里難為情

あなたたちはここではどうぞ気兼ねなく、
私たちは何の心遣いも出来ません。

光有句話問声好　私たちに出来ることはお話しする程度で、
愧无美酒宴佳賓　賓客をもてなす宴席も美酒もなく恥ずかしい。

男
我們到来你們莫要敬　私たちが来ても気遣いは不要であり、
妹的仁義我領情　妹の心遣いには感謝するばかりです。
听妹歌声和問好　こうして妹の歌声を聞くだけで十分で、
還没喝酒已酔人　酒は無くとも私たちを酔わせます。

女
你們到来我們没有哪様敬　あなたたちが見えても何のおかまいも無く、
不懂礼節待人軽　お客さんを持てなすことも知りません。
没有銀碗金杯送茶水　銀の茶碗も金の杯も無くお茶も出せず、
喝口涼水害羞人　冷たい水で咽を潤すことも出来ないのです。

男
我們到来你們莫要敬　私たちが来てもどうぞお気遣い無く、
听妹講話入情入理喜心間　妹の話を聞くだけで心は喜びで一杯です。
金碗銀碗我們用不慣　金の茶碗も銀の茶碗も私たちは使い方を知らず、
木瓢舀水喝下心也甜　瓢簞《ひょうたん》の柄杓《ひしゃく》で汲んだ水で心は満たされます。

この歌の付記によれば「阿荷頂」というのは「侗族の月也（村寨間で訪問し合う歌の活動）の内容で、相互に客人に要請して歌い、一般的には男女が対唱し、女が先に歌う。内容は多く讃美、謙虚と他人行儀の詞である」（前掲書）という。そのように主人側による客人への讃美の歌と、客人側による謙虚の歌とが繰り返されるのだが、これは互いに謙譲の気持ちを以て相手に接する態度であり、互いに歌を交わすときの基本的ルールである。その上でここに注目されるのは、主人である女性が相手を「你們《にいめん》」と呼ぶのとは別に「情哥《ちんが》」と呼び、客人である男性は相手を「妹《めい》」と

（写真3／大歌の歌隊）

呼んでいることである。「情哥」は愛するお兄さんの意味であり、「妹」は男女の歌会の歌にはしばしば「情妹《ちんめい》」とも呼ばれているから、ここでも愛する妹の意味であり、主人と客人の男女は〈兄と妹〉という関係になり対歌を行っていることが知られる。

男女で歌う歌が兄と妹の関係を取るのは、中国西南部少数民族の歌会の歌の基本であり、心を許した男女が互いに呼び合う方法である。その源流はおそらく兄と妹との神話的な近親婚に出発するものと思われるが、それが歌会において様式化されたのであると考えられる★15。したがって、鼓楼大歌は本来愛する男女がお互いを尋ね会って恋歌を対歌する習俗から展開し、それが遠来の客人を迎え接待する歌へと儀礼化したことが知られる筈である。

しかし、客人らがこの村を訪ねたのは「好伴」（良き伴侶）を探すためであるということから見るならば、男性の客人は妻とすべき女性を求めてこの村を訪問したということになる。このことから「阿荷頂」は主客が交わす最初の儀礼的な挨拶歌でありながら、それは初めから男女の恋歌へと展開することが予期されているのである。鼓楼大歌の中の「渋梨子（渋い梨の実）」という歌では、

女　静静听我掏心対你説　　静かに私の心の内を聞いてください。
　　誠意問郎　　　　　　　真心でお聞きします。

我倆以前進講過的話　私たちは以前に話をしました、
你可曽牢記心窩？　その心の内を覚えているでしょう？
若不忘情　もし忘れていないなら、
為何長久不来伴坐？　なぜ長い間逢ってくれないのですか？

男　白天上坡　昼間は丘に登り、
你只応該一心干活　一心に働くだけで良いのです。
東顧西盼　東を顧み西を望んでは、
胡思乱想　邪《よこしま》なことを思い妄想を抱くのは、
不合実際　実際に合わないことです。
触傷你心　あなたは自分の心の傷に触れ、
糟塌你情　自分の心を苦しめているようですが、
妹又何苦来着？　自分をどうして苦しめるのですか？★16

のように歌われる。女性の歌に対して男性が答えて行く方法が取られるが、その内容は不実な男への恨みである。かつて二人の間に約束したことがありながらも、男は女に逢うことを避けたのである。その恨みが女性から歌われるのであり、男性はそれに対して妄想を抱くことを戒めるのである。しかし女性は納得せず男の真心を求めるが、男は互いに決められた結婚があり、それを拒否することは不可能であるから「情妹美麗、像糯米舂脱了殻、任随別人拿去篩簸、妹是白米我是糠殻、篩籮隔開、再也不会愛我」（愛する妹は美しい。脱穀をした糯米《もちごめ》のように誰かに篩《ふるい》にかけられると、妹は白米となるが私は糠や殻でしかなく、篩にかかればもう私を愛することは出来ないのだ）と別離の歎きを歌うのである。そうした男女の怨恨を歌うのが鼓楼大歌であり、「悔恨歌」や「怨恨歌」を題とする歌も見えるほどである。その一方に「年少応惜時」や「十八少年歌」のような歌があり、これらは結婚前に愛する男女は短い青春を楽しむべきことを歌うものであり、そこには侗族の苦難の愛の歴史が存在したのである。

このような侗族の大歌は同一村落内において歌われるものではなく、他村落の客人と歌うところに侗族大歌の最も大きな特徴が認められる。これらは互いに練習を経て歌われるのではなく、不特定の客人を迎えて歌われることから見るならば、そこに培われた〈民族の文化〉ともいうべき伝統性と精神性とが濃厚に存在することが知られる。何よりも驚くべきことは、客人を迎えた公儀の場において、互いに将来を約束しながらも他人と結婚することとなった相手の不実を恨み、その別離を嘆くことを歌うことにある。他の村落の客人との間に交わされるこうした男女対歌の成立には、侗族固有の歴史や文化あるいは精神が色濃く纏い付いている。そのことの意義は、十分に考察されるべきものと想われる。

4　結

貴州省黎平県岩洞村は稲作を中心とする農村地域であるが、そこには豊かな大歌の世界が広がっている。歌が村落の儀礼に欠かせない文化としてあり、また他の村落から訪れた客人も儀礼の歌により迎えられる。そうした歌の文化は広く民族文化として存在するものではあるが、侗族の場合には歌が民族の文化として特別なものであると考えられていて、幼少の頃から民族の歌を歌師により教育され、青年になれば儀礼の大歌を担う中心となる。

そうした大歌を構成するのは、男女一対という考えである。男女別に分けられた歌班、男と女による対歌、男の歌・女の歌の区別など、そこには常に男女を異なる性格としながらもそれを一対とする様式が見られ、侗族の大歌文化を支えている。そこには遠い過去から続けられていた歌会の伝統習俗があり、それを継承しているものと思われる。しかも、鼓楼大歌は主人と客人とにより男女の愛の苦難を歌うところに特徴が見られ、そこからは歌がどのように生成したのか、それはどのように民族的文化を形成したのかなどを推測させ、さらに歌の持つ機能性や社会性も見えて来るであろう。いわば侗族の大歌は村社会を成り立たせる基本的な文化であり、歌がすべてに優先する文化であると考えている民族であるということである。歌は文学や芸術である前に、広く民族の基本となる偉大な文化であったのである。

注

1 梁旺貴編『侗族文学史』（貴州民族出版社／中国）。
2 曽祥明「侗族大歌芸術的歴史発展与得点」『侗族大歌与少数民族音楽研究』（中国文聯出版社／中国）参照。
3 辰巳「叙事大歌における民族的感情の形成」「東アジア圏の歌垣と歌掛け」『折口信夫　東アジア文化と日本学の成立』（笠間書院）参照。
4 馬学良主編『中国少数民族民俗大辞典』（内蒙古人民出版社／中国）。
5 龍躍宏編「談侗族大歌和琵琶歌」『侗族大歌琵琶歌』（貴州人民出版社／中国）。なお、侗族における「小歌」の概念は「児童歌」にあり、水族のそれとは異なるという（普虹「侗族大歌―民族的瑰宝」『侗族大歌与少数民族音楽研究』）注2参照。
6 平成十八年十二月二十六日から平成十九年一月五日に、科研研究基盤B「東アジア圏の歌垣と歌掛けの基礎的研究」（代表・辰巳正明）の日中共同研究班十二名が、現地調査のために黎平県岩洞にベースキャンプを置いた。
7 『中国少数民族民俗大辞典』注4の「攔路」の項によると、
盛行于南部侗族地区。外村客人集体来訪或路過本寨時、主寨的男女青年、也有老人、便在本寨寨門或道口横攔一根木杆或縄索、上面挂満布匹、禾草、樹葉、草標、或者干脆堆上紡車、農具、布机、竹簍、鶏籠等諸般雑物、堵住通道。客人被拒之于外、主人立于内、双方擺開陣勢、主人作歌唱明塞門和攔路的百般理由、不譲客人進寨或過境、客人則一一作答、力求駁倒対方。唱対一首、主方搬走一件東西、直到東西全部搬送、主人移走木杆或縄索、客人方可入寨或過境、双方皆大歓喜。対歌課程中、周囲囲満群集、大家不断喝采応和。主客均以此為趣、也是対外賓客的歓迎和敬重。這種専門用来攔路和解攔路的歌就叫做攔路歌。

と説明する。

8 「談侗族大歌和琵琶歌」『侗族大歌琵琶歌』注5による。

9 これは上掲の呉定国教授からの聞き書きによる。辰巳「東アジア圏の歌垣と歌掛け」『折口信夫 東アジア文化と日本学の成立』注3参照。

10 普虹「侗族大歌—民族的瑰宝」『侗族大歌与少数民族音楽研究』注5参照。

11 「談侗族大歌和琵琶歌」『侗族大歌琵琶歌』注5による。

12 梁旺貴編『侗族文学史』注1参照。

13 辰巳『詩の起原』(笠間書院)参照。

14 「大歌」『侗族大歌琵琶歌』注5による。

15 辰巳「愛を身をもって知り苦しむ者—兄と妹」『詩霊論 人はなぜ詩に感動するのか』(笠間書院)参照。

16 「談侗族大歌和琵琶歌」『侗族大歌琵琶歌』注5による。

第三章

甘粛省紫松山の花児会

1　序

東アジアに広がる恋の祭典である歌垣あるいは歌会は、早くに内田るり子氏によって照葉樹林文化圏の特徴として説かれた★1。この文化圏論は、今日では通説あるいは定説として受け入れられていて、古代日本の歌垣を考えるのもこれを常識としている。たしかに古代の日本列島には、北の筑波山や摂津の歌垣山あるいは西の肥前にある杵島岳《きしまだけ》に関する歌垣の記録が文献の上で残されている。特に『常陸国風土記』には筑波山の歌垣記録や物語がみられ、『万葉集』にも筑波山で行われた歌垣を詠んだ歌を見る。あるいは『古事記』や『日本書紀』にも海石榴市《つばいち》での歌垣に関する物語が記録されている。古代文献にはこれのみではなく、明らかに歌垣を元として恋歌が詠まれていることも知られるから、古代の歌垣は日本列島に広く展開していたことが確かめられ、奈良時代には宮廷行事としての踏歌《とうか》が歌垣へと名称を代えて風雅な祭典として展開し、平安時代の男踏歌や女踏歌へと連続するのである。

日本列島を越えて少数民族の多く住む揚子江周辺の中国西南地域の湖南・貴州・広西・雲南・四川には、この歌垣に類似する恋の祭典が今日でも僅かながら残されており、一九八〇年代に蒐集《しゅうしゅう》されたそれらの地域の文字文献（中国語）を調べると、漢族や多くの少数民族において行われていたことが知られる★2。それが古代的な習俗を反映していると見るのは早計であるが、中国語の歌会は各地域においては少数民族の言葉でそれぞれ固有に呼ばれていて、一般には漢訳の「坡節《はせつ》」のように「山の祭り」という名称が多く、それらの祭典が街を離れた山で行われるからである。あるいは「愛情節」と呼ばれることもあり、それはこの祭りが男女の愛情を主とするからである。これらの地域はほとんどが内陸部に属し、また標高千メートルから二千五百メートルクラスの山が連なる山間部であり、歌会の場が必然的に山で行われることになるが、それのみではなく幾つかの理由がある。いずれにしてもそうした山間部は照葉樹林帯に属し、多雨を特徴として平地のみならず千メートルクラスの山の上に至るまで梯田《ていでん》が広がり、米作りが行われている稲作文化圏に属する。そうした文化帯が東は日本列島から南は東南アジアに接する雲南・四川・西蔵に至るのである。東南アジアに至れば、中国少数民族の支流が多く住むことから同じ歌会の祭典が行われている。

このような照葉樹林の広がりの中に、歌垣という共通した文化が存在するという発見は、古代日本の歌垣研究にきわめて有効であった。だが、そこから西へと広がる青海省や甘粛《かんしゅく》省あるいは新疆《しんきょう》ウイグル（維吾尔）自治区などの歌会の祭典は、「花児会《かじかい》」と呼ばれていることなどの報告はなされているが、その内容は必ずしも明らかにされていない。この地域は黄土高原の西の外れにあたり、北側には内モンゴル（内蒙古）の砂漠地帯が広がり、西へ進めばシルクロードで知られる敦煌《とんこう》のある砂漠地帯であり、西北へ進めば新疆ウイグル地区の砂漠地帯である。年間に降る雨は極端に少なく、山は禿げ上がり岩山も脆い砂礫《されき》である。つまりこの地域は黄土高原と砂漠地帯であり、農耕は主に麦や空豆あるいは玉蜀黍《とうもろこし》や芋類であり、麦の文化圏に属し、禿げ山には現在植林が進められている。

この西域が何時の頃から砂漠化が進んだのかは知られないが、玄奘《げんじょう》法師の時代は既に砂漠であった。黄河が氷河からの豊かな水を湛えながらも大地は黄土と砂漠であるのは、降雨量が極端に少ないためである。さらにこの地域に住む民族は漢族の外にホイ（回）族やウイグル族が多く、いずれも西方や北方から来た民族である。回族は寧夏《ねいか》に最も多く住み甘粛・河南・新疆・青海を中心に全国に広がっていて、初唐の頃に東西貿易が盛んになり、およそ阿拉伯《アラブ》や波斯《ペルシャ》などの国から来て定住した民族であるとされ、またウイグル族は紀元前の北方遊牧民族の子孫であり、回紇汗国《かいこつかん》を建立して長く唐と交流したという★3。ただ、このウイグル地区にも歌会が存在するが、それは甘粛省に隣接する東側の一部のみであり、この地域の歌会は基本的には甘粛省と青海省が中心で、漢族と回族とによる歌会であるとされる★4。

黄土高原の西のはずれである甘粛省や青海省の地域は、すでに照葉樹林を越えた砂漠への入り口である。ここは北や西の民族と東の民族との交差する境域でもある。照葉樹林地帯ではないこの砂漠の入り口の地域に、どのような歌会が存在するのか、また、それはどのような規模と地域的特性をもって行われているのか。そのことを明らかにすることを目的に、二〇一〇年七月十五日に北京を経由して甘粛省の蘭州《らんしゅう》飛行場へと向かった★5。

2　蓮花山の花児会

蘭州飛行場から市内までは高速道路を用いて車で約一時間の道のりであるが、車から見る周りの風景は日本の景色を見慣れている者には、殺伐としたものに映る。道路の左右の風景は黄土の連続であり、両脇に柳の類の木を見かけるが、これは新しく植林した紅柳という乾燥に強い木である。遠くに見える山々には木がまったく無く、黄色い砂礫の山のように見える。蘭州の市内は黄河を挟んだ川沿いにあり、今はマンションが林立するほどの建築ラッシュで、通りには白い帽子を被った回族に出会い、あちこちにイスラム教のモスクを見ることができる。街の食堂は回教徒のそれかそれ以外かで分かれていて、回教徒は豚肉を食べてはならないという教えがあり、外で食事をする時には回教徒のための清真料理の店に入る。通訳が回教徒であったことから、毎日、朝昼晩は清真料理を食べることとなったが、豚肉の入らないニンニク味の匂いの強い中華料理という感じである。翌日、早朝に蓮花山《れんがさん》へと向かった。三五〇〇メートルほどの山で、頂上が蓮の花が開いた形であることから名付けられた。この蓮花山は「花児会」で有名な山で、十万人規模の人たちが集まるという。蓮花山の花児会は今日でも著名な行事で、実は昨日十五日に盛大な祭典が行われたのである。私が蘭州へ入ったのが翌日の十六日であったので、現場の視察のために蓮花山を訪れた。蘭州から車でおよそ四時間ほどのところで、遠くの山並みまで見渡せる山道を上がり、仏教寺院のある麓に昼頃に着いた。蓮花山は緑豊かな山で、周囲に続く禿げ山とはまったく異なる。寺院の周囲には平坦な広場があり、ここからは徒歩で山登りとなるが、とても急な坂道や石段を三〇分ほど登り、途中の展望台に着いて後は中止した。頂上まではまだ数時間かかることと、取材のための機材の重量が相当にあり、体力的に不可能であると判断したからである。また、花児会が行われるのは、山の頂上ではなく寺院の周囲であると聞いたので、その辺りの調査をする必要があったからである。

寺院のある麓は標高二五〇〇メートルを超えるところで、ここには三人の白い天女の塑像《そぞう》が造られている。天女像の下の台に石碑があり、蓮花山の由来が刻まれている。それに因ると、

三仙女

据神話伝説、遠古時代蓮花山周囲是碧波万頃的蓮花池。炎夏酷暑、王母娘娘邀衆仙来池沐浴賞花。三霄粮娘夜約而来。当雲遊至蓮花池附近。見黒気冲天、妖霧迷漫、原是一只孽竜興妖作怪。三仙各使法宝、将孽竜斬為三截。為免其復活、使施法術。撒下七宝蓮。頓時、惊雷震天、霞光四射池内昇起一座聳入雲霄的蓮花山、圧孽竜于山下、不准永世翻身。山池在便風調雨順、五谷豊登。群衆為感激三仙恩徳、随建三霄粮娘殿及其塑像。毎逢農暦六月初敬香者不絶。

のようにあり、悪竜を懲らしめた三仙女の恩徳を讃えて寺院を建立し、三仙女の塑像を作り、毎年六月初めには寺院を訪れる者が絶えないという。この三仙女を讃える行事の一つとして花児会が行われるのである。このような天女の降りる山は、貴州省凱里《がいり》の香炉山《こうろさん》も同じであり、ここにも六月初六に大きな歌会が催されている。

蓮花山地域の花児会は、漢族や回族が中心となり、他の民族も参加する。しかも、おもしろいことに歌詞はいずれ

の民族も中国語で歌うという原則があることである。しかも、北京官話では通じない極端な方言による歌詞が歌われるといわれ、それを聞く現在の漢族にも回族にも多くは理解が不可能で、長く花児会の調査・研究に携わった研究者にようやく理解されるのだという。これはいわば回族や他の民族が漢族に言語の上で譲歩していることになるが、それは回族などがこの地に入ってきて定着する歴史と深い関わりがあるのであろう。漢族と回族あるいは他の民族が一

（写真１／蓮花山と寺院と三仙女）

（写真２／三仙女の伝説碑）

つの村の中で生きるためには、言語の共通性が必要になる。互いのコミュニケーションを図るための、最も重要な事柄は意志の疎通にほかならないから、そのための最も有効な祭典が、中国語をもって言語を一つにする花児会であったのである。宗教を異にする民族同士が宗教を離れた恋の祭典において、民族融和の方法を見いだしていたのである。

蓮花山からの帰り道で大きな市が立っているのに出会い、道は大渋滞をしていた。近くに小さな集落はあるが、そこからは離れている。車を降りると周囲から賑やかな歌声が聞こえて来て、近づくと大勢の人たちが集まり、花児会が行われていたのである。ここは王家溝《おうかこう》という川のほとりで、川の歌会が開かれていたのである。市などの臨時を除く大きな歌会には、山の歌会と川の歌会がある★6。王家溝の花児会は、川の歌会であった。川と道路を挟む百メートルほどの細長い開けた空間があり、木陰で立って歌いあう人たち、テーブル席で周りを囲んで歌いあう人たちがいて、ここで初めて花児会の様子と歌声とを聞くことができた。テーブル席では中年の男女の掛け合いが行われていて、男女ともに声量も節回しも相当高度な技量を持っていることが感じられた。明日十七日の夜には、この近くの集落で花児会が行われるかも知れないということであった。

3　紫松山の花児会

蓮花山の花児会は旧暦六月六（二〇一〇年は七月十日ころから十七日まで）に行われる祭りで、今年は新暦七月十五日が最大の祭りの日となり、後はそれぞれの地域で花児会が行われるという。最後の日の十七日に紫松山《ししょうざん》という山で、一万人規模の祭りが行われるという情報を得ていたので、当日の朝に宿泊した康楽《こうらく》の小さな町から出発した。山道を車で二時間ほど行くと、谷沿いに小さな村がある。その村で車を降り徒歩で紫松山への細い山道を登り始める。急な坂道を登りながら前を行く八十歳近いというお婆さんと一緒になり、この山の祭りには若い頃から参加しているのだという話を聞く。見晴らしの良い山道に出ると遠くの高い山々が望まれ、絶景である。二〇〇〇メートルはあると思われる周囲の山々は、頂上までが見事な段々畑である。村から一時間ほど登ると、目の前になだらかな山容が見えて来る。これがこれから花児会の行われる紫松山である。

標高二四〇〇メートルの紫松山は木が一本もない禿げ山であるが、青草が山全体を覆う美しい山である。頂上はなだらかな山容で、周囲は相当な広さで気持ちが解放される。最も高い所に立つと、三六〇度眼下に収まる風景である。近くの西側の山の麓に仏教寺院があり、その上には三つの切り立った峰があって、峰の上には塔が建てられている。まるで筑波山の頂上の神の祠のようであり、その風景も同じく絶景であるが、この紫松山の花児会は塔の下の寺院の

（写真３／紫松山全景）

（写真４／山上の三塔）

（写真５／山上からの風景）

祭典であるという。歌会がこのような宗教施設と一体化しているのは、中国で良く見かけるものであるが、古代日本の歌垣も筑波山が男女神の二神山として、杵島《きしま》岳が親子神の三神山として信仰されているのと深い繋がりが認められる。昼を少し過ぎたころから、驚くほどの人の列が麓から続々と山に集まって来た。この山に登るには三方面からの登山道があり、それぞれの方面から蟻の行列のように人々が続いている。小さなトラクターなら登れる山道があって、幾台ものトラクターが大きな荷物を積んでは登ってくる。トラクターが登り切ると、夫婦らしい人たちが手早く場所取りを始め、持ってきた大量の荷物の店開きをする。そのほとんどは菓子とジュースとビールである。その意味はすぐに理解できた。山の頂上は午前中は幾分涼しかったが、昼を過ぎると三十八度の直射日光が降り注ぎ、日差しを覆

（写真６／紫松山の花児会）

（写真７／花児会を楽しむ人々）

（写真８／回族の女性歌手）

う帽子や傘が無ければ耐えられず、飲み物も必要となる。店でビールを買う人たちの列が見られたのも、当然であった。山上にこれだけの出店があることに驚いたが、これは古代の市の歌垣を思わせる。市が立つと人々が集まり、そこに歌垣が開かれたという。そのこと自体は正しい指摘であるが、この紫松山の花児会を見ると、普段は人の登ることの無い山でありながらも、花児会が開かれると一万人規模の人が集まり、そのことによって市が立つということになる。ここでは市が立つと歌会が行われるのではなく、歌会が開かれると市が立つということなのである。

午後には山を埋め尽くすほどの老若男女が色とりどりの傘を開き、お気に入りの場所にシートを敷きつめてビールやジュースを傍らにして歌い始める。一つのグループは男女を含めて十五人前後で、あちこちから甲高《かんだか》い歌声が聞こえて来る。一曲歌うと傍にある暖かいビールを飲んで喉を潤し、一曲ごとにビールを飲むという具合で、ビールが必要な意味も理解できた。

途中で出会った子ども連れの数人の婦人たちは漢族であるといい、色とりどりの大きな布製のセンスを持ち、一年に一度逢うことを約束した仲間を捜していた。その友人はグループの歌友だちで、遠くの町に住んでいるのでこの祭りに紫松山で出会い、花児会を楽しむのであるという。すでに紫松山のあちこちからいくつものグループの歌声が聞こえて来ているが、それらは同じ曲調で歌われていることが知られる。花児会の曲調は、地域により異なりを見せるといわれ、この地域は「洮岷《とうみん》型」に属するものである。

日も少し傾いた頃に、今まで聞いたことのない繊細で美しい声が聞こえてきた。その周りには幾重にも傘を差して聞き入る人だかりがしていて、容易に近づけない。歌っている男性は、白い帽子を被っているところから明らかに回族である。紫松山の花児会は、多くは漢族が集まると聞いていたので、回族のグループに出会えたことは幸運であった。この男性に答えているのは傘の間から見え隠れする女性で、美しい声の主はその風貌や黒い衣装を纏っているところから、回族であることが知られる。聞くところでは、蘭州から参加した女性であるということであった。

紫松山の花児会も夕暮れ前には終わり、帰路に王家溝の集落で夜の花児会が行われるかもしれないという情報があり、急いで夕食を済ませて昨日の場所へと急いだ。午後八時半頃に集落に着いたが、ほとんど明かりのない暗闇の中から歌声が聞こえていた。川の近くの家の広場にテーブル席が用意されていて、そのテーブルを囲む十五人ほどの男女のグループが歌を掛け合っていた。そのグループを囲んで、多くの人たちが歌に聴き入っている。テーブルに置かれたカンテラが歌い手たちの顔を照らしていて、およそ四五十代の人たちのグループである。テーブルにはビールや菓子や果物類が山積みされていて、この地域の曲調で次々と掛け合いが続いて行く。夜の闇の中に聞くこのグループの歌も、かなり洗練された高度なものであることが知られた。ここにも花児会を楽しむ喉自慢の歌手が多くいて、花児会は今日でも盛んな状況にあることが分かる。

4　花児会の歌詞と対歌程式

花児会は恋歌の祭典であるが、そこに集まる歌い手たちは概《おおむ》ね中年を中心としている。これは歌会が社交性の場でもあることに因るからであり、かつ喉に自信があり即興性に秀でている歌の熟練者が多いことにも因るのである。歌に自信のない者はこのようなグループに容易には参加できないので、傍で熟練者の技を見習うのである。歌の上手なグループの所には、必然的に人だかりがしてその場は大きな盛り上がりを見せる。そうでない場合は、グループだけで歌いあうのであるが、歌が出てくるのは疎《まば》らである。これらのグループは人に聞かせるのではなく、友人同士の懇親会としての集まりである。優れた歌い手を見つけるには、まず人だかりのしているグループを探す必要がある。

先に紫松山で出会った複数の婦人たちも、歌仲間たちと歌を楽しんでいた。女性が中心の歌仲間であるが、二人ほどの男性も混じっている。このグループに歌をお願いしたところ、女性たちは次々と歌い継ぎながら次のように歌っ

（写真９／王家溝の歌児会）

てくれた。

一、はるばると、遠いところからいらっしゃいましたね。
二、蘭州の街から来て、撮影をしているのですね。
三、あなたの子孫たちは、頭が良くなることでしょう。
四、花は小さい時から、成長するものです。
五、この紫松山は、とても空気の良いところです。
六、今日は、花児会で友達に会えてとてもうれしい。
七、蘭州から来た人よ、この景色は白頭山よりきれいです。
八、麓の松の木は、とても良く育っています。（以下省略）

この歌い方は即興によるものであり、内容から挨拶歌であることが知られる。即興には二通りの歌い方があり、一つは伝統的な歌詞を用いて歌う方法であり、もう一つはまったくの創作による方法である。伝統歌詞によるとしても、相手の歌に対応するためには歌数が必要であり、多くの伝統歌詞を記憶している必要があるから容易ではない。前掲歌の即興性は後者にあり、相手や場や雰囲気を理解して即座に創作し相手に対応するものであるから、やはり容易ではない。そこには熟練した技や知恵が求められるのである。

花児の歌曲は「伝統花児」「宴喜曲」「小調」「新編花児」などに分類されていて★7、伝統花児は古くから伝承されている重要な歌詞であり大歌《おおうた》にあたり、宴喜曲は一般にいう酒歌であり、迎客の宴会に歌われる伝統歌詞であり、小調は小歌《こうた》にあたり恋歌などの民間の歌を中心とする。これらは伝統歌詞であり、それらに対して新たに創作された歌

詞が新編花児である。小調に見える「十二ケ月」は、

　正月里凍呀　凍冰者就　立呀　春消呀　立呀　春消呀

のように正月はまだ氷が張っているが、春が来て氷が解ける喜びから始まり、十二月まで続く。これは「十二月歌」として中国歌謡の中に古くから歌われるものであり、唐詩や敦煌歌辞にも見られる。これに対して男女の対歌では、

　男　白楊樹哈路辺里栽　柳樹們迎河湾長来
　　　心児里有你者口難開　人多処羞者个難来
　女　白楊樹哈路辺里栽　柳樹們由它者長来
　　　阿哥們有心者地辺里来　妹妹我鋤草者迎来★8

のように歌われる。楊柳の樹を序として男女が互いに思いあいながらも、言葉を交わすことの困難さを述べるものであり、花児会の中心的な対歌が展開している。

　こうした花児会の研究は、蘭州大学文学院の柯楊《かよう》教授を中心に進められているが、今日では文字資料の整備も進んで歌詞の刊行が相次いでいる★9。柯楊教授の調査した花児会の歌詞、および最も基本となる歌唱法について、次のように説明している。

　三句あるいは七字を主として、句句に押韻《おういん》するのは蓮花山令の基本である。

　①杵両根、一根杵、（定韻句）
　　唱個花児心上寛、

（写真10／紫松山の歌仲間たち）

> 不是為的吃和穿。
> ②尕火盆里一籠火、（比興兼定韻句）
> 　你是我的開心鎖、
> 　見了不笑不由我。
>
> このような三句一首の形式と句句押韻の格式の歌は、当地の歌手により〈単套花児《たんとうかじ》〉と呼ばれている。句数の多少は比較的自由であり、四句・五句・六句などに増やすこともできる。（中略）蓮花山花児の対唱には、特殊な規則があり、これを対唱程式と呼んでいる。すなわち、攔路《らんろ》歌・問候歌・問名歌・征求《せいきゅう》意見歌・告別歌などであり、伝統的な対歌形式であり、出逢いから別れるまで段階を歌うものであり、勝手に乱すことはできない★10

この歌詞の中には押韻があり、直喩や暗喩があるという。このような高度な技を用いいながら即興で相手と対歌《たいか》を行うのは、熟練した者の技である。そのような押韻や譬喩の方法は、中国少数民族の歌会にしばしば見られるものであり、照葉樹林文化圏を越えながらも歌唱のシステムは共有されていたのである。しかも、対歌には攔路歌・問候歌・問名歌などの対唱程式があるというのは、対歌に広く見られる〈歌路《かろ》〉のことであり★11、この程式が甘粛省地域の花児会にも見られることにより、揚子江から中国西南地域の対歌との強い関わりが確かめられるのであり、その意義は大きいといえる。いずれにしても、さらに具体的な調査・研究が求められるものである。

5　結

古代日本の歌垣文化が、中国西南地域に繋がる照葉樹林の文化帯に属することは明らかである。中国長江の西南の外れに、四川や雲南の照葉樹林帯がある。しかし、この先にある甘粛省および青海省地域の歌会文化は、照葉樹林文化の上から明らかにされていない。この地域の花児会は、長江西南の歌会とどのように関係するのか。この地域は黄河の上流域に属し黄土高原の西の外れであり、そこから更に西へと向かえば敦煌などの砂漠地帯となる。黄土高原地域は、中国大陸の中でも東の民族と西の民族が混じり合う境域である。いわば東の漢族や揚子江沿いの少数民族と、西の回族や西蔵《チベット》族たちの分水嶺としての地域でもある。そこでは現在でも十万人規模の歌会が開かれているのである。その歌会は〈花児会〉と呼ばれ、旧暦六月六を前後として開かれている。揚子江西南地域の歌会は、青年たちが都市へと流出する中で消滅へと向かっているが、この地域の歌会は漢族や回族などが交わりながら花児会の祭りを今日でも盛大に継承しているのである。照葉樹林文化圏論を超えて、新たな検討が求められるように思われる。

注

1　内田るり子「照葉樹林文化圏における歌垣と歌掛け」『文学』一九八四年一二月号。なお、照葉樹林文化に関しては、上山春平編『照葉樹林文化』（中公新書）に詳しい。この文化の特質は、水稲農耕以前の焼き畑農耕やイモ類・ドングリ類の加工により食用化する文化形態を指し、弥生期以前の文化を指している（同上書参照）。

2　辰巳『詩の起原　東アジア文化圏の恋愛詩』（笠間書院）参照。

3　楊渭浜外編『中国少数民族概観』（天津古籍出版社）による。

4　二〇一〇年七月十八日に、蘭州大学文学院の柯楊教授（中国民間文化芸術研究者）から教えを受けた。なお、柯楊教授はこの地区で行われる花児会の調査・研究を長く続けられている専門家であり、著書も多くある。

5　二〇一〇年七月十五日より同二十一日の期間。現地の通訳は、回族の苟世蛟氏。歌詞の日本語訳も同氏による。

6　辰巳『詩の起原　東アジア文化圏の恋愛詩』注2参照。

7　馬豊春・馬忠賢主編『花児集萃　花児曲令巻』（甘粛文化出版社）による。

8　隴崖主編『花児集萃　河州花児巻』（甘粛文化出版社）による。

9　花児会関係の資料として、次のような著書がある。
〔歌詞集〕
隴崖主編『花児集萃　河州花児巻』（甘粛文化出版社、二〇〇五）
馬豊春・馬忠賢主編『花児集萃　花児曲令巻』（甘粛文化出版社、二〇〇五）
隴崖主編『花児集萃　蓮花山花児巻』（甘粛文化出版社、二〇〇五）
隴崖主編『花海拾萃』（私家版、二〇〇六）
王沛主編『中国花児曲令全集』（甘粛人民出版社、二〇〇七）
郭正清主編『河州花児』（甘粛人民出版社、二〇〇七）
〔研究書〕
郗慧民『西北花児楽』（蘭州大学出版社、一九八九）
柯楊『詩与歌的狂歓節』（甘粛人民出版社、二〇〇二）
武宇林『「花児」の研究　シルクロードの口承民謡』（信山社、二〇〇五）

10　柯楊『詩与歌的狂歓節』（甘粛人民出版社、二〇〇二）による。

11　辰巳『詩の起原　東アジア文化圏の恋愛詩』注2参照。

第四章
歌垣と民間歌謡誌

1　序

古代の日本列島に存在した「歌垣（うたがき）」という民俗的行事は、今日においても列島内にその痕跡を留めている。また、中国西南の少数民族地域には、歌垣に類する行事が現在でも行われていて、歌垣は東アジア文化学の上から見ると、きわめて特異で興味深い民俗的行事に属するといえる。この歌垣という行事は、古代日本では八世紀の奈良時代の文献に見られるものであり、その範囲は文献上で九州の杵島《きしま》山から関東の筑波山にまで及んでいる。また、その発生的段階は弥生期とも縄文期ともいわれ、文化論的には民族的な古層に属する文化であり、民族文化史の上では基層文化の一つに数えられる。それが稲作農耕と関わるのか、狩猟採集時代の遺存であるのか、発生史の上で明確な時期や文化との結びつきを指摘することは出来ない。かつて照葉樹林文化の特質として東アジアから東南アジアにおよぶ歌垣文化圏の存在が指摘されたが★1、その広大な地域・民族についての個々の研究は進んでいないのが現状である。かつ、今日のテレビやラジオの情報化の時代にあって、歌垣はそれらに取って代わられ、文化保存の対象へと変わりつつある。

文学的な関心から見るならば、歌垣は相手との関係を作り歌を掛け合うことに特質があり、その名称も歌を掛け合うことによるという説が一般的である。歌垣の東国方言では「カガヒ（嬥歌）」とも呼ばれ、これも掛け合いによると考えられている。歌垣という行事が歌を掛け合うことにより成立していることから考えるならば、そこから名称が現れたと見るのは必然性がある★2。とくに歌垣という行事は歌の祭典であるところに特徴があり、中国の著名な地区の歌会は、数千人あるいは数万人もの人びとが押しかけるといわれる★3。その様相を想定すれば、歌会の会場は歌の坩堝《るつぼ》と化し、人びとの雑踏と興奮とに溢れていたものと思われる。この歌会の行事が日本の場合に杵島山《きしまやま》（親子の三神山）や筑波山（夫婦の二神山）といった神の山で行われているのを見ると、何らかの宗教的行事に根ざすものと思われる。歌垣が男女の恋歌の掛け合いに特徴が認められることから、男女が愛を訴え結婚を約束する行事であったと見ることは、それほど遠くはない考えであろう。今日にあっても結婚は神前や仏前で行われることが多く、それは結婚が神の前で誓約するという歌垣の形式が残っているからだと思われる。

こうした歌垣は民俗学や文化人類学、あるいは文学の好個の対象として研究されて来たが、日本に残る資料はその歴史を語るには少なすぎる。その断片的な資料を繋いで駆使しても、歌垣の風俗や歌の生成する状況は明らかに出来ない。そのことから中国の少数民族地域に現在も伝わる歌会に類似した行事の調査研究がなされて来たが、しかし、中国の古代歌謡である『詩経』には、すでに黄河流域の歌会の歌と思われる歌謡が載り、また六朝《りくちょう》時代の楽府《がふ》詩や宮体詩からは、揚子江周辺で行われていた歌会や恋愛詩の生成する状況が知られる。これらはいずれも三〇〇〇年前から一五〇〇年前の資料であり、歌会の歴史を知る貴重な文字資料である。ここでは、これらの文字資料を通して歌垣（中国のものを歌会と呼ぶ）の展開と抒情性の獲得の歴史を考え、あわせて古代日本の歌垣の状況を考えてみたい。

2　黄河流域の歌垣と歌の流れ

文字に残された文献から、古代の歌垣の歴史を考えると、中国の古代歌謡へと至りつく。今から二五〇〇年ほど前に孔子という思想家が、宮廷の歌や地方に歌われていた歌謡を集めた。これが『詩経《しきょう》』である。この詩経の中に国風《こくふう》として分類された歌謡がある。国風の歌謡は三〇〇〇年前の周《しゅう》という時代以降の、おもに黄河流域で歌われていた民間の歌謡である。国風というのは、諸国の人びとの暮らしや風習を指し、孔子が国風の歌謡を集めたのは、そこに諸国の人びとの暮らしぶりや日々の思いが知られると考えたからである。そうした国風の歌謡が、儒教のテキストとして成立すると、風は風化・教化の意味となり、正しい風俗を教えたり、悪い治世をただすための大切な教材として、長く尊重されて来たのである。儒教という学問が、このようにして生まれて来た。

この国風の歌謡に中国古代の歌垣の姿を発見したのは、フランス人のM・グラネーという人類学者であり、水辺に集まった男女が楽しみ騒ぎながら、歌のやり取りをしている様子から、それを当時の結婚の風俗とみたのである。そうした研究を受けて日本の白川静も、国風の歌謡には多くの歌垣の歌があることを指摘している★4。そのような『詩経』の歌垣の歌を見ると、そこには一定の歌の流れが認められる★5。以下に歌垣の歌の流れに沿いながら、『詩経』の国風歌謡を考えてみたい。

黄河の流域には多くの支流があり、川が交じりあうような場所は、歌垣の開かれる処であった。歌垣の開かれる時期に、男女が誘いあって会場へと向かう。鄭風《ていふう》には、

溱《しん》と洧《いく》の川は、春になって水があふれている。
男と女が蘭を取りに行く。
女　見にゆきましょうよ。
男　もう見てきたよ。
女　それでも行ってみましょうよ。
洧の川の向こうは、広くて楽しいのよ。

男と女はふざけたわむれて、たがいに芍薬の花を贈りあった。★6

のような歌があり、水辺の歌垣の歌と考えられている。そして、これは春の歌垣の歌であることが知られ、三月の上《じょう》巳《し》には、村びとたちが川へ出かけて禊《みそ》ぎをする行事があり（『荊楚《けいそ》歳時記』）、そのような折の歌垣と思われる。男と女で蘭《らん》を取りに行くというのは、川での禊ぎのための薬草であり、また、蘭は信頼や真実の意味があるので、二人の信頼関係を示す花でもある。女性が見に行こうと誘うのは、歌垣へと誘っているのであり、男性はもう見てきたといって断るが、女性はさらに誘う。そのようにして戯れながら、たがいに芍薬《しゃくやく》の花を贈りあったという。この芍薬は薬草でもあるが、男女が花を贈りあうというのは、二人が愛の約束を示すことである。この歌には男女が会話をしているように描かれているのは、これが歌掛けの歌であったことを物語っている。男女の弾むような会話は、歌のやり取りがあったことを示唆している。

水辺の歌垣にたいして、山の歌垣もみられる。現在の少数民族の歌会にも、「三月坡節《はせつ》」のように、村から離れた山や丘で歌会が行われている。歌会の名前に「坡」の漢字が用いられるのは、山や丘を指す。歌会の行われる山は、その土地を代表する特別な山で、神として信仰される聖山だったと思われる。たとえば、貴州の凱里《がいり》にある香炉《こうろ》山は、頂上の二つの岩が柱となり、天に伸びたような山で、天女が降りて来たと伝えている。『詩経』国風にみえる宛丘《えんきゅう》という山の歌垣では、

　太鼓をうっては、戯れて遊んでいるよ、宛丘の下で。
　冬でも夏でも、鷺の羽をかざして、舞い遊んでいるよ。
　缶をうっては、浮かれて遊んでいるよ、宛丘の道で。
　冬でも夏でも、鷺の羽をかざして、舞い遊んでいるよ。（陳風）

のように歌われている。宛丘というのは、四方が高くて中央が凹んでいる山だといわれ、カルデラ型の山である。今

の河南省淮陽《わいよう》にある山で、この丘の下では冬でも夏でも、太鼓や缶を打って戯れる者があり、鷺の羽をかざしているということから、扮装した村の司祭であろうという説もあるが、この歌垣に参加する民族衣装を身にまとった、村の若者たちとも考えられる。

古代中国の歌垣は、門前でも行われていた。中国の門は個人の家の門もあるが、歌垣の行われる門は、城門である。城門を一歩出ると、そこは異域とつながる場所でもあり、そうした城門のあたりの池辺などで歌垣が開かれていたことが知られる。陳風の歌には、

東門のあたりの池で、麻を浸している。
あのお嬢さんと、一緒に歌いたいなぁ。
東門のあたりの池で、苧麻を浸している。
あの美しいお嬢さんと話したいなぁ。

がある。東門の近辺には池があり、そこは村人たちが共同作業をする場所である。その池では女の子たちが盛んに麻を浸していて、麻を浸す労働にいそしむ女の子たちに、男の子たちが一緒に歌いたいとか、一緒に話をしたいと声を掛けているのである。これは女性たちを歌に引き入れる、呼びかけ歌である。

ここからは、男女の集団労働の場が想定されよう。こうした労働の場では、小さな歌垣が自然に発生する。そこを通りかかった男の子が、麻を浸す女の子に声を掛けているようにも見えるが、これは歌垣の基本となる誘い歌である。麻を浸すのは女性たちの仕事で、畑から刈り取ってきた麻を、池まで運ぶのは男性たちの仕事であり、そうした男女で歌掛けをしているのである。女性たちは男の子から美しいお嬢さんと一緒に歌いたいと呼びかけられれば、それに応じる歌が返されることになる。もちろん、そのお嬢さんが若い女性とは限らない。

労働や歌会の場は、恋歌を歌うことが許される好機であり、おのずから恋の思いが主要なテーマとなる。そして、

このような機会に女性たちは、普段は口にしない愛の言葉を積極的に口にすることが出来る。召南《しょうなん》には、

落ちた梅の実、その実は七つ。
私を欲しいという若者よ、その良い日を逃さないでね。
落ちた梅の実、その実は三つ。
私を欲しいという若者よ、今がその時なのよ。

と歌われる。これは梅の実摘みの労働の歌であり、その梅の実を素材として女性たちが若者たちに挑発する歌である。落ちた梅の実というのは成熟した実を意味し、女性たちが結婚してもかまわない、十分に成熟したことを譬喩している。古代歌謡では本旨を引き出すために、多くの譬喩が用いられるのである。「わたしはいま収穫している梅の実のように、十分に成熟しているから、早くしないとほかの人に嫁に行ってしまうわよ」と、若者たちを脅しているのである。しかも、いまがそのチャンスだから、早く私のことを好きだと告白しなさいと脅迫する。もちろん、これは女性集団による挑発の歌であり、周囲の聞き手は拍手喝采をすることになる。これに対して若者が答えて行けば、労働の場が歌垣の場となり男女の歌掛けが展開するのである。

さらに『詩経』の歌謡に河を渡る内容が見られるのは、歌垣で約束を交わした男女が、親の決めた結婚から逃げて、駆け落ちをしてでも一緒になる覚悟があるかを問うからである。愛情のない結婚よりも、駆け落ちをしてでも愛する人と一緒になりたいという、その思いを歌うのが渡河《とが》の歌である。鄭風《ていふう》の歌には、

あなたがわたしを思うなら、スカートをかかげて溱の河を渡ります。
あなたがわたしを思わないなら、ほかに人がいないわけではないのよ。
世間に不良は、たくさんいますもの。
あなたがわたしを思うなら、スカートをかかげて溱の河をわたります。

あなたがわたしを思わないなら、ほかに人がいないわけではないのよ。

世間に不良は、たくさんいますもの。

のように歌われる。男がうまいことをいって女性を言いくるめ、駆け落ちの覚悟をさせるのである。女性はその気になり河を渡ることを覚悟する。もちろん、男が真剣に自分を愛してくれることが前提であり、本当の気持ちならスカートをかかげて河を渡るけれども、そうでないなら、ほかにいい人がいくらでもいますと挑発する。この世間には、私に言い寄る不良がいくらでもいるのだからと。この歌が深刻な駆け落ちの歌でないことは、その内容から理解できる。女性は駆け落ちを覚悟したふりをして、男の気持ちが本物か否かその出方を探っているのである。しかも、駆け落ちなど出来ない意気地のない男に対してこのような挑発をしているのだと思われる。周囲の聞き手は、いよいよ真剣な歌の対決に、男の出方を固唾《かたず》をのんで見守ることになる。

二人の男女が互いに愛の成就を遂げると、一夜を過ごすことになる。夜を過ごす男女の閨《ねや》の歌も、じつは歌垣の歌なのだと思われる。恋歌には、愛する男女の睦み合う夜の愛の歌が見られるのは、これがミュージカルとしての性格を持っていることによるからであろう。歌垣の場というのは、男女のラブストーリーが紡《つむ》ぎ出される舞台であり、即興のミュージカルが演じられる舞台であるといえる。

東に月が昇っている。
あの麗しいひとは、寝室に居る。
寝室にいて、私のあとにしたがう。（斉風《せいふう》）

垣根に茨があるが、除くことはできません。
閨のざれごとは、詳しくは話せません。

話せば話せますが、みっともありません。（鄘風《ようふう》）

愛する人と夜をいっしょに過ごす様子や、閨での戯れ言のことが詠まれる。愛の歌は、二人の真ごころを歌い合うのが主のように思われるが、古代歌謡にこのような歌が見えるのは、歌垣の歌が愛の行程を歌うところにあり、楽しい一夜のようすも、その一コマであることによる。聞き手は二人の愛の展開にハラハラするが、そのような中にこうした愛の歌が入ると、聞き手は閨の戯れ言があからさまに歌われるのではないかとドキドキし、そこにまた大きな笑いが生じることになるのである。

どんなに口で愛を誓いあっても、相手が本当に真心をもって愛してくれるのか、女性にとっては心配であり不安である。この人に一生を預けることが本当に出来るのか、そうしたことをいろいろな場面を想定して確かめる必要がある。いまは若くて魅力的であるといっても、いずれ老いを迎える。その時に夫は自分を棄てて、ほかの若い女性のもとへと行くのではないか、そうした不安もある。女性にとって、年老いてから棄てられることが、もっとも不安なことであり、それを歌うのが棄婦《きふ》の歌である。鄭風《ていふう》には、

大路で追いついて、あなたの袂に取りすがる。
私を嫌わないで、古いえにしを棄てないで。
大路で追いついて、あなたの袂に取りすがる。
私を嫌わないで、古いよしみを棄てないで。

という歌があり、この場面は老いた妻が主人に棄てられ、夫の後を追いかけて通りで袂に取りすがり「棄てないで！」と泣き叫んでいる所である。妻として一生懸命に夫に尽くし、贅沢もいわずに仕えてきた。その夫は若くてきれいな妻を得て、老妻を棄てるのである。古いえにしとは、若いときの愛の誓いであり、古いよしみとは、若いときに睦み合ったことである。夫はそれらを忘れて、ほかの女へと目を移しているのである。

こうした棄てられた妻の歌は、中国では「棄婦の詩」と呼ばれて、伝統的な文学のテーマである。夫に尽くした年老いた妻が、夫に新しい妻が出来て棄てられるという悲劇を詠むものである。そうしたテーマが、このような歌垣の歌から出発していたのである。『玉台新詠《ぎょくだいしんえい》』には、次のような棄婦詩を見る。

山に登って薬草を採る。山から下りると別れた夫とであった。跪いて夫に尋ねた。「新しい奥様はどんな方ですか」と。夫は「新しい妻も良いが、前の妻の美しさには及ばない。顔つきは似ているが、仕事はとてもかなわない。新妻が門から入ると、古妻は裏の門から出て行った。新妻はかとり絹を織るのは上手いが、古妻は素絹を織るのが上手かった。かとり絹は一日に一匹織るが、素絹は五丈余り織る。これを比較すれば、新妻は古妻に及ばない」と答えた。(「古詩八首」其の一)★7

山での薬草摘みは、歌垣の場ともなる。そこで棄婦をテーマとして歌われた歌であろう。棄てられた妻と夫との会話は、歌掛けを基にしたものである。古妻が勝っていたことが夫から述べられるのは、旧妻の良さを改めて知らしめる意図があるからであり、教訓的な内容ともなっているのである。

恋愛はさまざまに想定される困難を乗り越えて、しだいに確かな愛を誓いあって密会の時へと至る。一夜の愛をかわした男女は、一番鶏の鳴く夜明けには別れなければならない。他人に知られないように出あい、こんどいつ逢えるか分からないことから、別れはひどく辛いものとなる。別れたくないと思う気持ちが、相手をなんとか引きとめようとするのであり、夜明けの歌は男女の引きとめ歌でも、別離の悲しみの歌でもある。斉風の歌に見える次の歌は、妻問いの後の後朝《きぬぎぬ》の歌であろう。

男　鶏がもうないている。夜はあけたのだろうか。
女　鶏の声ではありません。あれは蝿の騒ぐ声。
男　東の空は明るいが、朝になったのだろうか。

女　夜が明けたのではありません。あれは月の光です。

男女の別れは、夜明けを告げる鶏の鳴き声による。一番鶏の声を聞いて、男は身じたくをして、女性のもとから帰るのだが、しかし女性はあれは蝿の鳴き声だと嘘をついて男を引きとめる。このような引きとめの歌には、愛する男女の惜別の心が歌われ、聞き手もその別れに同情する。男女が一夜の至福の時間を過ごし、ついに鶏の声を聞いて後朝の別れをして朝霧の中を帰るが、それは歌垣の時間の終わりを告げるものであったろう。

愛する男女は、このように愛の歌を歌いあげて、その思いを語りあうが、そうした歌垣の時間も終わりを告げる。歌垣は擬似的な恋愛の時間であり、歌垣の場で好きになったとしても、それが現実になるということは困難である。歌垣（ハレ）の時間が終われば、男女の恋愛もそこで終わるのがルールである。そうした別れの時に交わされるのが、形見の歌と記念品の交換である。歌の相手に簡単なお礼の品と、最後の愛を誓う歌が交わされる。

わたしに桃を贈ってくれた。お礼に玉を贈りたい。
お礼というほどではないが、長いよしみのための印に。（衛風《えいふう》）

しとやかな女性は、わたしに赤い管を贈ってくれた。
赤い管は美しく、本当にうれしい贈り物。（邶風《はいふう》）

夏の日、冬の夜、百歳ののち、君の墓に入ろう。
冬の夜、夏の日、百歳ののち、君の墓に入ろう。（唐風）

形見の贈り物をするのは、今日の少数民族にも信物《しんぶつ》の交換として見られる習慣である。古代の日本でも「娉《つまどい》の財《たから》」（常陸国風土記）といわれていた。これが歌垣で愛を誓いあった男女の、愛の形見であった。たがいに形見を交換しながら、百歳になって墓を同じくすることを歌うのは、二人が無事に結ばれて、一緒に墓に入る「偕老同穴《かいろうどうけつ》」を意味する。一緒に年老いて、同じ墓に入ることが、愛する夫婦の理想とされたからである。

形見を交換した男女は、いよいよ最後の別れの歌を歌いながら、我が家へと帰って行く。後ろ髪を引かれ、相手への思いを抱きながら遠くへと去って行く相手に、いつまでも別れの辛さを歌いかけるのである。邶風の歌に、

つがいのツバメは飛んで、先になったり後になったり。
あの子が帰り行くのを、遠く野に見送る。
見えなくなるまで見送り、涙が雨のように流れる。
つがいのツバメは飛んで、声は上になったり下になったり。
あの子が帰り行くのを、遠く南の方に見送る。
見えなくなるまで見送り、心配で心が痛む。

と歌われる。つがいのツバメが飛び行く中をこのようにして愛する男女は、つらい思いの中に別れて行く。おそらく二度とあうこともない二人であるが、この歌垣の中で過ごした愛の至福の時間は、心の恋人として一生忘れることの出来ない思い出として、長く心に記憶されることになる。愛の歌がこのような別れを前提として生まれていることにより、深い抒情性が誕生する理由も理解されるのである。

3　揚子江流域の歌会と抒情詩の形成

中国の揚子江流域には、いまでも多くの歌会が伝えられているが、千五百年ほど前の記録によると、華山《かざん》という山の麓で歌垣が行われていたことが知られる。華山は今の江蘇省にある山で鎮江が省都である。この歌垣の歌謡を集め

た楽府《がふ》という詩集には、中国の四・五世紀ころの民間歌謡が見られ、『詩経』に次ぐ古代歌謡集である。中国では漢代に音楽を管理する楽府と呼ばれる役所が設けられ、そこに集められた歌曲も同じく楽府と呼ばれた。そこに、「華《か》山畿《ざんき》」という歌の一群が残されている。畿というのは麓という意味で、華山の麓の歌ということになる。そこに伝えられている歌に、次のような歌謡がある。

この華山の麓で、あなたはわたしのために死んで、
わたしは独りいきて、だれのために永らえよう。
あなたがもし、わたしを愛しているならば、
どうかわたしのために、棺を開いてください。★8

これだけでは歌の意味が理解出来ないが、これには青年の悲話が語られている。ある若者が華山の麓の旅館で美しい女性を見かけて恋の病におちいり、ついに死んでしまう。若者は死ぬ前に母親へ葬列が女性の家の前を通るようにと言い残し、葬列が女性の家の前を通ると馬の歩みが止まり動かなくなる。そこへ女性が出て来て、この歌を歌い掛けたところ、棺の蓋が開き女性が棺の中に入ると蓋は開かなくなった。そこでこの二人を合葬し、その墓を神女塚と呼んでいると伝える。この歌と物語は、華山畿で行われた歌垣の起源伝説であったと思われる。起源伝説には、神話的な要素がつきまとうが、これも同じである。恋の病となり死ぬほどまでに一人の女性を思い愛したことが、若い男女に深い感銘を与え、それを契機としてここに歌垣が始まったというのが中国の歌垣起源の物語である。

この華山畿の歌は、揚子江流域で歌われていた歌を、当時の採詩官《さいしかん》たちが集めて管理をしていた。この一帯は古代の呉や楚の国に属し、六朝《りくちょう》時代（四世紀前後）には南朝の都が置かれて栄えていた。南朝の宮廷でも、地方の民間歌謡を集めていたのである。それが六朝楽府として、今日に残されているのである。揚子江流域は古くから少数民族の居住する地域で、多くの神話や歌謡が伝えられていて、戦国時代の屈原《くつげん》の『楚辞《そじ》』はそうした神話を素材としたと

される。また、この流域では今日でも少数民族の歌垣が残されていて、まさに歌会の宝庫であるが、そうした歌会の歌が音楽所によって集められ、「楽府」として残されたのである。そのなかでも古い歌垣の歌と思われるのが、先の華山畿の歌としてみえる二十五首の一群の歌である。

　　奈何許　　　どうすればよいのか。
　　天下人何限　天下に人は満ちているけれど、
　　慊慊只為汝　わたしの思う人は、あなただけ。

　　夜相想　　　夜に、あなたを思う。
　　風吹窗簾動　風が吹いて窓の簾を動かした。
　　言是所歓来　あなたが来るという知らせ。（楽府詩集）

三行詩の形式を踏み、三五五という古格で歌われているところからみても、地方の古い形式の歌であったといえる。そして、どちらも女性の歌った恋歌である。世の中に男のひとは、溢れるほどいるけれども、わたしの思う人はあなたしかいないという、愛の告白の歌である。また、夜に好きな人を思い続けていると、風が吹いて簾を動かしたのは、あの人の来る知らせだと喜ぶ。このような恋歌が華山畿の歌であるが、これらは華山の地域に歌われていた、流行歌であったと思われ、それらは華山畿の歌垣で生み出された歌であったと思われる。

中国の四世紀前後に、王朝は南京に都を遷したことで六つの王朝が覇権《はけん》を競いあう。これを六朝時代と呼び、南方へと移ってきた知識人たちは、揚子江流域の豊かな民間歌謡の世界に出会うこととなる。そうした南方の歌謡を、当時の皇太子のサロンでは漢詩創作のなかに取り込み、新たな文芸の世界を創出する。その方法は揚子江の民間の恋歌や遊女たちが歌っていた恋歌を、漢詩につくり直すということであった。したがって、彼らの恋愛詩は男が女となり女の情を詠むということとなった。そうした恋愛詩を徐陵《じょりょう》という詩人が集めたのが『玉台新詠』である。後の時代には儒教の精神からは淫《いん》と見られ、亡国の詩集として指弾されることとなった。

東門にでて散歩していると、たまたまあなたにお逢いした。
「あなたが寝室にきていただければ、召し物のお世話をしたい」と。
いまどき、桑畑の契りなどないが、道行くひとに迫られた。
あなたのお姿がいとおしく、あなたもわたしの顔を喜びました。

私と逢う約束をしたのはどこ、東山の隅。
あなたは日が照ってもこず、東風が肌着を吹きます。
遠く望んでもみえず、涙にぬれて待ち望みます。

あなたのために、身は惜しくもないが、わたしの華のときを惜しみます。
すでに真ごころは通じていたので、密会まで約束したのです。
いま衣服をかかげて、草の茂みでまち、あなたにだまされるとは。
だまされたおろかな我が身、どこへも行きようがありません。
行き場を失ない悲しく、涙は糸のようにつらなり流れます。（玉台新詠）

通りすがりに出逢った男と仲良くなり、密会を始めるが、そのうちに男は来なくなり、行き場を失った女性は、男への怨みを歌う。このような歌が成立するのは、歌会にその源がある。女は歌会の場ですてきな男に出逢い、二人は意気投合して密会の段階を迎える。そのうちに男は密会の場に現れることなく、ついに女は行き場を失うという場面である。これが歌会の歌であれば、男の真意を探る歌になり、女の怨みに男はいろいろと言いつくろうことになるが、独詠《どくえい》の歌として成立していることから女の内省する姿が見られる。

秋風と白い団扇とは、もともと違うもの。
新しい愛人と古い愛人との関係も同じです。
気持ちはどうして寛大になれましょう。
金の鈴を肘のうしろにつけて、
白玉のお皿をお膳に運び、ご馳走の用意をします。
けれどもだれが、このむなしさに耐えられましょう。
あのひとには節操などみられないのに。(玉台新詠)

女性たちは新たな愛人のできた夫から棄てられ、おいしいご馳走を用意しながらも訪れることのない夫を許すことはできずに、つよい怨みを歌うのである。このような詩が成立したのは、歌会の歌に遠因が求められよう。そうした歌会の恋歌は世間に流行し、揚子江流域の妓楼《ぎろう》で遊女たちが応用したということである。遊女たちはこのような恋歌を通して、男の客の恋人となり、妻となり、来ない男を嘲《あざけ》り、心変わりした男や、棄てた男を怨み、変幻自在に女の歌を創造していた。そうした遊女の歌を、詩人たちは取り込んだのである。もとはこの流域の民間歌謡であり、そこにはこうした遊女の歌も多く存在した。詩人たちは宴席に遊女を侍らせて、彼女たちの伝えている恋歌を聞き取り、それを漢詩に移し替えていたのである。

歌会で展開した歌の技巧が、遊女たちの歌の方法へと取り入れられ、さまざまな歌の技術や情緒を表すことが出来るようになった。それを士大夫たちが漢詩へと写すことで、六朝時代に恋愛詩が完成したといえる。ここに中国のすぐれた恋愛詩は、男たちの手になったのである。そのような詩集を代表するのが、徐陵が編纂した『玉台新詠』という恋愛詩集であった。このように恋歌が歌垣の場を離れて文芸化される大きな契機は、まさに恋愛詩が男の手になったということにある。さらに、「怨」という情緒を、恋愛詩の大きなテーマとして発見したことにある。女性たちは、訪れのない男に怨みの情を露わにするのである。

江南大道
江南大道日華春
垂楊挂柳掃軽塵
淇水昨送涙沾巾
紅妝宿昔已応新

江南の都大路に日の輝く春がきて、
枝垂柳や川柳が塵を払っている。
淇水《しすい》の辺で昨日涙にぬれて別れたのに、
あのひとは美人を迎えて紅妝を新しくしているのだろうか。

銜悲攬涕
銜悲攬涕別心知
桃花李花任風吹
本知人心不似樹
何意人別似花離

悲しみのなかで、涙をふいて別れた、あの心は忘れない。
桃の花も李の花も、風に任せて吹かれ散る。
もとは人の心と木の花とは違うものと思っていたが、
意外にも人の別れは、花が木から散るのと同じだと知った。

これは蕭子顕《しょうしけん》の詠む「江南大道」と「銜悲攬涕《がんぴかくてい》」という『玉台新詠』に載る詩である。江南の春の景色のなかで、女は別れた男が新たな美人と過ごしているのだろうと怨む。あるいは、男女の別れというのは、まるで木から花が散るようなものだと気づく。ここには、内省する女の姿が見られ、宮体詩人たちは女の内省する姿を発見することで、抒情性を深めて行くのである。男女の別れと女の怨み、そして内省というのが、『玉台新詠』の主要なキーワードである。いずれも男の詩人が、女の立場で別れの悲しみを詠み、その悲しみの心が、深い抒情性を獲得して行くのであり、そうした抒情性は、文芸化へと向かう重要な契機であった。恋歌が文芸化されるというのは、それが歌会や妓楼《ぎろう》

の歌という実用性を失うことを意味したのである。さらに『玉台新詠』には張茂先《ちょうもせん》の、

清風動帷簾　清らかな秋風は簾を動かし、
晨月照幽房　夜明けの月はあの人のいないベッドを照らす。
佳人処遐遠　いい人は遠くへといっていて、
蘭室無容光　あの人と過ごす寝室は輝きを失っている。
衿懐擁虚景　胸の内に幻のあの人の姿を抱くが、
軽衾覆空牀　ただ布団のみがベッドを覆うばかり。
居歓惜夜促　かつて二人は夜の明けるのを惜しんだが、
在愁怨宵長　いまは夜の長いのを愁え怨む。
撫枕独吟歎　枕を撫でて独り嘆き、
綿綿心内傷　いつまでも心の悲しみはつづく。（「情詩」）

という詩が載る。「情詩」という題の、男の帰りを待つ女の情を詠んだ詩である。夜明けのベッドの前で、遠くへと出かけた夫を待つ、妻の悲しみが詠まれている。閨情詩《けいじょうし》（寝室の情を詠む詩）として完成した段階を示しているが、そこには待つ女の情を述べるのみではなく、季節感や風景がみごとに描かれ、そのような季節的な情緒の中に、寝室で独り悲しむ女の姿が描かれることで、悲しみの情は女の美しい媚態《びたい》や艶姿へと変質して行くのである。むしろ男たちの情詩は、女の媚態を描くことへと目的が移ってゆくのである。

これは女性をいかに美しく描くかということが目標とされる、文化的成熟を示すものでもある。男への思いが、激しい嫉妬やののしり、あるいはパロディによって描かれるのではなく、夜明けの月の光のさしこむ空しい寝室で、男を待つ女の憂いを含む艶情《えんじょう》を描く。すでに、これらは歌会の歌でもなく、遊女の接待の歌でもない。男が女へと変

身することにより、女性以上に女の艶を創造した詩なのである。それは、伝統的な〈待つ女〉の追求により生み出された、男の求めに女性の究極の媚態であった。ここには恋愛詩が男の手のもとで独詠化へと進み、すでに恋愛詩としての自立した姿、いわば抒情文芸としての恋愛詩を見ることが出来るのである。

4 万葉集恋歌の成立

折口信夫によれば、古代の恋歌は本当の恋愛を歌ったものではなく、実感を以て歌ったものではないという。

古代日本人の恋愛の歌と称するものは、ずゐぶん沢山伝はり残つて居ります。古事記・日本書紀あたりから、『万葉集』に到るまで、其から其後にも沢山伝はり残つています。併し、さういふ恋愛の歌といふものは、多くはほんとうの恋愛を歌つたり、或は恋愛の実感を以て歌つたものではないのであります。又さういふ生活があつて、其生活の上に成り立つて来た一種の芸術でもない。寧、芸術にならうとする空想であります。其空想で実感をもたしたものであります。だから、吾々が、恋愛の歌だと思つて居るものに、存外ほんとうのものではない、其をなぞつて、内容を持つて来たといふやうなものが、沢山あるやうに思ひます。日本の古代の恋愛―古い時代の『万葉集』、或は其れよりもつと古い日本紀に載つてゐる恋愛の歌といふものは、多くほんとうの恋愛の歌ではありませぬ。かう申しますと、『万葉集』愛好者等が非常に失望するかも知れませぬが、事実は、本当の恋愛の歌ではないのです。★9

このような発言は、また「日本に歌の出来た始めは、文学の目的の為に生まれたものではない」★10ともいい、『万葉集』の恋歌は文学でも芸術でもないところから出発したことを繰り返すのである。折口のこの発言は古代の恋愛歌謡の成立を説いたものであり、また、それは相聞歌の成立を歴史的に説いたものであることが知られる。もとより恋歌は歌垣や労働の場に歌われていたことは、既述した中国古代詩の成立でも同じである。そこには男女の歌の掛け合いがあり、その掛け合いは自ずから恋歌を形成するのであるが、日本古代の歌垣においても、そうした性質の歌が詠まれていたことが考えられ、それは芸術としての歌ではない。古代の筑波山では、「筑波峰《つくばね》の会《つどい》」が行われていた。『常陸国風土記』によれば、春と秋の季節に東の嶺（女体山）に男女が登り、楽しみ遊んだといい、その歌として、次の二首を記録している。

a都久波尼爾　阿波牟等　伊比志古波　多賀己等岐気波　加彌尼　阿須波気牟也

筑波嶺に　逢はむと　いひし子は　誰が言聞けば　神嶺　あすばけむ。

b都久波尼爾　伊保利弖　都麻奈志爾　和我尼牟欲呂波　波夜母　阿気奴賀母也

筑波嶺に　廬りて　妻なしに　我が寝む夜ろは　早やも　明けぬかも★11

また、「詠歌甚多不勝載車。俗諺云。筑波峯之会、不得娉財、児女不為矣」という説明も加えている。歌われた歌が甚だ多く記録が出来ないほどだというのは、この会では男女による多くの歌が掛け合わされていたことを意味する。二首の歌は辛うじて記し留められたのであるが、この歌から知られることは、aは約束した相手と出会うことが出来なかったこと、bはこの歌垣で相手を得られなかったことを詠む、いずれも男の惨めな歌であるということである。本来ならば男女が掛け合った歌を記録すべきはずだが、ここに収録されたのは皆が楽しんでいる歌垣で、独り惨めに過ごすこととなった男の歌であり、そのような歌をわざわざ記録したのは、この二首が筑波山の歌垣の折の土地に伝わる著名な流行歌であったことによると思われる。歌の掛け合いを記録するには、幾つかの困難がある。それは方言が多く聞き取りにくいということ、また即興で次々と歌われるから書き留めることは不可能に近いということである。そのような中でここに残された二首は、筑波の歌垣の歌の定番の歌であったことから、記録も容易であったということになる。また、この歌は男の惨めな状態を示すのみの歌ではなく、この歌を不特定多数の女性に歌いかけて、笑いを誘う役割の歌であったと思われる。男が相手を誘い、歌へと導くための笑わせ歌であり、そうした惨めな男に同情を寄せる相手が現れるならば、続いて男女の掛け歌が始まることになる。歌を掛けるにはその場に集まった相手から歌へと誘い込む必要があり、その時の誘い歌がここに残された二首の歌であったと考えられる★12。

この二首の歌からは、文学性も芸術性も感じられないかも知れないし、また恋歌としての実感も得られないかも知れない。むしろ、ここに認められるのは惨めな男を演じることで、相手に同情を持たせて歌に誘い込むことを意図する技巧が認められるということであるに違いない。そのような歌のみが歌垣の歌としてあるのではないが、『万葉集』においても歌垣の歌は必ずしも恋の実感を歌うものではなかった。

紫は灰指すものそ海石榴市の八十の衢に逢へる児や誰（巻十二・三一〇一）

たらちねの母が呼ぶ名を申さめど路行く人をたれと知りてか（同・三一〇二）★13

「問答」とあるこの二首は、桜井の海石榴市《つばいち》で行われた歌垣の歌だと思われる。海石榴市では歌垣があり「海石榴市の八十の衢に立ち平し結びし紐を解かまく惜しも」（巻十二・二九五一）もあり、八十の衢《ちまた》に立ち平《なら》すというのは、多くの道が交わる交界の場で相手と歌の掛け合わせを行ったという意味であり、これは市の歌垣を指すものである。そこでは男がこの市で出会った女に名を問うことが歌われ、名を問われた女が母が呼ぶ名を教えない訳ではないが、路上で出会ったあなたは誰か知りませんと答える。この問答は明らかに歌垣における歌の掛け合いであり、これは歌垣の初めに歌われる名問いの歌であることが知られる。お互いに名を知り合ってから、本格的な歌掛けへと入る序章に相当する問答である。

歌垣の歌は相手を歌に誘い込み相手の名前を問うなど、本格的な歌掛けへと入るために互いに一定の道筋を踏みながら進められることが知られるのであり、それらは直截に恋の心を詠むものではない。そこには互いの駆け引きの段階の歌が展開したものと思われ、それゆえに文学性も芸術性も求められている訳ではない。初期万葉を代表する額田《ぬかたの》王《おおきみ》の大海人《おおあま》皇子との蒲生野《がもうの》における恋歌も、そうした問答の一端を示すものである。

あかねさす紫野行き標野行き野守りは見ずや君が袖振る（巻一・二〇）

紫草のにほへる妹を憎くあらば人妻ゆゑにわれ恋ひめやも（同・二一）

紫草の栽培されている標野《しめの》（立ち入り禁止の野）を舞台に、女が楽しげに行き来していると、男がこちらに向かって袖を振るのである。それは愛情を示す行為であり女は野の番人が見るのを恐れて困惑する様子を詠む。それに対して男は、美しい妹を嫌うなら人妻であるあなたに恋などしないのだと切り返す。人妻への恋は立ち入り禁止の野に立ち入るより危険な行為であり、それでありながらも人妻である人を恋するのだというのは、熱烈な恋心を詠むものではあるが、そのことを通して得られるものは、観衆のどよめきと切り返しの巧さへの評価であろう。このような恋の駆け引きを通して恋歌が生み出されているのであり、これらの問答歌は〈対詠《たいえい》〉という方法による歌の掛け合いであり、常に相手との関係の中から歌が生み出される即興力への称賛にある。いわば恋歌の基本は男女の知的な駆け引きにあり、相手の歌にどのように対応するかによって成り立つのが古代の恋歌なのである。

そうした歌掛けの知的ゲームは、万葉の時代を通して展開していた。村や市の歌垣は貴族のサロンにも持ち込まれ、〈歌遊び〉という方法が定着する。貴族サロンの歌垣は、室内歌垣の流れを汲むものである。

湯原王の娘子に贈れる歌二首

表辺なきものかも人はしかばかり遠き家路を還す思へば（巻四・六三一）

目には見て手には取らえぬ月の内の楓のごとき妹をいかにせむ（巻四・六三二）

娘子の報へ贈れる歌二首

ここだくも思ひけめかも敷栲の枕片去る夢に見えける（巻四・六三三）

家にして見れど飽かぬを草枕旅にも妻とあるが羨しさ（巻四・六三四）

湯原王のまた贈れる歌二首

草枕旅には妻は率たれども櫛笥の内の玉をこそ思へ（巻四・六三五）

わが衣形見に奉る敷栲の枕を離けず巻きてさ寝ませ（巻四・六三六）

娘子のまた報へ贈れる歌一首

わが背子が形見の衣妻問にわが身は離けじ言問はずとも（巻四・六三七）

湯原王のまた贈れる歌一首

ただ一夜隔てしからにあらたまの月か経ぬると心いぶせし（巻四・六三八）

娘子のまた報へ贈れる歌一首

わが背子がかく恋ふれこそぬばたまの夢に見えつつ寝ねらえずけれ（巻四・六三九）

湯原王のまた贈れる歌一首

はしけやし間近き里を雲居にや恋ひつつをらむ月も経なくに（巻四・六四〇）

娘子のまた報へ贈れる歌一首

絶ゆと言はば侘しみせむと焼大刀のへつかふことは幸くやあが君（巻四・六四一）

この一連の歌は、出逢いから別離までを掛け合ったものである。湯原王が主人公となり、このサロンでの恋愛が始まる。男は女の家を訪れるが門前から返されることを恨み、手には取られない月中の桂と同じ妹をどうしたものかと嘆く。女はそれに応えてあなたを夢に見るほどだと愛の心を訴えながらも、あなたは旅にまで奥さんをお連れするのが羨ましいと詰《なじ》る。男は旅に妻を連れては行くが、櫛笥《くしげ》の中に隠し持つ玉をあなただと思い、我が形見の衣を上げるので肌身離さず夜は着て寝てくださいというと、女はそれに応えて形見の衣を離さずに身に着けるのだという。また男は一夜隔てただけでも月が変わった程に離れたようだといい、女はあなたがそんなに恋するので夢に見えて寝られないという。そして男は、あなたの家は近いのに雲居の彼方から恋続けているようだといい、女はもう逢えないというと私が悲しむだろうと気遣うのは幸せなのかと男に問うのである。

男の妻問いから愛の歌の応酬へ、そして別離の歌へと展開を示すこの歌は、貴族サロンを舞台に歌遊びの中で楽しまれたものである。相手の歌に合わせながらラブストーリーを紡いで行くという方法であり、その過程には門前の歌・夢の逢いの歌・嫉妬の歌・言い訳の歌・形見の歌・気遣いの歌・煩悶の歌・破局の歌などのテーマを歌いながら歌掛けが展開しているのである。

このような歌遊びの歌は、男女の対詠《たいえい》により生み出されるものであるが、そうした対詠の歌に対して〈独詠《どくえい》〉の歌が生まれる。独詠の歌も歌掛けの中に詠まれるものであるが、その方法は独白を思わせるものであり、相手との関係性を断ち、独自の思いを述べるモノローグの方法の中に現れるものである。いわば、自らの恋の心を内省化する方法の中に現れるものであり、それは恋の心が深まることを可能としたのである。その方法は、初期万葉の額田王の歌に完成した姿を見ることができる。

君待つとわが恋ひをればわが屋戸のすだれ動かし秋の風吹く（巻四・四八八）

題詞に「思近江天皇」って作る歌だという。それゆえに額田王は天智天皇の後宮に奉仕したのだとも説かれるが、これは天智天皇を主人公として開かれた公宴の場の歌であり、宴に参加した女性たちは天皇を夫と見立てて恋歌を詠んだのである。恐らく男は夏の終わりまでには訪れるという約束をして帰ったのであり、女はその時を待っていた。しかし、男は訪れることなく簾を動かす風はもう秋の風であることを知る。〈待つ女〉をテーマとして歌われた歌でありながら、待つ女は季節を発見する。季節の移ろいの中に、女は男を待っているのである。ここに〈恋と季節〉とが結合し、恋歌は季節の中に歌われる傾向を示すことになる。それは恋歌が文学として成立する瞬間であったといえる。しかも、男を待つ中に季節の移ろいを発見するのは、既に見た中国の歌会の歌に「夜相想。風吹窗簾動。言是所歓来」とあり、この風は六朝の情詩に至ると「清風動帷簾。晨月照幽房」と詠まれる。待つ女は風の音に男の訪れの予兆を知り、やがて清らかな秋風が簾を動かし、寝室を照らす夜明けの月光に男の訪れのない悲しみを詠むのである。そのような所に額田王の歌があり、恋歌が文芸としての完成を獲得するのである。文学・芸術としての恋歌は、揚子江を中心とする情詩（恋愛詩）の流入を考えなければならないものと思われる★14。こうした深い抒情性を獲得した恋歌は、奈良時代の女性たちの独詠の恋歌に継承されることになるのである。恋歌における抒情性の成立は、それぞれの時代において見られる恋愛の障害や、挫折に起因するものである★15。妻問いという制度から〈待つ女〉の悲しみの情が、自由な恋愛が許されなかったゆえに〈人目・人言〉という他人の監視や噂あるいは中傷による愛の挫折が、既婚者との恋愛には遂げられない愛の怨みが現れ、それらは万葉の抒情性を深めて行く。恋が喜びのように見えながらも、最後には別離や挫折による悲劇が待ち構えているのである。いわば恋歌というのは、二人の愛の喜びから挫折へと向かう歌なのであり、それゆえに歌の抒情質が深められたといえるのではないか。

5 結

揚子江流域に伝えられた歌会の歌は、やがて詩人たちの手によって恋愛詩としての文芸性を獲得する。詩経の伝える歌会の歌は、歌掛けにより成立していたことが推測され、そこには歌の流れが想定でき、さらに女性の歌が内省化する以前の形態を留めていることが知られる。この段階の歌は、相手との強い関係性や即興性を生命とする歌掛けの中に存在したことから、抒情性を深めるには至らなかった。それは土地の民謡（国風歌謡）として成立し、それらが集められてやがて儒教の基本テキストとして成立した。それゆえに恋歌は淫風の歌、すなわち亡国の歌として排除されることになったのであり★16、黄河流域の歌会の歌は以後に民間歌謡の中に根を張るのである。

こうした詩経の運命に対して揚子江流域の歌垣の歌は遊女たちに共有され、それらは南方に都を置いた南朝宮廷の中で成長を続けた。皇太子サロンでは皇太子や貴族文人たちが遊女たちと交わる中で、あるいは民間の歌謡を受け入れることで、それらの恋歌を情詩《じょうし》という文芸へと成長させるのである。その特徴は男を思い懊悩《おうのう》する女の媚態や、怨みをテーマとして深められる空閨《くうけい》への情にある。ここに南方の歌垣の歌は遊女たちにより洗練され、さらには文人の手によって抒情性が深められることとなったのであり、女性の艶や怨み、あるいは空閨を悲しむ宮体詩の抒情性が成立したのである★17。民間歌謡から出発した恋愛歌謡は、それぞれの時代の文化性の中で変容を遂げながらも、六朝時代に早くも深い抒情性を獲得したことは、東アジア文学史の上では特記すべきことのように思われる。

日本の古代に展開した歌垣から始まる恋歌の歴史も、東アジアの文化圏において展開した恋歌の歴史と軌を一にしていることが知られる。それは民族の基層的文化性として考えることが可能であるが、やがて近江朝の時代には中華文明の高度な恋愛詩との出会いによって『万葉集』の恋歌は文芸性を獲得することとなるのであり、以後の和歌は〈季節と恋〉を一対とする文芸性に富んだ勅撰歌集を生み出すこととなるのである。

注

1　内田るり子「照葉樹林文化圏における歌垣と歌掛け」『文学』一九八四年十二月号、および同「照葉樹林帯の音楽と芸能」藤井智昭編『日本音楽と芸能の源流』（日本放送出版協会）参照。
2　土橋寛「歌垣の意義とその歴史」「歌垣の歌とその展開」『古代歌謡と儀礼の研究』（岩波書店）参照。
3　張民『貴州少数民族』（貴州民族出版社）参照。
4　白川静『詩経研究　通論編』（朋友書店）、同『詩経』（中公新書）参照。
5　辰巳「歌路―中国少数民族の歌唱文化」『詩の起原　東アジア圏の恋愛詩』（笠間書院）参照。

6 訳は『漢詩大系　詩経』（集英社）を参照した。
7 本文は、四部備要本『楽府詩集』（台湾中華書局）による。
8 訳は新釈漢文大系『玉台新詠』（明治書院）を参照した。以下同じ。
9 「古代生活に見えた恋愛」『折口信夫全集　1』（中央公論社）。
10 「万葉集の解題」『折口信夫全集　1』注9参照。
11 日本古典文学大系『風土記』（岩波書店）による。
12 辰巳「歌垣」『詩の起原　東アジア文化圏の恋愛詩』注5参照。
13 中西進『万葉集　全訳注 原文付』（講談社文庫）による。以下同じ。
14 額田王の歌が六朝情詩の影響にあることを説いたのは土居光知である。「比較文学と万葉集」『万葉集大成　7』（平凡社）参照。
15 辰巳「噂によって愛はますます・婚姻」『詩霊論　人はなぜ詩に感動するのか』（笠間書院）参照。
16 辰巳「中国の古代歌謡と淫風の成立」『折口信夫　東アジア文化と日本学の成立』（笠間書院）参照。
17 辰巳「玉台新詠と歌路」『詩の起原　東アジア圏の恋愛詩』注5参照。

第五章

磐姫皇后の相聞歌

女歌の四つの型について

焼き払ってやりたいほどの、あのぼろくそ小屋で、
放り棄ててもいいような薄汚い、破れゴザなんかを敷いて、
へし折ってやりたい、あの女の穢《けが》らわしい手を、
腕枕なんかにして、寝ているだろうあんたのせいで、
日の照る昼は、日が暮れるまで、
真っ暗な夜は、夜が明けるまで、
寝ているこの床が、ぎしぎしと音を立てるほどに、
こんなにも激しく嘆き苦しんでいるのだ。
このわたしは……
ああ、それにしても、こんな嫉妬をするのも、わたしの心からなんだ。
愛しいあの人にこんな恋をしたのも、わたしの心からだったのだ。

1 序

『万葉集』の原撰部にあたる巻一・巻二は、雑歌《ぞうか》（巻一）・相聞歌《そうもんか》（巻二）・挽歌《ばんか》（巻二）により分類されている。この三部立てによる分類方法は、『万葉集』の基本的分類を成すものであるが、その理由は不明である。雑歌と挽歌に関しては中国六朝のアンソロジーである『文選《もんぜん》』に出典が求められること★1、相聞は手紙類の往復存問の意味であることが指摘されて来たが★2、その分類原理がなぜこの三部立てであるのかについては、必ずしも明確にされていないように思われる。雑歌も挽歌も『文選』の詩編に分類目として見えることは確かであり、そこには雑歌・雑詩・雑擬の分類がある。だが、この雑歌が『万葉集』の分類に応用されたとしても、『万葉集』の原撰部の雑歌が一般にいわれるように晴れの歌の性質を持つことから見ると、内容的に沿うものではない。むしろ巻五が分類する人生の苦を詠む歌を以て雑歌としているのは、『文選』の雑詩に相当するものである。

まして、『文選』の挽歌は死者を悼むものではなく、自らの死を想定して死後を描く文人の作品が選ばれていて、『万葉集』の挽歌が死者哀悼を目的にしていることとは本質的に異なる。『文選』の分類を基準とするならば、「哀傷」こそがもっとも相応しいといえるのである。同様に相聞も『文選』を受けるならば「贈答」の分類に基づけば良いのであり、『文選』を基準としたならば、分類目として存在しない相聞は選択されなかった筈である。いわば、『万葉集』の雑歌・相聞・挽歌の三大分類目は、いずれも非文選的なのである。

歌を分類する方法は、いくつも存在した筈である。その中から歌を三分類するという原理は、明らかに編纂者の見識に基づくものと思われる。もとより原撰部は雑歌・相聞歌・挽歌に分類されずに存在したものと思われ、恋や死に関わる歌を取り除いて残されたのがさまざまな内容の歌であり、その中心を占めるのは儀礼の歌であった★3。まだ歌が集団世界に機能していたことから見ると、それらは神祭りや儀礼、あるいは年中行事を場として成立したことが窺われるから、巻一の雑歌に晴れの歌の占める割合が多いのは当然といえる。その意味で雑歌とは恋や死のような明確なテーマを設けられない歌を「雑」に括ったのだといえる。『文選』の雑は、初めから「雑詩」というテーマを掲げて詠む作品も見られるが、他の分類目に組み込むのがためらわれる作品なのである。『万葉集』の雑歌もまた、相聞歌や挽歌を取り除いて残された歌だとすれば、『文選』の雑歌に直接的に基づくというよりも、雑歌・雑詩・雑擬の雑の概念にあたると考えられる。挽歌もまた同様な事情にあり、有間皇子挽歌の追和歌の左注(巻二・一四五)に「右件謌等、雖不挽柩之時所作、准擬歌意、故以載于挽哥類焉」★4とあるのによれば、柩《ひつぎ》を挽く時の歌ではないが、歌意から挽歌に擬《なぞら》えたのでここに載せるのだということからも、この注記者は挽歌というのが柩を挽く時の歌(「挽柩之時」)であることを理解しているのである。ここからも「挽哥類」というのは、『文選』の挽歌を指すのではなく、『古今注』のいう韮露《かいろ》・蒿里《こうり》の挽歌を指していることは明らかである★5。

このことは相聞という分類がもっとも端的に物語っている。相聞が手紙による存問の意味であることは、「頻遣信與相聞」(『南史』魚復侯子響伝)からも知られるが、また「旗幟相望、鉦鼓相聞」(『隋書』周法尚伝)は、あちらからもこちらからも聞こえてくる戦いの折の鉦鼓の音であり、「娶婦生光、因絶不相聞」(『漢書』霍光伝)は、婦人が霍光《かっこう》を生んだ後に関係を絶ったことをいうのであり、相聞の用法はあることが聞こえてくる状態や他との関係を指していることが知られる。それが手紙となることもあり、音や声だけのこともある。

人間関係に限るならば消息・関係という意味になり、相聞歌の中に肉親たちの歌のやり取りが見られるのは、相聞の意義が保たれているのである。しかし、相聞の内実は男女の恋歌にあり、『万葉集』の相聞は恋歌へと大きく展開した姿を見せている。恋歌は男女の問答や贈答を基本とすることから、『万葉集』には小分類の問答・贈答の項目が見られる。こうした贈答や問答は、男女の恋の歌掛けによって成立したものであり、それを相聞歌と呼んだのは、

『文選』が男女の生々しい情を排除する態度にあることからも、非文選的態度にあるといえよう★6。

巻二原撰部の冒頭に掲げられる相聞歌は、仁徳天皇の后である磐姫《いわのひめ》皇后の四首の歌である。これが相聞部の巻頭を飾るのは、それが相聞というに相応しいモデルとして選ばれたのだと思われる。もちろん、相聞歌は男女の恋を中心的に集めたものであるから、天皇（夫）を思う皇后（妻）の歌が相聞歌のモデルであるとするのは、必ずしも実態にそぐわないのであるが、そこにこそ相聞歌を部立てとした編纂者の立場が存在したと思われる。以下に磐姫皇后の四首の歌群を通して、原撰部相聞歌の発生について考えてみたい。

2　磐姫皇后の歌物語

原撰部相聞歌の巻頭を飾る磐姫皇后は、五世紀前半に想定される聖帝・仁徳天皇の后である。巻一巻頭の雄略天皇よりも古く、『万葉集』では最古の歌人として登場する。その伝記は、『古事記』（記）や『日本書紀』（紀）の史書によれば、激しく嫉妬する皇后として描かれていて、古代の愛の物語を代表する女性の一人であったことが窺える。一方、『万葉集』が収録する磐姫皇后の歌からは、天皇を深く思慕する理想的な皇后像が見え、記・紀と『万葉集』とでは対極の女性像が描かれていて、その落差は大きい。おそらく、この落差の中に磐姫皇后をモデルとした相聞歌の発生が窺えるのではないかと思われる。

難波高津宮御宇天皇代〔大鷦鷯天皇、謚曰仁徳天皇〕

磐姫皇后の、天皇を思ひて作りませる御歌四首

（a）君が行き日長くなりぬ山たづね迎へか行かむ待ちにか待たむ（巻二・八五）

右の一首の歌は、山上憶良臣の類聚歌林に載す。

（b）かくばかり恋ひつつあらずは高山の磐根し枕きて死なましものを（同・八六）
（c）ありつつも君をば待たむ打ち靡くわが黒髪に霜の置くまでに（同・八七）
（d）秋の田の穂の上に霧らふ朝霞何処辺の方にわが恋ひ止まむ（同・八八）
　　或る本の歌に曰はく
（e）居明かして君をば待たむぬばたまのわが黒髪に霜は降るとも（同・八九）

仁徳天皇は大阪の高津に宮処を置いたので、「難波高津宮御宇天皇」と呼ばれる。題詞の「天皇を思《しの》ひて」とは、皇后が天皇を恋い慕ってという意味である。ここに磐姫皇后が天皇を恋い慕う四首の歌が並べられるのだが、なぜ原撰部相聞の巻頭に磐姫皇后の恋歌が選ばれたのか。ここには皇后の歌を通した、相聞歌の起源が語られているのではないかと思われる。その意味を推測するならば、この四首の歌には、女の歌の四つのモデルが示されているように思われる。四首の歌が成立した事情は、（a）の「君が行き」から推測される。それは天皇が行幸に出かけたらしいことであり、行幸はすでに日数を経ているらしいことである。記の仁徳記を参照すれば、天皇はしばしば行幸を行っているが、それらがいずれも求婚のためであることが知られる。そこに磐姫皇后（記では石の日売の命）の嫉妬の物語が展開するのである。

その大后石の日売の命、甚多く嫉妬みしたまひき。かれ天皇の使はせる妾たちは、宮の中をもえ臨かず、言立てば、足も足掻かに嫉みたまひき。ここに天皇、吉備の海部の直が女、名は黒日売それ容姿端正しと聞こしめして、喚上げて使ひたまひき。然れどもその大后の嫉みますを畏みて、本つ国に逃げ下りき。天皇、高台にいまして、その黒日売の船出でて海に浮かべるを望み瞻て歌よみしたまひしく、
沖辺には　小舟つららく。
くろさやの　まさづこ吾妹、

国へ下らす。

かれ大后この御歌を聞かして、いたく忿りまして、大浦に人を遣して、

追ひ下して、歩より追去ひたまひき。★7

大后の嫉妬が激しく、それで妾たちは誰も宮中に近づけなかったという。しかも、天皇の口から他の女性の名前が出ただけで、地団駄を踏んで嫉妬したという。それでも天皇は吉備出身の黒日売《くろひめ》という女性が美しいと聞いて召し上げたのだが、黒日売は皇后の嫉妬を畏れて本国へ逃げ帰ることとなる。高台から黒日売が船に乗り去って行くのを見て、日売を恋い慕う思いを天皇が歌うと、それを聞いた大后はさらに激怒し、使者を派遣して黒日売に徒歩で帰るように命じて、吉備へと追い払ったというのである。この大后の嫉妬により追い下された黒日売を追いかけて、天皇の行幸が始まるのであるが、こうした記の物語と『万葉集』の磐姫皇后の（a）の歌とそれに続く歌うたとは、どのように関係するのか。何よりも『万葉集』の磐姫皇后は、天皇の行幸の間、ひたすら待ち続ける女としてある。しかし、（a）の歌の背後には、記のような仁徳天皇による求婚物語と皇后による激しい嫉妬とが予想されるであろう。

（a）の歌は、女の歌の一つのタイプを示すものであろう。そのタイプとは「迎へか行かむ待ちにか待たむ」にある。夫を恋い慕う妻の逡巡する心である。待つことが女の立場であり、待つ女を古代では社会的通念とするのだが、「迎へか行かむ」には待てない女の心が現れる。それは夫に対する愛情の深さを読み取らせるものである一方に、社会的通念を超えようとする女の激しい恋慕があり、その恋慕の向こうに夫への激しい嫉妬の心がある。なぜなら、この行幸は夫が他の女を追いかけるためだからである。記によれば、

ここに天皇、その黒日売に恋ひたまひて、大后を欺かして、のりたまはく、「淡道島見たまはむとす」とのりたまひて、幸行でます時に、淡道島にいまして、遙に望けまして、歌よみしたまひしく、

おしてるや　難波の埼よ

出で立ちて　わが国見れば、
粟島　淤能碁呂島
檳榔の　島も見ゆ。
佐気都島見ゆ。

と語られているのである。皇后を欺してまでも黒日売を追う天皇に対する嫉妬が、（ａ）の歌の背後に隠されているのである。天皇を迎えに行こうというのは、皇后の深い恋慕のみではなく、夫への嫉妬心から生まれる追いかける女の行動であろう。それでありながら社会的通念としての待つ女でなければならないのであり、この逡巡する心のあり方が（ａ）の歌のタイプなのである。『万葉集』の相聞歌を見れば、不実な男への不安や、愛する人の心変わりを訴えるのが、基本的スタイルなのである。

（ｂ）は恋に死ぬ女のタイプである。この歌は「〜あらずは〜ましを」（〜であるよりは〜でありたい）を基本形式として成り立つ恋歌であり、一つの類型にある。こんなにひどく恋い慕っているよりは、いっそのこと高山の磐根《いわね》を枕に死んでしまいたいものだというのである。これが類型であるのは、ＡよりはＢでありたいという比較が発想の基本にあるからであろう。「かくばかり」は万葉集中の恋歌に多く見られるもので、

古にし媼にしてやかくばかり恋に沈まむ手童の如（巻二・一二九）
表辺なき妹にもあるかかくばかり人の情を尽さす思へば（巻四・六九二）
大夫と思へるわれをかくばかりみつれにみつれ片思をせむ（同・七一九）
村肝の情くだけてかくばかりわが恋ふらくを知らずかあるらむ（同・七二〇）
夢にだに見えこそあらめかくばかり見えずしあるは恋ひて死ねとか（同・七四九）
かくばかり面影のみに思ほえばいかにかもせむ人目繁くて（同・七五二）

たらちねの母が手放れかくばかりすべなき事はいまだせなくに（巻十一・二三六八）
かくばかり恋ひむものそと思はねば妹が手本を纏かぬ夜もありき（同・二五四七）
おほろかにわれし思はばかくばかり難き御門を退り出めやも（同・二五六八）
大夫と思へるわれをかくばかり恋せしむるはあしくはありけり（同・二五八四）

のようにある。ここに見られる「かくばかり」の恋は、嫗《おうな》となって恋をした喜び、さらにこれほどまでに恋心を尽くさせる女への怨み、立派な男に片思いだけをさせる女への怨み、心も砕けるほどの情を尽くしても知らず顔の女への怨み、私が恋死をしてもかまわないと思っている女への怨み、面影だけで逢えないことの嘆き、どうしたら良いのかわからない初恋の思い、真の恋に陥った困惑と苦しみ、公務を抜け出してまで務めなければならない恋、大夫をこれほどまでに翻弄し虜にする恋など、いずれも通常を超えたところにある恋心を訴える。そうした「かくばかり」の恋の上に成り立つのが、「〜あらずは〜ましを」の恋である。

かくばかり恋ひつつあらずは石木にもならましものを物思はずして（巻四・七二二）
かくばかり恋ひむものそと知らませば遠くそ見べくあらましものを（巻十一・二三七二）
かくばかり恋ひむものそと知らませばその夜は寛にあらましものを（巻十二・三八六七）
かくばかり恋ひむとかねて知らませば妹をば見ずそあるべくあるらし（巻十五・三七三九）

こんなにひどい恋をするよりは、石木になってしまいたい、遠くからそっと見ていればよかった、彼女とゆったりとしていたかった、会わなければよかったという。恋というものをそれほど素晴らしいなどとは思ってはいなかったのだが、実際に恋をすると異常なまでに思いが募ったという、いずれも男の歌である。それで遠くから見ているだけにすれば良かったのであり、あるいはゆったりと愛情を掛けてあげれば良かったのだという後悔を歌う。そうした中で「石木にもならましものを物思はずして」は、（b）の歌と類同する。これは天平期に活躍する大伴家持の青春時代の歌であり、家持は（b）の歌を暗示しながら、苦しい恋の思いを訴えたのであろう。だが、（b）の歌は「磐根し枕きて死なましものを」というのだから、家持の歌よりも激しい。石や木になって物思いをせずにいたいというのではなく、磐根を枕として死んでしまいたいというのだから、そこには恋に死ぬ女の態度が現れているのである。もっとも恋に死ぬとは、万葉びとの口癖である。

恋にもそ人は死にする水無瀬河下ゆわれ痩す月に日に異に（巻四・五九八）

朝霧のおほに相見し人ゆゑに命死ぬべく恋ひわたるかも（同・五九九）

吾妹子に恋ひつつあらずは刈薦の思ひ乱れて死ぬべきものを（巻十一・二七六五）

大夫の聡き心も今は無し恋の奴にわれは死ぬべし（同・二九〇七）

物思いのために日々痩せてついに死ぬだろうこと、朝霧の中でほのかに見た人に恋して死ぬほど焦がれてしまったことを詠むのは女性の歌である。また、恋い焦がれているよりは刈薦《かりごも》のように乱れて死んでしまいたいこと、立派な男であると思いながらも恋の邪鬼のために死ぬだろうと詠むのは男の歌である。恋に死ぬという思いは、女も男も斉しい。それは相手に対して恋心を深く示すものである一方に、私の恋心がかくも深いのに、相手の思いが足りないことを詰《なじ》り、さらに熱愛を求める歌でもある。

そのような熱愛を求めるのが（b）の歌であるのだが、そこにはさらに夫が他の女性を追いかけている物語が展開しているのであり、「磐根し枕きて死なましものを」からは、それほどまでに愛しながらも、男に裏切られる女の相克が読み取れるに違いない。ここには恋に死ぬ女の苦しみが、倍加されているのである。

（c）は、黒髪に霜の置くまで待ち続けるのだという。待つ女ではなく待ち続ける女がこのタイプである。しかも、黒髪が白髪となるまで生涯に亘って待ち続けるというのである。それもまた激しい女のタイプであるが、そこには死ぬまで夫に尽くす女の姿があり、それは女の美徳を語るものである。たとえ夫が他の女に心を寄せていても、妻としての美徳は生涯に亘って、老いるまで夫を思い待ち続けることにあるということである。それは男女の関係ではなく、夫婦の関係を前提とするからだと思われる。それ故に死んだ妻を嘆く男の歌では、

白栲の　袖さし交へて　靡き寝る　わが黒髪の　ま白髪に　成りなむ極み　新世に　共に在らむと　玉の緒の　絶えじい妹と　結びてし　言は果たさず　思へりし　心は遂げず……（巻三・四八一）

のように嘆く。黒髪が白髪となるまで一緒でいようと、固く妻と約束した言葉も心も遂げることが出来なかったと訴えるのである。そこには共白髪を理想とする夫婦の愛があり、愛し合う者はそれを約束するのである。

福のいかなる人か黒髪の白くなるまで妹の声を聞く（巻七・一四一一）

黒髪の白髪までと結びてし心ひとつを今解かめやも（巻十一・二六〇二）

共白髪を約束しながらも先立たれたことへの嘆き、共白髪を約束した心はすぐに解くことはないという誓いが詠まれるように、そこにはいかなる事情があろうとも共白髪を固く約束した男女の愛の姿がある。

この（c）に対して（e）に「或る本」の歌が載せられている。（e）は、たとえ黒髪に霜が降りたとしても、夜を明かしても君を待とうというのであり、これは野外で密会を約束した女が、男の訪れが遅くなって黒髪に霜が降りて白くなったとしても、そのまま夜明けまで待ち続けることをいうのである。そのような歌は、「君待つと庭にし居ればうち靡くわが黒髪に霜そ置きにける」（巻十二・三〇四五）のように、男を待つうちに黒髪に霜が降りたということであり、あるいは、

わが背子は　待てど来まさず　天の原　ふり放け見れば　ぬばたまの　夜も更けにけり　さ夜更けて　嵐の吹けば　立ちとまり　待つわが袖に　降る雪は　凍り渡りぬ　今さらに　君来まさめや　さな葛　後も逢はむと　慰むる　心を持ちて　ま袖持ち　床うち払ひ　現には　君には逢はね　夢にだに　逢ふと見えこそ　天の足夜を（巻十三・三二八〇）

では、密会を約束しながらも男はついに約束の場所に来ることがなく、袖には降る雪が凍り付いたと嘆く。（c）の霜は比喩であるが、（e）の霜は事実が前提である。また、（e）は一夜の逢い引きであるが、（c）は生涯のことである。愛を誓い、共白髪を約束するところには、女性の揺らぎ無い不動の愛の姿がある。そこには女は二夫に見えずという考えがある。『万葉集』には二人の男に求婚された女が、命を捨てて互いに挑《いど》み合う男の姿を見て、林に入り経死する話がある（巻十六・三七八六序）。女は「古より今に至るまで、聞かず、見ず、一の女の身の、二つの門に往適くといふことを」と嘆くのであり、この類話がいくつか見られることからも、ここには女性の社会的なあり方が示されていることが知られ、その運命を避けるには自死しか無かったのである。そのことから見るならば、女性において愛の心は夫とすべき一人の男にのみ向けられるべきものであり、夫婦としてある以上は一人の夫へすべてが向けられることになることから、（c）は磐姫皇后の妻としての貞節の心を現した歌でもあるのである。

（d）は、激しい恋の思いの終息を見つめる歌であり、そこには内省する女のタイプが認められる。どの方向に私の恋は終息するのかと問うのは、それまでの逡巡する女、恋に死ぬ女、待ち続ける女の、激しく揺れる思いを客観化した、反省する態度の現れである。（a）の「行く」「待つ」、（b）の「死にたい」、（c）の「待つ」は、いずれも夫に向けられた感情であるが、（d）の「止む」は、自らの感情に向けられたものであり、そこに内省する姿がある。そうした激しい恋情から内省する歌への流れは女の歌の特質である。

高田女王の今城王に贈れる歌六首

言清くいたくな言ひそ一日だに君いし無くは痛きかも（巻四・五三七）

他辞を繁み言痛み逢はざりき心あるごとな思ひわが背子（同・五三八）

わが背子し遂げむと言はば人言は繁くありとも出でて逢はましを（同・五三九）

わが背子に復は逢はじかと思へばか今朝の別れのすべなかりつる（同・五四〇）

現世には人言繁し来む生にも逢はむわが背子今ならずとも（同・五四一）

常止まず通ひし君が使来ず今は逢はじとたゆたひぬらし（同・五四二）

やさしい言葉はもういいのです、毎日のように逢えないのが辛いのですと訴え、他人の噂に上るのが怖くて逢わなかったのであり、決して他心によるのではないのだと訴え、本当に遂げ添うというなら、どんなに噂がひどくても逢いに行きましょうとの決意を訴え、もうこれまでの関係と思われると、今朝の別れがひどく辛いことだと訴え、もうこの世では無理だから、今度生まれてくる世で逢いましょうと訴える。作者の高田女王は人妻である。歌を贈られた今城《いまき》王は即興に長《た》けた歌人である。女王の歌は今城王と贈答を繰り返したことが予想できるのであり、その贈答の歌の女側の歌だけが記録されているのである。歌をたどると二人の関係がそれぞれの現実の状況に応じながら、その時の変化する心が展開しているように排列されている。愛の言葉の伝言よりも毎日逢うことを求め、他人の中傷を畏れ、駆け落ちを示唆し、離別の時を嘆き、情死をしてあの世で逢うことを決意する内容からは、男に対する女の激しい挑発の歌であることが知られよう。そして、ここまでは男に対する訴えとして詠まれているのであるが、最後の歌は男からの返信も無く使いの者も現れなくなったことから、男は「たゆたひ」（逡巡すること）の中にあるのだと判断する、ため息の中に詠まれた独詠の歌であることが理解できよう。女の激しい愛の求めに、男は躊躇《ちゅうちょ》したのである。

3　女歌の四つの型

磐姫皇后の四首は、（a）の左注にこの歌が類聚《るいじゅう》歌林《かりん》に載り、そこから転載した歌であるということから、四首の纏まりを取ったのは、これらが再構成されたことを示している。もとよりこれらの歌は磐姫皇后に託された歌であることは通説であり、四首がそれぞれに展開する状況から、『万葉集釈注』が「漢詩絶句の起承転結の構成の中に、煩悶→興奮→反省→嘆息の心情展開を託した組歌」★8と考えるのは、重要な指摘であろう。これらの四首がそのような構成を取ったのは、女歌のタイプを認めているからであろう。そのタイプを改めて取り出すと、

（a）追いかける女
（b）恋に死ぬ女
（c）待つ女
（d）内省する女

のようになる。女の歌は、折口信夫により〈女歌〉という術語が提起されて今日さまざまに論じられることになるが、折口によれば女の歌が〈女歌〉として成立したのは、古く男女の掛け合いがあり、特に女性は男の揚げ足を取ることに慣れていて、それに熟達した女性たちは周囲の男性から持てはやされたのであり、当時の女歌人や「女歌《オンナウタ》」を考えるのにこのような点を度外視するのは正しくないと述べている★9。『万葉集』に女性の歌が多く登場する理由も、男女の掛け合いに発するのであり、女歌の四つのタイプは、男に対抗し、男から歌を導き出し、男の揚げ足を取り、男に拗ね、男の不実を詰《なじ》るなどの、女の歌技《うたわざ》を象徴するタイプだと思われる。しかも、これらの四首のタイプは、独詠的傾向を強く持つものであり、女の感情の基本を示すものであるように思われる。

その上で考えるべきことは、これらの四首が磐姫皇后の歌として原撰部相聞の巻頭に排列されたことの意味である。すでに触れたように『万葉集』の相聞歌は男女の恋歌に生命があるのであり、夫婦の愛が主役ではない。むしろ、夫婦の愛は少数派に過ぎない。それでありながらここに夫婦の愛が選ばれたのには、いくつかの要因があろう。例えば、中国の『詩経』国風の巻頭歌は「関関雎鳩。在河之洲。窈窕淑女。君子好逑」と詠まれて、雎鳩《しょきゅう》（鴛鴦のような鳥）が河の洲で夫婦仲良く住んでいるように、美しい淑女は君子のよい連れ合いだという。これを国風の巻頭に載せたのは、文王《ぶんのう》に聖女姒氏《じし》が配されたことから、これを以て「見其有幽閒貞静之徳」（『詩集伝』）と、宮中の人たちがこの

詩を作ったのだという。そこには妻が貞静の徳を以て夫に仕え、夫婦が和すことによる褒め歌としての意義があり、「恋歌」を分類目としている『古今集』ですらも、真名序では和歌の効用として「夫婦を和す」ことを取り上げている。磐姫皇后の四首が天皇の行幸により留守を守りつつも、天皇を思慕する歌として詠まれているように、夫への一途な思慕がテーマであり、貞静の徳（婦人の徳）を以て夫に仕えるところの理想的な妻の姿がある。相聞部巻頭の意味も、まずこのような所に見出される。

しかし、ここに記の皇后伝を加えるならば、貞淑な皇后像の上に、激しく嫉妬する女としての磐姫皇后が登場する。それは天皇の后妃である前に、一人の女としての皇后像を見せるものであろう。激しい夫への嫉妬と深く夫を思慕する心の両極の中に、磐姫皇后の揺れる心がある。皇后の嫉妬に関しては記・紀ともに同類の話を載せることから、磐姫皇后の嫉妬物語は広く伝承されて来たのであろう。その嫉妬がウハナリネタミと訓読されるのは、『和名抄』に「後妻　宇波奈利」とあり、後妻を嫉むことだという（『時代別国語大辞典　上代編』三省堂）。新たに娶《めと》った妻を、前妻が嫉むのが嫉妬だというのである。もちろん嫉妬の漢字は紀に他の用例が見られるから、後妻を嫉むことに限られるものではないが、ウハナリネタミの訓はここでの関係から適切である。

むしろ、皇后による嫉妬の本質が問題になるように思われる。女は二夫に見《まみ》えずというのは、女性に求められた道徳観であり、生涯に一人の夫に仕えることが貞節の前提であった。古代中国には多くの女誡《じょかい》の書があり、そのことにより多くの悲劇も生まれた。漢代の焦仲卿《しょうちゅうけい》の妻は姑から婚家を追い出されて、実家の者からは他の金持ちに嫁ぐことを強要されたが、夫は焦仲卿一人のみとして婚礼の夜に入水自殺し、それを知った焦仲卿も後追い自殺をはかる（「焦仲卿妻」『玉台新詠』）。ここには一人の夫のために仕える貞節の妻の物語（烈女伝）から、夫婦の愛の物語（殉愛故事）へと向かう道筋がある★10。女性にとって愛は一人の男に対してのみであり、それは純愛の物語を生み出すのであり、一方に、その純愛が嫉妬を生み出すということになる。純愛は、また殉愛でもあり、女性は男に殉愛を求めることで愛の絆を確かめたのである。

事しあらば小泊瀬山の石城にも隠らば共にな思ひわが背（巻十六・三八〇六）

右は伝へて云はく「時に女子ありき。父母に知れずて窃に壮士に接ひき。壮士その親の呵嘖はむことを悚惕りて梢に猶予ふ意あり。これに因りて娘子のこの歌を裁作りてその夫に贈り与へき」といへり。

二人の関係は父母にも知らせていない秘密のことであり、女は「こんなことをしてしまって親に知られて、あなたと引き裂かれるということにでもなれば、一緒に小泊瀬山の石城に籠もる覚悟はありますから、どうか物思いをしないでください」という。結婚が親や村に認められた社会的な制度の中にあるとすれば、この男女のように父母に知られない恋は、反社会的な自由恋愛である。自由な恋愛の行く末は、駆け落ちか情死にある。それゆえに、男は娘の親に知られて厳しく叱責されることを畏れ、逡巡の心を見せたのである。小泊瀬山は墓所のある処であり、石城とは墓のことであろう。おそらく、そこは情死の名所で情死者の霊魂の留まる場所であったものと思われる。そのような土地であるゆえに女性は小泊瀬山を選択したのであり、もし事が現れて二人が引き裂かれるようにでもなれば、一緒に小泊瀬山の墓所で情死をしましょうというのであろう。情死、すなわち殉愛死（相対死）は許されない結婚を遂げようとする男女が、その愛に殉じることである。それは親や社会に認められずに純愛を遂げようとすることにより生じるものであって、そこには女性のしたたかさがある。磐姫皇后が死ぬまで頑なに夫を許すことが無かったのは、一途に夫の愛を恃みとする女の、崇高な純愛を求め続けた結果で、すでに皇后の心は愛の鬼へと変身しているのであり、四首の歌は、純愛の果てにある殉愛を予想させているのである。

4　結

相聞歌とは何か、なぜ原撰部の相聞歌の巻頭を磐姫皇后の四首の歌が飾ったのか。

そこからは、女の歌による恋歌の生成する重要な問題が現れているように思われる。一つに、女の歌が四つの型として形成される要素を持つと考えたこと、二つに、磐姫皇后の歌と軽太娘皇女との歌が重なることによる恋歌の生成の問題が見られることである。特に激しく嫉妬する皇后は、一方では逡巡しながらも夫を待ち続ける貞淑な妻として描かれる。そこに見えるのは、一人の夫のみを愛し仕えるという、女性であるがゆえに求める一対一の関係における愛の要求であり、純愛の態度であろう。それが婦徳へと接続したのである。そこには、磐姫皇后の歌を通しての人間像が捉えられている。その対極にあるのが仁徳天皇の色好み（一対多の愛）であり、それに起因する皇后の激しい嫉妬であった。ところが、この皇后の歌が軽太娘皇女の歌へと転成することにより、兄と妹の恋という殉愛の物語へと向かうことから考えるならば、皇后の歌には純愛（一対一の愛）や殉愛（情死の愛）への憧憬が激しく希求されていたことになる。そこには恋歌とは何かという、相聞歌発生の仕掛けが存在するように思われる。

注

1　小島憲之「万葉集の三分類」『上代日本文學と中國文學　中』（塙書房）参照。
2　山田孝雄「相聞考」『万葉集考叢』（宝文館）参照。
3　中西進『万葉集　全訳注　原文付（一）』（講談社文庫）解説参照。
4　本文は、中西進『万葉集　全訳注　原文付（一）』注3による。以下同じ。

5　辰巳「韮露行」『万葉集と中国文学　第二』（笠間書院）参照。
6　『文選』賦編に「情」の分類を見る。そこには宋玉の「高唐賦」「神女賦」「登徒子好色賦」、および曹子建の「洛神賦」が載り、「登徒子好色賦」以外は神仙との交わりを語る神仙譚である。「登徒子好色賦」は好色論であり、直接的に男女の恋愛を指すものではない。
7　本文は、武田祐吉訳注『古事記』（角川文庫）による。以下同じ。
8　伊藤博『万葉集釈注　一』（集英社）参照。
9　「額田女王」『折口信夫全集　4』（中央公論社）。
10　辰巳「私を捉えた愛の苦しみ・愛の凱歌」『詩霊論　人はなぜ詩に感動するのか』（笠間書院）参照。

第六章
乞食の歌謡
ホカヒと芸能

1　序

折口信夫は神々の零落した姿として〈妖怪〉や〈祝言職〉を考え、祝言職のさらに零落《れいらく》した姿として〈乞食〉を想定し、これらを〈おとづれ人〉と呼んで「大晦日・節分・小正月・立春などに、農村の家々を訪れた様々のまれびとは、皆簑笠姿を原則として居た。夜の暗闇まぎれに来て、家の門から直にひき還す者が、此服装を略する事になり、漸《やうや》く神としての資格を忘れる様になつたのである。近世に於いては、春・冬の交替に当つておとづれる者を、神だと知らなくなつて了うた。ある地方では一種の妖怪と感じ、又ある地方では祝言を唱へる人間としか考へなくなつた。其にも二通りあつて、一つは、若い衆でなければ、子ども仲間の年中行事の一部と見た。他は、専門の祝言職に任せると言ふ形をとるに到つた。さうして、祝言職の固定して、神人として最下級に位する様に考へられてから、乞食者なる階級を生じることになつた。」★1のように、その変化推移の痕《あと》を捉えた上で「門におとづれて更に屋内に入りこむ者、門前から還る者、そして其形態・為事が雑多に分化してしまうたが、結局門前での儀が重大な意義を持つて居たことだけは窺はれる。此様に各戸訪問が、門前で其目的を達する風に考へられたものもあり、又家の内部深く入りこまねばならぬものとせられたのもある。古代には家の内に入る者が多く、近世にも其形が遺つて居るが、門口から引き返す者程、卑しく見られて居た様である。つまりは、単に形式を学ぶだけだといふ処から出るのであらう。」（前掲書）と述べている。この〈おとづれ人〉は、それが神にしろ神の零落した妖怪や乞食にしろ、村の外から邑落《ゆうらく》や家々を訪れ、その村や家を祝福する者たちであるとする。これは折口のもう一つの〈まれびと論〉でもある。

村や家を訪れて祝福を述べるのが蓑笠《みのかさ》を着けた神であったが、それが妖怪とみなされたり祝言を唱える人間とみなされることで神の役割は終えた。折口がそうした神の零落した姿に祝言職や乞食を想定したのは、何よりも文学の発生を神の託宣から考えるためであった。祝言職の伝える祝詞《のりと》や寿詞《じゅし》に文学の発生を想定し、あるいはまた乞食の芸に文学の発生を想定するのは、文学以前の呪詞《じゅし》の現れが想定されるからである。なかでも〈乞食〉が神の零落した姿であるという想定は、文学の発生論として見た場合に、祝言職以上に興味深い問題であるのは、古代日本においても乞食が一定の祝福芸を保持していたことが認められるからである。もちろん古代における乞食は複雑な様相を示すものであるから、乞食が直ちに乞食芸と結びつくとは限らないので慎重であることが求められるのだが、それでありながら乞食の芸は明らかに文学の発生に大きく関与するように思われる。以下に乞食の祝福芸を中国の乞食芸と比較検討しながら、それがどのような修辞学を形成したかを考えてみたい。

2　乞食とホカヒビト

乞食については柳田国男も関心を示し、折口の〈まれびと論〉を批判しながら、次のような習俗のあることに触れているのは、折口の立場との異なりが見られおもしろい。

客を「まらうど」と謂つたもとは、和名抄に末良比止とある。乃ち稀人の意だといふのが今日の通説となつて居るやうだが、私などはまだ盲従をためらうて居る。それでは隣人村内を客に請ずる場合に、別の名が無くてはならぬからである。モラフが他人からもしくは他家の食物を分たるゝことだとすると、其語と「まらひと」との繋がりも考へて見なければならない。伊豆の三宅島では「貰ふ」をムラァ、御蔵島では又マラァと謂って居る。客は即ちそのマラフ人であったかも知れぬのである。乞食をモラヒといふ語は、今でもオモラヒサンなどゝとなって東京にも存し、又東北でもモレェといふ例が少なくない。北村山郡では乞食をホエド又はモラヘモスと謂って居る。モスは申すで、自らさういふ言葉を唱へて門に立ったのかと思ふ。モラヒビトといふ名は茨城県などに広く行はれる。只の憫みを乞ふ窮民以外に、正月の始めにどこからとも知れず、春田打ちなどの祝言を唱へて、米や餅を受けてあるく者も貰ひ人であった。素より何処の某といふ名は隠さうとするが、斯うして貰ひあるくと農病みをせぬといふ俗信があるといふ（大間知篤三君報）。★2

全体に門付け物貰ひの輩を、すべて人間の落魄した姿のやうに考へることは、やゝ一方に偏した観方なのかも知れない。農漁山村の定着した生業と対立して、別に彼等の間だけの動機なり目途なりが、有ったらしくも思はれる節があるからである。福島県の海に面した村里には、名ある旧家でシンメ様を祀って居る者が尠なくない。シンメ様といふのは仙台付近でトゥデ様、南部領でオシラ様といふのもほゞ同じで、通例木を彫ってこしらへた人形の神である。此神を持伝へた家では、現在は皆困って居るさうである。それは屡々其家の女の夢枕に立って、旅に出ようと促して已まぬからで、其御告げに従はぬと病気になる。それを遁れようとすれば少なくとも年に一度、そっと此神を背に負うて、顔を知られぬ土地を巡歴して来なければならぬ。★3

折口の説く〈まれびと〉とは別に、「貰う」という語がムラァやマラァと関わると見るのは、窮民のホエドやモラヒビトのほかに、正月始めに祝言を唱えて米や餅を貰い歩く習俗のあることの指摘である。しかも、そのような習俗には病気祈願や神の強制といった信仰とも深く結びついていることを考えるならば、物貰いというのは何らかの信仰的習俗に根ざすものであったことが知られる。このような物貰いの風習は日本に限らず、中国の現在の少数民族にも広く見られる。たとえば中国貴州省に住む侗族《とんぞく》の物貰い習俗については、次のようなものがあるという。

侗族には他人の家に行き食べ物を貰うという風俗習慣が見られる。その形を分けるといくつかの層があり、一つは「添福添寿」と呼ばれるもので、それは小さな子供の身体が良くないときに、祭師に看て貰い彼が食べ物に欠乏していると判断すると、子供に食べ物を与える必要があり、そこで父母は他人の家に行き、飯を乞い米を乞い子供に食べさせるのである。最も良いのは七つ以上の姓氏の家に行き飯あるいは米を貰うことで、これを民間では「百家飯」といっている。また、もしある家に九十歳以上長寿の老人がいると、村の人は喜びごとのある祭りの日に、彼の家に米や飯を貰いに行くのであり、その意味は彼の食べるご飯を貰い、長寿にあやかろうとすることにある。二つには交流を深め互いに物を融通しあうことであり、村のある家に「老酸菜」(長く漬けて酸っぱくなった漬け物)があると、みんなでその家に行って食べるのであるが、それは災害や病気を避けるのだという。さらに、ある家に新鮮な果物(梨や柿など)あるいは新鮮な野菜などがあると、また行って貰うのであり、貰いに行ったからといってもその人が決して貧しいからではない。

侗族の中には物を乞うときの歌がある。茶油貰い、綿花(食用の綿花の油)貰い、餅貰いなどの歌である。三龍地区の娘さんたちは集団で出かけて行き、歌を唱って物を乞うのであるが、次のように唱われている(三龍歌手呉品光口述)。

姑媽的房子大　　おばさんのお家は大きく
蓋的是青瓦　　屋根は青い瓦葺き
屋内擺的是金辺椀　　家には金縁のお椀がたくさん置いてあり
吃穿不愁様様都不差　　衣食に困らずいろいろ揃っている

如我有好命当你的媳婦　もし私に良い運がありここの嫁になれば
那我自然様様都有份　そうするとみんな私のものになる
今天无縁只好来唱歌討綿油　今日は縁が無く歌を唱って綿油だけ貰います★4

前者は〈あやかり〉という感染呪術による信仰であり、後者は家褒めの呪詞を陳べて家主を祝福し物を貰うという習俗を示している。窮民としての乞食も民間習俗としての乞食も〈モノモラヒ〉であり、その区別はつけ難く、窮民の乞食もまた乞食芸の担い手であったことは事実である。すでに『古今集』の真名序には「彼の時澆灘に変じ、人奢淫を貴ぶに及びて、浮詞雲のごとく興り、艶流泉のごとくに涌く。その実皆落ちて、其の花孤り栄ゆ。好色の家には、此を以ちて花鳥を使とし、乞食の客は、此を以ちて活計の媒とすることあるに至る」★5のだと記している。この時代に、歌は好色者の花鳥の使い（恋愛の使者）に堕し、また乞食の客はこれを活計の媒《なかだち》とするに至ったと嘆くのである。平安時代の初めに歌は乞食の生活のための道具となっていたということからは、乞食の芸が歌によって歌われていたこと、それが広く社会に浸透していたことが伺えるであろう。

もちろん「乞食」は〈コツジキ〉であり、すでに『史記』や『後漢書』などの史書に見られ、乞児、乞丐、乞匄、乞索児などという漢字表記も見える。日本で乞食が登場するのは「僧尼令」（非寺院条）に「凡僧尼。其れ乞食の者あらば、三綱連署せよ。国郡司を経て、精進練行を勘知し、判許せよ」★6に見られ、まず乞食は仏教的な範疇において位置づけられ国の管理下に置かれた。それゆえに、聖徳太子伝説で知られる片岡山遊行の説話に登場する飢者《うえびと》も『日本霊異記』の「聖徳皇太子、異しき表を示す縁上巻第四」では、「皇太子鵤の岡本の宮に居住しし時に、縁ありて宮より出で遊観に幸行す。片岡の村の路のほとりに乞匄人有りて、病を得て臥せり」★7のように「乞匄人」となり、また『上宮聖徳太子伝補闕記』（『大日本仏教全書』112）では飢人が目を開くと内に金光ありその身は良い香りがしたと伝える。また長屋王の事件を語る『日本霊異記』の「己が高徳を恃み、賤形の沙弥を刑ちて、以て現に悪死を得し縁中巻第一」にも「袈裟を着たる類は、賤形なりと雖も、恐り不る応から不ることを、隠身の聖人も其の中に交じればなり」（日本古典文学大系）のように説かれており、乞食の中には隠身の聖人（仏菩薩）も含まれているのだという。そうした乞食と聖人との関係は、仏僧らの乞食修行とも関わっていたのであろう。『仏説除障菩薩所問経』（巻第十三）には「善男子よ。如何が是れ菩薩有情を摂受し、乃至身想を離るるが故に乞食を行ず。謂く若し菩薩諸の有情の苦悩を受くる者善根微少なるを見て、摂受して、其の諸の善根を具足せしめんと欲する為の故に乞食を行ず」★8という乞食行《こつじき》は、奈良時代に自度や私度と呼ばれる逃亡農民をも含む乞食僧をも多く生み出したものと思われ、それが僧尼令の僧綱に見る乞食判許や、乞食の中に身を隠す隠身の聖人へと反映しているのであろうと思われる。

　乞食や乞索児《こつさくじ》は漢語であり、かつ仏教的要素を強く持つことからも、これを〈コツジキ〉と訓むことはその方面からは正しいが、先の『日本霊異記』に「乞匃人」とあり、これは『倭名類聚鈔』の「乞児」（人倫部）に「楊氏漢語鈔云、乞索児、保加比々止、今案、乞索児、即乞児是也、和名加多井」★9とあることから「保加比々止」や「加多井」と訓まれているもので、加多井は「カタヰ」であり、道などの傍らに座して居るからの名とされる。また、保加比々止は「ホカヒヒト」である。そのいずれの訓を取るかは文脈上の問題になるが、ここに乞索児を訓じて「ホカヒ」とあるのは、「ホク（祝福）」ことを専らとする乞食や乞索児の謂であろう。このホカヒについて最も詳細に論じたのは折口信夫であり、「寿詞を唱へる事をほぐと言ふ。ほむと言ふのも、同じ語原で、用語例を一つにする語である。ほむは今日、唯の讃美の意にとれるが、予め祝福して、出来るだけよい状態を述べる処から転じて、讃美の義を分化する様になつたのである。（中略）再活用してほかふ、熟語となつてこと（言）ほぐと言ふたりするほぐの方が、ほむよりは、原義を多く留めて居た」★10と述べている。そのような寿詞は、古代では酒や新室などを褒めることに特徴的に現れる。新築に限らず旅の途次に作られる仮屋も新嘗の仮屋も、室ほぎにより祓《はら》われたのであり、そのような文字資料は『日本書紀』顕宗天皇即位前紀条の中にも「室寿《むろほぎ》して曰はく」とあって、築き立つる、稚室葛根、築き立つる、柱は、此の家長の御心の鎮なり。取り挙ぐる棟梁は、此の家長の御心の林なり。取り置ける椽橑は、此の家長の御心の斉なり。取り置ける蘆萑は、此の家長の御心の平なるなり。取り結ぶ縄葛は、此の家長の御寿の堅なり。取り葺ける、草葉は、此の家長の、御富の余なり。★11

のように見えている。新室の柱・棟・椽・蘆萑《えつり》・縄葛《つなかづら》・草葉《かや》などを順次詠み込み、これらはすべて家長の鎮めであり心であり富であると祝福する。これは天皇自らが室寿《むろほぎ》をしたというのであるが、ほぐことはそのままにほむることであるという理解を示す内容であり、そうした寿詞を奏上する者は折口が説くように語部《かたりべ》や巡遊伶人《じゅんゆうれいじん》らが専らとしたものと考えられる。また、折口は「寿詞が、生命のことほぎをする口頭文章の名となつて、祝詞と言ふ語が出て来たものと思はれる」（同上）ともいい、「延喜式などに見える外居《ホカキ》・外居案《ホカヰヅクヱ》など言ふ器は、行器（ほかひ）と一つ物だと言はれて居る。（中略）宮廷に用ゐられた外居が、行器と同じ出自を持つて居るものとすれば、何時の頃どう言ふ手順で入り込んだか、すべては未詳である。唯、神事に関係のある器である事だけは確からしい」（同上）ともいう。

そうしたホカヒ人は器や机を持ち神の信仰を相承し、諸国を巡遊し長い旅を続けながら予祝芸を布教していたのであるが、それが藤原の都にはすでに存在したと推測するのである（同上）。これを藤原の都の時代に想定するのは、『万葉集』に二種類の「乞食者詠」と題した長歌が存在するからである。ここにおいて各地を巡遊する祝言職としてのホカヒは、各地を流浪する自度や私度らと混じりながら、乞食や乞索児らによるホカヒの芸が形成されることになる。

3 〈ホカヒ〉の祝福芸

乞食がカタヰと呼ばれたのは、道の傍らで物を乞うことからだとも、あるいは身体に障害があるからだともいわれ、物乞いの状態や状況を指す語らしいが、ホカヒの真意はホク（祝福する）ことにあり、何らかの芸を頼りに物乞いをしていたのであろう。中国の清時代に謡われていたという乞食の歌に、「一天只有十二時。一時只走両三間。一間只討一文銭。蒼天蒼天真可怜」★12のようにあり、「一日はたったの十二時間だけ、一ッ時では両三間歩けるだけ、一間で一文の銭を求めるだけ、ああ天よ天よ何と哀れなことか」のように歌われている。純粋な乞食の物貰いの歌であり、相手への祝福は見られず、天を恨み自嘲自哀の思いが強い。一日、一時、一間と謡うのは数え歌の修辞法を取り入れたものであり、物乞いのみを主とする乞食の基本歌曲であろうと思われる。そうした物乞いの歌も高度になると仏の力を借りて歌うという形も登場し、「好心有好報。壊心鬼不饒。信仏行善事。可怜我労佬。求銭不要多。只要五十銭。你若給我銭。保你平平安」（同上）では、「良い心には良い報い、悪い心では鬼が許さない。仏を信じ善事を行うべきです。貧乏な私を哀れんでください。お金は多くは要りません、たったの五十銭で良いのです。あなたがお金を恵むなら、あなたはとても平安です」（同上）という。良い心には良い報いというのは、因果応報を説くものであり、悪い心では鬼が許さないのだと脅《おびや》かす。その良い心とは乞食に物を恵む心のことであり、そうすればとても平安なのだと説く。仏への信心を促すことで人々に慈悲の心を覚まさせ、目の前の乞食にお慈悲をというのである。仏の力を借りて物を施させるのも、乞食歌が持つ技（修辞学）の一つである。この歌も祝福芸ではなく純粋な物乞い歌であるが、どのようにして相手から物を乞うか、さらに恵んでもらうかは、それなりの技が求められたのである。先の歌のように卑屈《ひくつ》にはならず、仏への信心を促すことであればそれはお恵みよりも喜捨《きしゃ》である。これも乞食たちの基本歌曲であったと思われる。相手の善意や善心を動かすのは、僧たちも同じである。乞食僧に紛れるのは擬態によるものであるが、喜捨させる技術がここにある。

そうした物乞いのための直接的な歌に対して、同じく清代に謡われていた、商店の繁盛を祝福する乞食の歌は確かな〈ホカヒ〉の歌であることが知られる。

竹板打進街里来　一街両廂好売買　竹板打って街へと出かけたら、街の両廂では商売が繁盛

金字招牌銀招牌　東棟西扯挂起来　金文字銀文字の看板下がり、東の家は西を引っ張り立ち上がる
這一両廂我没来　听説掌柜発了財　この両廂に私が来なくても、聞けばお店はたいそうな繁盛
掌柜発財我沾光　您吃餃子我喝湯　そこで金持ちの分け前にあずかり、あなたは餃子を食べ私はお湯を飲む
一拝金来二拝銀　三拝掌柜大好人　一拝すれば金で二拝すれば銀、三拝すればお店の良い人は
大好人来海量寛　劉備老爺坐四川　とても良い人は海のような心の広さ、劉備おじさんは四川の国で
坐四川来漢劉備　能活三千六百歳　四川に来て漢を築いた劉備おじさんは、三千六百歳も命を保ちました（同上）

乞食は竹板（竹製楽器）を打ちながら街へと出かけると、通りの左右の商店は商売繁盛で賑わっているのだという。そこでお恵みを頂こうと金持ちの店へと出かけ、三拝もするとお店の人は海のように心の広い人だから、きっと恵んでくれるに違いないと期待し、劉備が三千六百歳も長生きをしたという話に因み、お店のご主人も長生きするだろうと祝福する。相手の同情を買い、自らの苦難を訴えて物を乞うのではなく、相手の繁盛を祝福することで物を乞うという祝福の寿詞が成立し展開している。

このように乞食は歌の芸を持ち歩きながら物乞いをするのであるが、殊に乞食は目出度いことがあれば出てきて祝福の歌を歌い、その代価として物を貰うのである。澤田瑞穂氏によると、中国清代に見られた乞食歌について、乞食の祝儀歌を喜歌という。人家の慶事を嗅ぎつけてきた乞食芸人が、その慶事に応じた一定のめでたい文句をよみあげ、応分の小費をもらってゆく。その乞食を念喜歌児、略して念喜という。前清時代ならば、科挙合格はいうまでもなく、生子・寿辰・婚礼・新築・開店などの祝いごとがあると、どこからともなく乞食が門にやって来て、七枚の竹の板を紐で通した拍板を鳴らして拍子をとりながら、この喜歌をよむ。乞食芸であることも、拍板をもつことも、調子の鄙俗なことも、まったく古来の蓮花落の正統派である。★13

と述べている。そうした乞食の歌の結びの決まり文句は「正念喜、抬頭観、空中来了福禄寿三仙、増福仙、増寿仙、

後跟劉海児灑金銭、金銭灑在宝宅内、富貴栄華万万年」であり、「お祝い申してふと見あぐれば、空に来るは福禄寿、増福仙には増寿仙、後に従う劉海仙が銭を撒く、お屋敷内に銭をまく、富貴栄華は万万年」というもので、目出度い仙人たちが呼び出されて祝福をするのである。澤田氏はこうした喜歌の一つである新築祝いの歌を挙げている。

抬頭望細端詳　高楼大厦蓋的強　北楼蓋的遮北斗　南楼蓋的遮太陽　西楼蓋的興隆地　東楼蓋的臥竜岡　上梁正遇黄道日　紫微星君下天堂　招財童子哈哈咲　利市仙宮喜洋洋　和合二聖来祝讃　興隆之地得安康　喜神財神共賀彩　代代児孫寿綿綿　門前有棵梧桐樹　梧桐樹上落鳳凰　鳳凰不落無宝地　貝貝出個状元郎　有竜海手高掲金銭洒在貴府上　我把金銭洒在地　貝貝高陞永綿長　大爺大喜了（同上）

この意味は「仰いでよくよく見てみると、高楼建築りっぱなお宅。北の楼閣北斗を遮り、南の楼閣太陽を遮り、西の楼閣地勢が良く、東の楼閣竜が臥す。上棟式は吉日で、紫微《しび》星君が天堂に降り、招財童子はニコニコと、利子仙宮は洋々と、和合二神が祝辞述べ、地勢は盛んで安らかで、喜神財神喝采し、代々子孫は繁栄し、門の前には梧桐《ごとう》生え、梧桐の上には鳳凰降り、宝の無い地に降りはしない。次々科挙《かきょ》に合格し、劉海仙は手を掲げ、お金を貴府の上に撒き、撒いたお金は地にあって、子孫繁盛が続きます。大爺大喜了」である。新築の御殿の様子を東西南北が風水に適った目出度い状態にあることから歌い始め、紫微星君や招財童子などの喜神財神が祝福しているから、家の富や子孫繁栄が保証され、科挙にも受かり、劉海仙人はお金を撒き子孫は繁栄するのだと歌う。そのようにして家の主人の盤石な未来が祝福されるのであるが、それは先の『日本書紀』に見えた「室寿」が、建物の材料と家長の富や繁栄とを数え歌風に重ねて祝福する性質と同じくするものであろう。青木正児氏によると「蓮花落」は中国で古くから乞食の謡っている曲で、「今も北京では師走から正月にかけて賎民が『蓮花落』を謡って物乞ひに来る。其節は単調にして野鄙、竹板を打ち鳴らして拍子を取ること我邦の四つ竹に似た趣がある」★14といい、蓮花落の歌詞を挙げている。その歌詞は明時代に戯曲に謡われたもので劇中の作であるが、春の到来による乞食の神詣でから歌い出され、柳の陰に立派な旦那衆や別嬪《べっぴん》さんの群れがいることを詠み、囃子詞《はやしことば》として「蓮の花散る」が入る。春が過ぎると夏が到来し夏の船遊びの風物が歌われ、秋が来れば紅葉狩り、そこで物乞いをし、冬は寒さで乞食は辛いが、世が世なら良い暮らしをしていたのだと我を張ることが歌われる。春夏秋冬の季節を通してその風物が謡われ、そして乞食の身上が語られるところには、乞食歌の十分な祝福性と叙事性とが見られる。

このような乞食の歌が日本古代の『万葉集』には、「乞食者詠《ほかひびとのうた》」と題されて二首載せられている。しかも、この二首は左注に「為鹿述痛」「為蟹述痛」という歌の事情が記されている。したがってこの歌の主人公は鹿や蟹であり、それは初めから〈乞食者〉という芸能者が予定され、その芸や技が意図化されていることが知られる。一首目は鹿の為にその痛みを述べた歌だといい、狩人に対して鹿が自らの身の行く末を嘆きつつも、しかしその身が解体されて角も耳も目も爪も毛も肉もすべて天皇に奉仕することとなる喜びを歌う内容である。二首目の蟹の為にその痛みを述べた歌では、次のように詠まれる。

おしてるや　難波の小江に　庵作り　隠りて居る　葦蟹を　大君召すと　何せむに　吾を召すらめや　明けく
吾が知ることを　歌人と　吾を召すらめや　笛吹と　吾を召すらめや　琴弾きと　吾を召すらめや　かもかく
も　命受けむと　今日今日と　飛鳥に到り　立てれども　置勿に到り　策かねども　都久野に到り　東の　中の
門ゆ　参納り来て　命受くれば　馬にこそ　絆掛くもの　牛にこそ　鼻縄はくれ　あしひきの　この片山の　も
む楡を　五百枝剥ぎ垂れ　天光るや　日の異に干し　囀るや　唐臼に搗き　庭に立つ　手臼に搗き　おし照る
や　難波の小江の　初垂を　辛く垂れ来て　陶人の　作れる瓶を　今日行き　明日取り持ち来　わが目らに　塩
塗り給ひ　腊賞すも　腊賞すも（巻十六・三八八六）★15

難波の小江に住む蟹が大君に召されるのだが、その理由は歌人としてか笛吹としてか、あるいは琴弾きとしてか分からないが出かけることにする。その道中の描写が次に続き、東の門に至り大君の命を受けると、蟹は塩漬けにされて膾《なます》になり、大君から美味であると褒められながら食べられてしまったという内容である。その滑稽さがこの歌の身上だが、ここには幾つもの修辞が見られる。一は蟹を主人公としていること、二は道行きに言葉遊びを駆使していること、三は膾の作り方を教えていること、四は大君への奉仕の在りかたを教えていることである。一は鹿の歌も同様であるが、人間以外が主人公となるのは叙事詩的発想であり、聞く者をモノガタリの世界に引き込むことが意図されている。二は、

今日今日と↓明日↓飛鳥（地名）
立てれども↓置く↓置勿（地名）
策かねども↓策く↓都久野（地名）

のように、言葉遊びの技法を用いながら物語を紡ぎ出す方法であり、叙事的発想を受けるものであろう。『万葉集』に「今日もかも明日香の川の」（巻三・三五六）とある如きであり、枕詞や諺から導かれた用法であると思われる。三は蟹を楡《にれ》の枝に取り付け天日に干し、唐臼《からうす》や手臼で搗いて難波の初垂を用いて辛く味付けし、陶器作りの職人の作った瓶《かめ》を準備し、蟹の体に塩を塗り膾としたことを歌う。これは最高級の素材を用いた膾の作り方を示したものであり、その行程である。四は蟹さえもこのようにして大君のために犠牲となり奉仕したことを教えるものであり、まして百姓や臣下らは言うまでもないとの教えでもある。この歌が大君を祝福する内容と成り得たのは、ここにある。

一方の「為鹿述痛」の歌も、「愛子　汝背の君」という呼びかけから始まり、聴衆が意識されている。そして、猟に行く主人公がたくさんの矢を準備して鹿を待っていると、鹿が来て嘆きつつ述べた言葉が叙述される。

愛子　汝背の君　居り居りて　物に行くとは　韓国の　虎とふ神を　生取りに　八頭　取り持ち来　その皮を
畳に刺し　八重畳み　平群の山に　四月と　五月の間に　薬猟　仕ふる時に　あしひきの　この片山に　二つ立つ　櫟が本に　梓弓　ひめ鏑　八つ手挟み　鹿待つと　わが居る時に　さ牡鹿の　来立ち嘆かく　頓に　われは

死ぬべし　大君に　われは仕へむ　わが角は　御笠のはやし　わが耳は　御墨の坩　わが目らは　真澄の鏡　わが爪は　御弓の弓弭　わが毛らは　御筆はやし　わが皮は　御箱の皮に　わが肉は　御膾はやし　わが肝も　御膾はやし　わが肱は　御塩のはやし　耆いぬる奴　わが身一つに　七重花咲く　八重花咲くと　申し賞さね（巻十六・三八八五）

ここで鹿は死んで身体は大君のための用となり、この身体は七重に花が咲くだろうとお褒めいただきたいのだという。蟹の為に痛みを述べた内容と技巧的に類似するが、この歌では聞き手を明確にして語り出しているところに特質がある。大君への奉仕ということでは蟹の歌と同じくし、それは賞賛されることでありながらも、角は笠に、耳は墨壺に、目は鏡に、爪は弓弭《ゆはづ》に、毛は筆に、皮は箱に、肉や肝は膾にと並べ立てるのは、数え歌形式の歌い方が存在したことを窺わせるが、結果的には我が身を以て大君に奉仕するというのは、ある意味で自嘲的な表現であろう。蟹にしても鹿にしても、「痛み」を述べるというのは、それが直情的に大君への奉仕を詠むものではなく、そこにはアイロニーが読み取れるのではないか。その意味では苦しみを強いられる民衆が、鹿に託した苦しみの思いが譬喩されているのだと思われる。それは蟹においても同じであろう。奉仕と苦痛とが一体となり、褒められ賞美されることを拠り所に自らの身を褒め讃えるのである。そこには「乞食者詠」の修辞学が働いているのであろう。どこにも物乞いの内容が歌われず、むしろ自らの身を犠牲にしてまでも大君に奉仕することの喜びや願望が「腊賞《きたひはや》すも」や「申し賞さね」のように歌われる。そこには「ホカヒヒト」の和語が「乞食者」という漢字へと飜訳されることで、祝言職の伝えた祝福歌からは離れて、物乞い歌としての乞食の芸とも関わらず、新たな段階に現れた祝言の歌が成立したのだと思われる。その意味では折口の説く神の零落した祝言職に続く乞食は、まだ祝言職の性格を強く持ち伝えているのであり、乞食歌の成立する前夜の姿ではなかったかと思われる。

4 結

乞食がその芸を持ち伝えたことは、日本にも中国にも見られ、また韓国にも多く残されている。そのホカヒのウタの起源は、折口信夫の説くところによれば神の零落した祝言職に続く乞食者の祝福芸にある。古代日本の乞食は本貫《ほんがん》を離れた流浪の民であり、仏教上の私度や自度と紛れながら各地を流離する賤民に過ぎないが、彼らは食を乞うための芸を獲得したものと思われ、その芸とは祝言や雑芸を以て技とする者の祝福芸を学んだものと思われる。そうした乞食者の芸は、際だって特色を持つこととなる。その第一に、相手を徹底して祝福すること、第二に、相手に恵んでやりたいと思わせ、慈悲の気持ちを起こさせること、第三に、相手をその芸に引き込むための技巧が求められたことである。乞食はそのために高度な言語的技巧を磨いたということである。そのような表現技巧（修辞）は、以上に見てきた乞食の歌において散見され、それらを乞食の修辞学と呼ぶことが可能である。ただ、古代日本に見られる〈乞食〉は、まだ仏教的性格の中にあり祝福芸を成立させるまでには至っていないといえる★16。むしろ彼らは〈ホカヒ〉の段階にある者であり、祝言職から離れてはいないと考えられる。それゆえに乞食が直ちに祝言職からの流れと見るべきものではなく、祝言職の芸を奪ったのが乞食の芸であったといえる。古代の乞食の芸に慈悲を訴えて物を乞う態度が見られないのは、そうした事情を語っている。

むしろ鹿や蟹を主人公にして叙事性を強め、道行きを地名の遊びで聴衆を引き込み、自らの身を以て道具や美味しい膾となり、その上で大君への奉仕を歌うという構成は、室寿ぎのような祝福歌と一つの流れにあるもので、殊に地名の遊びは修辞的技法が駆使され、その背後には地名に基づく枕詞や諺あるいは地名起源の物語りがある★17。『古今和歌集』が「乞食の客は、此を以ちて活計の媒とする」と述べたのは、このような祝福芸にあったと思われる。かつ鹿や蟹による天皇への奉仕は、〈天皇と乞食〉という対極の存在が意識された段階が入り込んでいることを知る★18。天皇と民との関係は治世の原理であるが★19、天皇と乞食という組み合わせは、興味ある問題である。中国の喜歌や蓮花落あるいは日本の四つ竹のような乞食歌も、起源的には祝言職の芸であったと思われるが、『万葉集』に現れた「乞食者詠」と書かれた乞食者の登場は、古代の浮浪の民となった〈コツジキ〉たちが祝言職から〈ホカヒ〉の芸を手に入れ始めた段階に現れた乞食者〈ホカヒビト〉の歌であったのである。

注

1 「簑笠の信仰」『折口信夫全集 1』(中央公論社)。なお、旧漢字は新漢字に直した。
2 「モノモラヒの話」『柳田国男集 第十四巻』(筑摩書房)。
3 「遊行女婦のこと」『柳田国男集 第十四巻』注2参照。
4 貴州民族学院客員教授・呉定国教授からの教示による。なお、このような習俗は、苗族、瑶族や黎平県の漢族にも似た習俗があるという。呉定国教授は中国少数民族の民間故事・歌謡の採集・記録の事業に長く携わっている。
5 日本古典文学大系『古今和歌集』(岩波書店)による。
6 日本思想大系『律令』(岩波書店)による。
7 日本古典文学大系『日本霊異記』(岩波書店)による。以下同じ。
8 『倭名類聚鈔』(風間書房)による。
9 国訳一切経(大東出版社)による。
10 「国文学の発生(第二稿)」『折口信夫全集 1』注1参照。
11 日本古典文学大系『日本書紀』(岩波書店)による。
12 曲彦斌『乞丐史』(上海文芸出版)による。

13 「清代歌謡雑稿」『中国の庶民文芸』（東方書店）。
14 「蓮花落訳歌」『青木正児全集　第二巻』（春秋社）。
15 中西進『万葉集　全訳注　原文付』（講談社）による。
16 なお、中世賤民と芸能に関しては、盛田嘉徳『中世賤民と雑芸能の研究』（雄山閣）に詳しい。
17 三浦佑之『古代叙事文芸の研究』（勉誠社）参照。
18 中国において皇帝と乞食との関係は濃い。曲彦斌『乞丐史』注12参照。
19 辰巳「真の男らしさとは―民と天皇」『詩霊論』（笠間書院）参照。

第七章 人麿歌集七夕歌の歌流れ

1 序

中国の伝説である牽牛・織女の物語が古代日本に伝来し、『万葉集』の世界を彩ることになる。「柿本人麿歌集」が収録されている巻十の七夕歌の最後に、「この歌一首は庚申の年に作れり」(巻十・二〇三三)という作歌事情が記録されている。庚申《こうしん》の年は天武九(六八〇)年あるいは天平十二(七四〇)年が想定され、両説が存在する。いずれの年か定めがたいが、天武朝は天武天皇が天文に強い関心を示し、初めて占星台を建てた時代であり、それ以前の推古朝に百済僧の観勒《かんろく》が来て暦本・天文・地理・遁甲《とんこう》方術の書をもたらしたことから、『日本書紀』には急激に星の異常に関する記録が増え、天武・持統朝にはさらに多くの天文記事を見ることとなる。天文学は王の政治の学問であり、災異などの吉凶を示す政治的な役割を担うものであったが、そのような中でアルタイル(牽牛星)とベガ(織女星)とが最も接近する七月七日は、牽牛・織女の悲恋伝説として受け入れられた。一方、外来の織機技術も早くから輸入されていて、そこにも二星の悲恋物語が伝えられていたであろう。その両者が歳時行事としてのこの七夕の節へと集約され、人麿の登場する時代の宮廷世界に展開したと考えるのが妥当だと思われる。庚申の年の歌は、すでに天武朝に七夕の行事とともに歌の場が存在していたことを示すものであろう。

人麿が天智や天武の皇子・皇女たちの文芸サロンに出入りしていたことは、いくつもの献呈歌から知られる。ことのほか「日並皇子尊の殯宮の時に、柿本朝臣人麿の作れる歌一首并せて短歌」（巻二・一六七題詞）、「柿本朝臣人麿の泊瀬部皇女・忍坂部皇子に献れる歌一首并せて短歌」（巻二・一九四題詞）、「明日香皇女の木瓱の殯宮の時に、柿本朝臣人麿の作れる歌一首并せて短歌」（巻二・一九六題詞）、「高市皇子尊の城上の殯宮の時に、柿本朝臣人麿の作れる歌一首并せて短歌」（巻二・一九六題詞）などからは、諸皇子・皇女との深い関わりのあったことが確認される。ことに先の日並皇子《ひなみしのみこ》挽歌から島の宮が草壁（日並）皇子の宮殿であったことが知られ、そこには「島の宮勾の池の放ち鳥」（巻二・一七〇）のように、勾《まがり》（曲）池が配されている立派な庭園が造られていたことが知られる。今日発掘された皇子宮殿である島の宮の庭園は、自然の川を模した長さ二十五メートル、幅約五メートル、深さ一、二メートルの複雑な石組み水路を中心に造られていて、すぐ近くに発掘された巨大な人工池は、蘇我馬子ゆかりの勾の池と見られるという。さらに水路は上流から段差を設けて谷川の急流を思わせるように設計され、下流ではゆったりと流れ磯などが想定される仕組みになっていたという★1。島の宮というのはかつての島大臣（蘇我馬子）の旧邸であり、島は島様式の庭園を意味した。島様式の庭園は古代貴族たちの庭園として好まれた渡来の苑池であり、山斎（シマ）とも書かれた。この島様式の庭園は推古天皇の時代に韓半島から渡来した技術者が宮廷の南苑に築いた庭園であり、大海に浮かぶ島と呉橋《くれはし》による須弥山《しゅみせん》様式の庭園が構築されたのを始まりとする。島は世界山を意味する仏教施設のことであったが、後に中国の三神山信仰と結合して山斎《しま》庭園が古代貴族のあいだに普及するのである★2。草壁皇子の庭園が島の宮と呼ばれ、そこに曲池が配されていたことを考えると、七月七日の七夕の夜には、この曲池が天の川に見立てられて七夕伝説のストーリーに沿い、七夕の歌会が開かれたことが予想される。それは他の皇子・皇女たちの七夕の夜も同じであったと思われ、人麿歌集七夕歌の生成は、このような天武・持統時代の皇子・皇女の七夕の歌会において詠まれた歌であったと思われるのである。

2　七夕歌の歌の場

人麿歌集の七夕歌には、それがどのような場でどのように展開したかを明らかにする歌はなく、具体的な指摘はできない。天平六年七月七日に行われた宮廷の行事には、昼に相撲の戯が行われ、夕方に南苑で文人たちに命じて七夕の詩を賦させたことが知られる（『続日本紀』）。この詩宴の場もどのように行われたのか不明であるが、『懐風藻』に載る藤原総前《ふささき》の「七夕」の詩はこの折のものと思われ、「帝里初涼至り、神衿早秋を翫したまふ。瓊筵雅藻を振ひ、金閣良遊を啓く」★3というように、都に初秋の時節が来て天皇が開く詩宴に詩を作りあい、金閣で七夕の遊びが行われたことを詠んでいる。宮廷の年中行事は外来の上巳《じょうし》・端午《たんご》の節が天武朝までには入り、おそらく七夕の行事も天武天皇の時代に皇子・皇女の邸宅で歌会が開かれるようになり、人麿もしばしば参加していたものと思われる。養老期の山上憶良の七夕歌に「応令」（巻八・一五一八）とあるのは、これは時の皇太子である首皇子《おびと》（後の聖武天皇）の命を受けて詠んだものであることを示している。首皇太子には皇太子文化が成立していたものと思われ、憶良は「令侍東宮」として皇子文化に参加していた。早くは大友皇子や大津皇子に文化サロンがあり、そこには漢詩人たちが参加している。同じように人麿も草壁皇太子文化サロンや皇子女の文化サロンに参加した一員であったと思われる★4。その中でも七夕の夜の歌会は、若い皇太子や皇子女たちのもっとも楽しみとした行事であったに違いない。そこに歌われた人麿歌集七夕歌の中には、「天の川安の渡に船受けて秋立ち待つと妹に告げこそ」（巻十・二〇〇〇）★5と詠まれていて、これは七夕の夜以前の牽牛の歌であり、その段階から七夕の歌会が始まっていたことを示している。「秋立ち待つ」というのは立秋の日を待つことであるから、川向こうでは牽牛がすでに渡河《とが》の準備をしているのである。妹に告げて欲しいというのは、ほかにも「妹が伝」（巻十・二〇〇八）ともあり、牽牛と織女との間を取り持つ使者がいたことを示している。この使者は天帝の命を受けている者であり、七日の夜が到来すると天帝から二人の逢会《ほうかい》が許されたことを伝える使者が派遣され、牽牛には渡河を許すという命を伝える役割を負っていたのであろう。暦のないことが前提であるから、牽牛・織女の七日の夜の逢会は天帝の許しが出たと伝えられるまでは、牽牛も織女も季節の移り変わりの中でその夜の近づくことを感じ取るしか方法がなかったのである。それゆえに、

天の川夕陰草の秋風になびかふ見れば時は来にけり（巻十・二〇一三）

秋されば川霧立てる天の川川に向き居て恋ふる夜そ多き（巻十・二〇三〇）

のように、川霧の立つ様子や夕陰草《ゆうかげくさ》が秋風に靡く様子から、いよいよ七日の夜が近づいたことを知るのである。このような人麿歌集に見る七夕歌は、立秋のころから始まり、両星の後朝の別れ歌までが伝説に沿って歌われて行くことから、この期間に毎夜のようにあちこちの庭園では七夕の宴が催され、七日に向けての歌が詠まれていたことが推測される。その七夕歌は伝説の素材にあるように歌われていることから見ると、ここには明らかに「七夕の歌流れ」が認められるのである★6。

このような七夕歌には「汝が恋ふる妹の命は飽き足らに袖振る見えつ雲隠るまで」（巻十・二〇〇九）という後朝の歌があり、織女が牽牛との別れにあたり雲に隠れて見えなくなるまで盛んに袖を振っている様子を想像して、地上の者が牽牛に歌い掛けたことが知られる。天上の思いのみではなく地上の人間たちも七夕歌に参加していることは、天上と地上とが一体となって歌の流れが展開していたことを示すものである。地上の者は牽牛となり織女となりあるいは第三者となり、この二星の悲恋物語に参加していたのである。

織女が雲に隠れるまで牽牛に袖を振る様子を「見えつ」と表現するように、それはあたかも眼前に牽牛と織女がいるかの如き印象であり、ここには地上における七夕歌の生成する具体的な歌の場が存在したように思われる。七夕伝説に基づくと天上には天の川があり、牽牛と織女はこの川を挟んで向き合っている。七夕歌に「天漢《てんかん》」と書かれるの

は、地上の漢水が天上に置き換えられたことに因ることは知られているが、そこには中国の七夕伝説が理解されている。むしろ、天上の天の川は、七夕の行事に当たって地上の皇子たちの庭園に写し取られたのではないかと思われる。おそらく皇子邸宅の庭園は季節ごとにさまざまな行事の舞台として活躍したものと思われる。漢詩文化においては、宮廷の苑池が三月三日の日には曲水の宴の舞台となったことが知られる。平城京東院庭園には苑池とともに曲水が配されているのを見ると、季節ごとの行事に庭園が舞台としての役割を果たしたものと思われる。

中国において七日の日は衣服や書物を曝《さら》す行事であり、夜は牽牛・織女を祭る行事であった。『荊楚歳時記《けいそさいじき》』が記すところの七日の夜は、

七月七日為牽牛織女聚会之夜

是夕、人家婦女結綵縷穿七孔。鍼或以金銀鍮石為鍼。陳瓜果於庭中以乞巧。★7

とあり、七日の二星相会の夜に、家々では婦人たちが色糸を結んで金銀鍮石《ちゅうせき》で針を作り孔《あな》に糸を通し、瓜果を庭に陳列して針仕事の上達を願うのだという。七夕は牽牛・織女の逢会の夜であるが、織女が棚機《たなばた》と関わることから機織りや針仕事の上達を願う行事とも結び付いている。しかしこの乞巧の行事は牽牛・織女の伝説に関係ないものであるとされ、六朝ころに結合したものであるという★8。そのことから中村喬氏は『玉燭宝典』によれば七夕の夜には織女に乞富や乞寿あるいは乞子の信仰が見られ、そこに乞巧も加わったのではないかと推測する★9。人麿歌集の七夕歌やそのほかの『万葉集』の七夕歌に乞巧《きっこう》のことが見られないのは、ここに原因があるとも思われるが、むしろ『万葉集』の七夕の節への関心が二星の恋物語にあったことを思えば、古代日本では地上の男女が恋の成就を祈る「乞恋《きつれん》」にあったのだといえる。

七夕の夜に瓜を供えるのみではなく、周処《しゅうしょ》の『風土記』によれば掃き清められた庭に筵《むしろ》が敷かれて酒脯《しゅほ》や時果が供えられている★10。あるいは崔寔《さいしょく》の「四民月令」に「七月七日曝経書。設酒脯時果、散香粉於筵上、祈請於河鼓織

女。言此二星神当会。守夜者咸懐私願」★11とある。河鼓とは牽牛のことである。夜を通して二星に願いが叶うように祈るのだという。中国民間の七夕行事では、瓜果を陳列して牽牛・織女を祭り、少女は乞巧・賽巧《さいこう》を願い童子は乞文を願うという★12。このように見れば中国において七夕の夜には、瓜を主とした果物と酒脯（酒と乾し肉）が供えられ、祭りが行われて祈願成就を願ったことが知られる。『万葉集』が残す七夕歌は恋の歌として詠まれていて、地上の男女は二星に恋の成就を祈願したものと思われる。七夕歌の規模から見ると、この祭りは大規模であったと想像され、それだけに古代最大の歳時行事であったことが知られる。

それでは、七夕の夜の歌の場はどのようなものであったのか。これも中国の七夕関係の資料を駆使しなければならないが、中国では早くから天上を地上に写し取るという思想が存在した。『三輔黄図《さんぽこうと》』によれば、秦始皇帝は都を咸《かん》陽《よう》に置き北陵に宮殿を営み、紫宮を帝宮に象《かたど》ったといい、渭水《いすい》が都を貫きそれを天漢に象り、横橋の南度は牽牛に法ったという★13。紫宮というのは紫微宮のことであり、天帝の住む居所である。咸陽の都は天帝の住む天庭に象られ、それを象徴するのが北斗七星などの星と共に、天漢であり牽牛であった。『初学記』によれば漢の武帝の元狩三年に昆明池《こんめい》を穿《うが》ったといい、「作二石人。東西相対。以象牽牛織女」★14という。武帝の造営した昆明池には二つの石人が作られていて、それは東西に向き合い牽牛と織女とを象ったものであるというのである。昆明池を掘ったことは『漢書』武帝紀元狩三年記事に見られ、班固《はんご》の「両都賦（西都賦）」の「集乎予章之宇、臨乎昆明之池。左牽牛而右織女、似雲漢之無涯」★15というのによれば、予章観に集い昆明池に臨むと左に牽牛、右に織女が臨まれて雲の川は果てしない様子だという。李善《りぜん》は「漢書曰、武帝発謫吏穿昆明池。漢宮闕疏曰、昆明池有二石人。牽牛織女象」のように注している。同じく張衡《ちょうこう》の「西京賦」にも昆明の霊沼には牽牛が左に立ち織女が右に立ち、日月がここに出入りするという。武帝は前一四〇年ころの漢の皇帝であるが、その時代に昆明池が掘られて池の東西に牽牛・織女の石人像を置いたというのは、この昆明池が天漢を象ったものであることは明らかで、武帝の西都が天上の都を象ったことを意味した。これは地上の皇帝にありながら天上の皇帝でもあるという始皇帝の思想を受けるものであろうし、その象徴が昆明池を天漢（天河）に象ることであり、牽牛・織女という二星を象ることであった。

古代日本の宮廷あるいは皇子宮殿の庭園が池と島により造営されているのは、世界山や神山を写し取ったものであることを思えば、七夕の夜に苑池《えんち》が天の川に写し取られることは容易であり、これらの庭園が天の川を挟んだ牽牛・織女を主人公とする七夕伝説の場とされたものと思われる。

3　七夕の歌と漢詩

皇子庭園を舞台としたと思われる人麿歌集の七夕歌は、曲池を天の川に象り七夕の宴が開かれたものと思われる。おそらく牽牛・織女を迎える壇が設けられて、壇には瓜のほかに酒脯や時果が供えられたであろう。ここに迎えられた牽牛・織女は、天の川に見立てられた曲池を挟んで向き合うことになるが、その二星には代役が立てられたものと思われる。代役である牽牛は牛飼いの衣装を、織女は天女の衣装をそれらしく身に着け、二人の主人公は川を挟んで向かい立ち、牽牛には男集団の歌い手たちがグループを作り、織女には女集団の歌い手たちがグループを作ったであろう。ここに選ばれた牽牛・織女の代役は、おそらく歌の上手な著名な歌姫や歌王であろう。さらに池には小舟が用意されて、牽牛の渡河《とが》の準備も完了する。池に沿って建てられた建物には、皇子たちや賓客たちが席に着き七夕の宴の始まりを待っている。

天の川を挟んだ牽牛と織女という構図は、東西に相対する牽牛と織女の石象さながらであるが、これは地上がこの七夕の夜に天上世界へと変質することを意味した。しかも、天の川を挟んで七夕の歌が互いに交わされることになるのは、古代日本に長く伝えられた川を挟んだ歌垣習俗の型式を踏襲するものであろう。もとより中国の七夕歌の成立が『詩経』などに見る川の歌会にあったと指摘されているように★16、地上の恋愛行事が天上の恋物語を形成するというのは十分に理解されることである。古代日本の七夕歌も川の歌垣を原型とすることで、その受け入れは容易であったと思われ、さらにそれが男女にとっては大きな関心事であったことからも、地上の恋が天上の恋の物語へと容易に反映したのである。しかも、川の歌垣の特徴は渡河にあり、河を渡り越えることが男女の愛の成就を意味した。但馬皇女の「人言を繁み言痛み己が世にいまだ渡らぬ朝川渡る」(巻二・一一六)は、愛する男の元へと駆け落ちする時の歌であり、川を渡るというのはその比喩である。地上にあっては駆け落ちであるが、天上の物語は一年に一度の逢会の時の渡河であり、川を渡り男女が逢会することと同じような運命に左右される男女の悲劇があり、人々の心にその悲しみが共有されたのである。

このような牽牛・織女の悲恋物語は、七月七日の七夕の宴に繰り返し歌われていたことが知られる。一般的には短歌により歌われるが、中には長歌により歌われるものもあり、それらは特別な歌であったと思われる。

天地の　初めの時ゆ　天の川　い向ひ居りて　一年に　二度逢はぬ　妻恋ひに　物思ふ人　天の川　安の川原の　あり通ふ　出の渡りに　そほ舟の　艫にも舳にも　舟艤ひ　真楫繁貫き　旗薄　本葉もそよに　秋風の　吹き来る夕に　天の川　白波しのぎ　落ち激つ　早瀬渡りて　若草の　妻が手枕くと　大船の　思ひ憑みて　漕ぎ来らむ　その夫の子が　あらたまの　年の緒長く　思ひ来し　恋を尽さむ　七月の　七日の夕は　我れも悲しも

(巻十・二〇八九)

反　歌

高麗錦紐解きかはし天人の妻問ふ夕ぞわれも偲はむ(同・二〇九〇)

彦星の川瀬を渡るさ小舟のえ行きて泊てむ川津し思ほゆ(同・二〇九一)

作者未詳の歌であるが、長歌による七夕歌は長歌形式の恋歌のように叙事的である。この伝説を天地初発の時から語ろうとするのは、そのことを示すものであり、一年に一度の逢会の夜に当たり、牽牛が船を漕いで白波を越え妻のもとへと渡ることが描かれる。この夜に二星が一年分の恋を尽くすことになるが、この夜を作者は悲しいことだという。七夕の物語を理解し、この二星の運命を哀れみ、二星の悲しみに同情する。この長歌は七日の夜に七夕の宴が開かれるに際して、まずプロローグ（序幕の歌）として歌われたものであろう。初めに物語の大概を述べて二星の運命を歌い、七日の夜の二星の愛と悲しみを歌うことで、七夕の宴が開始されたものと思われる。そうした七夕の宴が各地で催されていたことが予想され、大宰府において歌われた長歌体の七夕歌もある。

牽牛は　織女と　天地の　別れし時ゆ　いなうしろ　川に向き立ち　思ふそら　安からなくに　嘆くそら　安からなくに　青波に　望みは絶えぬ　白雲に　涙は尽きぬ　かくのみや　息衝き居らむ　かくのみや　恋ひつつあらむ　さ丹塗りの　小舟もがも　玉纏の　真櫂もがも〔一は云はく、小棹もがも〕　朝凪に　い掻き渡り　夕潮に〔一は云はく、ゆふべにも〕　い漕ぎ渡り　ひさかたの　天の川原に　天飛ぶや　領巾片敷き　真玉手の　玉手さし交へ　あまた夜も　寝ねてしかも〔一は云はく、いもさねてしか〕　秋にあらずとも〔一は云はく、秋待たずとも〕（巻八・一五二〇）

反　歌

風雲は二つの岸に通へどもわが遠妻の〔一は云はく、はしづまの〕言そ通はぬ（巻八・一五二一）

礫にも投げ越しつべき天の川隔てればかもあまた術無き（巻八・一五二二）

これは奈良時代に山上憶良が大宰府の帥の大伴旅人邸で行われた七夕の宴に詠んだ歌（なお異伝もある）であり、前歌と同じように天地初発からの二星の伝説が歌われている。前半では牽牛と織女の悲恋は天地が分かれた時からのことで、二星は川に向き立って逢えないことを嘆きつつ、溜息をついて恋い慕う日々を過ごしていることが詠まれ、後半は牽牛の立場になり、丹塗りの小舟があれば、秋ではなくても漕ぎ渡って天の川原で手を差しかえては織女と毎夜のように共寝をしたいのだと歌われている。主体の変化は、この場が演劇的に展開したからであろう。

中国では早くから七夕詩が詠まれているが、それらもまた牽牛・織女の別れの悲しみがテーマとなるものであり、七日の夜の出会いを待ち望むものである。早くは三国時代後期の王鑒《おうかん》の「七夕観織女一首」★17の詩の概要を見ると、

①牽牛・織女は別離を悲しむが、今夜は逢えるので喜ぶ時である
②天門が開かれて門内は厳めしく、千乗の車が天の河原を越える
③六頭立ての竜馬は美しい手綱を着け、綾のある馬は玉で飾った車を引く
④付き人の仙女は玉の燭台を取り、神女は美しい華を捧げて従う
⑤紅旗は電光のように輝き、朱塗りの車は霞を震い移動する
⑥雲門・九韶の音楽は賑やかに、太鼓の音は相和している
⑦織女は車を停めて牽牛を眺め、高い岡にいる牽牛をかえり見る
⑧恩沢は露に潤され、温情は蘭を吹く風に付いて加わる
⑨夜の明けるまでともに遊び、鸞たちが回りを飛び回る
⑩織女「共に遊ぶも歓を尽くさず、あなたを思えば憂いと怨みが残る」と
⑪牽牛「あなたを祝福し、後は母君の皇娥様に託します」と

のような内容が詠まれ、二星の逢会と歓楽の時、そして二星の別れが詠まれる。河を越えるのは六頭立ての竜馬の車に乗る織女であり、織女には仙女や神女たちが従い、渡河には美しい音楽が奏でられている。中国の伝説では天の川を渡るのは織女であり、渡河は仙女たちが従い竜馬や朱塗りの車で渡る。これに対して人麿歌集七夕歌では牽牛が船で渡るのであるが、その様子が「そほ舟の　艫にも舳にも　舟艤ひ　真楫繁貫」（巻十・二〇八九）、「さ丹塗りの小舟もがも　玉纏の　真櫂もがも」（巻八・一五二〇）とあるのから見ると、朱塗りの美しく飾られた船だということ

とであり、そこには王鑒のいう「朱塗りの車」を想起させる華やかな船が描かれていて、これらの長歌が中国の七夕詩を理解していたことが知られるのである。また、王鑒の詩では二星の別れに当たり織女の怨情の言葉が述べられ、牽牛は織女に対して寿福の言葉を掛けて、後は織女の母の皇娥に任せるのだと述べる。この母の皇娥は西方の天帝である少昊《しょうこう》の母親であり、夜は琁宮《せんきゅう》で機織りをしていたという★18。『史記』「天官書」によれば、織女は天帝の女孫だとする。伝説は種々に付会されて変容するが、中心となる話題は二星の永く別離していた悲しみと逢会の喜び、そして再び別離の時を迎える悲しみに絞られよう。梁の武帝の「七夕」の詩も七夕の夜の逢会に続いて「昔時悲難越、今傷何易旋」(『玉台新詠』上掲)と悲しみ、庾信《ゆしん》の「七夕」でも「愁将今夕恨、復著明年花」(同上)という。このような二星の逢会と別離の悲しみは、日本古代の漢詩においても受け継がれている。『懐風藻』に載る吉智首の「七夕一首」★19では、次のように詠まれている。

冉々逝不留。時節忽驚秋。　時は次第に移り忽ちに秋となったことに驚く
菊風披夕霧。桂月照蘭洲。　菊を吹く風は夕霧を開き月は蘭の洲を照らす
仙車渡鵲橋。神駕越清流。　仙車は鵲の橋を渡り神駕は清らかな流れを越える
天庭陳相喜。華閣釈離愁。　天の庭で逢会を喜び楼上に別離の悲しみは消えた
河横天欲曙。更歎後期悠。　天の河に夜明けが来てまた永い別離を悲しむ

秋の到来とともに織女の乗る仙車は鵲の架けた橋を渡り、天帝の庭で二人は相会したことを喜び、今までの悲しみを除くのであるが、しかし夜明けを迎えて再び別れなければならない悲しみを嘆くのだという。藤原史《ふひと》の「七夕」でも鳳の車は風に従い動き、鵲の影が波に浮かび「面前開短楽、別後悲長愁」(『懐風藻』同上)と見える。秋の到来と二星の逢会への喜び、しかし一夜を過ごして別離する悲しみ、そうした喜びと悲しみを漢詩においても詠むのは、もちろん七夕伝説を受けるものではあるが、漢詩において恋愛詩は慎むべきものであったから、数少ない素材である

七夕伝説の男女のロマンスをこの夜に描き得るということにあった。

4　七夕の歌流れ

織女の渡河は中国詩に基づいて描くのが古代漢詩の世界であるが、先の七夕の長歌が牽牛の渡河を詠むのは、地上の男女の妻問いの風習に因るからである。そのような牽牛の渡河の道を開いたのが、人麿歌集の世界であった。人麿歌集の七夕歌は三十八首見られ、それらは、次のような内容に分けることができる。

①神代の別れ　四首

二〇〇二・二〇〇五・二〇〇七・二〇三三

②七日以前の情景　十四首

一九九七〜九八・二〇〇〇・二〇〇三〜〇四・二〇〇六・二〇〇八・二〇一一〜一二・二〇一九・二〇二七〜二八・二〇三〇〜三二

③七日の情景　二首

二〇一三・二〇一四

④牽牛の渡河　七首

一九九六・二〇〇一・二〇一五〜一六・二〇一八・二〇二〇・二〇二九

⑤七日の夜の逢い　七首

二〇一〇・二〇一七・二〇二一・二〇二三〜二五

⑥二星の別れ　三首

二〇〇九・二〇二二・二〇二六

⑦人妻への恋　一首

一九九九

これらで最も高い関心は、②④⑤にあることが知られる。①は「八千戈の神の御代」「天地と別れし時」などと詠まれて、二星の別れが神代からのことであることが詠まれるのは、この人麿歌集による創造から出発する。②が七日以前のことから詠むのは、立秋の日からすでに七夕の宴が開かれていたことを意味する★20。当日の夜の準備は早くから始まっていたと考えられ、その準備の期間にも歌会があり、立秋を迎えると天上の天の川を眺めながら、本格的に歌の場が開かれたものと思われる。②には別離にある二星の悲しみ、秋が立つのを待つ妹、石を枕に待つ妹、嘆く妹への伝言や妹からの伝言のこと、我が為の服は織り上がったろうか、川に向かい嘆く日が多いなど、二星の心が繰り返し詠まれる。逢った夜の喜びよりも、逢う前の待つことの辛さや悲しみに興味が寄せられるのは、地上の男女の思いを二星に託しているからであろう。④は牽牛の渡河であり、舟人は妹に逢ったのか、川路を難渋して来た、夜舟の梶の音が聞こえる、紐を解いて行こう、たとえ夜が明けたとしても逢うのだ、梶の音がするから今夜逢うらしいなど、牽牛はどのようにして河を渡り、どのような思いを抱いているのかが中心となる。⑤は二星の逢会の夜の歌であり、舟の渡し守に早く出発することを促し、恋続けた日は多かったから今夜こそ恋を尽くそう、たとえ鶏が鳴いて夜があけても共寝を続けよう、まだ恋も尽くしていないのになぜ帯を求めるのか、万年も一緒にいても飽きることはないなど、二星の深い愛の心が詠まれるのである。⑥は二星の別れであり、妹は牽牛が雲に隠れるまで袖を振っている、夜が明けたから舟出をする、雲に隠れて妹は見えないが毎夜見続けようなど、後朝における二星の心が詠まれる。

この人麿歌集の性格に対して巻十が収録する七夕歌は、長歌二首を除くと五十六首見られ、それらは次のような性格を持つ。①神代の別れ〇首、②七日以前の情景五首、③七日の情景七首、④牽牛の渡河二十九首、⑤七日の夜九首、

⑥二星の別れ五首、⑦その他一首であり、④の牽牛の渡河が圧倒的に多い。①は長歌の二首にのみ見られ、神代から歌い起こすのは起源を叙事的に歌い起こすものであり、人麿歌集の①は特殊である。巻十の七夕歌が渡河に関心を示したのは、直接に逢う段階よりも逢う直前のドラマ性や情緒性を楽しむことにあったからであろう。

人麿歌集の七夕歌の生成が皇子の宮の庭園の池を天の川に見立て、川を隔てた代役の牽牛・織女を主人公として歌会が催されることであり得たと考えるならば、そこにはどのような歌の場が展開したのか。①の神代の別離は、七夕の夜の始まりを宣言する歌であろう。巻十の七夕歌の長歌が神代から歌い始めるのは、歌会の始まりの歌と思われ、プロローグに相当する。人麿歌集の歌の、

牽牛　天地と別れし時ゆ己が妻然ぞ年にある秋待つわれは（二〇〇五）

観客　ひさかたの天つ印と水無し川隔てて置きし神代し恨めし（二〇〇七）

などは、二星の別離が神代以来のことであることを紹介し、妻との出逢いは一年に一度であり、今このように秋が来るのを待っているのだと、その由来を紹介する場面である。あるいは神代において天の印（天帝が下した罪の刻印）として川に隔てられたというのは、神代に犯した二星の罪に因り隔てられた由来のことであり、それもこの二星の悲恋の理由を紹介する場面である。この伝説の紹介は、牽牛でも織女でも良く第三者でも可能であろう。そのような紹介のもとに二星が川を隔てて、それぞれが七日の逢会を待つのを歌うのが②である。

牽牛　天の川安の渡に船浮けて秋立つ待つと妹に告げこそ（二〇〇〇）

牽牛　ぬばたまの夜霧隠りて遠けども妹が伝は早く告げこそ（二〇〇八）

牽牛　わが恋ふる丹の穂の面今夕もか天の川原に石枕まく（二〇〇三）

織女　古ゆ挙げてし服も顧みず天の川津に年ぞ経にける（二〇一九）

織女　君に逢はず久しき時ゆ織る服の白栲衣垢づくまでに（二〇二八）

牽牛は天の川の辺で船を用意して立秋が来るのを待っていると妹に告げて欲しいといい、妹の伝言を早く告げて欲しいと詠む。それに対して織女は去年の別離以来、機織りの布はそのままで時が過ぎたこと、牽牛に逢うことがないので機織りも進まず布が汚れてしまったことなど、川を挟んだ男女は川に向き合いながらそれぞれの思いを詠むのである。牽牛の三首目は、秋風が吹き始めた頃に美しい妻が自分を待つ姿を詠むが、その姿は河原で石を枕に今夜も寝ているだろうという。石を枕に寝るとは路傍の死者の姿であるが、それほどにしてまでも妻は我を恋いつつ待っているのだという壮絶な愛の姿が描かれる。聞く者はその姿に心を痛め、二星が一刻も早く逢うことを心に祈るのである。もちろんここに配列されている歌が、同時の歌という保証はなく、配列の順序も時間的に並んではいないことから、さまざまな場で詠まれた歌が集められたものと思われる。

七夕の歌での渡河は、河を渡ることの困難が話題となり、そこに関心が持たれることとなる。あるいは梶の音を聞いて恋する牽牛が近づいて来ることを、ときめきながら待つ織女の姿がある。④の渡河の歌では、

牽牛　天の川去年の渡りで遷ろへば河瀬を踏むに夜ぞ更けにける（二〇一八）

織女　わが背子にうら恋ひ居れば天の川夜船漕ぐなる楫の音聞ゆ（二〇一五）

観客　天の川楫の音聞ゆ彦星と織女と今夜逢ふらしも（二〇二九）

と詠まれる。織女が耳を澄ませて聞くのは、船を漕ぐ楫《かじ》の音である。牽牛は去年の渡り場所を探すが見つからずに河瀬をあちらこちらと探しても見当たらず、焦りと苛立ちが詠まれる。容易に渡河が行われるのではなく、渡り瀬を探すことで夜は更けてゆき、夜明けを迎えるのではないかと観客を不安へと陥れる。渡河の歌は、牽牛が夜が更ける中で渡り瀬を探すというパフォーマンスを演じながら歌われたものと思われ、女性集団や男性集団をはらはらさせながら漸く渡河が始まるのだと思われる。それを地上の者も耳を澄ませて、遠くの楫の音から二星が今夜逢うであろう事を推測するのである。

牽牛　遠妻と手枕交へてさ寝る夜は鶏が音な鳴き明けば明けぬとも（二〇二一）

織女　さ寝そめて幾許もあらねば白妙の帯乞ふべしや恋も過ぎねば（二〇二三）

二星　万代に携はり居て相見とも思ひ過ぐべき恋にあらなくに（二〇二四）

渡河に続いてそれぞれの集団が待ち望むのは、二星の逢会の場面であり共に過ごす一夜の場面であろう。遠く離れていた恋妻と出会い共寝をしたのも束の間、二人の別離を告げる鶏が鳴き始める。この夜だけは夜明けが来たとしても、鶏よ鳴いてくれるなという。夜明けを告げる鶏が鳴いて、男女が別れなければならないのは神の世も人の世も同じなのである★21。男女の過ごす一夜は、たちまちの内に過ぎて行くのであり、鶏が鳴けば別れの時間となる。しかし織女はまだ共寝をして幾時も経ていないのに、もう帰り支度をするのかと別離の時が近づいたのを嘆く。また、たとえ一万年も手を取り合い、一緒に見つめ合っていたとしても思いが尽きることはない恋なのだという歌は、後朝の折の愛の誓約の歌であると思われ、別離の後もこのような思いであることの約束であろう。鶏が鳴いて夜明けを迎え、いよいよ二星の別離となり牽牛の船が河を渡ることになる。

観客　汝が恋ふる妹の命は飽き足らに袖振る見えつ雲隠るまで（二〇〇九）

牽牛　相見らく飽き足らねどもいなのめの明けさりにけり船出せむ妻（二〇二二）

牽牛　白雲の五百重隠りて遠けども夜去らず見む妹が辺は（二〇二六）

観客の歌は、織女が遠ざかる牽牛の船に向かい、雲に隠れて見えなくなるまで袖を振って別れを惜しんでいるよと牽牛に教えている内容である。天の川に見立てられた池では、小舟に乗った牽牛が向こう岸へと出発したのである。織女がいつまでも袖を振っていることを詠むのは、その様を解説する観客であろう。これに先だって歌われているのが、牽牛の船出の場面である。いつまでも飽きることのない妹ではあるが、夜明けとなり船出をする時を迎えたので、さあ妻よ別れようという。「船出せむ妻」の表現は、別れのギリギリの時を示す切迫した感情が表れていて、これ以上はもう無理だという別れの時間である。観客たちは二星の悲しい別れに涙を流す場面である。一方、観客の詠んだ歌に答えるように川向こうでは、牽牛がこの雲に隠れて遠いけれども、毎夜のように妹の辺りを見ようと歌う。もちろん、この二首が対応する歌ということではない。このような歌がそれぞれの場面で詠まれていたということであり、類想の歌が累積されていたものと思われる。配列の順序が伝説に沿うことなく一定していないのは、歌の場が異なるためであり、人麿歌集の七夕歌は数度の七夕の宴の中から拾われた歌の集積であることを示している。

5 結

『万葉集』には七夕の歌が多く収録されているが、早期の歌としては「柿本人麿歌集」に見える。もとより中国渡来の伝説であるから、中国の伝説に基づくものではあるが、風土性や興味・関心において変容を遂げている。しかし、二星の長い別離の悲しみや逢会の喜びと別後の悲しみなど、天上の恋を素材としながらも地上の男女の恋の悲しみが託されているという意味では、七夕の恋は二星に託してわが恋の悲しみを訴えるには格好の節会であったに違いない。同時代的には各地に歌垣という習俗があり、川の辺で男女は恋する思いの歌を聴衆の前で掛け合っていた。その方法が宮廷の中でも展開していたことは、すでに古代の歌謡や近江朝の万葉の歌からも窺える。

この七夕の夜の歌会は、おそらく川の歌垣の方法が用いられたものと思われる。宮廷や皇子女たちの庭園の池が天の川に見立てられ、二星を迎える祭壇が用意され、池の両側には二星に扮装した牽牛と織女の代役が立てられ、それぞれに男集団と女集団とがグループを作り、恋歌の掛け合いが行われていたのではないか。なかでも牽牛の渡河には実際に小舟が用意されて、池を渡って織女のもとへと通うパフォーマンスも行われたのであろう。牽牛の「河瀬を踏むに夜ぞ更けにける」などの歌は、早く早くと願う織女や女性集団の心を尻目に、意図的に焦《じ》らすものであろうし、笑いを誘う歌なのだといえよう。それは紛れもなく七夕の宴には伝説に基づく具体的な舞台が用意され、さまざまなパフォーマンスを伴うことにより成立していたことを示すものであり、そのようにして展開したのが人麿歌集の七夕歌であったと思われる。それは巻十の七夕歌も同じであり、これらには「七夕の歌流れ」★22による歌が成立していたものと思われるのである。

注

1 『朝日新聞』一九八七年九月十一日朝刊記事による。また、桜井満「飛鳥時代の庭園と川」『河川レビュー』(新公論社)に詳しい。
2 辰巳「王は世の一切を守る」『詩霊論　人はなぜ詩に感動するのか』(笠間書院)参照。
3 本文は、日本古典文学大系『懐風藻　凌雲集　文華秀麗集』(岩波書店)による。
4 人麿作品から皇子・皇女・王との関係を示すものは、人麿作歌には軽皇子(巻一・四五題詞)、日並皇子(巻二・一六七題詞)、泊瀬部皇女・忍坂部皇子(巻二・一九四題詞)、明日香皇女(巻二・一九六題詞)、高市皇子(巻二・一九九題詞)、長皇子(巻三・二三九題詞)、新田部皇子(巻三・二六一題詞)、石田王・山前王(巻三・四二三題詞)であり、歌集には忍壁皇子(巻七・一六八二題詞)、舎人皇子(巻七・一六八三、巻九・一七〇四題詞)、弓削皇子(巻九・一七〇九、同一七七三題詞)である。
5 本文は、講談社文庫本『万葉集　全訳注 原文付』(講談社)による。以下同じ。
6 辰巳『万葉集に会いたい。』(笠間書院)参照。
7 『和刻本漢籍随筆集　荊楚歳時記・清嘉録・熙朝楽事・小窓別記』(汲古書院)。
8 「牽牛織女説話の考察」『支那神話伝説の研究』(中央公論社)。なお、二星相会伝説の起源については、家井眞「牽牛織女相会伝説起源攷」『二松学舎大学論集(昭和五十四年度)』があり、人界から天界への投影が論じられている。
9 「牽牛織女私論および乞巧について」『中国歳時史の研究』(朋友書店)。
10 「七月七日」『初学記』(鼎文書局)参照。

11 「巻四歳時七月七日」『芸文類聚』(中文出版社)。
12 「七夕節」『中国歳時節令辞典』(中国社会科学出版社) 参照。
13 百衲本『史記』(台湾商務印書館)「正義」に「三輔黄図云」として見える。
14 「昆明池」『初学記』注10参照。
15 李善注『文選』(中文出版社) 巻一「京都上」による。
16 中西進「七夕歌群の形成」『中西進 万葉論集 第二巻 万葉集の比較文学的研究(下)』(講談社)、白川静『詩経』(中公新書) 参照。
17 新釈漢文大系『玉台新詠』(明治書院) 参照。
18 袁珂著・鈴木博訳「少昊」『中国神話伝説大辞典』(大修館書店) による。
19 日本古典文学大系『懐風藻 文華秀麗集 本朝文粋』(岩波書店) による。
20 辰巳「柿本人麿歌集恋歌の生態」『詩の起原 東アジア文化圏の恋愛詩』(笠間書院) 参照。
21 辰巳「鳥のテーマ」『折口信夫 東アジア文化と日本学の成立』(笠間書院) 参照。
22 辰巳「万葉集の歌流れ」『万葉集に会いたい。』注6参照。

第八章

民間歌謡のテキスト形成

恋歌はどのように歌われたのか

1　序

恋歌が美学的な方面からの鑑賞としてではなく、解釈上の分析対象として扱われるためには、テキスト分析は欠かせない方法である。ここに恋歌を問題とするのは、広く日本文学において恋（恋愛）が基本的な主題を構成するのみではなく、殊のほか『古今集』などの勅撰和歌集が「恋歌」という分類名を用意するように、韻文的表現の基本に恋歌を置くという事実によるものである。しかも、恋歌は儒教や仏教の道徳性と対立することも少なく、知識人も出家者も男も女も詠み人知らずも恋歌に参画することで形成された〈やまとうた〉に注釈学の手が加わり、近世の本居宣長においては国学の本質としての〈もののあはれ〉を発見するに至る経緯が見られる。もちろん、恋歌が乞食の手だてと等しく花鳥の使い（古今集真名序）と批判される時、それは男女のプライベートな恋愛関係の道具と見られたからだが、それがどのような内容であれ恋歌を抱え込まなければ勅撰和歌集が成立しないという、恋歌に特化された日本文学史が成立したのである。

その恋歌のテキスト分析、いわば解釈学的方法は、単純化すれば恋歌の生み出された生態的テキストと、文字を用いて書記した机上的テキストとに峻別することから始めることで可能である。前者は歌垣や市あるいは労働の場などで繰り広げられた歌掛けの方法が想定され、その上に恋歌の基本的な性格が形成される。後者は紙と筆とを用いて推敲を重ねて歌合わせや歌宴などに出品する方法が想定され、固有な作品への自立が形成される。前者は集団的で身体上の営みであり、後者は個人的で知的な営みである。この二つのテキストは時代を遡れば前者のみに解消するが、時代が下れば後者に集約されることで二者は統一した文字テキストとして成立し、今日の我々の前に残されることとなる。そのことから見れば二つのテキストは普遍的テキスト形態の中にあるが、しかし、それを個々に見れば、テキスト同士の差異的状況は大きいといえる。

恋歌の生態的テキスト（原典）というのは、男女の集団が交互に歌を掛け合う対面的歌唱システムによって現れる恋歌の言語テキストを指すものであり、その場合にも集団の合唱による対唱形式のテキストと、個と個とによる対詠形式のテキストとに分けられる。現在に残る前者の事例としては奄美の八月踊り歌があり★1、後者の事例としては秋田金沢《かねざわ》八幡宮の掛唄《かけうた》がある★2。奄美の八月踊り歌は男グループと女グループの集団が円陣を組み、チヂンという太鼓に合わせて男女交互に合唱しつつ踊るものであり、男女のいずれが先に歌い出すかは地域的異なりはあるが、その内容は主に恋歌である。歌の数は今日では多く忘れられた地域もあるが、相当量を有する地域もあり、かつては祭りの期間に歌い続けることが可能な歌数であったといわれる★3。歌の進行過程は、出だしは緩慢な歌と踊りであるが、次第にテンポが上がり最後にはかなりな急テンポとなり突然に終わるのを特徴としている。このような歌の進行は奄美各地に共通して見られるものであり、シャーマンの憑依《ひょうい》現象を思わせるが、赤崎盛林はこれを「性欲行為の芸術化」★4だというのは、恋のエクスタシーの芸術化だと言い換えることも可能である。この奄美の八月踊り歌は男女の合唱による交互唱形式であり、日本民謡の中にも十分に認められる形式である。この時に使用されるチヂンという太鼓のルーツをたどると、中国西南地域から東南アジアにかけて広がる楔《くさび》締め太鼓が先祖である。また、中国西南地域にあっては「打歌《だか》」という八月踊りに極めて近い対面歌唱の歌舞があり、この形式は唐の時代に流行した踏歌とも重なり、その踏歌は古代の日本に受け入れられて、歌垣と名を変える★5。少なくともこうした男女合唱形式のテキストにおける細かな分析は、海彼の習俗をも含めて分析することが求められるものである。

2　集団歌謡のテキスト分析

八月踊り歌におけるテキスト生成は、次のような特質を持つ。一に歌は固定歌詞から選ばれ、何を歌うかはリーダにより決定されるが、それはその折の時間や場、雰囲気によること（歌の環境）、二にそれに答える側のリーダは、直ちに答えの歌を用意するが、返しの歌は共通歌詞の中から選ばれること（歌詞の選択）、三に男性側と女性側（または女性側と男性側）との歌詞が上句と下句との関係を作り、一対の意味を形成すること（歌詞の対応性）、四に歌詞は伝統的歌詞であるが、参加の男女は十分に歌数を備えていなければ相手に負けて笑いものとなることから、歌のポケットに普段からたんさんの伝統歌詞を詰め込んで現場に備えること（歌数の確保）、五にリーダが何を歌い出すかを知るために、仲間たちもリーダの太鼓のリズムや一挙手一投足を細かく観察する必要があること（リーダと歌の場の形成）にある。次に揚げるのは「思い文流れ」である。

一　口し云ふことや　なぬどまさるとも／胸に思ふことや　わぬどしきしゆる
二　口し云ふことぬ　胸に思なれば／九日十日隔め　イリヤぬこまし
三　九日十日隔め　イリヤしどをたが／吾イリヤ届けらん　よそど怨めしや
四　よそ頼みで汝イリヤ　届けらじあれば／墨と筆たので　百字たぼれ
五　墨と筆たので　百字書きならて／思ことば　笠に飛ばしやらそ
六　思ことば　笠に飛ばそかにしれば／若しやよその上に　飛べばきやししゆり

七　飛ばしばし飛ばし　風たので飛ばし／真実ぬあれば　吾上に飛びゆり★6

相互に自らの思いの深さを述べ、相手から音沙汰の無いゆえの薄情を責める内容の展開部分である。それぞれの語句を受け継ぎながら歌が展開する形式は、あたかも田の畦道を進むようであるので〈あぶしならべ〉と名付けられている★7。ここで重要なことは、こうした八月踊り歌におけるテキスト生成の問題である。この時のテキストは、まず一つの曲調には一揃いの固定歌詞があり、これに対応する歌詞として共通歌詞が認められることである。共通歌詞は固定歌詞を集合した歌詞集として存在しており、いわば八月踊り歌は曲調の持つ歌詞と共通歌詞との組み合わせから成り立ち歌われるもので、その組み合わせの妙が歌の場の盛り上がりを保証することになる。歌のポケットから取り出される歌詞は伝統的な歌詞が用いられるので、それらは各人の記憶の中にあるが、相手との関係が生じると相手の歌詞の中の語句や内容の歌詞を歌のポケットから探し出し重ねることになる。それは相手の歌が終わると同時か、あるいは相手の末句がまだ終わらない内に重ねるように歌い出すことが求められるのであり、ここからは歌の闘争が展開する。その結果として完成した八月踊り歌は、一連の流れを持つ「恋の歌流れ」のテキストを形成するのだが、このテキストは二度と現実化し得ないという特徴を持つ。つまり、このテキストはこの歌の場にのみ現れた唯一のテキストであり、しかも男女の交互唱において初めて一対のテキストが完成することとなるのである。意味上の組み合わせは、その時と場の雰囲気やリーダの感情あるいは相手との関係などに左右されて現れた複雑なテキストであるから、復元は不可能である。これを〈一回性のテキスト〉と呼ぶことが可能であろう。それゆえに、これを録音してノート化したとしても、そのテキストは録音した時点の一回性のテキストであり、何ら普遍性を持つものではない。次に歌われる段階では曲調を等しくしながらもまったく異なった新たなテキストが現れるからであり、再生不可能の現場的テキストは、歌われた数だけの膨大な量が消えたテキストとして仮に存在するのである★8。

こうした一定の量を保つテキストは、堅固な村落の共同体が祭りを通して保持し続けて来たことに因るものであり、

『万葉集』の長歌体恋歌の中には一首が男女・親子による対唱形式を取るものが見られるから、その断片を窺うことができる★9。もとよりこうした長歌体の対唱形式が存在するのは、何らかの儀礼的あるいは芸能的場面が想定される。長歌は基本的に儀礼的性格を持つ歌であるから、おそらく迎客や社交儀礼がその場と考えられる。その場になぜ恋歌が歌われるのかという疑問には、民族的な文化形成上の習俗に根ざすものであると言うほかない。次の長歌体恋歌は、古歌謡を集めたと考えられる巻十三に掲載されている歌である。

男　百足らず　山田の道を　波雲の　愛し妻と　語らはず　別れし来れば　速川の　い行きも知らず　衣手の　反るも知らず　馬じもの　立ちて躓く＝

女　＝為むすべの　たづきを知らに　物部の　八十の心を　天地に　思ひ足らはし　魂合はば　君来ますやと　わが嘆く　八尺の嘆き　玉桙の　道来る人の　立ち留り　いかにと問へば　答え遣る　たづきを知らに　さ丹つらふ　君が名いはば　色に出でて　人知りぬべみ　あしひきの　山より出づる　月待つと　人にはいひて　君待つわれを（巻十三・三二七六）★10

この長歌は一首の形式で表記されているが、内容から右のように男の歌と女の歌とに区別できることから、男女の交互唱として歌われていたことが知られる。ただ男の歌は女との別離後の嘆きであり、女の歌は男を待つ歌であるから時間的齟齬がみられるようなのだが、そのように感じられるのは歌の場のテキスト生成に関係すると思われること、また男の歌に合わせる女の歌は初めから男の歌に対応すべき歌詞ではなかった可能性が考えられることである。それを示唆するかのように女の歌の「為むすべの／たづきを知らに」の歌唱形式は、前半を持たずに後半のみで自立している古層の歌と思われる恋歌（巻十三・三二七四）があり、さらにはこの形式が前後を伴いながらも挽歌のテキストへと変容しているものも認められる（巻十三・三三二九）ことにある。つまり、ここにはテキストが交換可能なものとしてあり、その中から適切と思われる歌詞が選択されている状況が推測されるのである。そのことから「為むすべの／たづきを知らに」の歌詞は、相手の歌を受け継ぐ時の言い回しであったと考えられ、そこからはテキストが固定せずに相手や歌の場との関係性の中から自在に選択される一回性のテキスト生成の状況が窺えるように思われる。

その上でこの歌がどのような場に求められ、テキストとしてはどのような意味を与えられた歌であるのかを検討しなければならない。先述したように長歌体恋歌は社交儀礼的な性格が強いものであり、短歌体恋歌は男女の極めてプライベートな内容が歌われるという性格を持つ。そこには長歌体恋歌が儀礼の場に提供されるという性質とは、相互に矛盾する関係があるように思われる。だが、恋歌を以て遠来の客人を迎えるという方法は、民族的論理の中に見出されるものである。迎客は村落社会において重要な儀礼の一環であり、勧酒歌・酒歌を以て客人を迎え主客対座して恋歌を対唱形式で合唱するのは、いくつかの中国少数民族に見られるが、中国貴州省黎平《れいへい》県に住む侗族《とんぞく》を一つのモデルとすることができる★11。酒歌はその民族の重要な儀礼歌であり、主に節日などの迎客に際して歌われる古歌に属する歌である。侗族ではこれを〈大歌《おおうた》〉と呼ぶが、それは祖先が伝えてきた民族の重要な儀礼歌の意味である。そこに迎客のための儀礼歌があり、男性の客人なら女班が迎え女性の客人なら男班が迎え、双方が対座して対唱するのであるが、これが主に恋歌で形成されることに注目される。訪れた男の客人を迎えた女班は村を訪れたことに感謝しながらも美酒も美味もないことを謝ると、客人の男性客はそんな心配は無用であることを述べ、この村を訪れたのは良い伴侶を求めるためだと来訪の理由を歌うのが最初の挨拶にあたる対唱である。これに続いて曲が変わり恋歌へと入る。その中の「渋い梨の実」という歌詞は、次のような内容である。

女　静かに私の心の内を聞いてください／真心でお聞きします／私たちは以前にお話をしました／その心の内を覚えていますか／もし忘れていないなら／なぜ長い間逢ってはくれなかったのですか＝

男　＝昼間に丘へ登り一心に働くだけで良いのです／東を望み西を望んでは／邪な思いを抱くのは／実際にあわないことです／あなたは自分の心の傷に触れ／自分の心を苦しめていますが／どうして自分を苦しめるので

すか★12
ここに翻訳したテキストを直截的に受け取れば、女の歌から知られるのはかつてすぐに逢うと言って別れた男が今まで訪れなかったことの不実への恨みが詠まれ、男の歌からはそうした女の恨みがいかに実際に合わないことかを説いて女の恨みを解きほぐすことが詠まれていると理解される。しかしながらこれが〈迎客〉の歌であり、初めて村を訪れた客人に対する歌であるとすれば、ここに第二のテキストが現れることになるのであり、その第二のテキストとは客人を恋人のごとく迎えるという理解を可能とするものである。しかもここに現れたテキストは、男女双方がこのために合同練習を積んでいたわけではなく、それぞれの村のテキストによって現れたものである。

　侗族における歌のテキストは、村落内に男班と女班とが世代ごとに構成されていて、男のテキストと女のテキストとが存在する。同じ村ではこのテキストは交叉することはなく、両方の班は村外と交流する儀礼の場においてのみ交叉するのであり、日常的には交叉しない。これはこの民族の婚姻制度と深く関係するものであり、婚姻は同氏族外（村外）に求められるから、同氏族内（村内）の男女は恋歌を歌い合うことは出来ないという原則があるのである。そのことから見ると村の中にある男・女のテキストが原テキスト（不完全なテキスト）であり、それが村外のテキストと出会うことで、初めて一対のテキスト（完全なテキスト）の成立が可能になるということである。つまり、村内の原テキストは常に不完全な半分のテキストとして存在しているということになる。この不完全性は男のみ・女のみという存在と等しく、そのテキストも男のテキストと女のテキストという不完全性の中に存在するものであり、異性・異氏族のテキスト（他者のテキスト）と一対になることで、恋と恋歌のテキストを完成させているのである。

　先の万葉集の長歌体恋歌は既に文字化の中にあり、固定化したテキストとして存在する。その段階で男女の歌が一連のものとして変質したのであるが、このテキストを文字から解き放つならば、多様で生態的なテキストとしての性格を見せ始めるはずである。一つは対面歌唱の機能性、二つは男女の歌の対応関係、三つは歌のポケット、四つは男女半分のテキスト、五つは長歌体恋歌の儀礼的機能である。

3　室内歌垣のテキスト分析

集団的対詠の場において現れるテキストは、以上のような方法や機能の中に形成されるが、これは歌垣のテキストを基盤とするものである。歌垣という場の形態は一律ではなくいくつかに類別され、古代ではおよそ次のような形態が認められる。

歌垣
- 野外歌垣
  - 大の歌垣―固　定　的―山・川・海・湖・泉など
  - 小の歌垣―非固定的―市・遊楽・集団労働など
- 室内歌垣
  - 妻問の場―非固定的―女性の家・社寺・サロンなど
  - 社交の場―非固定的―宴飲・迎客・遊宴など

野外歌垣には大小があり、大の歌垣は固定的で関東の筑波山や九州の杵島《きしま》岳で行われた歌垣であり、『常陸国風土記』には春秋の季節に行われたことが記されている。小の歌垣は海石榴《つばいち》市や軽の市などの市の立つ日や、遊楽行事あるいは労働の場で行われる臨時的な歌垣である。これに対する室内歌垣は非固定的で妻問の時の男女交際の場や、貴族サロンあるいは都市・農村の人びとの社交集会の場が中心である。このような場が恋歌のテキストを決定するのであり、秘密の恋歌が広く流通する理由はここにある。

そうした室内歌垣の顕著な場は、妻問と歌遊びの場にある。妻問は古代の婚姻形態の一つで、『万葉集』の恋歌から想定するならば、男は女のもとを夜更けに訪れて夜明け前に帰るということにあったらしく、夜明けの別離の歌が多く見られる。しかも、二人の関係が第三者に知られることを恐れる歌も多く、妻問が秘密裏に行われていたことを示している。それゆえに恋が秘密であることにより逢うことのできない嘆きや、女による待つことの辛さという、恋を苦しみとして歌う内容が多く、さらには訪れない男への恨みへと到る歌も少なくない。殊に人に知られることを極端に恐れる恋人たちは、それを人目や人言といって恋歌の歌語を形成しているほどに、恋は秘密の中に置かれている。それにもかかわらず、恋する男女は秘密を守るべき妻問において、なぜ恋歌を必要としたのかにある。それは妻問の場が個人の情を単位とした感情を歌う方面において求められた表現であるからであり、一方、妻問という歌の場そのものは、集団性において成立しているという理由からである。したがって恋歌のテキスト分析は、歌と歌の場との関係から行われる必要が生じるのであり、恋歌が個人の感情が表白されながらも、恋歌自体が集団において共有されるという二重性を持つことに注目すべきなのである。

妻問の集団性というのは、侗族に広く行われている「行歌坐夜《こうかざや》」を事例にすると、男仲間数人が、今夜はどこの家の女性を訪れるかを打ち合わせて、夕食の後に目当ての女性の家を訪れる。女性の家では数人の女性仲間が糸つむぎや刺繍などの夜なべをしていて、男性が訪れることを期待して待っている。女性たちが集まる家は、仕事の上でも歌の上でもリーダー格の女性の家であり、男グループはその女性の家を目指して訪れるのである。そこで女性の家を訪れた男グループは、まず門前で「喊門《かんもん》の歌」(門前の歌)を歌い門を開けてくれることをお願いする。この男グループが好ましくない場合には、いろいろな理由を作って門を開けることをしない。女性たちが気に入ると門が開けられ、男たちはお礼の歌や訪れてきた理由の歌を歌い、朝まで続く妻問の歌が繰り広げられるのである★13。

こうした妻問の場の歌も男女の対面歌唱により成立し、その面影は『万葉集』の問答歌の中に残されている。問答は小分類として見え、作者未詳歌巻に多く集められていて、問答形式の歌い方が衆庶の世界に展開していたことが知られる。男女の恋の心を問答形式で詠むものであるが、これらの成立の過程に質問歌が存在していたのであろう。

卯の花の咲き散る岡ゆほととぎす鳴きてさ渡る君は聞きつや（巻十・一九七六）

聞きつやと君が問はせるほととぎすしののに濡れてこゆ鳴き渡る（同・一九七七）

これが問答であるのは、聞いたかという問いに、涙に濡れつつここから鳴き渡って行ったと答える形式を取るからであるが、さらに答歌は問歌の言葉を受け継いで答えるという形式を取るところに特徴がある。これは歌垣の場において取られた問答形式を継承したものと思われるのであり、『万葉集』には歌垣の場の歌と思われるものが載る。

紫は灰さすものぞ海石榴市の八十の街に逢へる子や誰れ（巻十二・三一〇一）

たらちねの母が呼ぶ名を申さめど道行く人を誰れと知りてか（同・三一〇二）

海石榴市《つばいち》は古代の大きな市であったらしく、幾つもの道が交差する境域であった。この歌から見ると、まず男は出逢った女性に「あなたは誰か」と名を問うのであるが、女性は「あなたこそ誰か」と切り返して反対に男の名を問うように、〈問名の歌〉★14が歌われていたことが知られる。この歌い方は、初めて出逢った男女の挨拶歌であり、互いに名告りが行われたのである。海石榴市の歌垣では、男女の出逢いから問答が展開していたのである。ここに巻十一に見る作者未詳の問答の歌を一つのモデルとして、問答という歌の性格を考えてみたい。

問答

Ⅰ・ⅰ皇祖の神の御門を懼みと侍従ふ時に逢へる君かも（二五〇八）

ⅱ真澄鏡見とも言はめや玉かぎる岩垣淵の隠りたる妻（二五〇九）

右二首

Ⅱ・ⅰ赤駒の足掻速けば雲居にも隠り行かむぞ袖枕け吾妹（二五一〇）

ⅱ隠口の豊泊瀬道は常滑の恐き道ぞ恋心ゆめ（二五一一）
ⅲ味酒の三諸の山に立つ月の見が欲し君が馬の音ぞ為る（二五一二）
右三首
Ⅲ・ⅰ雷神も少し響みてさし曇り雨も降らぬか君を留めむ（二五一三）
ⅱ雷神の少し響みて降らずとも我は留まらむ妹し留めば（二五一四）
右二首
Ⅳ・ⅰ敷栲の枕動きて夜も寝ず思ふ人には後に逢ふものを（二五一五）
ⅱ敷栲の枕は人に言問へやその枕には苔生しにたり（二五一六）
右二首

Ⅰ組のⅰが女の歌、ⅱが男の歌である。女は畏れ多い天皇にお仕えしている最中に、こんな所であなたにお逢いしたことだと、うれしくも戸惑い驚く内容を歌う。それに対する男は、まるであなたは岩垣淵に隠れているようで、はっきりと見ることがなかったから、こうして逢いに来たのだという。事情は必ずしも明確ではないが、ほのかに見た女性に恋をした男は彼女に逢う手だてもなく、やむなく天皇に奉仕している最中に逢いに来たのであり、それへの驚きと戸惑いが女の歌だと理解できる。男の逢いたいという思いは強く、女性は宮廷の奥（岩垣淵）に奉仕する人なので、このような出逢いも仕方ないのだと男は言い訳をしているのであろう。このようにⅠ組の歌を理解すると、宮人らしい女性とそれに憧れる男の歌という関係が見られ、男の無謀と女の困惑とが歌の主旨であることが分かるのであり、そうした危険な恋の展開がここから予想されることになる。

Ⅱ組は三首一組という形式であり、ⅰは男、ⅱは女、ⅲは女の歌である。ただⅱの「恋心ゆめ」は「恋由眼」が一般の表記であり、諸注釈に「汝が心ゆめ」と訓むものが多い。「由眼」は「ゆめ」であり「汝が心ゆめ」は二例ほど見られるから可能性もあるが、「汝」は男から女への呼び掛けであるから矛盾が起きる。「恋」の訓に問題は生じるが、ⅱは恋心にはやって馬を急かせて常滑の道で馬が滑り落馬して怪我をするなと、通って来る男へ注意を呼び掛ける女の歌である。ｉで男は名馬を持っているから、たちまちに雲居を超えてあなたの許へと到るので、今から急いで共寝の用意をして置きなさいというのである。それに対してⅱがあり、恋心にはやって怪我をするなと注意する。そしてⅲは、三諸山の上に美しく昇る月のように見たい、素敵なあなたの馬の音がすることだと、馬の音に胸を躍らせる女心を詠む。この組にⅱが入って三首一組となっているのは、ⅱが第三の女性による歌だからである。ｉが露骨に共寝を誘う男の歌なのに対して、ⅱで男をからかう歌が挿入されたのである。こうした歌が挿入されるのは、周囲の聞き手を笑いへと導き、歌の場を盛り上げるためである。その上でⅲのように女が男を受け入れる歌へと接続して、二人の愛の夜がここから展開することが予定されることになる。この組の問答はｉとⅲで成立するのであるが、妻問歌の生態的性格をたまたま伝えているのがⅱの歌なのである。

Ⅲ組のｉは、女の誘い歌である。訪れてきた男を留める理由が、雷が鳴り雨が降ることである。それに対してⅱの男は、雷が鳴らなくても雨が降らなくても、「帰らないで」といえば、ここに留まろうというのである。この組の問答は愛の成就により親密となった男女の妻問歌であり、ここには女の歌と男の歌との性質が良く現れていることに注目される。女は男を引き留めるために確かな理由を求めるのであり、男は外的な理由よりも女の気持ち次第だという。女が雷や雨を求めるのは、女の用心であり、他人に知られた時に「雨宿りをしているのです」という言い訳をするためである。古歌謡にも、「あしひきの　山より出づる　月待つと　人にはいひて　君待つわれを」（巻十三・三二七四）とある、他人の目に対する用心である。女は男に挑発をしながらも、逃げ道を作っておくということであり、そこに女歌というべき性格を見ることができよう。

Ⅳ組のｉは男の歌、ⅱは女の歌である。ｉは夜な夜な枕が動いて寝られないのは、思う人に逢える兆なのだという。

男は人目や人言を気にして容易に女に逢えず、その苦しみを訴えているのである。その限りではごくありふれた恋歌であるが、ところが、この男を不実な男へと転落させるのがiiの女の歌なのである。枕になんぞ恋する人などないのであり、その枕にはあなたが訪れないから苔が生えてしまったと非難する。男が枕を女に見立てているのを受けて、女は男の訪れのないことで共寝の枕に苔が生えたと非難し、またその枕を我が身に比喩して私にも苔が生えたと、男の不実を非難する。このことから見ると、iは世間を気遣い女に逢えずに苦しむ純粋な恋歌でありながら、iiから読むとiの男は女から逃れる言い訳の歌へと変質させられ、不実な男へと転落させられるのである。その応酬のおもしろさがⅣ組の命であり、そこには女の知恵が大きく作用している。このように問答歌には男女の恋の駆け引きを通した問答のダイナミズムが認められるのであり、そこからは恋歌生成のメカニズムを知ることが出来る。その基本的な性格は折口信夫のいう「早歌よみ」★15にあり、そのような展開の中に女歌や男歌の特質が現れることになる。歌垣の場における歌掛けのシステムを取りながら、問答歌は作者未詳の世界で広く展開を示していたのである。

4　結

ここに扱った問答歌の多くは一組二首を以て成立しているが、これ以外の問答歌も基本的には二首一組という形式を取る。これには理由が三つある。一つは編纂の問題である。モデルとして示した問答歌には、それのみで完結したとはとうてい思われない、次のドラマへと展開を示すことを予想させる組もあり、その流れの一齣が収録されたということである。湯原王と娘子との連続した問答の歌（巻四・六三一～六四一）は、歌の流れをある程度示している事例である。二つは「問答」という概念が問と答という単一的な理解へと及ぶことで、二首一組の問答を基準として採録したということにある。この場合の問答は、「貧窮問答歌」のような問いと答えの関係で完結する形式である。三つは歌闘争の性格を継承する歌垣の場において★16、一方に問答一対の歌い方が歌闘争として存在したと推測されることである。これは主に知恵比べとしての性格や聴衆に聞かせることを意図した、歌の場を盛り上げるための完成度を競うという性格を持ち、直ちに勝利者が決まるものであり、その二首一組で完結させるという方法が存在したのであろう。すでに額田王と大海人皇子の問答の歌（巻一・二〇〜二一）に始まり、この方式が奈良時代の貴族サロンや歌遊びの中にも入り一般的となり、後の歌合わせへと展開を示したものと思われる。

恋歌の生成は、恋歌の生み出された生態的テキストと、文字を用いて書記した机上的テキストとにあり、前者は歌垣や市あるいは労働の場などで繰り広げられた歌掛けの方法が想定され、その上に恋歌の基本的な性格が形成されたと思われる。そうした歌掛けの基本は問答形式にあり、問答形式の歌のテキスト分析は、従来の語彙の注釈を越えて何よりも歌の場と歌のシステムの分析が求められるということである★17。そのことにより恋歌の生態的生成の理解が大きく及ぶものと思われる。その特質として恋歌が対面歌唱の中に生きていたことにより、歌の技巧として相手の言葉を引き継ぎながら新たな展開を示すことが挙げられる。万葉歌に多くの類歌が現れるのはこの重なりにあり、それが問答歌の生成する生態的な側面なのである。また知恵や技巧を凝らして相手の外に、周囲の聞き手をも巻き込みながら展開することで、恋歌は歌の場と一体となりながら繰り広げられたことが知られる。そこには二人の恋を物語として紡ぎ出す意図も見られ★18、その主人公はもう、一、人、の、わ、れ、によって演じられることとなるのである。

注

1 田畑千秋『奄美名音集落の八月歌』（天空社）、同「歌垣歌・奄美大島の遊び歌と八月歌」『國學院雑誌』平成二十一年十一月号参照。

2 加藤義男編『金沢八幡宮伝統掛歌　秋田県無形民俗文化財指定15周年記念誌』（金沢八幡宮伝統掛歌保存会）参照。

3　辰巳「東アジア圏の歌垣と歌掛け」『折口信夫　東アジア文化と日本学の成立』（笠間書院）参照。
4　『徳之島の唄と踊』（赤崎盛林先生米寿祈念出版会）による。
5　辰巳「夕べが訪れると思いは乱れ―踏歌」『詩霊論　人はなぜ詩に感動するのか』（笠間書院）参照。
6　文潮光『奄美大島民謡大観　復刻版』（私家版）による。
7　文潮光「情歌及雑歌―あぶしならべ式に―」『奄美大島民謡大観　復刻版』注6の解説が詳しい。
8　辰巳『万葉集に会いたい。』（笠間書院）参照。
9　親子の対唱の例としては、巻十三・三二九五に次のように見える。

　母　うち日さつ　三宅の原ゆ　直土に　足踏み貫き　夏草を　腰になづみ　如何なるや　人の子ゆゑに　通はす吾子＝

　子　＝諾な諾な　母は知らじ　諾な諾な　父は知らじ　蜷の腸　か黒き髪に　真木綿以ち　あざさ結ひ垂れ　大和の　黄楊の小櫛を　抑へ挿す　刺細の子　それそわが妻

10　本文は、中西進『万葉集　全訳注　原文付』（講談社文庫）による。以下同じ。
11　辰巳「貴州省南部侗族の大歌とその儀礼的性格」本書Ⅲ参照。
12　何積全・陳立浩主編『侗族大歌琵琶歌』（貴州民族出版社／中国）。
13　呉定国によると「南部侗族地区には、男女青年による行歌坐夜の習慣がある。農閑期、仲良しの娘さんたちは、夕食の後に三々五々仲間たちと比較的広い家の母屋あるいは囲炉裏の部屋に集まり、紡績や機織り、パッチワークや刺繍、歌の練習をするが、侗族では『堂翁』（DOANGC WUNGH）といい、ある人はこれを姑娘堂と訳している。夜の帳の降りたころ、若者たちは仲間と群を作り、牛腿琴を引き、琵琶を弾き、『堂翁』に来て娘さんと対歌して歌い、恋の思いを歌うのであり、侗族ではこれを『為翁』（WEEX　WUNGH）といい、ある人は『坐夜』と訳し、それでこれを坐夜対歌というのである」という。「侗族民歌対唱形式の種類と韻律―中国南部侗族の事例を中心として―」平成二十一年科研補助報告書『東アジア圏の歌垣と歌掛けの基礎的研究』（代表辰巳正明／國學院大學）。
14　辰巳「歌路―中国西南少数民族の歌唱文化」『詩の起原　東アジア文化圏の恋愛詩』（笠間書院）参照。
15　「額田女王」『折口信夫全集　6』（中央公論社）。また「古代生活に見えた恋愛」『折口信夫全集　1』（同上）では、恋愛問答が「人をたらすやうなもの」になったという。

16　高木市之助「歌垣—鬪」『古文芸の論』(岩波書店)参照。

17　辰巳「歌路—中国西南少数民族の歌唱文化」『詩の起原　東アジア文化圏の恋愛詩』注14参照。

18　辰巳『万葉集に会いたい。』(笠間書院)参照。

III 歌人の生態誌

——万葉集の歌びとの誕生の歴史

第一章　額田王の春秋判別歌
1　序
2　古代歌謡の動植物
3　額田王と黄葉の錦
4　結
第二章　人麿挽歌と守夜の哀歌
1　序
2　日並皇子殯宮挽歌と守夜の歌
3　天の磐座と天庭への回帰
4　結
第三章　待つ女とうつろいの季節
1　序
2　額田王と季節の移ろい
3　天平の待つ女と季節の移ろい
4　結
第四章　大宰府圏の文学
1　序
2　大宰府文学の出発
3　韜晦と望京
4　愛と生の苦しみ
5　防人と大宰府文学
6　結
第五章　僧中の恋と少女趣味
1　序
2　少女趣味
3　禅師と郎女の恋問答
4　結
第六章　旅の名所歌と歌流れ
1　序
2　妻の言づて
3　行きずりの恋
4　結
第七章　家持の女性遍歴
1　序
2　恋の奴遊び
3　遊仙窟遊び
4　結
第八章　家持の歌暦
1　序
2　暦と季節
3　上巳と詩人の心
4　結

第一章
額田王の春秋判別歌

1　序

古代において歌を詠む行為は、個人的であるよりも集団的であり、日常的であるよりも非日常的であった。文字を通して歌を詠むという段階において、はじめて歌は個人的・日常的行為を獲得し展開したのである。歌の集団性や非日常性は、古代の祭祀活動と密接な関係にあり、歌の宗教的起源説もそうした祭祀活動との関係から説かれることになる。祭祀活動は、基本的には年中行事として行われるから、歌もまた年中行事と密接に関係することは明らかであろう。そのような年中行事は、ある段階から季節意識とも密接な関係をもちながら形成されることとなるのである。

日本人の育んだ景物意識や季節意識は、『古事記』(記)『日本書紀』(紀)に見る記紀歌謡(古代歌謡)に始まり、続いて『万葉集』へと反映する。それらは基本的にはその地域の生活・習慣あるいは風土・風俗に根ざす、いわゆる農耕暦(農暦・旧暦)に基づくものであったと思われる。それだけに景物意識の形成は風土的であり、また民族的であることは間違いない。とくに季節は農耕と直接的に結合するものであろうし、農耕の文化は、自然に寄り添いながら営まれ、祭祀儀礼と深く結びついて形成されたと思われる。それらは年中行事として固定し、民族的な伝統節日が形成されることになる。ただ、古代日本人の季節意識の形成上から見ると、記紀歌謡と『万葉集』との間には大きな断層が見られる。『万葉集』は記紀歌謡を古層の歌として基本的に排除し、春の予祝歌と見られる舒明天皇の国見歌から新しい『万葉集』の出発を宣言しており、そこには舒明天皇を『万葉集』の始まりの天皇とする理念性が読み取れるものの、歌は古層の国見歌である。

そのような中で古代日本人が神話や物語りに見える呪的自然（霊的自然）を脱して、客観的な季節を獲得したのは近江朝においてであり、額田王の歌においてであった。その背後には近江朝の漢文化が存在したことは重要である。

2　古代歌謡の動植物

歌がどのように季節を獲得するかについては、古代歌謡を参照する必要がある。古代において季節は抽象的である以前に、きわめて具体的であった。それは、季節がその地域の風土性のみではなく、彼らの生活と密接に関与するからである。風土とはその土地の自然環境であり、自然環境は自然現象として現れる。村をめぐる自然環境は山・森・林・野・川・池・沼・湖・海などがあり、そこにはさまざまな動植物、生き物たちが活動している。そして、これらに手が加えられることにより道・入野・里・畑・水路・田・牧・邑落・社・墓地などが形成される。こうした自然環境は一年を通じて季節ごとに変化し、さまざまな自然現象が現れることになる。そうした具体的な自然と向き合い、生活をしていたのが古代の人びとであった。しかし、これは自然環境や季節の現れる状況の説明であり、これらが存在することで季節の歌が成立するということではない。季節の歌が成立するためには、この環境の中に暮らす人びとの、長い実生活上の経験による感受性が必要であった。日々の暮らしを通して感じ取られる喜怒哀楽は、むしろ外在的自然によって人びとの内面の感情に働きかけられ、それらが表出されることになる。それは記紀歌謡の中に現れる、動植物を見ることで理解されるように思われる★1。

○動物類

鳥・鵼・雉・鶏・鴨・鴫・鷹・螺・鵜・千鳥・マシ・トド・鵠・鳰鳥・蟹・猪・隼・雲雀・鶺鴒・雁・鳩・鶴・蠣・鹿猪・虻・蜻蛉・鶉・雀・鮪・虫・蜘蛛・馬・駒・鮎・鮑・鹿・魚・山羊・猿・鴛鴦

○植物類

草・薄・蕎・柃・栗・韮・薑・葦・松・梼・稲・薜葛・竹・植草・蓼・菱・栗・橘・蓴・梓・檀・檳榔・菘・烏草樹・椿・大根・菅・笹・薦・山釿・槻・蓮・榛・檜・茅・賢木・桑・花・桜・藻・米・水葱

これらが古代的風土・環境を背景とした歌謡の中に現れる動植物である。記紀歌謡は伝承内容が両者に重なるところが多く、それらが別伝として語られるところから異同が生じてくる。しかし、ここに問題とするのは、これらが持つところの風土や環境にある。したがって、この記紀歌謡の動植物によって、古代ではどのように自然や季節への関心を示したのかが窺われるに違いない。記歌謡の最初に登場する鵼《ぬえ》・雉《きざし》・鶏《かけ》は、「青山に、鵼は鳴きぬ、野つ鳥、雉は響む、庭つ鳥、鶏は鳴く」（記歌謡二）のように詠まれる。八千矛の神が遠い越の地へと妻問いに出かけたが、その道行きの途中で夜中に山で鵼が鳴き始め、野に至ると野の鳥である雉が騒ぎ始め、ようやく彼女の家の前に到着すると庭の鳥である鶏が鳴き始めたという。これらの鳥は、夜から朝へと至る時間の経過を示すものであり、人びとは鶏の鳴き声で夜明けを確かめたのである。また、鴨は海の沖の島に住むので島が導かれ、鳰鳥《におどり》も水に潜る性格からかづく鳥とされ、そこから海に潜ることが導かれる。雉は一方で食用となり、鷹や隼は狩猟の鳥であり、鵜は鵜飼いの鳥である。鳩は声を潜めて鳴く様子から、女性の忍び泣きに比喩され、鶴は空行く使いの鳥とされる。鶺鴒《せきれい》は尾の動く特徴から交尾の鳥とされる。そのような中で渡り鳥としての雁は、仁徳天皇が日女島へ行幸した時に雁が卵を産んだのを知り、建内宿禰の命に「たまきはる、内の朝臣、汝こそは、世の長人、そらみつ、日本の国に、雁子産と聞くや」（記歌謡七十二）という質問をする歌に見られ、雁が日本で卵を産むのは珍しく、これは天皇が世を治めることとなる兆であると応えるように、瑞鳥である。また、鴛鴦はオシドリのことであり、仲の良い夫婦を意味し、中国の知識である。

　動物の猪・鹿は食用肉の代表であり、鹿猪と表記されてシシ（肉）を意味した。猿と山羊は、予兆を表す動物として見え、特に山羊は老翁と呼ばれている。そして、魚介類は、すべて食用である。

　植物類の特徴は食用にある。蕎・柃《いちさかき》・粟・韮《にら》・薑《はじかみ》・稲・薢葛《ところづら》・菱・栗・橘・蓴《みょうが》・大根・蓮・米・水葱《なぎ》などの多くを数える。もちろん、これらがすべて食用として現れるのではなく、菱の実は女性の美しい歯の様子を形容し、栗の実は中に三つ並んでいるので、その真ん中の実から中を導き、大根は女性の真っ白な腕を形容し、水葱は水の中に生えているので、困難な苦しみを形容する。また橘は常世の香がめでられ、蓮は「日下江の、入江の蓮、花蓮、身の盛人、羨しきろかも」（記歌謡九六）のように、若々しさを象徴する。食用のほかに実用的な植物類は、薄・葦・竹・梓・檀・菅・笹・薦・榛・檜・茅・賢木・桑類であり、家屋、畳、弓、枕、染料、祭祀具、養蚕などの材料となり、竹はいくみ竹・吉竹などと呼ばれて、琴や笛の材料として珍重された。食用が想定されない植物類で特徴なのは、松・梼《かし》・槻《つき》の類である。松は、ヤマトタケルの命が尾津で詠んだ「尾張に、直に向へる、尾津の埼なる、一つ松、吾兄を」（記歌謡三〇）に見え、尾津の埼の一本松を人と見立てて大刀や衣服を着せたいものだという。続くヤマトタケルの命の歌の「命の全けむ人は、畳薦、平群の山の、熊白梼が葉を、髻華に挿せ、その子」（記歌謡三一）は、熊白梼《くまかし》（熊橿）を生命の象徴とし、人々への祝福へと連接する。そうした象徴的樹木としては槻の木も同じであり、「真木折く、檜の御門、新嘗屋に、生ひ立てる、百足る、槻が枝は」（記歌謡一〇一）は、天や東国を覆う大木として描かれている。古代を代表する世界樹が槻の木や橿であり、尾津の埼の一本松も、そうした性格の木であろう。

　こうした動植物類は、基本的に季節を直接的に捉えていない。中心は実用・食用・祈願の類であり、また比喩として用いられる。そのような中で『古事記』や『日本書紀』には天孫降臨の神話に、コノハナサクヤヒメという女性が登場し、姉のイハナガヒメを拒否して花のように美しい女性を妻としたことから天皇の命が短くなったという起源説を見ることができるが、ここには石の文化から花の文化へと交替する段階が認められ、花を賞美することへと移行することで天皇の短命説が成立したことが知られる★2。一方、『日本書紀』では桜の花が次のように登場する。

(履中天皇三年十一月)天皇、両枝船を磐余市磯池に泛べたまふ。皇妃と各分ち乗りて遊宴びたまふ。膳臣余磯、酒献る。時に桜の花、御盞に落れり。天皇、異びたまひて、則ち物部長真膽連を召して、詔して曰はく、「是の花、非時にして来れり。其れ何処の花ならむ。汝、自ら求むべし」とのたまふ。是に長真膽連、独花を尋ねて、掖上室山に獲て、献る。天皇、其の希有しきことを歓びて、即ち宮の名としたまふ。故、磐余稚桜宮と謂す。其れ此の縁なり。★3

(允恭天皇八年二月)八年の春二月に、藤原に幸す。密に衣通郎姫の消息を察たまふ。是夕、衣通郎姫、天皇を恋びたてまつりて独居り。其れ天皇の臨せることを知らずして、歌して曰はく、

我が夫子が　来べき夕なり　ささがねの　蜘蛛の行ひ　是夕著しも

天皇、是の歌を聆しめして、則ち感でたまふ情有します。而して歌して曰はく、

ささらがた　錦の紐を　解き放けて　数は寝ずに　唯一夜のみ

明旦に、天皇、井の傍の桜の華を見して、歌して曰はく、

花ぐはし　桜の愛で　同愛でば　早くは愛でず　我が愛づる子ら

ここに問題となるのは、この桜の季節性のことである。履中紀では遊宴の時に杯に流れ込んだ桜を異として臣下に求めさせる話であり、天皇がそれを奇異としたのは「非時」にあった。非時は、まだ桜の季節ではないのに花が咲いた事を意味し、それを探し当てた臣下が献上する。天皇はそれが希有《けう》のことであるとして歓び、宮の名としたというから、この桜に特別な思慮が働いたことを示している。その理由は非時であることからか、あるいは桜への賞美から

か。おそらくこの場合は非時によるものであり、垂仁紀の話からすれば、橘は「非時香菓《ときじくのかぐのこのみ》」であったし、富士の山に常に雪がふることを山部赤人は「時自久曽《ときじくそ》」と詠む。そのような非時のものは希有にして珍貴なものであることから、この桜の花を非時だとしたのは賞美の前に瑞祥と考えたことに因るものと思われる。允恭紀の場合は、井の傍の桜の花を見ての歌であり、桜の花への賞美が衣通郎姫へと重ねられている。ここには桜の花は愛でられるものとしてあり、国つ神の娘であるコノハナサクヤヒメが具体的な相を見せるのである。しかし、それが直ちに允恭天皇の時代のこととするには妥当性を欠くに違いない。なぜなら先にも述べたように、記紀歌謡の季節感はまだ未成熟であったからである。『日本書紀』に見える桜を見れば知られるように、若（稚）桜宮や桜部の設置、それに伴う連や造あるいは朝臣の姓として多く見える。この部の設置については、先の履中紀につづいて、この日に桜の花を献上した長真膽連《ながまいのむらじ》の本姓を改めて稚桜部造といい、また膳臣余磯《かしわでのおみあれし》と号し稚桜部臣というとある。異常なほどに複雑な改姓や賜姓であるが、非時の桜を原因とした因縁がここに語られているのである。また、『日本書紀』には桜井の名も多く見られ、桜井屯倉、桜井皇子、桜井皇女、桜井弓張皇女、桜井娘、桜井臣などの人名のほかに、桜井寺も見える。この桜井は地名であることは明らかであるが、むしろ問題は桜と井戸との関係であろう。井戸の傍に樹木が植えられていることは『古事記』神代に井の傍に湯津香木《ゆつかつら》があったといい、『日本書紀』神代にも門前に井があり、その井の上に一本の湯津杜樹があったという。湯津は神聖を表し香木も杜樹も聖木であるに違いない。そのことから見れば、履中紀の「天皇、井の傍の桜の華を見して」というのは、その桜の花が賞美されるものである前に、神聖な桜木、つまり桜の神木であったことを示すものである。いわば、新嘗屋に生える椿の聖木と等しくある神木であり、天皇の「花ぐはし桜の愛で」とは、神聖な桜に寄せて神聖な衣通郎姫を誉め称えた言葉だといえよう。

　おそらく記紀歌謡の動植物は、神聖な存在あるいは実用的な存在に関わるものであることを基本として現れていることから見ると、季節への道程は以後の『万葉集』を待たねばならなかったといえる。

3　額田王と黄葉の錦

純粋に自然を賞美する段階を迎えるのは、漢文学が興起する近江朝（天智天皇時代）と考えて良いと思われる。この時代に額田王という女流歌人が登場して、「天皇、詔内大臣藤原朝臣、競春山万花之艶秋山千葉之彩時、額田王、以歌判之歌」（巻一・十六）★4という歌を詠んでいるからである。春山の万花と秋山の千葉のいずれの季節が良いかを、天皇の詔《みことのり》を受けて詠んだというのであり、その成立過程は近江朝の漢文学の興起と繋がるものであることが知られる★5。もとより神話には秋山の男と春山の男の妻争いが見えるが、これは自然に霊性を認めていたことから現れる物語で、海幸と山幸の争いの物語のような二項対立の物語があり、そこに季節意識が現れることで変質した段階の神話と考えられる。もちろん額田王の歌は自然の霊性を人格化して語るものではなく、自然の持つ霊性を賞美されるべき自然として捉えているところに特質を見る。

冬ごもり　春さり来れば　鳴かざりし　鳥も来鳴きぬ　咲かざりし　花も咲けれど　山を茂み　入りても取らず　草深み　取りても見ず　秋山の　木の葉を見ては　黄葉をば　取りてそしのふ　青きをば　置きてそ嘆く　そこし恨めし　秋山われは（巻一・一六）

ここで王は、春になれば鳴いていなかった鳥も来て鳴き、咲いていなかった花も咲いたという。これらの花鳥は季節を表すのみではなく、鳥は明らかにこの季節にのみ来て鳴く季節の鳥であることを示している。ただ、春は草木が茂って手に取ることが出来ないこと、しかし、秋の季節になると木の葉の黄葉《もみじ》を手にとって「しのふ」ことが出来、青い葉は他所に見て「嘆」くのであり、それが「恨めし」と思われるほどに、秋の千葉の彩りは賞美しても賞美し尽くせないほどであるから、それゆえに秋山が良いと結論する。「しのふ」は賞美であり、「嘆く」は嘆賞であり、「恨めし」は美しさを賞美し尽くせない心であるといえる★6。額田王が春ではなく秋を良しとしたのは、秋の黄葉を手に取り賞美することが出来るからであった。ここに黄葉を愛でることが出来ることにより、秋の勝利を宣言する額田王の立場が見られるが、そうした秋の黄葉を選択した額田王の判断は、個人的な趣向なのか否かを検討する必要があると思われる。

　額田王が秋を良しとする根拠は、唯一手に取ることの出来る秋の木の葉であり、黄葉の彩りへの賞美であった。黄葉が中国漢詩に見えることは知られるが、そこでは「那知秋葉黄」（巻八十八「祓禊《ふっけい》」）★7や「金井梧桐秋葉黄」（同巻四十三「相和歌辞長信怨」）などに見られるが、黄葉は日本文献では『万葉集』に初めて見いだせる語彙であり、『万葉集』がモミチを表すときには黄葉と表記するのが一般である。それで黄色は赤に近い系統の色として説明される場合もあるが、ところが黄色を表す場合は特別な色を意味したようである。例えば『日本書紀』によると、黄泉・黄牛・黄金・黄書・黄書画師・黄文連・黄帝・上黄下玄・黄色服などがそれであるが、黄泉は中国で死者の行く世界、黄牛は半島渡来の都怒我阿羅斯等《つぬがあらしと》に関する牛の話、黄金は高麗渡来の仏像造営の貴重品、黄書は周孔の学、黄文（書）連は黄書を専門とする家柄、黄書画師は外来の絵の専門家、黄帝は中国古代の中央を指す帝、上黄下玄は亀の背に現れた文様、黄色服は百姓に命じられた着服の色で、五行思想の土の色である。つまり、黄色というのは渡来の思想により埋め尽くされた色であり、ここに登場する黄葉も渡来の文化を想定させる色と理解されたはずである。黄葉は外来の特別な色なのであり、神秘的な色彩を意味したのであろう。この黄色は赤色を含む色と理解されるのだが、『日本書紀』では赤色は、例えば赤土は祭祀、赤心は忠誠心、赤女は鯛魚、赤絹は外来の絹、赤気・赤烏・赤亀は祥瑞を表し、それらも神聖性や外来性を含む色であることが知られるが、おそらく赤と黄には明確な区別があったのであり、黄葉が選ばれたのはほかに理由が存在したのであろう。注目されるのは先の「相和歌辞」に見る金井と黄葉との取り合わせである。金色と黄葉は一対とされるのであり、井上さやか氏によると、『続高僧伝』の「便引黄葉是真金之喩」

（巻二十二明律下）や、『広弘明集《こうぐみょうしゅう》』の「但不敢以黄葉為金」（巻二十二法義篇）と見えるように、仏教との関わりが深いと指摘する★8。それは仏教に限らず、黄葉が黄金の色と理解されていた流れがあるということである。

『万葉集』が秋のモミチを黄葉で表したのは、黄色がモミチの基本的色彩とされたからであろうが、しかしそれが黄葉であるのは異国的で神秘的な色を意味したからであろう。万葉歌がモミチを紅葉や赤葉であると認識しているのは、希に「紅之浅葉之野良」（巻十一・二七六三）「紅葉散筒」（巻十・二二〇一）「秋赤葉」（巻十三・三二二三）と見えるが、その紅にも赤にも特別な意識が働いたからである。いわば『万葉集』のモミチは、黄・青・赤の彩りにより視覚化されていたということである。それでありながらモミチの表記として「黄葉」を選択したのは、それが燦然と輝く黄金の色であったからであろう。黄金は日本では産出されず、常に外国から輸入する王の独占する神秘的な輝きを放つ色であった。まずそれは高麗渡来の産物であり、仏像を耀かせる色であった。初めて古代日本に黄金が出たのは、『続日本紀』天平勝宝元年二月記事や家持の歌に見えるように陸奥国での産出からである★9。黄金の出土は、大仏建立を進めていた天皇には国を挙げての慶事となった。その喜びを家持は「黄金花咲く」（槇十八・四〇九七）と描いている。黄金は花のように咲くのであり、そのことから額田王の黄葉を考えるならば、黄葉がまるで黄金のように燦然と輝くことへの驚嘆であり、神秘的で異国的なものへの憧れであり、仏像の輝きのようであり、そのような黄葉の輝きを賞美することが秋を勝利へと導いたように思われる。もちろん、このモミチを黄葉と表記するのは、近江朝から発したという保証はない。黄葉は『万葉集』を覆い尽くす表記であるから、それが額田王の歌にも遡及《そきゅう》したことは十分に考えられよう。額田王の黄葉は、さらに異なるモミチの意味が存在するのではないかと思われる。

平安時代になると、モミチは「紅葉の錦」という歌語を成立させる。『古今和歌集』の「竜田川紅葉みだれて流めりわたらば錦中やたえなむ」は著名であるが、このようなモミチと錦との相関は、おそらく額田王の歌により始まるものと思われる。先の春秋判別の歌に秋の木の葉として、黄葉と青葉とが並べられたのは、その彩りを表すものである。黄色一色ではなく青色も交じっているのであり、それはモミチが錦に近づく状況にあることを示唆している。青の色素は、秋に入ると黄色や赤色へと移り変わる。それらが混じり合いながら変色することを考えると、額田王の詠むモミチには青も黄も赤も交じる様子を指しているように思われる。それはまさに「モミチの錦」を意味するのであり、その見事さに驚き、しかもそれを手に取ることが出来るのであり、それゆえに葉の錦の秋を良しとする判定がなされたのだといえよう。

もちろん、モミチの錦という概念は平安的とされるものである。しかし、すでに古代漢詩ではモミチを錦と表現していたことが知られる。大津皇子の「七言。述志。」の漢詩では、「天紙風筆画雲鶴　山機霜杼織葉錦」★10のように、山の織機と霜の杼《ひ》をもって葉の錦を織ろうというのである。大津皇子は天武朝最後の六八六年に謀反の罪で刑死したが、皇子伝には漢籍に通達していたことが記され、『懐風藻』に漢詩四首を残している。おそらくこれがモミチを錦と表現した最初の日本漢詩であると思われ、さらに『懐風藻』の漢詩には桃花の彩る巌を「錦巌《きんがん》」といい、桃の花の咲き乱れる様を「桃錦《とうきん》」などと表現する。このような花の錦は楽府詩の「春至花如錦」（巻十七「漢鐃歌芳樹」）、「新林錦花舒」（同巻四十四「子夜四時歌」）などに見られ、『万葉集』でも田辺福麻呂が久邇《くに》京讃歌で「巌者山下耀錦成花咲乎呼里」（巻六・一〇五三）というのは、春の花の彩りを錦とした表現である。そのような錦の知識は錦織部《にしこりべ》などの外来の専門技術者により招来されたものであり、『万葉集』に「狛錦《こまにしき》」とあるのは高麗から渡来の技術であることを語る。人々は、その華やかな錦の織物に驚いたはずである。

その華やかな葉の彩りとして描かれたのが葉錦であり、巌に照り輝く花々は「錦なす」というのであり、大伴池主のいう「詞林舒錦」（巻十七・三九六八）もその類の譬喩である。すでに人麿歌集には「我衣色服染味酒三室山黄葉為在」（巻七・一〇九四）があり★11、我が衣を彩って染めようとするのは、三室山ではモミチが美しく彩っていることから、その彩りと同じく染めようの意である。黄葉は表記上でのものであるが、山のモミチは色とりどりに染まっているのであり、それはモミチの錦の状態である。このように季節の風光を錦に喩えることから考えるならば、春山万花の艶は花の錦であり、秋山千葉の彩はモミチの錦であり、そのいずれが美しいかを競うのが春秋判別の歌であったと言える。そのような文化は近江宮廷の漢詩文化を背景とするものであるが、ここに歌による判定がなされたのは、また別の文化に属するものと思われる。

額田王の春秋判別歌が春秋のいずれかを取り上げて描くのではなく、春と秋の季節の全体を描くことにあったのは、春の花の錦と秋の葉の錦を描くことにあったからである。その中から秋の錦が王により選択されたのは、おそらくこの場が春組と秋組とに分かれていたこと、春組は花の造花を飾り秋組は黄葉の造花を飾り、歌い手はそれぞれに属したこと、額田王は秋組に属したであろうということである★12。この場が春組と秋組とに分かれたのは、古代の歌垣では男女がそれぞれの組により歌を競うことが行われていたからであろう。歌い手が相互に別れるのは、歌垣に見る歌掛け方式から出発したものであり、蒲生野の歌垣に見るように宮廷にもその遊びが定着する★13。この歌の場では天皇の詔を受けて、歌い手たちは春と秋の組に分かれ季節を競い合ったということが考えられる。額田王は女性であることから、女性組は秋を担当したものと思われる。春に気を使いながら詠むのは、春組への気遣いを示したものであり、必ずしも春を劣るという考えではないのは、春も賞美すべき季節であることを理解しているからである。しかし、最後に秋を良しとする判定は、単に手に折取ることが出来るという理由のみであり、その判定は秋を選択することが既定の方向であったからだといえる。

4 結

祭祀活動や実生活を離れたところから季節の歌が誕生するのは、そこに新たな文化的状況が生じたからである。近江朝の額田王から季節歌が誕生するのは、まさに近江朝文化に因るものであった。その近江朝文化は、暦の輸入とともに外来の漢詩の輸入もあったことで自ら漢詩を詠む遊宴の行われた時代である。ここに漢詩の輸入により伝統的な歌が漢詩と交流を始めることが予期されているのであり、額田王の登場する文化的状況を用意したのである。近江朝がこのような環境の中で漢文的な文化を大きく受け入れ、額田王の春秋判別の歌に見るように、対句による春と秋の競争は、漢文化を基本とするものであり、そこから春は花の錦、秋は紅葉の錦という春秋の風物が認識され、その認識の上に春秋の競争が成立したと考えるならば、そこに黄色いモミチのみではなく、赤いモミチも青いモミチも加わるのを必然としたであろう。

古代日本に季節が新たな暦法によって理解され始めたのは持統天皇の時代あたりからで、持統天皇の歌にも柿本人麿の歌にも季節意識が登場するようになる。人麿歌集に載る多くの七夕歌は、皇子サロンで行われた七日の夜の年中行事の一齣であり、七夕を通して季節感は始まろうとしていた。奈良時代の天平期になれば、一段と季節歌の素材は明確なものが選択されるようになる。そのような季節感の形成を額田王の歌から見るならば、まず近江朝の漢詩文化を背景に出発したことが知られるのである。公宴の詩は男たちの世界に展開することとなるが、近江宮廷に額田王が登場するのは、女歌の伝統が強く存在したことによろう。男たちから歌を導く役割を持っていたのが女歌であったから、漢詩とは異なる伝統的な歌の場では、歌垣の形式が取られていたと思われる。そのような女歌が宮廷の漢詩文化と接触した瞬間が、額田王の春秋判別歌であったと思われる。

注

1　岩波文庫『記紀歌謡集』（岩波書店）による。

2　辰巳「君が代と短歌」『短歌学入門』（笠間書院）参照。
3　日本古典文学大系『日本書紀』（岩波書店）による。以下同じ。
4　中西進『万葉集　全訳注 原文付』（講談社）による。以下同じ。なお、本文で「憐」の字を取らないのを正しいものと判断する。「憐」の無い諸本が存在するからであり、「憐」を加えることにより本文への誤りを犯す可能性が出てくる。「憐」の字が最初から存在したという保証は無いからである。
5　辰巳「近江朝文学史の課題」『万葉集と中国文学　第二』（笠間書院）参照。
6　「しのふ」は風物を愛でる心、「嘆く」は対象の美しさに感動する心、「恨めし」はいくら賞美しても尽くせない心であると思われる。辰巳「美景と賞心」『万葉集と中国文学　第二』注5参照。
7　『楽府詩集』（台湾中華書局版）以下同じ。
8　「『黄葉』の宴—万葉歌と墨書土器のあいだ—」『万葉古代学研究所年報　第9号』（万葉古代学研究所）。
9　「陸奥の国より金を出せる詔書を賀ける歌一首并せて短歌」（巻十八・四〇九四）がある。この金の出土により、東大寺大仏建立へと向かう。
10　日本古典文学大系『懐風藻　文華秀麗集　本朝文粋』（岩波書店）による。
11　「色服」は難訓であるが服は服部のことであればハトリ（ハタオリ）であり、そのハトリの「トリ」が訓として選ばれたとすれば、イロドリと訓むことが可能である。
12　歌の場が春秋に別れていたであろうことは、既に契沖が指摘している。『万葉代匠記』参照。
13　『万葉集』に天智天皇七年五月五日の蒲生野での遊猟の時に、額田王と大海人皇子との歌の掛け合い（巻一・二〇—二一）が見られる。これは宮廷の行事の折に歌垣が行われたことを示している。また、持統天皇の時代に唐の踏歌が入り、天平期には都の大路で男女が別れて歌を掛け合ったことが『続日本紀』記されている。

第二章

人麿挽歌と守夜の哀歌

1 序

天皇の崩御に際しては、モガリの宮が設けられてモガリの儀礼が行われていた。モガリとは一定の期間を設けて死者に対する儀礼を行うことであり、死者を安置する仮の建物がモガリの宮（喪屋）である。『古事記』（記）や『日本書紀』（紀）の中には、天皇のみならず神のモガリに関する記録も見られるから、古代の日本において喪葬の一形式としてモガリの習俗が存在していたことが窺われる。中国漢代の文字解説書である『説文解字』には、「殯　死在棺将遷葬柩賓遇之」（中華書局本）と見え、死者が柩《ひつぎ》にあり葬柩《そうきゅう》に遷す時に賓遇《ひんぐう》を行うというように、死者を敬い礼遇するのが殯《ひん》である。日本の古代文献に見られる漢字表記の「殯」は、和語のモガリが漢語の殯へと翻訳されたものであるが、その習俗が近似していたからに他ならない。『魏志《ぎし》』の倭人伝には「始め死するや停喪十余日、時に当りて肉を食はず、喪主哭泣し、他人就いて歌舞飲酒す」（岩波文庫）とある「停喪十余日」がモガリに相当する期間であろう。そこでは哭泣や歌舞飲酒の習俗が見られる。

七世紀後半の天武・持統朝に至れば、殯《ひん》の期間にさまざまな儀礼が行われていることが知られる。しかし、挽歌《ばんか》（哀悼の歌）の奏上に関しての記録を見ることがない。天武天皇をめぐる殯宮（喪葬）儀礼は二年にも及ぶ長期間のものでありながらも、挽歌奏上についての記録はなく、『万葉集』には天智・天武の両天皇の不予《ふよ》・崩御の折に後宮の女性たちが歌った歌が挽歌に分類されながらも、史書において挽歌奏上の記録を見ることがないのである。さらにまた、持統朝宮廷の専門的歌人ともいえる柿本人麿は、皇子・皇女（日並皇子・高市皇子・明日香皇女）の殯宮挽歌を詠みながらも、天武天皇や持統天皇に関わる殯宮挽歌を詠むことがない。現在の挽歌研究においてこれらは大きな謎として残されているが、そこには天皇や皇子・皇女の死という問題に対して文化レベルでの大きな儀礼の変化が現れたのではないかと思われる。かつて喪葬儀礼において喪葬歌の唱われていた可能性が推測され★1、そうした段階の面影を見せるのが天智天皇の後宮女性らが歌った不予・崩時・大殯・御陵退散の挽歌であったと思われるが、これとても旧俗の大きく変容した姿であろうと思われる。

こうした歌を以て喪葬の儀礼を行うのは、西郷信綱氏の説くように女の挽歌による「旧俗」★2の残存であり、天武天皇の折には大后持統の歌った歌（巻二・一五九）が残される程度で、天武崩御八年後の斎会《さいえ》の夜の夢の中で歌ったという持統の挽歌（巻二・一六二）も旧俗の中に生きていた歌であったろう。だが、この時代には旧俗による喪葬歌は終焉を迎えた――或いは、旧俗として私的空間にのみ後退したものと思われ、それゆえに天武殯宮儀礼を見る限りでは、そこには新しい喪葬の様式が外来の儀礼により整えられているように見受けられる。なかでも誄《るい》という〈しのびごと〉は、旧来の喪葬儀礼歌に代わる新しい様式であったものと思われ、西郷信綱氏は「地下にかくれていた誄の伝統が、人麿において一挙に芸術化される条件をはじめて見出した」（同上）のだというのも、また、中西進氏が死者のすぐれた経歴を述べて哀悼する中国誄の受け入れを積極的に説くのも★3、記紀歌謡の時代にはまだ姿を現さなかった別の源泉や系譜が、人麿によって初めて見出される機会を得たからに他ならない。

喪葬の儀礼にはさまざまな伝統的習俗が顔を現すが、それらの伝統的習俗も『礼記《らいき》』「喪大記」によれば疾病・復・始卒・拝・哭・小斂《しょうれん》・大斂・殯などの礼に基づいて行われる。すでに『周礼《しゅらい》』の宗伯礼官の職の大祝に「作六辞」

があり、六番目に「誄」が見え、『左伝』哀公十六年に孔子への誄が見える★4。天武天皇崩御直後に行われた殯宮儀礼では、発哀・殯・奠進・誄・哭・歌舞などが見られ、誄は壬生、諸王、宮内、左右舎人、左右兵衛、内命婦、膳職、太政官、法官、理官、大蔵、兵政官、刑官、民官、諸国司などの公的機関や職掌による奏誄があり、殯宮儀礼の主役が誄へと大きく移ったことが知られる。誄は古代の〈シノビゴト〉であり死者の生前を偲ぶことである。そのシノビゴトもまた漢字の誄の意味と近似することから誄の字へと翻訳されることで、新たな儀礼の中に位置づけられたのである。また歌舞は諸国の国造らによるものであり、これは天武朝に進められた国風整備に伴って現れた土風歌舞である。以後、持統朝が出発しても間断なく天武殯宮儀礼は行われるが、そこに専門的な宮廷歌人が登場することはなかった。律令時代を迎えても喪葬には遊部の名が見え、それもまた旧俗を継承する専門家であったが、喪歌を専門とする歌人ではなかったように思われる。一方、現代の華北（中国北部）の葬送儀礼にも『礼記』の喪大記の礼は色濃く残されているが、スーザン・ナキャーン氏の調査によれば、そこで注目されるのは公的儀礼とは別に、出棺の前日の夜に縁者は死者と共に過ごす「坐夜《ざや》」または「伴宿《ばんしゅく》」の習慣があり（いわゆる通夜）、ここでは死者や参列者や隣人たちのために語り物や歌劇が演じられる機会ともなったという★5。そのような民俗は中国各地の伝統的習俗として継承されているが★6、エリザベス・L・ジョンソンは、哀悼歌の専門家は、頼まれれば死者のために歌うことが誇りであったという。

> 葬儀の際に女たちが哀歌を歌うという事実は、現代の民俗学と同様に歴史研究においても、中国社会の研究者達によって記録されて来ている。そのような言及がたびたびなされるということは、この哀歌を歌うことが葬儀の基本的特徴の一つであること、そして「孝」を示すと同様に死を告知するために、それが何世紀にもわたって一役買ってきたことを示唆している。★7

という。汎アジア的に見るのであれば、哀歌は長く民族的習俗（死の告知）として継承されて来たのであるが、公的葬礼が時代と共に変容する中でも通夜（守夜）の時間はその民族の伝統的な旧俗が残される環境を保存していた。しかし、旧俗としての守夜の葬（喪）歌は、新たな誄詞が公的儀礼となることで取って変わられ、旧俗は公的世界から後退することとなるが、私の世界においては継承されたのであり、私の世界の哀歌が『万葉集』の挽歌へと掬《すく》い取られたことを予測させる。殊のほか人麿の挽歌は、すぐれた「守夜の哀歌」として完成した姿を見せたのではないかと思われる★8。

2　日並皇子殯宮挽歌と守夜の歌

挽歌が殯宮などの公的な場に奏上されていないという問題は、挽歌が旧俗の中に保存されていることを意味するであろう。それでありながら日並皇子・高市皇子・明日香皇女に奏上された人麿の挽歌が「殯宮」の時であったというのは、公的儀礼の喪葬とその場が表裏の関係において存在したことを示唆するものである。挽歌は公的儀礼に対して私的儀礼の中において歌われたことを示唆する。公的儀礼の中心を占める誄が死者の社会性を顕彰し徳行を称賛する新しい儀式であるとすれば、通夜（坐夜・伴宿・守夜）は死者と私的関係を繋いだ縁者のみの閉鎖された集まりであり、挽歌はこの場に提供された可能性が大きい。天智挽歌群が後宮の女性たちにより歌われた旧俗であったように、死者に最も近しい親族や縁者たちの集まる通夜にそれが登場したことが推測されるのであり、皇子女の殯宮とても例外ではなかったように思われる。皇子・皇女の御所には文芸サロンともいうべき日常的なサークルがあり、人麿の登場もそうした文芸サークルにおいて可能であったと思われる。皇子・皇女の死去に際しては殯宮のある期間の守夜に縁者らが集い、旧俗の喪歌や新たな殯宮の歌が歌われたものと考えられる。

人麿が草壁皇子（日並皇子）のサークルに属していたことは、草壁皇子の死去にあたり殯宮儀礼歌を詠んでいることから知られ、そこからは草壁皇子サークルの中心的文化を担っていたことが窺われる★9。その人麿の「日並皇子尊殯宮之時、柿本朝臣人麿作歌一首短歌」（巻二・一六七―一七〇）は、天地初発から歌い始められ、皇子の死去により皇子に奉仕していた宮人たちの深い悲嘆により歌い収められる。続いて舎人たちの慟傷の歌が二十三首載せられているのも、舎人たちによる皇子サークルの状況を教えるものである。その人麿の日並皇子殯宮挽歌は、次のように詠まれている。

Ⅰ　天地初発から日の皇子の降臨まで

天地の　初めの時　ひさかたの　天の河原に　八百万　千万神の　神集ひ　集ひ座して　神分ち　分ちし時に　天照らす　日女の尊〔一は云はく、さしのぼる　日女の命〕天をば　知らしめすと　葦原の　瑞穂の国を　天地の　寄り合ひの極　知らしめす　神の命と　天雲の　八重かき別けて〔一は云はく、天雲の　八重雲別けて〕神下し　座せまつりし

Ⅱ　日の皇子の地上支配と神上がり

高照らす　日の皇子は　飛鳥の　浄の宮に　神ながら　太敷きまして　天皇の　敷きます国と　天の原　石門を開き　神あがり　上がり座しぬ〔一は云はく、神登り　いましにしかば〕

Ⅲ　皇子による天下支配の願いの挫折と宮人たちの悲嘆

わご王　皇子の命の　天の下　知らしめしせば　春花の　貴からむと　望月の　満しけむと　天の下〔一は云はく、食す国〕四方の人の　大船の　思ひ憑みて　天つ水　仰ぎて待つに　いかさまに　思ほしめせか　由縁もなき　真弓の岡に　宮柱　太敷き座し　御殿を　高知りまして　朝ごとに　御言問はさぬ　日月の　数多くなりぬる　そこゆゑに　皇子の宮人　行方知らずも〔一は云はく、さす竹の　皇子の宮人　ゆくへ知らにす〕

Ⅳ　反歌二首（皇子への惜別）

ひさかたの天見るごとく仰ぎ見し皇子の御門の荒れまく惜しも
あかねさす日は照らせれどぬばたまの夜渡る月の隠らく惜しも〔或る本に件の歌を以ちて後皇子尊の時の歌の反と為せり〕★10

これが日並皇子の〈殯宮の時〉に歌われたという題詞から見れば、天地初発や天の川原あるいは天神による皇子の神下しと神上がりと言った神話的表現から、そこに装われた荘厳さが知られ、真弓の丘へと御殿が移されたことで荒廃する皇子の島の宮を悲しむ深い哀悼の表現により、これが公的な奏上の可能性を想定させながらも公的儀礼歌とはならず、死者の霊魂を守る殯宮での近親者らによる私的な守夜の折の歌であったと想定せざるを得ない。

ここに登場する日並皇子とは天武天皇と持統天皇の長子である皇太子・草壁皇子のことではあるが、〈日並皇子〉という呼称は固有名詞ではなく、太陽の霊格を持つ太陽と共にある日の皇子の意味であり、それゆえに「高光る　日の皇子」と称えられた皇子である。いわゆる〈天皇霊〉を継承すべき皇子や、地上統治の命を終えて神上がりする天皇が日の皇子である★11。草壁皇子の死去に関する持統紀三（六八九）年四月の公的資料には「皇太子草壁皇子尊薨」（『日本書紀』）とあるのみで、殯宮の儀礼が記されない。天皇への即位が待ち望まれた皇太子であったが持統称制の中で死去する。おそらく病死であったと思われ、母の持統や妻の阿閉皇女の悲嘆は大きく、皇子を取り巻く近親者あるいは側近の舎人らの落胆も一入であったであろう。その一端は、舎人たちの歌に「高光るわが日の皇子の万代に国知らさまし島の宮はも」（巻二・一七一）、「天地と共に終へむと思ひつつ仕へ奉りし情たがひぬ」（同・一七六）のように、永遠にあることへの期待が失われた嘆きや荒廃してゆく皇太子御所への悲しみが二十三首も歌われている。「高光る　わが日の皇子」とは、天皇へと即位する立場にある皇子を褒め称える表現であり、天皇に即位した皇子は天地と共に長久であり、舎人らは永遠の奉仕を約束する予定でいたのである。そうした期待と約束はすべて反故となった嘆きが歌われるのである。皇子を失ったことへの嘆きの歌は、それを聞き入る近親者や縁故者の共感するものではあるが、何よりもこれらは死者に訴えかけた嘆きである。幾日も続く殯宮の守夜の場に、舎人らの悲歌や啜《すす》り泣きが夜の明けるまで聞こえていたことが想像される。

そうした守夜の哀歌を締め括るのが、おそらく人麿の詠む皇子殯宮挽歌であったに違いない。そこには、十分に計算し尽くされた構想が用意されていたのである。その主旨は、皇子は死去したのではなく、天上から神として神下り、そしていま再び神として天上へ神上がりしたのだということにある。天地の初めに天の河原に神々が集い、天上と地上の分治を決めた時に、神々は天照らす日女《ひるめ》の尊は天上を、葦原の瑞穂の国の天地が寄り合う果てまでを支配する神の命を、天の八重雲を押し分けてお下ししたという〔Ⅰ〕。神の命とは次のⅡに見える日の皇子のことであるが、この神の命はスメロキ（天皇・皇祖神）を指し、代々に天皇は天上の神の命を受けて地上に降臨して来たのであるが、その命を受ける霊が日の皇子と呼ばれる皇子であり、ここでの日の皇子は地上では天武天皇となり飛鳥浄御原の宮において国を治めた。その天武天皇も、地上での任務が終えると〈日の皇子〉として天上へと神上がりする。浄御原の宮で天つ神の意志の通り（「神ながら」）に瑞穂の国を治め、そして天皇（スメロキ・スメラミコト）の支配する国として天上へと神上がりしたという〔Ⅱ〕。このように日の皇子とは地上支配のために降臨する霊格であり、天皇霊（スメラミコトノミタマ）の付着した者が葦原の国の天皇（スメロキ・スメラミコト）となる。その天皇が天の命を終えると天上を知らす国として皇祖の霊格となり、神上がりするのである★12。この天上の霊格である天皇は〈スメロキ〉という霊格であり、また祖先神（スメロキ）という霊格である。天上へと神上がりする天皇の霊格は、祖先神という霊格へと変じるのである。神上がりした天皇の霊はヒツギノミコ、すなわちヒ（日・霊）の霊格を嗣ぐ皇子に継承される。

人麿は天皇の霊が継承されたわが皇子が天下をお治めになられたならば、春花や望月のように貴く満ち足り、四方の人々も大船に乗ったように頼りにしたことだろうと訴える。人々はその「天水」（天瑞）を待ち望んだが、皇子は何を思ったのか、縁もない真弓の岡に御殿を建てられて、朝ごとの言葉もなく日月も過ぎて行き、皇子に奉仕していた宮人らも散去《あら》けてしまったと悲しむのである〔Ⅲ〕。ⅠからⅡへの接続の悪さが従来から指摘されているが（澤瀉久孝『万葉集注釈』参照）、これは日並皇子を固有名詞として理解し天皇を律令的に理解した結果、天武か草壁かということになったのである。これを折口信夫が説く〈天皇霊〉や〈日嗣《ひつ》ぎ〉の問題から考えるならば、その接続は如上のように理解することが可能であろう★13。続いて皇子の死去によって今まで仰ぎ見ていた皇子の御殿の荒廃を傷み、また日はあかあかと照るが月が隠れたように皇子が身を隠した悲しみを詠むのが二首の反歌である〔Ⅳ〕。皇子の死は島の宮の荒廃に象徴され、島の宮に皇子と共にあり、また島の宮に通い続けた近親者たちの心の悲しみはそのまま御所の荒廃と共にある。しかも、守夜の時が過ぎて夜明けを迎えると、いよいよ皇子の埋葬へと移る。皇子と共に過ごした守夜には、常に月が照っていたのであろう。Ⅳの二首目に月が隠れてしまうのが惜しいというのは、守夜に照っていた月が皇子そのものとして眺められていたのであろう。皇子の埋葬の後は守夜を必要としないから、皇子が身を隠すことは月が隠れることだという理解になる。

この日並皇子殯宮挽歌は天地初発から詠まれていて、それは記紀神話に見られる開闢神話を踏まえたものであることは通説であり、また地上に降臨する日の皇子は、記紀神話が語るニニギの命の降臨か、またその重なりとして理解されている（上掲『万葉集注釈』参照）。しかし、人麿の神話において葦原の瑞穂の国に降臨するのは日の皇子であり、記紀神話との異なりを見せている。何よりも記紀神話ではニニギの命が高千穂の峰に降臨して国つ神の娘と結婚し、日向の地で子どもたちを育て、その三代を経てイワレヒコの命（神武天皇）は東征して橿原建都へと到り、その橿原の地で崩じて陵墓に埋葬されるのである。ニニギの命も子どもたちもこの日向の地で埋葬されるから、そこは皇祖の故郷となるものである。それゆえに記紀では天孫降臨から神武建都へ、そして子孫の天皇たちへと歴史は通時性の中に展開する。しかし人麿神話は天上から直接に日の皇子が天の神により神下しが行われ、そして再び天上へと神上がりをするというように展開する。記紀神話に見る天地初発の神話を取りながらも、高千穂の峰への経由は取られず、日の皇子は自らが直接に葦原の国へと降臨する。

これは人麿神話の飛躍なのではなく、人麿による新たな神話の創造である。そのような創造を可能としたのは、天武朝における天命思想にあったのではないかと思われる。天の命に適った王はその命を受けて不善の王と戦い、勝利して地上の王となることから、天の命は天上から直接に正義の者に与えられるのである。その受命の方法が日の皇子の神下しであり、任務が終えれば神上がりをするというものである。高市皇子殯宮挽歌（巻二・一九九－二〇一）では、天武天皇は天上から直接に前線基地へ天降りをしたと詠まれているが、そのことである。そこには周の文王・武王に見る受命や革命の思想が想定されているように見える。神武天皇が辛酉《しんゆう》の年に即位するのもこの革命の思想であり、天武天皇の壬申の乱にも革命思想による記述が見られ、そこには天命による歴史思想が成立している。記紀神話に見る天孫降臨神話の方法では、壬申の乱のような兄の王朝を弟が簒奪《さんだつ》して新王朝を樹立したことの正当な説明原理を失うことになるからである★14。壬申の乱は、唯一、天命思想により説明が可能な王権の説明原理であった。

3　天の磐座と天廷への回帰

Ⅰの神の命が天雲の八重かき別けて神下りするのと、Ⅱの日の皇子が天の原の石門を開き神上がりするのとは一対の表現である。日の皇子は天上と地上とをこのようにして往復したのであるが、八重なる天雲を掻き分けて神下りし、石門を開いて神上がりするとはどのようなことなのか。これは、『日本書紀』のニニギの命降臨条にも、

a皇孫乃離天磐座〔天磐座、此云阿麻能以簸矩羅。〕且排分天八重雲、稜威之道別道別而、天降於日向襲之高千穂峯矣。★15

b皇孫、於是、脱離天磐座、排分天八重雲、稜威之道別道別、而天降之也。

c一書曰、高皇産霊尊、以真床覆衾、裹天津彦国光彦火瓊瓊杵尊、則引開天磐戸、排分天八重雲、以奉降之。

のようにある表現と重なるものである。aは皇孫ニニギの命が「天の岩座（アマノイハクラ）を離れて天の八重雲を押し分け、神聖な道を開き日向の高千穂の峯に天降りしたという。bも同様の内容であり、cは「一書」にいうとしてタカミムスヒの尊が真床覆衾《まどこおうふすま》を以てニニギの命を包み、天の岩戸を引き開けて天の八重雲を押し分けて天降りさせたという。このような表現は『古事記』にも見られ、また『延喜式』祝詞の六月晦大祓ではニニギの命の神話とは別に、神司の願い事を天の神は天の磐門《いわと》を押し開き、また天の雲を押し分けて開き、それを聞いてくれるのであるというから、この表現は天上と地上とを接続する時の方法であることが知られる。ただ、ここでaとbは「天の磐座《いわくら》」を離れたといい、cでは「天の磐戸《いわと》」を離れたというように、ニニギの命の出発場所に異なりを見せる。人麿の歌では「天の石門」とあるからcの天の磐戸に相当する。その石門は具体的には墳墓の入り口の門を指すという考えがある（武田祐吉『万葉集全註釈』参照）。ただ、磐座と磐戸ではどのような違いが生じるのか。磐座は神の居る座であり、本居宣長の『古事記伝』（筑摩書房本）では「たゞ高天の原なる大殿にて、此ノ尊坐々御座を云なり」という理解であるが、一方に「高い岩の台。司霊者が祭儀にあたって、その上に坐して行う場所」（日本古典文学大系頭注）のような祭祀の場としての解釈も見られる。むしろ、祭祀の場においてどのようなことが行われたのか。

天の原においては神の居る場所が磐座であり、神の大殿の門が磐戸だと表現されている。離も脱もそこから天下ることを指すのだといえるが、磐戸は神武前紀に「天関」とあり、『説文解字』に「関、開閉門」とあるから門戸と同じであり、大伴家持の「安麻能刀」（巻二十・四四六五）は「天の門」と思われ、これらからは天上世界の入り口である「天の門」の可能性が濃くなる。『隋書』天文志によれば「二十八舎。東方の角二星は天闕となす。其の間は天門なり」と見え、二十八舎は二十八宿の星宿のことであり、四神（東西南北）に各七宿があり、これは高松塚古墳などに見える天文図にあり、東方の角の二つの星が天門であるという。『史記』の天官書に「中宮天極星、其一明者太一常居也。旁三星三公、或曰子属後句四星末大星正妃。余三星後宮之属也。環之匡衛十二星藩臣。皆曰紫宮」（百衲本）とあるのは天庭の様子についてであり、天極星の一番明るいのが太一（天帝）の常居する処で、傍には三公が居て、天帝の子どもたちであるともいわれ、他の三星は後宮の星で、これらを十二の臣が護り、これが紫宮《しきゅう》だという。紫宮は紫微《しび》宮のことで天の宮廷である。また「蒼帝行徳天門為之開」（同上）と、春の神が徳を行うと天門が開かれるという。『淮南子《えなんじ》』の原道訓においては、天門は上帝の居る処で紫微宮の門であるという。ここが天上の神々の出入り口である。天の磐座とは天の神の常居する天庭（天の宮廷）のことと思われ、ニニギの命も日の皇子も天庭の門である天の磐戸を出発し、そしてこの磐戸へと戻ることが天の宮廷へと帰ることを意味したのである★16。

しかしながら、なぜそれらが天の磐座や磐戸であるのか。そこからは高松塚古墳や亀虎古墳の天井図が想起されるに違いない。そこには日月図や二十八宿図が描かれ、さらに四方の壁面に四神図が見られ、亀虎古墳の今日の調査によれば四神図の下に寅の獣頭人身図が見られるといい、四神図には三体ずつの獣頭人身図が存在していた可能性があるという★17。これは十二支の動物が四面に配されていたことを示すものであり、そこからは一年の巡りと、春夏秋冬の四節と、日月の動きと、一日の時間の経過とが精密に配置された暦（天帝の時間と王の時間）の観念を読み取ることが可能であり、干支による紀年法が反映していることを知る。さらに天井の星宿図は四神七宿に配されるのみではなく、それらの星宿は『史記』天官書の記す星々により決定づけられるものであり、そこには天の神の支配する宇宙の時間が存在していたのである。

日の皇子である日並皇子が回帰するのは、現実的には真弓の岡に造営された陵墓に違いない。しかし、人麿の観念の上では天上は宇宙の時間に包まれた永遠の場所であり、天上の星々が取り巻く天廷の紫微宮世界であった。高松塚や亀虎古墳の時代に等しい草壁皇子の死去から考えれば、真弓の岡の陵墓にはそれらと等しい四神や星宿図が描かれたと思われる。すべて石により組み立てられる陵墓であることから、「当時の御陵の石室の構造は羨道の入口に石の戸があるので、それらのことを念頭に置いて解すべきである」（日本古典文学大系『万葉集』頭注）ことからすれば、磐戸を石の戸だと理解することは不自然ではない。しかし、これは日の皇子の神上がりについて指摘するのみで、神下りを説明したものではない。神下りは天神の命を受けて葦原の瑞穂の国へと降ることであるから、そこには死の概念も陵墓の概念も含まれないのである。それゆえに、その両方の磐戸（磐座）が矛盾なく説明される必要があろう。そのことから想定すれば、星宿図の描かれた陵墓は、死者の世界ではなく地上の都と天廷とのミニチュアであることが知られる。陵墓が四角く囲われているのは大地の象徴であり、天井に星宿が描かれるのは天の象徴である。天は円く地は方形であるという、中国古来の宇宙観による造形が高松塚や亀虎古墳の内部構造であり、それはそのまま天皇の治める地上の宮廷と天上の宮廷という宇宙の形象化なのである。藤原京に始まる都城の形態は、大地を四角に区切り一面に三門を設け十二門とする。四面は春夏秋冬の四節を現し十二門は十二ヶ月と十二時間を現す。そうした宇宙の時間により配置された都城は、天上の円形と呼応し、天上の日月星辰は宇宙の時間を刻む。かかる宇宙の時間を基とすることにより、地上の王の時間が成立したのである★18。これは平城京も平安京も同じであった。ここに王もその子孫たちも人間的な死を経ることなく、永遠の時間の中へと回帰するという考えが可能になったのである。星宿図の描かれた陵墓は死者を葬った場所ではなく、地上の都と永遠の生命が巡回する天廷のミニチュアであり、陵墓とはこの世に残された者たちに対する形見にほかならない。そうした星宿の取り巻く墓室以前の古墳においても、辰巳和弘はそこは「他界の王宮」であったという★19。

それでは日の皇子の神下りや神上がりをする天上の磐戸とは、どのような観念から出たものであるのか。同じ表現を取る高市皇子殯宮挽歌では「明日香の　真神が原に　ひさかたの　天つ御門を　かしこくも　定めたまひて　神さぶと　磐隠ります」（巻二・一九九）と見える。明日香の真神《まかみ》の原に都を置いたのは天武天皇であり、それを「天都御門」を定めたという。天の御門は天上の宮廷を指し、地上の都が天の宮廷そのものであることが知られよう。その天皇も神として磐隠《いわがく》れしたという。天武天皇は壬申の乱に当たり不破山を越えて和蹔《わざみ》の原に天降りし、戦いに勝利して真神の原の宮廷（偉大な神のいます浄御原の宮）で国を治めた後に神として磐隠れしたのである。その磐隠れした処は天の宮廷に違いないが、天上の宮廷世界が〈磐〉によって表現されるのは、何か特別な理由があるのであろう。

『日本書紀』には磐を持つ名称が極めて多く現れ、そこには古代的な磐への信仰が見て取れるように思われる。ただ、岩も石も同じ範疇に入るが岩は用いられず、石は亀石などの特殊例を除くと石川や石上など地名や人名に限られる。それに対して〈磐〉は一般の地名や人名にも数多く見られるが、神名や宮の名、王や皇子の名前にも多く用いられる。これは、古代の石に対する信仰から考えるのが適切であろう。そうした神や人に用いられる磐を除くと、天の磐櫲樟船《いわくすぶね》・鳥磐櫲樟船・千人所引磐石・所塞磐石・磐戸・天磐座・天磐戸・天津磐境・底磐之根などが見える。そのような磐の所生もカグツチの神を切った血が天の安河辺の五百個の磐であるとか、磐裂《いわさく》の神・磐筒男の命であるとか、磐をめぐる生成の信仰があるように思われる。そうした石神信仰が地名の磐余であり、神武天皇は神日本磐余彦の尊と呼ばれた。磐余は地名と見られるが、『古事記伝』に皇軍の集満（イハミ）のことかと推測しつつ未詳とする。磐に神秘性を持つことは磐長媛《いわながひめ》の神話にも現れており、その媛は石の象徴であり人の寿命を管理する。『万葉集』にも波多の横山の巌を見て「ゆつ岩群に草生さず常にもがもな常処女にて」（巻一・二二）と詠まれ、それは神々しいまでの永遠の巌であるという。また、人名に市辺押磐皇子や天万国万押磐尊が見え、この押磐《おしいわ》とは磐を押し開く意と思われる。さらにイハレヒコの命（神武天皇）は吉野入りで異民族に遭遇するが「亦有尾而披磐石而出者。天皇問之曰、汝何人。対曰、臣是磐排別之子。（排別、此云飫時和句。）此則吉野国樔部始祖也」（日本古典文学大系『日本書紀』）と見え、尾のある民が磐石を押し開いて出て来たといい、磐排別《いわおしわけ》の子だと名告る。それが吉野国巣部《くずべ》の始祖であるというのである。

押磐にしても磐排別にしても、そこには磐を押し開いて誕生する神話が存在したのではないか。その典型的な神話が天照大神の磐戸隠れであり、大神は磐戸を開かれて新たに誕生する。スサノヲの神の悪行に怒った大神は、天の石窟に入り磐戸を閉じてしまう。そこで神祭りが行われ手力の雄の神が磐戸の側に待ち受け、戸が少し開いた隙にこれを引き開けると日神の光が国中に満ちたという。この神話は太陽が磐戸の中から誕生する伝承を背後に持つものであり、そこから〈イハアレ〉を予想させる。すなわち〈磐生れ〉であり、その約がイハレである。磐を開くとは磐から誕生することであり、押磐も磐排も磐から誕生し、天照大神も磐の戸が開かれて誕生する。

人麿の詠む磐戸は天にある天廷の門であり、磐座は天にある天神の宮廷であると思われる。そこが磐により取り巻かれているイメージを与えるのは、天上世界が古代の祭式空間と大きく関与するからではないか。天の河原は八百万の集う神々の会議場であるが、天照大神の岩戸隠れにより知られることは、この岩戸は建物の入り口を示す戸であり、岩戸の前には斎庭《ゆにわ》があり、そこでは太陽の神を導く祭祀の行われていたことが知られるように、そこが神々の祭祀空間であったということである。磐座は神々の住まう居処であり、「磐隠れ」とは磐戸を開けて磐座に身を隠すことに違いない。神々の世界はさまざまな磐群により成り立っていたものと思われ、それは日本古代の祭祀形態と重なる問題であるように思われる。すでに沖の島も三輪山も磐座を中心とした祭祀空間であることは知られているが、そうした祭祀空間は日本各地の磐座遺跡群に見ることが出来る。例えば静岡県の天白岩座遺跡を調査した辰巳和弘氏は、「カミ祭祀は岩Aの巨大な西壁に接して、南北四メートル、東西三メートルの範囲を平坦に造成した場で行われた。遺跡発見の端緒となった手づくね土器の一群が、岩Aの西壁直下であったことは、祀りが岩Aの西壁に向かっておこなわれていたことを語っている。それは岩Aがカミの依り代（岩座）と認識されていたことをうかがわせる」★20という。このような岩座祭祀の重要な目的は、神々の誕生に関する祭祀であったといえる。

古墳期のこのような岩座祭祀は、より古い巨石文化を継承しているものと思われるが、岩座を中心とした祭祀は、そこが神々の世界として執り行われた祭司空間であったことを物語る。磐座を中心として神々の体系が祭司空間に具象化され、それが星宿図の天廷の世界へと繋がったのである。日の皇子が天の原の石門を開き、神下りや神上がりをするというのは、この岩座が神々の聖なる空間（天上世界）と認識されているからであり、人麿の段階に至れば、岩座は天上の神の居処と認識されていたものと思われる。人麿の高市皇子殯宮挽歌に「明日香の　真神が原に　ひさかたの　天つ御門を　かしこくも　定めたひて　神さぶと　岩隠ります」（巻二・一九九）と詠んでいるのは、それが観念的創造ではなく岩座が神々の天廷であり、岩隠れとは神々の住まう天廷に回帰することを意味したものと思われる。高天の原における岩屋戸祭祀に反映する、列島に広く展開した古代の岩座祭祀遺跡は、各地の豪族たちの執り行った祭祀空間であるが、沖ノ島の遺跡のように古代国家の祭祀空間としても存在する。そうした磐座祭祀は、磐座や磐戸をめぐる人麿挽歌の表現へと至りついているように思われる。そして、日の皇子は八重の雲を分けて天の門を開き、天上の岩座（天の原）へと回帰したというのが、人麿の日並皇子殯宮挽歌であった。

4　結

人麿の歌う日並皇子殯宮挽歌は、難解にして複雑な構想による死者哀悼の歌である。殯宮の時の歌であるところからはまさしく公的に詠まれた挽歌に属するが、喪葬礼に挽歌の奏上は見られないから、殯宮の場ではあっても、そこは近親者・縁故者のみの集まる、他には閉ざされた〈守夜〉の折に歌われた〈しのび〉の歌であったと推測される。守夜は殯宮の期間の夜に死者の霊を守る習俗であるが、殯宮が長期に及べば、ある期間ごとに近親者・縁故者が集まり、死者の魂を守り死者の霊魂を慰めたものと思われる。天智挽歌群を見れば、すでに天皇不予の段階から守夜が始まり、殯から御陵退散までの葬送歌の流れを構成している。不予から始まるのは、魂を引き留めようとする習俗が存在したからであろう。不予の儀礼は『礼記』にも見られるが、それも旧俗を継承したものと思われ、『万葉集』では次第に新しい創作の哀歌へと移った。日並皇子の舎人たちによる二十三首にも及ぶ哀歌も、長い守夜の期間の中で歌い継がれたものであり、皇子の突然の死（不幸な死）による悲しみや落胆の様子、あるいは皇子への訴えや嘆きは悲痛である。そうした哀歌を聞く近親者たちの絶え間ない啜り泣きや慟哭の中に、新しい哀歌は生まれたのである。

こうした殯宮の儀礼や守夜が終わると、続いて埋葬となる。守夜の最終日は皇子との最後の別れを意味し、近親者らの悲しみは頂点に向かう。そこに登場したのが柿本人麿であったと思われる。人麿の深い悲しみの表現は、これが最後の守夜の歌であったからに違いない。この世はどのように誕生したのか、天と地の分治はどのように行われたのか、日の皇子はどのように天と地を巡回するのか、皇子に対する人々の期待の大きさはいかばかりであったか、そうした叙事が述べられ、そして皇子の宮の荒廃の嘆き、守夜の時に常に眺めていた月がいよいよ隠れて行くことの嘆きが歌われて閉じられることとなる。

そうした日並皇子挽歌には、磐座への関心が強く見られ、そこには遠い時代から磐座を巡り行われた古代の祭祀空間が背景に存在していたと思われる。天の磐座は神の住まう聖なる場（祭祀空間）であり、天の磐戸は神の住まう建物の出入り口の戸（門）であると同時に、それはミカドが御門であり帝であるのと等しく、神々の住まう神殿の象徴的表現である。そこは地上世界ではなく、すべて天上の観念として描かれているのである。天照大神の岩戸隠れの神話は、岩から新しい太陽が誕生する祭祀であり、神々の住まう磐座は祭祀空間として存在し、イワレヒコ（神武天皇）が「イハアレ（磐生れ）」であったのもこのことにある★21。斉明天皇が石上から切り出した石を大務の嶺に冠のように巡らして二槻《ふたつき》の宮（天宮）を造営しているのも（『日本書紀』斉明天皇二年）、天の宮廷のイメージを磐座として理解しているためである。その磐座を離れて天の磐戸を開き、天の八重雲を押し開いて神下り、また神上がりをするのが日の皇子であった。その日の皇子は、いま神々の永遠の世界へと還られたという壮大な物語を形成した。人麿の日並皇子殯宮挽歌は、皇子の死去を悲嘆する一方で、新たな〈哀歌〉を成立させたのであったといえる。そうした守夜の哀歌は、日並皇子の挽歌のみではなく、他の人麿挽歌をも生み出したものと思われ、さらに人麿以後の挽歌も、このような閉鎖された親縁者の集う、ごく限られた範囲において歌われた通夜の哀歌であったといえる。

注

1 『古事記』の倭建命の葬送に歌われた四歌は、今に至るまで天皇の大葬送に歌うのだという（景行記）。ただし、この四歌以後の天皇の葬送に歌われた記録は見ない。『日本書紀』には恋人を殺された影姫の道行き歌が載り、あるいは斉明天皇が孫の死を悲しむ哀歌や中大兄皇子の愛妃である造媛の自殺により歌われた哀歌も載る。これらは葬送の折りに哀歌が歌われていたことを推測させ、また残された者の悲しみの歌が生まれる状況を教えるものであるが、その習俗性を確認することは出来ない。

2 西郷信綱「柿本人麿」『詩の発生における原始・古代の意味』（未来社）。

3 中西進「人麿と海彼」『万葉集の比較文学的研究（上）』（『中西進　万葉論集　第一巻』講談社）参照。

4 詳しくは、西岡弘「哀祭文学」『中国古代の葬礼と文学』（三光社出版）参照。

5 スーザン・ナキャーン「華北の葬礼―画一性と多様性―」『中国の死の儀礼』（平凡社）による。

6 苗族には次のように見られる。「守夜、又叫〝坐夜〟、就是夜間守霊。時間是開夏的　頭天夜里、遠近各輩親友携猪牲酒礼前来吊祭。吹奏唢吶、芦笙、唱喪歌、酒令等、一直鬧熱到払暁」（『苗族喪祭』貴州民族出版社）。

7 「死者のために嘆き、生者のために嘆く―客家の女の哀悼歌―」『中国の死の儀礼』注5参照。

8 『万葉集』が収載する人麿作歌の挽歌群は、以下の通りである。
①泊瀬部皇女忍坂皇子献呈挽歌（巻二・一九四題詞）、②日並皇子殯宮挽歌（同・一六七題詞）、③明日香皇女殯宮挽歌（同・一九六題詞）、④高市皇子殯宮挽歌（同・一九九題詞）、④人麿妻挽歌（同・二〇七題詞）、⑤吉備津采女挽歌（同・二一七題詞）、⑥石中死人挽歌（同・二二〇題詞）、⑦香具山行路死人挽歌（巻三・四二六題詞）、⑧土形娘子挽歌（同・四二八題詞）、⑨出雲娘子挽歌（同・四二九題詞）、

9　草壁皇子の東宮御所は島の宮と呼ばれる。島の宮における柿本人麿の活動に関しては、渡瀬昌忠『柿本人麻呂研究　島の宮の文学』（おうふう）に詳しい。また、皇子文化の系譜については、辰巳『悲劇の宰相　長屋王』（講談社選書メチエ）参照。

10　本文は、中西進『万葉集　全訳注 原文付』（講談社文庫）による。以下同じ。

11　日の皇子の発生的研究は、折口信夫「大嘗祭の本義」新編『折口信夫全集　3』（中央公論社）に詳しい。また、辰巳『折口信夫　東アジア文化と日本学の成立』（笠間書院）参照。

12　「天皇の敷きます国」は「天原を敷座国として」（鹿持雅澄『万葉集古義』）が一般的であるが、「この国土は天皇の御支配になられる所」（窪田空穂『万葉集評釈』）の意見もある。この時代に「天皇」はまだ「スメロキ」という霊格の中に存在していたことから考えるならば、このスメロキは皇祖としての霊格であると思われ、天武天皇はスメロキ（皇祖）となり、天上で祖霊神となることをいうのであろう。辰巳「天皇の解体学」『折口信夫　東アジア文化と日本学の成立』注11照。

13　辰巳「天皇の解体学」『折口信夫　東アジア文化と日本学の成立』注11参照。

14　辰巳「人麻呂と天皇即神」『万葉集と中国文学』（笠間書院）参照。

15　本文は、日本古典文学大系『日本書紀』（岩波書店）による。以下同じ。

16　辰巳「日の皇子と高天の原神学」『折口信夫　東アジア文化と日本学の成立』注11参照。

17　『朝日新聞』二〇〇二年一月二十二日朝刊による。

18　辰巳「都城の景観」『万葉集と比較詩学』（おうふう）参照。

19　辰巳和弘「古墳壁画のこころ」『新古代学の視点』（小学館）。

20　辰巳和弘『聖なる水の祀りと古代王権　天白岩座遺跡』（小学館）。

21　辰巳「神倭伊波礼毘古の誕生」本書Ⅰ参照。

第三章

待つ女とうつろいの季節

1　序

古代の妻問い婚を考えるならば、そこには多くの待つ女たちがいた。いつ訪れるとも知れない思い人に、女たちは胸をときめかせながらも、夜ごと不安の心で待ち続けていたのである。万葉の歌に待つ女の嘆きが多く見られるのは、一義的には古代の婚姻法に基づくものである。男や夫が尋ねて来るのを、あるいは遠くへと旅に出た恋人や夫を確かな確証もなく待ち続ける女は、待つことにおいて会うときの時間を、日々指折り数えていたに違いない。そこには四季の移ろいや景物の変化を、時の流れとして計算していたように思われる。

しかしながら、待つ女が恋歌の担い手であるとすれば、待つ女が一人孤独に恋歌を口ずさんで歌を創作していたとは考えられないことから、待つ女の嘆きの歌の成立は、その恋歌が詠まれる必然的な場に限られることを前提とするに違いない★1。それでありながらも恋歌は待つ女の嘆きによって埋められ、歌の抒情質を深めて行くことになる。もちろん『万葉集』が載せる季節は恋歌のみではない。季節ごとの雑歌もそれである。しかし女たちが男を待つ時間はどのようなものであったのか、そこに何が生み出されたのか。その重要な一つは季節感の成立であり、もう一つは男の訪れない時間を、季節の移ろいとともに捉えていたであろうことである。そこには待つ女たちが季節の観察を通して恋歌を成立させる、新たな状況が存在したことを物語っているように思われる★2。

2　額田王と季節の移ろい

額田王が春秋判別の歌をもって万葉歌に季節の歌を成立させたが、額田王はもう一つの特質をもって季節に関わる女流歌人である。いわゆる、艶情の歌の作者としても登場する。

額田王の近江天皇を思ひて作れる歌一首

君待つとわが恋ひをればわが屋戸の簾動かし秋の風吹く（巻四・四八八）★3

この歌は巻四雑歌部に収められているが、同題で巻八秋相聞部にも掲載（一六〇六番歌）され、鏡王女の歌といずれも併載されている。編纂の上で儀礼的な歌と判断すれば雑歌となり、恋歌と判断すれば相聞歌となるのであろう。これを秋相聞歌として見た場合に、季節と恋という段階を示すもっとも初期的な歌として注目されるのである。

王の歌は天皇の訪れを恋い慕って待っていると、簾を動かして秋の風が吹いたという内容である。この歌の題詞に近江天皇とあることから、天皇は近江に宮処を置いた天智天皇である。額田王が「近江天皇を思ひて」というのは、天皇を恋い慕う意味であり、このことからすれば、額田王は天智後宮の一人として天皇の訪れを待つ女であることが知られる。しかし額田王は『日本書紀』天武二年二月の記事に、「天皇、初め鏡王の女額田姫王を娶して、十市皇女を生しませり」★4とあることから、額田王は初め大海人皇子の妻であったことが知られる。額田王が近江天皇を思うというのは、それ以後に王が天智天皇の後宮に入ったことを意味するものであり、そのような事情は近江の蒲生野で贈答された天智天皇の弟の大海人《おおあま》皇子との歌の贈答をしていることから知られるのだとされる。

天皇の、蒲生野に遊猟したまひし時に、額田王の作れる歌

あかねさす紫野行き標野行き野守は見ずや君が袖振る（巻一・二〇）

皇太子の答へませる御歌

紫草のにほへる妹をにくくあらば人妻ゆゑにわれ恋めやも（巻一・二一）

王が紫野での遊楽の時に、皇太子から愛情を示す行為である袖を振られて困惑していることを詠むと、皇太子は紫のような妹が嫌いなら、人妻のあなたに恋などしましょうかというのである。額田王は大海人皇子と結婚して十市《とおち》皇女を生んだ後に、兄の天智天皇の後宮に入ったということとなる。そのことから先の歌が詠まれ、蒲生野での贈答の歌へと繫がることが知られる。そうしたことから伴信友《ばんのぶとも》は額田王が天智天皇の妃となり大津宮までも奉仕したが、大海人皇子にも情を通わしていたのであり、これは書紀には書いてないが他の古書に書いてあり紛れないことだという★5。たしかに『万葉集』が収録する額田王の歌を見ると伴信友の指摘も首肯されるが、恋歌が詠まれる基本的な条件は公開されることにあり、その条件を備えているのが蒲生野の贈答歌である。人妻である王が元の夫から袖を振られて困惑する様子や、皇太子が王に対して人妻への恋を明らかにするという状況は、隠されるはずの恋の場面としてはあまりにも露骨に過ぎよう。しかもこの日が五月五日の薬猟の節日であり、多くの宮廷人たちが蒲生野で遊楽をしている場面である。そのことから考えるならば、この贈答の歌は薬猟の後の宴会か、あるいは歌垣の場面に詠まれたと考えるのが至当であろう★6。

蒲生野の歌から窺われる額田王の歌の実力は、男に歌を仕掛けるところにある。恋歌を女性から歌い始めるのは相手に歌を仕掛ける場合であり、しかも女が恋愛に関わる言葉を口にするのは日常的ではなく、歌の場において可能であったといえる。額田王が最初に困惑の心を示したのは、相手から次の歌を導き出すためであり、それに誰が答えるかを試みているのである。この歌い方は歌垣の基本形であるから、五月五日の薬猟の時に歌垣が行われたことが想定できる。このような立場の額田王は、恋歌をもって男に挑発をする宮廷の歌人（うたびと）であったと思われる★7。

一方、近江天皇を思う額田王の歌は、後宮女性の待つ女の姿を詠むものであるに違いない。この場合も天智天皇を主人とする歌宴があり、その時に仕掛けられた恋歌であろうと思われる。そのような場では多くの男たちが参加しているであろうから、王の歌への和歌《こたえうた》が詠まれたであろう。だが、この時に答えた歌として鏡女王の歌が拾い取られて巻四と巻八に収録された。一方は雑歌として、一方は秋の相聞歌として収録されたのは、歌宴の歌であるという歌の場の理解があって雑歌へと収録されたのが巻四の歌であり、歌の場の状況が不明となることで歌の内容が優先されて秋の相聞歌へと収録されたのが巻八の歌であろう。

この額田王の歌を見ると、一つに待つ女が詠まれ、二つに秋風が詠まれていることである。思い人を待っていると簾を動かして秋の風が吹いてきたという恋歌であるが、ここに注目されるのは、待っていると秋風が吹いたということにある。ほんとうは待つのは秋風ではなく、思い人である。思い人は来ずに秋風が訪れたというのがこの歌の本意であるとすれば、待つ女はここに季節を発見したことになる。この「秋の風」は日本文学史上に初めて捉えられた季節の風であり、ここにおいても額田王の歌言葉には斬新さがある。しかも、その秋を感じさせたのは簾を動かした風であった。ここにはこの歌が誕生するストーリーがあろう。天皇と後朝《きぬぎぬ》の別れをしたのは、まだ夏の季節であったに違いない。天皇は「またすぐに来るよ」と言い残して帰ったのだが、しかし、いつまで待っても訪れはなく、額田王は空閨《くうけい》の淋しさに耐えながらも、「何時か、今か」と待ち続けるのである。そこには、「我が背子を今か今かと待ち居るに夜の更けぬれば嘆きつるかも」（巻十二・二八六四）に見るような嘆きがある。

天皇との後朝の別れから日々を指折り数えながら、その訪れを待っていると簾を動かして微かな風が吹いた。その風に初めて秋の気配を感じたのが王の歌である。風に天皇が訪れる前兆を読み取る意見がある（契沖『万葉代匠記』）のは、中国の恋愛詩にもその類の表現が見られ★8、藤原宇合の歌にも「わが背子を何時そ今かと待つなへに面やは見えむ秋の風吹く」（巻八・一五三五）と詠まれていて、予兆としての意味も考えられるが、ここでは待つ女が秋を発見したことの重要性に注意すべきである。

季節の歌が成立するのは、このような〈待つ女〉の立場があるのではないか。待つ女は男と別れてからの日々を数え、男を待つ間は季節の変化を敏感に感じ取っていたはずである。女の仕事は男のための季節ごとの衣類や閨の夜具などを整えることにあり、それは実生活の上で季節を感じ取ることでもあった。待つ女は、季節の移ろいの中にいたのである。中国の恋愛詩においても、『玉台新詠』の待つ女は次のように詠まれている。

階上香入懐　　梁武帝

階上香懐に入る、庭中花眼を照らす。
春心鬱たること此の如し、情来つて限る可からず。

蘭葉始満地　　梁武帝

蘭葉始めて地に満つ、梅花已に枝に落つ。
此の可憐の意を持して、摘みて以て心知に寄せん。

寒閨　　皇太子簡文

被空しくして眠数覚、寒重くして夜風吹く。
羅幃は海水に非ず、那ぞ度前に知ることを得ん。

夜夜曲　　皇太子簡文

北斗欄干として去る、夜夜心独り傷む。
月輝横さまに枕を射、鏡光半ば牀に隠る。★9

階段の辺りに花の香りが漂い、庭では花の色が眼を奪い、春の心は鬱蒼として情はときめくのだといい、蘭の葉は地に垂れ始め梅の花は散っていて、これらを愛でる心を摘んで思う人に届けたいといい、閨は空しく眠りから覚め、夜風は重く吹き、薄絹の帳は海水ではないから、渡って来てくれることなど無いといい、北斗星は輝いても、夜には我が心が痛み、月は傾いて枕を照らし、燈火も寝台に隠れて薄暗いことだという。春は花が咲いて心は浮き立つが、秋は冷たい風に心を痛める。それらには季節の移ろいの中で心を変化させる待つ女の姿が描かれている。あるいは『楽府詩集』の季節詩では、

子夜四時歌

白露朝夕生　白露は朝夕に生じて、
秋風凄長夜　秋風は長夜に吹くことだ。
憶郎須寒服　あの人の冬服も必要となるから、
乗月擣白素　月の明かりで白糸を紡ごう。★10

と詠む。白露や風を通して冬の近いことを感じ取り、愛人の冬服の準備のために糸紡ぎをする女がいる。待つ女は何時訪れるか知れない思い人のために、何時もその時のために準備に余念がないのである。あるいはまた、韓国の恋愛詩においても、

霜月の長たらしい夜を真ん中から断ち切って、
春風のように暖かい褥の中に畳んでおいて、
恋しいあの人が訪れた日の夜にぐるぐる伸ばして、
短い夜につないで広げよう。★11

と歌うのも、待つ女の思いである。李朝朝鮮時代の妓生である黄真伊の歌であり、両班の知識人たちを相手に教養を競い合った。秋の夜長に訪れない思い人に怨みを述べるのではなく、それを断ち切って春の短夜に来たときに足して使おうというのである。そのような機知は女歌の重要な知恵であったと思われる。

額田王が思い人を待っていると秋風が吹いたというのは、男の訪れの予兆のみではなく、秋風によって知られるのは、思い人が来たときに間に合うように男の着る秋服の準備をすることにある。この王の歌から張茂先の「情詩」(『文選』『玉台新詠』収録)や、『玉台新詠』に多く見られる閨情あるいは思婦の情を読み取ることが試みられているが、しかし、『玉台新詠』の情詩には愛人のために季節の服を準備する女のいることも考える必要があると思われる。さらにここに待つ女は秋風を通して季節を発見し、さらに夏から秋への〈うつろひ〉を感じ取ったということである。

3　天平の待つ女と季節の移ろい

待つ女が恋歌に多く参加するのは、天平時代である。おそらく都市に開かれた歌垣や、あるいは貴族サロンでの歌会に歌われたものと思われる。この時代に女性たちの恋歌が増産されて、編纂の上でも『万葉集』を特色づけるものとなっている。それらの季節歌の集約された姿は巻八と巻十に見られ、分類は次のようになされている。

巻十　春雑歌　春相聞　夏雑歌　夏相聞　秋雑歌　秋相聞　冬雑歌　冬相聞
巻八　春雑歌　春相聞　夏雑歌　夏相聞　秋雑歌　秋相聞　冬雑歌　冬相聞

ここに配列された季節と恋歌は、次のような内容として詠まれている。

雑歌(露)秋萩に置ける白露朝な朝な珠としそ見る置ける白露(二一六八)
相聞(露)秋萩の上に白露置くごとに見つつそ思ふ君が姿を(二二五九)
雑歌(萩)見まく欲りわが待ち恋ひし秋萩は枝もしみみに花咲きにけり(二一二四)
相聞(萩)草深み蟋蟀さはに鳴く屋前の萩見に君は何時か来まさむ(二二七一)
雑歌(雁)雁が音の声聞くなへに明日よりは春日の山はもみち始めなむ(二一九五)

相聞（雁）雁が音の初声聞きて咲き出たる屋前の秋萩見に来わが背子（二二七六）
雑歌（月）この夜らはさ夜更けぬらし雁が音の聞ゆる空ゆ月立ち渡る（二二二四）
相聞（月）九月の有明の月夜ありつつも君が来まさばわれ恋ひめやも（二三〇〇）

雑歌と相聞歌は同じ素材を扱いながら、それぞれ別の歌として成立しているのは、相聞歌がその素材から恋の心を引き出していることにある。しかし、朝ごとに置く白露は君の姿として思い、待ち望んだ萩の花が咲くと、思い人はいつ見に来るかという。これは花前月下が恋人と隠れずに逢うことが可能なシーンだから、萩見のためにこの屋戸へ来たのであり、思い人に会うためではないと言い訳が出来るのである。また雁の声により秋の葉が色づき、萩も咲き始めるので思い人に見に来いといい、雁の鳴き渡る空にきれいな月が出て、その月夜に思い人と会いたいというのも同じ趣向である。このような季節の風物を通した季節と恋の重ねは、恋歌の表現技巧としてよく見られるものである。それは風物の中に潜む恋の心を取り出す技巧であったと思われる。

秋づけば尾花が上に置く露の消ぬべくも吾は思ほゆるかも（巻八・一五六四）
秋萩の上に置きたる白露の消かも死なまし恋ひつつあらずは（同・一六〇八）
秋萩の上に置きたる白露の消かも死なまし恋ひつつあらずは（巻十・二二五四）
秋の穂をしのに押しなべ置く露の消かも死なまし恋ひつつあらずは（同・二二五六）
秋萩の枝もとををに置く露の消かも死なまし恋ひつつあらずは（同・二二五八）

秋の露は秋が至れば日常的に目にする風物であり、季節を表す重要な風物としてある。その露は日が昇ると消えるものとして理解されていて、物のはかなさや人の死を比喩するようになる。ここに掲げた歌は、そのような理解から恋歌に用いられたものであり、早くに人麿は朝露のように消えて行った女性の悲しみを詠んでいる（巻二・二一七）。露は死と強い結びつきを示し、そこから恋に死ぬ思いが引き出されるのである。このことは露が死ぬほどの恋心と深く結び合っていたことを想定させるのであり、独立した季節表現はそこから恋を排除しながら詠むことにあったということになる。たとえば雑歌に分類されている「詠雨」（柿本人麿歌集）の歌は、

一日には千重しくしくにわが恋ふる妹があたりに時雨降れ見ゆ（巻十・二二三四）

のように、一日に何度も繰り返し心が痛むほどに妹を思い続けている男があり、そこでせめても妹の辺りに時雨よ降ってくれ、それを見れば少しは慰められるからという。時雨は秋の景物として選ばれているが、その時雨も彼女の家の辺りに降れば彼女を思う縁となるのである。ここには季節の景物に恋の思いが潜んでいるのであり、景物が恋の思いから導き出されていることが知られる。

女たちが待つことで季節を発見するのは、天平期の女歌に顕著である。天平期は万葉歌の盛期を迎え、女たちが恋歌を競い合う。女歌が成立する根拠は、一方に歌垣の習俗があったことにあろう。歌垣の歌は男女の歌掛けで行うことが原理であるから、そこに多くの女性たちが参画する必然性が存在した。その歴史の上に万葉の女歌が継承されたのである。それらの女歌は、基本的には「待つ女」の思いを歌うものである。巻八の季節分類された相聞歌では、次のように詠まれる。

春相聞

a情ぐきものにそありける春霞たなびく時に恋の繁きは（一四五〇／坂上郎女）
b水鳥の鴨の羽の色の春山のおほつかなくも思ほゆるかも（一四五一／笠女郎）
c闇夜ならば宜も来まさじ梅の花咲ける月夜に出でまさじとか（一四五二／紀女郎）

夏相聞

d暇無み来ざりし君に霍公鳥われかく恋ふと行きて告げこそ（一四九八／大伴坂上郎女）
e夏の野の繁みに咲ける姫百合の知らえぬ恋は苦しきものそ（一五〇〇／大伴坂上郎女）

秋相聞

f朝ごとにわが見る屋戸の瞿麦が花にも君はありこせぬかも（一六一六／笠女郎）

g秋風に置きたる露の風吹きて落つる涙は留めかねつも（一六一七／山口女王）

hわが屋戸の萩花咲けり見に来ませ今二日だみあらば散りなむ（一六二一／巫部麻蘇娘子）

冬相聞

i真木の上に降り置ける雪のしくしくも思ほゆるかもさ夜訪へわが背（一六五九／他田広津娘子）

これらの歌は、待つ女の中に詠まれた恋歌である。aの「情ぐき」は恋人を待つ鬱陶しい情を指し、春霞のかかる鬱々とした中に恋の燃え盛る思いが歌われる。春霞のたなびく季節を詠むのは、待つ女が経験した冬から春への移ろいの時間を内在するものであり、そこから霞の季節となり霞から恋の激しい思いや覚束ない心が導かれてくる。冬の季節に閉じこめられていた恋心は、春の霞が盛んに立ち昇るのと同じくわが恋も開放されて激しく燃えるのである。bの「水鳥の鴨の羽の色」は青いことから青山を導き、そこにかかる春霞がぼんやりとしている様子と我が恋の覚束ないことが重ねられる。冬から春にかけて変化して行く山の色を、待つ女は詳細に観察しているのである。cは暗闇ならば訪れることも叶わないと諦めるが、このように梅の花が咲いた月夜にどうして訪れないのかと、不実な男を非難する。これは梅を愛でる歌ではなく、世間体を気にせずに逢えることを目的とする歌である。待つ女は季節の景物や風物を利用して、恋しい男との出会いを積極的に訴えるのである。普段の男女の相逢は人目や人言があるから慎重に運ばなければならないが、美しく月の照る夜や花咲く夜には、隠れて逢い引きをする必要はなかった。人に見とがめられても「月を見ている」「美しい花を見ている」のだと言い訳ができるからである。「あしひきの　山より出づる　月待つと　人にはいひて　君待つわれを」（巻十二・三二七六）というように、「花前月下」の逢い引きである。hの巫部麻蘇娘子《かんなぎべのまそおとめ》も、萩が咲いてあと二日もすると散るから早く見に来て下さいと誘うのは、この趣向に同じである。

待つ女は冬の閉ざされた時間を待ち続け、ようやく春を迎えて梅が咲いたのを逢会の時と考えたのである。月夜に梅の花を愛でるという風流が前提としてあり、それを咎める者もいないからこの時が絶好の機会となる。その時が過ぎれば、風流な時間も逢会の時も逃してしまうのである。dは公務を理由に訪れない男があり、郭公にわが思いを託す歌である。初夏になると恋告げ鳥のカッコウ鳥が来て鳴き、その聞きなしは「かく恋ふ（このように恋している）」だというのである。待つ女にとっては思い人に恋を告げることは容易ではないから、ホトトギスの鳴く季節となれば我が恋の思いを恋告げ鳥に託すのである。eは夏野の繁みに咲く可憐な姫百合に我が身を託して、片思いの男に知られない悲しみを詠む。密かに恋心を抱いても相手に知られないことを嘆き、いつ思い人から知らせが届くのか否かは知られないままに待ち続ける。百合が恋歌では〈後〉の意味を指すことから、待つばかりで恋の実らない悲しみが付加されていて、そこには待つ女の身の移ろいも読み取れる。fは秋を迎えても男に会えないことから、庭に植えた撫子の花を恋人に寄せる待つ女の歌である。女は春に花を植えて育てながら男を待ちつつ、ついに秋を迎えたのである。それで訪れのない恋人を庭に咲いた撫子に見立て、やがて撫子を思い人として恋をするのである。gは秋を迎えて草に露が置く季節となっても恋人に逢う由もなく、風に落ちる露のように涙を流すのだと歌う。かつての後朝の約束は冷たい風に露が落ちる季節となり、わが涙も冷たく流れるのだと悲しむ。iは降る雪が頻りに真木の上に積もることから、そのように幾たびも思われるのでこの夜に訪ねて欲しいと願う。冬の季節を迎えて人恋しい時に恋人を思うと心は痛く、しかも雪ですら真木に通うのである。これらの恋歌が成立するのは、季節ごとの歌会があり、そのような場で季節の景物を素材として歌われたものであろう。季節にはさまざまな景物があるから、そうした景物を素材とした歌の流れが存在したものと思われる★12。

これらは季節の景物に託した恋の思いを詠むものであるが、その季節は女が待つ時間であり、一年の動きである。思い人に会うことなく一つの季節が終われば、また次の季節へと心は移る。心の移ろいは季節の景物に託され、季節のうつろいの中に恋の思いが詠まれ継がれるのである。季節の景物は、季節の切れ目を意味し、待つ女はそこから男の訪れを改めて待つことになるのだといえる。

4　結

女歌が季節と大きく関わるのは、待つ女の性格によるものといえる。待つ女は暦によるのではなく、季節の景物や風物の到来をいち早く感じ取り、その時毎に男の訪れを思い、その移ろいの中に女歌を成立させていたのである。季節の移ろいは男の訪れの無い時間として把握されるものであり、額田王が秋風の中に男を待つのも、秋の季節の到来をもって待つ女の歌が成立することを意味した。

額田王以後の天平期に見える季節毎の風物は、待つ女が歌を詠むための小道具であったといえる。季節は変わりなく移ろうが、その季節の景物は男と逢う時を決定する時間であるのであり、季節の移ろいは悲しみを表す時間でもあったことが知られ、季節の景物にわが心を託すことにより、男との逢会を待つのである。

春去ればまづ鳴く鳥の鶯の言先立てし君をし待たむ（巻十・一九三五）

誰そ彼とわれをな問ひそ九月の露に濡れつつ君まつわれそ（同・二二四〇）

春が来るとまず鶯が鳴くが、そのように最初に声を掛けてくれたあの人を待つというのであり、あなたは誰かなどと声を掛けてくれるなといい、それは月のきれいな九月の露に濡れながら思い人を待っているのだからという。季節の景物は恋人たちの「花前月下」（男女逢会の好機）の風物であり、そのような女歌の季節は、一方に季節の雑歌を成長させたのだと思われる。

注

1 辰巳『詩の起原　東アジア文化圏の恋愛詩』(笠間書院)参照。

2 折口信夫は、「日本の古代の恋愛―古い時代の万葉集、或は其れよりもつと古い日本紀に載つてゐる恋愛の歌といふものは、多くほんとうの恋愛の歌ではありませぬ」(「古代生活に見えた恋愛」『折口信夫全集　1』中央公論社)という。

3 本文は、講談社文庫本『万葉集　全訳注 原文付』(講談社)による。以下同じ。

4 本文は、日本古典文学大系『日本書紀』(岩波書店)による。

5 「長等の山風」『伴信友全集　四』(国書刊行会)。

6 折口信夫はこの贈答歌を「宴会の座興」としている。「額田女王」『折口信夫全集　4』注2参照。

7 辰巳「挑発の恋歌―額田王」『万葉集と中国文学　第二』(笠間書院)参照。

8 「夜相思。風吹窓簾動。言是所歓来」「華山畿」(台湾中華書局)とある。

9 新釈漢文大系『玉台新詠』(明治書院)による。

10 本文は、郭茂倩『楽府詩集』(台湾中華書局)による。

11 岩松実『韓国の古時調』(高麗書林)による。

12 辰巳「季節の歌流れ」『万葉集に会いたい。』(笠間書院)参照。

第四章

大宰府圏の文学

1　序

遠の朝廷と呼ばれた大宰府★1に『万葉集』の一画期を成立させる文学圏が形成されたのは、奈良時代初期の神亀・天平初期のほぼ五・六年の間であった。『万葉集』の時代区分に従えば第三期に相当する★2。この期の主要な歌人は大伴旅人や山上憶良であり、彼らの新たな文学運動が大宰府において行われたところに特徴があり、それらは大宰府の文学を象徴するものであると同時に、『万葉集』を象徴する運動でもあった。

ここに大宰府圏というのは、律令制度上大宰府とそれに所属する九州諸国を指すが★3、文学の展開からは、大宰府という辺境に身を置くことによって共通に意識される文学集団を指し、大宰府文学圏と呼ぶことも可能であろう。彼らは東歌の作者が在地の歌人であるのとは異なり、都から赴任して来た官吏たちであることにより、彼らの意識はあくまでも都と対応し対峙《たいじ》するものとしての大宰府であった。その大宰府を「遠の朝廷」と呼ぶことにおいて、懐かしい都と同質の文化的価値を見出そうとするのだが、しかし、そのような転倒した価値の発見は、あくまでもそこが鄙《ひな》という〈辺境〉であることによって生起する意識にほかならない。大宰府文学圏は、いわば都と鄙との関係において現れた、辺境を共通の意識とする文学的集団であるということである。それゆえに、大宰少弐の小野老が詠んだ、

「あおによし寧楽の京師は咲く花の薫ふがごとく今盛りなり」（巻三・三二八）★4の歌は、遠く離れた平城の都への望京歌であり、まさに大宰府圏の歌人たちの意識を代弁するものであったといえる。

それはまた、大宰府圏に集まった歌人たちが律令官人として、神亀・天平の時代相の中に自己閉塞的な立場を余儀なくされていたということでもある★5。重要なことは、そうした彼らが都の文化や風俗および高度な教養を身につけていたことであろう。従って大宰府文学圏というのは、海彼の教養を有する知識階級集団でもあることにより、海彼を共通の意識とすることにより成り立つ〈辺境〉の文学集団であったということである。

さらに大宰府は防人たちの集まる地であった。防人歌も大宰府文学として考えて見る必要があると思われる。

2 大宰府文学の出発

大宰府の文学が形成された直接的な契機は、神亀三（七二六）年ころに山上憶良が筑前国司として、その翌四年末か五年の初めころに大伴旅人が大宰府長官として赴任して来たことによる。この時に従五位下であった憶良にとって、正三位の旅人は名門貴族で雲の上の遠い存在であったろう。その二人が大宰府で邂逅し、大宰府に独自の『万葉集』を開花させたのは、偶然のことであるとともに、大宰府という鄙にあることによって生じた、身分差や職位を越えた二人の辺境意識によるものと思われる。

おそらく、この二人が大宰府において新たな文学を形成することとなった最初の出発は、旅人が大宰府下向後間もなく失った妻の死によるものであろう。旅人は帥《そち》着任早々に、都から同行した妻の大伴郎女《いらつめ》を亡くしている（巻八・一四七三）。この折に詠んだと思われる旅人の「凶問に報へたる歌」は、大宰府文学の出発を告げるものであったといえる。序文に「禍故重畳し、凶問累集す。永に崩心の悲しびを懐き、独り断腸の泣を流す」といい、

> 世の中は空しきものと知る時しいよよますます悲しかりけり（巻五・七九三）

の歌を詠む。さまざまな禍《わざわい》が重なり気力も失われて断腸の涙を流すのだというのを受けて、世間無常の思いを歌うのである。

禍故重畳・凶問累集は一つの禍に限らず、多々凶事が重なり起きたという意味であろう。世の中は空しいというのは一般的な知識としてあるのだが、そのような折に最大の禍故《かこ》として身近な愛する妻の死があった。その妻の死という経験を通して世間を知るとき、世の無常が一層のこと勝るのだというのである。ここに認識されている旅人の世間無常の理解は、明らかに仏教的無常観であり、これが聖徳太子の「世間虚仮《せけんこけ》」（この世というのは、仮のものでしかない）と等しいものであることが理解できる★6。現実の無常をこのような典拠を持った知的理解の中で認識することにおいて、大宰府の文学は出発するのである。

旅人の歌に応えるように、憶良は無題の「悼亡詩文」および「日本挽歌」を作る。「悼亡詩文」の冒頭には、

> 蓋し聞く、四生の起き滅ぶることは、夢の皆空しきが方く、三界の漂ひ流るることは環の息まぬが喩し。所以、維摩大士は方丈に在りて、染疾の患を懐くことあり、釈迦能仁は双林に坐して、泥洹の苦しみを免るること無し、と。

という、生死の原理が説かれる。すべての生き物（四生）の生と死という現象は、まるで夢のようなものだというのである。そして、人は三界（欲・色・無色の世界）を永遠に漂流しているのだともいう。だから、維摩《ゆいま》大士も釈迦能仁も、ついに死の苦しみから逃れられなかったと説くのであり、これは旅人の「世間虚仮」への認識よりも、さらに深く深刻に述べるものである。しかも、この序文に続いて、七言の漢詩が付けられている。

> 愛河の波浪は已に滅え、苦海の煩悩も亦結ぼほることなし。
> 従来この穢土を厭離す。本願をもちて生を彼の浄刹に託せむ。

愛河も苦海も凡夫の陥る煩悩であるが、死はそれらをすべて消し去るのであり、ただ願うことは生をあの浄土に託すことなのだという。人の生死は計り知れないものであり、この世に生きることは煩悩のみなのだという。妻の死はそのような煩悩を消し去ることであり、妻は浄土へと向かったのだと慰める。憶良は明らかに旅人の仏教的無常への意識に触発されることで、憶良の知的世界が導かれようとしていることが知られる。これに続く「日本挽歌」（巻五・七九四〜七九九）は、悼亡詩が愛河や苦海という仏教のいう愛着からの離脱を説いたものだとすれば、

悔しかもかく知らませばあをによし国内ことごと見せましものを（同・七九七）

妹が見し楝の花は散りぬべしわが泣く涙いまだ干なくに（同・七九八）

のように歌われる「日本挽歌」は、むしろ愛着への拘りだといえる。生の無常は仏教の教えであるが、生への執着は人の思いである。他国の思想ではない大和の心、それが「日本」を冠したことの意味であろう。

しかも憶良はこれらの作品を旅人に謹上した同日（神亀五年七月二十一日）に、さらに「惑へる情を反さしむる歌」（巻五・八〇〇—八〇一）、「子等を思へる歌」（同・八〇二〜三）、「世間の住り難きを哀しびたる歌」（同・八〇四—八〇五）の三作品を撰定している。いずれも題・漢文序・長歌が一体となり、これらは新しい文学形式を示すものである★7。それらの序文は「悼亡詩文」に沿う仏教的無常やその教理などで、それぞれの歌には〈題〉が設定されていて、あたかも漢詩の詩題を想定させる★8。歌に題を付すというのは、主題が作品内部に深く取り込まれることを意味するのであり、中西進氏はこれらの三作品を嘉摩《かま》三部作として捉え、それらの作品のテーマが「惑」「愛」「無常」にあるとされる★9。そこには人間の愛や苦の世界を主題化することを意識し、それを伝統の歌の上で実現しようと試みるものであったことが知られる。

3　韜晦と望京

旅人が大宰府の帥として赴任した理由は不明であるが、神亀五年から神亀六年（改元して天平元年）にかけての『公卿補任』を見ても、また、神亀六年二月の長屋王事件の歴史的動向を見ても、この時代には藤原不比等の息子の四氏が実質的に政権を掌握したことが知られ、旅人の大宰帥の人事異動もこの歴史動向と関わるものであろう。旅人の赴任は長屋王事件の直前であり、光明子立后をめぐって朝廷内部で長屋王と藤原家との対立が惹起されていたから、藤原氏の台頭を予期しつつ下向したことは明らかである。旅人の帥任命に政治的な意図を読み取ることは困難ながらも、高齢の旅人の気持ちにはたとえ帥の任命が名誉なことであったとしても、この帥任命を流謫《るたく》の思いで受けたことが想像される。その根拠は旅人の詠む「讃酒歌十三首」の、次の歌からである。

験なき物を思はずは一杯の濁れる酒を飲むべくあるらし（巻三・三三八）

賢しみと物いふよりは酒飲みて酔泣きするしまさりたるらし（同・三四一）

あな醜賢しらをすと酒飲まぬ人をよく見れば猿にかも似る（同・三四四）

生ける物つひには死ぬる者にあればこの世なる間は楽しくをあらな（同・三四九）

黙然をりて賢しらするは酒飲みて酔泣きするになほ若かずけり（同・三五〇）

験《しるし》のない物を思うというのは、役に立たない無駄なことを考えることであり、具体的には儒教の徳を理念として政治を行う官吏への揶揄である。それよりも一杯の濁酒が良いのだというのは、世間では価値のない濁酒とする酒への評価である。そこには「古の七の賢しき人」（巻五・三四〇）である竹林の七賢を理念とする立場があり、七賢の脱俗的生き方への憧憬がある。そうした験の無い思いをする官吏たちを「賢《さか》しら」であると否定するのであるが、この賢しらというのは「賢良」と書き表しているように、中国では科挙に合格した特別な知識人のことである★10。そのような酒も飲まない立派な官吏よりも一杯の濁酒が良いとするのが旅人の態度であり、そこには世間の生き方とは背反する旅人の立場がある。すぐれた官吏は儒教の教理や徳目を学び民を教導するのであり、つまらない酒などを飲まずに民の苦しみを救済しなければならない。しかし、現実には官僚たちは現世の名誉や利権を求める者たちであり、旅人はそのような官僚を「賢良」として批判するのである。酒も飲まずに徳のある官吏のことを「猿に似る」のだというのは、政治に多くの矛盾を孕んでいるからだが、濁酒を飲んで顔を赤くしている方が猿に似ているのは旅人の方に違いなく、そこにも逆説の論理を展開する旅人の態度がある。

もちろん旅人のこの姿勢をどこまで事実として読むかは疑問があろう。作品自体は連作による構成の上に成り立っており★11、その思想性は戴逵《たいき》の「酒賛」や劉伶《りゅうれい》の「酒徳頌」と等しいとされる★12。いずれも形骸的な儒教思想に背き、酒を以て人生の価値を語る隠士たちであり、竹林七賢とも重なる。まさに「賛酒」とは「讃酒歌」と等しいテーマであり、飲酒を以て儒教の教理に背離し、世俗的生き方から韜晦《とうかい》することの比喩としてのそれである。大宰府にあることが旅人に現実韜晦の心を募らせ、儒教の都に対し鄙である大宰府を老荘の世界とする意識が現れたのである。それは、望京への意識と表裏の関係であった。

辺境に身を置くことによって都が偲ばれ、辺境に都と等しい文化的価値を見出そうとすることは、先の小野老の望京歌も同じだが、防人司佑の大伴四綱も、

やすみしし わご大君の 敷きませる 国の中には 京師し思ほゆ（巻三・三二九）

藤波の 花は盛りに なりにけり 平城の京を 思ほすや君（同・三三〇）

のように詠む。旅人を迎えての宴での歌であろう。天皇の治める国の中にあっては京師《みやこ》のことが偲ばれるといい、藤の花の咲く盛りに平城《なら》の京のことを恋しく思われるでしょうという。いずれも都を思う歌であり、大宰府にあること

を辺境に身を置いていることだという共通の思いから発せられた思いである。それ故に旅人の歌には、

わが盛りまた変若めやもほとほとに寧楽の京を見ずかなりなむ（巻三・三三一）

わすれ草わが紐に付く香具山の故りにし里を忘れむがため（巻三・三三四）

は、老年を迎え体力も気力も無くなった思いの中で、若返る秘薬でもない限り再び寧楽《なら》の都を見ることもなく終えるのではないかという危惧や、懐かしい香具山の里を忘れるために忘れ草を身に付けることを歌う。京師は遠く離れた幻想の中で懐かしく思われるのであり、辺境への意識は強く都を偲ばせるものとして意識化されて行く。

おそらくこのような望京への思いの中から、大宰府に〈歌苑〉という文学集団を生起させることになったのであろう。都を幻想し京師を眼前に幻視させる歌宴が、旅人を主人として天平二年正月に帥宅《そちたく》で行われた。それが大宰府所轄の国から集った三十二人にのぼる官人集団による梅花の宴であった。最初に四六駢驪《べんれい》の美文による序が認《したた》められ、「初春令月にして、気淑く風和ぎ、梅は鏡前の粉を披き、蘭は珮後の香を薫らす」というように、正月初春の風景が描かれ、十分に満足できた心を詩文で現そうというのである。詩に「落梅の篇」があり古今異なることはないので、そこで園の梅を賦し短詠をなそうという。そこで最初に今回の賓客である大弐《だいに》の紀卿から、

正月立ち春の来たらばかくしこそ梅を招きつつ楽しきを経め（巻五・八一五）

が歌われて、続いて小野大夫、粟田大夫、山上憶良などの順で歌い継がれて行く。これらの三十二首の歌には、散る梅が多く歌われていることに気づく。たとえば、

梅の花今咲ける如散り過ぎずわが家の園にありこせぬかも（巻五・八一六）

青柳梅との花を折かざし飲みての後は散りぬともよし（同・八二一）

わが園に梅の花散るひさかたの天より雪の流れ来るかも（同・八二二）

のように見られる。三首目は旅人の歌であり、園の梅に花が散っているのか、あるいは天から雪が降ってきたのかと

いう梅と雪とを取り合わせているが、梅の花が散ることを歌うのは、中国に「落梅の篇」があるから、それに倣うのだというように、「落梅」をテーマとするからであり、それは楽府詩の「梅花落《ばいからく》」を意味した。この「梅花落」は辺境防備の兵士たちが、梅が咲いたのを見て正月が来たことを知り、故郷を懐かしく思い歌う歌なのだという★13。

このような都への思いは、辺境としての大宰府の地を〈みやび〉として幻想することにおいてあるのだが、その辺境は神仙的世界としても幻想させたのである。旅人作と考えられる「松浦河に遊ぶの序」には玉島に遊んで神仙の女との邂逅を描き、そこで仙女と歌を贈答するものである。そこには『文選』の「高唐賦《こうとうのふ》」や「神女賦」あるいは『遊《ゆう》仙窟《せんくつ》』などの仙郷における幻想譚が見られるとされ★14、鄙は漢文学を通じて文化的価値としての〈みやび〉へと変質するのである★15。そのような価値の転倒という心理には、旅人の韜晦の姿を見ることができるであろう。

4　愛と生の苦しみ

旅人は妻の死を因として仏教的な世間虚仮《せけんこけ》を認識し、現実の政治的世界に背を向け、老荘神仙的思想を享受し、また望京への思いを募らせるのであった。この旅人の態度が幻想的であるとするならば、一方の憶良は現実的に世間や人間の姿を捉えた歌人である。同じ旅人の妻の死を因としながらも、憶良は人間の愛のあり方から人間の生・老・病・死の苦を思考するのである。

妻の死は、夫婦の愛欲の終息である。その愛とは何か。憶良は嘉摩三部作において父母を尊敬しつつも養うことを忘れ、妻子を脱ぎ捨てた沓《くつ》の如く捨てて得道の聖となろうとする者のこと、釈迦ですら愛の中でも子への愛が最高の愛だと説いていることを以て、逆説的に衆生は子を愛さないことはないのだと説き、さらに若い男女が楽しんでいるのは束の間で、人はすぐに老いて若者から厭《いと》われ、愛とは無縁の存在となり苦しむことなどを説き、人間における愛と無常を捉えるのである。憶良のこの愛の認識は、仏教や儒教の愛の受け入れであるが、しかしこのような愛の諸相はいずれも〈苦〉を常に内包しているものであることを憶良は説くのである。従って憶良の捉えた旅人の妻の死は〈愛別離苦〉の問題にあったといえる。前掲の悼亡詩文の序に「紅顔は三従と長に逝き、素質は四徳と永に滅ぶ。何そ図らむ、偕老の要期に違ひ、独飛して半路に生きむことを」という。若く美しい妻は永逝し、夫婦が共に老いることを誓ったことに違い、人生の半ばで独り生きることとなった苦しみを描く。妻の逝った後の寝室の枕辺には鏡が空しく懸かり、それを見るにつけ嘆き悲しむ涙は留めなく落ちるのだと続ける。夫婦の愛の絆が深ければなおのこと、死別の悲しみは深い。それは愛の河（苦海）に溺れる愛着や愛執の姿であり、憶良は愛の姿をそのようなものとして捉えているのである。

　だから、子を愛することは一方に道理でありながらも、愛する子との絆を断ち切る死は、その愛の苦を一層深いものにするであろう。「子等を思へる歌」（巻五・八〇二―八〇三）で、子に対する愛の賛歌を詠んだ憶良は、制作年次は不明であるが「男子名は古日に恋ふる歌」（巻五・九〇四～九〇六）を残している。人が欲しいと願う七種の宝よりも貴く可愛い古日が、朝には床の上で父母に戯れ、夜には共に寝るのだとねだり、その子の成長を楽しみにしていたのだが、思わぬ病で突然に死を迎えたことの慟哭《どうこく》が詠まれる。

世の人の　貴び願ふ　七種の　宝もわれは　何為むに　わが中の　生れ出でたる　白玉の　わが子古日は　明星
の　明くる朝は　敷栲の　床の辺去らず　立てれども　居れども　共に戯れ　夕星の　夕になれば　いざ寝よと
手を携はり　父母も　上は勿放り……漸漸に　容貌くづほり　朝な朝な　言ふこと止み　たまきはる　命絶えぬ
れ　立ち踊り　足摩り叫び　伏し仰ぎ　胸うち嘆き　手に持てる　吾が児飛ばしつ　世間の道（巻五・九〇四）

　子供の古日が病となり、親は天地の神を祈り、神のままにと祈りを続けるが古日は日を追って言葉を失って行く。そこには古日の死に行く描写が克明に詠まれていて、憶良的リアリズムが見られる。子どもの成長を楽しみとする親の愛、ともかく元気で育つことを願う親の心、そのようにして子を愛することが安らぎでありながらも、その子との死別は深い苦しみの種であった。憶良の愛の享受は、まさに苦界としての愛の姿にほかならないのである。

ここに憶良は、その作品のテーマとして〈愛苦《あいく》〉を選択していることが分かる。憶良は人生の無常を「八大辛苦」(「世間の住り難きを哀しびたる歌」序)と呼んでいるが、これは『涅槃経《ねはんぎょう》』などのいう「八相」(四苦八苦)に当たる。すでに憶良作品における仏典の指摘は多くなされているところであり、憶良は仏教が示す人間の苦の諸相を捉えることで、天平期の新たな歌を生み出したのである。この人間の苦の諸相はまず生・老・病・死に分けられるように、最も基本となる苦の姿である。そのような苦の相は仏典に多く説かれているものだが、憶良の描こうとする苦の相は、今現実に起こりえる、あるいは起きた現象を捉えることにある。知識としての理解ではなく、現実的に実感されるべき苦の相であり、まさに憶良的リアリズムの創造である。

あるいはまた憶良の描いた「貧窮問答歌」(巻五・八九二—八九三)は、生きていることの苦の姿であり生苦に違いない。この貧窮問答は貧窮に関しての問答であり、二人の貧窮者が問答する形式を取る。しかし、問者の言葉に注意して見ると冬の風が吹き雨や雪の交じる夜に、どうしょうもなく寒いので堅塩を取り欠き糟湯酒を啜り、洟《はな》を垂らし咳をしながら「しかとあらぬ　鬚かき撫でて　我を措きて　人は在らじと　誇ろへど」という。貧しいことは気に掛けず、自分を除いて世間に立派な人間などいないと誇る男、それは中国では貧士《ひんし》と呼ばれた脱俗の者たちである。それと等しい態度を示しているのが、この問者なのである。しかし、そのように誇るのだが、やはり貧しさは寒さを凌《しの》げず、我よりも貧しい者はどのようにして世を渡っているのかと問うのである。それに対する答者は、人並みに仕事に励むにもかかわらず、日月は照らず天地は狭いのだといい、「わくらばに人とはある」のになぜ貧しいのかと問う。たまたま人間として生まれ生活しているというのは、仏教の輪廻転生の理の理解に基づくものであり(契沖『万葉代匠記』)、この答者は因果により人として生まれたことを指し、仏教では人として生まれることが仏の真理を理解できる最上の幸運とされるのである。にもかかわらず、かくも困窮を極めるのはなぜかというのである。その理由は反歌に「世間を憂しとやさし」と見える「やさし」にある。「やさし」は恥ずかしいの意味であり、『日本霊異記』の作者である景戒《けいかい》が、前世に布施を行わなかったことを恥じた言葉でもあり、それによればこの世間に生きることが恥ずかしいというのは、過去の世において吝嗇《りんしょく》であったことに因るものであり、それゆえにこの世で貧者として生まれたということとなる★16。このように見ると憶良の「貧窮問答歌」とは、問者は世俗を捨てた隠士、答者は前世の因縁で貧窮を余儀なくされた男との問答であることが知られる。そこから考えるならば、ここに見られる貧窮は現実の姿を描いたものではなく、中国では古くから貧窮というのは哲学のテーマであったこと、仏教ではこの世の生にある貧窮困苦は避けがたい因果とするのであり、憶良のここでの貧窮は、貧窮を誇りとする者（清貧）と、前世の因果により貧窮の運命を背負った者との問答による人生論であることが知られる。そのように山上憶良は、人生の苦とされる人間の問題を正面から取り扱い、神亀・天平期の新たな文学を創造したのである。

5　防人と大宰府文学

大伴家持は天平七歳二月に交替する防人たちの歌を蒐集して巻二十に収録したが、その家持自身も防人に代わる歌を三首詠んでいる。

追ひて、防人の別を悲しぶる心を痛みて作れる歌并せて短歌（同・四三三一題詞）
防人の情と為りて思ひを陳べて作れる歌一首并せて短歌（巻二十・四三九八題詞）
防人の別れを悲しぶる情を陳べたる歌一首并せて短歌（同・四四〇八題詞）

この三作品の特質は、いずれも「防人の別を悲しぶる心」や「防人の情と為り」や「防人の別れを悲しぶる情」とあるように、防人の別れの悲しみの心を詠むところにある。防人の歌は古くにも詠まれて『万葉集』に掲載されているが、家持の蒐集した防人の主たる歌は家持が兵部少輔として防人を大宰府へと送る役目の中でのことである。東国の各地から集められた防人たちは、家持の管理のもとで難波から出発することとなる。家持が防人の心に代わるという歌を詠んだ理由は、防人たちと直接に出会い激励の声を掛けたことがあったからであろう。さらに各地から集められてくる防人たちの歌も手に入り、それらの歌をもとに詠まれたのが「追ひて」とある最初の歌である。そうした防人の歌の中から「ただ拙劣き歌十一首あるは取り載せず」(巻二十・四三二七左注)のように、拙劣な歌を取り除いて収録したのが、巻二十に見る防人歌である。この拙劣歌は全体の半数に上る数である。ここに問題となるのは、この「拙劣歌」とは何を意味するのかという疑問である。おそらく拙劣歌の排除は、家持自身の三首の歌の鍵語である「防人の悲しみの心」と呼応するものと思われる。すなわち、家持は防人の歌から彼らの悲しみを読み取り、そこに防人の立場や運命を理解したのだといえる。そのような防人の悲しみは、

大王の　任のまにまに　島守に　わが立ち来れば　ははそ葉の　母の命は　御裳の裾　つみ挙げかき撫で　ちちの実の　父の命は　栲綱の　白鬚の上ゆ　涙垂り　嘆き宣たばく　鹿児じもの　ただ独りして　朝戸出の　愛しきわが子……(巻二十・四四〇八)

と歌われる。母は裳《も》の裾をつまみ挙げたり撫でたりおろおろとし、父は白い鬚《ひげ》の上に涙を垂らし、ひとり子が出かけて行くことを嘆くのだという。つまり家持の理解によれば、防人とは家族との別れを強いられる悲しい運命の者たちであり、決して勇敢にして進んで防人に名乗りを挙げる者ではないことにあり、そのことから悲しみを歌わない防人歌は、防人歌からは排除される結果となったものと思われる。拙劣歌として除かれた防人歌は、悲しみを詠んだ以外の、いわば規格外の歌であったと思われる★17。

防人の歌は東国出身の者たちの歌であるから東国の歌に入れられるが、彼らの行き着く所が筑紫大宰府にあること

から、悲しみの心の先にあるのは遙かに遠い筑紫にある。「筑紫辺に舳向かる船の何時しかも仕へ奉りて本郷に舳向かも」（巻二十・四三五九）のように、筑紫までの遠い距離は、家族や愛する者との別れの悲しみの距離でもある。それだけに悲しみの心は深く、家持が防人の歌から悲しみの心を取り出したように、その心を大きく動かすほどの悲しみであったのである。

わが妻はいたく恋ひらし飲む水の影さへ見えて世に忘られず（巻二十・四三二二）

時時の花は咲けども何すれそ母とふ花の咲き出来ずけむ（同・四三二三）

筑紫への道中では飲む水にさえも妻の顔が水に映り、いつも花は咲いても母という花は咲かないのだと悲しむ。防人の歌を集団的な場の歌と考えるならば、各地での家族や仲間たちとの別離に当たって別れの宴が開かれ、歌の場が成立したものと思われる。夫妻の対詠の歌が見られるのは、そのような歌の場を想定させる。

白玉を手に取り持して見るのすも家なる妹をまた見てももや（巻二十・四四一五）

右の一首は、主帳荏原郡の物部歳徳

草枕旅行く夫なが丸寝せば家なるわれは紐解かず寝む（同・四四一六）

右の一首は、妻、椋椅部刀自売

家ろには葦火焚けども住み好けを筑紫に到りて恋しけもはも（同・四四一九）

右の一首は、橘樹郡の上丁物部真根

草枕旅の丸寝の紐絶えばあが手と着けろこれの針持し（同・四四二〇）

右の一首は、妻、椋椅部弟女

足柄の御坂に立して袖振らば家なる妹は清に見もかも（同・四四二三）

右の一首は、埼玉郡の上丁藤原部等母麿

色深く背なが衣は染めましを御坂たばらばま清かに見む（同・四四二四）

右の一首は、妻、物部刀自売

最初の二組四首は、妻が姉妹の関係であろう。それゆえに刀自売《とじめ》の歌に合わせているのが弟女の歌である。歳徳《としとこ》が家の妹をまた見たいというと、刀自売は私は紐を解かずに寝るのだといい、真根《まね》は歳徳の歌を継いで煙たい家だが筑紫に行くと恋しく思うだろうといい、弟女《おとめ》は姉の歌を受けて、紐が絶えたらこの針を私の手だと思って着けよという。次の一組二首では、峠で袖を振ればはっきりと見えるだろうかというのに対して、妻はそのために色濃く染めようというのである。こうした歌の場は難波に到着しても、また難波からの船の上でも行われていたことが知られ、いずれも家郷との別離の悲しみや妻への思いに満ちるものであった。しかも、防人たちの悲しみが家族への愛にあったことは、重要である。『万葉集』で家族への愛を詠んだのは、教養人の山上憶良であったが、それは儒教と仏教の愛の概念の獲得からである。しかし、防人たちの家族への愛は、自ずからなる愛の発見である。『万葉集』の愛は恋により発想され、男女による恋歌を形成したが、防人たちの愛は恋歌を基盤として親子・妻子への愛へと向かい、儒教でも仏教でもない愛の発見を遂げたのである。そうした家族への愛を防人の歌に発見し、防人の悲しみを通して人間愛に目覚めたのが家持であった。それが家持の理解した、防人の歌であった。

6　結

大宰府に集まった歌人たちは、もちろん旅人や憶良のみではない。世の無常を早朝に港を漕ぎ出して行った船の、跡が無いことに喩えた沙弥満誓《しゃみのまんぜい》もその一人であるし、筑紫へと向かった防人たちも大宰府文学圏の歌人たちである。しかし、大宰府圏の文学が旅人と憶良によって代表される事実は、その量と質とによることで、それが結果的には

『万葉集』第三期を代表する作品群を形成したところにある。この両者の作品が筑前および大宰府へ赴任して以後に初めて開花したという特質は、明らかに歴史と環境の問題であったに違いない。『万葉集』が多く恋歌を収める歌集であることを思うと、老齢の二人の歌は、当時の社会に向き合うものであった。大宰府という環境の中で彼らは失われた都を埋めることにおいて共通の意識を持ったのであり、さらに神亀・天平の時代相の中で自己閉塞を余儀なくされることで、仏教や儒教と対峙しつつ、老荘神仙の中に自らのアイデンティティを見出そうとする。これはまた中国六朝の大きな思潮の流れの中にあることでもあった。大宰府圏の文学が成立したのは、こうした東アジアの思潮の中で時代相を敏感に感じ取ることの出来た知識人たちであったことによる。

もちろん旅人は吉野行幸に長歌を用意し、大宰府では七夕の宴を催し、都の藤原氏との交流も持つ。大宰府からの帰途では、亡き妻の思い出を詠む。憶良も七夕の歌を詠み、土地の不幸な青年たちの死を悲しみ、秋の七種を詠む。そのように幅広い作歌の中で、『万葉集』の一画期を形成したのが、以上に述べた彼らの作品群であった。

注

1 筑前国（福岡県）筑紫郡に置かれた、大陸との対応や軍事などを掌る役所。白村江の敗戦（六六三）後、天智天皇は現在地に水城・大野城などを築いた。大宝令では制度が整備されて民事・軍事・司法などに独立した権限が与えられた。所轄地は九州全域と壱岐・対馬。大宰府長官を帥（そち）と呼ぶ。

2 四期区分法の第三期。元明天皇和銅三（七一〇）年の平城遷都から聖武天皇天平五（七三三）年の山上憶良没年（推定）までの三十三年間。

3 林田正男は、九州全域の万葉歌を「筑紫歌」と呼んでいる。『万葉集筑紫歌の論』（おうふう）参照。

4 本文は、『万葉集　全訳注　原文付』（講談社）による。以下同じ。

5　中西進「大伴旅人と山上憶良」『万葉の詩と詩人』（彌生書房）参照。
6　高木市之助『大伴旅人・山上憶良』（筑摩書房）参照。
7　小島憲之「山上憶良の述作」『上代日本文學と中國文學　中』（塙書房）参照。
8　辰巳「万葉集の題詞」『万葉集と中国文学　第二』（笠間書院）参照。
9　中西進「嘉摩三部作」『中西進　万葉論集　第八巻　山上憶良』（講談社）参照。
10　辰巳「賢良」『万葉集と中国文学』（笠間書院）参照。
11　伊藤博「古代の歌壇」『万葉集の表現と方法　上』（塙書房）参照。
12　中西進「六朝風」『中西進　万葉論集　第一巻　万葉集の比較文学的研究（上）』（講談社）参照。
13　辰巳「落梅の篇―楽府『梅花落』と大宰府梅花の宴」『万葉集と中国文学』注10参照。
14　小島憲之「遊仙窟の投げた影」『上代日本文學と中國文學　中』注7参照。
15　辰巳「孤独の酒―讃酒歌十三首」『万葉集と中国文学　第二』注8、及び「私の黒い瞳に宿る影よ・遊仙」『詩霊論　人はなぜ詩に感動するのか』（笠間書院）参照。
16　中西進「貧窮問答」『中西進　万葉論集　第八巻　山上憶良』注12、および辰巳「万葉集と敦煌遺書―王梵志の文学と山上憶良」「俗道―家族の詩について」『万葉集と比較詩学』（おうふう）参照。
17　辰巳「真の男らしさとは・民と天皇」『詩霊論』注15参照。

第五章
僧中の恋と少女趣味

1　序

僧や法師あるいは沙弥《しゃみ》や禅師と呼ばれる出家者の詠む恋歌が、『万葉集』にいくつか見られる。また、そうした出家者のみならず、僧坊における恋歌が『万葉集』に見受けられ、以後の勅撰集《ちょくせんしゅう》にも私家集にも出家者の恋歌が詠まれているから、僧中の恋歌は和歌史を彩る問題でもあるように思われる。『万葉集』は、その始発期にあたる。

　僧中に恋歌が詠まれるのは、僧ではあっても人間の堪えがたき思いということもあるのだという本居宣長の意見もあるが★1、僧中の恋歌は必ずしもそうした純粋な人間性に求められるものではない。むしろ、僧の恋が一般男女の恋に比して特殊な様相を持つことに理由があるといえる。その特殊性とは、禁断の恋にある。出家者は在俗の五戒《ごかい》以上に多くの戒律を守るべき者であるが、五戒にしても不殺生、不偸盗《ふちゅうとう》、不妄語《ふもうご》、不飲酒《ふおんじゅ》に並んで不邪淫《ふじゃいん》がある。恋は邪淫に属する戒めであるから、当時の僧綱《そうごう》においても「凡そ寺の僧房に婦女を停め、尼房に男夫を停めて、一宿以上へたらば、其の所由の人、十日苦使。五日以上ならば、卅日苦使。十日以上ならば、百日苦使。三綱知りて聴せらば、所由の人の罪に同じ」★2とあるように、僧坊に婦女を泊めること、尼坊に男を泊めることが罪として禁止されている。僧尼の往来についても「凡そ僧は輙く尼寺に入ること得じ。尼は輙く僧寺に入ること得じ」（同上）ともあり、そうした禁止事項は、そこに邪淫が生じる可能性を前提とするからである。しかも、尼僧の受け入れについては、「其れ尼は、婦女の情に願はむ者を取れ」（同上）というのも、婦女の情が悟りの障害となる恋や嫉妬を指すものと考えられたからで、尼となるには初めからそれらを棄てた者が許されたのである。それのみではなく「凡そ僧尼、酒飲み、肉食み、五辛服せらば、卅日苦使」（同上）というのは、不飲酒の戒律に背く僧坊における宴会を指すのであろう。それは僧にも尼にも与えられた酒食に耽ることへの禁止事項であるから、しばしば僧坊において宴会が催されたことを窺わせる。

いわば僧中の恋とは、世俗を棄てた特殊な職業人である僧尼たちによる恋愛であり、それは五戒に見る邪淫を示唆する秘められた行為であったのだ。一般の男女においても恋は秘められた行為であった時代に、『万葉集』がそれらの恋歌を集めたのは、そこに僧中における禁断の恋の悲喜劇の物語を見ていたからだと思われる。

2　少女趣味

寺院が歌の場として成立するのは、まだ万葉の時代には一般的ではなかった。まして尼の僧房で宴会が行われ、そこが歌の場となることは珍しいことである。

故郷の豊浦寺の尼の私房にして宴せる三首

明日香川行き廻る丘の秋萩は今日降る雨に散りか過ぎなむ（巻八・一五五七）

右の一首は、丹比真人国人

鶉鳴く古りにし郷の秋萩を思ふ人どち相見つるかも（同・一五五八）

秋萩は盛りすぐるを徒に插頭に插さず還りなむとや（同・一五五九）

右の二首は、沙弥尼等★3秋萩の時節に、豊浦《とゆら》の尼の私房で宴会が行われたという。丹比国人《たじひのくにひと》らは古里となった明日香の豊浦寺に知り合いの沙弥尼《しゃみに》★4があり、そこを訪れた折に宴会が行われたのである。丹比国人は天平後期の人で、橘奈良麿事件（七五七）に連座して伊豆へ配流されている。筑波山に登る歌や橘諸兄を邸宅に迎えて諸兄を寿《ことほ》ぐ歌など、長歌一首と短歌三首を残している。二首の歌を詠んだ沙弥尼等というのは、この私房の主人である尼と国人の仲間のことである。国人の歌は、明日香川の辺の秋萩が今日の雨に散り過ぎるのではないかと心配するのに対して、続く歌は古里の秋萩を心を一つにする仲間たちと一緒に見たことだという。おそらく国人たちは明日香川の萩を楽しみとして、夕方に宴会を始めたのであろう。これに続く三首目は、萩の時期も間もなく終わるのに、十分に心を尽くすことなく宴会を終えて還るのかということから、帰ろうとする客人を引き留める歌であり、主人の尼の歌と思われる。尼の私房での宴会は、先の禁止事項によれば酒飲み、肉食み、五辛《ごしん》服す行為であり、卅日苦使の対象でありながらも、そこで宴会が行われたのは僧坊の規律が緩やかであったからであろう。そうした僧坊の緩やかさが、男女の出会いの場ともなっていたことを窺わせるのであり、巻十六には椎野連《しいののむらじ》長年★5が「古歌」を診断したという話が載る。

古歌に曰はく

橘の寺の長屋にわが率寝し童女放髪は髪上げつらむか（巻十六・三八二二）

右の歌は、椎野連長年脈て曰はく「それ寺家の屋は俗人の寝る処にあらず。また弱冠の女を称ひて『放髪丱』といふ。然らば腹句已に『放髪丱』といへれば、尾句に重ねて著冠の辞を云ふべからざるか」といへり。

決めて曰はく

橘の光れる長屋にわが率寝し童女丱に髪上げつらむか（巻十六・三八二三）

この古歌について椎野長年が脈★6を取り、診察をしたという。その見立てによれば、一に寺は俗人の寝る処ではないこと、二に弱冠の女は放髪丱《はなり》といい、腹句にすでに詠んでいるから尾句で再び言う必要はないのではないかと疑問を呈する。そこで長年の治療法によれば「橘の寺の長屋」を「橘の光れる長屋」へと詠み替え、「童女放髪《うなゐはなり》は」を「童女放髪に」へと詠み替えたのであった。後者については同じことを繰り返すのは不自然であるから、その髪の状態に髪上げしただろうかと替えたのであるが、それは武田祐吉がいうように、「ウナヰハナリは、垂髪の子、カミアゲは束髪で、全く別なのだから、長年は誤解してかように言っている」★7のである。前者については古歌が寺家の長屋で密会した内容を詠むものであるから、それを不自然と思い「橘が赤く光っている長屋」へと正しく治療したというのである。しかし、古歌は橘寺の僧坊に連れ込んで一緒に寝た放ち髪の童女は、もう成人して髪上げをしただろうかという意であり、僧尼令のいう「僧房に婦女を停め、尼房に男夫を停め」る行為に相当し、明らかに女犯の罪を犯していることを示唆し、しかもその相手はまだ少女だというのである。長年が修正した根拠は、僧坊に少女を連れ込んで寝たという内容にある。そのようなことはあり得ないというのが長年の見立てであり、「決」での修正なのである。そのことにより長年の見たて違いという評価がなされるのであるが、僧坊の恋などを予想もしない長年には古歌の意味が理解できず、それには誤りがあると診断したのだということになる。

この古歌は、僧の少女趣味の歌であろう。わざわざ寺の長屋に童女を連れ込んで寝たというのだから、外の人間ではなく僧坊に住む僧だと考えるのが自然である。寺の長屋は俗人の寝る処ではないというのは、世俗を超えた僧侶の起居する場所であることを強調したものであり、そこでは集団生活が行われている。そうした集団生活の隙《すき》を狙い、あたかも世俗の家のごとくに少女を連れ込んだと理解されることへの長年の批判である。そうした長年の立場から、決の歌は変改されたのであるが、しかし、このような少女趣味の歌は、他にも見える。例えば「はね蘰今する妹がうら若み笑みみいかりみ着けし紐解く」（巻十一・二六二七）という歌である。はね蘰《かずら》を今する妹というのは、成人を迎えたばかりの少女であろう。はね蘰は「羽根蘰」か「花蘰」か「葉根蘰」か明らかではないが、鳥の羽根あるいは花や葉などをもって飾られた特別誂《あつら》えの蘰であると思われ、「今する妹」に続くことから、一般に説かれるように成女式を迎えたばかりの女性の印とされたものと思われる。大伴家持が童女に贈った歌にも「葉根蘰今する妹を夢に見て」（巻四・七〇五）と詠まれている。相手が童女であるのは、成人前の少女を指し、その少女が特別な蘰をして成人を迎えた夢を見たのである。家持の場合は童女から切り返しの歌を受け取るが、当該の男はすでにその少女を手に入れ、標《しるし》としての紐を結んで置いたのであろう。そして少女が成人を迎えた夜となったのだが、あまりにも幼いので、男はともかく笑顔を見せたり叱ったりして宥《なだ》めながら、標として結んだ紐を解くのだというのである。「うら若み」の「うら」は、少女の幼い状態を強調する語である。そうした歌はある類型をもって歌われたらしく、「葉根蘰今為る妹をうら若みいざ率川の音のさやけさ」（巻七・一一一二）のように、若い少女を誘う時の「いざ（率）」を音に持つ率川《いざがわ》の清らかな音（少女の清らかさを重ねる）を詠むものであり、「いざ」という語は「いざせ小床に」（巻十四・三四八四）のように女性を床に誘い共寝する語としても用いられる。

僧中における少女趣味は、その一角を示すに過ぎない。だが、そうした歌が詠まれるのは、僧中の恋が女犯の罪であることを背景に持つからであり、僧による邪淫の罪に対する周囲からの興奮や苦笑がある。古歌のいう一緒に寝た少女は、すでに髪上げをしただろうかと過去への回想が歌われるのは、少女へのいとおしみであるが、そこに何らかの物語性が生み出されているように思われる。そうした少女趣味の恋を代表するのは、三方沙弥《みかたのしやみ》という僧の歌である。三方沙弥は、薗臣生羽《そののおみいくは》の少女のもとに通ったが、幾ばくもしない内に女は病に臥したという。

　　三方沙弥の薗臣生羽の女を娶きて、いまだ幾の時を経ずして病に臥して作れる歌三首

たけばぬれたかねば長き妹が髪この頃見ぬに掻き入れつらむか〔三方沙弥〕（巻二・一二三）

人皆は今は長しとたけと言へど君が見し髪乱れたりとも〔娘子〕（同・一二四）

橘の蔭踏む路の八衢に物をそ思ふ妹に逢はずして〔三方沙弥〕（同・一二五）

三方沙弥は、妻の髪が束ねると解けてしまい、束ねないと長すぎる頃に出会い通ったのだが、しばらく見ない妻の髪は、今は結髪しているだろうかという。これに対して女は、他人はみんな髪が十分に伸びたので束ねよというが、あなたの見た髪が乱れようともそのままにしているのだと答えている。沙弥は見習の修行僧のことであるが、在家の沙弥は妻を娶ることが可能であったらしく★8、三方沙弥は後者なのであろう。この三方沙弥の話は有名であったらしく、豊島采女《うねめ》によって伝承されていたことが知られる。

橘の本に道履む八衢にものをそ思ふ人に知らえず（巻六・一〇二七）

右の一首は、右大弁高橋安麿卿語りて云はく「故豊島采女の作なり」といへり。ただ或る本に云はく「三方沙弥の、妻の苑臣に恋ひて作れる歌なり」といへり。然らばすなはち、豊島采女、当時当所にこの歌を口吟へるか。

歌は三方沙弥の二首目に当たるが、左注では豊島采女の歌か、あるいは三方沙弥の歌かと論議し、おそらく豊島采女の当所口吟の歌であろうとしている。当時当所というのは、「右大臣橘家に宴せる歌四首」の中の宴歌（巻六・一〇二六）の左注に、右大臣がこれは「故豊島采女の歌である」と伝えているといい、続いて当該歌が載せられて左注に異伝を載せていることに起因するが、豊島采女が三方沙弥の歌を伝承していたのは、僧の恋歌として宴席などで活用したからであろう。沙弥の「橘の蔭踏む路の八衢」は歌垣の場のことを指し★9、三方の沙弥はその歌垣の場で妹に逢えずに深く物思いにあるというのである。采女の「橘の本に道履む八衢」も歌垣の場を背景とするものであるが、それを比喩として多くの物思いを人知れずにするのだという。三方沙弥の歌が采女に伝承されたのか、沙弥の歌もまた伝承歌であったのか分からないが、この歌は娘子とのやり取りの歌からは少し外れているように思われ、もう少し話が続くように思われる。

三方沙弥は不明であるが、契沖は山田史三方のことで、三方は還俗《げんぞく》したのだという★10。その三方沙弥が残した歌は四首あり、二首は当該の娘子《おとめ》との歌、一首は采女の伝える歌である。もう一首は、「衣手の別く今夜より妹もわれもいたく恋ひなむ逢ふよしを無み」（巻四・五〇八）という歌であり、今夜を限りとして再び妹に逢うことは無いので、こんなにもひどく恋しく思うのだという内容であるから、沙弥の歌には何らかの物語性があるように思われる。

その物語性は、三方沙弥による少女趣味にある。あの中途半端な髪の娘子は、あきらかに少女である。沙弥が娶《めと》ったという時の娘子は、大人の髪に結うには短く、垂らすと長すぎるのである。沙弥は、そのような女と結ばれたのであるが、それは八衢《やちまた》での歌垣であったのであろう。その出会いの場に沙弥は再び訪れたが、もう妹に逢うことは適わなかった。それは、「衣手の別く今夜」を最後に別離した後の歌ということになる。衣手《ころもで》を引くというのは、男女の共寝を意味している。「妹もわれも」という表現からは、二人の愛情に関係なく無理に別れなければならない事情が生じたことを物語っていよう。その別れの後に女は成長し、他の男に嫁いだのであろう。沙弥が「この頃見ぬに掻き入れつらむか」★11というのは、他の男が髪上げをしたのではないかというのであり、その不安に対して娘子は「君が見し髪乱れたりとも」と答える。髪が伸びて束ねよというのはおそらく家族であり、乱れてもこのままでいようとするのが娘子である。窪田空穂が「娘子の沙弥との結婚は、誰にも知られてゐないといふ状態を暗示してゐる」★12というのは、正しい理解であるように思われる。

ところでこの沙弥と娘子の秘密の恋歌は、どのようにして成立したものなのか。沙弥はうら若い娘子と婚姻を結び、その娘子は幾ばくも経ずに病に臥したという。この類の話は巻十六にいくつか載せるところであり、一に婚礼をしたばかりの娘子が公事で遠くへ行った夫を思い恋の病となった話（三八〇八序）、二に夫を恋するあまりに思い病み危篤となった娘子の話（三八一一長歌）、三に夫が訪れなくなり係恋のために病に臥した車持氏の娘子の話（三八一三左注）などは、娘子が恋の病に陥る話であり、物語性を強く感じさせる。薗臣の娘子も三方沙弥と逢うことが適わずに恋の病となったことが予想され、この物語系列の中に収まるものと思われる。その上で娘子の恋は、父母に隠れて密かに男と交接をした娘子（三八〇六）のように、親からの叱責《しっせき》が待っていることになろう。

いわば沙弥の恋は、成就することなく終えたのである。沙弥という世俗を断つべき修行僧と、うら若い少女の一途な恋という、社会的にはちぐはぐな関係が組み合わされて、ここに悲恋の物語が成立したと言える。そのような悲恋の物語を作り上げたのは、おそらく三方沙弥本人であろうし、薗臣生羽の女とは沙弥の悲恋物語の歌の場を主催した園臣氏の歌刀自《うたとじ》であったのではないかと思われる。世間に語られている恋の病となった若い女をモチーフとして、出家者沙弥と恋する少女との恋の物語である。恋する沙弥と少女の物語が、ここに成立する。

このような恋物語が成立するには、一定の場が存在したものと思われる。当時の貴族の社交界には、文芸サロンともいうべき場が成立していたことが知られる。漢詩のサロンの場では家の男主人がホストとなり、歌のサロンの場では家の女主人が歌刀自として活躍した★13。大伴坂上郎女や紀女郎はそうした歌刀自であり、歌刀自は娘子や妻や恋人へと変身して歌の場を切り盛りしたのである。

3　禅師と郎女の恋問答

家持と尼とによる問答歌がある。題詞によると「尼の、頭句を作り、并せて大伴宿禰家持の、尼に誂へらえて末句を続ぎて和へたる歌一首」（巻八・一六三五）とあり、家持の青春時代の歌である。

佐保川の水を塞き上げて植ゑし田を　尼作る
刈る早飯は独りなるべし　家持続ぐ

尼がこのように問題を提起するのは、それに答える家持の力量を計ろうとするからであり、この問いに続ける家持の知恵が問題となるであろう。そこで家持は、あなたが汗を流して植えた早稲田《わさだ》の稲を刈り取り、早々に食べるのは私ひとりですよと答える。しかし、それは表向きで、苦心して育てたであろう娘を手に入れるのは私ですという意味ともなる★14。そのような知恵比べも、問答を通して行われたのである。

僧中の歌は多様であるが、僧が戯れの世界に参加して嗤《わらい》の世界で役割を果たしていることも注目される。僧は社会的に立派な職業人と認められていたことから、立派でない状態にあっては笑いの対象ともなる。

僧を戯れ嗤へる歌一首

法師らが鬚の剃杭馬繋ぎいたくな引きそ僧は泣かむ（巻十六・三八四六）

法師の報へたる歌一首

檀越や然もな言ひそ里長が課役徴らば汝も泣かむ（同・三八四七）

僧を戯嗤《ぎしょう》するというこの歌は、僧の身なりや容貌が世間と異なることによるが、ここでは鬚《ひげ》をきちんと剃らずに残している不精者の僧への戯笑である。剃り残しの鬚を杭に見立て、そこに馬を繋いで強く引っ張ると痛がって法師は泣くだろうと嘲笑する。法師も負けずに反撃して、里長が課役を徴収すればお前らも泣くのだと返す。このような戯れのやり取りは『万葉集』に多く見られるが、「嗤」や「嗤笑」を主意とする贈答の歌の場合は、殆どが巻十六に収録されている。編纂者は、そのような歌を趣味的に集めたことが知られる。例えば、寺々の女餓鬼が大神《おおみわ》の男餓鬼の子どもを産みたいと言っていると嗤うのに対して、仏を作る時の赤色が足りない時は、お前の赤鼻の色が役立つと嗤い返し（三八四〇・一）、草を刈るならあの男の臭い脇毛を刈れと嗤い、それに対して赤い色が不足した時にはお前の赤鼻を掘れば良いと嗤い返し（三八四二・三）、色黒の男が嗤われたのに対して、土偶を作るお前は色が白いので、さぞ黒色が欲しかろうと嗤い返し（三八四四・五）、いくら食べても太らない男に、夏痩せによいからウナギを食べよと嗤うと、男は痩せていても問題はないが、ウナギを捕るのに川に溺れるなと嗤い返す歌（三八五三・四）などは、愚の世界とも言うべきものであり★15、あたかも下品さを話題として歌の闘いをしているようである。歌の闘いは歌競争の場が想定され、その場は親しい仲間たちの集まる宴会が主で、そうした宴会の遊戯として歌われたものと思われる。巻十六の宴会の歌には、「一時に衆集ひて宴飲しき。時に夜漏三更にして、狐の声聞ゆ。すなはち衆諸輿麿を誘ひて曰はく『この饌具、雑器、狐の声、河、橋等の物に関けて、ただ歌を作れ』といひき」（三八二四左注）のようにあり、それを詠む専門家もいた。そうした数種の物の名を即興で歌に詠み込むことも流行し、これらは基本的に宴会の歌であったと思われる。このような歌が宴会に求められたのは、宴会の遊戯の方法の一つであったからに違いない。両者の歌の闘いを聞いて、仲間たちが勝ち負けを判定し、負けた者には罰を与えたのであろう。古代中国では酒席の場には規律があり、これを「酒令《しゅれい》」といい、背いた者には罰則が与えられた★16。天皇の催したある肆宴《しえん》の時に、歌を求められた臣下たちは詔に応じて歌を詠んだが、遣唐使として帰国した混血児の秦朝元《はたのちょうげん》は、左大臣から歌を詠めなければ麝香《じゃこう》で贖《あがな》えといわれ、ついに歌が詠めずに罰に麝香を取り上げられたという話（巻十七・三九二六左注）も、おそらく酒令の罰則を示唆しているように思われる。

こうした歌の闘争である歌競争は、歌垣や歌遊びの場で演じられていたものであるが、それが宴席の遊びとして流行し、そこでは歌い手の知恵が発揮され、酒席を盛り上げたのである。そのような酒席を盛り上げる方法は、酒令の遊びのほかには恋歌の競演がある。男女二人（あるいは仮装の男女）が一組となり問答を交わして、恋の物語を紡ぎ出すという方法である。そこでは歌の技巧や知恵が評価の対象となる。ここに久米禅師という僧が登場し、その僧を迎えるのが石川郎女《いらつめ》という女性で、二人の間に次のような恋の問答が紡ぎ出されている。

久米禅師の、石川郎女を娉ひし時の歌五首

み薦刈る信濃の真弓わが引かば貴人さびていなと言はむかも（巻二・九六）禅師

み薦刈る信濃の真弓引かずして強ひざる行事を知ると言はなくに（同・九七）郎女

梓弓引かばまにまに依らめども後の心を知りかてぬかも（同・九八）郎女

梓弓弦緒取りはけ引く人は後の心を知る人そ引く（同・九九）禅師

東人の荷向の篋の荷の緒にも妹は心に乗りにけるかも（同・一〇〇）禅師

久米禅師は経歴不明の僧で、ここにのみ登場する。禅師は瑜伽師《ゆかし》と呼ばれ、また達磨《だるま》系の禅を行う僧であるが、仏教者の中で特に禅定に秀でた人だという★17。禅定というのは「心静かに瞑想し、真理を観察すること。またそれによって心身ともに動揺することがなくなり、安定した状態」（同上）を指すのだとされる。いわば禅師とは瞑想により真理を極める仏教者の謂であり、心に動揺をもたらす障害物は厳格に排除する立場の者である。そのような禅師が、石川郎女を「娉」した時の一連の歌がこの五首なのである。「娉」の漢字は「訪う」の意もあるが、ここでは「娶《めと》る」の意であり、禅師はこの郎女を妻とするためにこの歌で挑発したのである。

たしかに禅師は郎女をこちらに引いたら、高貴な女らしく「いや」と言うだろうかと気を引いている素振りを見せる。それに対して郎女は、気を引くようなことを言いながら、少しも強いる気配がないのだから、貴方の気持ちをどうして知ろうかとやり返す。「強ひざる行事」とは、本気ならもっと強く引きつける行為に出る筈であり、禅師の本当の気持ちが分からないという意である。明らかに禅師に対しての、郎女の挑発であろう。さらに郎女は畳みかけて、私の気を引くことは自由でもその後のことはどうなるか、それを知ることは困難だと禅師の本気への疑問を呈する。将来の保証もそうした郎女に対して禅師は、女性を引きつける者は後々のことを十分に配慮して引くのだと答える。十分に考慮しているので、このように求めているのだというのである。そのようなやり取りの果てに、郎女は禅師に心をすっかり引き寄せられたのであろう。禅師は東国の者が荷物の紐をしっかりと結ぶように、彼女は私の心と固く結ばれたことだという。「妹が心に乗る」は、二人の恋の思いが成就したことを指す常套句である。

この歌の特徴は、禅師から郎女へ、郎女から禅師へと歌が展開する折に、それぞれが薦↓苅る↓信濃↓弓↓引くのような技巧を用い、前歌の句を引き継いで次に展開していることである。弓をテーマとするのは、弓は引くを導き、引くは相手の心を引くことを導くための比喩法である。傍線部が二重傍線部へと展開し、複雑に歌が構成されていることが理解される。このような形式は即興による掛け歌の方法であり、ここには掛け歌の基本的な方法が存在したことを示し、前歌の語句を踏むことが要求されている形式であることから、それを受けつつ愛の成就へと歌が展開したことが知られる★18。また男女の歌が恋の思いの駆け引きで歌われているのも、折口信夫がいう早歌《はやうた》の特徴である★19。相手の挑発をかわして仕掛けて行く方法は、歌掛けの伝統を継承するものであり、それもまた伝統的な掛け歌の基本的な方法である。そのような技巧を用いながらこの組の歌は展開をして、最後に愛の成就へと向かう。そこには女性の態度が決め手となるが、ここでは石川郎女という女性が積極的な態度へと出たことが決め手になっている。その積極的な態度へと出た石川郎女も、禅師に劣らぬ歌い手であった可能性がある。ここに登場する石川郎女という女性は、『万葉集』の中に七人登場し、特別な役割を果たしているように思われる。

①久米禅師との関係の郎女（巻二・九七、九八）　当該歌
②大津皇子との関係の郎女（巻二・一〇八）　大津皇子への返歌
③大津皇子の宮の侍の女郎（巻二・一二九）　嫗の恋の歌
④日並皇子との関係の女郎（巻二・一一〇）　皇子からの贈歌
⑤大伴田主との関係の女郎（巻二・一二六）　好色風流の贈答歌
⑥大伴安麿の妻の郎女（巻四・五一八、二十・四四三九）　佐保大伴の大家の歌
⑦藤原宿奈良麿の妻の郎女（巻二十・四四九一）　夫からの離別を怨む歌

郎女と女郎の呼称に違いがあるが★20、この中で注目されるのは、①の当該歌のほかに②③⑤⑦の郎女と女郎である。②の郎女は、皇子が濡れたという山の滴になりたいといい、その関係を求める。③の女郎は、老人となってから少女のような恋をしたと驚くのであり、老いらくの恋を代表する。⑤の女郎は、風流な男という評判の田主を欺して共寝

を計画するが失敗し、田主を愚かな男だと詰《なじ》る話だが、女郎の恋の仕掛けは風流の優劣論を目指したものである★21。⑥の郎女は、大伴氏の歌刀自の歌であろう。常に通ってきてくれた男がこのごろ見えないことへの怨みが歌われ、男への挑発の挨拶歌であると思われる。⑦の郎女は、夫の愛が薄らぎ離別されたことを悲しみ怨むのだという。

これらの郎女あるいは女郎は同一人も考えられるが、それにしても石川郎女がこのように登場するのは、彼女が物語を生み出す存在であったからであろう。いわば、石川郎女という名は恋物語に登場する恋多きスキャンダラスな女として、普通名詞として使われたのではないか。それを語るのが①③⑤⑦の郎女であり、その他の郎女も恋に深く関与することからも、恋を仕掛ける女として石川郎女が伝説化され、歌の物語性に参画したものと思われる★22。こうした複数の石川郎女という女性は、石川家の歌刀自たちであったのではないかと思われる。

このように見てくると、久米禅師と石川郎女という二人の贈答歌は、心静かに瞑想し真理を観察する禅師と、恋を仕掛ける恋愛の達人との歌の競演ということになる。いわばここに世俗を棄てて悟りを求める男と、世俗の恋に生きる女という、両極の立場にある男女の恋の駆け引きが展開したことを知るのである。そのちぐはぐな恋の駆け引きを通して禅師が恋の勝利者となったのは、もちろん石川郎女の計算によるものであろう。禅師との恋を成就させることで、禅師を恋に狂う僧へと転落させるのが郎女の意図であり、本当の勝利者は郎女であったに違いない。こうした禅師と郎女との問答は、一般に見られる恋の問答歌の延長として見ることも出来るが、しかし、ここには心静かに瞑想し真理を観察するという禅師が、郎女から恋の手ほどきを受けているということにある。いわば仏の真理を求める禅師に対して、郎女は恋の真理を教えているのであろう。

禅師が若い女性と問答を通して真理を得るという話は、敦煌《とんこう》文献にも見えている。敦煌世界であるから恋に関わるものではないが、禅師という僧が若い女人と般若《はんにゃ》に関する問答をするという不思議な話である。

禅師与女人問答詩五首

禅師問曰

有一禅師尋山入寂。遇至石穴。見一婦人。可年十二三。顔容甚媚麗。牀臥榻席。宛若凡居。経書在床牀。筆硯倶有。因而怪之。以詩問曰。

牀頭安紙筆。欲擬楽追尋。壁上懸明鏡。那能不照心。

女子答曰

紙筆題般若。将為答人書。時観鏡裏像。万色悉帰虚。

禅師又答曰

般若無文字。何須紙筆題。離縛還被縛。除迷卻被迷。

女子又答曰

文字本解脱。無非是般若。心外見迷人。知君是迷者。

禅師無詞退而帰路女子従後贈曰

行路難。路難心中本無物。秖為無物得心安。無見心中常見仏。★23

序文によると、ある禅師が入寂《にゅうじゃく》のために山に入ったという。入寂は寂の世界に入ることで、「仏道修行により執着の迷いの境地を脱却して、悟りの境界に入ること。涅槃《ねはん》のこと」★24である。その途次でたまたま石穴を見つけると、そこに年の頃は十二・三の一人の女子があり、とても美しく榻席《とうせき》に横たわりゆったりとしていた。しかも床には経書《けいしょ》が置いてあり、筆や硯も一緒に置いてあった。それを怪しんだ禅師は、詩を以て問いかけたという。その詩は、牀に紙や筆があり楽しみを求めようとし、壁にはきれいな鏡があり心を照らし出すに違いないと女子の部屋の様子を詠み、その意味を問う。そこで女子は、紙や筆は般若を書くもので、問われたことに答えるもの（「将為答人書」一本「非為俗人書」）、鏡の中を見ればすべて虚無であると答える。それに対して禅師は、般若というのは文字を必要とはせず、どうして紙や筆を必要とするのか、束縛を離れようとして還って束縛され、迷いを除こうとして卻《かえ》って迷いへと入るのではないかと問う。そこで女子は、文字はもとより解脱《げだつ》（一本「文字即解脱」）であり般若にあらざるものは無く、心の外に迷人を見るが禅師はこの迷人を知っているかと問うのである。この女子の問いに答えられなかったのであろう禅師は、詞無く退去するのである。そこで女子は、帰路につく禅師に後から詩を贈る。行路難《こうろなん》とは、世間の辛苦や別離の悲しさを指す楽府《がふ》曲辞である。世間の辛苦といっても心の中に何物も持たず、そのように何物もなければ心の安らぎが得られ、心中に余分な物を見なければ、いつも仏を見るのだと伝えるのである。

この禅師と女子の問答は、禅師が女子から入寂の世界を教わったということにある。十二・三の少女が入寂の修道をする禅師に般若の真理を解くというこの不思議な話は、どのような背景を持つものであるのか不明であるが、禅師が女人と問答をする話として興味深い。これが久米禅師と石川郎女との問答を導くとするのは早計であるが、禅師という仏教者による問答を性質とする中から現れたものであったと思われる★25。しかも、一方が恋愛問答であり一方が般若問答であるという対にあり、郎女や女子によって禅師が恋の真理や般若の真理に導かれるというのは、それを導く知恵が女子にあり、それを問答という方法を通して顕されていることに注目すべきである。相手が禅師であることによって、必然的に仏の真理が求められるべきであったが、それを恋の真理へと導いたのは、恋を本質とする女歌の技にあったといえるであろう。

4 結

僧が歌の世界に参画するのは、必ずしも聖人としての悟りや真理を主題とするからではない。むしろ聖人であるべき僧が、世俗の雑踏や戯笑の中に身を投じ、世俗と共に生きるのが歌世界の中の僧である。

そうした僧の歌の中でも恋歌に関わる僧の歌は、『万葉集』の相聞歌の一端を担うこととなる。もちろん恋歌を通して悟りや真理を求めるのではなく、悟りや真理の世界とは裏腹に凡俗の恋に積極的に関わる僧の歌は、僧綱の厳しい禁令には関わりなく、自在な立場で世俗に身を置くことで恋に参画するのである。僧が悟りや真理の聖人である前に、人間的な、俗人としての僧の態度があった。そこには聖人としての悟りよりも恋の真理に悟りを開かせる、歌の世界が求めた僧中の恋があったというべきかも知れない。

注

1 「石上私淑言」『本居宣長全集　第二巻』（筑摩書房）。
2 日本思想大系「僧尼令」『律令』（岩波書店）。
3 本文は、『万葉集　全訳注 原文付』（講談社）による。以下同じ。
4 沙弥尼は「剃髪して仏門に入り、十戒を受けてはいるが具足戒を受ける以前の女性の入門修行者」（『岩波仏教辞典』岩波書店）だという。
5 「脈」は、諸本「脉」。契沖『万葉代匠記　第六巻』（岩波書店）は、「脉ハ此ニ二ツ意有ルヘシ。一ツニハ血脈ノ義。此時ハ相伝ノ意ナリ。二ニハ診脈ノ義。脉ニ依テ気血ノ虚実等ヲ知ルカ如ク、義味ヲアチハヒテタヽス意ナリ」（精）と述べている。
6 神亀元年五月に渡来人の四比忠勇が椎野連の姓を賜っている。武田祐吉は医者の家か（『増訂 万葉集全註釈　十一』角川書店）とし、中西進はこれを「歌病」の診断とする（『万葉集　全訳注 原文付』注3脚注）。
7 武田祐吉『増訂 万葉集全註釈　十一』注6。
8 沙弥は「見習僧のこと。七歳以上二〇歳未満の出家者で、僧に従って雑用をつとめながら修行し、正式の僧を目指す。（中略）形は僧でも妻子を養い、生業についている者を〈在家の沙弥〉という」とする。『岩波仏教辞典』注4。
9 「八衢」は、「八十衢夕占問」（巻十一・二五〇六）、「海石榴市之八十衢」（巻十二・二九五一）のように、占いや歌垣が行われていた。

10　『万葉代匠記　第三巻』注5参照。

11　「掻き入れつらむか」は「掻入津良武香」であるが、これを「掻《みだ》りつらむか」と訓む注釈書もある。

12　『万葉集評釈　第二巻』（東京堂）参照。

13　辰巳「恋の歌ながれ」『万葉集に会いたい。』（笠間書院）参照。

14　折口信夫「口訳万葉集」『折口信夫全集　9・10』（中央公論社）。

15　中西進「愚の世界」『中西進 万葉論集　第六巻』（講談社）参照。

16　酒令は「酒宴の席上において行われる座興遊戯。一人が令官となり、飲者はみなその号令に従って、違犯すると罰を受けるのをいう」（『中国学芸大事典』大修館書店）による。

17　『岩波仏教辞典』注4参照。

18　辰巳「奄美の八月踊り歌と歌流れ」『万葉集に会いたい。』注13参照。

19　「額田女王」『折口信夫全集　6』（中央公論社）参照。

20　『時代別国語大辞典　上代編』（三省堂）では「『女郎』は漢籍（遊仙窟など）に見えるが、『郎女』はないという。『郎女』は、漢籍の『女郎』から思いついた用字であろうが、上代文献の『女郎』と『郎女』の間には違いはないとみてよかろう」とある。「女郎」は『遊仙窟』に「崔女郎」が見え、「郎女」も清代の『金門志』巻十三の「列女伝」に「業儒伝播郎女」と見えるから、漢語として存在するが、女郎と郎女を区別するのは難しい。

21　辰巳「風流論―万葉集における古風と今風―」『万葉集と比較詩学』（おうふう）参照。

22　川上富吉は多情な石川郎女は恋物語の中にあり、それを後宮にかかわる氏女・命婦が伝承していたとする（「石川郎女伝承像」『万葉歌人の研究』桜楓社）。

23　張錫厚主編『全敦煌詩　第一編詩歌第十冊』（作家出版社）による。校異も同書による。

24　石田瑞麿「寂」『仏教語大辞典』（小学館）。

25　『岩波仏教辞典』注4「問答」に「禅門では学人（仏教修行の者）が仏法について問い、師家（禅の指導者）が応答すること

をいう。また逆に師家が学人に問いを投げかけてその修行内容の真偽を点検し、真実の仏法への豁眼をなさせるべく啓発する
ことも行われる」と説明する。

第六章

旅の名所歌と歌流れ

笠金村

1 序

古代の旅は草枕という枕詞が成り立っているほどに、草を枕の辛い宿りや道中の困難が待ち構えていた。行旅死の話が聞かれるのも、旅がいかに危険で困難なものであったかを伝えるものであり、出発にあたり家族との悲しい別れはもちろんのこと、残された妻らは不安の中で無事の帰国を祈りながら陰膳《かげぜん》を据えて日々の祭りを欠かすことがなかったのである。そのような苦しい旅の中で旅人たちの心を少しばかり癒したのが、道中で出会う名勝・旧跡や海辺で拾った貝などの家族への土産物であった。だが、この男たちの辛い旅に対して家に待つ女たちは、男たちの旅の辛さを文字通りに受け取っていたわけではない。夫は辛い旅だと言い残し、互いに涙の別れをして出発して行ったが、それは言い訳であるらしく、本当は家族のことなどを忘れて、道中では楽しい日々を送っているのではないか、任地では良からぬ楽しみをしているのではないかという疑念を抱いていたのである。東国の歌の中にも、たとえば、

筑紫なるにほふ児ゆゑに陸奥の可刀利少女の結ひし紐解く（巻十四・三四二七）

うち日さす宮のわが背は倭女の膝枕くごとに吾を忘らすな（同・三四五七）★1

のような歌がある。ここに遠い筑紫のことが歌われるのは、おそらく作者は防人経験者なのであろう。防人に行き筑

紫での生活の折に筑紫の女の子が可愛くて、陸奥の可刀利少女《かとりおとめ》が結んでくれた紐を解いたことだという。防人に出発する時には「絵に描き取らむ」とか「ささごて行かむ」などと言ってくれたのだが、任地ではこうだったのかと少女をひどく嫉妬させることになる。しかし、これは旅の土産話を歌う「旅の歌流れ」★2の一齣《ひとこま》であろうと思われ、そのようにしてモテ男ぶりを披露して愛する可刀利少女の嫉妬を呼び込もうとしている戯歌なのだといえる。一方の歌の「うち日さす宮」とは、日がきらきらと輝くような藤原や平城などの宮処《みやこ》のことであり、わが背の夫は東国から徴用されて宮処へと出向くのであろう。その夫はおそらく宮処の女性の膝を枕に寝るのだろうが、その度ごとに私のことを忘れるなというのである。辛い旅だといいながら宮処へと赴いた夫が、宮処での生活は辛いものではなく、倭女《やまとめ》との共寝なのである。それはそれとして許そうとするのが東女であり、しかし倭女を抱くたびごとにその倭女を私だと思って抱いて下さいと応酬する。これは男が宮処へと出発する際に、家族や仲間たちが集まった餞《はなむけ》の宴で歌われた「旅の別れ歌」の一齣であろう。笑わせ歌ではあるが、旅行く夫へのやさしい妻の心がある。

おそらく、旅は憂いものとか辛いものというのは、旅の楽しみを妻たちに気取られないための、男たちの口実なのだ。万葉の旅は男たちが家族からも妻からも開放されて、行きずりの恋を楽しむ、またとない好機でもあったからである。少なくとも旅の歌人である笠金村《かさのかなむら》は、男の旅をそのように理解していた。金村の歌には家から開放された男たちの楽しい旅と、それを予感している妻たちの心穏やかではない思いが歌われる。そこには金村という旅の歌人が織りなした、旅の裏文芸が見られるのである。

2　妻の言づて

笠金村は養老・神亀・天平ころの官吏と見られ、「笠朝臣金村歌集」が存在したことが知られるから、遊芸に親しんだ人物であろう。金村の作品は集中に長歌八首、短歌二十首が残され、歌集には長歌三首、短歌十三首が残されている。歌集の歌も金村自作とすれば、志貴親王薨去《こうきょ》の時の歌、石上乙麿の越前任国の時の歌、難波行幸の時の歌などを見ると、志貴親王に近く奉仕していたことが考えられ、また難波行幸従駕の歌からは宮廷歌を制作する立場にあったことが知られる。さらに金村作歌には塩津山、角鹿《つぬが》の津、伊香山《いかごやま》などの旅の歌、紀伊行幸の時の歌、三香原離宮・吉野離宮行幸の時の歌、難波宮行幸の歌、播磨印南野行幸の歌、入唐使に贈る歌などが見られ、行幸従駕歌が多く見られるのを特徴とし、宮廷に深く関与しながら作歌した歌人であることが知られる。金村の出向いた地域は近畿から遠く北陸にも及び、その行跡は柿本人麿の行旅に匹敵するものといえる。そのような金村の旅は官命による採詩官《さいしかん》としてのそれであり、民謡の採集者としての性格が窺われるともされる★3。

金村が宮廷の行事に大きく参与し行幸歌を創作していることから、そこに金村の特別な立場や能力が認められるのは確かである。その金村の能力は行幸時の旅の歌に発揮され、そこには金村の旅の裏面が見られる。それは、次のような歌から知られる。

神亀元年甲子の冬十月、紀伊国に幸しし時に、従駕の人に贈らむがために、娘子に誂へらえて作れる歌一首并短歌　笠朝臣金村

大君の　行幸のまにま　物部の　八十伴の雄と　出で行きし　愛し夫は　天飛ぶや　軽の路より　玉襷　畝傍を見つつ　麻裳よし　紀路に入り立ち　真土山　越ゆらむ君は　黄葉の　散り飛ぶ見つつ　親し　われは思はず　草枕　旅を宜しと　思ひつつ　君はあるらむと　あそそには　かつは知れども　しかすがに　黙然もありえねば　わが背子が　行のまにまに　追はむとは　千遍おもへど　手弱女の　わが身にしあれば　道守の　問はむ答を　言ひ遣らむ　術を知らにと　立ちて爪づく（巻四・五四三）

反　歌

後れゐて恋ひつつあらずは紀伊の国の妹背の山にあらましものを（同・五四四）

我が背子が跡ふみ求め追ひ行かば紀伊の関守い留めてむかも（同・五四五）

紀伊行幸にあたり従駕の人に贈るために、娘子《おとめ》から依頼されて作った歌であるという。娘子とは若い娘さんから年配の女性まで、幅広く用いられる女性を呼ぶ称である。神亀元年甲子二月は聖武天皇が即位した年であり、十月に天皇は紀伊へと行幸をした。天皇即位という慶事による行幸であったと思われ、歴史書には次のような記録を見る。

○（五日）天皇幸紀伊国。

○（七日）行至紀伊国那賀郡玉垣頓宮。

○（八日）至海部郡玉津嶋頓宮。留十余日。

○（十六日）賜造離宮司及紀伊国国郡司。并行宮側近高年七十已上禄。各有差。百姓今年調庸。名草海部二郡田租咸免之。又赦罪人死罪已下。名草郡大領外従八位上紀直摩祖為国造。進位三階。少領正八位下大伴櫟津連子人。海部直土形二階。自余五十二人各一階。又詔曰。登山望海。此間最好。不労遠行。足以遊覧。故改弱浜名。為明光浦。宜置守戸勿令荒穢。春秋二時。差遣官人。奠祭玉津嶋之神明光浦之霊。

○（二十三日）車駕至自紀伊国。★4

五日から二十三日に及ぶ大旅行であり、帰途に和泉国の頓宮《かりみや》へも立ち寄っていて、新天皇のお披露目の行幸であったと思われる。行幸のスタイルも至る処の奉仕人や国郡司あるいは高齢者に禄《ろく》を与え、近在の百姓の調庸・田租を減免し、死罪以下の罪人を赦免《しゃめん》し、名草の国造たちの位階を上げるなどが見られ、持統六年の神郡行幸の特徴と等しい。この行幸は『礼記』の天子巡狩に則るものであり、持統天皇が伊勢の神の祭祀を行ったように、天の祭りが主な目的である。十六日に見える玉津嶋の神の祭祀がそれであり、「登山望海」というように天子の望祭《ぼうさい》を意味するものである。これが「遊覧」であるというのは、「玉津嶋之神明光浦之霊」に対する奠祭《てんさい》（神祀り）を指すということである★5。

このような立派な容儀を整えた即位行幸と玉津嶋の神の神祭を理解して、この行幸に従って玉津嶋讃歌を歌い上げたのは儀礼歌人の山部赤人であった。

神亀元年甲子の冬十月五日、紀伊国に幸しし時に、山部宿祢赤人の作れる歌一首并せて短歌

やすみしし　わご大君の　常宮と　仕へまつれる　雑賀野ゆ　背向に見ゆる　沖つ島　清き渚に　風吹けば　白波騒き　潮干れば　玉藻刈りつつ　神代より　然そ貴き　玉津島山（巻六・九一七）

反歌二首

沖つ島荒磯の玉藻潮干満ちい隠りゆかば思ほえむかも（同・九一八）

若の浦に潮満ち来れば潟を無み葦辺をさして鶴鳴き渡る（同・九一九）

天皇の常宮であるとして奉仕する雑賀野《さいがの》から背面に見える沖の島、その清らかな渚に風が吹くと白波が立ち、潮が干《ひ》ると海人たちが藻刈りをするのであるが、そこは神代の時から貴い玉津島であるという。反歌の一首目は沖つ島の荒磯に潮が満ちて玉藻を隠してしまうと惜しいと思われること、二首目では和歌浦に潮が満ちて来たので、葦の生える岸辺を指して鶴が鳴き渡ることが詠まれる。行宮から背後に眺めた玉津島・和歌浦方面の風景を描写している、いわば叙景歌である。だが、沖つ島の清浄な渚と白波や海人たちの藻刈りの風景は、神代から営々と続きそれゆえに貴いのだというのは、玉津島の神や明光《あけ》の浦の霊への賛美であろう。自然を賛美することが天皇を賛美することであるのは、すでに柿本人麿が持統天皇の吉野行幸において「山川の　清き河内と　御心を　吉野の国の　花散らふ　秋津の野辺に　宮柱　太敷きませば」（巻一・三八）と詠んでいる。山川は山水を意味し、山水は仁と智という徳を意味したのであり、さらに山川は天地の神を意味した。この時、天皇は儒教的な聖君子として、この吉野で山水仁智の徳を獲得したというのである。そうした徳によって山川の神も天皇に奉仕したというのが人麿であるが、赤人は天皇が行う望祭の場所である玉津島の清く貴いことを詠む。望祭は天子による天地・山川の祭りであり、天皇が玉津島の地

を選び、さらに弱浜《わかはま》を明光《あけ》の浦へと改名した貴い場所への感動が詠まれているのである。

少なくとも赤人は神亀元年の玉津島行幸が天子望祭の場所とされたことを以て、そこは神代以来貴い場所であることを賛美する。その意味では人麿以来の伝統を継承する讃歌であり、同時代の車持千年や笠金村たちの宮廷歌とも共通する。赤人・千年・金村は競って宮廷歌に参画しており、金村は養老七年五月と神亀二年五月に吉野行幸讃歌（巻六・九〇―九〇七、九二〇―九二二）、神亀二年十月に難波宮行幸讃歌（同・九二八―九三〇）、神亀三年九月に播磨行幸讃歌（同・九三五―九三七）を詠んでいるのである。金村の前掲歌はこれらの行幸歌の間に位置する作品であるが、その内容からは赤人や千年の宮廷歌からはあまりにも大きい落差がある。旅は辛いものだと言い残して出かけた夫は、じつは今ごろ楽しんでいるのではないかと疑念を持っている妻から頼まれて作った歌だというのであるから、同じ行幸の歌でも斜めから歌われている行幸従駕歌である。このような戯れ歌が金村に求められた理由は奈辺にあったのか。歌は娘子に「誂《あとら》へ」られて作ったというが、『万葉集』に見える「誂」は、たとえば「家持所誂尼」（巻八・一六三四）は挑発、「相誂良比」（巻九・一七四〇）は挑発・挑戦、「人之誂時」（巻九・一八〇九）も挑発・挑戦、「共誂此娘」（巻十六・三七八六序）も挑発・挑戦、「請誂於女之父母」（同・三八一五左注）は依頼する、「美人之所誂」（同・三八二一左注）は求婚、「所誂作歌」（巻十九・四一六九）は依頼されるなどの意である。金村が娘子から「誂へ」られたというのは、依頼されての意味であることは明らかであるが、しかし、ここには娘子によるもう一つの意味が隠されているように思われる。それは従駕の夫に対する挑発の意味である。この作品が生まれた事情について、窪田空穂氏の説明によれば、

夫が風景の面白さに心を奪はれ、自分を忘れてゐるが如くに感じられ、一種の嫉妬の情が燃え立ち、夫の傍らに添ふ者となつて、その情を取り返さうといふのである。かうした嫉妬が果してあるであらうか。これに似たものはあるとしても、果してこれ程強く起るものであらうか。疑なきを得ぬことである。これは風景の魅力を限りな

きものとする上に立っての想像で、実際とは或る遊離を持つものに思へる。この遊離を金村は文芸性と見、一首の眼目をここに置いたのである。★6

というように、妻の嫉妬は想像上のもので、実際は風景の魅力を表現するための金村の文芸性によるとするのであり、あるいはまた、土屋文明氏は次のように述べている。

従駕の人に娘子から歌を贈るといふのは或は相当広く行はれた習慣かも知れないし、さうした風俗誌的資料としては興味のある一編である。或は同様の事情によつて作られた歌が、制作事情を逸して、作者の実際生活の作として、或は実際の作者ならぬ作者を以て、或は又作者未詳として伝へられて居るものも少くないかも知れぬ。其の点も参考になる。ただし歌は代作といふことが先入主となつて居る為か、形の整然たる割には実感が伴はない。末段の如きは若干芝居じみてさへ感ぜられる。★7

実感がなく芝居じみているという批評は、この歌が生まれた状況と重なるものであろう。もちろん、ここには犬養孝氏が指摘するように「女性心理への理解の深さ」★8を認めることも必要であろう。妻の推測によれば、愛する夫は天皇を守護する兵士として行幸に従駕し、軽の道から畝傍山を見つつ紀路へと入り、いま真土山を越えようとしている筈である。ここまでは妻の追いかけようとする道中の道行き描写であり、そのような描写が必要なのは行幸の道のりを歌枕として聞き手が楽しむとともに、道中を絵巻物のように描くことで聞く者に実感させる手法である。その道中を通って来た者や、かつて通った者、あるいは経験の無い者も自ら旅をしているように実感の出来る手法である。このような手法は古くから歌謡的に存在していたらしく、例えば、『日本書紀』の歌謡には「石の上　布留を過ぎて　薦枕　高橋過ぎ　物多に　大宅過ぎ　春日　春日を過ぎ　嬬籠る　小佐保を過ぎ」★9のように歌われ、『万葉集』の古歌謡においても、

そらみつ　倭の国　あをによし　奈良山越えて　山代の　管木の原　ちはやぶる　宇治の渡　滝つ屋の　阿後尼

の原を　千歳に　闕くる事無く　万歳に　あり通はむと　山科の　石田の杜の　すめ神に　幣帛取り向けて　われは越え行く　相坂山を（巻十三・三二三六）

或本歌曰

あをによし　奈良山過ぎて　もののふの　宇治川渡り　少女らに　逢坂山に　手向け草　絲取り置きて　吾妹子に　淡海の海の　沖つ波　来寄る浜辺を　くれくれと　独りそ我が来る　妹が目を欲り（同・三二三七）

と歌われ、この二首は姉妹編であり、一首目はある事情により旅をする者の道行きが描かれ、二首目は妹のもとへと通う男の道行きが描かれる。地名を並べて道行きが行われるのは、すでに道中の様子を絵巻物として描くことに主眼があり、そこから本旨へと向かう構造としてある。紀歌謡では、ここから続いて葬送の悲しみが歌われる。いわば、道行きの描写は本旨の序に相当するものといえる。二首目の歌は道行きのみで成立しているが、ここに「歌の流れ」を想定するならば★10、ここから挽歌にも雑歌にも、或いは「或本歌」のように恋歌にも展開可能な内容である。

金村の歌はこの道行きの手法を用いて道中を絵巻物のように描き、それを序としてここからこの旅をどのようなものとして描くのかという、いくつかの本旨へと向かう選択肢があり、そこに歌への期待感や歌の技量が問われていることとなる。つまり、今越えようとしている真土山の美しい秋の黄葉の風景のみを描くのか、あるいは残してきた妻や家族へと思いを馳せるのか、或いは赤人のように天皇行幸を賛美するのかという選択である。これらはすべて歌の詠まれるべき場や、あるいは聞き手や雰囲気に関わるものである。前者であれば旅の「土産歌流れ」として帰京した時の土産歌となり、後者ならば旅に従駕する者たちを慰める「旅の歌流れ」となろう。おそらく真土山は折りしも黄葉の美しい時季を迎えていて、ここで行幸の一行は黄葉を賞美することとなったに違いない。真土山は古くから名勝の地であったらしく「あさもよし紀人羨しも亦打山行き来と見らむ紀人羨しも」（巻一・五五）と歌われている山であり、またこの山は紀伊へと入る境界でもあり、この山を越えると異国となることから、家に待つ妻も夫の無事の山越えを祈るのである。そのような歌は「麻裳よし紀へ行く君が信土山越ゆらむ今日そ雨な降りそね」(巻九・一六八〇)のように、妻の祈りの歌が見える。

真土山《まつちやま》は手向けの山であるとともに、風光明媚な山である。この二つの性格を持つ山は、都の誰もが知る山であったはずである。軽から真土山までの道中が描かれた後に、金村の歌はこの二つの性格を歌に取り込み、本旨へと向かう。その本旨は、家に待つ妻が夫に持つ疑念である。その疑念とは「真土山を越えているだろう愛しの夫は、今ごろ黄葉が美しく散り飛ぶ様子に喜んでいる筈で、私のことなどすっかり忘れて、草を枕の旅をとても楽しいと思っているだろう。それは私もうすうす感じている。辛い旅だと言い残して出かけたが、旅を楽しんでいる夫が何とも羨ましい」といい、そこで妻は「旅を楽しんでいる夫のことを黙然として羨むばかりでは我慢出来ない。夫の通った道を追いかけて行こうと千回も思うのだが、か弱い女のわが身であるから、道守から問われた時に答える方法がないので、躊躇《ちゅうちょ》するばかりなのだ」と嘆くのである。真土山の風光は素晴らしいのでそこに住む紀人は羨ましいと歌われた明美な土地であるから、都人の周知の観光名所である。金村はそこから家に待つ妻の思いを本旨として取り出した。しかもその妻は手向けの山を越える夫の身を案じる妻ではなく、名所を楽しんでいるであろう夫に羨望《せんぼう》し嫉妬する妻である。妻の思いは一般的に見ると、磐姫皇后が「待ちにか待たむ」(巻二・八五)と歌い、「かくばかり恋ひつつあらずは」(同・八六)と詠んだ〈待つ女〉の思いであり、あるいは紀伊へと出かけた夫を「後れ居てわが恋ひ居れば白雲の棚引く山を今日か越ゆらむ」(巻九・一六八一)のように、山越えする夫の身を案じて家に待つ妻の思いである。これらは夫への愛のために、夫の通る道中を想定しつつ夫を恋い続ける〈待つ女〉の姿である。

ところが、金村の詠む妻は、初めから夫に対して疑念を抱いている〈待てない女〉なのである。本来ならば夫を恋するあまりに待てない思いを抱く女たちであるが、ここに登場する妻は旅を楽しんでいるであろう夫が許せない妻であり、追いかける女に変身する妻である。そのような妻の姿を金村が描くことで、行旅の人たちの旅の慰めの戯歌となることは間違いない。

しかし、反歌に至って妻の思いは一変する。すなわち、「後れゐて恋ひつつあらずは」と思う妻は、紀伊の国の「妹背の山」になりたいものだという。妹背の山とは、真土山を越えたところにある山であり、夫婦仲良いことの比喩である。待てない妻は恋する夫への強い思いがあるからであり、夫の跡を踏み追い求めようとするのは、すでに夫の旅を羨望する妻の姿ではなく、岩を枕に死ぬほど夫への深い思いを示す妻であり、夫にすべてを尽くす純愛の妻だといえる。一時も離れることの出来ない妻の愛情は、風景などに楽しんでいる夫は許せない。ここにおいて磐姫皇后の純愛や、あるいは但馬皇女の純愛★11が顔を覗かせているのを知る。

題詞に「従駕の人に贈らむがために、娘子に誂へらえて作れる」というのは、事実か虚構かという論議がなされるが、これは夫を見送って家に待つ娘子（家婦）一般の思いを代弁するものであろう。「誂」の漢字は依頼の意味とともに挑戦や挑発の意味があるのは、ここに家に待つ妻たちの疑念である、〈旅を楽しんでいる夫〉への挑発が意図されているからであろう。辛い旅を標榜して出かけた夫は、〈家に残されて死ぬほど恋い慕っている私〉を忘れて旅を楽しんでいることが許せないのである。辛い旅にあれば家の妻を思うことで辛さを慰めるのが常道であるにもかかわらず、明媚な景色に心を奪われて旅を楽しむ夫は許せないのである。たとえ公務であるといっても、一時も私のことを忘れてはならないという妻の態度がある。それほどまでに夫を恋い慕う、いわば一途な愛を求める妻がここの娘子なのであり、金村の意図はここにあると思われる。金村が描いたこの旅の歌は、旅を楽しむ男たちへ向けられた歌でありながらも、遠く旅へと出かけた夫を、岩を枕とする程に思う妻の純愛を描くことを目的とするものであろう。そのような思いで都に残されて待つ女を描くことで、当該の歌は待つ女たちの思いを代弁するとともに、その代弁を通して男たちはわが妻へと思いを馳せ、故郷や妻を思うという旅の一般性へと立ち返ることとなるのである。

3　行きずりの恋

金村は行幸従駕歌を得意とする歌人であり、養老七年五月の吉野の離宮行幸に際して次のように詠んでいる。

滝の上の　御船の山に　瑞枝さし　繁に生ひたる　栂の木の　いや継ぎ継ぎに　万代に　かくし知らさむ　み吉野の　蜻蛉の宮は　神柄か　貴くあるらむ　国柄か　見が欲しからむ　山川を　清み清けみ　うべし神代ゆ　定めけらしも（巻六・九〇七）

反歌二首

毎年にかくも見てしかみ吉野の清き河内の激つ白波（同・九〇八）

山高み白木綿花に落ち激つ滝の河内は見れど飽かぬかも（同・九〇九）

吉野の宮滝の上の御船山は、古くから聖なる山として詠まれている。その御船山には栂《つが》の木のように次々と引き継がれて、万代に渡るまでも天皇の治世が続いていることを賛美する。その理由として吉野の蜻蛉《あきつ》の宮は、神としての性質からか貴く、国の性質からか見ていたいと思われるのだろうこと、さらには吉野の山川が清く清《さや》かであることもあり、それでここに蜻蛉の宮を定められたのだろうという。そのように滝の白波も白木綿花《しらゆうばな》も見ても飽きないというのは、人麿の吉野讃歌を受けているものである。長歌も人麿の伝統を継承していることが知られ、また、「み吉野の蜻蛉の宮は」以降は大伴旅人が神亀三年五月の吉野行幸を予定して詠んだ、

み吉野の　芳野の宮は　山柄し　貴くあらし　水柄し　清くあらし　天地と　長く久しく　万代に　変らずあらむ　行幸の宮（巻三・三一五）

の讃歌とも共通する。旅人の歌が、漢詩的手法を用いて、

芳野宮〈 山―貴 〉天地長久――万代不変
　　　〈 水―清 〉

という、儒教の山水仁智と老荘の天地長久の理念に基づいて描かれていることが知られるから★12、金村の歌もこれと等しい格式を重んじた行幸儀礼歌であることが知られる。

　そのような金村ではあるが、神亀二年三月の三香原《みかのはら》行幸に次の歌を詠んでいるのは何を意味するものであるのか。

　　二年乙丑の春三月、三香原離宮に幸しし時に、娘子を得て作れる歌一首并せて短歌　　笠朝臣金村

三香の原　旅の宿りに　玉桙の　道の行き合ひに　天雲の　外のみ見つつ　言問はむ　縁の無ければ　情のみ咽せつつあるに　天地の　神祇こと寄せて　敷栲の　衣手易へて　自妻と　たのめる今夜　秋の夜の　百夜の長さ　ありこせぬかも（巻四・五四六）

　　反　歌

天雲の外に見しより吾妹子に心も身さへ寄りにしものを（巻四・五四七）

今夜の早く明くればすべを無み秋の百夜を願ひつるかも（巻四・五四八）

旅の途次に海人少女《あまおとめ》を思うなどの歌は、旅の辛さを慰める土地の風光への関心として見られ、金村も詠むところのものであるが（巻六・九三五―九三七）、当該の歌は行幸の途次に美しい女性と出会い、言葉をかける余裕もなく嘆いていると、神の引き合わせで女性を得ることとなり、秋の一夜を過ごすこととなったという、いわば行きずりの恋を歌うものであり、しかもその夜は百夜も続いてほしいと願う内容なのである。この作品についても前掲歌と同様に評価が低く、窪田空穂氏の、

　夫婦関係の結ばれてゐるものであるところから見て、少くとも身分のある人ではなく、或は遊行婦ではないかと

いふ想像を抱かせるものである。それだとすると、当時の身分ある人が、旅のつれづれの慰めにさうした女を近づけるといふことは、むしろ常凡のことで、この歌のやうな云ひ方をするのは、常識以上のことと云はなければならない。(中略)歓喜を詠んだものは、恐らく謡物系統のもののみではないかと思はれる。この歌はその謡物系統の上に立つた、当時としては古風なものであるが、一方では長歌であり、不自然なまでの激情として詠んでゐるもので、その点、時代の過渡的な面を思はせている。(中略)一首の歌として見ると、語つづきが派手で、浮いてゐて、集中力の少い、粗雑の感のあるものである。金村としても劣った作とすべきである。★13

という批評に代表される。窪田評釈は作品を文芸性の視点から考えることから、この作品は粗雑で拙劣と評価されることとなる。現代の注釈書においては、阿蘇瑞枝氏が「このような歌が、行幸従駕に関わって詠まれている事実は、行幸従駕の場の雰囲気が人麻呂の時代と大きく変質してきていることを示すものである。従駕の場で人々は新しい文学を求め、金村のこれら新傾向の歌は官人たちに喜んで迎えられたに相違ない」★14という。たしかに新しい従駕における新傾向の文学として成立したものと思われるが、むしろ、このように粗雑で劣った作品を金村が詠む必然性とは何か、このような作品を享受して楽しむことにどのような意味があるのか、そのような問題を考えなければ金村の意図が明らかにならないのではないか。

行きずりの恋がテーマとなるのは、もともと歌垣の場面での展開にあった。『万葉集』には海石榴市《つばいち》で行われた歌垣の時の歌が載り、

紫は灰さすものそ海石榴市の八十の衢に逢へる児や誰(巻十二・三一〇一)

たらちねの母が呼ぶ名を申さめど路行く人を誰と知りてか(同・三一〇二)

のように、男女の問答が行われている。男は海石榴市で出会った女性に、名前は何というのかと聞くと、女性は母の呼ぶ名を教えない訳ではないが、行きずりの人を誰と知って教えたら良いのかと批難し、今度は道行く人こそ名を教

えよと女性から問いかける。歌垣という行事の中で行きずりの女に名を問うのは制度的な方法★15であるから疑問はないが、行幸の途次の行きずりの恋は、ずいぶんと質が異なる。一つには天皇の旅の道中で可愛い女の子への行きずりの恋を願うことなど極めて不謹慎ということであり、一つには行きずりの女性と秋の長夜を一晩過ごしことの喜びを歌うなどという不謹慎である。この不謹慎な歌は、天皇の旅の辛苦を慰める内容ではなく、まして女官たちが楽しく聞くような内容でもない。この不謹慎な歌を楽しむ者があるとすれば、それは夜も更けた頃に集まり女官の品定めや世間話を楽しみながら酒を飲み交わす、従駕の男集団であろう。

男たちによる旅の夜の楽しみは、行きずりの恋であり、あたかも「自妻と　たのめる今夜」だけの、一夜のみの喜びを尽くすことである。これは〈歓情〉などではなく、むしろ〈欲情〉というべきである。もちろんそれが事実経験なのか単なる願望なのかは分からないが、金村の歌からは男たちの欲情の世界が読み取れるに違いない。それゆえに、金村の品格も疑われかねないことになるが、それまでして金村は旅の夜に幇間的《ほうかんてき》な役割を果たしたのであろうか。この歌は男たちの夜の楽しみとして詠まれたのみではなく、さらには都に残って夫の留守を守る女性たちを前にして歌われたのではないか。むしろ、こちらに金村の本意があるように思われる。

これが家の女性に向けられた歌であるとすれば、どのような歌となるのか。女性たちは夫の身を案じて無事に帰宅することを祈りつつ、家で旅の思い出話しを聞くのを楽しみ待っていることを前提としている。夫や家人が旅に出かけた後には、「草枕旅行く君を幸くあれと斎瓮すゑつ吾が床の辺に」（巻十七・三九二七）のように、斎瓮《いわいべ》を据えて天地の神に無事であることを祈っているのであり、そのような歌は幾つでも挙げることができる。

荒津の海われ幣奉り斎ひてむ早還りませ面変りせず（巻十二・三二一七）

庭中の阿須波の神に小柴さしあれは斎はむ帰り来までに（巻二十・四三五〇）

家に残されている待つ女たちは、ひたすら神に祈り無事の帰宅を待つ。それが家の者の思いであったことを考えると、金村の行きずりの恋の歌が家に待つ妻に向けられた歌だというのには疑問があろう。だが、これは無事に帰ってきた旅人の旅の土産話（家つと）の歌であり、家に待つ妻を嫉妬へと陥れる戯歌なのだと考えるならば、歌の成立する事情も理解できよう。そのようであるとするならば、そこには無事の帰宅の安堵と夫の旅の浮気への嫉妬という、相容れない状況が意図されているということになる。

あの東歌に歌われた「筑紫なるにほふ児ゆゑに陸奥の可刀利少女の結ひし紐解く」の歌と等しく、無事に帰宅した夫や男たちの戯歌なのである。旅に出た男たちは、浜辺の貝を拾い妻や家族への土産とし、名所・旧跡の思い出話をしたことであろう。無事に帰って来れば、妻や家族あるいは仲間たちが喜びの宴会を開いた筈である。そこには歌の名手の金村も呼ばれて、旅の途次の名所地や異土の珍しい風物の話、あるいは土産歌がせがまれることとなる。当然ながらそこは歌の場となって、行きずりの恋を楽しむ夫のこともうすうす知りながらも、妻たちは無事の帰宅を喜び旅の土産話をせがむのであった。そのようにしてせがまれた歌の中に、このような行きずりの恋の歌も含まれていたのだと思われる。それを聞いた妻たちは、夫の旅にうすうす疑念を持っていたのだから、改めて夫の行きずりの恋を問いただし、歌の場はさらに盛り上がったに違いない。

4　結

旅は辛く困難なものであることから、草を枕の旅といわれた。それ自体は『万葉集』に一般的に見られる旅の現実である。しかし、笠金村の詠む旅の歌は、男たちの旅の裏面を歌うものであり、旅の辛苦というテーマから逸脱した歌が見られる。娘子に誂《あとら》えられたといって作った歌では、夫が旅を楽しんでいるのではないかと疑念を持ち、追いかけようとする女を詠み、あるいは行幸の途次で出会った女性との行きずりの恋の歌は、男の願望を赤裸々に捉えたような歌であり、不謹慎で品格が問われる歌である。そのような歌が成立したのは、男たちの旅の辛さを慰めるためではなく、旅の土産話の歌であったと思われる。夫を愛するあまり追いかけようとする、待てない女の思いを代弁したのは女の純愛を代弁したものであり、行きずりの女と楽しむ男を詠みながらも、それらは家郷に待つ妻たちへの旅の土産歌であったことである。金村の旅の歌の性格として、このような側面も考えられるものと思われる。

注

1　本文は、『万葉集　全訳注　原文付』（講談社）による。以下同じ。
2　辰巳「旅の歌流れ」『万葉集に会いたい。』（笠間書院）参照。
3　高崎正秀「笠金村」『万葉集叢攷　高崎正秀著作集第三巻』（桜楓社）。
4　本文は、新訂増補国史大系『続日本紀　前編』（吉川弘文館）による。
5　辰巳「人麻呂の吉野讃歌と中国遊覧詩」『万葉集と中国文学』（笠間書院）、および「万葉集と山水文学」『万葉集と中国文学第二』（笠間書院）参照。
6　『万葉集評釈　第四巻』（東京堂）。
7　『万葉集私注　二』（筑摩書房）。
8　犬養孝・清原和義著「作風と人」『万葉の歌人　笠金村』（和泉書院）。
9　本文は、武田祐吉『記紀歌謡集』（岩波書店）による。
10　辰巳「万葉集の歌流れ」『万葉集に会いたい。』注2参照。
11　但馬皇女の歌に、穂積皇子を思う「後れ居て恋ひつつあらずは追ひ及かむ道の阿廻に標結へわが背」（巻二・一一五）がある。
12　清水克彦「旅人の宮廷儀礼歌」『万葉論集』（桜楓社）。
13　『万葉集評釈　第四巻』注6参照。この謡物系統を受けて清水克彦は「公的な謡い物としての祝婚歌または嬥歌会の夜」を想定している（「笠金村論」『万葉論集　第二』桜楓社）。

14　『万葉集　全歌講義　二』（笠間書院）。

15　辰巳『詩の起原　東アジア文化圏の恋愛詩』（笠間書院）参照。

第七章

家持の女性遍歴

恋の歌遊びについて

1 序

青春時代の家持は、多くの女性たちと恋歌の贈答を繰り返している。そこには都の貴公子である家持の女性遍歴が論じられるように★1、恋の遍歴が家持の青春時代の歌を生み出す方法であったことが知られる。家持も家持が相手とする女性たちも、恋を仕掛けては互いに恋の歌を導き出すのであり、ここに展開する恋の駆け引きは、実際の恋愛生活を映し出したものではなく、〈恋の歌遊び〉★2と呼び得るものであるように思える。それは後に家持の妻となる従妹の、坂上家の大嬢も例外ではない。青春時代の家持の女性遍歴は、こうした恋の歌遊びの中に現れている問題であると言える。ここにいう恋の歌遊びとは、男女の社交集会で恋をテーマとして互いに恋の物語を紡ぎ出す、いわゆる〈恋の歌流れ〉★3の方法であり、『万葉集』が収録する贈答・問答などの恋歌に一般的に見られる方法である。そこでは相手の知恵や態度を評価する歌の競技的性格が顕著に見られ、そのことによる恋の駆け引きが特徴的に見られるのである。以下は、家持の恋の歌遊びの相手となる女性たちである。

〔1〕坂上大嬢《おおいらつめ》

大伴宿禰家持の同じ坂上家の大嬢に贈れる歌一首（巻三・四〇三）

大伴宿禰家持の同じ坂上家の大嬢に贈れる歌一首（巻三・四〇八）
大伴坂上家の大嬢の大伴宿禰家持に報へ贈れる歌四首（巻四・五八一～五八四）
大伴宿禰家持の坂上家の大嬢に贈れる歌二首（巻四・七二二）
大伴坂上大嬢の大伴宿禰家持に報へ贈れる歌三首（巻四・七二九～七三一）
また、大伴宿禰家持の和へたる歌三首（巻四・七三二～七三四）
同じ坂上大嬢の家持に贈れる歌一首（巻四・七三五）
また、家持の坂上大嬢に和へたる歌一首（巻四・七三六）
同じ大嬢の家持に贈れる歌二首（巻四・七三七～七三八）
また、家持の坂上大嬢に和へたる歌二首（巻四・七三九～七四〇）
さらに、大伴宿禰家持の坂上大嬢に贈れる歌十五首（巻四・七四一～七五五）
久邇京に在りて寧楽の宅に留まれる坂上大嬢を思ひて、大伴宿禰家持の作れる歌一首（巻四・七六五）
大伴宿禰家持の、また大嬢に贈れる歌二首（巻四・七六七～七六八）
大伴宿禰家持の久邇京より坂上大嬢に贈れる歌五首（巻四・七七〇～七七四）
大伴宿禰家持の坂上家の大嬢に贈れる歌一首（巻八・一四四八）
大伴家持の坂上大嬢に贈れる歌一首（巻八・一四六四）
坂上大娘の、秋の稲の蘰を大伴宿禰家持に贈れる歌一首（巻八・一六二四）
大伴宿禰家持の、時じき藤の花と萩の黄葉との二つの物を攀ぢて、坂上大嬢に贈れる歌二首（巻八・一六二七～一六二八）
大伴宿禰家持の坂上大嬢に贈れる歌一首并せて短歌（巻八・一六二九～一六三〇）

大伴宿禰家持の、久邇の京より寧楽の宅に留まれる坂上大嬢に贈れる歌一首（巻八・一六三二）

大伴宿禰家持の報へ贈れる歌一首（巻八・一六二五）

又、身に着けたる衣を脱きて、家持に贈れるに報へたる歌一首（巻八・一六二六）

〔2〕笠女郎《いらつめ》

笠女郎の大伴宿禰家持に贈れる歌（巻三・三九五）

笠女郎の大伴宿禰家持に贈れる歌二十四首（巻四・五八七〜六一〇）

大伴宿禰家持の和へたる歌二首（巻四・六一一〜六一二）

〔3〕娘子

大伴宿禰家持の娘子に贈れる歌二首（巻四・六九一〜六九二）

大伴宿禰家持の娘子の門に到りて作れる歌一首（巻四・七〇〇）

大伴宿禰家持の娘子に贈れる歌七首（巻四・七一四〜七二〇）

大伴宿禰家持の娘子に贈れる歌三首（巻四・七八三〜七八五）

大伴宿禰家持の娘子の門に到り作れる歌一首（巻八・一五九六）

〔4〕山口女王

山口女王の大伴宿禰家持に贈れる歌五首（巻四・六一三〜六一七）

〔5〕大神女郎《おおみわのいらつめ》

大神女郎の大伴宿禰家持に贈れる歌一首（巻四・六一八）

〔6〕中臣女郎

中臣女郎の大伴宿禰家持に贈れる歌五首（巻四・六七五〜六七九）

〔7〕河内百枝娘子《かわちのももえのおとめ》
河内百枝娘子の大伴宿禰家持に贈れる歌二首（巻四・七〇一～七〇二）
〔8〕童女
大伴宿禰家持の童女に贈れる歌一首（巻四・七〇五）
〔9〕粟田娘子
粟田娘子の大伴宿禰家持に贈れる歌二首（巻四・七〇七～七〇八）
〔10〕紀女郎
大伴宿禰家持の和へたる歌一首（巻四・七六四）
大伴宿禰家持の紀女郎に報へ贈れる歌一首（巻四・七六九）
大伴宿禰家持の紀女郎に贈れる歌一首（巻四・七七六）
大伴宿禰家持の、また紀女郎に贈れる歌五首（巻四・七七七～七八一）
大伴家持の贈り和へたる歌二首（巻八・一四六二～一四六三）
大伴家持の紀女郎に贈れる歌一首（巻八・一五一〇）
〔11〕藤原郎女
藤原郎女のこれを聞きて即ち和へたる歌（巻四・七六六）
〔12〕巫部麻蘇娘子《かんなぎべのまそおとめ》
大伴家持の和へたる歌一首（巻八・一五六三）
〔13〕日置長枝娘子《へきのながえのおとめ》
大伴家持の和へたる歌一首（巻八・一五六五）

〔14〕安倍女郎

大伴宿禰家持の安倍女郎に贈れる歌一首（巻八・一六三〇）

〔15〕平群氏女郎

平群氏の女郎の、越中守大伴宿禰家持に贈れる歌十二首（巻十七・三九三一〜三九四二）

家持が越中国司となった三十歳頃までを青春時代と呼ぶならば、家持の女性遍歴の相手は、手紙での往復も見られるが、主に社交集会の場において展開した、恋の歌遊びに交わった女性たちであるように思われる。なぜなら、これらの女性たちとの恋歌の贈答から見れば、深刻な恋の状況とともに、老女や人妻への恋などの戯れの歌も含まれているからである。そのような歌の場は、貴族のサロン（文芸倶楽部）であったと思われ、そこにはサロンの女主人である歌刀自《うたとじ》たちが歌の場を仕切っていたと思われる。そのような青春期の家持の歌と女性たちの歌との贈答から想定されるのは、恋を素材として楽しむ歌遊びが行われていたということであるが、さらにそこには青春期の家持の歌の学習（恋の歌学び）も存在していたものと思われる。

2　恋の奴遊び

家持の青春時代は、多くの女性と関係を持つことで歌の創作へと向かった。妻となる坂上大嬢や山口女王を除くと、これらの女性の閲歴が知られないところに特徴があり、そうした無名の女性たちとの交流を通して青春時代の家持の歌が形成しているのである。もとより大伴氏の貴公子である家持が歌に関心を示したのは、育ての親である叔母大伴坂上郎女による教育があろう。坂上郎女は大伴家サロンの歌刀自であったと思われ、親族の宴会などが行われると歌の場を取り仕切っていた形跡が窺われる。いわば男たちの漢詩の場に対して、家を預かる刀自たちは伝統の歌の場で対抗したのである。家持の青春時代はそうした二つの環境の中にあって、叔母の坂上郎女からは歌の手ほどきを受けたものと考えられる。それは氏族内に限られるものではなく、他の貴族サロンにおいても歌遊びが行われていて、家持はそうしたサロンにも出入りしていた。家持が歌の贈答をする紀女郎は、紀氏の歌刀自であったと思われ、家持は紀氏のサロンにも出入りしていたことが知られる。

紀女郎の大伴宿禰家持に贈れる歌二首　女郎は名を小鹿といへり

神さぶと否とにはあらねはたやはたかくして後にさぶしけむかも（巻四・七六二）

玉の緒を沫緒によりて結べらばありて後にもあはざらめやも（巻四・七六三）

大伴宿禰家持の和へたる歌一首

百年に老舌出でてよよむともわれはいとはじ恋は増すとも（巻四・七六四）★4

紀女郎は閲歴不明であるが、「怨恨の歌」（巻四・六四三題詞）の注に「鹿人大夫の女、名を小鹿といへり。安貴王の妻なり」とある。女郎はその歌に「小鹿」であると四回も注記され、紀小鹿女郎の名でも記名された歌がある。この紀女郎は紀氏の他の女性と区別されるために小鹿が用いられたものと思われるが、それのみではなく、小鹿というのは父の鹿人を受けて呼ばれた仮名であろうし、小鹿といえば著名な歌刀自として通用した綽名《あだな》であったと思われる。その上に彼女は安貴王★5の妻である。その著名ぶりを発揮しているのが、右に挙げた家持との贈答の歌であろう。神さぶというのは、長い年月が経ち神々しくなった状態の我が身を指し、実際の年齢なのか、あるいは老婆を演じているのか不明である。しかし恋をするのに年齢が関係するか否かということを別としても、このような恋をして後に寂しい思いをするだろうかと訴えるのが女郎である。いわば老いらくの恋を家持に訴えているのであり、そこには初めから家持への恋の挑発のあることが知られる。さらにもし玉を繋ぐ糸を水の沫の糸で結ぶことが可能なら、後に逢うことが出来ないことは無いでしょうねというのも、恋に縋《すが》る老婆の心を訴えるものであり、家持への挑発を意図するものである。若者との老いらくの恋などは一笑に付されるものであろうから後悔の元となるのであるが、それでももし仮に水の沫で玉を繋ぐことが可能ならこの恋も可能なのではないかというのは、土下座をしてでも不可能な恋を可能とすることの訴えである。もとより不可能なことを可能へと導こうとするのは、家持の知恵を試みているのである。ここには青年貴公子と神々しいほどの老齢の女との恋の駆け引きが展開しているのであり、それに家持がどのように答えるのかが問われている。これは家持が貴公子としての試練を受ける立場に立たされたことを意味し、その答えの奈何《いかん》によっては家持の知恵や態度が量られることとなる。一見、戯れ歌のように見えながら、戯れの背後には相手の知恵を試す問題が隠されているのである。この難問に家持は、あなたが百歳となり口から老舌が出て、おまけに身体がよろよろしていても、恋する気持ちが更に増すことはあっても厭《いと》うことは無いのだと応じる。歌の場は笑いの渦になるが、ここには相手をいたわるという家持の気遣いが十分に示されていて、この試練は乗り越えたものと思われる。ここには知恵ばかりではなく、女性の気持ちが理解できる貴公子への教育という面もあるように思われる。そのような関係をさらに明らかにするのは、次の贈答歌である。

紀女郎の大伴宿禰家持に贈れる歌二首

戯奴〔変してわけと云ふ〕がためわが手もすまに春の野に抜ける茅花そ食して肥えませ（巻八・一四六〇）

昼は咲き夜は恋ひ寝る合歓木の花君のみ見めや戯奴さへに見よ（巻八・一四六一）

大伴家持の贈り和へたる歌二首

わが君に戯奴は恋ふらし賜りたる茅花を喫めどいや痩せに痩す（巻八・一四六二）

吾妹子が形見の合歓木は花のみに咲きてけだしく実にならじかも（巻八・一四六三）

女郎は、家持を戯奴《わけ》という奴隷へと貶《おとし》める。戯奴というのは、歌遊びの上での奴隷である。しかもその奴隷は、女郎の恋の奴隷である。奴隷のために一生懸命に春の野で摘んできた若菜の茅花《ちばな》なのだから食べて太れと、恩着せがましくするのである。家持はそれに応じて、奴隷の私はあなた様にすっかり恋をしてしまったらしく、いただいた茅花をいくら食べても太らないのだ答える。実に息のあった贈答が行われているのであるが、女郎の歌は春の若菜摘みに行き、摘んできた若菜を家持に贈った折の添え歌であろう。茅に薬効があることは薬草を紹介する諸本に見えるところであるが、契沖は『本草綱目』の「白茅根、有補中益気之功。茅針及茅花、共無益気之功」を挙げて、このことは他の医書にも見えており「茅針茅花ト分チタレト、同シ物ノ初後ノ名ナレハ、哥ニハ唯茅花ナリ」★6と注する。『本草綱目』には続けて「甚益小児」とあるから、女郎はこの戯奴を子ども扱いしていることが知られる。いわば、痩せた恋の奴隷の坊やのために茅花を摘んできたというのである。続く合歓木《ねむ》の歌は、男女の共寝を意味する合歓木を贈り、これを見てわが孤独の思いを理解せよと戯奴に教諭する内容である。「君」とは自らを主人と名乗る言い方で、主人が合歓木の花を贈るのは、合歓の葉が夜には重なる性質があることを前提として、そのように主人と共寝することを催促しているのである。しかし、戯奴である家持は、あなたから戴いた形見の合歓木は花のみで実には成らないのだと応じ、二人の恋の成就が叶わないことを告げるのである。

家持と紀女郎とがこうした歌の交換を行うのは、二人が歌友達であったからであろう。家持が独り山辺にいて、女郎に寂しい思いの歌を贈るのも（巻四・七六九）、そのような関係による挨拶歌であり、二人は歌友達の関係で恋歌を贈答していることが窺える。

　大伴宿禰家持の紀女郎に贈れる歌一首

うづら鳴く故りにし郷ゆ思へども何そも妹に逢ふ縁も無き（巻四・七七五）

　紀女郎の家持に報へ贈れる歌一首

言出しは誰が言なるか小山田の苗代水の中淀にして（巻四・七七六）

　大伴宿禰家持の、また紀女郎に贈れる歌五首

吾妹子が屋戸の籬を見に行かばけだし門より返してむかも（巻四・七七七）
うつたへに籬の姿見まく欲り行かむと言へや君を見にこそ（巻四・七七八）
板葺の黒木の屋根は山近し明日取りて持ち参り来む（巻四・七七九）
黒木取り草も刈りつつ仕へめど勤しき奴と賞めむとあらず〔一は云はく、仕ふとも〕（巻四・七八〇）
ぬばたまの昨夜は還しつ今夜さへわれを還すな路の長道を（巻四・七八一）

最初の贈歌は、今は鶉の鳴くようなさびれた都だが、その都の華やかな時から思ってはいるのだが、あなたに逢う方法がないのだと嘆く。故郷は都遷りによって寂《さび》れたふる里を指すから、女郎を忘れ去られた田舎に侘び住まいする人として貶《おと》しめ、その女性への逢えない嘆きを詠むのが家持である。それに対する女郎は、初めに甘い言葉を言い出したのはあなたであり、今になって中途半端に言葉が淀んでいると非難する。このように逢えないのは、あなたの不実が原因だとするのである。恋する男女の思いを直接に言い合っている様子だが、この歌は紀女郎が古里に住むことがあり、それへのご機嫌伺いの挨拶歌であろう。暫く逢っていない恋人同士に身を置いて、恋歌仕立ての贈答をしているのである。

そのような贈答は、次の家持が贈った五首の歌から推測できる。最初に彼女の家の垣根を見に行くと、きっと門前払いをするだろうといい、次いで実は垣根を見に行くわけではなく、そこに住むあなたに逢いたくて見に行くのだといい、最後の歌では昨夜は私をむげに帰したが今夜こそ遠い道を経て尋ねるのだから還すなという。これは妻問い歌の基本にある歌い方で門前の出逢いを歌うものであるから、家持の歌は女郎に妻問いをする時の門前唱歌（女性の家を訪ねて門前で歌う歌）の内容である。だが、この五首の歌は別の意味を持ち、三・四首目にこれらの歌の本旨がある。その本旨は先に紀女郎から黒木を調達してほしいという依頼があり、家持はその依頼を受けて明日にも届けることの返事をしているのが三首目である。しかも依頼を受けたのが女郎の奴隷としての家持であり、黒木を届けた上に更には屋根の草をも刈って、このように甲斐甲斐しく働く奴隷の私を褒めてくださいというのが四首目である。そのことから知られるように、この五首の歌の主旨は、女郎から依頼された黒木を明日にも届けること、さらに必要であれば屋根を葺く草も用意しますという返事なのである。そのことを伝えるために女郎の恋の奴隷となるのが家持であり、歌友達としての二人の歌が成立しているのである。このような歌の遊びが可能であるのは、それ相応に二人のふだんの関係が密接であったことを意味している。

3 遊仙窟遊び

家持の歌遊びのサークルには、童女や娘子と呼ばれる無名の集団がいる。童女は紛れもなく少女の意味で用いられていると思われるが、娘子は漢語としては、むすめ・妻・母・宮妃・倡妓・妓女の意味があり★7、『万葉集』でも少女から年配の女性まで幅広く使われている呼称であるから、それぞれの歌の中から確認をする必要がある。その中で明らかに少女との贈答が行われているのは、次のものである。

大伴宿禰家持の童女に贈れる歌一首

葉根蘰今する妹を夢に見て情のうちに恋ひわたるかも（巻四・七〇五）

童女の来たりて報へたる歌一首

葉根蘰今する妹は無かりしをいづれの妹そ幾許恋ひたる（巻四・七〇六）

童女は誰か不明であるが、匿名とするのは家持に意図があろう。葉根蘰《はねかずら》は頭飾りであり鳥の羽根か草木の蔓かは知られないが、何かのために特別な装いをした折の童女の髪飾りである。それを今するというのは、契沖が「今始てかむさしする女」（前掲書）とし、金子元臣は「結婚期にある童女のする髪飾り」★8とし、窪田空穂は「成女となつた儀式としての物」★9という。武田祐吉は「菖蒲や葉や根を輪に作って鬘として、五月五日にこれを戴くをいう。それで、今するという」★10のだとするのは、端午の厄よけ用の髪飾りだと考えたのである。しかし、童女の返歌からすると家持は童女に恋の仕掛けをしていることが知られ、葉根蘰を今する童女は、諸注のように婚姻の時を迎え成女として認められた女性であると考えられる。「はね蘰今する妹がうら若み笑みいかりみ着けし紐解く」（巻十二・二六二七）の類歌は、女性がまだウブなのであの手この手を用いて女性の紐を解こうとするのであり、女性が成人を迎えたばかりだからである。その童女に家持もまた恋の挑発をするのである。それに対して童女は、そんな女性などはいないのに、いったいどこの誰さんに恋しているのかと切り返す。おそらくこの日に童女が成女式を迎えた祝いの席があり、その祝いの席が歌の場となり童女をめぐる歌遊びが行われたのであろう。童女を思う切ない気持ちが夢にまで見させたと訴えるのが家持であるが、童女の切り返しによって、家持は浮気な男へと転落するのである。そんな妹などはいないから、別の妹のことではないかと素知らぬふりをして非難する。この切り返しの技は、相手を不利な立場へと追い込む方法であるから、あるていど歌の技に熟練した歌い手によるものと思われる。その歌い手は童女に替わった歌刀自が想定され、家持の歌を受けて切り返したものと考えるならば、「童女の報へたる歌」ではなく「童女の来たりて報へたる歌」であるのも、別の童女が出て来て答えたという童女違いを示唆するものと思われ、童女を匿名にした理由も首肯されるのではないか。

一方、家持が歌を贈る娘子と呼ばれる匿名の女性たちがいる。この匿名の娘子たちは家持が歌を贈るのみで、娘子たちが歌を返すことも贈ることもない。『万葉集』に見る娘子は、舎人娘子などのような氏族の女性を示す娘子、地名により表される娘子、伝説的に語られる娘子、伝説の中の娘子などがいる。地名を持つ娘子はその土地の出身の女官たちであろうし、真間娘子のような伝説の女性はその地のお嬢さんほどの意味であろう。家持は河内百枝・粟田・巫部麻蘇《かんなぎべのまそ》・日置長枝《へきのながえ》の娘子らと歌の交換をしていて、彼女たちの名は明記している。それに対して匿名の娘子は、亡失したのでなければ他に意図があることになるが、そのことは家持が贈った歌の内容から検討される必要がある。

A大伴宿禰家持の娘子に贈れる歌二首

aももしきの大宮人は多かれど情に乗りて思ほゆる妹（巻四・六九一）

b表辺なき妹にもあるかかくばかり人の情を尽さす思へば（巻四・六九二）

B大伴宿禰家持の娘子の門に到りて作れる歌一首

cかくしてやなほや退らむ近からぬ道の間をなづみ参来て（巻四・七〇〇）

C大伴宿禰家持の娘子に贈れる歌七首

d情には思ひ渡れど縁を無み外のみにして嘆そわがする（巻四・七一四）

e千鳥鳴く佐保の河門の清き瀬を馬うち渡し何時か通はむ（巻四・七一五）

f夜昼といふ別知らにわが恋ふる心はけだし夢に見えきや（巻四・七一六）

gつれも無くあるらむ人を片思にわれし思へば侘しくもあるか（巻四・七一七）

h思はぬに妹が笑ひを夢にみて心のうちに燃えつつそをる（巻四・七一八）

i大夫と思へるわれをかくばかりみつれにみつれ片思をせむ（巻四・七一九）

j村肝の情くだけてかくばかりわが恋ふらくを知らずかあるらむ（巻四・七二〇）

D大伴宿禰家持の娘子に贈れる歌三首

k前年の先つ年より今年まで恋ふれど何そも妹に逢ひ難き（巻四・七八三）

l現にはまたも得言はじ夢にだに妹が手本をまき寝とし見ば（巻四・七八四）

mわが屋戸の草の上白く置く露の命も惜しからず妹に逢はずあれば（巻四・七八五）

E大伴宿禰家持の娘子の門に到り作れる歌一首

n妹が家の門田を見むとうち出来し情もしるく照る月夜かも（巻八・一五九六）

家持が贈る五人の娘子は同人か否か、また同一の場か否か不明である。Aaの「情に乗る」は愛の成就の喜びや相手が我が心を独占したことに言うのであるが、ここでは家持の心が娘子によってすっかり奪われたことを指す。大宮に美しい女官たちが多くいるが、我が心を支配してしまったのはこの妹だけだというのである。しかし、bの「表辺なき妹」だというのは、湯原王と娘子の例に見られるように（巻四・六三一）、その妹がつれないのである。こちらに情を尽くさせるばかりで、不実な妹だと非難する。情を尽くすというのは、「尽情」という漢語から来ているものと思われ、『遊仙窟』には張郎が五嫂《ごそう》と十娘《じゅうじょう》との話を受けて「伏願歓楽尽情、死無所恨」★[11]という尽情であり、願うべきことは、歓楽して情を尽くすことができれば、死んでも恨むことはないというのであり、それは愛欲の中で互いに情を尽くそうという意味である。家持は愛の歓楽を求めて情を尽くそうとするのだが、娘子の反応は冷たく家持が一方的に情を尽くすのみなのであり、それへの非難がbである。Bc、Enは題詞に娘子の門に到りてとあるように妻問いの折の門前の歌であり、遠い道のりを難儀して来たのに、このまま還されることへの嘆きを歌うのがcであり、娘子の酷い仕打ちを訴える態度である。nは娘子の家の門前へと向かう折に、美しく照る月夜へと視点が向かうものであるが、このような道中の歌が形成されるのは、歌の上で妻問いの道行き歌が展開しているからである。

門前の恋歌は広く認められるものであるから、古代的習俗としてあったものと思われるが、この場合は歌遊びの場を想定すべきであろう★[12]。Cの一連七首の歌は、妹への思いと片思いの嘆きを歌うものであり、家持の思いに対して娘子はつれない態度を取る。「村肝の情くだけて」というのも、張郎の「心肝恰欲摧、踊躍不能裁」（心も肝も砕けようとし、心は躍り抑制できない）や、張郎が五嫂と十娘の高説を聞いて魂が抜け、「心膽倶砕」（心も肝も倶に砕けた）というのに等しい。Dの三首は妹に逢うことの出来ない嘆きではあるが、lに現実では逢えないことから夢の出逢いを願うのも、やはり『遊仙窟』に張郎が十娘との別離に際して「今宵莫閉戸、夢裏向渠辺」（今夜は戸を閉めないでください。夢であなたの所に行きます）というのに類する。mの妹に逢えぬなら命も惜しくないというのも、張郎は「今宵若其不得、刺命過与黄泉」（今夜逢えないのなら、命を捨てて黄泉に行ってもよい）に相当する表現である。これらの歌の背後には、『遊仙窟』の影が見え隠れする。

家持が『遊仙窟』を裏テーマとして娘子に歌を贈っていたとすれば、そこには〈遊仙窟遊び〉が存在したものと推測される。その娘子は神仙の女という役割を持ち、家持は張郎に等しく仙境の入り口で娘子への思いを歌ったということになる。家持の歌に『遊仙窟』の内容が見られることは、契沖が坂上大嬢に贈った家持の十五首の中の「夢の逢ひは苦しかりけり覚きてかき探れども手にも触れねば」（巻四・七四一）は、「遊仙窟云。少時坐睡則夢見十娘。驚覚攬之忽然空手」を、「一重のみ妹が結ばむ帯をすら三重結ぶべくわが身はなりぬ」（巻四・七四二）は、「遊仙窟云。日日衣寛、朝朝帯緩」を、「暮去らば屋戸開け設けてわれ待たむ夢に相見に来むといふ人を」（巻四・七四四）は、「遊仙窟云。今宵莫閉戸、夢裏向渠辺」を指摘している。両者の類似は明らかであり、家持の歌は『遊仙窟』を踏まえていることが知られる。むしろ、家持は『遊仙窟』を意図的に散りばめて遊仙窟遊びをしているのだといえるのではないか。娘子たちは仙境の神女に擬され、家持の歌遊びの中に仕立てられた仙女たちであろう。歌遊びの宴に仙女が訪れることは、「海原の遠き渡を風流士の遊ぶを見むとなづさひそ来し」（巻六・一〇一六）の歌の左注に、「蓬莱仙媛の化れる嚢蘰は、風流秀才の士の為なり。こは凡客の望み見らえぬかも」とあることからも知られる。これは巨勢宿奈麻呂の家宴での歌であるが、蓬莱《ほうらい》から仙媛が嚢蘰《ふくろかずら》となりこの風流な遊びを見ようと難渋しながら来たのだというのである。家持と娘子との贈答も、神仙の娘子と風流を尽くす『遊仙窟』を素材とする歌遊びであったに違いない。そうした酒席の恋歌であることから、iの「みつれにみつれ」は恋の思いが心に満ちたことをいうのと同時に、杯に酒が満ち満ちたことを暗示しているのであろう。片思いが「片埦」（カタモヒ）であることは粟田女娘子が家持に贈った「思ひ遣るすべの知らねば片埦の底にそわれは恋ひなりにける　片埦の中にしるせり」（巻四・七〇七）があり、片埦の底に書いたものだという。片思いと片埦とは双関語であり、我が恋は土器の底にあるようだと譬喩するのであるが、その片埦は杯であろう。平城京出土の土師器《はじき》杯の外面に「醴太郎」や底部外面に「我念君」★13を一字に落書した土器も見られるように、片埦が取り出されるのは宴席での戯れの歌だからである。

匿名の娘子のみではなく名前を記す娘子も、こうした歌遊びの場に参加した女性たちであったと思われる。特に恋歌の戯歌性は歌の場に直接的に関与するものであり、それらは社交情歌と呼びうる世界に展開した歌うたであったと考えられる。家持に贈られる恋歌の中でも、笠女郎から二十四首もの歌を贈られたのは、女郎の貯め込んだ歌を蒐集したものであろうし、そのお返しに最後の二首に合わせて（女郎の最後の歌の左注に「右の二首は、相別れし後に更来贈れり」とある）、家持も二首の歌を以て二人の恋の終焉を告げるごとくに応じている。女郎の歌には恋のさまざまな場面や揺れ動く女心、あるいは自嘲の歌や内省する態度の歌が詠まれるが、それらは「女の恋」の典型を示すものであったと思われる。贈答の歌には即興性や切り返し、さらには知恵などが求められるから劇的な展開を見せて場を盛り上げることになるが、笠女郎の歌はそうした歌掛け的展開を離れ、深く自らを内省する女心や、恋の始まりから別離に至るまでを物語的に描いたところに特色があり、それは独詠的恋歌の完成を示すものであったといえる。家持が青春時代にこうした女性たちと恋歌の交歓を通すことで、歌の心（詩心）を手に入れたことは明らかであろう。

4　結

青春時代の家持は、ここに取り上げたほかにも多くの女性たちとの恋歌の交換がある。叔母の坂上郎女の資質を受けたのみではなく、坂上郎女は貴公子の教養として漢詩に限定することなく、女性を知る教育的側面から恋歌を学ばせたのではないか。妻となる大嬢との歌の交換も例外ではなく、女の情を知りそれに対応する能力、難問に対して見事に切り返す能力、貴公子としての知恵を発揮する能力など、貴公子としての恋愛の技を磨いたのが多くの女性たちとの歌の交換であったと言える。しかも恋愛の指南書である『遊仙窟』を学び、味付けをする。

そうした歌が生まれる環境は、日ごと夜ごとに行われる貴族サロンにおける歌遊びであったと思われる。人々の出会いや挨拶が恋歌仕立てにより成り立つほどの日常があり、それを教養とした恋の歌遊びの場では、恋のさまざまな場面が設定されていたに違いない。片思いは恋の始まりを、門前の歌は妻問いを、夢の逢いは恋の苦しみを、相手への非難は疑いの心を歌うものである。それらは押したり引いたり相手との駆け引きが強く見られ、相手からの歌を引き出す方法が見て取れる。歌垣で行われた歌掛けの方法は、形を変えながらも天平の貴族サロンにも活きていたのである。そうした恋歌の内容を繋ぐならば、恋の歌遊びで歌われた歌の流れが浮かび上がるであろう。歌遊びの場では、個人独詠（独唱）や二人一組で問答をする歌競争（対詠）、あるいは恋の物語を紡ぎ出す歌掛け（対歌）が行われていた。それらの歌の方法が、青春期の家持の歌に十分に認められることは上に見た通りである。

注

1　伊藤博は家持と女性たちとの歌が、「現実の恋愛生活の過程で、みずからを小説の主人公として気取る」ものであったとする。「家持の女性遍歴」『万葉集相聞の世界』（塙書房）参照。

2　歌遊びは歌仲間たちの歌会。恋をテーマとするのを「恋の歌遊び」と呼んでおく。辰巳「奄美の歌遊び―南島の歌掛け文化」『詩の起原　東アジア文化圏の恋愛詩』（笠間書院）参照。

3　歌の流れは、歌をテーマに従って歌い継ぐ方法。辰巳「奄美の歌遊び―南島の歌掛け文化」注2、および同「万葉集の歌流れ」『万葉集に会いたい。』（笠間書院）参照。

4　本文は、講談社文庫『万葉集　全訳注　原文付』（講談社）による。以下同じ。

5　安貴王は、春日王の子で市原王の父。天平初年に従五位下（続日本紀）。因幡の八上采女との恋愛事件を起こして、不敬の罪を問われた采女は本郷に返された（巻四・五三五）という。
6　「万葉代匠記」精選本『契沖全集　第四巻』（岩波書店）。
7　諸橋轍次編『大漢和辞典』（大修館書店）による。
8　『万葉集評釈　第二冊』（明治書院）。
9　『万葉集評釈　第四巻』（東京堂）。
10　『万葉集全註釈　五』（角川書店）。
11　八木沢元『遊仙窟全講』（明治書院）。以下同じ。
12　辰巳「万葉集恋歌の再分類と復元の試み」『詩の起原　東アジア文化圏の恋愛詩』（笠間書院）参照。
13　岸俊男編『日本の古代14　ことばと文字』（中央公論社）参照。

第八章
家持の歌暦

1 序

古代日本人による季節認識は、『魏志倭人伝』が春耕秋収と記すように、農耕文化の中に培われた自然への関心であったと想われる。そこには毎年の春耕と秋収により繰り返される農耕儀礼に伴う年中行事が成立し、季節への意識は民族的・民俗的であることから出発する。しかしこの季節意識は、暦という文明と出会うことにより、古代の季節意識は一変する。暦は漢字・漢文や中華思想に匹敵するほどに、近代的な文明であったからである。中華文明には紀元前千年以前に暦法があり、孔子の活躍する魯《ろ》の時代までに黄暦《こうれき》や夏暦《かれき》あるいは周暦《しゅうれき》などの六暦が成立していたとされるが★1、古代日本に暦本がもたらされたのは、伝えでは欽明天皇の時に暦博士が渡来したことに始まる。暦本は中華文明の漢字や儒教と等しく、最も先端の科学であり学問であったのであり、持統天皇の時代には元嘉暦《げんか》と儀鳳《ぎほう》暦をともに行うと見え★2、以後の律令時代には天文博士や暦博士が、学生たちの教育を担当する★3。そのような外来の思想の受け入れの中から、『日本書紀』は編年法を以て歴史を叙述するのであり、『万葉集』も近代的な暦法の中に最新の歌を並べるとともに、また歌を詠むことも暦法による季節意識を基準とすることで展開する様子が窺える。それは、以後の『古今和歌集』などの勅撰和歌集に見るところの、季節歌の分類や編纂の方法が成立する状況を準備したともいえる。『古今和歌集』などの歌が季節を表現する過程的段階や季節分類を行う前段階に、『万葉集』の季節歌や季節分類の方法が存在したのである。

このような古代の季節感は、天平期に活躍する歌人に見えるとともに、大伴家持の作品群に顕著に確認することができる。『万葉集』巻八・巻十に季節歌群を置くのは、そのような状況からであるが、その季節感は暦を基準として成立するものであり、殊に家持は新しい暦の知識をもとに歌を創作し記録するのである。そこには家持が歌を詠むための規範とした歳時意識が存在したのではないかと思われるのであり、その季節や行事が訪れると精神が高揚して新たな歌語をもって歌を創作することから、それを「家持の歌暦《うたごよみ》」と呼んでおきたい。

2　暦と季節

季節の歌が額田王や柿本人麿の時代を経て、一定の完成を迎えるのが奈良時代の初期の頃であったと思われる。しかし、このころはまだ山部赤人が「春の野にすみれ摘みにと来しわれそ」（巻八・一四二四）と歌うように、春の景物は若菜摘みという古層の行事の中に捉えられていたように思われる。そうした古層から新層へと移るのが天平期初頭であり、その具体例は大宰府の梅花の宴にある。天平二（七三〇）年春正月十三日に開かれたこの歌宴は、大伴旅人主催の管内三十二人が詠んだ梅花の歌に示されている。

正月（武都紀）立ち春の来たらばかくしこそ梅を招きつつ楽しきを経め（巻五・八一五）
春さらばまづ咲く宿の梅の花独り見つつや春日暮さむ（同・八一八）
春されば木末隠れて鶯そ鳴きて去ぬなる梅が下枝に（同・八二七）
春さらば逢はむと思ひし梅の花今日の遊びにあひ見つるかも（同・八三六）

「正月」が歌に詠まれるのは万葉後期の歌人である大伴家持の詠む「正月（牟都奇）たつ春のはじめにかくしつつ相し笑みてば時じけめやも」（巻十八・四一三七）である。「正月立ち」は明らかに暦による立春が意識されているものであり、そのことによれば「春さらば」「春されば」も同じく暦に基づいて春の到来を詠んでいるものといえる。正月が新春として理解されるまでには、いくつかの段階を経たものと思われる。『日本書紀』の正月記録の特徴の一つは、即位、立后、立太子、遷都に関する場合が多く、孝徳朝あたりから賀正礼《がしょうれい》の記録が増えて、天武朝ころから群臣に対する置酒《ちしゅ》の宴が多くなる。この傾向は推古朝に百済から暦本が入ることで天文・暦日に関する理解が深まり史書に反映したものと思われる★4。文武朝に至り賀正の礼が定まったというのは、そのような正月を継承するものである。既に持統朝の新たな暦本の導入によって暦日が成立しており、『万葉集』では文武朝以降にある程度整然とした暦日意識が窺えるのではないか。『万葉集』★5に見える正月記事は、次のような題詞・左注から窺える。

①右、検山上憶良大夫類聚歌林曰、一書戊申年幸比良宮大御歌。但、紀曰、五年春正月己卯朔辛巳、天皇、至自紀温湯（巻一・七左注）

②後岡本宮駅宇天皇七年辛酉春正月丁酉朔壬寅、御船西征始就于海路。庚戌、御船、泊于伊予熱田津石湯行宮。天皇、御覧昔日猶存之物。当時忽起感愛之情。所以因製歌詠為之哀傷也。即此歌者天皇御製焉。但、額田王歌者別有四首（巻一・八左注）

③右、日本紀曰、三年己丑正月、天皇幸吉野宮。八月幸吉野宮。四年庚寅二月、幸吉野宮。五月幸吉野宮。五年辛卯正月幸吉野宮。四月幸吉野宮者未詳知何月従駕作歌（巻一・三九左注）

④右、日本紀曰、朱鳥七年癸巳秋八月、幸藤原宮地。八年甲午春正月、幸藤原宮（巻一・五〇左注）

⑤右一首歌、古事記与類聚歌林所説不同。歌主亦異焉。因検日本紀曰、難波高津宮御宇大鷦鷯天皇廿二年春正月、天皇、語皇后納八田皇女将為妃時皇后不聴。爰天皇歌以乞於皇后云々（巻二・九〇左注）

⑥梅花謌二首并序　天平二年正月十三日、萃于帥老之宅、申宴会也。于時、初春令月、気淑風和、梅披鏡前之粉、蘭薫珮後之香（巻五題詞・序文）
⑦四年丁卯春正月、勅諸王諸臣子等散禁於授刀寮時、作歌一首（巻六・九四八題詞）
⑧右、神亀四年正月数王子及諸臣子等集於春日野而作打毬之楽（巻六・九四九左注）
⑨九年丁丑春正月橘少卿并諸大夫等集彈正尹門部王家宴謌二首（巻六・一〇一一題詞）
⑩十六年甲申春正月五日、語卿大夫集安倍虫麿朝臣家宴謌一首（巻六・一〇四〇左注）
⑪十八年正月、白雪多零、積地数寸也。於時、左大臣橘卿率大納言藤原豊成朝臣及諸王臣等、参入太上天皇御在所（中宮西院）供奉掃雪。於是降詔、大臣参議并諸王者、令侍于大殿上、諸卿大夫者令侍于南細殿、而則賜酒肆宴。勅曰、汝諸王卿等、聊賦此雪各奏其謌（巻十七・三九二二序文）
⑫右四首、廿年春正月廿九日、大伴宿祢家持（巻十七・四〇二〇左注）
⑬天平勝宝二年正月二日、於国庁給饗諸郡司等宴歌一首（巻十八・四一三六題詞）
⑭右一首歌者、正月二日、守舘集宴。於時零雪殊多、積有四尺焉。即主人大伴宿祢家持作此歌也（巻十九・四二二九左注）
⑮五年正月四日、於治部少輔石上朝臣宅嗣家宴歌三首（巻十九・四二八二題詞）
⑯二年春正月三日、召侍従竪子王臣等、令侍於内裏之東屋垣下、即賜玉箒肆宴（巻十九・四二九三題詞）
⑰三年春正月一日、於因幡国庁、賜饗国郡司等之宴謌一首（巻十九・四五一六題詞）
⑱六年正月四日、氏族人等賀集于少納言大伴宿祢家持之宅宴飲歌三首（巻二十・四二九八題詞）

この中で①から⑤までが天皇の行幸等の行われた時期を示すものであるが、⑥において正月に「梅花の歌」が詠まれるように、正月が季節の風物と結合して歌の場が成立していることに注目される。⑦から⑱も正月の季節が到来したことや正月に雪が降ったことから歌の場が成立したことを記すものである。特に万葉後期の家持に正月が歌の場として成立しているのを特徴としている。正月と梅花の結びつきは楽府詩《がふし》と関係するからであるが、暦と季節感との繋がりは、このような認識の中から出発するのである。

春となり梅の花が咲き鶯が鳴いていることを歌う梅花の歌は、まさに進取の風雅であるが、さらにわが宿に梅の花が散る様子が多く詠まれるのは、懐かしい故郷への思いであり、中国の楽府詩である「梅花落《ばいからく》」をテーマとしていることが知られる★6。梅と鶯のみではなくそれに雪をも取り合わせることの風雅は、額田王の春花・春鳥を継承するものではあるが、額田王以降の『懐風藻』に見える季節詩がこの時代の間隙を埋めていたのであり、それを歌の中に具体化したのがこの梅花の宴歌群である。そのような景物の取り合わせは天平期に流行を見せることとなり、『万葉集』巻八季節歌の雑歌群を例とすれば、

（春雑歌）

沫雪と花　梅花と雪　春菜と雪　萩と鶯　霜雪と梅花　蛙と山吹　梅花と沫雪　雪と霞　雪と鶯　霞と鶯　山吹と菫と春雨

（夏雑歌）

霍公鳥と五月玉　霍公鳥と秋風　霍公鳥と卯の花　花橘と霍公鳥　唐棣と霍公鳥　霍公鳥と菖蒲

（秋雑歌）

雁と黄葉　萩と浅茅　男鹿と露　萩と鹿　白露と蟋蟀　黄葉と時雨　秋田と雁　萩と雨　鶉と萩　尾花と露　早稲田と雁　雁と秋田　雁と黄葉　雁と浅茅　男鹿と萩と露霜　露霜と黄葉　萩と露　秋萩と秋風と秋露　鹿と秋萩と露霜

（冬雑歌）

梅花と雪　沫雪と梅花　雪と斎柴　松と雪　浅茅と雪

のように見える。季節を基準として季節の景物が選び取られるのであり、そこには時令《じれい》の意識があるとされる★7。これらの組み合わせは、いくつもの歌に繰り返し詠まれている。季節毎の単景はもう少し早くから詠まれるが、それらの中でこのように景の組み合わせが詠まれるのは、合わせることによる景物の再創造への関心である。その出発を作ったのが、大宰府の梅花の歌にあったのであり、それは異国的な趣向の中に始まったのである。正月（立春）を境に新たな年を迎え、そのことにより新春の賀正礼を開くのは孝徳朝ころに出発し、文物の儀がここに備わったという文武朝あたりに定着したように思われる★8。暦を基準として年中行事が調えられたのも、律令が完成した大宝ころであったと思われる。そうした季節への強い関心を示したのは、万葉後期の歌人である大伴家持である。家持の特質は暦の動きを基準として歌を詠むところにあり、暦日と歌との深い関わりが見られる。すでに家持の歌には歌ノートや歌日記が指摘されているように★9、歌が年次を追って記されるのは、そこに四季や二十四節気といった暦日の意識があるからである。日本への暦の渡来は、『日本書紀』によれば欽明天皇十五年五月に医博士、易博士、暦博士らが渡来したこと、推古天皇十年十月に百済僧の観勒《かんろく》が暦本及び天文地理書、遁甲方術《とんこうほうじゅつ》の書をもたらしたことが記録されている。その後持統天皇四年に元嘉暦と儀鳳暦とが平行して用いられたことが記録されている。この暦が奈良時代の基本となる暦であり、家持もこの暦により歌を詠んでいたのである。その家持が暦を特に意識していたと思われるのは、家持自身の手になる次のような題詞の記述からである。

立夏の四月は既に累日を経て、由いまだ霍公鳥の宣くを聞かず。因りて作れる恨の歌二首（巻十七・三九八三題詞）

鶯の晩く哢くを怨みたる歌一首（巻十七・四〇四二題詞）

二十四日は、立夏の四月の節に応れり。これに因りて二十三日の暮に、忽ちに霍公鳥の暁に鳴かむ声を思ひて作

れる歌二首（巻十九・四一七一題詞）

更に霍公鳥の哢くことの晩きを怨みたる歌三首（巻十九・四一九四題詞）

これらの題詞を見ると、家持が風狂の歌人であることが良く分かる。立夏が来たにもかかわらず霍公鳥《ほととぎす》が鳴かないことを恨むというのもそうだが、立夏の前日の夕方から霍公鳥が立夏となる翌二十四日の暁に鳴くであろう初声を思いながら歌を詠んだということにある。青春時代には多くの女性との恋に心を尽くしていた家持が、越中時代に入りひたすら霍公鳥の声に憧れる。その霍公鳥は愛する女性の声と重なる如きであり、越中における季節への偏愛以上に、家持の風狂が浮かび上がる。そのような心理を家持は「心つごきて」（巻十八・四〇八九）という。季節の風物に強く心が動かされ誘因される様をいうのである。家持のこうした季節への関心は、暦を基準とすることで発するものであるが、もう一つは怨恨の歌に見られるように、季節の風物と暦との一致を求める態度である。いわば、

季節──→季節は暦に従って正しく変化すべきである

風物──→風物は暦に従って正しく到来すべきである

のような律儀さを両者に求めるのが家持である。暦日に基づいて季節は変化すべきであり、風物もそれに伴い順次到来すべきことを求めるのであり、風物は暦日の秩序に基づき、季節もそのようであるべきだというのである。この家持の原則に外れる場合に、それは怨恨の歌となり、その原則に則れば喜びの歌となる。このような家持の風狂性の基準となるのは、一つは四季・二十四節気であり、一つは年中行事であった。これらは歳時記の基本的性格である。

四季・二十四節気では立春・立夏・立秋・立冬を基準としてそこに現れる風物を求め、年中行事では、元日、青馬節会、三月三日、五月五日、七夕、新嘗会および宮中の儀礼や遊宴であり、これらの四季・二十四節気と年中行事は、家持が歌を詠むための歌暦なのだといえる。家持の歌は、そうした節気・節会に合わせることで成立するのであり、その時が近づけば歌人としての心を緊張させ興奮へと導くのであり、歌言葉を選択させることとなる。それらはある

べき時に向けて準備されるものであるから、家持に予作歌が多いのはそのためである。

3　上巳と詩人の心

このような家持の態度は池主との贈答の中に顕著に見られるが★10、それらは越中時代の家持の歌の性質として認められる。そうした家持の歌暦を、天平十八（七四六）年に越中へ赴任して天平勝宝三年八月に帰京するまでの歌に求めると、およそ次のような傾向を示すことが知られる。

1（天平十九年二月二十九日）贈掾大伴宿祢池主悲歌（巻十七・三九六五題詞）
2（同三月三日）更贈謌（同・三九七〇題詞）
3（同三月五日）七言一首（巻十七漢文序と漢詩）
4（同三月二十九日）既経累日、而由未聞霍公鳥喧。因作恨謌二首（巻十七・三九八三題詞）
5（四月十六日）夜裏、遙聞霍公鳥、述懐歌一首（同・三九八八題詞）
6（天平二十年三月初旬）怨鶯晩哢歌一首（同・四〇三一）
7（天平勝宝元年五月十日）独居幄裏、遙聞霍公鳥喧作歌一首并短歌（巻十八・四〇八九題詞）
8（同閏五月二十三日）橘歌一首并短歌（同・四一一一題詞）
9（同閏五月二十六日）庭中花作歌（同・四一一六題詞）
10（同閏五月二十六日）聞霍公鳥喧喿作歌一首（同・四一一九題詞）
11（同七月七日）七夕謌一首并短歌（同・四一二五題詞）
12（同十二月）宴席詠雪月梅花歌一首（同・四一三五題詞）

13〔天平勝宝二年三月一日〕天平勝宝二年三月一日之暮、眺矚春苑桃李花作二首（巻十九・四一三九題詞）
14〔同三月一日〕見翻翔鴫作歌一首（同・四一四一題詞）
15〔同三月二日〕二日に攀柳黛思京師歌一首（同・四一四二題詞）
16〔同三月二日〕攀折堅香子草花歌一首（同・四一四三題詞）
17〔同三月二日〕見帰鴈歌一首（同・四一四四題詞）
18〔同三月二日〕夜裏聞千鳥喧歌二首（同・四一四六題詞）
19〔同三月二日〕聞暁鳴雉歌二首（同・四一四八題詞）
20〔同三月二日〕遙聞泝江船人之唱歌一首（同・四一五〇）
21〔同三月三日〕三日、守大伴宿祢家持之舘宴飲歌三首（同・四一五一題詞）
22〔同三月八日〕潜鸕謌并短歌（同・四一五六題詞）
23〔同三月九日〕季春三月九日、擬出挙之政行於旧江村、道上属目物花之詠　并興中所作之歌（同・四一六〇題詞）
24〔同三月〕予作七夕歌一首（同・四一六三題詞）
25〔同三月二十日〕詠霍公鳥并時花歌一首（同・四一六六題詞）
26〔同三月二十三日〕二十四日、応立夏四月節也。因此二十三日之暮、忽思霍公鳥暁喧声作歌二首（同・四一七一題詞）
27〔同三月二十七日〕追和筑紫大宰之時春苑梅花歌一首（同・四一七五題詞）
28〔同四月三日〕贈越前判官大伴宿祢池主霍公鳥歌、不勝感旧之意述懐一首并短歌（同・四一七七題詞）
29〔同四月三日〕不飽感霍公鳥之情、述懐作歌一首并短歌（同・四一八〇題詞）

30〔同四月三日〕詠山吹花歌一首并短歌（同・四一八五題詞）
31〔同四月九日〕詠霍公鳥并藤花一首并短歌（同・四一九二題詞）
32〔同四月九日〕更怨霍公鳥哢晩歌三首（同・四一九五題詞）
33〔同五月〕霖雨霽日作歌一首（同・四二一七題詞）
34〔同六月十五日〕見芽子早花作之（同・四二一九左注）
35〔同十二月〕雪日作歌一首（同・四二二六題詞）
36〔天平勝宝三年正月二日〕会集守館介内蔵忌寸縄麿之館宴楽時、大伴宿祢家持作之（同四二三〇左注）
37〔同四月十六日〕詠霍公鳥歌一首（同・四二三九題詞）

これらの歌の詠まれた時季・行事を見ると、外来の年中行事に沿うものであり、

正月前後　12・35・36
上巳前後　1・2・3・6・13・14・15・16・17・18・19・20・21・22・23・27
立夏前後　4・5・7・8・9・10・25・26・28・29・30・31・32・33・37
七夕前後　11・24・34

のようになる。ここに直接に季節や年中行事と向き合う家持の態度が認められ、このなかでも特徴的なのは上巳の三月三日を前後とする作歌であり、また立夏前後の初夏の鳥であるホトトギスへの強い関心である。ホトトギスについては立夏に鳴くものであるという前提の上で、霍公鳥の喧噪《けんそう》を聞いて満足し、またいまだに霍公鳥が喧くのを聞かないと恨む歌を詠む。家持の恨むという感情は、美しい季節の風物を楽しむことを前提としたものであり、それは積極的に賞美すべきものとしての感情であるから、それが満たされなければ恨むという感情へと至る。そこに家持の背反する感情が見られ、賞美する心と表裏にあることが知られる。家持に恨みを惹起させる感情は、まさに暦にあったの

であり、その暦は家持にとって季節や風物の変化を示す「歌暦」なのである。

晩春の三月三日は、家持の感情を大きく揺さぶる時であった。1に見られる池主へ贈る歌では、病の床から「方今、春朝には春花、馥を春苑に流へ、春暮には春鶯、声を春林に囀る」という文章を綴る。ここには春の風景をいかに美しく描くかという心があり、四六を用いながら家持が想像した理念的な春の風景がある。そのような美しい春の風景を描く意図は、この三月三日が詩を賦すべき特別な日であり、池主の返書に見るようにその風景の中で友と手を取り合い友情を示すことを意図しているのである。この三月三日は、手師《てし》で知られる王羲之《おうぎし》たちも遊んだ上巳禊飲《じょうしけいいん》の年中行事である。『懐風藻』の詩人たちも曲水のほとりで上巳の詩を詠み、いま池主と家持も上巳の詩を取り交わす。

このような三月三日の行事への関心は、13に見る天平勝宝二年三月一日から始まる一連の歌群を成立させる。一日に春の苑の桃李の花を眺めることから始まり、二日に柳黛《りゅうたい》を攀《よ》じり京師《みやこ》を思いつつ、帰る雁や夜中に鳴く千鳥を聞き、夜明けに雉の声や船人の声を聞き、三日に至り館で宴会をする歌を詠むところまで続くのである。三月三日の節をすでに一日から詠み始める態度からは、家持が三日へと向けて心を昂《たか》ぶらせて行く様子が窺われる。三月三日へと向かうための心の準備がなされるのであり、そこへと至る中で春苑・桃李・飜翔鴫・柳黛・堅香子・帰雁・夜裏聞千鳥・暁鳴雉・船人之唱などの歌語が選ばれて行くのである。すでに題詞は題へと変質し、題は歌を導いている。これらは中国の曲水詩とも呼応しながら、三月三日への感興を高めて節日の歌を完成させるのである。その時間的行程は、次のようであったと思われる。

三月一日	1 春の苑の桃の花	夕方	春苑の少女
	2 春の苑の李の花	夕方	消え残った斑雪
	3 飛び翔る鴫《しぎ》	夜中	鳴く鴫の声
三月二日	4 柳と京師	朝から昼?	柳と望京

5	堅香子《かたかご》	朝から昼？	堅香子と少女
6	帰る雁	午後？	雁と望郷
7	帰る雁	午後？	雁と望郷
8	鳴く千鳥	夜半	鳴く千鳥の声
9	鳴く千鳥	夜半	千鳥と懐古
10	鳴く雉	夜明け	雉と隠妻
11	鳴く雉	夜明け	雉と夜明けの霞
12	船人の唄	朝	朝床に聞く舟唄

三月三日

13	峰の上の桜	午前から午後	峰の上の桜
14	奥山の椿	午前から午後	奥山の椿と遊び
15	漢人の遊び	午前から午後	漢人の遊びと花蘰

これらを見れば知られるように、家持は一日の夕暮れから三日にかけてほとんど寝ることなく晩春の風景や景物へと心を寄せていることが知られる。そこに家持の精神が不安定な状態にあったことが指摘されるのだが★*11*、その精神的不安定は、この時間をどのように描くかという〈心つごく〉緊張があったからであろう。そのような時を逃すことなく詩を詠むべきだと説いたのが、魏《ぎ》の曹丕《そうひ》であった。その時のスローガンが良辰《りょうしん》・美景・賞心《しょうしん》・楽事《らくじ》であり、良い季節の最も美しい風景を賞美して詩を詠むということであるが、曹丕はこの四つは容易に併せることは困難であるといい、そこでこれらが併さった時に建安の七子《しちし》を集めて皇太子宮殿の鄴宮《ぎょうきゅう》で詩宴を開くのである★*12*。それが詩人の態度であり、家持の態度もここに発する。晩春に訪れる良辰・美景の一瞬の時を逃すと、今までの待ち続けた時間を無駄にすることになるから、寝てはいられないのである。三月一日から三日までの時を克明に観察し、耳に神経

を注ぎ、その上で歌語を選び出す。二日の夜中に寝覚めながら千鳥の声を「心もしのに」(巻十九・四一四六) 聞くのは、そのような神経の行き届いた家持の態度であろう。

このような家持の態度は、暦を基準として季節の変化や風物の移ろいを細心の注意をもって捉えようとするものであるが、そこに怨恨の歌が生まれるのは暦を絶対として季節の動きを捉えるからである。家持の暦は国守としての政令を遂行するためのみではなく、まさに暦は歌を得るためのものであった。

4 結

『万葉集』の中で季節が獲得されてゆく歴史は、農耕儀礼を生活基盤としながらも近江朝において受け入れられた漢詩に出発し、季節と風物の表現世界を獲得して行くことになる。中華文明の暦が輸入される前後を見渡すと、古代日本人の季節意識の具体相が見えて来るであろう。額田王の詠む春花春鳥や秋葉は、宮廷の漢詩に合わせられた季節感であり、梅に鶯のような斬新な組み合わせも渡来の季節感を始まりとする。奈良時代に至れば、花と鳥などの組み合わせが一般化する。季節が到来すると花が咲き鳥が歌うという当然の事実が、現実的に理解された。

そのような中から執拗に暦を意識したのが、万葉後期の歌人である大伴家持であった。花が咲き鳥が歌うことを暦の運行と一致させて、暦の側から季節を動かすのである。家持にとって暦は役人としての任務を遂行するための必需品であり、暦に合わせて公務が執り行われる。そのことを基準とすれば立夏にはホトトギスが鳴くのを必定とするという考えに至るであろう。そのことを踏まえて季節の歌を詠む準備態勢に入るのであり、立夏にホトトギスが鳴かないと恨みの歌が歌われることとなる。それはまさに家持の「歌暦」を基準とすることにより、歌が生まれることを意味した。暦に合わせて季節の風物が現れるのだと信じて、暦と風物の秩序をあるべきものとしながらも、そこに誤差が生じると誤差そのものも歌暦の中に抱え込むのである。そのようにして展開した家持の季節歌は、やがて季節の移ろいを優先する勅撰和歌集の成立を促したのである。

注

1 中国の古代暦については、孟慶遠主編・小島晋治ほか訳『中国歴史文化事典』（新潮社）の「夏暦」を参照。
2 『日本書紀』持統四年十一月記事。
3 陰陽寮に歴博士一人、暦生十人などが置かれている（『令義解』）。
4 辰巳「正月儀礼と上寿酒歌」『万葉集と中国文学 第二』（笠間書院）参照。
5 本文は、講談社文庫『万葉集 全訳注 原文付』（講談社）による。以下同じ。
6 辰巳「落梅の篇―落府『梅花落』と大宰府梅花の宴―」『万葉集と中国文学』（笠間書院）参照。
7 岡崎義恵「季節の表現」『万葉風の探求 岡崎義恵著作集 4』（宝文館）参照。
8 辰巳「正月儀礼と上寿酒歌」『万葉集と中国文学 第二』注4参照。
9 中西進「家持ノート」『中西進 万葉論集 万葉集の比較文学的研究 上』（講談社）、および伊藤博「家持歌日記と万葉集」『万葉集の構造と成立 下 古代和歌史研究2』（塙書房）参照。
10 辰巳「家持の越中賦」『万葉集と中国文学』注1参照。
11 中西進『大伴家持 4 越路の風光』（角川書店）参照。
12 辰巳「近江朝文学史の課題」『万葉集と中国文学 第二』注4参照。

Ⅳ 万葉集と漢文学

——東アジア史の中の詩歌の歴史

第一章　憶良と敦煌百歳篇
1　序
2　「哀世間難住歌」の論理的構成
3　「哀世間難住歌」と敦煌「百歳篇」
4　結

第二章　憶良と敦煌九相観詩
1　序
2　老身重病歌の構成
3　老病の苦と九相観詩
4　結

第三章　倍俗先生と得道の聖
1　序
2　巫蠱左道と山沢亡命の民
3　儒教と老荘
4　倍俗をめぐる儒と仏の葛藤
5　結

第四章　古代日本漢詩の成立
1　序
2　『懐風藻』序文と近江朝の漢文化
3　古代日本漢詩と儒教的君主観
4　古代漢詩と皇帝観念の登場
5　結

第五章　太平歌と東アジアの漢詩
1　序
2　新羅の「大平歌」と大唐帝国
3　「大平歌」と燕楽歌辞
4　「大平歌」と古代日本漢詩
5　結

第六章　日本的自然観の源流
1　序
2　懐風藻の時代区分
3　〈第三の自然〉の形成
4　山水画と山水詩
5　日本的自然観の源流
6　詩宴と自然
7　結

第七章　懐風藻の自然と自然観
1　序
2　自然と物色
3　物色と自然の〈色〉の発見
4　結

第八章　懐風藻の詩と詩学
1　序
2　先哲の遺風と懐風藻の編纂
3　詩讌の理念的形成
4　儒と老の合一と詩の美的規範
5　結

第一章
憶良と敦煌百歳篇

1　序

奈良時代の万葉歌人である山上憶良は、神亀三（七二六）年頃に筑前国司となり、後に大宰府の帥《そち》（長官）として赴任して来た大伴旅人との交流により多くの作品を残すことになる。しかも帥の旅人を中心とする大宰府官人たちとの文学的交流を通して大宰府文学圏が成立し、それらは『万葉集』へと反映する。その憶良の作品上の特質は、儒教・仏教・道教の思想を織り交ぜた斬新な思想性にあり、この三教の葛藤の中に生・老・病・死の四苦や愛別離苦《あいべつりく》などの人間の辛苦をテーマとしたことにある★1。憶良がこのようなテーマを作品の基本に据えた直接的な要因には、大宰府へ下向したばかりの長官旅人の若い妻の死があったこと、また自らも病が癒《い》えないままに都を遠く離れた筑前にあり、しかも七十歳を目前にした老境にあったことも加えて、人の生命の無常を感じ取っていたことにある。たとえそれが鼠の命だとしても、生命あることを最上とする憶良なりの死生への思いがあったのである。だが、憶良に仏教的なテーマである四苦や八苦の根源的辛苦を選択させたのは、より普遍的な人間の苦を見つめようとする態度だと思われる。憶良の前半生は不明であるが、四十二歳にして遣唐使少録（七〇一）に抜擢され、数年に及ぶ唐都長安での外国体験は憶良がその作品を生み出す大きな知的財産となったに違いない。そうした知的財産は「沈痾自哀文」（漢文）

に見られる多くの人名や書名を見れば理解出来るはずであり、長安の都の書肆《しょし》に足繁く通っては、かなりの数にのぼる書物――特に異端の書物も含めて手に入れたことが窺われる。しかも、憶良の渡唐期は則天武后《そくてんぶこう》の時代に当たり、道教を凌いで仏教が華やかに隆盛を極めていたのである。長安の街衢《がいく》には人が溢れ、その人々の中に化俗僧《けぞくそう》や遊化僧という仏教教化の僧たちが交じり、仏の教えを絵で説き歌で教化していた時代である。

憶良は中国体験に因り長安の書肆で入手した書物のほかに、当時の詩人たちとの交流も可能であったろうし、長安の街衢で歌われていた化俗僧らの歌を書き写すことも可能であった筈である。これらは推測でしかないが、その中でも憶良の作品には敦煌《とんこう》の影が見られることである。憶良がどのように敦煌との関わりを持ったかはやはり不明であるのだが、すでに敦煌から発見された「王梵志《おうぼんし》詩集」との関係が指摘されていることは注目される★2。王梵志の詩は人の死生をテーマとする作品であり、また口語体の歌で出来た仏教的教訓詩であり、その名は『日本国見在書目録』に二部の詩集が登録されていて、伝来は憶良の時点にまで遡ることが可能である。憶良と敦煌遺文との研究は始まったばかりの新しい領域ではあるが、以下に憶良と敦煌遺文との関わりを考えてみたい。

2　「哀世間難住歌」の論理的構成

旅人が大宰府で妻を亡くした時期に、憶良は無題の詩と漢文の序とを作り、続いて「日本挽歌一首」（巻五・七九四〜七九九）の長歌と反歌を作る。その内容から女性の死を素材としていることが分かる。左注によると「神亀五年七月二十一日　筑前国守山上憶良上」と記され某氏に献呈されている。これらの作は誰に奉ったのか、女性は誰かという議論がなされたが、現在では旅人の妻の死に伴い献呈された作品と考えるのが一般である。

この作品に続いて「令反惑情謌一首并序」（巻五・八〇〇〜八〇一）、「思子等謌一首并序」（巻五・八〇二〜八〇三）、

「哀世間難住謌一首并序」（巻五・八〇四〜八〇五）の三作品があり、左注に「神亀五年七月二十一日於嘉摩郡撰定。筑前国守山上憶良」と署名する。この三作は先の作品と日時を同じくし、かつ嘉摩《かま》郡巡行の折に撰定したと記している。これを撰定だとしたのは、公務の旅中にありながらも憶良の手元には手控えの作品がいくつもあり、その中から適切な作品を選び出したという意味であろう。憶良は歌を書き記す手控えの歌作ノートを持ち歩いていたことが知られ、そのノートに記されていた中から特に三作品が選ばれて、先の作と同日の日付を付して長官の大伴旅人に進呈したということになる。この嘉摩郡巡行の折の三作の中に「哀世間難住謌一首并序」と題された作品が含まれている。中西進氏はこれらの三作を「嘉摩三部作」と呼び、それらは、惑情、愛、無常というテーマの中にあることを指摘している★3。そのことによれば「哀世間難住謌」は、「無常」がテーマとして詠まれたということになる。

哀世間難住謌一首并序

易集難排、八大辛苦、難遂易尽、百年賞楽。古人所歎、今亦及之。所以因作一章之謌、以撥二毛之歎。其歌曰
世間能　周幣奈伎物能波　年月波　奈何流々其等斯　等利都々伎　意比久留母能波　毛々久佐尓　勢米余利伎多流　遠等咩良何　遠等咩佐備周等　可羅多麻乎　多母等尓麻可志〔或有此句云、之路多倍乃、袖布利可伴之　久礼奈為乃　阿可毛須蘇伎〕余知古良等　手多豆佐波利提　阿蘇比家武　等伎能佐過利乎　等々尾迦祢　周具斯野利都礼　美奈乃和多　迦具漏伎可美尓　伊都乃麻可　斯毛乃布利家武　久礼奈為能〔一云、尓能保奈須〕意母提乃宇倍尓　伊豆久由可　斯和何伎多利斯〔一云、都祢奈利之　恵麻比麻欲伎　散久伴奈能　宇都呂比尓家利　余乃奈可伴　可久乃未奈良之〕　麻周羅遠乃　遠刀古佐備周等　都流伎多智　許志尓刀利波枳　佐都由美乎　多尓伎利物知提　阿迦胡麻尓　志都久良宇知意伎　波比能利提　阿蘇比阿留伎斯　余乃奈迦野　都祢尓阿利家留　遠等咩良何　伎那周伊多斗乎　意斯比良伎　伊多度利与利提　麻多麻提乃　多麻提佐斯迦閇　佐祢斯欲能　伊久陀母阿羅祢婆　多都可豆慧　許志尓多何祢提　可由既婆　比等尓伊等波延　可久由既婆　比等尓邇久麻延　意余斯

遠波　迦久能尾奈良志　多摩枳波流　伊能知遠志家騰　世武周幣母奈斯

反　謌

等伎波奈周　迦久斯母何母等　意母閇騰母　余能許等奈礼婆　等登尾可祢都母

神亀五年七月廿一日於嘉摩郡撰定。筑前国守山上憶良★4

この作品は、序文の説くところによれば、集まり易く排除し難いものは八大辛苦であり、忽ちに来てしまい尽くし易いものは百年も待ち続けた楽しみであるといい、そのことは古人も嘆いたことでもあり今もまた同じであることから、一つの歌を詠んで白髪交じりとなった我が老体の嘆きを払うのであるというのである。八大辛苦というのは生・老・病・死の四苦に、怨憎会《おんぞうえ》・愛別離・求不得《きゅうふとく》・五盛陰《ごじょうおん》（五陰盛とも）の四苦を合わせた八苦のことであり（『岩波仏教辞典』岩波書店）、仏教の教える最大の苦しみとされるものである。

当該作品が身に押し寄せて来る無常という苦しみを払うのが目的であるということからも、これが老いによる無常（老苦）をテーマとしていることが知られるのであり、その意味では老齢にある憶良の自己体験から導かれたテーマであるようにも見受けられる。この漢文序を受けて、長歌においては世間の為す術のないこととしては、年月は川の流れのように速やかであり、後から取り続き追いかけて来るものは、八大辛苦という苦しみなのだと嘆くのである。その苦しみの迫り来る具体的な相を描いたのが、男女の盛年の姿と衰老の姿とであり長歌の中心部分である。そして反歌においても永遠に生きたいという執着を示すのだが、世間の常のことであるからこの世に命を留めることは出来ないのだと嘆いて歌い収めることになる。いわばこの作品の中心となる主旨は、八大辛苦の中でも若やかな生命がいずれ老へと向かうことを嘆くところにあり、それは老とは何かを問うことを目的とした作品であるといえる。

これらの表現構成で注目されるのは、無常の迫り来る姿を男女の盛相と衰相とに分別して描いていることである。しかも、長反歌の構成には起・承・転・結という漢文の論理性を用いて整然とした表現の技法が確かめられ、その構成のそれぞれに少女から衰老の姿へ、青年から老醜《ろうしゅう》の姿へと移り変わる姿が捉えられていて、そのような方法を駆使して作品が展開していることが知られる。それは、次のように組み立てられていることから理解できる。

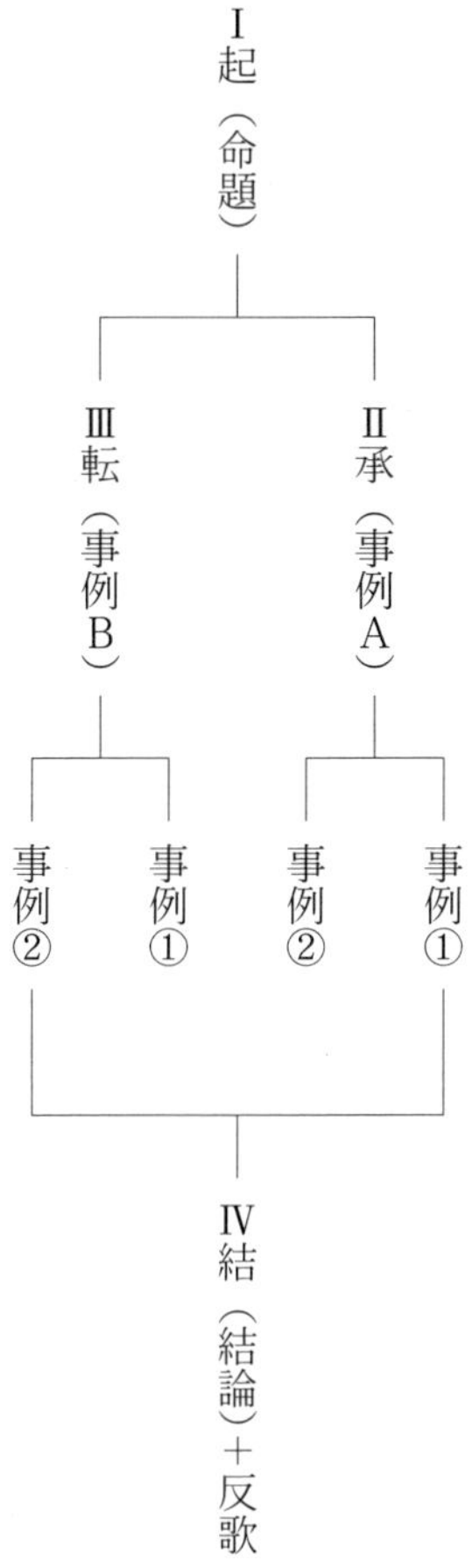

この句毎の構成は、Ⅰの起が第一句～第八句であり、Ⅱの承が第九句～第二十六句であり、Ⅲの転が第二十七句～第五十四句であり、Ⅳの結が第五十五句～五十七句である。このような構成は偶然に出来たものではなく、十分な配慮があってのことであろう。歌の冒頭は問題の提起であり、「世間の術なきもの」から窺われるのは、この世間に生きることの苦を命題としたからである。その命題に基づいた事例が具体的に配列され、そうした事例の結果として結論が導かれる。そこには徹底した論理的構成が優先しているものと思われ、ここに憶良の冷徹な目があるように思われる。これを訓読文に基づいて掲げると、次のようになる。

Ⅰ起（命題）

世間の　術なきものは　年月は　流るる如し　取り続き　追ひ来るものは　百種に迫め寄り来たる

Ⅱ承（事例A①）―女人盛年の相

少女らが　少女さびすと　唐玉を　手本に纏かし〔或いはこの句、白栲の　袖ふりかはし　紅の　赤裳裾引き

といへるあり〕同輩児らと　手携りて　遊びけむ　時の盛りを　留みかね　過し遣りつれ

Ⅱ承（事例A②）―女人衰老の相

蜷の腸　か黒き髪に　何時の間か　霜の降りけむ　紅の〔一は云はく、丹の穂なす〕面の上に　何処ゆか　皺が来たりし〔一は云はく、常なりし　笑まひ眉引き　咲く花の　移ろひにけり　世間は　かくのみならし〕

Ⅲ転（事例B①）―丈夫盛年の相

大夫の　男子さびすと　剣太刀　腰に取り佩き　猟弓を　手握り持ちて　赤駒に　倭文鞍うち置き　はひ乗りて　遊びあるきし　世間や　常にありける　少女らが　さ寝す板戸を　押し開き　い辿りよりて　真玉手の玉手さし交え　さ寝し夜は　幾許もあらねば

Ⅲ転（事例B②）―丈夫衰老の相

手束杖　腰にたがねて　か行けば　人に厭はえ　かく行けば　人に憎まえ　老男は　かくのみならし

Ⅳ結（結論）

たまきはる　命惜しけど　せむ術も無し

反歌

常磐なすかくしもがもと思へども世の事なれば留みかねつも

事例として取り上げられたのは、男女の盛年の相と衰老の相との比較から導かれる深い無常への嘆きである。最初の事例は、女性の盛年の相と衰老の相である。若い女の子が舶来《はくらい》の腕輪を付けて美しい着物を着ては友達と楽しく遊び歩いたのも忽ちに過ぎ去り、黒髪には霜が降り赤ら顔にも皺が垂れて綺麗な眉引きも移り変わって行くことが詠まれ、世間とはそのようなものだという。続く事例は、男性の盛年の相と衰老の相である。高価な剣を腰に取り着け弓を手に持ち格好良く馬に乗って遊び歩いた世間の楽しみはどのくらいあったのか、少女の家を訪れては腕を交わして共寝をした夜はいくらも無く、気が付けば杖を手に腰を曲げてあちらに行けば嫌われ、こちらに行けば疎んじられ、老人というのはこのようなものであり、命は惜しいのだがしかたが無いのだと嘆くのである。

この理路整然とした構成は何を意味するのか。一般的な繰り返しでも、また対句でもない論理性をここに認めることが出来るであろう。そこには憶良が「老」という現象を冷静に見つめ論理化する態度がある。それは自己の体験を越えたところに求められる世間の有りようとしての老いの無常への視点であろう。自己の体験に基づく老であるならば、女性の老にまで言及する必要はない。女性の老までも描こうとするのは、〈老〉の一般的な姿、あるいは普遍的な姿を描くことに目的があったからであろう。「世間の術なきもの」から出発するのは、文章構成の導入の部分であり、それが当該歌の命題として位置づけられるものであれば、そこにはリアリズムを脱却した世間という普遍性を求める態度がある。それが男女の盛年の相と衰老の相とを描き分ける態度に繋がっているのであり、そこには老という普遍性と老苦という主題性が獲得されているのだといえる。

3　「哀世間難住歌」と敦煌「百歳篇」

このような憶良の作品構成は、世間の無常と無常の実態としての男女の盛年相と衰老相との対比にある。ここには構成とともに無常をどのように認知するのかという、思弁的な態度も含まれている。そのような無常と言うことに最も関心を示したのが仏教であるが、憶良の当該作品も仏教的内容であることは間違いない。このような男女の盛年相と衰老相との対比によって得られる無常の相を示すものとして敦煌文書に「百歳篇」がある。もちろん憶良の当該作品と敦煌文書の「百歳篇」との繋がりは不明であるので後考を俟《ま》ちたいが、その関係性の問題から見るならば、十分な示唆を与えるものと思われる。

敦煌「百歳篇」★5は、男女の盛年相と衰老相とを十歳から百歳までを詠む数え歌形式の作品である。その流れは男女の盛年から衰老に至る具体的な生態を描くことにあり、それを参照すれば憶良の当該作品の成立する問題が推測されるように思われる。次に掲げるのは、「女人百歳篇」と「丈夫百歳篇」の十歳から百歳までの相である。

○女人百歳篇

壱拾花枝両斯兼。優柔婀娜復孅。父嬢憐似瑶台月。尋常不許出朱簾。　其一
　十歳は花のように美しく、親は大切に育てて部屋から出さない。

弐拾笄年花蕊春。父嬢娉許事功勲。香車暮逐随夫壻。如同蕭史暁従雲。　其二
　二十歳は咲き誇る花の如く父母は鼻高だかで、良い壻を捜すのに忙しい。

参拾朱顔美少年。紗窗攬鏡整花残。牡丹時節邀歌舞。撥棹乗船採碧蓮。　其三
　三十歳は赤ら顔も美しく身を装い、牡丹の季節には楽しく遊び歩く。

肆拾当家主計深。三男五女悩人心。秦箏不理貪機織。秖恐陽烏昏復沈。　其四
　四十歳は家計や家族に悩み、楽しみもなくこのまま老いて行くのを恐れる。

伍拾連夫怕被嫌。強相迎接事孅。尋思二八多軽薄。不愁姑嫂阿家厳。　其五
　五十歳は夫に嫌われるのを恐れ、若い頃は物も思わず何も恐れなかった。

陸拾面皺髪如糸。行歩龍鐘少語詞。愁児未得婚新婦。憂女随夫別異居。　其六
　六十歳は髪は乱れて言葉も少なく、子どもや夫のことで心配ばかり。

柒拾衰羸争那何。縦饒聞法豈能多。明晨若有微風至。筋骨相牽似打羅。　其七
　七十歳は衰えが目立ち法を聞いても分からず、風が吹くとあちこち痛む。

捌拾眼暗耳偏聾。出門喚北却呼東。夢中長見親情鬼。歓妾帰来逐逝風。　其八

八十歳は耳も遠く何処へ行くべきかも知らず、夢の中では悪夢ばかり。

玖拾余光似電流。人間万事一時休。寂然臥枕高牀上。残葉彫零待暮秋。　其九

九十歳は時は無常にしてなす術もなく、寂しさは秋の暮れのようだ。

百歳山崖風似頽。如今身化作塵埃。四時祭拝児孫在。明月長年照土堆。　其十

百歳は身はやがて埃となり、子孫の祭りに月が我が土塊を照らすのみ。

○丈夫百歳篇

壱拾香風綻藕花。弟兄如玉父嬢誇。平明趁伴争毬子。直到黄昏不憶家。　其一

十歳は蓮の花のようで親兄弟に愛され、暗くなるまで毬で遊んでいる。

弐拾容顔似玉珪。出門騎馬乱東西。終知不解憂衣食。錦帛看如脚下泥。　其二

二十歳は玉のような容貌で馬に乗って遊び、衣食は気にもかけない。

参拾堂堂六芸全。縦非親友亦相憐。紫藤花下傾盃処。酔引笙歌美少年。　其三

三十歳は学問を身に付け、花のもとで酒盃を傾け笛を吹いて遊楽する。

肆拾看看欲下坡。近来朋友半消磨。無人解到思量処。秖道春光未由多。　其四

四十歳は坂を下るようで友も少なくなり、いかに思うべきかも分からない。

伍拾強謀幾事成。一身何足料前程。紅顔已向愁中改。白髪那堪鏡裏生。　其五

五十歳は成すことに困難が多く、赤ら顔も変じて頭には白髪が増えた。

陸拾駆駆未肯休。幾時応得暫優遊。児孫稍似堪分付。不用閑憂且自愁。　其六

六十歳は安らぎもないままに、子ども達のことが憂いとなる。

柒拾三更眼不交。秖憂閒事未能拋。無端老去令人笑。衰病相牽似抜茅。　其七

　七十歳は夜も眠られぬ日が多くなり、老いに苦しみ体は病がちとなる。

捌拾誰能料此身。忘前失後少精神。門前借問非知己。夢裏相逢是故人。　其八

　八十歳は魂が抜けたような感じで、門前で声を掛けられても分からない。

玖拾残年実可悲。欲将言語涙先垂。三魂六魄今何在。霹靂頭辺耳不知。　其九

　九十歳は人生の残りを悲しみ、魂は何処かも知らず雷鳴も聞こえない。

百歳帰原去不来。暮風騒屑石松哀。人生不作非虚幻。万古空留一土堆。　其十

　百歳は帰るべき場所も分からず、一生が夢幻のようで土塊となるばかりだ。

　女人百歳篇では、十歳の少女は花枝が揃ったようで、父母が大切に育てて部屋から出ることも許さない可愛がりようであり、二十歳では花が春を迎えたような美しさで、父母は壻捜しをして蕭史《しょうし》が暁の雲に従うようだといい、三十歳では赤ら顔は美しく、身を繕っては牡丹の季節に仲間と連れだって歌舞し船に乗って蓮を摘んで遊ぶのだという。これに対して七十歳の老女は、衰えを如何ともし難く、法を聞いても役に立たず夜明けに微風が吹いても筋骨《きんこつ》が痛むばかりで、八十歳では耳も遠くなり北も東も分からず、夢に見るのは死んだ人ばかりで妾が帰って来ると風に追われるようだといい、九十歳では稲光のように時は過ぎ去り、万事休すの様で枕を高くして寝ても枯れ葉が秋の暮れを待つようなものだという。一方の丈夫百歳篇では、十歳の男子は蓮の花が綻ぶようで、玉の如く大切にされ友達と毬《まり》で遊び家に帰るのも忘れているといい、二十歳では顔は美玉の如くで馬に乗りあちこちと出かけ、衣食にも事欠かず錦の衣服が汚れても気に掛けないのだといい、三十歳では六芸に耽り友達と花の下で盃を交わし、酔っては流行歌を歌っているという。これに対して七十歳に至ると夜中に目が覚めれば憂いばかりで、老い先の無い老人は人に笑われ老の病も加えて抜き捨てられた茅のようなものだといい、八十歳では価値も無い身体となり物忘れがひどく、門前で人と会っても誰かも知らず夢の中で会うのは故人ばかりだといい、九十歳では残りもいよいよ無くなりものを言おうとし

ても涙が先立ち、魂は抜け去ったようで雷が鳴ってもわからない状態なのだという。敦煌百歳篇は、このことを通して若く楽しい時は短いこと、忽ちに老醜の苦しみを背負うことを説き、肉体の無常を教えるのである。

ここに憶良の「哀世間難住謌」を重ねるならば、少女は舶来の玉を手に纏き、仲間の子らと手を繋いで遊び歩いたのが盛りの年であったが、黒髪に何時の間にか霜が降りて紅の顔面にも皺が寄せて来るのだといい、青年は立派な剣を腰に佩《は》き、弓を手に握り馬に鞍を置いて遊び歩き、女性の元を尋ねて共寝をした夜もあったのは束の間で、何時の間にか杖をついてあちらに行けば人から嫌われ、こちらに行けば人から疎まれるのだというのであり、そこには男女の盛年の相と老年の相とが見事に並べられて、その上に世間の無常が主題として描かれていることが知られる。

このような敦煌百歳篇が日本に渡来したのは、何時のことかは不明である。だが、天平三年に書写された「聖武天皇宸翰『雑集』」に、次のような内容を見る。

　　奉王居士請題九想即事依経揔為一首

遊童歓竹馬。此是第一童子時。艶体愛春光。此是第二壮年時。老厭方扶杖。此是第三老時。違和遂瘻牀。此是第四病時。已上四句贈生身時。

神移横朽貌。此是第一初死時想。血染鬧狐狼。此是第二青癡想。宍残驚鳥鷲。此是第三噉肉想。色瘻改紅牀。此是第四癡想。連骨青如鴿。此是第五筋骨相連想。離骸白似霜。此是第六白骨離散想。年遙随土散。世久逐風揚。此是第七九成塵想。已上九変死身已下詩人見意以勧勉。★6

この詩が「九想即事依経」を題としたものであることが知られ、その九想《くそう》を示す生身九想には、第一として童子の時は竹馬に乗って楽しみ遊んでいるといい、第二として壮年の時は、若い体は春の光を浴びているようだといい、第三として老時の時は周囲から厭《いと》われて杖に助けられるだけだということが述べられ、これは先の百歳篇の断片であろうと思われることである。百歳篇の集約された如き内容であるが、九想に関して童子、壮年、老年を取り上げているのは、そのテキストがほかにあることを示していて、そのテキストが敦煌に見える百歳篇であろうと思われることである。これに続いて死身九想が述べられている。生身九想から死身九想までが一連のものとして描かれているのは、明らかに生身においても九想という考えがあったからである。憶良と九想観詩については別に述べるが★7、敦煌遺書の「百歳篇」というのが、生まれてから死ぬまでの人間の身体的変化を追うものであるのは、人間の身体の無常性を説くためであることが知られる。常磐《ときわ》のような頑強な肉体をもって長生きを求める憶良ではあるが、「たまきはる命惜しけどせむ術も無し」というように、永遠の生など求められないということの嘆きへと至る。それは憶良に限定された嘆きではなく、男にも女にも等しく嘆かれるものである。ここには生身の滅びへの嘆きがあるのだといえる。しかも、その先には新死に始まる、肉体の滅亡が待ち受けているのである。

4　結

敦煌百歳篇・九想観詩と日本文学との関わりを最初に指摘したのは川口久雄氏であったが★8、この段階で求められた日本の文学文献は中世文学などに散見する「朝ニハ紅顔有ツテ世路ニ誇レドモ、暮ニハ白骨トナツテ郊原ニ朽チヌ」の指摘程度であり、必ずしも比較研究が成立していたとは言い難い。かつ日本の九想観詩の初出を空海に求めることも、さらに九想観が新死からしか説明されないのも正しい理解ではないことが知られる。日本において九想観詩がどのように出発したのかは不明であるが、蘇軾《そしょく》の作と伝える詩に求めるのは後代過ぎるであろう。正倉院の「聖武天皇宸翰『雑集』」に見られる「九想即事依経」の九想詩と、憶良の「哀世間難住歌」に見られる男女の盛年と老年の相の対比による構成を認めるならば、既に古代日本の奈良朝前期には九想観の具体相が知られていたのである。しかも、その『雑集』が唐から憶良により将来され、時の皇太子である首《おびと》皇子（後の聖武天皇）の教育テキストとして用いられたと考えられるならば、『雑集』を改めて書写する聖武天皇の仏教への関心が意味を持つであろうし、さらには仏教に帰依し仏弟子となる聖武天皇の心の軌跡の一端も理解できるように思われる★9。

少なくとも百歳篇と九想観詩とは敦煌遺文に幾種類も存在するが、それらは一繫がりの内容であることが理解される。新死の前に盛年から老年へと向かうことで世間の無常が説かれ、続いて死の相が説かれることになるのが敦煌遺文の特色である。そのような百歳篇の理解の上で、憶良の世間無常の歌が生まれたことを考える必要がある。

注

1 辰巳「万葉集と三教思想」『万葉集と中国文学　第二』(笠間書院)参照。
2 菊地英夫「山上憶良と敦煌遺書」『国文学』第二十八巻五号、山口博「憶良歌と王梵志詩」『王朝歌壇の研究　文武・聖武・光仁朝篇』(おうふう)、辰巳「万葉集と敦煌遺書―王梵志の文学と憶良」『万葉集と比較詩学』(おうふう)参照。
3 中西進「嘉摩三部作」『中西進　万葉論集　第八巻』(講談社)。
4 本文は、『万葉集　全訳注　原文付』講談社文庫による。以下同じ。
5 張錫厚主編『全敦煌詩』(作家出版社／中国)第十二冊巻一四四による。
6 『書道芸術　巻十二』(平凡社)による。
7 「山上憶良と敦煌九想観詩」本書Ⅳ参照。
8 「敦煌本嘆百歳詩・九想観詩と日本文学について」『内野博士還暦記念　東洋学論集』(漢魏文化研究会発行)。
9 辰巳「阿育王伝説と聖武天皇」『悲劇の宰相　長屋王　古代の文学サロンと政治』(講談社選書メチエ)参照。

第二章

憶良と敦煌九相観詩

1　序

山上憶良は「無題詩序」の作品において世間の現象を、「四生起滅、方夢皆空、三界漂流、喩環不息」★1だと嘆いた。四生は卵《らん》・胎《たい》・化《か》・湿《しつ》により生まれる生命の現象であり、三界は欲・色・無色の世界を指し、魂は永遠にこの世界を漂流するのだという。すべての生命が生まれそして死ぬことはまるで夢のようなもので、三界を漂い流れて輪廻《りんね》する魂は留まることがないこと、それゆえに「釈迦能仁、坐於双林、無免泥洹之苦」(同上)というように、いかなる聖人・賢者もこの生命原理から逃れることは出来ないのだという。泥洹《ないおん》の苦とは、涅槃《ねはん》に入ることであり、死の苦しみを指す。世間にあることの苦は、もちろん死に限られるものではない。憶良はこの生命の原理をもって世間に生きることの有りようを、生・老・病・死という四苦(さらに四苦を加えて八大辛苦という)の中に見いだし、晩年の作歌活動へと向かうのである。そこに現れる作品の特質は、愛着・惑情・貧窮・老身・沈痾《ちんあ》・死・愛別離などの凡俗としてあることの中に生じるところの諸苦を主題とする所にあり、それらの多くは仏教思想と深く相剋《そうこく》しながら結びついていることが知られる。

その憶良の最晩年である天平五(七三三)年六月に病の床に伏して詠まれた「老身重病経年辛苦及思児等謌七首

〔長一首短六首〕」の作品は、老と病と子をテーマした憶良作品の総集編ともいうべき内容である。年老いた身に重い病が加わり、その上に幼い子どもの行く末が思われるというように、この世に生きることの苦の有りようがかくあるということであり、そのことへの嘆きが当該作品の主旨である。それはこの時の憶良が既に七十四歳という高齢であることから、一般に説かれるように彼の実体験が反映している作品であると考えるのは自然であろう。だが、それにしても何ゆえにこのような作品を詠む必要があったのか。すでに憶良は神亀五（七二八）年七月に「令反惑情謌」（巻五・八〇〇題）、「思子等謌」（同・八〇二題）、「哀世間難住謌」（同・八〇四題）の三作品を連作として纏めており、家族を棄てる男の惑いや幼い子への愛情、あるいは老の極まりない無常をテーマとする。このようなテーマを選択する憶良作品の意味はどこにあるのか。以下に敦煌詩を参照しながら、この疑問に些か触れてみたい。

2　老身重病歌の構成

憶良の「老身重病経年辛苦及思児等謌七首〔長一首短六首〕」（巻五・八九七－九〇三）は、天平五年六月丙申三日戊戌の作であるという。天平五年三月には遣唐大使への謹呈の歌が詠まれ、続いて漢文の「沈痾自哀文」と漢文序と詩とによる「悲嘆俗道、仮合即離、易去留詩一首并序」が作られ、続いて当該作品に接続する。憶良の没年は不明であるが、この作品を最後に没したものと考えられる。当該の歌では老身に病が加わり長く辛苦しつつも、幼い児を見るにつけそれを棄てて死ぬことも出来ず、子らを貧しい生活の中に置いて、なす方法も無く声に上げて泣くばかりだという嘆きが歌われる。

魂剋　内限者〔瞻浮州人寿一百二十年也〕　平気久　安久母阿良牟遠　事母無母　裳无阿良牟遠　世間能　宇計久都良計久　伊等能伎提　痛岐瘡尓波　鹹塩遠　灌知布　何其等久　益々母　重馬荷尓　表荷打等　伊布許等

能斯等　老尔弖阿留　我身上尓　病遠等　加弖阿礼婆　昼波母　歎加比久良志　夜波母　息豆伎阿可志　年長久　夜美志渡礼婆　月累　憂吟比　許等々々波　斯奈々等思騰　五月蝿奈周　佐和久児等遠　宇都弖々波　死波不知　見乍阿礼婆　心波母延農　可尓可久尓　思和豆良比　祢能尾志奈可由

反歌

奈具佐牟留心波奈之尓雲隠鳴往鳥乃祢能尾志奈可由
周弊母奈久苦志久阿礼婆出波之利伊奈々等思騰許良尓佐夜利奴
富人能家能子等能伎留身奈美久多志須都良牟絁綿良波母
麁妙能布衣遠陀尓伎世難尓可久夜歎敢世牟周弊遠奈美
水沫奈須微命母栲縄能千尋尓母何等慕久良志都
倭文手纏数母不在身尓波在等千年尓母何等意母保由留加母　去神亀二年作之。但、以類故、更載於茲。

天平五年六月丙申朔三日戊戌作

長歌に詠まれた内容は、この世に生きている限りは平安で無事であることが願いであるものの、しかし、世間というのは辛いところで、痛い傷に塩を塗るというように、重い馬の荷物の上にさらに荷物を積むというように、老いた我が身に病が加わり、昼夜を問わず苦しく溜息を衝きながら長い年月を過ごしているので、いっそのこと死のうと思うが、廻りで騒いでいる子どもを見ていると死ぬことも出来ず、見ていると心は熱く燃え、どうすべきかも知らず声を挙げて泣くばかりだということにある。反歌では、なすすべもなく雲に鳴く鳥のように泣くばかりで、この世間を去ろうと思うが子どもが妨げとなり死ぬことも許されないと嘆き、金持ちの家の子どもは多くの服を着るだけの身体（人数）が無いから絹の服を腐らせているのに、我が子には粗末な服さえ着せることが出来ないので嘆くのだといい、水の泡のような命であっても子どものためには長く生きたいと願い暮らすのだという。また粗末な布製の手巻のように数にも入らない身ではあるが、子どものためには千年も生きたいのだと願う最後の反歌は、神亀二（七二五）年に詠んだもので内容が類似しているのでここに載せたという。神亀二年という年は憶良が筑前へ国司として赴任する直前であるが、すでにここには我が身を粗末な手巻《たまき》に喩えつつ長生を願うことが詠まれていて、憶良の生命への拘《こだわ》りが見えることに注目される。さらに、この長歌の構成を見ると、問題の提起から始まり、老いにはどのような事例が想定され現れるかを具体的に示し、その結果として導かれる現実への嘆きが詠まれるのであり、起承転結の技法が駆使されていることを知るのである。

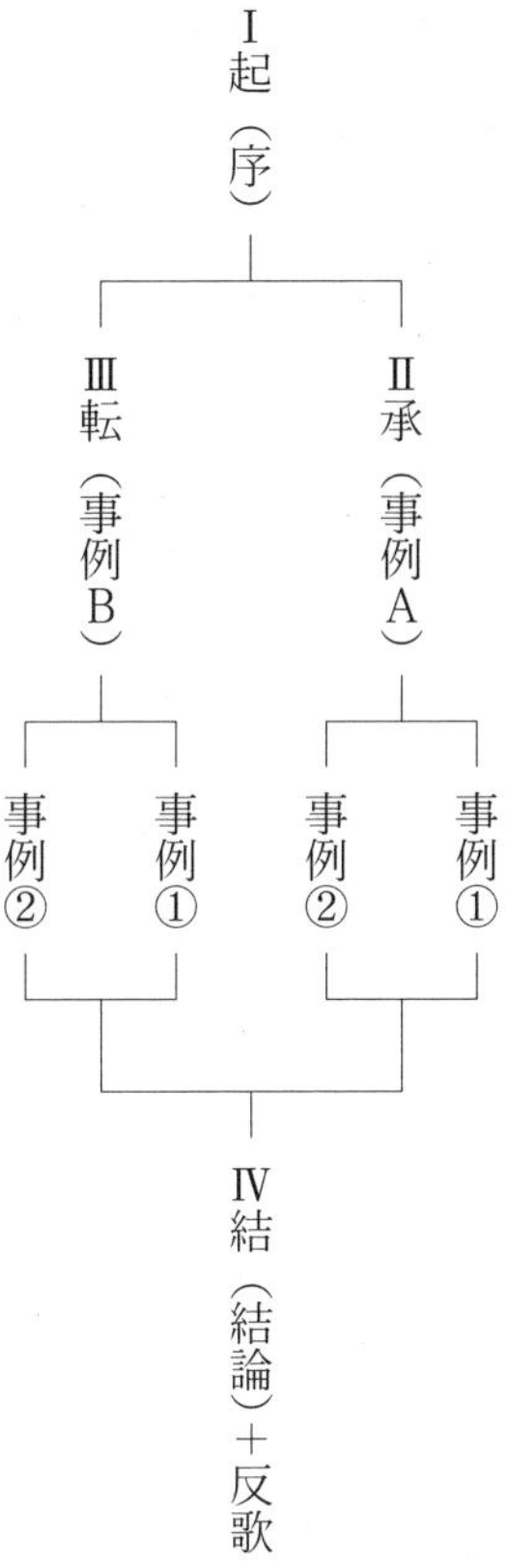

この句毎の構成は、Ⅰの起が第一句〜第六句、Ⅱの承が第七句〜第十六句、Ⅲの転が第十七句から第三十六句、Ⅳの結が第三十七句から第三十九句である。整然とした組み立ては、論理が優先していることを示し、そこには憶良の冷徹な目が存在しているように思われる。このような歌の構成は、すでに「哀世間難住歌」（巻五・八〇四題）に見られ、そこには敦煌詩との関係が認められ★2、当該の作はその応用編として位置づけることが可能である。世間難住であるというのは、若い時はいつまでも留まらず、たちまちに老いを迎える哀しみを指すのであるが、そうしたテーマを受けて老いの姿を描いたのが当該の歌であり、しかも老・病・子・貧などを取り上げるのは、憶良が従前にテー

マとして来た問題を集約したことが知られる。これを訓読文に基づいて掲げると、次のようになる。

Ⅰ　起（序）―あるべきことへの願い

たまきはる　現の限りは〔瞻浮州の人の寿の一百二十年なるを謂ふ也〕　平けく　安くもあらむを　事も無く　喪無くもあらむを

Ⅱ　承（事例A①）―世間一般の苦の姿

世間の　憂けく辛けく　いとのきて　痛き瘡には　鹹塩を　灌くちふが如く

Ⅱ　承（事例A②）―世間一般の苦の姿

ますますも　重き馬荷に　表荷打つと　いふことの如

Ⅲ　転（事例B①）―我が身の現実の苦の姿

老にてある　わが身の上に　病をと　加えてあれば　昼はも　嘆かひ暮し　夜はも　息衝きあかし　年長く　病みし渡れば　月累ね　憂へ吟ひ　ことことは　死なな思へど

Ⅲ　転（事例B②）―我が身の現実の苦の姿

五月蠅なす　騒く児どもを　打棄てては　死は知らず　見つつあれば　心は燃えぬ

Ⅳ　結（結論）―術なきことへの嘆き

かにかくに　思ひわづらひ　哭のみし泣かゆ

反歌

慰むる心はなしに雲隠る鳴き行く鳥の哭のみし泣かゆ

術も無く苦しくあれば出で走り去なな思へど児らに障りぬ

富人の家の児どもの着る身無み腐し棄つらむ絁綿らはも

荒栲の布衣をだに着せかてに斯くや嘆かむ為むすべを無み
水沫なす微しき命も栲縄の千尋にもがと願ひ暮しつ
倭文手纏数にも在らぬ身には在れど千年にもがと思ほゆるかも　去にし神亀二年に作れり。ただ、類を以ちての故に、更茲に載す。
天平五年六月丙申の朔にして三日戊戌に作れり

事例として取り上げられた世間苦の姿は、痛い傷口に塩を塗られるようであり、重い馬荷に更に荷を積むようなものであることを比喩として、老身である上に病が加わって昼夜を問わずに苦しみ嘆くのであるが、さらにその上に床の廻りを走り回る幼い子どもを見るに付けて死にきれないのだという。平穏で何事もなく暮らしたいという願いに反して、現実の姿は死ぬことも許されずに呻吟するしかないのだというのであり、その結論は憶良のいくつもの作品に見られた「せむ術もなし」という嘆きと等しい所に至るのであり、当該作品もまたそこに終息する。ここには憶良の現実にある老いの問題を超えて、老苦というより普遍的な主題が捉えられているように思われる。そして、このような論理的構成が選ばれたのは、「哀世間難住歌」のテーマと共通していたからであろう。しかも六首もの反歌が詠み継がれるところには、長歌のみでは収まりきらない思いが纏綿《てんめん》としていたことを知る。慰撫されない心、死を望んでも子どもが障害であることの歎き、裕福な家の子への羨望《せんぼう》、貧ゆえの我が子への憐愍《れんびん》、千年も生きたいという願いなどが詠まれるのは、真摯に「世間の　術なきもの」（「哀世間難住謌」）と向き合ったからだと思われる。

3　老・病の苦と九相観詩

老いと病とを嘆くのは、四苦におけるそれであるが、そうした老と病の苦を嘆く詩は、敦煌遺書の「九相観詩《くそうかんし》」に多く見られる。九相観（或いは「九想観」）は肉体の死に始まり土灰となるまでの九段階の変相《へんそう》をいい、空海の『性霊集補闕抄』が古いとされる★3。だが、九相観詩はすでに天平三（七三一）年書写である「聖武天皇宸翰『雑集』」の「奉王居士請題九想即事依経愡為一首」に見えていて、そこには童子の時の相から老年の相へ、新死の相から成塵の相へと至る段階が見られ、九相観は必ずしも新死から始まるものではなく、そのことは敦煌に残された九相観詩から窺われるはずである。例えば、次のような「九想観詩」★4がある。

栄盛寧堪久。紅顔俄已遷。栄華はとても短く、紅顔もたちまちに移り行き、
早懐白首恨。更苦病来纏。早や老人となったのを恨み、その上に病が加わる。
枕蓆宵難度。傷吟齯歯年。床に横になっても夜は長く、長生きを悲しむばかり。
蓋期無避処。含怨赴黄泉。行く当てはどこにも無く、ただ行き先は、黄泉のみ。
神去坯軀壊。烏啗両目穿。魂は肉体を去り、死ぬと烏が目をつつく。
肉従狼虎口。月照骨荒筵。肉は虎狼が食い、月は筵の上の骨を照らす。
万化皆帰尽。露生咸逝川。すべてのものはみな尽きて、露はことごとく川へと流れ、
終須風野散。世事總徒然。終には風の野に散り、世の中とはかくも頼りないのだ。

栄華の生活から老病へと至り夜の長きに堪えがたく、行くのは黄泉しか残されていない悲しみの中で死を迎えるのである。肉体は鳥や獣に食われ、白骨は筵の上で月に照らされるのであり、その白骨も風野に散り散りとなる。まさに「徒然」（それのみ）である。

これを以てすれば、九相観詩には「生身九相観詩」と「死身九相観詩」とがあり、これを一首の中に詠み込む「生死九相観詩」もあり、それらが一連のものとして存在したことが知られる。「哀世間難住歌」が男女の盛年と老年を詠むのは、敦煌の「百歳編」とも対応し、また百歳編が九相観詩とも連続することは、聖武天皇書写の『雑集』と

も類し敦煌詩とも類する。憶良の作品と敦煌遺書との関係は必ずしも明らかではないが、すでに『王梵志《おうぼんし》詩集』との関係も深く、無視することはできない★5。特に憶良がテーマとする老や病は、九相詩において良く見られるものであり、そのことの検討は十分になされるべきものと思われる。

次の「衰老相」と「病苦相」は、『全敦煌詩』（第九冊巻九十三）が挙げる九相観詩の二相であり、これらは幼児・童子・盛年の相に続くところに見られ、以後に死相から白骨相へと至る。病の相は衰老の相に続くもので、老から病へ、病から死へと繋がることを意図していることが知られる。

衰老相

年侵蒲柳竟桑楡。年は移り身はやつれついに晩年を迎えることとなり、
骨竭筋枯皮肉疎。骨は痩せ細り筋も枯れて皮肉は疎らである。
面上紅顔千道皺。昔の紅顔には幾筋もの皺が垂れていて、
欲行十歩九長嘘。十歩も行けばひどい息切れがする始末なのだ。

病苦相

四支沈重染纏痾。手足が動かないほどの重い病に罹り、
日夜尫羸苦漸多。日夜弱り疲れて苦しみが襲ってくる。
百味目前倶不入。美味は目前にあるが目にも口にも入らず、
業合如斯知奈何。業が集まった結果でなす術もないのだ。

衰老は肉体の衰えと紅顔の変化として捉えられるように、憶良も「哀世間難住歌」で「紅の　面の上に　何処ゆか　皺が来りし」（女）、「手束杖　腰にたがねて　か行けば　人に厭はえ」（男）と描き、また「紅顔共三従長逝」（巻五無題詩）、「四支不動、百節皆疼、身体太重云々」（「沈痾自哀文」巻五）と描いた姿である。その上に病（「痾」は

一本「痾」に作る）が加わると、四肢動かず床に臥して呻吟するばかりで美味も受け付けないのであり、これは業《ごう》のなすものでなす術もないのだと知る。憶良も「我何の罪を犯してか、この重き病に遭へる」（「沈痾自哀文」）というのは、病が罪に起因するという考えを受けたものであることが知られよう。しかも、その結果は「たまきはる　命惜しけど　せむ術も無し」（「哀世間難住歌」）と嘆くのであり、老いと病から導かれる思いは、同じ所にある。また、次の「九相観詩」（第十冊巻一一二）も、基本的に同じ傾向にある。

衰老相

倏忽紅顔謝。たちまちの内にあの時の赤ら顔は消え失せて、
須臾緑鬢移。暫しの間にあの黒髪も白髪となって行く。
肌膚随日減。白い肌は日ごとに色を失い、
容髪逐年衰。綺麗な黒髪も年を追う毎に衰えた。
憶昔望歌処。昔楽しんだ歌酒場のことや、
賖□遊謳期。奢り遊んだ青春の時が懐かしい。
形消魂屡怯。身体は衰えて魂は何につけ怯え、
気弱魄増微。気持ちは弱まり魄も衰えを増すばかりである。
杖策身難挙。杖を策いても立ち上がるのに困難で、
心行足不随。気持ちははやるものの足はついて来ない。
煩怨坐空室。ただ怨めしく思いながら空しい部屋に居れば、
悲嘆涙霑衣。悲しみのために流れる涙は服を霑らすばかりだ。

病患相

傷嘆老将至。老いが目前に来ていることを悲嘆し、
悲病忽仮身。更に仮の身に病が加わったことを悲しむ。
力羸魂悄悄。筋力は衰えて魂も消え入るようであり、
気弱識沈沈。気力もなく意識もまた消沈することだ。
幽臥無人問。静かに床に臥すのみで訪れる者も無く、
梵居羨鳥音。清浄な心のようだが鳥の声を羨むばかり。
神遊形不及。気持ちは遠くへと行くが身体は及ばず、
伏枕日哀吟。枕に伏す日々は哀しみに苦吟するばかり。
始悔平生罪。まず平生に犯したであろう罪を悔い、
懸愁業鏡臨。懸念のもとの業は鏡に映してみる。
信知秤善悪。善悪を秤で量れば罪は知られるのであり、
何不早帰心。なぜ早く仏の元へ帰ろうとしないのか。

ここでの衰老も肉体的な衰えが中心となり、美しい赤ら顔も消えて黒髪が白髪となり、柔肌も荒れたことを嘆く。「哀世間難住歌」でも「蜷の腸　か黒き髪に　何時の間か　霜の降りけむ」といい、紅の美しい顔に皺が刻まれたことへの嘆きは先に揚げた通りである。そのように身体は衰えるばかりで、立ち居もままならず、怨めしい気持ちで独り空しい部屋に居て涙を流すばかりだというのは、「沈痾自哀文」に「今吾為病見悩、不得臥坐」「向東向西莫知所為」など、そこここに見る老と病の苦しみであり、またその心は「悲歎俗道仮合即離易難留詩」（巻五）に「俗道変化猶撃目、人事経紀如申臂。空与浮雲行大虚、心力共尽無寄所」へと至る問題であろう。世間は忽ちにして過ぎ、浮雲のように空しく漂うのみで、心も力も尽き果てたというのである。そうしたなす術のない姿は、老いの上に加えられた

病患において一層のこと嘆かれるのである。

この病患相では、老身に病が加わり筋力も気持ちも気力もなくなり、ひっそりと床に臥す日々であり気持ちと行動とは乖離《かいり》し、呻吟の辛い日々を送るのだが、そのような中でこの病が日頃に犯した罪であることから懺悔《ざんげ》し、自らの罪を自覚して仏のもとへと帰ることを願うことが詠まれる。「帰心《きしん》」は解脱を意味し、この俗世間を早々に去るべきことを指す。このような態度は王梵志の詩の教諭と等しいのであり★6、敦煌詩との関わりが深い。そうした敦煌詩に対して憶良の結論部である「かにかくに　思ひわづらひ　哭のみし泣かゆ」は、敦煌詩の態度と大きく異なることを知る。それは憶良が「生九相観」を歌い「死九相観」を詠まないことと深く関わるように思われる。これは、憶良が死ということを強く拒否したことに理由があろう。

4　老と病そして子への愛

もとより九相観はすべての含霊《がんれい》の救済にあるとされ、釈迦は蒼生《そうせい》に九相の要を説いた。その概要は「九相観序」（第十冊巻一一二）において「三界迷俗、処夢宅而長眠。六賊競馳、入無明之暗室。詐相親付、渇名色之無厭。役使身心、遍五道而為業。往来生死、長沈没於愛河。胞胎受形、永漂淪於苦海。何有智者、不返斯源。傷哉痛哉、為害滋甚」というように、凡夫は三界に迷い仮の家に満足するが、そこは煩悩と無明《むみょう》の住み処であり、偽りや欲望が極まりない処であり、身心を役使して五道（地獄・餓鬼・畜生・人間・天）に陥り生死を行き来し長く愛河《あいが》に沈み、胎生により命を得て永く苦海《くかい》に漂流する処であり、何処にも智者はなく本来の場所に帰ることもなく、真に傷むばかりであり、救済の妨げとなること甚だしいのだという。そこで有識を勧め、解脱の門への帰心と涅槃《ねはん》への路を促すがために「九相」を示したのである。この釈迦の教えは、憶良の無題詩序（巻五）が捉えた世間の相への理解と重なることが知られる。憶良が「蓋聞、四生起滅、方夢皆空、三界漂流、喩環不息」というのは、凡夫が三界・夢宅・無明・五道の世界にあることを指すものであり、その詩において「愛海波浪已先滅、苦海煩悩亦無結」というのは、「沈没於愛河」、「漂淪於苦海」することである。それらが妻の死によって再び結ばれることは無く、穢土《えど》からの厭離《おんり》が叶えられたというのが無題詩である。

　そうした老と病に辛苦する世間の有りようから厭離穢土を願うのだが、子どもが障害となり死ぬこともままならぬのだと嘆くのが憶良である。すでに子どもへの愛について憶良は釈迦の言葉である「愛無過子」（巻五・八〇〇「思子等謌序」）を受けて、勝れる宝は子に及ぶものは無いのだと説いた。子への愛着は、もちろん愛河へと沈没することであり苦海に漂流することである。しかし、憶良はそうした子を「打棄てては　死は知らず」といい「見つつあれば　心は燃えぬ」という。老と病の辛苦の上に子への愛を通して相反する苦しみを描こうとするのが当該の歌であり、ここに極まりのない世間苦の相を提示するのである。そうした老と病と子を通した九相観詩も、この敦煌詩において用意されているのである。「九想観詩並序九首」（第十冊巻一一八）では、如来が慈悲を以て広く衆生を度すこと、すべては地水火風の四大により成る無為のものであること、世人は常に九想観を思うべきことを述べて、「従生至死綴成詞」（序）のだという。ここでいう九想とは、生から死に至ることだという理解にある。その中の第五観の衰老と第六観の病床の相は次のように見える。

其五

第五観。衰老時。第五観。衰老の時。

鬢辺白髪乱如糸。鬢毛は白髪となり髪は糸のように乱れ、

起坐唯聞腰裏痛。起き伏しに腰が痛み唸り声をあげる。

目下尋常冷涙垂。目の下にはいつも冷たい涙が流れ落ち、

秖見堂前孫子鬧。　ただ家の前では子どもらが騒ぎ、
誰知門外往還希。　門の外では往来する人も稀だ。
皮寛肉尽無筋力。　皮は寛み肉は尽き筋力も無く、
眼暗逢人問始知。　目は霞んで誰かと尋ねて分かるほど。
盤中美食看便飽。　皿の美味も見るのも飽きてしまい、
槽中駿馬不能騎。　厩の駿馬には乗ることもない。
西山日暮無光影。　西の山は日暮れて光も無く、
陌上多饒枯樹枝。　丘の上の木々は枝を残すのみ。
紅顔能不存終始。　紅顔はいつまでも保たれずに、
白髪偏能善改移。　白髪のみが増えるばかり。
昔時少年興八楽。　昔は多くの楽しみに興じたが、
如今聞曲転生悲。　いまは輪廻の歌を聞くばかり。
不離黄泉寸歩地。　もう黄泉から数歩も離れていないが、
猶存活計勧妻児。　しかし妻子の生活が気がかりだ。

其六

第六観。病在床。　第六観。病の床で。
想中困苦断人腸。　思えば苦しみは人の腸を断ち、
百骨節頭一時痛。　骨の節々も頭も一気に痛む。
黄昏魂魄膽飛颺。　黄昏れて魂魄は飛び上がり、

左旋右転如山重。左へ右へとまるで山のように重い。
昔時気力阿誰将。昔は気力に満ちていて、
百味飲食将来喫。珍味飲食は何でも美味しかった。
□苦嫌甘不肯嘗。今はみんな苦く甘い物も美味くなく、
丈夫今日到如此。あの丈夫も今日はこんなざまだ。
黄金白玉用何将。金も玉も何のたしになろうか、
縦使神農多本草。神薬をたくさん必要とするばかり。
唯余老病断承望。ただ老病の苦が無いことを願っても、
路逢狂象来相趁。路で出会った狂象が迫り来る。
怕急将身入井蔵。驚いて逃げて井戸に身を隠すが、
井下四蛇催命促。井戸の下には四蛇が襲う。
攀枝二鼠咬藤傷。枝に縋ると二鼠が藤の枝を囓り、
此是衆生命尽処。ここに衆生の命は尽きるのだ。
君知者。審思量。君知るや、深く思うべきだ。
千金究竟是無常。裕福でもつまりは無常である。
吾我秖今何処在。我らは今何処にいるのか、
如来上牀靴履別。如来は床で靴を別にするというが、
□況凡夫得久長。まして凡夫は長生など出来ようか。
其五は衰老の相であり、そこには老の姿が白髪や腰痛の苦しみと共にあり、しかも家の前で楽しく騒いでいる孫子

たちの姿が描かれる。身体の衰えや傷みのみではなく、幼い子が描かれるのは、この世に愛着を残す姿が想定されているからである。それは愛河や苦海を意味するのであり、憶良もまた「五月蠅なす　騒く児ども」への愛着を示す。死期が迫りながらも妻子の活計に思いが至るのも、愛河や苦海の相である。そうした迷妄を断ち解脱の門へと帰心することが九相観詩の意図であった。だが、そこから逃れることは出来ずに、愛河へと沈没するのが凡夫の姿だというのが第五観である。これに対して第六観は病の床にある姿を描きながら、比喩を用いて解脱へと導く内容である。

　その最初は老と病とによる苦しみを述べて金も玉も何の足しにもならないことを述べるのは、憶良の「銀も金も玉も何せむに」（「思子等謌」反歌）を思い浮かべよう。続いてこの世の生命の無常について、三つの事例を比喩として取り出して説く。この比喩は憶良の無題詩序にも見られ、契沖は『賓頭盧為優陀延王説法経』にある話として「昔日有人在曠路逢大悪象。為象所逐、狂懼走突無所依怙。見一丘井即尋根入井中蔵。上有黒白二鼠牙齧樹根。此井四辺有四毒虵欲螫其人。而此井下有三大毒龍。所攀之樹、其根動揺。樹上有蜜三両。滴堕其口中。于時動樹敲壊蜜窠。衆蜂散飛其人。有野火起復来焼樹（以下略）」を掲げ、曠野《こうや》は生死、有人は凡夫、象は無常、井は隠れる所、樹は人命、白黒の鼠は昼夜、樹根は消滅、四蛇は四大、蜜は五欲、衆蜂は悪覚、野火は老邁《ろうまい》の比喩であると説く★7。この話は他の経典にも見られ著名であることから漢文作品にも見られるが、比喩を用いて死の姿を説くのが第六観である。

　この比喩は敦煌遺書の王梵志詩★8にも聖武天皇書写『雑集』★9にも見られ、そして憶良の無題詩序にも見られるのであり、ここには仏教経典から憶良へという直線的受容以外の問題が想定されるように思われる。それらは、

ａ二鼠競走、而度目之鳥旦飛、四蛇争侵、而過隙之駒夕走。（憶良「無題詩序」）

ｂ二鼠数相侵、四蛇推命疾。（王梵志一五四）

ｃ二鼠常煎、四蛇恒逼。（『雑集』「平常貴勝唱礼文」）

ｄ嗟二鼠之侵藤、懼四蛇之毒篋。（『雑集』「画観音菩薩像一首并序」）

のように見られ、それぞれ出典を異にしながらも死の迫り来る相を比喩により描くのである。憶良の「而度目之鳥旦飛」は『文選』の張景陽の雑詩に、「而過隙之駒夕走」は『最勝王』の偈に見えることを契沖は指摘している（前掲書）。四蛇・二鼠はまた『寧楽遺文』の「大般若波羅密多経巻一七六」の添書きに「豈是謂四蛇侵命、二鼠催年」★10とも見え、宝亀十（七七九）年五月に母紀朝臣多継と男子成女らが、「先考」（亡父）が涅槃の岸に到ることを願い書写したことが記される。ここでは亡父が「奄然去世」ったことを述べ、死を意味することは同じである。憶良の「無題詩序」と『雑集』との関係は、佐藤美知子氏の詳細な比較対照により濃厚な受容が認められる★11。そうした憶良作品が「百歳編」や「九相観詩」さらには「王梵志詩」を含めて、敦煌詩とも関わることを考えるならば、さらに広範な敦煌的世界に憶良の詩想が存在したことを示すものだといえる。

5　結

敦煌文学文献研究は、主に変文の研究にあった。それは敦煌学が仏教文献の解読を中心とし、漢詩類は思想的に仏教的内容であっても優先されることはなかった。そのような中で中国にあって王梵志の詩集が稀に多くの研究が費やされたのは、ある纏まった資料であったことや、寒山詩との繋がりが明確になったことからである。日本においては平安初期の『日本国見在書目録』に名前が残されていたことから注目され、憶良との関係が指摘されるに到った。今日では敦煌文学文献も整理されて、詩篇も纏まった姿で容易に見られるようになった。もちろん諸本校訂の成果もあり、意味の理解し易い状況にあることも大きい。

ここでは憶良と九相観詩に焦点を絞ったが、これは九相変ともいわれるように絵解きが行われていたことを示す。日本においても九相観の絵解きが流行することとなり、その研究も進み、近時において『九相図資料集成　死体の美術と文学』★12が刊行された。九相詩についていえば、死九相詩のみではなく、敦煌詩に見える生九相詩についてもより深く研究されるべきであろう★13。何よりも日本では空海に始まり蘇東坡《そとうば》の九相詩が影響を与えたということが通説であるが、これらは新死から白骨へといたる相であり、これらに対してペリオやスタイン文書には嬰児《えいじ》から盛年、衰老から病、死から白骨へと到る九相が見られ、これは敦煌遺書の特徴といえるかも知れない。生身の九相から始まる九相観詩は『雑集』に見られた所であるから、日本における九相観詩が天平三年に遡ることは確実である。しかも、それと同時代に憶良の「哀世間難住謌」が百歳編や九相詩と関わり、その応用編として当該の「老身重病経年辛苦及思児等謌」が成立していると考えるならば、『雑集』に限らず敦煌の影が強く立ち現れている。敦煌詩の形成年代は不明であるが、長い年月の中で醸成され偶然に残されたものが多いと思われる。その遺書の背後に存在したであろう厖大な文書は、想像を絶する規模であったに違いない。そこには、凡夫や迷俗の者への教えが満ちていたものと思われる。

もちろん、憶良はこのような敦煌詩に見る解脱への道や、その帰心を詠むためにこれらを理解した訳ではない。むしろ、そうした理解にありながらも、ついに凡俗としての死生観しか持つことはなかった（むしろ、それを拒否したのであり、その凡俗の嘆きこそが憶良の恒常の安穏への願いであったに違いない★14。しかし、その願いも仏教思想の浸潤に伴い、安穏への願いは何処にも見出されなくなる。三教の時代に生きた一人の知識人の、凡夫からの解脱という課題は、結局、容易には克服できないままであった★15。そこには世俗への慈しみを説く儒教の道徳的態度があり、憶良はそこにこそ愚かしい存在とされる人間の姿を見出していたのだといえる。

注

1　本文・訓読は、中西進『万葉集 全訳注 原文付』（講談社）による。以下同じ。

2　辰巳「憶良と敦煌百歳篇」本書Ⅳ参照。
3　石田瑞麿『仏教語大辞典』（小学館）、中村元外編『岩波仏教辞典』（岩波書店）など参照。
4　張錫厚主編『全敦煌詩』（作家出版社）第八冊巻八十。旧漢字は新漢字に直した。□は欠字であるが、同書の校訂に基づいて□を埋めた箇所もある。日本語訳は辰巳の試訳である。以下の敦煌詩は、断りのない限り同書による。
5　菊地英夫「山上憶良と敦煌遺書」『国文学』第二十八巻五号、山口博「憶良歌と王梵志詩」『王朝歌壇の研究　文武・聖武・光仁朝篇』（おうふう）、辰巳「万葉集と敦煌遺書─王梵志の文学と憶良」『万葉集と比較詩学』（おうふう）参照。
6　辰巳「万葉集と敦煌遺書」『万葉集と比較詩学』（おうふう）参照。
7　『契沖全集　三　万葉代匠記』（岩波書店）。
8　張錫厚編『王梵志詩校輯』（上海古籍出版社）。整理番号も同書による。
9　『書道芸術　巻十一』（平凡社）による。
10　竹内理三編『寧楽遺文　中』（東京堂）による。
11　「山上憶良と聖武天皇宸翰『雑集』」『萬葉集と中国文学受容の世界』（塙書房）。
12　山本聡美・西山美香編『九相図資料集成』（岩田書院）参照。
13　辰巳「山上憶良と九想観詩」注2参照。
14　中西進「憶良と仏教思想」『中西進　万葉論集　第八巻　山上憶良』（講談社）。
15　辰巳「六朝士大夫と憶良」『万葉集と中国文学　第二』（笠間書院）参照。

第三章
倍俗先生と得道の聖

1 序

奈良朝の始まりは七一〇年の平城遷都に求められるが、その出発においては大化以降の儒教主義による政治改革に端を発しつつ、近くは七〇一年の唐制に基づく大宝律令の施行による社会・政治制度の大きな改革があり、また同年に任命されて翌年に出発した第七次遣唐使の帰国による唐の最新の科学技術や法制度あるいは思想・哲学の受け入れがあり、そこには唐との密接な関係を直接、間接に築くことで新たな国家経営を意図する激動の時代であった。続いて七一二年の『古事記』の撰進、七一三年の『風土記』の官命、七一八年の『養老律令』の完成、七二〇年の『日本書紀』の成立など、矢継ぎ早に古代日本は文化的国家の体裁を整えることになる。それらの整備が当時の東アジア情勢の中に目論まれた政策であったことは間違いなく、ここに名実ともに日本は東アジア文化圏の一国として自覚的に参画することとなるのである。韓半島の百済が滅亡して対外交流の断たれた日本が、ここに中国との交流関係を再開し、貪欲に中華文明の受け入れに動き始めたのである。

こうした東アジア文化の受け入れは、一方に八世紀の知識人たちの思想や宗教の混乱を惹起することにもなった。すでに中国六朝期において儒教主義のみでは対処出来ない思想状況が展開していたのであるが、その状況をも古代日本は引き受けることになるからである。六朝期の知識人である士大夫たちは、儒教とともに仏教への理解を示すことで儒・仏の一致へと向かいながらも、両者の矛盾を乗り越えることは容易ではなかった。さらに老荘・道教への傾きも見られるから、思想・宗教への理解はさらに複雑さを増すこととなる★1。范縝《はんしん》の道家の立場を重んじる「神滅論」を契機として、「神不滅論」や「難范縝神滅論」などに代表される激しい論争は、一方にそれらの同質性を説く論理を生み出すことになるのである。そこには、例えば沈約《しんやく》の「均聖論」に代表されるように、「内聖と外聖とは義均しくして理は一なり」★2という中に、儒の周孔と仏の釈迦とを一つとする考えが窺えるはずである。そうした思想の混沌の状況を引き受けて、八世紀の奈良朝における知識人の思索が出発することとなり、そこには儒教と仏教との葛藤を通して展開する知識人たちの姿が窺えるのである。

2　巫蠱左道と山沢亡命の民

奈良朝初頭の左大臣であった長屋王が、神亀六（七二九）年二月に謀反の疑いで自尽を余儀なくされる事件が発生する。その時の記録によれば、次のように見える。

二月辛未（十日）、左京の人従七位下漆部造君足、無位中臣宮処連東人ら、密を告げて称さく、「左大臣正二位長屋王私かに左道を学びて、国家を傾けむと欲」とまうす。その夜、使を遣して固く三関を守らしむ。因て式部卿従三位藤原朝臣宇合、衛門佐従五位下佐味朝臣虫麻呂、左衛士佐外従五位下津嶋朝臣家道、右衛士佐外従五位下紀朝臣佐比物らを遣して六衛の兵を将て、長屋王の宅を囲ましむ。★3

この長屋王事件の記録で注目されるのは、王が私に「左道」を学び、それにより国家を傾けようとしたということにある。「左道」の語は古代日本の文字文献に初めて見えるものであり、その出典として考えられるのは『礼記』王制に見られる「析言、破律、乱名、改作、執左道以乱政殺」★4である。鄭注《ていちゅう》では「析言《せきげん》」とは言説を巧みにすることと、「乱律《らんりつ》」とは法令に従わないこと、「乱名」とは勝手に名前を変えること、「改作」とは正しい著述を改編することである★5。これらに並んで「左道」があり、これも鄭玄《じょうげん》の注によれば「左道若巫蠱及俗禁」★6だという。「巫」は巫女・巫覡《ふげき》であり、「蠱《こ》」は邪悪な呪いで他に害毒を与えることであるから、それに類するのが左道の内実であることが理解され、左道とは邪悪な呪術という意味になる。また、「左道」は後述するように「唐律《とうりつ》」の盗賊律の規定にも見られ、その制定は唐の法令に基づくものといえる。このようであれば左道は当時の政治思想である儒教の秩序を乱す邪悪な呪術であり、長屋王は巫蠱《ふこ》左道の呪術に通暁していたということになる。その正否は不明であるが、当時の儒教に大きく背く怪しげな呪術や呪術者が奈良朝初頭に登場していたことは否定できない。それは長屋王事件が収束した二ヶ月後の四月に、次のような記事を見るからである。

癸亥（三日）、勅したまはく、「内外の文武の百官と天下の百姓と、異端を学び習ひ、幻術を蓄へ積み、厭魅呪詛ひて百物を害ひ傷る者有らば、首は斬、従は流。如し詐りて仏の法を道ひ、自ら教化を作し、伝へ習ひて業を授け、書符を封印し、薬を合せて毒を造り、万方に怪を作し、勅禁に違ひ犯す者有らば、罪亦此くの如くせよ。その妖訛の書は、勅出でて以後五十日の内に首し訖れ。若し限りの内に首せずして後に糺し告げらるる者有らば、首・従を問はず、皆咸く流に配せむ。その糺し告ぐる人には絹卅疋を賞はむ。便ち罪せる家に徴らむ」とのたまふ。（『続日本紀』）

ここに見る「異端」「幻術」「厭魅呪詛《えんみじゅそ》」は、先の左道に類するものであろうと推測され、さらに山林に停住して偽仏法の教化や伝習、書符の封印、毒薬の製造、作怪、勅禁違反をする者などがあり、これらも左道の具体的な内容を指すものと思われる。この類の記録は奈良朝前後に見られ、「山沢に亡命し、軍器を挟蔵して、百日首さぬは、復罪ふこと初の如くせよ」（慶雲四年七月十七日）や「山沢に亡命し、兵器を蔵禁して、百日首さぬは、復罪ふこと初の如くす」（養老元年十一月十七日）がそれであり、それが神亀六（天平元）年四月の記事に連接するのである。こうした山林停住者は単に逃亡農民を指すのではなく、「妖化の書」を携えているのを見ても、何らかの意図をもって行動している集団であることが知られる。山林に停住する者へのそうした行為の禁止は、「唐律」において「即亡命山沢、不従追喚者、以謀叛論、首得絞刑、従者流三千里」★7とあり、そこには東アジアの社会状況が現れている。異端・幻術・厭魅呪詛はその専門家の存在を示すであろうし、厭魅・書符は日本の「盗賊律」に「凡そ憎み悪む所有りて、厭魅を造り、及び符書咒詛を造りて、以て人を殺さむとせらむは、各謀殺を以て論して二等を減せよ」★8とあり、厭魅や咒詛が当時の社会に一般化している様子が窺える。僧尼令にもこうした呪詛などの禁止が示されているのは、当時の僧の特殊性にあろう。厭魅は「唐律」において「諸有所憎悪、而造厭魅及造符書呪詛、欲以殺人者、各以謀殺論減二等」と見え、「疏議」に「有所憎嫌前人而造厭魅、厭事多方、罕能詳悉、或図画形像、或刻作人身、刺心釘眼、繫手縛足、如此厭勝、事非一緒、魅者、或仮託鬼神、或妄行左道之類、或呪或詛、欲以殺人者、各以謀殺論減二等」（同上）とあり、そこには人型を描き、或いは人型を木に刻み、それらの心臓や眼に釘を打ち付けるなどの呪詛が禁止されていて、日本の盗賊律が唐の盗賊律を受けていることが知られるのだが、平城京址から発掘された幾つもの呪いの人型を見るならば★9、実態としての左道が社会現象として現れていたことを窺わせるものである。

先の神亀六年記事で注目されるのは、書符の封印や毒薬製造などが「詐りて仏の法を道ひ、自ら教化を作し、伝へ習ひて業を授け」と並立に記されていることである。そこには偽りの仏法が説かれ、自ら教化して業を授けている者の存在が認められる。この偽仏法は当時の新興宗教と関係するものと思われ、養老元年四月二十一日の詔に、「頃者、百姓、法律に乖き違ひて、恣にその情に任せ、髪を剪り鬢を髡りて、輙く道服を着る。貌は桑門に似て、情は姧盗を挟むことは、詐偽の生ずる所以にして、姦宄斯より起る」（『続日本紀』）のように見られ、これは桑門《そうもん》にあるように似せているが、実際は私度《しど》あるいは自度《じど》と呼ばれる出家僧の登場とそれへの禁止であり、これもまた大きな社会現象として現れていたのである。このような私度や自度を率いていたのが元正朝あたりから活動を開始した僧行基《ぎょうき》であったことが知られる。それは先の詔の記事に続いて、次のように見えるからである。

> 方に今、小僧行基、并せて弟子等、街衢に零畳して、妄に罪福を説き、朋党を合せ構へて、指臂を焚き剥ぎ、門を歴て仮説して、強ひて余の物を乞ひ、詐りて聖道と称して、百姓を妖惑す。道俗擾乱して、四民業を棄つ。進みて釈教に違ひ、退きては法令を犯す。(『続日本紀』)

ここに登場する小僧行基は、後に行基菩薩と呼ばれる高僧になるのだが、これは行基の活動の出発を告げる折の記事である。行基とその弟子たちが街衢《がいく》に群集していることが知られ、彼らは妄《みだ》りに「罪福」を説き「指臂《しひ》」を焼くという。罪福は人々に因果応報を説くことであり、また指臂を焼くのは捨身《しゃしん》の行である。かつ、詐《いつわ》って「聖道」と称して百姓を妖惑し道俗擾乱《じょうらん》し云々は、官の仏教とは対立する性格を持つ新興宗教の登場であることが知られる。

このような行基集団の登場と軌を一にして「僧尼令」には「凡そ僧尼、上づかた玄象を観、仮って災祥を説き、語国家に及び、百姓を妖惑し、并せて兵書を習ひ読み、人を殺し、姧し、盗し、及び詐りて聖道得たりと称せらば、並に法律に依りて、官司に付けて、罪科せよ」★10とあり、行基の動きや山沢亡命の民への禁止と等しい状況が見られるのである。さらに「凡そ僧尼、吉凶を卜ひ相り、及び小道、巫術して病療せらば、皆還俗。其れ仏法に依りて、咒を持して疾を救はむは、禁むる限に在らず」(同上)と続く。当時の鎮護国家の仏教が正当な仏教であることから見れば、これらの僧尼の行為はシャマニズムの性格を多く持つものであり、そこには民間の呪術者(巫者)が仏教と深く結びつきながら展開している様相があり、ここに、両者の激しい葛藤が認められるであろう。行基を遡れば文武天皇の時代に役行者《えんのぎょうじゃ》があり、「役君小角、伊豆嶋に流さる。初め小角、葛木山に住みて、呪術を以て称めらる。外従五位下韓国連広足が師なりき。後にその能を害ひて、讒づるに妖惑を以てせり。故、遠き処に配さる。世相伝へて云はく、『小角能く鬼神を役使して、水を汲み薪を採らしむ。若し命を用ゐずは、即ち呪を以て縛る』と」(『続日本紀』)

文武天皇三年五月二十四日）とあり、そこには山岳修験の行者が登場し、また平安時代に活躍する安倍晴明の用いたという式神《しきがみ》の呪法も見られ、それらの呪法は偽仏教者の方法としても存在したのであり、それは日本古代が東アジアの儒・仏・道の交錯する現象を直接に反映しているものであることが理解出来るのである。

3　儒教と老荘

唐令に対して日本の古代学令から老荘学が除外されているのは、老荘への無関心にあるのではなく、むしろ老荘思想が安易に受け入れられる傾向があり、それは儒教学派から排除された結果であろうと思われる。役小角の活動は直接に老荘的ではないが、仙術を使い式神を用いる方法から見れば、神仙・道教的な様相が窺われる。それのみではなく、当時の儒教テキストが鄭玄《じょうげん》・服虔《ふっけん》・杜預《とよ》・孔安国・何晏《かあん》注により理解されていたのであり、彼らは漢代儒教教典の正統な注釈家たちである。これらの注を受けて古代日本の儒学が成立しているのであり、一方の緯書《いしょ》系統の学問は学令には定められていない。もちろん、緯書が読まれていなかった訳ではなく、「孝経援神契《こうきょうえんしんけい》」や「河図《かと》」系統の緯書は十分に理解されていたことが知られる★11。

老荘の学が古代学令から除かれながらも、古代の知識人たちの関心は老荘思想、殊のほか神仙思想への憧れにあったように思われる。それを露わにするのは、文学的方法においてであった。奈良朝初頭を代表する知識人の大伴旅人は「讃酒歌十三首」（巻三・三三八―五〇）の中で「古の七の賢しき人どもも欲りせしものは酒にしあるらし」★12と詠むのは、三国魏の時代の竹林の七賢を指すものであり、そうした七賢への憧憬が酒を媒介として現れるのである。あるいは「この世にし楽しくあらば来む生には虫に鳥にもわれはなりなむ」といい、仏教の説く因果応報や輪廻転生《りんねてんせい》への反発が見られる。さらに酒を飲まずに生真面目に儒教的道徳を口にする者を猿に似ているといい、彼らは「賢良《さかしら》」

だと批判される。賢良とは中国では科挙試験の賢良コースに合格した儒学の秀才を指し、すぐれた官吏の意味でもある★13。いわば儒教を正義として政治道徳を論じる秀才に対して猿だと揶揄するのだが、こうした旅人の思潮には仏教とも儒教とも異なる立場が見える。むしろ、旅人の関心は「遊松浦河序」（巻五）に見るように、仙郷への憧れであり、洛浦《らくほ》や巫峡《ふきょう》の仙女への憧れであった。

そうした神仙への憧憬は、すでに天武・持統朝の詩人たちに現れていて、そこには公務の煩わしさに対して仙境が求められている。『懐風藻』によれば、葛野王《かどのおう》は「遊龍門山」で「命駕遊山水、長忘冠冕情。安得王喬道、控鶴入蓬瀛」★14と詠む。公務の暇に吉野の山水への遊覧を楽しみ、王子喬《おうしきょう》のように仙山である蓬萊《ほうらい》や瀛州《えいしゅう》に行きたいのだというところに、仙人王子喬の伝説が理解されており、また三神山の伝説も理解されていることが知られる。しかも、仙界への憧憬が世俗の雑務に倦み疲れたことにあるとするのは、仙界思慕のみではなく作者の日常における精神世界を説明するものとして興味深い。そのような精神性は先の旅人の松浦河遊覧へと接続するものである。この神仙郷への憧憬は持統朝の吉野行幸に伴う吉野詩において育まれ、吉野は仙郷としての地位を確実にして行く。持統・文武朝に活躍する藤原史《ふひと》の「遊吉野」では、「飛文山水地、命爵薜蘿中。漆姫控鶴挙、柘媛接魚通。煙光巌上翠、日影湍前紅。翻知玄圃近、対翫入松風」のように、吉野は漆姫《しつき》や柘媛《しゃえん》という仙女のいる仙郷となり、聳え立つ巌の風景を見るとそこは明らかに西王母の住む崑崙《こんろん》の山に接する所だとする。吉野への遊覧がこのような仙郷への憧憬の中にあることは、当時の知識人たちの等しくする所であったのであり、老荘・神仙への知識が遊覧詩を介して成立し、吉野がその聖地を形成することとなった。

古代日本の知識人たちが神仙への憧憬をこのように詠みながらも、その神仙思想と儒教思想とを一つにすることで新たな思想の統一を図るところに特徴が認められる。この両者の合一は、古代日本人の自然観と深く係わる問題であると思われる。儒教の自然観は『論語』雍也《ようや》に孔子の説く「子曰、智者楽水、仁者楽山。智者動、仁者静。智者楽、仁者寿」★15があり、その意味は「知者達於事理。而周流無滞。有似於水。故楽水。仁者安於義理。而厚重不遷。有似於山。故楽山。動静以体言。楽寿以効言也。動而不括故楽。静而有常故寿」（同上）と説明され、山水は智者や仁者の態度に喩えられる。そうした儒教的山水観は、文武朝から奈良朝初頭に活躍する巨勢多益須《たやす》の「春日。応詔」の詩に「玉管吐陽気、春色啓禁園。望山智趣広、臨水仁懐敦。松風催雅曲、鶯哢添談論。今日良酔徳、誰言湛露恩」と見える「望山智趣広、臨水仁懐敦」は、智水仁山を反転させて山智水仁と詠み「山智」の中に山と向き合う水を、「水仁」の中に水と向き合う山を示唆し、その交叉する中に山水仁智が詠まれているのである。これが応詔詩であることから見れば、山水仁智を楽しむのは天皇であり、天皇はそうした山水仁智の地に遊覧することで儒教的自然観（山水観）の体現者として称えられている。いわば、ここには儒教的山水観を以て天皇の自然を形成する態度が見られるのである。このような自然観の上に老荘的・神仙的自然観を加えるのが『懐風藻』の詩人たちのもう一つの特色である。儒と老は政治的には対立する思想ではあるが、その両者を合一させる態度が、天皇を主人公とした公宴において実現されるところにもう一つの特色が認められる。文武朝から奈良朝にけて活躍する紀麻呂の「春日。応詔」では、

恵気四望浮　重光一園春　式宴依仁智　優遊催詩人　崑山珠玉盛　瑶水花藻陳
階梅闘素蝶　塘柳掃芳塵　天徳十尭舜　皇恩霑万民

のように、春の陽気が四方に満ち、天子の徳も春園に輝き、この宴会は天子の「仁智」によるもので、ゆったりとして詩人に詩作を促し、園地には崑崙の珠玉が満ち、崑崙の池には美しい玉藻が靡いているという。また、階《きざはし》の梅は白い蝶と色を競い、池の堤の柳は塵を払い清め、まさに天子の徳は尭《ぎょう》や舜《しゅん》を十倍にもしたようで、皇恩は万民を潤しているという。その春園の宴が仁智に依るのだというのは、山水自然の中に公宴が催されていることを示し、その自然は天子の徳に依るのである。しかも、その宴の場は崑崙にも喩えられ、儒と老との合一の中に天皇の宴が展開されるのである。これは天皇が儒教的存在のみではなく、神仙的存在でもあることをいうものであり、その両者の合一の

中に天子の徳を褒め称える。そうした儒と老の合一は、吉野詩においても展開される。むしろ、仙郷として定着した吉野は、一方に儒教的自然観と融合するのだというべきかも知れない。奈良朝初頭の中臣人足の「遊吉野宮」では、

惟山且惟水　能智亦能仁　万代無埃所　一朝逢柘民
風波転入曲　魚鳥共成倫　此地即方丈　誰説桃源賓

と詠まれ、吉野を山水仁智の地であることを前提として、この地はある朝たちまち味稲《うましね》という男が柘媛《しゃえん》という仙女に出会ったところであり、風も川波も音楽のように聞かれ魚も鳥も友となり、それ故にこの地は方丈に等しく桃源郷のことを説く必要はないというのである。方丈は三神山の一つであり、吉野は智水仁山に保証された仙郷へと成長する。あるいはまた大伴王の「従駕吉野宮。応詔」では、

山幽仁趣遠　川浄智懐深　欲訪神仙迹　追従吉野濤

と詠まれる。山は仁の徳が広大で川は智の懐が深く、山水仁智の地へと発たれた神仙である天皇の後を訪い、吉野の地へと追従して来たという。これが応詔詩であることから見れば、天皇は吉野において神仙へと変身させられ、それに加えて天皇の存在が山水仁智による儒教的自然の、また不老不死の神仙が住む吉野の自然の、その両者を合一する存在として明確に位置づけられる。そこには吉野の自然と向き合う儒教道徳の聖君子と老荘思想の無為自然《むいしぜん》の君子とが合一され、新たな天皇像が形成されているのである★16。

4　倍俗をめぐる儒と仏の葛藤

奈良朝初頭は六朝風により彩られ、それゆえに思想的には二律背反する状況を形成した。中西進氏は山上憶良の作品の特質としてこの二律背反する思想状況を指摘し、その基本に六朝《りくちょう》思想により現れる「惑い」を挙げる★17。ここ

に現れる惑いとは、父母・妻子を棄てて得道に励む男の立場に対する批判として見られ、山上憶良が作品のテーマとした問題である。大宝元年に施行された律令に伴う家族制度の変革は、「凡戸主。皆以家長為之」（戸令）に象徴される家父長の登場であり、それが実体化されていたか否かは明らかではないが、少なくともこの改革を通じて戸主を筆頭とした家族の成立があった。それに伴い父権が家の基本となり、新しい家族愛が登場する。その家族愛とは父義・母慈・兄友《けいゆう》・弟恭《ていきょう》・子孝（『書経』舜典）に求められる五常の教えにある。父は義を母は慈を以て子どもたちを見守り、兄はやさしく弟は恭順で、子は親に孝行を尽くすという儒教の教えを基準とした家族愛である。当時の妻訪い婚による婚姻形式から見れば、大きな変革の中に家族という存在が意識され始めたのである。それは家族とその家族による愛がテーマとして成立する状況を導くものであるのだが、そうした家族をテーマにしながらも、その家族の崩壊を問題にしたのが憶良であった。それは次の作品に示されている。

令反惑情歌一首并序

或有人。敬父母、忘於侍養、不顧妻子、軽於脱屣。自称倍俗先生。意気雖揚青雲之上、身体猶在猶塵俗之中。未験修行得道之聖。蓋是亡命山沢民。所以指示三綱、更開五教、遺之以歌、令反惑。歌曰

父母を　見れば尊し　妻子見れば　めぐし愛し　世の中は　かくぞ道理　黐鳥の　かからはしもよ　行方知らねば　穿沓を　脱き棄る如く　踏み脱きて　行くちふ人は　石木より　生り出し人か　汝が名告らさね　天へ行かば　汝がまにまに　地ならば　大君います　この照らす　日月の下は　天雲の　向伏す極み　谷蟆の　さ渡る極み　聞し食す　国のまほらぞ　かにかくに　欲しきまにまに　然にはあらじか（巻五・八〇〇）

反歌

ひさかたの天路は遠しなほなほに家に帰りて業を為まさに（同・八〇一）

父母・妻子を棄て修行得道の聖に到ろうとする倍俗《ばいぞく》先生に対して、家に帰り生業に励むことを諭すのがこの作品の

趣旨である。その倍俗先生とは「俗に倍《そむ》く先生」の意味であり、ここには俗と倍俗という二律背反するテーマが設定され、その二律背反の中から世間に生きることとの問題が説かれることとなる。倍俗先生は父母を尊敬することは知っているが養うことを忘れ、妻子は脱ぎ捨てた沓《くつ》よりも軽く扱い、志は青雲の上に揚がるが身体は塵俗の中にあるのだという。しかも、修行得道の聖となった訳ではなく、単に山沢亡命の民に過ぎぬのではないかと思われ、それで「三綱」「五教」を開示し歌で惑いを反そうというのが序文の内容である。長歌においては父母を尊び妻子を可愛いと思うことは世の「道理」であり、それは鳥が鳥黐《とりもち》に掛かって離れられないように行方も知らずあることなのだが、穴の空いた沓を脱ぎ棄てるように行くという人は石木より生まれ出た人ではないかと誰何《すいか》し、天へ行くならば恣にも出来るが、この日月の照らすすべての世界は天皇の支配する国であるから、ともかくも勝手にするのは良いがこのようではないのかと諭《さと》す。反歌においても、天への道は遠いのだからいい加減に家に帰り生業に励むべきだと教える。

この作品の中心テーマが「惑いを反す」ことにあり、倍俗先生の行動が「惑い」であるとするのは、これを三綱・五教から諭すのだというように、明らかに儒教の立場からである。いわば、ここに現れる俗と倍俗という二律背反は、儒教の教えを守る者とそれに背いて家族を棄てる者との関係の中に現れるものであり、作品は儒教側からの批判ということになろう。その男を山沢亡命の民だと非難するのだが、しかし、この倍俗先生が青雲の志を持ち修行得道の聖を目指した男であることから見れば、単なる逃亡農民ではなく、ある明確な意志や志を持って行動を起こした男であるといえる。そうした男の行動の基準が奈辺にあるのか、それがここでの問題である。先に触れたように、この時代には山林に逃亡して兵器や禁書を携える者、また異端を学び幻術を蓄え積み厭魅呪詛《えんみじゅそ》して百物を害《そこな》い傷《やぶ》る者のあることが社会問題として存在した。憶良が取り上げる倍俗先生とは、そうした者たちの行動を背景としていることは十分に考えられ★18、それゆえ彼らに対して「三綱」（君臣・父子・夫婦）「五教」（父義・母慈・兄友・弟恭・子孝）を以て惑いを返すのだということになる。少なくとも、彼らが髪を剃り異端を学習し幻術を蓄え厭魅呪詛するというのは、当時の政府の評価ではあるのだが、そこには仏教的な要素も道教的な呪法も混在している様相が見受けられ、奈良朝初頭の社会状況を示唆している。

ただ、憶良の当該作品を見る限りでは、倍俗先生は「修行得道の聖」を目指す者であるから、その側から倍俗先生の立場を理解する必要がある。その先生は「敬父母、忘於侍養」という男であり、そこには『論語』為政《いせい》に説く「子曰、今之孝者、是謂能養。至於犬馬、皆能有養。不敬何以別乎」や、『礼記《らいき》』内則に説く「孝子養老也、楽其心、不違其志、楽其耳目、安其寝処、以其飲食忠養之。孝子之身終、終身也者、非終父母之身、終其身也。是故父母之所愛亦愛之、父母之所敬亦敬之。至於犬馬尽然、而況於人」や、『孝経』の「子曰。孝子之事親也。居則致其敬・養則致其楽。病則致其憂。喪則致其哀。祭則致其厳。五者備矣。然後能事親」★19とは反対の処に身を置いている者であることが示唆されている。父母を尊敬することが無ければ孝行とは言えないのだとすれば、倍俗先生は父母を尊敬しているのであり、ただ侍養をしないのである。そこには孝養をめぐる主題も現れているが、倍俗先生が父母を侍養できない理由は、修行得道のために俗を離れることにある。儒教が世俗の教えであるとすれば、倍俗先生の立場は世俗を離れることが目的であり、そうした立場の倍俗先生にとって父母・妻子を棄てることを必然とせざるを得ないのであり、そのようであれば倍俗先生は出家により修行得道の聖となることを志した男がモデルであることが知られる。

ここに現れるのは儒教と仏教の葛藤である。憶良はその葛藤を意図的に主題化することで、儒教的な生き方を教諭するのであるが、むしろこの倍俗先生に対してそれを「惑情」だと評価したことの問題である。その「惑い」は儒仏の葛藤を通して主題化するための惑いであり、当時の社会現象を直接に反映するものではない。それは、むしろ憶良内部の精神的葛藤の反映であるとされるのも★20、そうしたところにある。もちろんそれを主題化する問題は、儒教と仏教という関係に対する憶良なりの判断が求められたということであろう。そのような判断や評価を可能としたのは、「惑い」という主題が憶良の中に鮮明に意識されていたことによろう。それは奈良朝においては極めて先鋭的な意識であったように思われる。そうした「惑い」を主題化したのは、仏教が中国に受け入れられて以後に屡々《るる》繰り返された主題であったことが契機であるように思われる。早くに漢牟融《ぼうゆう》の「理惑論《りわくろん》」には、出家に関して次のように述べているのは、憶良の当該作品を考えるのに重要である。

問うて曰く、夫れ福は継嗣に踰ゆる莫く、不幸は無後に過ぐる莫し。沙門の妻子を棄て、財貨を捐て、或は終身娶らざるは、何ぞ其れ福孝の行に違ふや。自ら苦しみて奇無く、自ら極して異無し。牟子曰く、夫れ左に長ずる者は必ず右に短なり。前に大なる者は、必ず後に狭し。孟公綽は趙魏の老と為れば則ち優なるも、以て滕辟の大夫と為す可からずと。妻子財物は世の余なり。清躬無為は道の妙なり。老子曰く、「名と身と孰れか親しき、身と貨と孰れか多き」と。★21

ここに儒教的な福は継嗣《けいし》のあることに尽きるが、不幸とは継嗣の無いことだという。ところが出家者は妻子を棄て財産を棄て、どうして福孝の行いに反するのかというのは、あの倍俗先生の立場と重なることとなる。その答えはいずれにおいても長短があるように妻子・財物は世の余りなのだという。「老子曰く」というのは「名与身孰親。身与貨孰多。得与亡孰病。甚愛必大費。多蔵必厚亡。知足不辱。知止不殆。可以長久」★22というのに基づく。老子の言を援用するのは、牟子は儒老の理解の上で仏教の本質を説くことを目的とするからであり、また、仏教の教義は格義《かくぎ》によることで老子の哲学とも重なることにあった。

六朝においても儒と仏との葛藤は知識人たちの基本的な問題として継続していた。殊に東晋の孫綽《そんしゃく》は「喩道論《ゆどうろん》」において至道を疑う者があるので、彼らに対して道を説き教えるというのである。

或る人難じて曰く、周孔の教えは孝を以て首となす。孝徳の至は百行の本なり。孝立ちて道生じ、故に子の親に事ふれば、生きては則ち其の養を致し、没しては則ち其の祀を奉ず。三千の責、後無きより大なるは無し。体は之れ父母なれば、敢て夷毀せず。是を以て楽正は足を傷むれば、終身愧を含む。而れども沙門の道は所生を離るるに委かす。親を棄てゝ即ち疏、鬢髪を刓剃して其の天貌を残す。生きては色養を廃し、終に血食を絶す。骨肉の親も之を行路に等しくす。理に背き情を傷る。此れより之れ甚しきは莫し。而も云ふ、道を弘め仁を敦くし、広く群生を済ふと。斯れ何ぞ根本を斬刈して枝幹を修め、而も碩茂を殞せずと言ふに異らんや。(『弘明集』前掲書)

道を難じる者とは、周孔の道を説く者であり、彼らは父母への孝養を第一とするが、沙門の道は髪を剃り親を棄て理に背くことが甚だしいのだという。ここには儒教の道と沙門の道とが対立し、この二つの道の葛藤であることが知られる。これに対して孫綽は「此れ誠に窮俗の甚しく惑ふ所、倒見の大謬為り。諮嗟而も黙して已むこと能はざる者なり」として「或る人」に対して反論を加える。昔仏は太子であったこと、国を棄てて道を学んだこと、悟りを開いて三界の表に遊び化を無窮の境に恣にし、意の指す所は通じないことはなかったことを説き、

大範の群邪は之を正路に遷し、衆魔の小道は遵服せざる靡し。斯の時や、天清地潤、品物嘁な亨る。蠢蠕の生は霊液に浸毓し、枯槁の類は瘁を改めて栄と為る。照を本国に還へし、広く法音を敷く。父王感悟し、亦た道場に升る。此を以て親を栄にす、何の孝か之に如かんや。(同上)

のように論難する。近くにあって父母に事《つか》えて孝養を致すことのみが孝養ではなく、釈迦のように出家して聖道を得てもすぐれた孝養を尽くすことが出来るのだという。儒教側の非難は親への孝養に最も関心があり、仏教の出家は不孝の最大のものと思われたのである。それに対して仏教側は釈迦の孝養を説いて反論するのであり、これは中国に仏教が入って以来長く論争が繰り返された問題であった。その中で仏教側の行動の論理は「道を弘め仁を敦くし、広く群生を済ふ」ことにあった。

憶良が倍俗先生に対して「或有人」と言うのは、聖道を説く人のことであり、明らかに出家を志した男である。父母・妻子を棄てて修行得道に励み、まさに「広く群生を済ふ」ことを志とした男である。倍俗先生としてモデル化さ

れた男は、山沢亡命の民と非難されながらも、奈良朝初頭の新たな宗教・思想世界に生きる男の登場であった。

なお、道元は弟子の懐奘《えじょう》が父母の報恩などのことを為すべきかと質問した時に、道元は「孝順は最用なる所なり。然あれども其の孝順に在家出家の別あり。在家は孝経等の説を守て生につかへ死につかふること、世人みな知れり。出家は恩をすてて無為に入る故に、出家の作法は恩を報ずるに一人にかぎらず。一切衆生をひとしく父母のごとく恩深しと思ふて、なす処の善根を法界にめぐらす。別して今生一世の父母にかぎらば、無為の道にそむかん。日日の行道、時時の参学、只仏道に随順しもてゆけば、其れを真実の孝道とするなり」★23という。ここには中国の儒と仏の葛藤から引き継がれた父母への孝養をめぐる対立とその融合とが見られよう。その途次に奈良朝初頭の憶良によって倍俗先生をモデルとした道理の問題が問われていたのである★24。

5 結

奈良朝初頭は三十年に亘って鎖されていた唐との国交が再開されて遣唐使の帰国が相次ぎ、また新羅との国交も正常化に伴い交流が深められた時代であった。そのことに伴い政治・社会・宗教は東アジア文化の中に組み込まれ、古代日本は新たな国際社会と向き合うことになる。当時の東アジア文化は唐の道先仏後《どうせんぶつご》の時代にはあったが、そこには六朝的思想を色濃く保持していたことも確かである。その六朝思想の中心が儒教・仏教・道教（老荘）の三教思想であり、そうした三教の流入により、当時の知識人たちの生き方にも対応が迫られた時代であった★25。それは中国六朝の士大夫たちの生き方や考え方を直接に反映するものであったし、また現実的には山沢に異端が隠れ、街巷には行基のような仏教者が活動を始めていた。さらに知識人たちは老荘への関心を強く持ち、神仙への憧れを詠むとともに、儒教との合一を計り宮廷詩を作り上げていた。そのような中で真っ向から儒教と仏教との葛藤を主題化することで

「孝」という基本問題に関心を示しそれを文芸思想としたのが山上憶良であった。

このような奈良朝初頭の思想状況は、知識人たちの生き方を覚醒させ、憶良の場合それは「道理」という問題にたどり着いたように思われる。儒教的処世が求められた知識人たちにとって三教それぞれに道理が存在し処世が存在することへの驚きは、奈良朝の思想界を豊かに位置づけるものであったといえる。殊の外、憶良の登場はこの道理の在り方を明確にした。儒教における父母への孝養を説く家族愛に対し、仏教の一切衆生を父母とする法愛は儒仏論争の入り口に違いないが、それが中国においても長く論争されていた経緯を踏まえれば、儒仏論争の重い主題であったことが理解されるはずである。もっとも憶良はこれ以後の作品において「窃以、釈慈之示教〔謂釈氏慈氏〕先開三帰〔謂帰依仏法僧〕五戒而、化法界〔謂一不殺生、二不偸盗、三不邪婬、四不妄語、五不飲酒也〕、周孔之垂訓、前張三綱〔謂君臣父子夫婦〕五教、以済邦国。〔謂父義、母慈、兄友、弟順、子孝〕故知、引導雖二、得悟惟一也」（「悲嘆俗道、仮合即離、易去難留詩一首并序」『万葉集』巻五）と述べるのは、明らかに儒と仏の一致へと向かう態度である。そこには先に見た沈約の「内聖と外聖とは義均しくして理は一なり」と等しい立場がある。こうした論争を通して奈良朝の知識人たちが六朝的な「道理」の問題に向かい合ったことは、道元に先立って日本思想史の上では特筆すべきことであったといえるのである。

注

1　古代における六朝的状況については、中西進「六朝風」『万葉集の比較文学的研究（上）』（講談社）に詳しい。また、六朝士大夫の処世観については森三樹三郎「六朝士大夫の性格とその歴史的環境」『六朝士大夫の精神』（同朋舎）に詳しい。

2　「弁惑篇」『国訳一切経和漢撰述部護教部　弘明集』（大東出版社）。

3　新日本古典文学大系『続日本紀』（岩波書店）による。以下同じ。

4　十三経注疏本『礼記正義』（中華書局）による。以下同じ。
5　『礼記正義』注4による。
6　『礼記正義』注4による。
7　『唐律疏議』（中華書局）巻第十七による。以下同じ。
8　日本思想大系『律令』（岩波書店）。
9　『平城京展　再現された奈良の都』（朝日新聞社大阪本社）、および金子裕之「日本における人形の起源」福永光司編『道教と東アジア』（人文書院参照）。
10　日本思想大系『律令』注8による。
11　『続日本紀』養老七年十月二十三日の記事に「今年九月七日、左京の人紀家が献れる白亀を得たり。仍て所司に下して図諜を勘検へしむるに、奏して侢さく『孝経援神契に曰はく「天子孝あるときは、天竜降り、地亀出づ」といふ。熊氏が瑞応図に曰はく、「王者偏せず党せず、耄老を尊び用ゐ、故旧を失はず、徳沢流洽するときは、霊亀出づ」といふ』とまうす。」とある「孝経援神契」「熊氏が瑞応図」は緯書である。「孝経援神契」（『緯書集成』河北人民出版社）に「天子孝天龍出図地亀出書」「天子孝則天龍降地亀出」などと見える。
12　中西進『万葉集　全訳注　原文付』（講談社文庫）による。以下同じ。
13　辰巳「賢良―大伴旅人論」『万葉集と中国文学』（笠間書院）参照。
14　日本古典文学大系『懐風藻・本朝文粋・文華秀麗集』（岩波書店）による。以下同じ。
15　呉氏刊本『論語集注』（書籍文物流通会）による。以下同じ。
16　「懐風藻の詩と詩学」本書Ⅳ参照。
17　「嘉摩三部作」『中西進　万葉論集　第八巻　山上憶良』（講談社）。
18　一般に『続日本紀』の山林停住者の記事が指摘されている。なお、倍俗に関しては『万葉集攷証』が『淮南子』人間訓に見える単豹の「倍世離俗」を指摘している。
19　十三経注疏本『孝経注疏』（中華書局）による。

20　中西進「嘉摩三部作」『中西進　万葉論集　第八巻　山上憶良』前掲注17、井村哲夫「山上憶良の思想と文学」『憶良・虫麻呂と天平歌壇』（翰林書房）、村山出「惑情を反さしむる歌」『奈良朝前期万葉歌人の研究』（翰林書房）参照。
21　『国訳一切経和漢撰述部護教部　弘明集』注2による。
22　『王注孝子道徳経』（松雲堂書店）による。
23　古田紹欽訳注『正法眼蔵随問記』（角川文庫）による。
24　辰巳「道理論」『万葉集と中国文学　第二』（笠間書院）参照。
25　中西進「嘉摩三部作」注20、および辰巳「万葉集と三教思想」『万葉集と中国文学　第二』注24参照。

第四章

古代日本漢詩の成立

百済文化と近江朝文学

1 序

飛鳥の都から琵琶湖の畔の近江に遷都が行われ、近江朝（天智朝）が誕生する。天智天皇六（九九七）年のことである。この近江朝は六七二年の壬申の乱により滅亡するが、近江朝の果たした意義は大きい。一つには、六四五年の大化の改新により進められた古代国家の建設を、中国の〈貞観《じょうがん》の治〉をモデルとして近江朝の時代に一定の完成を見たことである。二つには、仏教優先の政事から国家の思想的基盤を儒教に置き、中国的儒教国家の建設を目指したことである。三つには、政治体制や社会制度の整備を経て、文芸（漢詩）を尊重したことである。大化の改新が政治改革に留まらず、仏教から儒教への転換にあったことは重要である。そのような役割を果たしたのが、六〇八年に小野妹子を大使として派遣された遣隋使であった。この遣隋使は六〇七年に来朝の裴世清《はいせいせい》が帰国するにあたり、送る使いとして再度出発を命じられた。その時に天皇は「東天皇、敬曰西皇帝。云々」の国書を託したとされる。また、この船には派遣学生として漢人、新漢人らの併せて八人が乗船した。彼らは帰国後に活躍することとなるが、殊に南淵漢人請安《じょうあん》は三〇余年のあいだ中国に留まり、六四〇年に帰国した。彼の中国留学の間に隋が滅亡して李氏の唐が起こり、さらには太宗の時代の〈貞観の治〉を経験する。そのようにして帰国した請安のもとに、当時、皇太子であった中大兄皇子《なかのおおえ》（後の天智天皇）と中臣鎌足（後の藤原鎌足）が通い、請安から〈周孔の学〉を学んだという。その数年後に大化の改新が断行されたことから見ると、請安の学問であった周孔の学が東アジアの新思想として若き皇太子たちの心を捉えたことが窺えるのである。

大化の改新以後に、東アジアの国際情勢が緊迫する。朝鮮半島における新羅と百済との紛争の拡大があり、六六〇年に百済は日本に救援を求めて来た。一方、新羅は中国に救援を求め、朝鮮半島は国際戦争へと向かったのである。白村江《はくすきのえ》の戦いと呼ばれるこの国際紛争は、百済が滅亡して終息するが、滅亡した百済からは多くの亡命者が日本に逃れて来た。同時に、中大兄皇子は九州に防人を置き、各地に砦を構え、大宰府に水城を造るのであるが、これらの築造は、百済から逃れてきた兵法家たちによるものであった。また近江に移された都が、前面に琵琶湖を配置し背後に急峻な山を配置しているのは、これも東アジア情勢を睨《にら》んだ軍事的要塞として築造されたものであったと考えられる。

このようにして出発した近江朝は、東アジア世界との交流を失い鎖国的状態に置かれることとなった。しかし、大化以降の中国をモデルとする政治体制の蓄積があったこと、さらに百済から逃れてきた多くの知識人・技術者を受け入れることで、近江朝という時代は百済宮廷の再現が果たされ、百済的な文化の雰囲気が漂っていたと思われる★1。そうした近江朝の文化的雰囲気を「大織冠伝」（藤原鎌足伝）の天智七年正月記事では、「朝廷无事、遊覧是好。人无菜色、家有余蓄。民咸称太平之代。帝召群臣、置酒浜楼」★2と伝えている。朝鮮半島の事態も終息して朝廷は安定した時を迎え、人々の生活にも余裕ができ人民は太平の世だと褒め称え、そこで天皇は群臣を召して琵琶湖の畔の浜楼において詩会を催したというのである。この記録が近江朝の実態を示しているか否かは分からないが、この時代に天皇が詩人・文人たちを宮廷に召し詩の宴を開いたと考えられていたことは、詩賦《しふ》の始まりを近江朝に置く態度である。このような日本漢詩史を語るのは、『懐風藻《かいふうそう》』の序文も同じである。近江朝に日本漢詩の出発を位置づける理由は、そこに日本漢詩成立の必然的な根拠が存在したものと思われる。

2　『懐風藻』序文と近江朝の漢文化

古代日本漢詩がどのような状況にあったのかは必ずしも明らかではないが、古代日本漢詩を集めた『懐風藻』の序文によるならば、日本漢詩の興起を近江朝に置く。近江朝に新しい漢詩文化が興起したことを説く事情には、二つの意味があるように思われる。一つは実際に日本漢詩が近江朝に初めて興起したという実態論からであり、一つは近江朝に文芸興起の出発を位置づけようとする理念論からである。これらについては『懐風藻』の序文を見ることで理解できるものと思われる。

①第一段

逖聴前修。遐観載籍。襲山降蹕之世。橿原建邦之時。天造草創。人文未作。至於神后征坎。品帝乗乾。百済入朝。啓龍編於馬厩。高麗上表。図烏冊於鳥文。王仁始導蒙於軽島。辰爾終敷教於訳田。遂使俗漸洙泗之風。人趨斉魯之学。逮聖徳太子。設爵分官。肇制礼儀。然而専崇釈教。未遑篇章。

②第二段

及至淡海先帝之受命也。恢開帝業。弘闡皇猷。道格乾坤。功光宇宙。既而以為。調風化俗。莫尚於文。潤徳光身。孰先於学。爰則建庠序。徴茂才。定五礼。興百度。憲章法則。規模弘遠。夐古以来。未之有也。於是三階平煥。四海殷昌。旒纊無為。巌廊多暇。旋招文学之士。時開置醴之遊。当此之際。宸翰垂文。賢臣献頌。雕章麗筆。非唯百篇。但時経乱離。悉従煨燼。言念湮滅。軫悼傷懐。

③第三段

自茲以降。詞人間出。龍潜王子。翔雲鶴於風筆。鳳翥天皇。泛月舟於霞渚。神納言之悲白髪。藤太政詠玄造。騰茂実於前朝。飛英声於後代。

④第四段

余以薄官余間。遊心文囿。閲古人之遺跡。想風月之旧遊。雖音塵眇焉。自余翰斯在。撫芳題而遙憶。不覚涙之泫然。攀縟藻而遐尋。惜風声之空墜。遂乃収魯壁之余蠹。綜秦灰之逸文。遠自淡海。云暨平都。凡一百二十篇。勒成一巻。作者六十四人。具題姓名。并顕爵里。冠于篇首。余撰此文意者。為将不忘先哲遺風。故以懐風名之云爾。于時天平勝宝三年歳在辛卯冬十一月也。★3

序文の作者は諸説あるが不明である。この序が書かれたという天平勝宝三（七五一）年は、孝謙《こうけん》天皇の時代であり、橘諸兄政権のもとでの安定した時代である。翌年には東大寺大仏開眼会を控え、また、藤原清河を大使に、吉備真備《きびのまきび》を副使に任命する第十次遣唐使の出発の準備が進められていた。いわば天平文化の爛熟期にあたるのであり、次々と外来文化が受け入れられた時代である。そのような中で、日本の漢文学史を描いたのが序文の作者であった。第一段では高天の原から天孫が降り、その子孫の神武天皇が橿原《かしはら》に都を建てたという歴史が振り返られ、この時は人文は未だ起こらず、続いて朝鮮半島から文字がもたらされ、さらに聖徳太子に至って制度の改革があり、仏教崇拝の時代であったが、しかし文芸（篇章）への余裕は無かったのだという。無文字時代から漢字の渡来、そして仏教興隆を描く歴史は、確かなものである。

第二段において近江朝の文芸の興起が述べられる。淡海《おうみ》先帝とは天智天皇のことであり、この天皇は天命を受けて帝業を開き、その行為は天下に遍《あまね》く輝いたという。天皇の具体的考えは、「人々の風俗を整え教化するには、何よりも文章以上のものはなく、徳を身につけるためには学問が優先する」ということであった。その目的のために学校（庠序）を設立して秀才を集め、五礼・百度を定めて正しく憲章・法則が行き渡ったという。このことにより天下は太平となり、また宮廷にも余裕が出来たことから、天皇は「旋招文学之士。時開置醴之遊。当此之際。宸翰垂文。賢臣献頌」という。天皇は屢々《しばしば》に亘り文学の士を招いて、置醴《ちれい》の遊びを開いたというのである。文学の士の集まる置醴の遊びとは、詩の宴のことである。こうした置醴の遊びにおいて、天皇は文章を臣下に示し、賢臣らは天皇を褒め称える詩を献上したというように、まさにここに近江朝の文芸状況が見られる。ここには詩宴を通して展開する君臣一体の文学観が認められるのであり、そこから近江朝には君臣一体の理想の世が存在したということを語っているのである★4。詩宴はそのような理念性の中にあった。

以下、第三段において漢詩がさまざまに隆盛したこと、第四段において古人の遺跡を思い起こすべきこと、そこでこうした先哲の遺風を想い、ここに『懐風藻』を編纂したことが述べられる。いわば、近江朝の文芸に漢詩文の出発を捉え、近江朝を基準として文芸史が語られているのである。そのようにして編纂された『懐風藻』が載せる詩は、近江朝から奈良時代に至る一一六首、詩人は六十五人である★5。

『懐風藻』序を記した某氏が編纂をも手がけていることが知られるが、こうした詩集を編纂する動機が「先哲の遺風」を忘れ無いためであるという。その先哲の遺風が日本漢詩に求められたのには、特別な意味が存在した。その特別な意味とは、近江朝における〈君臣一体の美風〉のことであろう。しかも、君臣一体の美風は、〈文学〉に求められるということなのである。これは序文の某氏が描いた文学的理念であり、その理念の起源が近江朝に求められているのである。こうした某氏における文学理念は、漢代の毛詩序以降において魏《ぎ》の曹丕《そうひ》（文帝）が掲げる文学論の登場することから文章経国思想が古代中国詩学の中心となるのだが、某氏の文学観はそうした曹丕の文学観である「『典論』論文」（『文選』）を受けているものであろうと推測され、さらにここには謝霊運《しゃれいうん》の「擬魏太子鄴中集八首並序」（『文選』第三十一巻）をも意識していることが認められるのである★6。その曹丕は建安の七子を鄴宮《ぎょうきゅう》に招き、良辰・美景ごとに季節を賞美し詩に詠んだというのであるが、それは君臣一体を理念とする文学観にあった。そのような文学理念を実現したのが近江帝であったとするのは、おそらく天皇と藤原鎌足との君臣の関係に理想を見いだしたからであろう。例えば、天皇が重い病の床に伏す鎌足を見舞った時に、天皇が「天道輔仁、何乃虚説。積善余慶、猶是无徴。若有所須、便可以聞」というのに対して、鎌足は「臣既不敏。当復何言。但其葬事、宜用軽易。生則無於軍国、死則何敢重難」★7と語る。そこには見事な君臣の美談が語られている。さらに『万葉集』には「天皇、詔内大臣藤原朝臣、競春山万花之艶、秋山千葉之彩時、額田王、以歌判之歌」★8と見え、文を示す天智天皇と詔を受ける鎌足とが文学の場において一体としてあり、まさに「宸翰垂文。賢臣献頌」という姿が認められる。天智天皇と藤原鎌足とに見られた美しい君臣関係、そのような遺風を忘れてはならないというのが某氏の立場であろう。しかも、そのような理想の君臣関係は、文学において実現されるのだというところに某氏の確たる文学観が存在したのである。

　こうした近江朝に求められた文学的理想は、先に挙げた謝霊運の擬作《ぎさく》である「擬魏太子鄴中集八首並序」の序文と比較すると一層明確になると思われる。

　建安末、余時在鄴宮、朝遊夕讌、究歓愉之極。天下良辰美景、賞心楽事、四者難并。今昆弟友朋、二三諸彦、共尽之矣。古来此娯、書籍未見、何者楚襄王時有宋玉、唐景、梁孝王時有鄒、枚、厳、馬、遊者美矣、而其主不文、漢武帝徐楽諸才、備応対之能、而雄猜多忌、豈獲晤言之適、不誣方将、庶必賢於今日爾。歳月如流、零落将尽、選文懐人、感往増愴。★9

　鄴宮は曹丕（文帝）の皇太子宮殿である。ここに当時の優れた詩人たちが集い、良辰・美景ごとに詩を詠んだという。昆弟《こんてい》友朋、二三の諸彦《しょげん》というのは、弟の曹植《そうしょく》を含む、いわゆる建安七子たちである。謝霊運は曹丕の鄴宮詩讌《しえん》に関心を示したのは、そこに君臣が一体となり集団的な文学の場が成立したからである。古来からこのような集まりはなく、書籍にも見えなかったのは、例えば楚の襄王《じょうおう》の時にも梁の孝王の時にも優れた詩人たちがいたが、主人が詩文を理解しなかったからであり、漢の武帝に至っては猜疑心《さいぎしん》が強く、詩人たちは武帝とうち解けることが無かったのだという。そうした君と詩人（臣）との理想的な関係を、曹丕と建安七子に認めたのが謝霊運であった。鄴宮の詩はかつて「鄴中集」として存在したらしく、『文選』（第十九巻）の「公讌《こうえん》」に載せる曹子建の詩では「公子敬愛客、終宴不知疲。清夜遊西園、飛蓋相追随」と詠まれ、曹丕の態度や宮殿の宴の様子が窺われる。

謝霊運の復元した鄴宮詩讌は、曹丕への憧れからであろう。謝霊運自身が主人に恵まれることなく、ついに刑死する運命にあった。そうした謝霊運が求めたのは、君と臣とが一体となり詩を詠むことであったということになる。良い季節の美しい風景の中で、君と共に美しい風景を同じ心で賞美して詩を詠むこと、それが謝霊運の理想であったに違いない。良辰美景、賞心楽事の四つは併せがたいが、それが実現したのが曹丕の鄴宮詩讌においてであった。それも遠い過去のこととなり「歳月は流れる如く去り、共に詩を詠んだ者たちも去った。そこで文を選び詩人たちを懐うのだが、悲しみの思いは深まるばかりだ」という。それは『懐風藻』の序文が「余撰此文意者。為将不忘先哲遺風。故以懐風名之云爾」と記したのと同じである。過去の詩文を撰ぶのは、先哲の遺風を忘れないこと、それを懐古することにある。〈懐風藻〉とは、まさにそのことであった。

3　古代日本漢詩と儒教的君主観

詩と政治が一体であるという理念は、毛詩序以来の中国詩学であるが、それを受けて曹丕は「蓋文章経国之大業、不朽之盛事」（『文選』巻第五十二）と述べている。いわゆる文章経国思想と呼ばれる、文学と政治との関係である。詩は志を述べるという伝統詩学は、毛詩序に詳しいが、そのような思想は平安初期の漢詩文世界にも受け入れられ、勅撰による『経国集』が成立する。その序文に「天肇書契。奎主文章。古有採詩之官。王者以知得失。故文章者。所以宜上下之象。明人倫之叙」★10と録され、「魏文典論之智。経国而無窮」（同上）なのだと称揚する。採詩《さいし》の官は漢代の国風《こくふう》の採集であり、それは王者の政治的得失を正すものだと考えられた。それもまた毛詩序以来の詩学であるが、それに続いて曹丕の文章論は東アジア詩学として共有され、政治の舞台に展開したのである。詩学とは、政治と一体の学問であった。そうした詩と詩学との関係は、『懐風藻』の序を記した某氏も認めるところである。それが近江朝における「旋招文学之士。時開置醴之遊」ことであり、「宸翰垂文。賢臣献頌」ことであった。諸制度が整い天下太平の時を迎えて君と臣とが心を開き詩を詠む、君臣一体の詩観がここにある。近江朝にかかる漢文学の興起する概況について、柿村重松は以下のように述べている。

支那文物の模倣が漢文の発達を促しゝ第二事由は朝廷遊宴を行ひ、文人をして詩文を作らしめしことなり。朝廷遊宴を行ひ給ひしことは往古よりして已にあり。必ずしも支那に模倣せしにあらず。然れども遊宴に文人を召して詩文を作らしめられしは隋唐の風に倣ひしなり。支那に於て天子遊宴に文人をして詩文を作らしめしは亦前代よりして已に之れあり。必ずしも隋唐に始まりしにあらず。然れども唐の太宗の如き、四方の禍乱を戡定して、天下清平朝野歓娯、乃ち屡々群臣を会し、酺を賜ひ詩を賦し、以て雍和の化を文飾しき。而して是れ即ち我が朝廷の規模とせしものにあらずや。我が朝廷遊宴に文人をして詩文を作らしめられしは、全く遣隋遣唐の使節学生が伝へし当時の支那の風習に模せしものなること蓋し疑ひを容れず。★11

朝廷における遊宴と漢詩との関係について、ここでは唐の太宗の詩宴を指摘するのは、鄴宮詩宴に次ぐ問題として重要である。太宗（李世民）は、父の李淵《りえん》（高祖）に従って隋を倒し、以後に反政府勢力を鎮圧し、李淵を退位させて帝位に即く。貞観と改元して大幅な政治・社会改革を行い、君臣による政治を実現し、天下を太平に導いた★12。また「即開文学館召名儒十八人為学士」★13ともある。太宗の君臣問答は、『貞観政要』に具体的に見られるが、君臣の親和を得て正しい政治が行えると考えたのが太宗であり、その方法として君臣の詩宴を開いたのであった。近江朝に置醴の遊びが行われ、天皇は臣下に文章を示し臣下は天皇頌徳の詩を献呈したという『懐風藻』序文の記録は、おそらく曹丕の文苑や太宗の文苑を意識した表現であろうが、近江朝に君臣の詩宴が存在したと思われるのは、以下の

『懐風藻』の漢詩から想定できる。

近江朝漢詩として今日遺されているのは、天智天皇の皇太子である大友皇子の二首のみである。『懐風藻』序の「雕章麗筆。非唯百篇。但時経乱離。悉従煨燼」によれば、君臣の詩宴に詠まれた詩は百篇を越える数であったが、壬申の乱のおりにすべて煨燼《わいじん》に帰したという。その中で辛うじて遺ったのが、次の大友皇子（皇太子）の二首であったということになる。

五言。侍宴。一絶。

皇明光日月。帝徳載天地。三才並泰昌。万国表臣義。

五言。述懐。一絶。

道徳承天訓。塩梅寄真宰。羞無監撫術。安能臨四海。

大友皇子に関する人物伝が詩に先立って載り、それによれば皇子は淡海帝の長子で、優れた人物であったこと、唐使の劉徳高《りゅうとくこう》が皇子を見て驚き、「此皇子。風骨不似世間。実非此国分」と述べたという。唐使の劉徳高というのは、天智四年九月条（『日本書紀』）に「唐国遣朝散大夫沂州司馬上柱国劉徳高」と見え、朝廷から饗宴を与えられ十二月に帰国する。この劉徳高は、すでに孝徳天皇白雉五年二月条（『日本書紀』）に、

遣大唐押使大錦上高向史玄理、〔或本云、夏五月、遣大唐押使大花下高向玄理。〕大使小錦下河辺臣麻呂、副使大山下薬師恵日、判官大乙上書直麻呂・宮首阿弥陀〔或本云、判官小山下書直麻呂。〕小乙上岡君宜・置始連大伯・小乙下中臣間人連老〔老、此云於喩。〕田辺史鳥等、分乗二船。留連数月。取新羅道、泊于莱州。遂到于京、奉観天子。於是、東宮監門郭丈挙、悉問日本国之地里及国初之神名。皆随問而答。押使高向玄理、卒於大唐。〔伊吉博得言、学問僧恵妙、於唐死。知聡、於海死。智国、於海死。智宗、以庚寅年、付新羅船帰。覚勝、於唐死。義通、於海死。定恵、以乙丑年、付劉徳高等船帰。妙位・法勝、学生氷連老人、高黄金、并十二人、別倭種韓智

興・趙元宝、今年共使人帰。〕

と見える。白雉五（六四五）年出発の高向玄理《たかむくのげんり》を大使とする、第三次遣唐使に関する苦難の記録であるが、伊吉博得《いきのはかとこ》の記録によると鎌足の息子の定恵《じょうえ》は、劉徳高の船で無事に帰国したと見える。劉徳高は外交官としてしばしば来日していたことが知られ、白村江以後の鎖国状態の日本に唐の使者として来日が可能であったのも、恐らく親日派としての実績からであったと思われる。その劉徳高が大友皇子の人相を見て、先のように述べたという。その皇子は劉徳高の予知に反し、二十五歳で壬申の乱に敗北して命を絶つことになるが、近江朝漢詩の二首が皇子の作として遺された意義は大きい。むしろ、日本漢詩の出発が皇子の文苑において始まったことを物語るものであろう。その皇子の文苑を支えていたのは、帝王学を教授する学士たちの存在であったと思われる。皇子伝の最後に、「立為皇太子。広延学士沙宅紹明・塔本春初・吉太尚・許率母・木素貴子等。以為賓客」と見え、この五人が皇太子の「賓客《ひんきゃく》」となったという。賓客は単に客人のことではなく、林古渓が説くように「漢恵帝の商山四皓、四人の白髪の老人が太子を輔け導いてゐるといふ話から出来てゐるので、太子の鋪道役、師匠、話相手などの意味につかはれ、唐高宗顕慶年中に、初めて官名となり、役人は四人となつた」★14とあるのが正しく、後の日本律令（東宮職員令）に言う東宮学士《とうぐうがくし》の前身に相当するものと思われる。さらに学士として名を連ねる五人は、天智十年正月条（『日本書紀』）に記す、百済滅亡の折の亡命渡来人の中に見える学士たちである。

以大錦下授佐平余自信・沙宅紹明。〔法官大輔。〕以小錦下、授鬼室集斯。〔学識頭。〕以大山下、授達率谷那晋首〔閑兵法。〕木素貴子〔閑兵法。〕憶礼福留〔閑兵法。〕答炑春初〔閑兵法。〕炑日比子賛波羅金羅金須〔解薬。〕鬼室集信。〔解薬。〕以小山上、授達率徳頂上〔解薬。〕吉大尚〔解薬。〕許率母。〔明五経。〕角福牟。〔閑於陰陽。〕以小山下、授余達率等、五十余人。

沙宅紹明《さたくしょうめい》は法官大輔、答炑春初《とうほんしゅんしょ》は兵法家、吉大尚《きったいしょう》は薬師、許率母《こそつも》は五経、木素貴子《もくそきし》は兵法家である。彼らは法律・軍事・医学・儒教の専門家たちであり、兵法家が二人も携わっているのは、当時の東アジア情勢を反映しているが、彼らが皇太子の学士たちであり、それぞれの専門を帝王学として教授したことが知られる。

もちろん、彼らはその専門のみを教授したのではなく、東アジアに通用する国際的な学問を教授したものと推測される。その中の重要な基礎科目が文章であったと思われ、皇子伝には「太子天性明悟。雅愛博古。下筆成章。出言為論。時議者。歎其洪学。未幾文藻日新」と記されるのは、その成果であろう。筆を下せば章となり口に出せば論となったというのは、当時の秀才を表現する類型であるが、文章も論理も中国の学問を基準とするものであり、それを十分に理解した結果である。賓客の学士たちは、新しい国である日本で百済の皇太子教育のシステムを取り入れて帝王学を教授したのであろう。

皇子の一首目の漢詩は「侍宴」を題としているように、朝廷の宴に漢詩の場が成立したことを知る。近江朝の「置醴之遊」を具体的に理解し得る題であるとともに、それもまた百済の宮廷文化をここに再現したものであろう。朝廷の宴が東アジア文化の中に組み込まれた一瞬であり、そこに君臣の和楽を理念とする詩宴が形成されたのである。詩は天皇の威徳を褒める内容であり、儀礼的な詩として詠まれている。二首目の「述懐」の詩は、支配者となるための力量が無いことを羞じる内容であり、そこには儒教的な倫理観が窺える。いわば四海を照らす帝王の力量と、支配者としてあるべき謙虚な態度、それが大友皇子の二首の詩であり、この二首からは帝王学を学んだ皇子の知識が読み取れるように思われる。

4　古代漢詩と皇帝概念の登場

ところで、ここに問題となるのは一首目の「皇明」と「帝徳」である。〈皇〉の輝きは日月の如く照り、〈帝〉の威徳は天や地が万物を覆い載せるように広大だと詠む〈皇〉と〈帝〉の二語は、明らかに「皇帝」を分解したものである。皇帝は天帝を指すのが本来であるが、秦王《しんおう》による称号改革により皇帝号が始まり、以後の中国史は皇帝制による。皇子の詠むその皇・帝は「我が邦にては特に天皇と申しあげる」（林前掲書）とされ、これは諸注釈書の一致した見解である。しかしながら、近江朝の日本に皇帝という概念が存在したか否か不明である。さらには〈天皇〉という称号も、推古朝以降に見られるが後の付会とするのが今日の考えであり、歴史的資料としての上限は六七二年以降の天武朝である★15。それゆえ、天皇称号以前に倭王を皇帝とする現存の文字資料は、この大友皇子の漢詩が最初となる。それでは、なぜここに皇・帝の概念が登場し、それが倭王を指すことになったのか。

倭王は和語でオオキミと呼ばれ、またスメラミコトと呼ばれた。漢字の移入によりオオキミは〈大王〉と飜訳され、スメラミコトは〈天皇〉や〈皇祖〉と飜訳された。そうした飜訳の行程については別に譲るが★16、近江朝の天智天皇もオオキミでありスメラミコトであった。それを皇・帝としたのは、明らかに漢字文化のもたらした飜訳によるものであるが、しかし、この問題はそれのみでは解決出来ない。なぜなら、中華文明に対して七世紀の東アジア周辺諸国はすべて王制であるからである。日本は『隋書　倭国伝』に三十余国はみな王と称していたとあり、朝鮮半島三国も、王制であった。倭国が王を皇や帝あるいは天皇と称するのは、当時の東アジア国際関係から見れば極めて異常なことだと思われる。中華の皇帝に遣隋使や遣唐使を派遣する国が、中華の皇帝と同等の称号を用いることは、おそらくタブーであったと思われるからである。その証拠は、朝鮮半島の記事からいくつか確かめられる。その第一は、百済を滅ぼした後の神文王（六八一〜六九二）の時に、唐の高宗が新羅に使者を送り「朕之聖考得賢臣魏徴、李淳風等。協心同徳。一統天下。故為太宗皇帝。汝新羅海外小国。有太宗之号。以僭天子之名。義在不忠。速改其号」★17という譴責《けんせき》を加えたという。これを受けた新羅王は即刻に太宗と号した理由を申し上げて、ともかく許可を得たという。この話から日本の国書を見て隋の煬帝《ようだい》が怒ったという原因も、日出・日没にあるのではなく、小国の倭国が「天子」と称して中華の皇帝に肩を並べたことにあるという説の証左になる。第二に、新羅の制度改革では「第三十六代恵恭王。始定五廟」★18とあり、また『祀典』によるとして「皆境内山川。而不及天地者」（同上）とある。新羅は五廟だというのは、「天子七廟。諸侯五廟」を定める『礼記』の制度によるからである。また、山川の祭祀は境内の山川に限り、天地の祭祀には及ばないというのも、『礼記』の祭法に基づくからである。山川（四涜五嶽）および天地の祭祀は皇帝の専権的祭祀であり、諸侯国はその土地の山川をのみ祀るのである。このことから見ると新羅は中華帝国の諸侯国としての礼を守っていることが知られ、皇帝の祭祀を越えないように配慮しているのである。

こうした新羅の礼に対し百済は「冊府元亀《さっぷげんき》」に云うとして、「百済毎以四仲之月。王祭天及五帝之神。立其始祖仇台廟於国域。歳四祠之」（「雑志第一」『三国史記』前掲書）とあり、春夏秋冬ごとに天の神と五帝（東西南北と中央の神）とを祭っているのであり、さらに「古記」に云うとして、天地の祭が執り行われているのである。

> 温祚王二十年春二月。設壇祠天地。三十八年冬十月、多婁王二年春二月、古尓王五年春正月、十年春正月、十四年春正月、近肖古王二年春正月、阿莘王二年春正月、腆支王二年春正月、牟大王十一年冬十月、並如上行。謁始祖東明廟。責稽王二年春正月、汾西王二年春正月、契王二年夏四月、阿莘王二年春正月、腆支王二年春正月。並如上行。（「雑志第一」『三国史記』前掲書）

こうした百済の祭法は、明らかに『礼記』に基づくものであるが、新羅が『礼記』に基づいて諸侯国の礼を遵守《じゅんしゅ》したのに対して、百済は同じく『礼記』に基づきながら皇帝の祭祀を執り行っていたということである。これは、朝鮮半島内部においては百済が中華帝国となり、新羅は百済の諸侯国となることを意味する。いわば、百済は朝鮮半島において独立の天子国を目論んでいたということであろう★19。新羅と百済との対立は、そうした朝鮮半島をめぐる王制の対立でもあったのではないか。中国が新羅を支援した理由も、このような事情に因るのではないかと推測される。

ここで大友皇子の詩に立ち返るならば、そこに皇・帝が詠まれるのは、倭王を中華の皇帝と等しくする態度である。それは「三才並泰昌。万国表臣義」からも窺える。天地人のすべてが皇帝の徳により泰昌となり、それゆえに万国は倭国の皇帝に臣義を表すのだというのは、誇張された表現ではなく、皇帝であるならば当然のあり方である。皇帝の徳を慕って万国が中華帝国に臣義を表すというのは、唐における賀正礼を見れば分かる。第十次遣唐使の記録には、唐の天宝十二年に蓬莱宮《ほうらい》の含元殿で賀正礼が行われ、百官・諸蕃が朝を受けるのだが、日本の遣唐使は西畔《せいはん》第二吐蕃《トルハン》に次ぎ、新羅は東畔第一大食《タージー》国の上にあったことから席次を取り替えるように抗議したという逸話があるが★20、中華の皇帝の前に万国の使者が東西の畔に並んで謁見《えっけん》していた様子が窺える。そのように万国の使者が山野・波濤を越えて倭国の皇帝のもとに到り臣義を表しているという表現は、遣唐使のもたらした知識のみではなく、より根本的には倭国王を皇帝とする現実的な動きが存在したのではないか。そうした動きは先の百済亡命渡来人のもたらした百済における『礼記』の運用による朝鮮半島のミニ中華化にあったと思われる★21。折しも倭国は朝鮮半島との交流を失い、遣唐使の派遣も断念した鎖国状態の中にあったことから、中華の皇帝に何の躊躇もなく独立天子国（皇帝国家）の建設へと向かったのであろう。これは倭国が天皇国家へと向かう第一段階であったと思われる。

5　結

近江朝に日本漢詩が興起した理由を考えて来たが、そこには古代の国際戦争と百済の滅亡が存在した。亡命渡来人らによって持ち込まれた百済の宮廷文化は、近江の宮廷において継承された。その中でも宮廷詩宴は君臣の和楽という理念のもとに開かれ、魏の文帝や唐の太宗の君臣の詩宴を映すものであった。それは同時に『懐風藻』序文の作者が、近江の天皇をそうした優れた皇帝の履歴に等しい聖帝として位置づけることにあったと思われる。政治的実績による聖帝ではなく、文章を重んじる聖帝への評価は、中国古来の詩学でもあったからである。

そのような理解は、近江朝の大友皇子の漢詩からも窺うことが出来る。白村江の戦いで亡命して来た百済の知識人をブレーンとする皇太子文苑に現れた皇子の漢詩は、当時の東アジア情勢を強く反映して詠まれたものである。東アジアに孤立する倭国の王を皇・帝と捉えるのは、そこに百済の王制における独立天子国の理念が存在したからである。倭国の皇帝が成立する事情は、そのような鎖国時代の中に百済の立場が色濃く反映したのであるが、倭国の皇帝の基準も中華の皇帝の理念と等しくするものであった。皇明は日月のように耀き、帝徳は万物を覆い載せるのであり、それゆえに皇帝の徳を慕ってやって来る諸々の蕃国《はんこく》は皇帝に臣義を表すのだという。だが、その皇帝のあるべき態度は、天の神の教えに基づき政治を行おうとするが、その能力のないことを羞じるのだといい、その態度は謙虚そのものである。それが大友皇子の詠む二首の漢詩の内容であり、最初の日本漢詩の誕生する理由である。そこには中華の皇帝の理念と等しい考えが見られるはずであり、東アジアの王の立場を越えた、〈西の皇帝〉に対する〈東の皇帝〉そのものの態度がある。それは倭国が天皇を生み出す前夜のことであった。

注

1 中西進「異風と和風」『古代十一章』（毎日新聞社）、同「白村江以後」『万葉の時代と風土』（角川書店）参照。
2 「家伝　鎌足伝」『群書類従　第五輯』（続群書類従完成会）。
3 日本古典文学大系『懐風藻　文華秀麗集　本朝文粋』（岩波書店）による。以下同書による。旧漢字は新漢字に直した。
4 辰巳「近江朝文学史の課題」『万葉集と中国文学　第二』（笠間書院）参照。
5 現存する『懐風藻』の書写本が収録する詩数は、一一六首である。
6 辰巳「近江朝文学史の課題」『万葉集と中国文学　第二』注4参照。

7　天智八年十月条。日本古典文学大系『日本書紀』（岩波書店）による。以下の引用も同書による。
8　巻一・一六番歌題詞。講談社文庫『万葉集　全訳注 原文付』による。
9　「雑擬 上」『文選　李善注』（上海古籍出版社）による。以下の引用も同書による。
10　『日本古典全集』（日本古典全集刊行会）による。
11　「遊宴と漢文」『上代日本漢文学史』（日本書院）。
12　「隋唐帝国と古代朝鮮」『世界の歴史』（中央公論社）参照。
13　「太宗皇帝」『全唐詩』（上海古籍出版社）。
14　『懐風藻新註』（パルトス社）。
15　奈良県飛鳥池遺跡から、天武天皇六年の木簡と共に「天皇」と墨書された木簡が出土した。熊谷公男『日本の歴史03　大王から天皇へ』（講談社）参照。
16　辰巳『詩霊論　人はなぜ詩に感動するのか』（笠間書院）および『折口信夫　東アジア文化と日本学の成立』（同上）参照。
17　「太宗春秋公」『三国遺事』（国書刊行会）による。
18　「雑志第一」『三国史記』（国書刊行会）による。
19　辰巳「王の神学」『詩霊論』注16参照。
20　『新訂国史大系　続日本紀』天平勝宝六年正月三十日条。
21　『日本書紀』には「武内宿祢自東国還之奏言、東夷之中、有日高見国。其国人、男女並椎結文身、為人勇悍。是総曰蝦夷」（景行天皇二十七年二月条）のようにあり、東西南北に蛮夷を置く考えが見られ、七世紀から八世紀には日本もミニ中華としての立場を形成していた。

第五章
太平歌と東アジアの漢詩

1　序

朝鮮半島三国時代の新羅《しらぎ》古歌謡は、〈郷言《きょうげん》〉といわれる自国言葉によって歌われた「郷歌《ひゃんが》」が『三国遺事』に残されており、また、中国の史書にも漢訳された歌謡が見られる。郷言により詠まれた新羅古歌謡の研究は、韓国において積極的に進められていて余すところはないが★1、これらが東アジアの古歌謡として考えられるならば、新たな問題も存在するものと思われる。なぜならば、新羅古歌謡も中国の文化を強く受けた中に存在するからであり、郷歌は新羅の伝統的な文化の継承に止まらず、儒教思想や仏教的な内容も多く含まれることによって理解されるからである。そのような主旨から、ここでは三国新羅の第二十八代真徳女王（在位六四七～六五四）の作る「太平歌」を取り上げて、七世紀の新羅の古歌謡が東アジアの政治・文化と深く関わる問題について幾分の考察を加えたいと思う。

2　新羅の「太平歌」と大唐帝国

七世紀の東アジアにおける国際関係は、朝鮮半島をめぐる紛争の時代を迎えていた。三国新羅は唐との関係を緊密にし、百済《くだら》は日本との関係を強めた。以後白村江《はくすきのえ》の紛争へと向かうこととなるが、そのような時代を反映して三国新羅の第二十八代の真徳女王が即位した折に、自ら《太平頌《しょう》》を詠んで錦に縫い取り、唐の（太宗）皇帝に献呈している。そこには、新羅が唐との関係を積極的に進める外交が見られる。『旧唐書《くとうじょ》』（列伝一百四十九上）には、

永徽元年、真徳大破百済之衆、遣其弟法敏以聞。真徳乃織錦作五言太平頌以献之、其詞曰「大唐開洪業、巍巍皇猷昌。止戈戎衣定、修文継百王。統天崇雨施、理物体含章。深仁偕日月、撫運邁陶唐。幡旗既赫赫、鉦鼓何鍠鍠。外夷違命者、翦覆被天殃。淳風凝幽顕、遐迩競呈祥。四時和玉燭、七曜巡万方。維岳降宰輔、維帝任忠良。五三成一徳、昭我唐家光」。帝嘉之、拝法敏為太府卿。★2

とあり、これとほぼ同内容の記録が『三国遺事』（巻第一紀異第一）にも見られる。それによると、

第二十八代、真徳女王は即位すると、みずから太平歌を作り、（その歌を）紋様として錦を織ると、使臣を唐に遣わして（唐王に）献上させた（他の本には、春秋公を使者として送り、援兵を頼んだところ、太宗が喜んで蘇定方を派遣することを許したとあるが、みな間違いである。現慶（顕慶の誤）（唐の高宗の年号）以前にすでに春秋公は即位しているし、現慶庚申（六六〇年）は太宗の時ではなく高宗の時である。定方が来たのも現慶庚申であるから、紋様を入れて錦を織って送ったのは援兵を頼んだ時のことではないのがこれでわかる。当然、真徳王のときでなければならず、たぶん金欽純を放免して帰してくれるよう頼んだ時のことであろう）。唐の皇帝は喜んで鶏林国と改封した。その（太平歌）詞はつぎのとおりである。


大唐開洪業。巍巍皇猷昌。大唐、王業を開創す。昌んなり、高くも高き皇帝のはかりごと。

止戈戎威定。修文契百王。戦いやみて兵士みなやすらぎをえ、文治をたっとべば百王の後を継ぎたり。

統天嵩雨施。理物体含章。天を統御したれば貴き雨降り、万物を治めたれば物みな光彩を含む。

深仁諧日月。撫運邁虞唐。深き仁徳は日月に比ぶべく、運数はめぐりて古の虞唐の世へとむかう。

幡旗何赫赫。錚鼓何鍠鍠。幡旗ひるがえる、何ぞいとも赫赫たる。鉦鼓のうるわしき音、何ぞいとも鍠鍠たる。

外夷違命者。前覆被天殃。外夷の帝命にそむくもの、刀刃に倒れて天罰をうく。

淳風凝幽現。遐邇競呈祥。淳風は、幽現に集まり、遠き所近き所より、競いて祥瑞を捧ぐ。

四時和玉燭。七曜巡万方。四時（春夏秋冬）は玉燭のごとく和らぎ、七曜は万邦を巡る。

維嶽降輔宰。維帝任忠良。嶽よりは宰輔（国家棟梁の臣）を降し、帝は忠良の人々にまかす。

五三成一徳。昭我唐家皇。五帝三皇の徳を、一つに成して、唐皇を明るく照らすなり。★3

と見える。史実の伝承に時代的理解の混乱も見られるが、いずれにしても間もなく訪れる百済との紛争を控えて、新羅が唐と積極的な外交を進めている状況を知ることが出来る。すでに朝鮮半島は中国の文化を深く受け入れている時代であり、その中でも三国新羅は政治外交面において唐との積極的な交流を保っていた。特に半島における新羅と百済の緊迫した状況の中で、新羅は大きく唐の支援を恃《たの》みとするのである。そのような時代の状況とともに新羅が唐の文化と深く接触することにおいて、そこには唐と共有する文化の形成の問題があるといえる。ここに取り上げた真徳女王の詠んだという「太平歌」は、西暦六一八年に唐が隋を滅ぼして新しい唐王朝を興し、高祖を継いで太宗の治世となり、この太宗の貞観《じょうがん》年間の後半に詠まれたこととなる。太宗による治世は貞観の治と呼ばれるように聖帝の政治の行われた時代であり、貞観の律令制度は東アジアの律令制を促すこととなる★4。新羅文化は新しく誕生した新国家の唐の文化をいち早く受け入れることになるのであるが、そこには中華帝国の周辺に現れる辺境国の中華帝国に対する国際関係の立場も見えている。新羅の唐に対する明らかな立場はここに見て取れるのであるが、この「太平歌」の持つ意味は、新羅と唐という関係に止まらず、広く東アジアの国際関係の中に組み込まれて行く、それぞれの国の中華思想の受け入れと展開の問題でもある。

太平歌は真徳女王が唐の皇帝に贈る錦の紋様として縫いつけた歌である。その内容によれば唐の洪業《こうぎょう》により唐の国は天子の謀《はかりごと》によって隆盛し、戦うことも無く兵士は安らぎ、文の政治が尊ばれることにより、歴代の聖王の後を継承するすぐれた天子の国であることを褒め称えるものである。この内容の基本となる考えをまとめると、

①大唐の洪業のこと
②文治主義による政治と瑞祥のこと
③天地万物を治めること
④天子の仁徳は日月・尭舜に比べられること
⑤遠近より異族らは祥瑞を捧げて来ること
⑥旗はたなびき太鼓は叩かれて、賊には天罰が下されたこと
⑦天の道理に基づく四時・七曜は正しく運行していること
⑧天はすぐれた臣下を降して政治を任せたこと
⑨唐は五帝三皇の徳を集めた如く、明るく照らすこと

のようになるが、このような内容を「太平歌」として詠み、それを唐の皇帝に献上したことの理由は、唐が新たな国家として誕生したことを祝福するとともに、激動する朝鮮半島において新羅の心強い後ろ盾として、唐への期待が込められている。唐が東アジアにおいて中華であり続けることが、新羅の安泰を保証するからある。

3 「太平歌」と燕楽歌辞

太平歌は、天下が良く治まっていることを喜ぶ歌の意味であるが、背後に「太平楽」などの宮廷楽があるのかも知れないが、「太平歌」という固有の歌があるわけではない。しかし、この真徳女王の太平歌が示す内容は、当時の東

アジアの王権をめぐる思想として興味深い。なぜなら、この一連の思想は臣下が天子に対して褒め称える時に用いられる、きわめて儀礼性の強い内容だからである。特に、このような思想は宮廷燕楽《えんらく》における歌辞の系統にあるものであろうと思われる。例えば、成都王の宴会に命を受けて詠んだ陸士竜《りくしりゅう》（陸機）の「大将軍讌会被命作詩」★5では、

皇皇帝祜　誕隆駿命　大いなる天帝の幸いを受け、大命を盛んにしている。
四祖正家　天禄保定　晋の四祖は家を正し、天から賜った福を保った。
睿哲惟晋　世有明堂　この晋には叡哲が現れ、代々太廟は守られてきた。
如彼日月　万景攸正　あたかも日月のように、すべての民を正しくされた。
嶷嶷明聖　道隆自天　高く偉大な君は、道を天から受けたのである。
則明分爽　観象洞玄　天の道理を明らかにして、天を観察してその秩序を知る。
陵風協極　絶輝照淵　その教えは八極に上り、その輝きは深い淵を照らす。
粛雍往播　福禄来臻　聖君の徳は広がり、天の幸いは多く現れた。
在昔姦臣　称乱紫微　昔姦臣があり、皇室を乱したが、
神風潜駭　有赫茲威　神風が起こり、赫やいてその威厳を示した。
霊旗樹旆　如電斯揮　霊旗はあちこちに樹立し、稲妻が閃くようであった。
致天之届　于河之沂　天が賊を滅ぼしたのは、河の辺りであった。
有命再集　皇与凱帰　天命は再び晋に集まり、皇帝は凱旋した。

のように、晋の洪業が天命によるものであること、叡哲《えいてつ》の君は先祖からの福を継承し、太廟《たいびょう》を守り、民を正し天の道理や秩序を知り、深い徳を示したのであり、賊が皇室を犯した時には神風が吹いて賊を滅ぼし、天命は再び晋に集まったのだという。そのような戦いを通して語られる王朝の起こりは、中国の歴史においてしばしば説かれてきたこ

とであり、その根本となるイデオロギーは周の文王《ぶんのう》に始まる天命思想にある。太平歌に「嶽よりは宰輔（国家棟梁の臣）を降し、帝は忠良の人々にまかす」というのは、衰退した周王朝を再興した宣王《せんおう》の故事を示唆するものと思われる。宣王は天子の良弼《りょうひつ》としての賢臣を天によって与えられ、中興のための四方平定を行う。『詩経』の「蒸民」では「保茲天子、生仲山甫」★6と詠まれ、天は周の徳を喜び名臣である仲山甫《ちゅうさんほ》を生んで周王朝に降したのである。これは天命によって名臣が下されて天下が太平となったことの詠まれた一編であり、さらに「常武」の第一章では、

赫赫明明、王命卿士　輝く宣王は、大師に命令する
南仲大祖、大師皇父　南仲を祖とする、大師の皇父
整我六師、以脩我戎　六軍を整え、武器を修め
既敬既戎、恵此南国　軍事を慎み戎を征し、南の国の民を恵めと

と、天下の平定を皇父《こうふ》に委任し、天命を守りながら周の再興へと向かうのである。陸士竜の歌辞の思想も天命を受けた君が天の道理と秩序に順って民を恵む政治が行われている事を賞賛するものであり、太平歌との内容は等しいものである。また、王吉甫《おうきっぽ》の「晋武帝華林園集詩（『文選』「公讌」）では、さらに次のように詠まれている。

悠悠太上　民之厥初　悠久の昔に、民がはじめて生まれた。
皇極肇建　彝倫攸敷　政教の道は開かれて、人倫もそれによって敷かれた。
五徳更運　膺籙受符　五つの徳は受け継がれ、天子は未来記を受ける。
陶唐既謝　天歴在虞　尭が退位して、天の暦数は継承された。
於時上帝　乃顧惟眷　ここに上帝は、晋を顧みたのである。
光我晋祚　応期納禅　光は晋を輝かせ、時期に応じて天位を譲り受けた。
位以竜飛　文以虎変　天子の位にあること竜のごとく、文は虎変のごとくである。

玄沢滂流　仁風潜扇　天子の恵みは広く流れ、仁風は大いに広まった。
区内宅心　方隅回面　国の内では民は安らかであり、国の外では天子に顔を向ける。
天垂其象　致曜其文　天は天象を示し、地はその文様を輝かしている。
鳳鳴朝陽　竜翔景雲　鳳凰は朝日に輝き、竜は瑞雲に飛び翔る。
嘉禾重穎　蓂莢載芬　瑞禾は穂を重ね、瑞草はうるわしい。
率土咸序　人胥悦欣　天下には秩序があり、人民は喜んでいる。
恢恢皇度　穆穆精容　心の広い天子は、麗しい容姿である。
言思其順　邈思其恭　言葉には順序があり、様子は慎み深い。
在視斯明　在聴斯聡　見ることは明らかであり、聴くことは聡い。
登庸以徳　明試以功　臣下の登庸に徳を用い、試験では実際に試みた。
其恭惟何　昧且丕顕　天子は慎み深く、夜明けから政務に努めた。
無理不経　無義不践　道理は行われないことなく、道義も行われないことはない。
行捨其華　言去其弁　華やかさを捨て、また巧みな言葉も捨てた。
游心至虚　同規易簡　心は簡潔にし、規則も簡単にした。
六賦孔修　九有斯靖　天地の秩序は治まり、九州は安らかになった。
沢靡不被　化罔不加　天子の恩恵はすべてに及び、教化はすべてに及んだ。
声教南曁　西漸流沙　天子の声は南に及び、西の砂漠にも及んだ。
幽人肆険　遠国忘遐　遥か遠くからも来朝し、遠路も苦にしなかった。
越裳重訳　充我皇家　まるで周の成王の使いの如く、皇室には充満する。

峨峨列辟　赫赫虎臣　宮廷には立派な諸侯や、立派な臣下が集まっている。
内和五品　外威四嬪　国内には道徳が行われ、国外には威儀を示す。
脩時貢職　入覲天人　常に諸侯は貢ぎ物を持ち来て、天子に見えている。
備言錫命　羽蓋朱輪　天子は諸侯に命を与え、官位を与えた。
貽宴好会　不常厥敷　天子の宴会はすばらしく、礼を厚くして行われる。
神心常受　不言而喩　心は常に同じであるから、言葉はなくとも心が知られる。
於時肆射　弓矢斯御　射を行い、弓矢を取る。
発彼五的　有酒斯飫　五つの的に矢を放ち、宴会が行われた。
文武之道　厥猷未墜　周の文王・武王の道は、続いている。
在昔先王　射御茲器　昔の王は、射に弓矢を取った。
示武懼荒　過亦為失　武を示すのに恐れさせ、度が過ぎてはならない。
凡厥群后　無懈于位　諸侯は位にあり、怠ることがあってはならない。

ここに述べられるのも、晋《しん》の創業が天命によるものであったことから詠まれて、晋の天子の文と徳とによる理想の政治が行われていることにより国の内外から諸侯が集まり、有徳の天子に見えるのであるということである。真徳女王の太平歌と等しい内容で天子への賞賛が行われている。中国王朝の燕楽における献呈の頌詩、いわゆる燕楽歌辞が形成されることで、その伝統的な思想を受けているのが太平歌であるということが出来る。

太平歌が唐の天子に対する献呈の歌辞であることにより、そこには両国の親密な国際関係を確かめることが可能であるが、三国新羅が唐の天子にかかる歌辞を錦に縫いつけて献呈したという事情は、単なる両国の友好関係を示すものではない。王吉甫の公宴詩を見ても理解されるように、この歌辞は臣下による天子への献呈詩であることに注目すれば、そこには天子に対する忠臣としての立場がある。そのことから見れば真徳女王の太平歌は、基本的には臣下による天子称徳の献呈歌辞ということになる。もちろん真徳女王は唐の直接の臣下ではないことからいえば、その立場は唐の諸侯ということになるであろう。聖帝の世にあっては遠い国からも中国の王朝に諸侯として仕える国が居並ぶという頌辞に見られるように、太平歌は三国新羅が唐の諸侯として太宗を賞賛した歌辞であり、その関係において以後の東アジアの国際関係が成立したのものであると考えられる★7。

4 「太平歌」と古代日本漢詩

三国新羅の真徳女王の詠んだ太平歌は、唐の天子に向けられることにより、その立場が唐の諸侯国にあることを明らかにしている。これは当時の東アジアにおける国際関係と深く関わる、いわば政治外交上の問題に収斂《しゅうれん》されるのであるが、同じ漢字文化圏の古代日本は、白村江の紛争により唐や新羅との国交を絶った中で、どのような漢詩を成立させることとなったのか。

日本の古代漢詩の出発は、白村江での国際紛争により百済が滅亡し、それに伴って逃れて来た百済知識人の中から皇太子賓客が選ばれ、漢詩の詠法が彼らにより指導され、皇太子文学として受け入れられたところに見られる。現在に残された最初の日本漢詩は、近江朝の大友皇子が詠んだ二首である。その「侍宴《じえん》」と題する五言詩は★8、

皇明光日月　帝徳載天地　皇なるものの輝きは日月に同じく、帝なるものの徳は天地をも載せる。
三才並泰昌　万国表臣義　天地人の三才は安らかで、万国は皇に臣下の心を表す。

と、「皇」（天智大王）の偉大な徳を詠み、そのような皇に万国が臣義を示しているのだという。皇が日月に並び輝くというのは、皇の広い恵みをいうものであり、万国が皇のもとに来て臣義を表すというのも、遥かな国から諸侯の礼

を尽くすために来朝したことを指す。ここには、皇が万国の王であり、万国の天子として世界に臨むことが詠まれているのであり、それ以外の国は諸侯国として皇に臣義を表すこととなるのである。しかも、「皇」と「帝」とは同意であり、「皇帝」を分離した使い方であるから、明らかにこれは天智大王を「皇帝」と認識していることによるものである。三国新羅の真徳女王の太平歌とは明らかに異なった立場にあることが知られるであろう。

ここには漢字文化圏の周辺に広がる中華思想があり、古代の日本はそのような中華思想を受け入れたものと理解されるが、そうした表面的な問題に限られるものではなく、この時代の対新羅との国際関係の中に日本が積極的に中華思想を作り出していることを考慮すべきであろう。そうした中華思想を取り込んだのは、おそらく新羅によって滅ぼされた百済の遺臣たちではなかったかということである。大友皇子の皇太子賓客として名を連ねる五人の知識人は、いずれも百済宮廷に仕えていた博士たちであり、彼らは近江宮廷に仕え古代日本の宮廷文化形成に大きな役割を果たしたことは明白であり、大友皇子の漢詩の成立する事情もそこにある。

百済はもとより中国と距離を置いた外交を進める独立性の強い国であるのだが、日本が唐・新羅との国交が絶たれたことを契機に、百済の遺臣たちは日本において日本の王を唐の天子と等しくすることで中華思想による新たな「天皇」国家を成立させたのであると考えられる。そこに日本の天皇王制の出発を見るのである★9。近江朝の天智天皇の段階ではまだ《天皇》という称号は現れていないと見るのが今日の通説である。したがって、この段階の天皇は《大王》であり、《オオキミ》である。次の天武天皇の時代に「天皇」と書かれた木簡の発見などから、天皇号は天武天皇の時代に確かめられる。しかし、ここに見る皇・帝が大王を指すことから見るならば、これが天皇号を生み出す重要な根拠の一つであることも考えなければならない。中国において皇・帝は古く天帝を指すが、秦の始皇帝が登場して以降は、先の燕楽歌辞にも見るように皇室や皇帝を指すのが一般的であることから、大友皇子の用いる皇・帝とは皇帝の意味であることが理解出来る。日本の大王を皇帝だと表現するのは、日本の王が中国の皇帝と対等な独立天子国の皇帝であるという考えの現れに他ならないのであり、そのようなことを演出したのは、百済の亡命知識人たちではなかったか。そこには、亡命人たちによる百済再興の意図があったように思われる。

古代日本漢詩には天皇を賞賛する儀礼詩が多く詠まれるのであるが、それらは天皇を中華思想の中に表現する傾向を強く持つ。これは、天皇の称号が律令の上でも定着することにより、天皇を唐の天子と対峙する独立天子国の王であるという考えによるものと思われる。藤原史《ふひと》の「元日応詔」の五言詩においても、

正朝観万国　元日臨兆民　天皇は正朝に万国を閲し、元日に兆民に臨む。
斎政敷玄造　撫機御紫宸　政事を整え、天文を整え紫宸殿に出御する。
年華已非故　淑気亦惟新　年が改まり古いものはなく、春の気は新しい。
鮮雲秀五彩　麗景耀三春　瑞雲は五色に輝き、美しい景は三春に輝く。
済済周行士　穆穆我朝人　立派な周の臣下のような、我が朝の臣下たち。
感徳遊天沢　飲和惟聖塵　徳に感じて恩恵に遊び、和楽して天皇の心を思った。

と詠まれるのは、天皇を万国の王として兆民が天皇の恩沢を得て喜ぶ様子であり、唐の朝廷における朝賀の儀礼を彷彿とさせる内容である。中国の元日儀礼詩を模倣することでこのように詠むことは可能であるが、これは《天皇》という存在が中華思想によって保証された王として賞賛されているのであり、しかも、そこには天皇を唐の天子と対等とする意識があり、そのことによって詠まれる儀礼詩であることに注目すべきである。あくまでも、ここにあるのは独立天子国の天皇への賞賛にあるのであり、唐の諸侯国としての天皇の位置ではないことである。

そのことにより天皇の徳は『論語』雍也の山水仁智に並べられたり、あるいは尭舜や周王などの聖帝たちに喩えられる。采女比良夫《うねめのひらふ》の「春日侍宴。応詔」では、

論道与唐儕　語徳共虞隣　天皇は道を論ずると尭帝に等しく、徳を語ると舜に並ぶ。

冠周埋尸愛　駕殷解網仁　また周文王の屍の愛や、殷湯王の鳥の網の仁に等しい。
淑景蒼天麗　嘉気碧空陳　よい景色は蒼天に麗しく、よい季節は碧空に広がる。
葉緑園柳月　花紅山桜春　緑溢れる庭の柳と月、紅に燃える山は桜が満開の春。
雲間頌皇沢　日下沐芳塵　天上の雲間に皇恩を褒め、日の下に天皇の徳を浴びる。
宜献南山寿　千秋衛北辰　ここに南山の寿を献上し、永遠に天皇を守ろう。

のように、天皇の道徳を中国の古聖帝である唐虞《とうぐ》（尭舜《ぎょうしゅん》）に喩え、さらに仁愛を文王や湯王に喩え、春の良い季節に天皇の恩沢に浴することの喜びを詠むのである。王吉甫も「文武之道、厥猷未墜」と詠むのも、周以来の道徳が今も続いていることを褒めるものであり、すぐれた世の聖王の跡を継ぐことが今の世の王の徳と見なされている。日本漢詩においても中国の三皇五帝をモデルとすることで天皇の徳を語るのは、中国の天子の立場に等しくあることを意図するからに他ならないのである。

　このような独立天子国としての天皇の存在を語るものは、歴史書にも反映されている。特に儒教的な道徳観によって作為されている仁徳天皇の記録は、日本における儒教道徳に則ったすぐれた天子の位置づけである。『日本書紀』の仁徳天皇紀では天皇は三年の間税を免除して民の貧困を救い、皇后の問いに対して「其天之立君、是為百姓。然則君以百姓為本。是以、古聖王者、一人飢寒、顧之責身。今百姓貧之、則朕貧也。百姓富之、則朕富。未之有、百姓富之君貧矣」★10と語るのであるが、一人でも貧しい者があれば、それは天皇が貧しいからであり、天が君を立てるのは百姓のためであるのだというのは、まさに中国古代の聖帝の姿である。天皇を聖帝の姿に重ねることにおいて、日本にすぐれた天子の登場を語ったのである。それは中国の天子に激しく対峙《たいじ》する立場の標榜であり、ここには東アジアにおいて儒教道徳をテキストとする同質の天子が二人出現したことを物語っている。

　このような天皇の登場は、天皇そのものの言葉としても語られて行くこととなる。聖武天皇が即位間もなくの神亀二年九月に次のような詔を述べているのは、天皇という存在の独立性が定着した段階を示すものとして興味深い。

朕聞。古先哲王、君臨寰宇。順両儀、以亭毒、叶四序而斉成。陰陽和、而風雨節、災害除以休徴臻。故能騰茂飛英、欝為称首。朕以寡薄、嗣膺景図、戦々恐々。夕惕若厲懼、一物之失所。睠懐生之便安、教命不明、至誠無感、天示星異、地顕動震。仰惟、災害責深在予。昔殷脩徳、消雊雉之冤、宋景行仁。弭熒惑之異、遥瞻前軌、寧忘誠惶。★11

昔の聖王たちは天地が万物を育むような方法で人民を養い、季節の秩序に順って人々を平等に治めたということを頼りとして、徳が少ないながらも命あるものの生命が安らかであることを願い政務に励むのであると述べるのである。儒教の君子観に基づき、天地を敬い、天子の道徳を学び、人民をすべての本と考える政事への姿勢は、古代日本の天皇が中国天子の政治・道徳を理解し、彼らと等しい天子像を形成した姿でもある。そのことを通して独立天子国の天皇が、東アジアの中に成立することとなったのである。

5 結

七世紀の東アジア世界は、大唐帝国を取り巻く周辺諸国の国際紛争の時代を迎える。特に朝鮮半島三国の動きは、東アジア再編の様相を呈するのである。そのような時期に新羅の真徳女王の詠んだ「太平歌」は、唐の太宗に対する諸侯国としての臣義を表す歌辞であることが知られる。さらに、この太平歌は宮廷における燕楽歌辞を受けていることが知られ、それは宮廷の宴集において臣下が天子に服属する儀礼詩を予想させるものであるから、太平歌の詠まれる意図が推測されて来よう。朝鮮半島の激動の時代を目前に控えた新羅は、中国との外交交渉を積極的に取る。そのような外交の中に詠まれたのが太平歌であった。ここには、新羅が唐に対して諸侯国であることを示す立場にあることが推測されるのである。白村江の戦いへと向かう新羅の姿勢が見て取れるであろう。

古代日本は、白村江の敗戦により百済からの亡命者を多く受け入れ、宮廷に仕えた多くの知識人たちは近江朝の新文化を形成する。百済は中国とは距離を置きながら、積極的に独立天子国の建設へと向かい、結果的に滅亡を招いた。彼らが日本に渡り新しい宮廷文化を創ることとなるが、それが近江朝であった。王は皇帝・天子と並べられ、深い徳を持ち尭や舜に喩えられる。そのような天皇への賞賛は、中国の中華思想から離脱した独立性の強い天子国への道であったといえる。同じ儒教のテキストを元としながら、ここに新羅と日本の王制の違いが見えてくるのである。

注

1 梁柱東『増訂　古歌研究』（一潮閣）、黄浿江・尹元植『韓国古代歌謡』（セムン社）参照。
2 本文は、中華書局本『旧唐書』巻一百九十九上による。
3 本文は、金思燁訳『完訳　三国遺事』（明石書店）による。以下同じ。
4 塚本善隆『世界の歴史　4』「唐とインド」（中公文庫）参照
5 本文は、中文出版社本『文選』（第二十巻）「公讌」による。以下同じ。
6 本文は、漢詩大系『詩経』（集英社）による。以下同じ。
7 辰巳「運命より大きな力―王制」『詩霊論　人はなぜ詩に感動するのか』（笠間書院）参照。
8 本文は、日本古典文学大系『懐風藻　文華秀麗集　本朝文粋』（岩波書店）による。以下同じ。
9 辰巳「運命より大きな力―王制」『詩霊論　人はなぜ詩に感動するのか』注7参照
10 本文は、日本古典文学大系『日本書紀』（岩波書店）による。
11 本文は、新訂増補国史大系『続日本紀』（吉川弘文館）による。

第六章

日本的自然観の源流

物色と第三の自然

1　序

『懐風藻』は、日本最初に成立した漢詩集である。序文によれば本詩集の成立した事情について、「余が此の文を撰ぶ意は、将に先哲の遺風を忘れずあらむが為なり。故懐風を以ちて名づくる云爾。時に天平勝宝三年歳辛卯に在る冬十一月なり」★1と見える。「余」なる人物の名前は知られないが、天平勝宝三年は孝謙《こうけん》天皇の時代に当たり、西暦の七五一年である。万葉の歌人である大伴家持が越中から帰国した年であり、また大仏開眼会の行われる前年である。同じ序文に「余薄官の余間を以ちて、心を文囿に遊ばす。古人の遺跡を閲、風月の旧遊を想ふ」と記され、奈良時代の後期に、薄官の作者が古人の遺跡を調べ、彼らの詩の風雅について思いを致すというのである。中国文学の詩形式が百済《くだら》を経由して日本に定着し、多くの日本人による漢詩が詠まれたことへの関心から、序文を認《したた》めた余なる某氏は、日本漢詩を通して彼らの風雅の心を汲み取り、後世に残そうとしたことが知られる。漢詩を先哲の優れた遺風と見る態度や、旧遊への尊敬がここには見て取れるに違いない。ここでは、『懐風藻』の自然表現に注目し、詩の素材としての景物がどのように獲得されるのかを考えてみたい。そこには東アジアをめぐる自然観の形成が想定されるからであり、『懐風藻』詩人たちの自然への認識の位置が明らかになると思われるからである。

2　懐風藻の時代区分

序文の作者によると、この漢詩集は近江朝の時代から平城京の時代までの漢詩、一百二十篇を集め一巻としたこと、作者は六十四人で、姓名や官爵《かんしゃく》についても具体的に記したという。ただ、現存する詩数は一一六首であり、一部散逸したと思われるが、近江朝の漢詩から平城京時代の漢詩まで含まれていることは事実である。近江朝の天智天皇の時代から孝謙天皇の天平勝宝三年までは、およそ九十年である。この期間の文学史的区分はすでに小島憲之が「前期懐風藻」「後期懐風藻」に分け、後期を「(1) 長屋王詩苑」、「(2) 長屋王以後の詩」に分類している。これをさらに現懐風藻詩の詩的隆盛の状況から求めると、次のようになると思われる★2。

第一期　近江朝時代（六六二〜六七二）
第二期　天武・持統朝時代（六七二〜六九七）
第三期　文武朝時代（六九七〜七〇七）
第四期　平城京前期時代（七〇七〜七二九）
第五期　平城京後期時代（七二九〜七五三）

第一期の近江朝時代は、序文によると諸制度が整い学校も設立され、朝廷に余裕が出来たことから、宮廷では「置《ち》醴《れい》の遊び」が行われ、天皇は臣下に詩文を示し、賢臣たちは天皇を褒める詩を献上したという状況の中で多くの漢詩が詠まれたのであったが、壬申《じんしん》の乱により殆ど灰燼《かいじん》に帰したという。辛うじて残されたのが大友皇子の「侍宴」「述懐」の二首に過ぎないが、近江朝の漢詩状況を知る貴重な詩である。近江朝は都を滋賀県大津の琵琶湖畔に遷《うつ》し、折りしも百済滅亡に伴う渡来系知識人たちが近江朝廷に抱えられ、百済宮廷文化が花開き、近江朝漢詩の成立する状況を準備した。大友皇子には百済知識人が賓客（教育係）として迎えられ、「述懐」の漢詩には、彼らの儒教的君主観が漂っている。また、『万葉集』においても時期を同じくして額田王が登場し、漢詩の対句を匂わせる歌を詠んでいる。第二期の天武・持統朝には天智や天武の皇子である河島皇子や大津皇子、あるいは唐へ留学した釈智蔵《しゃくちぞう》などが活躍する。河島皇子の「山斎《さんさい》」の詩は、「塵外年光満ち、林間物候明けし。風月遊席に澄み、松桂交情を期る」のように山斎（山水を配した庭園のある別荘）の風光と風月（友情）・松桂（友情）の遊びを詠む。大津皇子は五首の詩を残し、その伝に「幼年にして学を好み、博覧にして能く文を属る」と称えられている。「春苑言宴」の詩では「澄清苔水深く、晻曖霞峰遠し」と春の澄んだ池の風光と霞の掛かる峰を詠むのである。また、釈智蔵の「翫花鶯」では、「求友鶯」と友を求める鶯が詠まれ、『詩経』の「求其友声」を踏まえたものであるが、初めて鶯が日本文学に登場した記念すべき素材である（後述）。『万葉集』では、柿本人麿の活躍する時代であるが、それと平行して漢詩人たちが輩出し始め、『万葉集』には見られない新しい素材を取り上げて詩を詠むのである。第三期の文武朝は、天皇の御製《ぎょせい》を初めとして多くの詩が残されている。夭折の天皇の時代であったが、政治史的には激動の時代である。七〇一年には大宝律令が施行され、日本は律令政治の時代へと入り、漢文学の高い教養を持つ知識人たちが求められたことから、官僚知識人らが漢詩を創作するようになる。また、同年には遣唐使の派遣が再開され、山上憶良たちを載せた第七次の遣唐使船が翌年七〇二年に出発する。三十年ぶりに再開された遣唐使の派遣により、唐の文物への関心が大きく高まった時代であり、彼らの帰国により新しい都である平城京の造営が準備された。第四期の平城京前期は、七一〇年に平城京遷都が行われ、元明・元正の二人の女帝とそれを引き継いだ聖武天皇の即位間もない、平城遷都前後の時代である。初めての史書である『古事記』（七一二）が編纂され、続いて『日本書紀』（七二〇）も成立する。藤原不比等を継いだ長屋王政権が誕生し、王は作宝楼に詩宴を催し漢詩が隆盛を極めるが、その最後は長屋王滅亡の時である。長屋王邸は平城京二条大路に面する一角にあり、東南角の平城京東院のすぐ南側に位置する。また、平城京北側の佐保という地に別荘を所有していたらしく、そこを〈作宝楼《さほろう》〉と呼び詩人たちを集めて季節ごとの詩宴を開くほか、外国使である新羅の使人たちを招いて餞別《せんべつ》の詩宴を催している★3。長屋王邸の詩宴は、国際性を強く持つ文化サロンであった。第五期の平城京後期は、長屋王滅亡の後に新政権を立てた不比等の子供たちである藤原四氏（武智麻呂・房前《ふささき》・宇合《うまかい》・万里《まろ》）の台頭と、藤原政権崩壊の天平九年から『懐風藻』成立の天平勝宝三年に到る時代である。長兄の武智麻呂を除いた藤原三氏たちを中心とした詩が多く残されており、藤原氏の邸宅においても詩宴がしばしば催されていたことが知られる。武智麻呂もその伝記である「武智麻呂伝」（『藤氏家伝』）には、習宜《すげ》の別荘に「文会」というサロンを持ち、当時の詩人・文人らは競って参加を願い、ここを「龍門点額《りゅうもんてんがく》」と呼んだという。漢詩が当時の知識層の基本的学芸として成立した時代であり、以後の勅撰漢詩集の時代を用意したのである。

　およそ九十年におよぶ古代日本漢詩の時代は、唐高宗の麟徳《りんとく》の初唐から玄宗の天宝時代に当たり、初唐四傑《しけつ》の駱賓《らくひん》王《のう》らの時代から孟浩然《もうこうねん》や張文成らの活躍する盛唐の時代までである。日本漢詩の始発は、この唐詩の時代と平行しながらも、まだ多分に平仄《ひょうそく》や韻律の上から見ると、六朝的性格を持つものであった★4。

3　〈第三の自然観〉の形成

『懐風藻』の自然は、三つの自然観の中にある。第一の自然は、儒教的自然観であり、これは『論語』の「智水仁山」（山水仁智）をもとに、多くは天子の儒教的徳性を称えるための自然である。第二の自然は、老荘・神仙的自然観であり、これは『老子』の「無為自然」や神仙的世界をもとに、やはり多くは天子の優れた徳性を称える自然である。第三の自然は、「物色」という詩学により導かれる文芸表現としての自然観である。

　中国の奇書である『山海経《せんがいきょう》』には、さまざまな怪異や妖怪が描かれ、また珍奇な異物が出現する。「西山経」には

「ここに瑶水があって、清らかにさらさらと流れる。天神あり、その状は牛の如くで八つの足、二つの首、馬の尾、その声は勃皇（未詳）のよう。これが現れるとその邑に戦がおこる。西南へ四百里、昆侖の丘という。ここはまこと帝の下界の都。神・陸吾が司る。その神の状は虎の尾で九つの尾、人面で虎の爪、この神は天の九部と帝の囿時を司る」★5のように記される。このような怪異の状態が〈自然〉という存在そのものであり、自然に向かって思考して来た民族の自然誌が記されている。自然は神そのものであり、神は獣身の姿で現れる。そこには美しい自然も、愛でられる季節の風物もなく、人面虎身などの怪獣が顔を覗かせる。自然は、混沌とした神々の存在の中に見いだされていたのである。

　このような混沌とした自然に対して、『懐風藻』の段階における第一の自然は、自然を道徳的に秩序づける態度である。『論語』の「雍也《ようや》」に「子曰。知者楽水。仁者楽山。知者動。仁者静。知者楽。仁者寿（子がいうには、知者は水を楽しみ、仁者は山を楽しむ。知者は動き、仁者は静かである。知者は楽しみ、仁者は命が長い）」★6とあり、知者が水を楽しむのは「治世如水流、而不知已（治世は水の流れのようで、知るところがない）」（同上注）といい、仁者が山を楽しむのは、「如山之安固自然不動、而万物生焉（山は堅固で自ずから動かないが、万物が生じるようなものである）」（同上注）からだという。また正義注では「初明知仁之性、次明知仁之用（初めは仁智の性質を明らかにし、次に仁智の効用を明らかにするのである）」（同上）というように、山水仁智の性質と効用を述べ、それらが治世の方法へと展開するのである。

　『懐風藻』において山水仁智は、天皇が行幸をした詩に多く見られ、行幸地の清い山川を詠み天皇の徳に喩え、また、山水への遊覧を楽しみ山水仁智に触れるのでり、「山幽けくして仁趣遠く、川浄けくして智懐深し」（大伴王「従駕吉野宮」）、「仁智を山川に寓せたまふ」（巨勢多益須《こせのたやす》「従駕応詔」）、「流連す仁智の間」（犬上王「遊覧山水」）、「祇だ仁智の賞を為さまくのみ」（大神《おおみわ》安麻呂「山斎言志」）は、その一例である。

こうした『論語』の山水仁智に基づく第一の自然観に対して、第二の自然である老荘・神仙的自然観も多く見られる。「此れの地は仙霊の宅、何ぞ須ゐむ姑射の倫」（紀男人「扈従吉野宮」）は、吉野が神仙（天皇）の住む家であり、藐姑射《ばくこや》のことは求める必要はないのだという。藐姑射は、『荘子《そうし》』逍遙游《しょうようゆう》に見える神仙の山である。しかも、この自然観は第一の自然と合わされながら詠まれるところに大きな特質がある。先の大伴王の詩は「山幽けくして仁趣遠く、川浄けくして智懐深し。神仙の迹を訪はまく欲り、追従す吉野の濤」（「従駕吉野宮」）と詠まれるのであり、あるいは「惟れ山にして惟れ水、能く智にして亦能く仁。万代埃無き所にして、一朝拓に逢ひし民あり」（中臣人足「遊吉野宮」）のように、山水仁智の自然の中で神仙に出会ったことが詠まれている。

儒教的自然も老荘的自然も中国古代の伝統的思想を背景とするものであることから、その自然は儒老一体の中で天皇の徳性に結びつけられる。このような自然に対して第三の自然は、中国古代の詩学を受けて成立するものである。中国漢代の『毛詩《もうし》』の序に基づく「詩言志《しげんし》」★7の詩学は『古今集』の序文にも影響を与えるが、六朝時代には南朝梁の劉勰《りゅうきょう》（四六五〜五二一）が『文心雕龍《ぶんしんちょうりょう》』を著わし、先秦以来の文体表現について論じ、新たな詩学を立てる。〈文心〉の名が示すように、文章の基本に人間の心を置き、その上に立った文体表現論である。その「物色《ぶっしょく》」の論の冒頭において、「季節の断え間ない移り変わりの中で、人は秋の陰気に心ふたぎ、春の陽気に思いを晴らす。自然の変化に感じて、人の心もまた揺らぐのである。春の気配が萌すと蟻は活動を開始し、秋のリズムが高鳴れば蟷螂は冬ごもりの餌をたくわえる。微々たる虫けらでさえ外界の変化を身の内に感じるのだ。四季の変遷が万物に与える影響は実に深いといわねばならぬ。まして人類は美玉にも比すべき鋭敏な感覚をかかげ、名花にも譬うべき清澄な気質を顕著に示す存在だ。自然のいざないに対して、誰が安閑として心を動かさずにいられよう」★8のように述べている。絶え間ない季節の変化に虫けらでさえも外界の変化に応じるのであり、まして鋭い感覚を持つ人間においては、季節の移ろいの中に思いを致し詩を賦することになるのだという。これは季節と人間の心との関係を論じたものであり、詩の発生に関わる詩学である。季節の変化に応じて人間の心の中に詩が現れることを説くこの詩学は、以後の中国文学の基本詩学となる。その「物色」とは、唐の注釈家である李善《りぜん》によると「四時に観る所のものは物色にして、これをして賦す。また云う、物あり文あるを色という。風は正色なしといえどもまた声あり」のように理解する。季節ごとに見られる美しい風景・風物が「物色」であるというのである。

この季節の風物や風景、すなわち「物色」は、個人が観察し実感することで発見される自然であり、第三の自然と呼ぶことが出来よう。季節が廻り来たことを肌で感じとり、心に現れる思いを詩とするのである。それゆえに季節の到来をいち早く感じ取ること、それが詩人たちのいち早きみやびであった。『懐風藻』に季節の風景や風物への関心が強く示されているのは、こうした物色の理解の中にあったからだといえる。

4　山水画と山水詩

画中に詩があり、詩中に画があるという中国詩画の伝統は、唐の時代以後に隆盛を見せることとなるが、その両者の関係が不分明ながらも日本古代の漢詩から窺われるように思われる。特に山水詩の多い『懐風藻』においては、思想的には『論語』の智水仁山や老荘の仙境が特徴的に見られるが、それらとは趣を異にした山水詩の存在は別途に考えなければならない問題であるように思われる。もちろん、山水詩が目指したものは対象となる自然を写実的に描くことにあったのではない。写実という方法はまだ成立していない段階であることからも、自然を描くことは規範の伝統の中にしか存在しなかったというべきであろう。山水詩において伝統とは何を指すのか。

いつの時代に制作された屏風であるかは不明であるが、韓国から寄贈されたという奈良県明日香村の飛鳥寺に所蔵されている山水屏風六面の水墨画に、次のような詞書きのあることに興味が引かれる。ここには、山水画の精神が十分に語られているように思われるからである。

①長夏幽居
②修竹遠山
③長松飛瀑
④石壁飛流
⑤渓亭山色
⑥渓山清遠

この四字熟語と屏風の絵の内容とが重ねられているのであるが、こうした四字熟語に見る内容は山水詩の一般的な伝統を示す一例であると思われ、そこには山水画とともに山水詩の精神を見ることが可能である。例えば、山水詩で著名な宋の謝霊運《しゃれいうん》の「登石門最高頂」(『文選』遊覧)では、

晨策尋絶壁　早朝に杖をつきながら絶壁の険しい山に尋ね入り、
夕息在山棲　夕方には休息のために山家にある。
疏峰抗高館　山家は峰を切り開いた所に高く造り、
対嶺臨廻渓　高い嶺に対しまた谷川の渓流に臨んでいる。
長林羅戸庭　長い林の木々は山家の前に連なっていて、
積石擁基塞　石を積んだ垣根は幾重にも重なっている。
連巌覚路塞　連なる巌によって路は閉ざされたようであり、
密竹使径迷　群生する竹によって道は迷うほどである。
来人忘新術　ここに来る人は古い道を忘れてしまい、

去子惑故蹊　帰り去る人は古い道が分からずに惑うばかりである。
活活夕流駛　悲しそうにして夜には猿が啼いている。

と詠まれ、山水詩の基本的な形式が知られる。これが後に山水画と結合することで題画詩《だいがし》や題画記となるのであるが★9、この謝霊運の山水詩によって山水様式や山水を描く精神が成立したと見られる★10。それがさらには四字熟語によって示されたのが、先の屏風絵の詞書《ことばがき》であったのである。

①の長夏は六月あるいは長く続く夏の意味である。「長夏幽居」は杜甫の「江村詩」の「長夏江村事事幽」によるものと思われるが、夏の終わり（六月）に、山水への関心が見られるのは『懐風藻』の詩も同じである。

燕巣辞夏色　鴈渚聴秋声（釈智蔵「秋日言志」）
夏身夏色古　秋津秋色新（藤原史「遊吉野」）
峰巌夏景変　泉石秋光新（紀男人「扈従吉野宮」）
葉黄初送夏　桂白早迎秋（吉田宜「従駕吉野宮」）

これらは、夏の終わりの季節に秋の到来しつつある様子を描くものであり、その景色の変化の様が幽だということになる。ここには六月の夏の終わりが山水詩にとつて重要な素材であることを理解していることが窺われるのであり、雁の声や秋津の地名に秋気を知るのであり、泉石の輝きや桂の白い色に秋の気を知るのである。山水の地に居を構えて幽居するのも、山水詩の精神であることが理解される。特に『懐風藻』にはそうした関心が高く、

地是幽居宅　山惟帝者仁（大津首「和藤原大政遊吉野川之作」）
山中明月夜　自得幽居心（藤原宇合「遊吉野川」）

は、吉野の地にあることを幽居といい、また幽居の心という。吉野は特別な山であるからである。あるいは、

欲知間居趣　来尋山水幽（大神安麻呂「山斎言志」）

山牖臨幽谷　松林対晩流（阿倍広庭「秋日於長屋王宅宴新羅客」）

神居深亦静　勝地寂復幽（吉田宜「従駕吉野宮」）

などものも、山水の地を幽寂な世界として捉えるものであり、吉田宜《よろし》の詩は木々の葉が黄色み始めて夏を送る様子になったことを詠むものである。たことを詠むものである。「長夏幽居」という山水詩の精神は『懐風藻』においても達成されているといえる。竹は竹林七賢を象徴する植物であるから『懐風藻』にも見られるが、七賢以外の竹への関心も強く、②の「修竹遠山」の精神も読み取れるように思われる。修竹は長い竹であり、それと対となるのが遠い山である。

松巌鳴泉落　竹浦笑花新（大神高市麻呂「従駕応詔」）

嶺峻糸響急　谿曠竹鳴融（中臣人足「従駕吉野宮」）

松の木が生えている巌とは遠くに見える山であり、近くの池の岸辺に生じる竹の風景が詠まれるのは、これが一対の関係を結んでいるからであろう。あるいは糸と竹は縁語であり楽器を表すのであるが、それはまた遠い山と竹との組み合わせであることも事実である。その他にも竹は「送雪梅花笑。含霞竹葉清」（境部王「宴長屋王宅」）、「竹葉禊庭満。桃花曲浦軽」（背奈行文「上巳禊飲応詔」）とも詠まれ、竹への関心は強く見られる。巌の松は山水詩や山水画の基本的様式であり、③の「長松飛瀑」も山水詩あるいは山水画の基本的な風景である。それは前掲の大神《おおみわ》高市麻呂の「松巌鳴泉落」（「従駕応詔」）からも十分に知られる。

松巌鳴泉落　竹浦笑花新（大神高市麻呂「従駕応詔」）

激泉移舞袖　流声韻松筠（長屋王「初春於作宝楼置酒」）

山牖臨幽谷　松林対晩流（阿倍広庭「秋日於長屋王宅宴新羅客」）

松の生える巌から流れ落ちる飛瀑《ひばく》の様子、滝のある池の傍らに舞姫の袖が移ると、滝の音と松竹の音とが響き合う様子、山荘の窓は幽谷に臨み、松林は夕方の滝の流れに向かい合っている様子が詠まれ、松と飛瀑を詠む『懐風藻』

の詩人たちは、長松飛瀑という山水詩の精神の理解者であることを知るのである。

石に水の激しい流れを詠む④の「石壁飛流」は、長松飛瀑と趣を等しくするが、これは石の壁に水が激して飛沫を上げる様子である。「石壁」は「石壁蘿衣猶自短」（藤原宇合「秋日左僕射長屋王宅宴」）に見られ、王家の山水の風景の中に石壁に生じた蘿《こけ》が詠まれる。石壁飛流の様子は、

水下斜陰砕　樹除秋光新（文武天皇「詠月」）

錦巌飛瀑激　春岫曄桃開（山田三方「三月三日曲水宴」）

潺湲侵石浪　雑沓応琴鱗（大津首「和藤原大政遊吉野川之作」）

のように、水の砕ける様子や巌の上から激しく流れ落ちる飛瀑、あるいは石を侵して浪が流れる様子が見られるのであり、山水詩の基本的様式が応用されているのである。

続く⑤の「渓亭山色」は渓谷に建てられた亭《ちん》と山の色とが一対となるものである。古代日本に〈亭〉がどのように受容されたのかは明確ではないが、その思想的形成については、劉鲁平氏の論に詳しい★11。

涼風四域、白露下而南亭粛（下毛野虫麻呂「秋日於長屋王宅宴新羅客序」）

柳初払長糸、於是林亭問我客（藤原宇合「暮春曲宴南池序」）

褰帷独坐辺亭、夕懸榻長悲揺落秋（藤原宇合「在常陸贈倭判官留在京」）

長屋王の作宝楼には山水式庭園が築造されていた様子が知られ、秋風が吹き白露の降りる山色の中に渓《たに》の亭が詠まれる。あるいは藤原宇合の庭園にも山水庭園が造られていて、その南庭において行われた曲水《きょくすい》の宴も山際の林亭《りんてい》と暮春の桃紅の輝きが詠まれる。もう一つの宇合の亭は、独り辺亭に座して落葉の秋に悲しむのである。

⑥の「渓山清遠」は渓谷が清らかにして遠くまで見渡せる様子であるが、それも『懐風藻』に見られる山水詩の方法である。釈道慈の「初春在竹渓山寺於長屋王宅宴追致辞」の竹渓山《つげのやま》は奈良の竹谿村の寺を指すのであるが、ここに

は世俗を離れた道慈の渓山清遠への精神が見られるように思われる。詩においては、

澄清苔水深　晻曖霞峰遠（大津皇子「春苑言宴」）

山幽仁趣遠　川浄智懐深（大伴王「従駕吉野宮応詔」）

のように、池は澄んで清く苔の生じた水は深く、霞のかかった峰は遠く見えるといい、山は仁趣が遥かで、川は智の情趣が深いという。『懐風藻』の渓山清遠もまた山水詩の精神を表現したものであることが知られる。

懐風藻漢詩の詩語はさまざまな文献を通して得られたものであるが、それでありながらも山水自然の表現において山水画の精神を見ることが出来るのは、両者の交流の存在したことを証明するものであろう。その画もまた自然を写すことから始まるように、山水詩もまた第三の自然として誕生したことが窺えるのである。

5　日本的自然観の源流

日本的季節感といわれる花鳥風月も雪月花も、基本的に『懐風藻』に準備されている。花と鳥はすでに第二期に花鳥詩として成立し、風月への関心も先の河島皇子の詩に見られ、長屋王邸の詩にも「一面金蘭の席、三秋風月の時」（調古麻呂）「勝地山園の宅、秋天風月の時」（百済和麻呂）のように、秋の風月を詠む。あるいは文武天皇は「詠雪」の詩で「雪花彩を含みて新たし」と雪の花を詠み、大伴旅人は「初春侍宴」の詩で「梅雪残岸に乱れ、煙霞早春に接く」とも詠む。こうした花鳥風月や雪月花への関心は、古代において特殊であり、中国や韓国の漢詩との関係の中に現れたものといえる。

花と鳥について触れるならば、「梅に鶯」という正月の風物は、長く日本人の美意識として尊重されて来た。『古今集』の春の歌には、「梅が枝にきゐる鶯春かけて鳴けどもいまだ雪は降りつつ」「春たてば花とや見らむ白雪のかかれ

る枝に鶯ぞ鳴く」（角川文庫）などと詠まれていて、梅・鶯・白雪の取り合わせの中に、季節の推移が描かれ、梅に鶯の季節感は和歌の上に定着している。こうした梅に鶯という季節感は、和歌史の上では天平二年の大宰府における大伴旅人主催による「梅花の歌三十二首」に歌われたのが最初である。『万葉集』★12によると、「梅の花散らまく惜しみわが園の竹の林に鶯鳴くも」（巻五・八二四）のように歌われている。梅の花が散るのを惜しみ、竹の林に鶯が鳴くのだという。こうした梅に鶯という季節感は、日本人には欠くことの出来ない新年の風物となり、和歌の上のみではなく絵画にも花鳥画として描かれ、またさまざまなデザインとしても重要視されて来たのであった。その梅に鶯の様式を遡ると、『懐風藻』第二期の漢詩に至るのである。葛野王《かどののおおきみ》には「春日、鶯梅を翫《はや》す」という詩があり、そこでは「素梅素靨を開き、嬌鶯嬌声を弄ぶ（白い梅は白い笑窪《えくぼ》を開き、可愛い鶯は可愛い声で鳴いている）」というのであり、鶯と梅との取り合わせを見事に描いている。しかも、「鶯梅」の漢語は漢籍には見あたらず、この時代に梅と鶯という組み合わせに関する強い興味が存在したことを示している。それは同時代の釈智蔵にも「花鶯を翫す」という詩を詠んでいることからも知られ、この時代に花鳥の様式が定着し、その具体的な現れが鶯と梅との組み合わせであり、「鶯梅」という熟語であったのである★13。

　こうした春の景物を特別に取り出して組み立てる方法は、季節ということへの関心が強く表れた証拠である。春夏秋冬という四季は、暦の上で理解されたものであり、持統朝に「始行元嘉暦與儀鳳暦（始めて元嘉《げんか》暦と儀鳳《ぎほう》暦とを行う）」（『日本書紀』持統四年十一月）という新しい暦の受け入れとも関わるであろう。しかし、春は梅に鶯という理解は、日常的な時間に現れる景物ではなく、梅は早春の寒い時期に花を咲かせる貞節の花であり、鶯は春告鳥として山から下りてきて梅の花に彩りを添える梅の友だちなのである。いわば梅に鶯という取り合わせは、季節に限定された景物であることを理解した結果の表現であり、「物候《ぶっこう》」と呼ばれるその時節のみに現れる自然への関心であった。

　そうした季節限定の景物の選択が持統朝に次第に定着しつつあったものと思われるが、この梅に鶯の取り合わせが万葉歌に現れるのは、先に掲げた天平二（七二〇）年春正月に行われた大宰府大伴旅人官邸における「梅花の歌」においてであり、三〇年以上を経過して倭歌の世界に登場するのである。

春去れば木末隠れて鶯そ鳴きて去ぬなる梅が下枝に（巻五・八二七）

梅の花散り乱ひたる岡傍には鶯鳴くも春かた設けて（同・八三八）

鶯の声聞くなへに梅の花吾家の園に咲きて散る見ゆ（同・八四一）

わが宿の梅の下枝に遊びつつ鶯鳴くも散らまく惜しみ（同・八四二）

梅花の歌には、このように春が到来して梅の下枝に鳴きつつ鶯が飛び交い、また梅の花の散り乱れる中に鶯が鳴くことが詠まれ、梅に鶯の景物が遺憾なく描かれる。しかも、これらの歌には「散る梅の花」が詠まれ、共通した表現様式が認められる。主人の旅人も「吾が園に梅の花散る」（巻五・八二二）と詠む。梅の花が散ることを詠む背後には、中国六朝から初唐に流行した辺塞詩である「梅花落《ばいからく》」という楽府《がふ》詩が存在するように思われる。和語の「梅の花散る」とは、まぎれもなく「梅花落」の翻訳語として「梅ノ花落ル」が詠まれたからである★14。

これはその一例に過ぎない。日本的自然観と見られる花鳥風月も雪月花も、その源流をたどれば、そこには中国文化が顔を覗かせる。それは当時の東アジアにおける国際的交流の状況から見れば、必然的なことであった。

6　詩宴と自然

近江朝に始まる漢詩は、天皇の開いた「置醴《ちれい》の遊び」という詩宴にあった。序文には天智天皇の時代には何度も文学の士を招き置醴の遊びを開き、天皇は文章を臣下に示し賢臣たちは頌詩《しょうし》を献ったという。これは日本漢詩の詠まれる場が、まず宮廷の詩宴にあったことを示すものであり、以後の日本漢詩は詩宴において多く詠まれるのである。

『懐風藻』の目録の中から、詩の詠まれる場が明示されているものを列挙すると、①侍宴、②春苑言宴・春日侍宴・初春侍宴・暮春曲宴南池、③秋宴・秋夜宴山池、④長屋王宅宴・秋日於長屋王宅宴新羅客・晩秋於長屋王宅宴・初春於作宝楼置酒、⑤三月三日曲水宴・上巳禊飲、⑥元日宴、⑦賀五八宴であり、この他の七夕の詩も詩宴に詠まれたであろうことは、『続日本紀』天平六年七月七日の夜に七夕の詩宴の開かれていることからも知られる。また、多くの従駕詩や応詔詩も詩宴によるものと推測され、「春日侍宴、応詔」のような題からもそれは窺えるであろう。

漢詩が宴の場を背景として成立するのは、宴が伝統的に文芸の場であったからである。古代歌謡を見ても、酒宴においてさまざまな歌が奏上され歌われている。それらは〈酒歌〉に属するものであり、宴会が公的な年中儀礼として存在し、賓客を持てなすのも酒宴においてであった。宴席はすぐれた伝統文化を披露する公儀の場であったのであり、漢詩の輸入によって伝統的歌謡の場と平行して、漢詩の場が加わる。歌謡の場は『万葉集』を生みだし、詩の場は『懐風藻』を生み出したのである。ここに倭と漢とが相並ぶ日本的文学史が成立するのだといえる★15。その最初の詩宴の出発が、近江朝の置醴の遊びであった。以後、『懐風藻』の詩宴は、宮廷宴、元日宴、三月三日宴、七夕宴、行幸従駕宴、長屋王邸宴、藤原門流宴、山斎宴、算賀宴などの中で多くの日本漢詩が詠まれることになる。

この詩宴の多くは侍宴や従駕あるいは応詔という宮廷宴にあって詠まれたことが知られるのであり、そこには近江朝の理念であった「宸翰《しんかん》文を垂らし、賢臣頌を献る」を継承していることが知られる。この理念は君臣が一体となって詩を詠むことにあり、君臣の和楽を目的とするものである。そのような君臣の和楽を目的に詩宴を開いたのが、魏《ぎ》の時代の文帝（曹丕）であった。『文選』の「詩讌《しえん》」にその折の詩が幾つか残されているが、この詩宴を理想とした六朝の詩人の謝霊運《しゃれいうん》は「擬魏太子鄴中集八首」（『文選』巻三〇）を擬作し、その理念を追求するのである。太子は建安の優れた詩人たち七子を鄴宮《ぎょうきゅう》（皇太子宮殿）に集め、日夜詩宴を開いたという。序文によると「建安の末に、余は時に鄴宮にあり、朝夕宴会を開き、歓楽を尽くした。天下の良辰・美景・賞心・楽事の四つは、合わせるのが難しいが、今、昆弟《こんてい》、友朋、二三の諸彦《しょげん》が共にあり、この歓楽を尽くしたのである。古来この楽しみは史書には見えない。なぜなら楚の襄王《じょうおう》の時に宋玉、唐景があり、梁の孝王の時に鄒枚《すうばい》、厳馬《げんば》がいた。彼らは詩を作り楽しんだが、王は文章に関心がなかった。漢の武帝の時には徐楽《じょらく》らの諸才があり、対応の能力に優れていたが、武帝は猜疑心《さいぎしん》が強く詩人らは楽しむことがなかった」のようにいう。しかし魏の太子の時に初めて君と臣下とが心を開き、朝夕の詩宴において詩を詠み合ったというのである★16。謝霊運は魏の太子の詩宴を通して王者のあるべき姿（聖君主）を見たのであり、詩を通して政治的な君臣の和楽が実現出来ることを夢見たのである。その謝霊運も讒言《ざんげん》に会い、その命を落とすのであった。魏の文帝の詩宴を理念とし、それを近江朝に置醴の遊びにおいて実現したとするのは、詩の理念を語るものであるが、それは実態として近江朝の漢詩がそのように成立したことを語るものである。そのことから見るならば、日本漢詩の理念も政道という政治との関係を強く持ち、しかも、君臣一体の詩の理念は、良辰・美景・賞心・楽事というスローガンの中にあったということである。このスローガンは、最も良い季節（良辰）の、最も美しい風景（美景）の中で、互いにそれを愛で（賞心）、君臣が詩を詠み合うこと（楽事）にあり、その実現が日本漢詩の根幹となることを意味したのである。そのような詩宴は、宮廷を離れて貴族たちの文芸の場にも展開した。それを代表したのが、長屋王邸における季節の詩宴や新羅の客を招いての宴であった。

『懐風藻』が自然や季節に強く関心を示したのは、詩の理念である良辰・美景の中で、心を同じくする者が集い美しい風景を賞美し、それぞれが詩を詠むことにあったからである。その早期に見る事例は、近江朝に活躍する額田王の「天皇、詔内大臣藤原朝臣、競春山万花之艶秋山千葉之彩時、額田王、以歌判之歌」（巻一・一六）という題詞に現れている。天皇の詔を受ける内大臣と臣下に下される題は、君臣一体の文章理念を示すものであり、さらに対句題の春山と秋山は良辰を、艶と彩は美景を指すこと明らかである★17。それらが近江朝に出発して、以後の漢詩の「葉緑園柳月、花紅山桜春（葉は緑なり園柳の月、花は紅なり山桜の春）」（采女比良夫《うねめのひらふ》「春日侍宴。応詔」）は、春の宴に詔に応えた詩であり、春の木々の萌える風光と柳に懸かる月、紅く染まる山桜の花の春を取り出し、春の美を描き出す。まさに、名句に数えるべき良辰・美景の風景の世界の描写である。あるいは長屋王邸では「蝉息涼風暮、雁飛名月秋（蝉は息む涼風の暮、雁は飛ぶ名月の秋）」（阿倍広庭「秋日於長屋王宅宴新羅客」）のように詠まれ、秋の良辰・美景が詠まれる。あるいはまた「秋天風月の時、酒を置きて桂賞を開く」（百済和麻呂《くだらのやまとまろ》「秋日於長王宅宴新羅客」）とも詠まれ、風月は秋の物候であると同時に厚い友情を表し、酒と桂も一対にして友情を示すのであり、外国使への深い友情がこれによって示されている。また蘭《らん》の花は季節の植物として多く詠まれるが、これは天皇の高貴な譬えであり、また固い友情を示すものであった。良辰・美景の中で宴が開かれ詩を詠むことは、そこに集った者たちが心を一つにし、共通の風景を賞美することであった。宮廷の詩宴においては君臣が一体となり和楽することであり、貴族の詩宴においては、互いに身分差を超えて固い友情を結ぶことであった。君臣和楽にしても固い友情にしても、それらは魏の文帝の詩宴に基づいて詩の理念が実現されることを目的とするものであり、日本においては近江朝の置醴の遊びを理念として継承することであった。ここに、『懐風藻』の自然観や季節観がまず成立したのである。

7　結

自然という対象を絵画や詩として表現することは、人類の文化史的成長の記録という問題でもある。自然はそのままの客観性を存在させることはなく、詩人の認識や表現や感受性により表れるものであるから、そこには時代や民族性が大きく関与する。マイケル・サリバンは中国絵画の歴史について、次のように述べているのは印象的である。

（漢代の）いまに伝わる文献や記録は、ほぼ例外なく、公的な〝儒教〟的な芸術のみを取り上げている。かりに漢王朝の宮殿のフレスコ画に自然が描かれていたとしても、それは風景というよりも、むしろ山や川に宿る神や精霊であるのがふつうだった。しかし、地図の作成についての数多くの資料からもわかるように、画家たちは、すでに土地の拡張をいかに表現するかという問題に直面していたのである。かくして、風景画の誕生を促したもののの一つは、純粋な実用主義であったといえよう。★18

自然に向き合う人間の精神性の方面と、地理・地誌としての純粋な実用方面とのなかにおいて、自然は大きな変容を遂げることとなる。膨大に生み出される中国各地の地誌類は、まさに実用主義の中に存在したのである。唐代に至れば神や精霊の自然から、人間主義的な自然が中心となる。詩もまた長い民族的な精神世界を抱えながらも、現実主義の方面へと目を開くことにおいて、第三の自然を発見することになったといえる。

懐風藻の詩人たちの表現した詩の段階は、図式的に言えば六朝の神仙的世界を抱え込みながらも、人間主義による自然の把握を可能とする歴史の中に存在したということが可能であろう。古代日本漢詩は、そうした二つの思潮の受け入れの中において出発したのである。

注

1　本文は、小島憲之訳注、日本古典文学大系『懐風藻　文華秀麗集　本朝文粋』（岩波書店）による。以下同じ。
2　『上代日本文學と中國文學　下』（塙書房）参照。
3　町田章「長屋王邸の発掘」大塚初重他編『悲劇の宰相　長屋王邸を掘る』（山川出版社）、辰巳『悲劇の宰相　長屋王　古代の文学サロンと政治』（講談社選書メチエ）参照。
4　黄少光「懐風藻と中国の詩律学」辰巳編『懐風藻　漢字文化圏の中の日本古代漢詩』（笠間書院）参照。
5　本田済他、中国の古典シリーズ『抱朴子　列仙伝　神仙伝　山海経』（平凡社）。
6　『十三経注疏』（中華書局）による。

7 卜子夏「毛詩序」に「詩は志の之く所なり。心に在るを志となし、言に発するを詩となす。云々」（『文選』）とある。
8 世界古典文学全集『陶淵明・文心雕龍』（筑摩書房）による。
9 青木正児「題画詩の発展」『支那文学芸術考』（『青木正児全集　第二巻』春秋社）参照。
10 船津富彦『謝霊運』（集英社）参照。
11 「日中における〈亭〉の思想―吏隠詩と関連して―」『懐風藻研究』第六号参照。
12 講談社文庫版『万葉集　全訳注　原文付』（講談社）による。以下同じ。
13 辰巳「持統朝の漢文学―梅と鶯の文学史―」『万葉集と中国文学　第二』（笠間書院）参照。
14 辰巳「落梅の篇―楽府『梅花落』と大宰府梅花の宴―」『万葉集と中国文学』（笠間書院）参照。
15 辰巳「合わせの美学」『短歌学入門　万葉集から始まる〈短歌革新〉の歴史』（笠間書院）参照。
16 辰巳「近江朝文学史の課題」『万葉集と中国文学　第二』注13参照。
17 辰巳「近江朝文学史の課題」『万葉集と中国文学　第二』注13参照。
18 中野美代子・杉野目康子訳『中国山水画の誕生』（青土社）。

第七章
懐風藻の自然と自然観
季節と〈色〉の発見

1 序

文学は自然を模倣することでその表現を可能にしたともいわれるように、自然は文学表現上における最も基本となる対象であり、そこには民族が独自に認識してきた自然観の歴史が存在する。神話において宇宙の誕生や文化の起源が語られるのも、〈自然〉という認識において可能であった。この自然（nature）はギリシアにあっては「そのなかにある種の神を内在させ、魂という語で規定される万物の秩序を支配する存在を含んでいた。それゆえ、ギリシアの自然は、それ自身ある秩序をもって存在し発展・成長すると考えられた」★1という。もちろん東洋においても自然に神の存在を認めるのであるが、むしろ、東洋の自然は人間との親和性において認識されていたと思われる。中国では周の時代以降に天なるものに神を認め、天の意志に基づく政事が行われた。

一方、古代日本に自然を表す和語の存在しないことが指摘されているが、古代日本人は〈ナル〉や〈ムス〉の語において自然の働きを感じ取っていた。それらは自ずから現れる存在や性質を指す語でありながらも、それ自体が神そのものの営為として認識されていたといえる★2。ここにいう〈自然〉なる語は古代中国に現れるが、それは老荘の思想においてである。『老子』象元《しょうげん》に「物有り混成し、天地に先立つて生ず。寂たり寥たり。独立して改まらず、周行して殆らず、以て天下の母と為す可し。吾、其の名を知らず。之に字して道と曰ひ、強ひて之が名を為して大と曰ふ」★3と述べて、「人は地に法り、地は天に法り、天は道に法り、道は自然に法る」（同上）のだという。道は天地に先立って生じ、その道は自然に法るのだというところに老子の自然に対する考えが現れる。

　中国も六朝期になれば隠遁者の登場により山水自然への認識も深まり、とくに自然と人間の感情との関係が密接不離に説かれるようになる★4。そのような認識の登場は、人間の道徳的生活を自然の秩序において認めてきた歴史が存在したこともあるが、この時代にそれが文章論や文体論として登場したことの意義の大きさである。文章というのは、人間が自然との関係においてはじめて生ずるのだと考えるのである。南朝梁の劉勰《りゅうきょう》（四六五〜五二一）は、『文《ぶん》心雕龍《しんちょうりょう》』を著すが、この書は先秦以来の文学や文体を説いた文章表現論の著作である。〈文心〉の名が示すように、文章の基本に人間の心を認めるのであり、その上に立った文体表現論である。その物色《ぶっしょく》篇の冒頭において、「季節の断え間ない移り変わりの中で、人は秋の陰気に心ふたぎ、春の陽気に思いを晴らす。自然の変化に感じて、人の心もまた揺らぐのである。春の気配が萌すと蟻は活動を開始し、秋のリズムが高鳴れば蟷螂《かまきり》は冬ごもりの餌をたくわえる。微々たる虫けらでさえ外界の変化を身の内に感じるのだ。四季の変遷が万物に与える影響は実に深いといわねばならぬ。まして人類は美玉にも比すべき鋭敏な感覚をかかげ、名花にも譬うべき清澄な気質を顕著に示す存在だ。自然のいざないに対して、誰が安閑として心を動かさずにいられよう」★5のように述べている。

　季節の移ろいによって人間の感情も変化すること、微々たる虫でも外界の変化に感じるのであり、季節が万物に与える影響は大きく、まして人間ならば安閑とはしていられないはずだと説く。自然という哲学的用語ではなく万物の現象を示す「物色」という語を用いて、自然の変化とそれに基づく人間の心の現象を説くのである。物色は本来は犠牲の良い毛色を示すものであったが、その色を自然の色へと転じたのである。唐の李善《りぜん》は「物色」を「四時に観る所のものは物色にして、これをして賦す。また云う、物あり文あるを色という。風は正色なしといえどもまた声あり」

（李善注『文選』「物色」）と説明する。いわば季節ごとの風物には文（あや）があり、そうした風物の文が物色であるというのである。物色とは自然と季節の織りなす〈文〉のことであり、それに心動かされて賦すことにより文学が生まれることを説いているのである。また同じ六朝詩学を代表する鍾嶸《しょうこう》の『詩品《しひん》』にも、「気の物を動かし、物の人を感ぜしむ。故に性情を揺蕩して、諸を舞詠す」★6という。〈気〉の作用により〈物〉は萌し、物は人を感動させるのであり、人は感情を抑えきれずに舞い歌うのだというのである。そうした物色への理解は、唐の孔頴達《くえいたつ》も「哀楽の生ずるのは自然に因る」（『毛詩正義』序）のだというように、物色論は以後の中国詩学に継承され、日本では『古今集』仮名序に「花に鳴く鶯、水にすむかはづのこゑをきけば、生きとし生けるもの、いづれか歌をよまざりける」（角川文庫）と述べたのは、こうした物と心の詩学を受けるものであったからだといえる。

2　自然と物色

このような六朝文章論を代表する〈物色〉という語は、古代の日本文献にも受け入れられている。漢文色の強い『常陸国風土記』には天皇が四方を望み見て美しい風景を「物色可怜」だと述べた中に見られ、『万葉集』には大伴家持が「物色」を見て秋萩・露・鹿の歌を詠んでいる。さらに大伴池主は家持との贈答の文章の中で、暮春の美しい風景を楽しむことなく見過ごしたならば「物色は人を軽んずるだろう」と述べている。奈良朝には「物色」という語が文章や作歌の方法として存在したのである。そうした物色への関心は、漢詩世界にも現れて来る。『懐風藻』では下《しも》毛野《けの》虫麻呂が長屋王邸宅での詩宴に序文を認《したた》め、秋の日の風光をもって「物色相召す」のだと述べ、それゆえ四季の美しい風物の中におのおの詩を詠むことを勧めるのである。そのような物色を通した自然と文学との関係は、漢文学により新たな方法として獲得されたように思われる★7。中西進氏によれば『万葉集』が老荘的な自然から山水の自然へと移行する状況を『文心雕龍』明詩篇の「荘老退くを告げて、山水方めて滋し」に求め、大宝以後に赤人により思想を離れた自然詠が獲得されたということを指摘している★8。さらに中西氏によれば『万葉集』の分類する寄物・詠物は『文心雕龍』の物色篇や詮賦《せんふ》篇の説くごとく、「物」としての物色を樹《た》てていたのだともいう（前掲書）。そうした『万葉集』の動向と同時代的に下毛野虫麻呂は「五言。秋日長王が宅にして新羅の客を宴す。一首。并せて序。賦して『前』の字を得たり」の作品を残している。奈良朝初頭の文人宰相であった長屋王の邸宅では、多くの詩人・文人たちが集い、しばしば詩会が開かれて漢詩が詠まれていた。王邸には漢詩サロンが存在したのである。そうした王邸サロンのある秋の日に、新羅の客の餞宴が行われた。虫麻呂は、この詩宴の意義を序文に認めている。またこの詩宴では、詩人たちに韻が与えられたことが知られ、虫麻呂は「前」字の韻を以て詩を詠んだという。これは勒韻《ろくいん》や探韻《たんいん》により詩を詠む方法であり、その場に韻が与えられたところから即興的に詩作が行われたことを示している。その虫麻呂の序文によると、

夫れ秋風已に発ちぬ、張歩兵帰を思ひし所以にこそ。秋気悲しぶべし、宋大夫焉に志を傷ましめつ。然あれば則ち歳光の時物、事を好む者賞して憐れぶべく、勝地の良遊、相遇ふ者懐ひて返らむことを忘る。況めや皇明運を撫でたまひ、時は無為に属るをは。文軌通ひて華夷欽戴の心を翕め、礼楽備ひて朝野歓娯の致を得たり。★9

と記されている。秋風が起ち張歩兵（張季鷹《きよう》）は異国で羹《あつもの》によって帰郷を思ったこと、秋気は悲しく宋大夫（宋玉）は師の屈原《くつげん》が放逐されて志を傷めたこと、それらの故事を取り上げて、秋気とはそのようであるので、風流ある者は時節の風物を賞美し憐れみ、勝地の遊びに出逢う者は帰ることを忘れるのだという。長屋王邸における詩宴は、そうした秋の悲しみを忘れるために風流を解する者たちが集い、文章により心を通わせ、そのことにより礼楽《れいがく》が備わり、秋の歳光の時物を賞美し朝野の歓娯を得ることになったのだという。歳光の時物とは、その季節の最もすぐれた風物（良辰・美景）のことである。

此の日かも、溽暑間に方ひ、長皐晩に向はむとす。寒雲千嶺、涼風四域、白露下りて南亭粛なり。蒼烟生ちて北林藹なり。草かも樹かも、揺落の興緒窮まること難し。觴かも詠かも、登臨の送帰遠ざかること易し。加之、物色相召し、烟霞に奔命の場有り。山水仁を助け、風月に息肩の地無し。

(この日は蒸し暑さも緩んでゆき、長く続く沢も暮れようとする。寒そうな雲があちこちの峰々にかかり、涼しい風が四方の境に吹く。秋の露がおりて南の亭は静まりかえり、蒼いもやがたなびいて北の林はうすぐらい。草や樹などの葉がゆらぎ落ちる風情は何ともいえない程で、その情趣にはきわまりがない。酒杯をかたむけ歌を作り、高い処に登り水に臨んで、客の帰るのを見送るのであるが、しかし、去りゆく影は容易に遠ざかってゆく。美しい風景に招かれて人々はこれを賞美し歩き、山水の美しさに助けられて、風月を賞しまわって休息する暇もないことである。)

このことから「翰を染め紙を繰り、事に即きて言を形はし、西觴の華篇を飛ばし、北梁の芳韵に継がむ。人ごとに一字を探り、成れる者は先づ出したまへ(筆と紙を取り、風物に即して詩を詠み、中国の詩人たちの詩を継ぎ、人ごとに韻の一字を探り、完成した者は出しなさい)」と、各人に詩作を勧めるのである。ここに物色への関心が集団的な文学運動の中に根ざし、秋の気の中に現れる歳光(季節)の時物(景物)を共通の賞美の対象としたことの重要性がある。これが新羅から来日した客人への餞宴であることから、彼らの別離の悲しみや海を渡る不安を除き、この美しい季節の歳光の時物を賞美することで、その悲しみを忘れさせようとするのが主旨である。そのことにより季節のすぐれた風物を賞美する方法や原理を説いたのが序文の意図であろう。

秋は悲しいというのは中国の伝統的思想である。『詩経』の「春日遅遅」(出車)に注する『毛伝《もうでん》』では「春は女悲しみ、秋は士悲しむ。その物の化することに感じるからである」といい、『鄭箋《ていせん》』では「春は女陽気に感じて男を思い、秋は士陰気に感じて女を思う。これはその物の化するにより悲しむのである」という。虫麻呂が引く宋大夫は

『楚辞《そじ》』九弁で「悲しいかな、秋の気たるや。蕭瑟として草木揺落し変衰す」ともいう。男女の恋の思いにしろ、孤独な個人の思いにしろ秋の気は悲しいものであった。

いずれも季節が詩人たちの心を揺さぶるのであり、劉勰の物色論を保証するものである。秋の気は悲しいものであること、その理解のもとに秋の悲しみを逃れ、むしろ秋の風物を賞美することを求めたのが虫麻呂の意図であり、長屋王邸詩会の意図でもあろう。それを「歳光の時物、事を好む者賞して憐れぶべく、勝地の良遊、相遇ふ者懐ひて返らむことを忘る」と述べたのである。季節のすぐれた風物の時に会い、それを好む者は賞し憐《あわ》れむのだとする。「賞」は本来は「与える」という意味が原義であるが、六朝の詩人たちは賞美の意味に用い、謝霊運は好んで賞心の語を用いている★10。後述するように本藻詩においても「縦賞」「賞芳春」「琴樽之賞」「叶幽賞」などと用いられる語であり、「翫」や「玩」はその仲間である。「憐」も賞に等しく対象に対して美しいと感じる心であり、ここでは季節の美しさへの賞美である。

こうした「賞」や「憐」による季節への関心は、魏《ぎ》の曹丕《そうひ》（文帝）による鄴宮《ぎょうきゅう》の詩宴を理想としているように思われる。謝霊運によって復元された「魏の太子の鄴中集に擬す詩八首」（『文選』巻三十）の序に「建安の末に余は時に鄴宮にいた。朝に遊び夕べに宴し、歓楽を極めた。天下の良辰・美景・賞心・楽事の四つは併せ難いのであるが、今昆弟友朋、二三の諸彦共にこれを尽くした」というのである。良辰はすぐれた季節、美景はすぐれた景色、賞心は自然の美を賞美する心、楽事はそれを詩に詠むことであり、魏の曹丕のもとに集った建安の七子たちは、この四つを尽くしたというのである。これは以後の中国文学史の中に展開するが、古代日本においても君臣一体の文学理念として近江朝に受け入れられ、また『古今集』以降の勅撰和歌集の基本的な理念となるスローガンであった★11。

李善の「物色」の説明である「物あり文あるを色という」は、季節の特色を「文」として捉えるものである。それは自然の中に〈色〉の発見を促すものであり、『懐風藻』の自然および季節への認識が〈賞美〉により獲得されている事情を考えるならば、古代日本漢詩は新たな自然の表現を〈物の色〉により獲得することになったといえる。

3　物色と自然の〈色〉の発見

『懐風藻』の応詔詩や吉野詩などには『論語』の山水仁智に基づく儒教的自然観が見られ、また塵俗を逃れて崑崙《こんろん》・方丈などの神山や無為自然に憧れる老荘的自然観が見られるが、それらはそのイデオロギーの中から美的理念を形成したことを語っている★12。これに基づけば『懐風藻』には第一の自然観として儒教的自然が、第二の自然観として老荘的自然が認められることになる。これに対して第三の自然観は「物色」による自然であると位置づけることが出来るであろう。虫麻呂の立場はこの第三の自然観によるものであり、それは季節の個々の風物・風景に気を感じ取り「色」（文）を発見する自然観だということが出来る。

虫麻呂は秋の賞美すべき景物として「寒雲千嶺、涼風四域、白露下りて南亭粛なり。蒼烟生ちて北林藹なり」といい、それのみではなく「物色相召し、烟霞に奔命の場有り。風月に息肩の地無し」ともいう。物に文あるものが物色であるという理解は、寒雲・涼風・白露・蒼烟《そうえん》に現れている。「寒」は冬の寒さを表現する語でもあるが、本藻詩の寒蝉・林寒・寒花などと見える語は秋の風物を表現し、寒いという意味であるよりも、秋気や秋色の清涼感を表すものといえる。いわば秋から冬に入る時の、秋の清涼な気を表す語である。涼風や白露も、そうした秋気を表す語として成立している。特に白露の語が長屋王邸の詩にのみ見えるのは、王邸の詩宴が集団的文学運動として展開していたことからすれば、詩語を共有していたことが考えられる。蒼烟は青い烟の意で、烟は『懐風藻』の特質とする景物である★13。本藻詩の翠烟《すいえん》・烟霞・烟雲・松烟・浮烟・風烟・烟霧などは春の詩に多く見えるが、秋の詩にも見える。おそらく蒼烟や翠烟とあるように、烟は蒼や翠の色を示すように思われる。これらが春と秋に使い分けがあるのではなく、共有されながらもその中から季節の色を発見しようとしているのだといえる。寒の雲、涼の風、白の露、蒼の烟という風物の中に秋気を感じ取り、秋色を感じ取るのである。

そうした秋気の中に感じ取られた「色」(文)が、物色としての烟霞と風月であった。特に風月への関心は高く、「風月澄遊席」(河島皇子「山斎」)「風月時」(調古麻呂「初秋於長王宅宴新羅客」)、百済和麻呂「秋日於長王宅宴新羅客」)「風月」(石川石足「侍宴」)「風月筵」(長屋王「於宝宅宴新羅客」)に見られる「風月」という語は、松桂の如き交情を契り、金蘭の如き友との宴を楽しみ、他者と心を一つにすることを本意としているのであり、堅い友情を意味する譬喩でもある。風と月とは、特別な友人関係なのである。

このように自然における季節の様相を「色」として捉えるのは、本藻詩における「色」への興味からも十分に窺うことができる。そうした「色」を詠む詩は、次のように多く見られる。

a燕巣辞夏色、鴈渚聴秋声(釈智蔵「秋日言志」)
燕の巣は夏の色を去り、雁の渚に秋の声を聴く。
b夏身夏色古、秋津秋気新(藤原史「遊吉野」)
夏身の地は夏の色が衰え、秋津の地では秋の気が新しい。
c玉管吐陽気、春色啓禁園(巨勢多益須「春日応詔」)
玉管からは春の気が吐き出され、春の色は禁園に啓いた。
d神衿弄春色、清蹕歴林泉(巨勢多益須「春日応詔」)
天子は春の色を楽しみ、巡幸は林泉を廻る。
e玉殿風光暮、金墀春色深(黄文備「春日侍宴」)
宮殿の風光は暮れ、耀く岸辺には春の色が濃い。

f花色花枝染、鶯吟鶯谷新（春日老「述懐」）
花の色は花の枝を染め、鶯の囀りは鶯の谷に鳴き始めた。
g君侯愛客日、霞色泛鸞觴（田中浄足「晩秋於長屋王宅宴」）
君が客を思う日、霞の色は鸞の觴に浮かぶ。
h年光泛仙籞、日色照上春（長屋王「元日応詔」）
年の初めの輝きが禁中に浮かび、日の色はこの初春を照らしている。
i帝里浮春色、上林開景華（百済和麻呂「初春於左僕射長王宅讌」）
都には春の色が立ちこめ、上林園には耀く華を咲かせている。
j烟雲万古色、松柏九冬堅（麻田陽春「和藤江守詠稗叡山先考之旧禅処柳樹之作」）
靄は昔から変わらない色であり、松柏は冬でもその性質を変えることがない。

aもbも「夏色」といい、c・d・e・iは「春色」という。これらから見ると、詩人たちは季節に色を感じ取っていたということであり、それは四季に及ぶものであろう。夏の色は燕の巣や夏身の地の景色により知られ、春の色は玉管からはき出される陽気や天子の巡幸する心、あるいは宮中の池辺の風景や帝里に発見される。玉管から吐き出される陽気というのは、林古渓によれば「玉琯とも書く。西王母の楽器、笛の如くにして長二尺三寸、廿六孔あり。これを吹くと、天風が和ぎ、春の景色が漲ると『西京雑記』にある。また、むかし天象地気を観察するに用ゐた笛といふ如きもので、竹でも玉でも作る。その玉琯から、春の陽気を吹き出すと逆説するのである。梁の簡文帝の句に、観斗弁気。玉琯移春とある」★14と両説があるが、西王母の伝説を作り上げたのは、古くに天象地気を観察する博士が暦の運行を定め、役所では玉琯《ぎょくかん》により春の到来を告げる儀式を行ったことにより語られた起源伝承であろう。花色は花そのものの色だが、花の色から春を感じ取っているのであり、元日の気を日色から感じ取っている。霞も色により感じ取られ、万代の伝統も烟雲の色により感じ取られている。この〈色〉こそが季節を示す「物色」にほかならない。虫麻呂が「物色相召す」と述べたのは、季節の風物を指しながらも、特に季節の色に強い関心を示したからである。それは、直接に劉勰の『文心雕龍』の「物色相召」を受けているものであり、また李善の注の「物あり文あるを色という」をも理解していることは明らかである。虫麻呂が「歳光の時物」を捉えようとしたのは、季節の色をもっていち早く外界の季節の動きや移ろいを捉えることにあったからである。

この季節の色というのは、「気」を捉えることでもあった。『懐風藻』には「秋色」と同じ表現として「秋気」の語が見られるからである。例えば、先のbでは「夏身夏色古」に続いて「秋津秋気新」と詠まれている。夏色に対するのが秋気である。気は気配なのであろう。また、下野毛虫麻呂の序文にも「夫秋風已発。張歩兵所以思帰。秋気可悲。宋大夫於焉傷志」と、秋気は悲しむべきものだと見えている。これも秋の気配である。あるいはfの「花色」に対して「風和花気新」（刀利康嗣「侍宴」）と「花気」が詠まれる。この「気」も気配である。しかし、「気」は気配でありながら、それは「色」でもある。そうした気が色であることをよく示すのは、hの長屋王の「日色」に続く「巌前菊気芳」である。この「菊気」は明らかに菊の色を指すものであり、気は色と等しく認識されていたのである。そうした色や気の様態は、bの「夏身夏色古、秋津秋気新」から推測するならば、それは〈移ろう〉ことにあったといえる。即ち、季節の移ろいを気や色をもって表現したのが『懐風藻』の季節感であったのである。それは前掲した劉勰の『文心雕龍』物色篇冒頭の原文に、

春秋代序、陰陽惨舒、物色之動、心亦揺焉。蓋陽気萌而元駒歩、陰律凝而丹鳥羞、微虫猶或入感、四時之動物深矣。若夫珪璋挺其恵心、英華秀其清気、物色相召、人誰獲安。★15

と述べるように、季節は「代序」するという。この代序が〈移ろい〉である。物色の動きは、陽気や清気によるものであり、その物色の動くことは〈気〉により感じられ、それは季節の〈移ろい〉そのものであることになろう。

こうした季節の「色」の発見によって、虫麻呂がさらに導こうとしたのは「事を好む者賞して憐れぶべ」くあることであった。歳光の時物により捉えられた色を、互いに賞美しようということである。賞美は先に触れた曹丕の文学運動の中に見えたが、その態度は良辰・美景・賞心・楽事のスローガンの中で詩を賦すことにあった。謝霊運によれば、この四つは過去のいずれの時代にも得られることなく、従って併せ難いものだが、この曹丕の詩会で君臣の和楽が成立したという。君臣の和楽と季節の色の発見とは、表裏の関係を結ぶものであり、侍宴詩や応詔詩に見える色は君臣の関係の上に成り立つものであるが、その展開上に身分差を超えた〈友情〉が結ばれる詩会が成立するのである。それが魏の建安七子たちであり、また作宝楼に集った文人たちであった。彼らは良辰・美景・賞心・楽事を互いに鍵語にすることによって、身分差を超えて仲間としての文学サークルを形成したことが知られる★16。したがって季節への賞美というのは、彼ら文人たちが季節の風物に寄せて身分差を超え、堅い友情を結ぶための手段であったのであり、そこにもう一つの季節へと向かう態度が存在したのである。

そうした季節の色を発見する態度は、季節の景物を賞美することの中にあり、先に掲げた春日老の「述懐」の詩では、さらに「臨水開良宴。泛爵賞芳春」（川に臨んで宴会を開き、杯を浮かべて芳春を賞美する）と詠む。花の色が枝を染め上げ、鶯が盛んに鳴く折りに曲水の宴が開かれて春の風景（色）を賞美するのである。季節と賞美と詩会とが一体となることで、季節の色が発見されるのであり、そこには〈文酒《ぶんしゅ》〉という詩の理念が存在したことが窺われる★17。虫麻呂が長屋王邸の宴で「歳光の時物、事を好む者賞して憐ぶべく」と述べたように、それは琴樽《きんそん》の宴、すなわち琴・詩・酒により導かれるのであり、長屋王邸での詩に最も多く見られるのが特徴である。

k 送雪梅花笑。含霞竹葉清。歌是飛塵曲。絃即激流声。欲知今日賞。咸有不帰客。（境部王「宴長王宅」）

雪は消えて梅の花が咲き、霞のかかる竹の葉は清らかである。歌は飛塵の曲で、絃の音は激流の声である。今日の賞美を尽くそうとして、誰一人として帰る者などいないことだ。

l高旻開遠照。遙嶺靄浮烟。有愛金蘭賞。無疲風月筵。桂山余景下。菊浦落霞鮮。（長屋王「於宝宅宴新羅客」）

秋の高い空に夕焼けが広がり、遠くの山には靄がかかっている。この宴席では金蘭の如き友と交わり、風月の席にあって疲れを知らない。桂の山には夕日が照り、菊の咲く岸辺には霞が美しい。

m勝地山園宅。秋天風月時。置酒開桂賞。倒履遂蘭期。（百済和麻呂「初春左僕射長王宅讌」）

すぐれた処はこの山園の邸宅であり、この秋の日の風月の時である。宴では良い香りの桂の酒が用意され、靴を逆さまにするほど酔ってはいるが友と堅い契りを結ぶことだ。

n柳条未吐緑。梅蕊已芳裾。即是忘帰地。芳辰賞叵舒。（箭集虫麻呂「於左射長王宅宴」）

柳の枝はまだ緑になるには早いが、梅の花はもうすでに香っている。この処の楽しみは帰ることを忘れるほどで、春の良い季節や風物をいくら賞美しても賞美し尽くせない。

kが雪の消えた後に梅の花の咲くことを詠むのは、冬から春への季節の移ろいを示すものであるが、それ以前に「梅雪乱残岸」（大伴旅人「初春侍宴」）のように、白梅と白雪による取り合わせ（重ね）があり、続いて雪から梅花への移ろいが選ばれているのである。さらに梅には竹が取り合わされ、その竹の葉には霞が取り合わされる。雪と梅の白、霞と竹の青の取り合わされた風景の中に音楽が聞こえ、客はそれを賞するというのである。lは高い空に夕焼けが輝き遠い山に霞が掛かる風景を描き、互いに堅い友情を愛であうのである。その友情は風月の席であり桂の山の夕景と、菊の咲く岸辺の鮮やかな風景が切り取られる。金蘭は堅い友情や友愛のことであり、桂と月は一対となる関係である。ここには堅い友情と秋の美しい風景と琴樽とが一つとなって賞されているのであり、風藻詩の特徴が現れている。そのような認識はmも同じであり、山園の秋空には風月が揃い、桂の酒で蘭の季節を愛でるのである。風月も蘭期も友情の比喩であり、それは秋の賞美すべき風物へと重ねられるのである。nは柳と梅が詠まれ、これも対となる取り合わせの関係にあり（紀麻呂「階梅闘素蝶、塘柳掃芳塵（階梅素蝶に闘ひ、塘柳芳塵を掃ふ）」「春日応詔」）、さらに柳の青と梅の白とが対として捉えられている。季節の風物の色は、友情という人間関係のなかに解け込み、そこから詩人たちの心の景が導かれていることが知られる。

こうした風藻詩の風物の中で、最も多く捉えられるのは「風」である。中西進氏は風藻詩の特色を「風と煙の自然」と捉えたが、それは日本の古代詩における自然把握の特質を指摘するものであった★18。その「風」に関する語彙的広がりは、風月・竹林風・風高・風涼・松風・清風・風和・風波・菊風・風光・金風・秋風・風景・風煙・風気・和風・寒風・風烟などのように多く見え、これらは風が季節を表す重要な風物であったことによる。しかし、こうした風への関心は明らかに李善の指摘した「物色」の色に関わることによるといえる。李善が「風は正色なしといえどもまた声あり」と解釈したように、風は色に見えないが声（音）があり、その音を通して季節の動きを理解したのである。まさに『懐風藻』の詩人たちは、風の音に耳を澄ませて季節の移り変わりを感じていたのである。季節の色や移ろいが詩心を動かし、さらに友との心を固く繋いだのが『懐風藻』の詩における自然観であった。

4　結

古代の神話的自然を哲学的自然へと展開させたのは、中国においては儒教や老荘の自然であった。『懐風藻』の自然には、第一に儒教的自然観があり、第二に老荘的自然観がある。それらは、いずれも自然が思想や哲学として捉えられたところから出発する歴史を示すものである。しかし、『懐風藻』にはもう一つの自然観が存在する。それが「物色」によって捉えられた自然観であったといえる。この「物色」の語は劉勰の『文心雕龍』によるものであり、劉勰は季節の変化に応じて人の心も動き、そこに〈詩〉が生まれるのだと説く。劉勰は自然を観察することを通し、そこに物と心との関係を発見し、新たな文章理論を構築したのである。その「物」とは季節のさまざまな風物であり、

「色」とはその風物の織りなす〈文〉である。そうした物と色とを通して詩や文章が現れるという文章論は、儒教や老荘の自然観とは大きく異なるものである。そこには四季の変化（移ろい）に応じた、季節の風光や景物が捉えられたからである。『懐風藻』の自然観に季節が大きく介入するのは、この物色による自然観の理解が及んだからであったといえる。その物色による自然観の特色は、まさに季節を〈色〉として感じ捉えることにあった。このようにして捉えられた自然を、第三の自然観と呼ぶことが可能であろうと思われる。

注

1　「自然」『現代哲学事典』（講談社現代新書）。
2　『古事記』には「天地の初発の時に、高天の原に成りませる神の名は、天の御中主の神。次に高御産巣日の神。次に神産巣日の神」（角川文庫）のように自ずからナル神があり、またムス（産巣）神が現れたという。
3　新釈漢文大系『老子・荘子』（明治書院）による。
4　小尾郊一『中国文学に現れた自然と自然観』（岩波書店）参照。
5　世界古典文学全集『陶淵明・文心雕龍』（筑摩書房）による。
6　高木正一訳注『詩品』（東海大学出版会）。
7　これらの総論的な問題については、辰巳「物色」『万葉集と中国文学』（笠間書院）参照。
8　「自然」『万葉の詩と自然』（弥生選書）、および「懐風藻の自然」『日本漢文学史論考』（岩波書店）参照。
9　日本古典文学大系『懐風藻　文華秀麗集　本朝文粋』（岩波書店）による。訳も同書を参考した。
10　小尾郊一「南朝文学に現れた自然と自然観」『中国文学に現れた自然と自然観』注4参照。
11　辰巳「近江朝文学史の課題」『万葉集と中国文学　第二』（笠間書院）参照。
12　辰巳「懐風藻の詩と詩学」本書Ⅳ参照。

13　中西進「懐風藻の自然」『日本漢文学史論考』注8参照。
14　『懐風藻新註』（パルトス社）。
15　黄叔琳『文心雕龍注』（世界書局）による。
16　辰巳『悲劇の宰相　長屋王　古代の文学サロンと政治』（講談社選書メチエ）参照。
17　辰巳「文酒と宴」『万葉集と中国文学　第二』（笠間書院）参照。
18　中西進「懐風藻の自然」注8参照。

第八章　懐風藻の詩と詩学

文学における美的理念の形成

1　序

日本古代の漢詩集である『懐風藻』が成立するのは、序文の記すところによると天平勝宝三（七五一）年十一月である。この年は孝謙天皇が翌年に開眼会を控えた東大寺に行幸を行い、また、大伴家持が越中での任を終えて帰京する。聖武天皇は天平感宝元（七四九）年七月に孝謙天皇に譲位し、宮廷は橘諸兄政権の安定した時代に入り、東大寺の建立と盧舎那仏《るしゃなぶつ》開眼という仏教色に彩られた天平文化の盛期を迎えていた。対外政策の遣唐使も二十年ぶりに派遣されることとなり、藤原清河を大使とし吉備真備《きびのまきび》が副使に任命されている。このような時代に『懐風藻』が成立するのは、天智天皇の近江朝から始まる日本漢詩の成熟が一つの段階を迎えたことを意味するのであるが、そこには『懐風藻』の編者によって漢詩とは何かという新たな問いかけが存在したものと思われる。

古代日本は大陸の圧倒的な文化を受容するが、それらは漢字という文字によって成立する文化であった。ここに古代日本は漢字文化圏に参画することとなるのである。日本が文字文化を受け入れたのは、歴史書によれば朝鮮（韓）半島を経由してであったが、漢字文化圏が東アジアの強固な文化としてすでに存在していたことによるものである。朝鮮半島三国はもちろん渤海《ぼっかい》もベトナムも南詔《なんしょう》も台湾も琉球も、その受け入れに前後はあるが漢字文化圏の世界に属する国々であり、漢・六朝・唐帝国を経過する中で、周辺諸国は漢字文化圏の中でみずからの文化を形成して行くのである。漢文文献が日本に伝来したのは応神天皇の時代であったと歴史書は伝えるが、漢詩が詠まれるようになるのは近江朝においてであった。天智称制二（六六三）年の朝鮮半島における白村江の戦いの敗戦によって百済が滅亡し、百済の知識人たちが日本に逃れて来る。彼らは天智天皇の近江朝に仕え、近江の大津の都は琵琶湖の辺に百済の宮廷文化を再現するのである。『鎌足伝』によれば、琵琶湖の浜楼において華やかな置酒《ちしゅ》の宴が開かれたという。この百済の宮廷文化の浸潤の中に漢詩文化が成立する。日本漢詩の出発は、東アジアの緊迫する国際情勢の中にあった。

近江朝以後に古代日本は急激に国家としての体裁を整え始める。近江令や飛鳥浄御原令の制定（これらは、今日の研究では存在したと考えられている）、あるいは天皇号や日本という国号の制定、さらには初めての貨幣の鋳造、新都の計画など、これらは天智・天武天皇の時代に実現され計画されたものであり、いずれも白村江の敗戦を契機として国際化を急ぐ必要からであったと思われる。

持統天皇以後は藤原不比等によって大宝律令の制定や遣唐使の再派遣、平城京への遷都、史書・地理誌の編纂などの文化事業が一層推進されて行くのであり、それらの事業は続く奈良時代を紛れもなく国際化したのである。こうした国際化の規範は、中国の政治制度に基盤を置くものであった。日本漢詩もこのような国際化の中の文化形態として受け入れられ、展開したのである。漢字文化圏に参画することは、東アジアに共通する漢字を獲得することにある。それは文字言語によって漢字文化を共有することであり、漢詩を詠むことは、東アジア漢字文化圏の一員であることの象徴的な証明であった。近江朝以後に政治的制度の整備のみではなく、漢詩を詠むことの意義もここにあったのである。それは、漢詩が個人の教養に止まるものではなく、政治と漢詩とが深く結び付く状況を示唆するものであり、天智朝の「置醴《ちれい》之遊」は、以後の歴代の天皇が儀礼や行事の行われる場に詩人・文人を招き、漢詩を詠ませる伝統は継承されるのであり、『懐風藻』の多くが宮廷の文学として成立している事情も理解されるのである。これらを踏まえた『懐風藻』の時代区分は、次のように考えられる。

第一期　近江朝時代（六六二〜六七二）

第二期　天武・持統朝時代（六七二〜六九七）

第三期　文武朝時代（六九七〜七〇七）

第四期　平城京前期時代（七〇七〜七二九）

第五期　平城京後期時代（七二九〜七五三）

近江朝から天武・持統朝時代の漢詩は多くない。それは詩の残されるべき環境が整わなかったことや、戦乱により焼失したことにある。近江朝に百編の詩が存在したというのは、決して誇張ではなかろう。漢詩という文学形式が知識人に定着するのは、文献上では文武朝以降であり、その大きな要因は宮廷儀礼として漢詩の場が成立する状況が整いつつあったことによる。宮廷宴が一方に歌と競合しつつ漢詩の場としても定着するのは、奈良時代を迎えてからのことであるが、それを牽引して集団的文学運動を展開したのが長屋王であり、また藤原門流の詩の場であった。しかし、長屋王の自尽、藤原門流の疫死などの事件が相次ぎ、詩の場は必ずしも順調に形成された訳ではない。そうした状況の中で先哲の遺風を尊重した編者によって現在の『懐風藻』が残されたことは、日本文学史上にあってまさに僥《ぎょう》倖《こう》であったといえる。以下に『懐風藻』の詩の特質とそこに見られる詩学を取り上げて、古代日本漢詩の形成について触れてみたい。

2　先哲の遺風と懐風藻の編纂

古代日本で「漢詩とは何か」という問いかけがなされたのは、『懐風藻』の序文においてである。このような問いかけがなされる背景には、漢代以降に『毛詩《もうし》』に基づく理論的解釈（詩学）が発達し、また、六朝の『文心雕龍《ぶんしんちょうりゅう》』や『詩品』に展開されていた詩学理論の発達があること、それらを受けた日本漢詩も、漢詩の歴史や理論に対する新たな段階を迎えたことを意味するであろう★1。

この段階に至ることで、日本において漢詩集の編纂が可能となったのである。その序文の作者が『懐風藻』の編者であると思われるが、記名はない。この匿名者の記す序文によると、「余撰此文意者、為将不忘先哲遺風、故以懐風名之云爾」★2という。「私がこの文章を選ぶ理由は、先哲の遺風を忘れないためであり、それで懐風という名前をつけたのである」と述べている。ここに、この詩集がなぜ『懐風藻』という書名が着けられたのかの理由が記されるのだが、それは先哲の遺風を忘れないためなのだというのである。そうであるとすれば、「懐風」というのは、先哲の遺風という意味であることになる。「藻」は文藻の意味であるから、『懐風藻』という書名は先哲の示したすぐれた教えの文章（漢詩）ということになろう。匿名者である本集の編者は、この時代にあって先哲の残した教えとしての漢詩に注目し、それを評価することを目的に漢詩集を編纂することになる。

これが、漢詩とは何かという問いかけに対する答えなのである。編者にとって先哲の遺風を重要視するのは、何に由来するのであろうか。序文では、このことについてさらに次のようにも述べている。すなわち、「余薄官の餘間を以ちて、心を文囿に遊ばす。古人の遺跡を閲、風月の旧遊を想う。音塵眇焉と雖も、餘翰斯に在り。芳題を撫でて遥かに憶い、涙の泫然るることを覚らず」というのである。ここにも本集を編纂する動機が語られている。編者である〈余〉は薄官の身で仕事の合間に文章の苑に遊び、古人の遺跡を見、古人が風月に遊んだことを想い、それらが遠い昔とはなったが、漢詩に触れると昔日のことが思われて涙が流れるのを留められなかったという。そのような思いには、今の時代に対して昔を勝れた時代であったという感慨がある。遠い昔の先哲の教えを思うのは、歴史を語る態度でもある。そこに本集編纂者の問いかける詩とは何かの答があるのである。

それでは、なぜ「先哲の遺風」が問われるのか。この先哲の遺風を重視するという考えは、すでに仁徳天皇の物語の中に見られる。『日本書紀』によれば、天皇は民の貧しさを知り、三年の間租税の徴収や労役を中止する。それで民は豊かになったが、宮殿は破れて雨漏りのする状態であった折に、皇后が非難をすると、天皇は「其天之立君、是為百姓。然則君以百姓為本。然以、古聖王者、一人飢寒、顧之責身。今百姓貧之、則朕貧之也。」という。ここに説かれているのは、昔の聖王の事績である。この聖王の事績を基準とすることで、聖王に等しい政治が行われたことを仁徳天皇の物語は教えている。もちろん、この思想は律令時代の君王における道徳的政治思想を反映したものである。それゆえに、律令時代の歴史書には天皇が先哲の教えを尊重するという記録を屡々《るる》見るようになる。特に聖武天皇は神亀二年九月の詔で「朕聞。古先哲王、君臨寰宇、順両儀以亭毒、叶四序而斉成、陰陽和而風雨節、災害除以休徴臻。故能騰茂飛英、欝為称首」★3と述べている。古い時代に季節が順調に巡り、陰陽が調和して災害もない時代を作ったのは、哲王が世を治めたからであった。それを規範として道徳的王となり政治を行いたい、というのが聖武天皇の詔なのである。これらの古聖王や古哲王は、中国古代の尭《ぎょう》や舜《しゅん》などの聖帝を指すのであり、それは『尚書《しょうしょ》』によることが知られる。また、聖武朝の天平十五年五月五日に五節の舞が行われるが、その時の元正太上天皇の詔に、この五節の舞は天下の人に「君臣祖子の道理」を教えるためなのだとある。それは天武天皇の教えを忘れないための舞であるともいうのであるが、ここには、日本の先哲王の教えを改めて取り出し、それに基づいて君臣の道理や祖子の道理を説こうとする考えが現れているのである。

このような先哲王や古聖王の事績に対して、すぐれた先哲を見出して行くのが本集序文の重要な所である。中国の史書に対して日本の歴史書が人物伝を排除していることは、史書編纂の上で大きな欠落を意味するのであるが、本集の編者が漢詩を通して先哲の事績を発見するという態度から見れば、人物伝に代わるものとして『懐風藻』が編まれていくことを意図しているとも思われる。その推測を裏付けるように、幾人かの詩人たちに伝記を載せるのは、本集が単に古代漢詩を集めるという態度でないことを意味するのであり、それは人物たちを通した先哲の遺風を重んじるという態度があったからに他ならない。

このような先哲の遺風を重んじるという姿勢は、常に今を起点として現れるものである。それは今の政治を反省する態度として古哲王の政治が基準とされるのであり、ここには古と今という考えが時代思潮として現れ、それが漢詩集の編纂の一つの規範として重んじられたのである。このような古と今という原理で書物を編集するという態度は、『古事記』の編纂にも見られ、また『万葉集』にも存在することが指摘されている★4。そうした態度が次の『古今集』へと及んでいることは明らかであろう。『古今集』の編者の一人である紀貫之は「うたのさまをしり、ことの心をえたらん人は、おほぞらの月をみるがごとくに、いにしへをあふぎて、いまをこひざらめかも」★5という。まさに、古を仰ぎ今を恋うるだろうというのであり、それがそのまま『古今集』の名称となるのであった。

古と今を重んじる態度が、このようにして詩学の基本思想を作るのであり、そこに漢詩集編纂へと向かう態度が見られるのである。それ自体も中国の尭・舜などの三皇五帝の時代を尊重する尚古思想を受けるものであるが、さらには、孔子が周代に儒教の理想的国家像を求めたように、中国の史書は周の文・武王への尊重が強く見られる。そこにはすぐれた聖王への政事的評価が存在するのであり、今の政事は常に理想とされる古聖王の政事と向き合わされるのである。「今」とはそうした政教的側面において評価されるものであり、「古」を基準として成立する。あるいは、古を基準とする者が、すぐれた君主として評価される。それが漢詩や和歌へと連続しているのは、漢詩も和歌も、それ自らが文芸として自立していることを意味していないからだといえよう。序文の作者が「先哲遺風」を忘れないために「懐風」と名づけたという理由も、およそここに認められるのである。

3　詩燕の理念的形成

『懐風藻』に多くの詩燕の詩が収められていることは、日本古代漢詩の成立する状況を考える問題として興味深い。ただ、それが公燕に詠まれる詩が多かったからであるという理由のみでは、説明として不充分である。天皇の開く公の詩燕《しえん》は、一定の理念の中に存在したものと思われるからである。『懐風藻』の序文には、詩燕の理念的説明を次のように述べているのであり、それは日本漢詩の始まりを告げるものである。

及至淡海先帝之受命也。恢開帝業。弘闡皇猷。道格乾坤。功光宇宙。既而以為。調風化俗。莫尚於文。潤徳光身。孰先学。爰則建庠序。徴茂才。定五礼。与百度。憲章法則。規模弘遠。夐古以来。未之有也。於是三階平煥。四海殷昌。旒纊無為。巌廊多暇。旋招文学之士。時開置醴之遊。当此之際。宸翰垂文。賢臣献頌。雕章麗筆。非唯百篇。

これによると、日本漢詩が初めて詠まれることとなった時代は、近江朝の天智天皇の時においてであったという。同じく序文によれば、これ以前の聖徳太子の時代には、官位・礼儀を制定したが、専ら釈教を尊重し篇章への余裕は無かったという。この史的理解は正確なものと思われ、天智天皇の時代に篇章への余裕が出来たのは、天皇の事業が広く推進されたからであり、そこで天皇は「調風化俗。莫尚於文。潤徳光身。孰先学。」と考えるに至り大学を設置して秀才を集め、五礼や法律を定めた結果として天下は安定して宮廷の中は何もしなくても治まり、余裕が出来て、そこで天皇は「旋招文学之士。時開置醴之遊。」というのである。この「置醴《ちれい》之遊」の出発が日本漢詩の始まりであるのだが、天智天皇の近江朝が篇章への余裕を持つことが可能であったのは、朝鮮半島の百済滅亡によって亡命渡来人が近江朝に仕えることになるのだが、そこに、大陸文化の新たな受け入れがあったからである★6。

宮廷詩燕が成立する以前においても宮廷に宴が開かれていたことは知られる。その中でも異質な宴は推古天皇の正月宴である。蘇我馬子が天皇に杯を奉り「上寿歌」を奏上し、天皇も馬子に臣下として奉仕する労いを歌うものである。馬子の奏上歌は楽府《がふ》系統の「上寿酒歌《じょうじゅしゅか》」による燕楽《えんらく》歌辞であると思われ、ここに君臣の唱和が見られる。そのような君臣唱和の形式が成立するのも、中国における宮廷詩燕の君臣和楽を理念としているからである★7。もちろん、この君臣唱和は天智天皇以後の宮廷の君臣和楽の思想を推古朝に遡上させたものであろう。

ここに君臣和楽の理念が現れていて、その理念が宮廷の燕《えん》において実現さるという考えが成立していることを知るのである。それを具体的に述べているのが序文の「置醴之遊」なのである。置醴は置酒と等しく酒宴を指すのであり、置酒に関しては天武朝の記録に見られるようになる。すなわち、「置酒宴群臣」（二年正月、四年十月、五年十月）のような記事であるが、また「天皇御向小安殿而宴之。是日親王、諸王引入内安殿、諸臣皆侍于外安殿、共置酒以賜楽」（十年正月）と見られ、宮廷において君臣和楽の置酒の宴が開かれている。「置醴」という漢語は、例えば梁の王筠の「昭明太子哀策文」に、「筆下停紙。壮思泉流。清章雲委。総覧時才。網窮優洽。辞帰繁富。或擅談叢。或称文囿。四友推友徳。七子慙秀。望苑招賢。華池愛客。託乗同舟。連輿接席。摛文掞藻。飛觴汎醴。恩降置醴。賞逾賜璧。微風遐被。盛業日新。」★8のように見られ、昭明太子の文囿《ぶんゆう》の状況と、そこでの詩燕の状況とが回顧される中に述べられるものであり、それが「置醴之遊」であったことが窺えるのである。照明太子（蕭統《しょうとう》）は梁の武帝の太子であったが即位することなく没し、昭明と諡《おくりな》された。『文選』の編者であることは知られているところであり、また、多くの詩文を残したことでも知られる。いわば、昭明太子のもとに文芸サロンが存在し、そこでは詩人たちが集い、觴《さかずき》の飛び交う置醴の遊びが頻りに行われ、詩作に耽るという皇太子御所の文学が成立していたのであった。

このような皇太子御所における置醴の遊びは、遡ると魏の太子曹丕《そうひ》の鄴宮《ぎょうきゅう》の詩燕に至るものと思われる。この鄴宮の詩燕の詩は「鄴中集」として纏められたようであるが散逸した。今日では『文選』の「公讌」に幾首かの詩が収載されていて、その面影を残している。しかし、宋の謝霊運はこの鄴宮の詩燕を「擬魏太子鄴中集詩八首」(『文選』第三十)に詠み復元するのである。それは謝霊運にとっても、魏の曹丕の詩燕が理想的な君臣和楽の置醴の遊びであったからに他ならないのである。その曹丕に擬した謝霊運による序文には、

建安末、余時在鄴宮朝遊夕讌、究歓愉之極。天下良辰美景賞心楽事、四者難弁。今昆弟友朋二三諸彦、共尽之矣。漢武帝徐楽諸才、備応対之能、而雄猜多忌。豈獲晤言之適。不誣方将庶必賢於今日爾、歳月如流零落将尽。撰文懐人感往増愴。★9

とある。ここに集った者たちは、朝夕に燕会を開いて、歓楽の極を究めたという。その遊讌は天下において最も勝れた季節の最も美しい風景の中で開かれるのであり、そこに集う詩人たちはそれらを賞する心を一つにし、そして、詩を詠むのである。かつての詩人たちも詩を詠むことの楽しみは知っていたが、王は詩に無関心であったり、また、猜疑心の強い王もあり、君臣の和楽ははかれなかったのである。しかし、建安の時代を迎えて曹丕の宮殿には建安の七子たちが集い、かかる置醴の遊びが行われて、君臣が唱和し和楽したという。

この置醴の遊びが君臣の唱和や和楽を実現する理念であるという理解により、近江朝において宮廷詩燕が開かれることとなる。その最初の詩人が皇太子の大友皇子であった。近江朝以後の詩燕の様子を見ることが出来るのは『懐風藻』においてであり、大津皇子「春苑言宴」、紀麻呂「春日応詔」、大神高市麻呂「従駕応詔」などのように、詩燕の詩は天武・持統朝へと継承されるのであり、奈良朝においては内裏に玉来が生じたことから「玉来の詩賦」を作らせたところ、文人百二十人が玉来の詩賦を献上したといい(聖武天皇神亀三年九月)、また「天皇御鳥池塘、宴五位已上。賜禄有差。又召文人、令賦曲水之詩」(同神亀五年三月)のような、詩燕の記事を見るようになるのである。文人が百二十人も詩賦を献上したというのは事実を反映したものか否かは不明だが、このように文人が多く存在する意味は、聖天子が現れて天下が太平の世になると文人である言語侍従の臣が登場し、天子を褒め称えるという思想が存

在するからである★10。かかる「置醴之遊」の詩と政治の詩学は、じつは『古今集』真名序にも『新古今集』真名序にも継承されて行くのであり、それらは一層のこと政治的理念を掲げることによって、歌学の政治性、いわゆる和歌の道の理念を強めるのである。

4　応詔詩の理念とその詩学

日本の古代漢詩が東アジアの漢字文化圏に参画することとなるのだが、それは貴族知識人たちの教養を満足させるものであった訳ではない。日本における漢字の伝来から見れば、漢字は国家的な要求の中に存在したのであり、漢字によって古代の国家建設が図られたのである。その国家とは朝鮮半島や中国の国家を想定した東アジアに共有の国家である。大化改新を経て儒教を政治思想とする近江朝文化に日本漢詩も参画することとなるのであり、漢詩によって国家意識が確認されることになる。したがって、ここには漢字文化を通した漢詩への理念が存在したものと思われる。その理念は『懐風藻』漢詩の中に多く詠まれる「応詔詩」の中から理解されるはずである。

応詔詩が詠まれる状況は、『懐風藻』序文が記すのに従うならば近江宮廷で開催される〈置醴の遊び〉において、天皇と文学の士とが交わす漢詩による君臣和楽の中に見られる。近江朝が日本漢詩の最初に位置づけられるのは、近江朝が百済滅亡による渡来人のもたらした外来文化による朝廷であったことによるのだが、百済の亡命渡来人たちが漢詩を必要とした理由は、何よりも君臣和楽を理想としたからであろう。彼等がなぜ君臣和楽を必要としたかといえば、朝鮮半島三国は対中国（また、対日本）との国交関係にあって複雑な外交状況を持つ歴史を有するからである。結果的に百済は中国・新羅連合軍との戦いによって滅亡するのであるが、その背後に君臣の不和や派閥の争いの存在したことが予想される。朝鮮半島は中国や日本の侵略によって翻弄され、百済が中国と対立し日本に救援を求めることの経緯にも、百済国内の内紛が予想されよう。そこには中国派と日本派との分裂が想定される。

国家が平安にして強固であるためには、君臣の和楽は不可欠である。臣下による君への反逆や、君による臣下への猜疑心があれば、強力な国家を望むことは出来ない。そのことを考えるならば、君臣の和楽は不可欠であり、中国の歴代の聖帝は君臣和楽のために努めたのである。その君臣和楽を詩学の側面から説明したのが漢代の『毛詩』の大序に見られる卜子夏《ぼくしか》の政教的詩学論である。すなわち「治世の音は、安らけく以て楽し。其の政の和すればなり。乱世の音は、怨んで以て怒る。其の政の乖けばなり。亡国の音は、哀しみて以て思ふ。其の民の困しめばなり」★11というのであり、孔子の儒教的詩学を受ける大序は、政治が安定しているならば人々の楽しむ声が聞こえ、世が乱れていると人々の怨みの声が聞こえ、国を滅亡させるような政治には人々の哀しむ声が聞こえるというのである。儒教の楽《がく》は詩歌にも及び、人々の声が楽（楽府《がふ》）として支配者や天子に届けられる。その民の声（風）を聞いて支配者も天子も、正しい政治に心掛けることが必要であることを説いたのが漢代詩学であった。

さらに、詩学が政治に深く関与する状況について大序は続けて、「故に得失を正し、天地を動かし、鬼神を感ぜしむるは、詩より近きは莫し。先王是を以て夫婦を経し、孝敬を成し、人倫を厚うし、教化を美にし、風俗を移す」（同上『文選』）と説くところによく現れている。正しい安定した政治が行われるならば、善悪が正しく判断され、天地の神を感動させ、死者の霊をも感動させる。そのような正しい政治を判断するには、詩が最も有効であること、それで歴代のすぐれた王は、詩によって夫婦を仲良くさせ、子どもは孝行を尽くし、人の道を守らせ、教化を信頼し、正しい風俗へと移したというのである。これらが可能なのは、何よりも君臣の秩序であり和楽である。それが正しい安定した政治の基幹であり、そのようであれば人々の楽しむ声が聞こえることとなるのであるという。

このような漢代詩学から見るならば、詩は君臣の和楽を通して正しい政治が行われるための重要な道具であるということであり、それは楽府に等しい思想として機能していたことが知られる。何よりも君臣が和楽するということの根拠は、弱者である民が悪政によって怨み困苦することを避け、彼等が幸福な生活を送ることの出来る政治を行うことにあったのである。『詩経』が楽府としての性格を持つのは、このような事情にある。こうした漢代の伝統詩学は、さらに具体化されることとなる。すなわち君臣和楽のためにはすぐれた文学が要求され、またすぐれた文学者が要求されたということである。すぐれた文学者は「言語侍従の臣」（班固「両都賦」『文選』）と呼ばれ、聖天子の出現に伴い、すぐれた言語を以て天子を頌《しょう》することを役割とする文章家である。君臣の和楽はこの文章（賦）を以て出発するのである。『懐風藻』序文が「此の際に当たり宸翰《しんかん》文を垂れ、賢臣頌を献る」と記したのは、天智天皇という天子が近江朝に登場し、君臣の和楽が行われて天皇は臣下に文を示し、臣下は天皇に頌（ほめ歌）を献呈したという理想の時代を示すことにあった。日本漢詩において近江朝を理想的な聖天子の出現した時代と位置づけて、ここから日本漢詩の出発したことを宣言するのが『懐風藻』序文の立場であったのである。確かに、日本古代漢詩は近江朝から出発するのである。

班固《はんご》の「両都賦」が〈言語侍従の臣〉について触れるのは、漢代における文章の復興に関する問題への重視からである。班固は次のように述べている。

昔、周の成王・康王が亡くなってしまうと、功徳をたたえる歌はとだえ、聖王の恵みがなくなると、詩は作られなくなった。漢の国家が作られた当初は、多事で日が足りぬくらいであった。武帝・宣帝の代になってはじめて霊をもつかさどる制度を重視し、文化を考究することになって、宮中に金馬門・石渠閣という役所を設け、政府では楽府や協律の仕事を始め、それまでに廃止されたものを再興し、とだえたものを続けさせて、すぐれた事業をさらにりっぱなものに仕上げていった。そのために人々は喜び楽しんで、めでたいしるしがはなはだ多かった。白麟・赤雁・芝房・宝鼎の歌が作られて郊廟にささげられ、神雀・五鳳・甘露・黄竜のめでたいしるしは年号とされた。そこで、言語をもって侍従する臣である、司馬相如・虞丘寿王・東方朔・枚皐・王褒・劉向といった人たちは、あした夕べに思いを練って、日々月々に忠言を奉った。それに公卿大臣では、御史大夫の倪寛、太常の孔臧、太中大夫の董仲舒、宗正の劉徳、太子太傅の蕭望之らが、ゆったりと天子の徳をほめたたえて、のちの世までもその名を残している。（前掲『文選』通釈）

ここには、文章の復興と聖帝との関係が見事に記されている。周の成王・康王以後に王を称える詩歌は詠まれなくなったというのは、すぐれた王の登場が無かったということである。文章の衰退は国家の衰退であり、聖帝の登場によってすぐれた文章が復興されるという図式である。漢代の文章の復興に際して登場するのが〈言語侍従の臣〉であったのである。彼等の役割は朝夕に思いを練って忠言を奉り、また頌め歌を作り称えたのであるという。この図式が以後の文章の理念的存在を決定して行くのである。『懐風藻』序が記したのは、日本漢詩の出発を宣言するものであり、文芸の復興に関してではない。しかし、論理的には同じ範疇に属している。聖徳太子の時代は釈教を尊び篇章に余裕が無かったのであるが、近江朝の時代に初めて余裕が出来て文学の士たちが招かれ、多くの漢詩が詠まれることとなったという史観に、班固の史観と通い合う問題を見るのである。

漢詩が国家と深く関与するというのは、何よりも理念的な様態においてである。しかし、その理念性を現実の世の中に実現するか否かは、その時代において権力を掌握した支配者たちの政治姿勢と深く関わる問題である。権力を掌握した皇帝が、その権力に奢《おご》り滅亡する歴史は中国の古代史を見れば良い。大事なことは権力に奢った皇帝を打倒する側の論理が、天命思想や易姓革命による政治理念にあったことである。殷と周、周と秦、秦と漢の王朝交替の正当化の論理は、表面的には武による戦いであるが、実はきわめて詩学的理念であったのである。

この詩学的理念は、明らかに応詔詩の誕生を予測させよう。現存する『懐風藻』一一六首の中に「応詔」と記された詩が十八首見られる。また、これに準ずる「侍宴（讌）」の詩は十首あり、行幸従駕なども公的な要素が強く、これらを含めれば『懐風藻』の詠詩の場の多くが公讌にあったことを教えている。その『懐風藻』が詠む応詔詩は、次のように分類出来る。

春日応詔（紀麻呂・巨勢多益須二首・美努浄麻呂・阿倍首名）
従駕応詔（大神高市麻呂・伊予部馬養・大伴王二首）
三月三日応詔（調老人・背奈行文）
元日応詔（藤原史・長屋王）
春日侍宴応詔（藤原史・釆女比良夫）
春苑応詔（田辺百枝・石川石足）

『懐風藻』は近江朝から奈良朝までの漢詩を満遍なく集めたものではなく、神亀・天平に活躍した長屋王とそのサロンおよび藤原氏サロンを中心とした作品に偏る。その中で応詔詩は長屋王までの平城朝前期『懐風藻』に集中する。もちろん、応詔詩がそれ以降に詠まれなくなったのではなく、聖武朝には大掛かりな詩宴が開催されて題詠の詩が詠まれていたことが史書に録されているから、それらの応詔詩は別途の運命を辿ったはずである。いずれにしてもここに残された応詔詩は、編者が辛うじて入手した貴重な作品である。

漢詩が聖天子の出現を頌する役割を持ち、それを言語侍従の臣が詠むのであるという漢代詩学は、魏の曹丕《そうひ》（文帝）に至って「文章は経国の大業にして、不朽の盛事なり」（『天論』論文」）『文選』という文章への新たな宣言がなされる。文章と経国との結合によって、詩学が明確に政治に参与する。激しい三国抗争の時代の中で、曹丕の理念とするものが君臣和楽にあったことはいうまでもない。その君臣の和楽のために文章を重んじ、建安の七人の文人を招いて朝夕に詩燕を行い文章経国の理想を実現することに努めるのである。近江朝に受け入れられた漢詩の理想は、ここに存在したように思われる。朝鮮半島三国の抗争は、あたかも中国の魏・呉・蜀三国の歴史を想起させるものであり、滅亡した百済の知識人たちの理解に曹丕の理想が存在したと考えられる。近江朝の漢詩が君臣の和楽から出発しなければならなかったのは、ここに大きな理由が求められるであろうし、前期『懐風藻』が応詔詩を多く詠むことの理由もここにあろう。紀麻呂の「春日応詔」の詩は、

恵気四望浮　重光一園春　春の良い気は辺りに浮かび、陽光は庭園すべてを春にした。
式宴依仁智　優遊催詩人　この詩宴は山水仁智の徳により、ゆったりとして詩人たちに詩を促す。
崑山珠玉盛　瑶水花藻陳　庭園の崑崙の山に珠玉が満ち、瑶池には美しい藻が靡いている。
階梅闘素蝶　塘柳掃芳塵　階段の側の梅には白い蝶が色を競い、池の堤の柳の枝は芳塵を払っている。
天徳十尭舜　皇恩霑万民　天子の徳は尭や舜を十倍にしたようで、天皇の恩恵に万民は潤されている。

と詠まれ、応詔詩の典型を示している。「春日」という題は、春が暦の出発を意味するのみではなく、春という時間が天子により建てられることによる。春は天子の建てた最初の時間が出発することにより、まず天子の春の時間を頌するのである。また、天子の建てた春の中で燕楽が行われるのである。そうしたすぐれた天子の徳は、「山水仁智」という『論語』雍也《ようや》から導かれる。天子の徳は山水に等しく、山水は仁智の徳により示される。その天子の徳の下に詩人たちがすぐれた詩を詠む。この詩人たちこそ言語侍従の臣であり、天子の徳を称える文学の士である。その文学の士である紀麻呂は、天皇の徳は儒教の王の徳と共に、崑崙山《こんろんさん》の王の徳をも兼ねて持つのだという。これは天皇が儒教と道教（老荘）の徳の両者を具備していることをいうのである。そのような徳を備えて世界に君臨する天皇の園には、白梅と白蝶とが色を競い、堤の柳は香りの良い塵を掃き、春の風光が充足しており、それゆえに天皇の徳は中国古代の聖王の尭舜を十倍にもしたほどで、すべての民を潤しているという。それは倭王の姿ではなく、この世界を支配する天皇の姿であり、あるいはまた、藤原史の「春日侍宴応詔」の詩では、

淑気光天下。薫風扇海浜。　淑気は天下に光り、薫風は海浜に扇ぐ。
春日歓春鳥。蘭生折蘭人。　春日春を歓ぶ鳥、蘭生蘭を折る人。

塩梅道尚故。文酒事猶新。　塩梅の道は尚故り、文酒の事は猶新しい。
隠逸去幽藪。没賢陪紫宸。　隠逸は幽藪を去り、没賢は紫宸に侍ることだ。

のように、春を迎えて春風の中に鳥も賢人たちも楽しみ、古くから政治の味付けが上手く行われていて、ここでの文酒の宴は新鮮であることから、山に隠れていた隠遁者たちも幽藪《ゆうそう》を去って宮廷に仕えるのだという。これらには儒と老との合一・君と臣との合一という理念が詠まれ、儒と老は対立するものではなく、天皇のもとでは一つであること、その天皇は優れた聖君であることを賞するのである。いわば政治的にも思想的にも対立のない理想世界を形成するのが古代日本漢詩の特質であり、応詔詩や侍宴詩の特色である。そこには君臣の和楽という政治的理念が存在するからであり、それを詩学として受け止めたのが古代日本の詩人たちであったのである。

5　儒と老の合一と詩の美的規範

『懐風藻』の詩が当時の薄官を中心にした文囿《ぶんゆう》に遊ぶ教養人の詩（『懐風藻』序）であることから考えるならば、そこに儒教の思想を基本とした仁智や礼義などの徳目の中に現れることは必然である。ところが、そのような儒教的道徳を詠みながらも老荘的神仙思想も強く見られることは、十分に注目して良いことである。なぜならば、律令が定める学令では老荘の学を排除していることからも知られるように、儒と老とは政治思想として互いに背反する思想だからである。それが詩において両者が接続し一体化するのは、新たな価値規範が詩において現れたことを意味するのであろう。大学博士である越智《おち》広江のように人生の半ばを過ぎて「文藻我所難、荘老我所好」（「述懐」）と言い、文章の技巧を棄てて、無為の生き方を選択する詩人もいる。そうした老荘的生き方を強く求めるのも、新たな価値であるが、儒と老とを一体とすることで、詩の表現世界を生み出すのも、『懐風藻』詩の大きな特徴である。それらは詩の理念的態度であるが、そのことを通してそこには詩の美的規範が継承され展開しているように思われる。ここでは、寂絶・雅趣・幽趣などの漢語を通して生み出される『懐風藻』の美的規範の形成について考えてみたい。

例えば、大学の博士であった調老人は「三月三日。応詔」の詩で、儒と老の合一を次のように詠むのである。


玄覧動春節。宸駕出離宮。　春の季節に心を動かし、車駕は離宮へと出掛ける。

勝境既寂絶。雅趣亦無窮。　勝景の地は静謐にして、雅な趣は窮まりがない。

折花梅苑側。酌醴碧瀾中。　花を梅苑の傍らに折り、酒を緑の曲池の波に酌む。

神仙非存意。広済是攸同。　神仙の心と異にするが、人々を救済するのは同じだ。

鼓腹太平日。共詠太平風。　腹を打ち太平を喜び、共に太平の風を詠むことだ。


春の季節に心を動かされた天皇は、曲水の楽しみを離宮で行うために勝地へと出発する。その勝地は「寂絶《せきぜつ》」の地であり、また「雅趣《がしゅ》」の地であるという。そこでは花を手折り翳す人、曲池の波に盃を受けて詩を詠む人がいて、神仙の心そのものではないが、天皇の心は神仙に等しく人々を救済し、それゆえに人々は太平の日を喜び歌うのだと褒め称える。腹鼓《こふく》を打つというのは、撃壌鼓腹《げきじょうこふく》の故事を背後に持つ。尭の時に天下が安楽であるか否かを調べる帝は、人々が腹を打ち地を叩いて平安を喜ぶ歌を聞き、世が正しく治まっていることを知ったということから、聖帝の勝れた治世を称える民の喜びの態度とされた（『十八史略　巻一』）。そうした故事を受けて今聖帝の離宮の地は、「寂絶」にして「雅趣」の窮まりの無い処でもあるという。それは離宮の自然を讃めたものだが、それがどのような自然への関心によるものか具体化はされていない。おそらく、ここには寂絶や雅趣という語によって理解される、自然への美的規範が存在したことは明らかである。

「寂絶」の「絶」はある状況の極致を指し、「寂」は静か・安らか・ひっそりの意味であるから、静かで安らかな状態の窮まりないことが「寂絶」である。その「寂」の窮まりない様とは、どのような自然を指すのであろうか。『懐風藻』の「寂」は、およそ次のような意味を持っていることが知られる。

1芳舎塵思寂　拙場風響譁（百済和麻呂「初春左僕射長王宅讌」）
2神居深亦静　勝地寂復幽（吉田宜「従駕吉野宮」）
3松竹含春彩　容暉寂旧墟（藤原万里「過神納言廃」）
4山静俗塵寂　谷間真理専（麻田陽春「和藤江守詠稗叡山先考旧禅処柳樹之作」）
5寂寞精禅処　俄為積草墀（同右）

1は長屋王邸宅で行われている詩宴の様子を詠む中に見られるものであり、その邸宅（芳舎）は、「塵思」が静まり、風流が賑やかに行われているという。塵思は世俗の思いであるから、そのような思いから遠く隔たっている状態を「寂」というのである。それは世俗を離れた、無為と自然の中にあることを言うのであろう。「寂」は「塵」と対になる語であることが知られる。2は神仙の住む所は静かであり、景勝の地は「寂」にして「幽」でもあるという。幽は幽寂な地であり神仙の世界がその対象とされているのである。3は大神《おおみわ》高市麿の旧居の様子を詠み、そこには主人のいない寂しさが詠まれる。4と5は比叡《ひえい》の禅処を詠み、その山の静寂な様子を描くものである。塵俗を遠く離れた禅処である。このように見ると「寂」の例外的な意味は3にあり、3が寂しい意味へと展開するのは、世俗を離れた静謐な様子からの延伸であることが知られる。他は「寂」であることが積極的に求められるべき価値として捉えられている。長屋王邸では詩を詠む施設が作られ、そこは作宝楼《さほろう》と呼ばれ、神仙の遊びが行われていたと思われ★12、また、吉野の離宮も神仙の住む勝地である。そうした仙境的静寂であることの価値は、仏教思想とも結びついていることが知られる。このことにより知られる「寂」への関心は、俗（塵）と対立するところに捉えられた価値にあることが理解されるであろう。古代において静寂に対して関心を示すことの意味は、老荘の「無為自然」の思想とともに、後に見るように『論語』にいう「山水仁智」の考えが反映しているものと思われる。こうした儒と老との合一により、そこに「山斎《さんさい》」と題する庭園詩が現れるのだと思われる。例えば、河島皇子は「塵外年光満。林間物候明。風月澄遊席。松桂期交情」(「山斎」)のように、塵の外に真の友情を求めるのは、老荘的自然の中に儒教的な松桂《しょうけい》の交わりを求めているのだといえる。儒教的な自然観と老荘的な自然観とを合一させることで、新たな価値を見出しているのが『懐風藻』の詩人たちなのである。

また、「雅趣」というのも、雅と趣との結合による自然への評価である。「雅」は日本文化に普遍的な美の規範を作り出すものであるが、『懐風藻』ではそれがどのように現れているのか。

1松風催雅曲　鶯哢添談論(巨勢多益須「春日応詔」)
2忽逢文雅席　還愧七歩情(紀古麻呂「秋宴」)
3素庭満英才　紫閣引雅人(石川石足「春苑応詔」)
4芳筵此僚友　追節結雅声(道首名「秋宴」)
5嘉賓韻小雅　設席嘉大同(背奈行文「秋日於長王宴新羅客」)
6瓊筵振雅藻　金閣啓良遊(藤原総前「七夕」)

1は春の初めに天皇は山川の仁智を望み、松風の「雅曲」を聞き、そこに鶯の鳴く声を聞くということが詠まれる。松風の音が「雅」の曲であるのは『詩経』の雅を基本とするが、松風は松籟《しょうらい》であり隠者の好むものであり、特に陶弘景《とうこうけい》が好んだという逸話がある★13。神仙への憧れを持った弘景の愛した松風は、儒教の雅楽に対して、無為自然の響きを奏でる松風であったのである。2は秋気の澄み渡る折りに、詩を作る宴の席に参加することとなり、そこは文雅の席だという。3は天皇が春の季節を愛でる折りに、庭にすぐれた者たちが集まり、高殿には「雅人」を召したという。これも詩の場に召される雅人は、詔に応じる詩人たちであることが知られる。4は秋の宴に参加した時の詩であり、その宴の筵《むしろ》に連なる者たちは、節を追い「雅声」を結ぶことだと詠む。この雅声もすぐれた詩を詠み上げる声であることは明らかである。5は賓客を喜び迎えるために「小雅《しょうが》」が歌われ、席を用意して平和なことを喜ぶのだという。小雅が『詩経』のそれであることは明らかであり、諸注が指摘する「鹿鳴《ろくめい》」が暗示されていよう。6は七夕の折りに天皇の催す宴席で「雅藻《がそう》」が作られ、高殿ですばらしい遊びの開かれていることを詠む。藻は文藻であり、ここでは七夕の詩が詠まれることを意味する。これらの「雅」の意味するところは、一つに無為自然の音の中に見出される価値であり、一つは儒教の正しい音楽の「小雅」であり、一つはすぐれた詩文を作ることである。特に、すぐれた詩文を作ることが「雅」であるというのは、大友皇子の伝に「雅愛博古、下筆成章」というように、昔の文章を学び詩文を作ることが「雅」なのである。いわば、古典籍を理解した教養の深さが「雅」であるということである。この他に見られる雅は、河島皇子の性格を「局量弘雅」（伝）でるといい、これも教養の深さを指すであろう。あるいは釈智蔵は「音詞雅麗」（伝）であったという。試験に臨んで智蔵の応対は水が流れるようであり、発せられる言葉は明晰にして深い意味を語ったということから、それを「雅麗」であるというのは、智蔵の教養や知識の深さを保証するものなのである。

一方の「趣」も、日本の美を言い表す言葉として特徴的に用いられるが、『懐風藻』では次のように見られる。

1各得朝野趣　莫論攀桂期（中臣大島「山斎」）
2望山智趣広　臨水仁懐敦（巨勢多益須「春日応詔」）
3幸陪瀛洲趣　誰論上林篇（巨勢多益須「春日応詔」）
4欲知間居趣　来尋山水幽（大神安麻呂「山斎述志」）
5聖衿愛良節　仁趣動芳春（石川石足「春苑応詔」）
6将歌造化趣　握素愧不工（大友王「従駕吉野宮」）
7山幽仁趣遠　川浄智懐深（大友王「従駕吉野宮」）
8未尽新知趣　還作飛乖愁（吉田宜「秋日於長王宅宴新羅客」）

9放曠多幽趣　超然少俗塵（丹墀広成「遊吉野山」）

1は山荘の庭園を詠んだものであり、山は静かにして風は涼しく秋気が澄み渡り、ここでは「朝野趣」の二つを得ることが出来たのであるという。朝は朝廷であり、野は在野である。その二つの趣が得られることで、完全な趣が得られたというのである。2は『論語』の山水仁智の思想を受けて儒教的な自然観を述べるものであり、3は吉野の神仙思想を受けて老荘的な自然観を述べるものである。同じ詩人の同題によるもので両面の自然観が捉えられているところに注目される。4は塵の外の趣を求めて山荘に足を運ぶことで、山川自然の風趣に出合ったことを喜ぶものである。そこでは仁智への接近が老荘的自然への接近でもあることを明らかにしている。5は「雅」の3の詩であり、「仁趣」は天皇の心を指し、山水仁智を暗示しながらも瑶池《ようち》や仙舟が詠まれるように、そこは崑崙《こんろん》の世界でもある。仁趣は神仙の世界と一体となることで、新たな「雅趣」を美的価値として発見する。67も同じ詩人の同題の詩であり、6は吉野が老荘の「造化《ぞうか》」の趣を持つ処であることが詠まれ、7は山は幽かにして仁趣は遠く、川は浄くして智懐は深いのだと詠まれるように、『論語』の山水仁智を詠みながら、神仙である天皇の跡を求めて後に従い吉野に来たことを詠む。そこには天皇が儒教的自然と共に老荘神仙の自然を体現する君子として現れるのである。8は新羅の客を送る宴においてお互いにまだ深く知り合うことがないままに別れることを惜しみ嘆くものであり、「新知趣」は詩文を通じて友情を深めることを指すと思われる。9は吉野の山水への賞美を詠み、そこが自由にして「幽趣《ゆうしゅ》」の多い処であるというのは、塵俗を遠く超えているところに理由がある。「幽趣」とは世間を離れた静かな無為自然の世界を指すことが理解されよう。

このような「趣」で例外的に現れるのが8であり、他は儒教の自然観と老荘の自然観とが交叉する所に「趣」が現れるのであり、それは「雅」も同じであり、また「寂」も等しいということである。これは寂・雅・趣と並び現れていた「幽」の場合も、同じ傾向の中にある言葉である。それは、次のように見られる。

1隠逸去幽藪　没賢陪紫宸（藤原史「春日侍宴応詔」）
2欲知間居趣　来尋山水幽（大神安麻呂「山斎述志」）
3山幽仁趣遠　川浄智懐深（大伴王「従駕吉野宮」）
4琴樽叶幽賞　文華叙離思（調古麻呂「初秋於長王宅宴新羅客」）
5山牖臨幽谷　松林対晩流（阿倍広庭「秋日於長王宅宴新羅客」）
6神居深亦静　勝地寂復幽（吉田宜「従駕吉野宮」）
7地是幽居宅　山惟帝者仁（大津首「和藤原大政遊吉野川之作」）
8山中明月夜　自得幽居心（藤原宇合「遊吉野川」）
9放曠多幽趣　超然少俗塵（丹墀広成「遊吉野山」）
10物外囂塵遠　山中幽隠親（葛井広成「奉和藤太政佳野之作」）

この中で2368は、既に掲げた寂・雅・趣と重なりながら現れるものである。また、隠士である民黒人には「幽《ゆう》棲《せい》」と題する詩があり、塵の外にあって神仙の住処を見つけ山人の楽しみを松下に見出すのである。幽とは塵を離れた静かな山水の場所を指し、そこはまさに神仙・隠逸の世界である。これは1が太平の世にあって幽藪《ゆうそう》に隠れた隠士や賢者が出て来て、宮廷に仕えることが詠まれるのとは表裏の関係である。45は長王邸で行われた琴樽《きんそん》（楽と酒）の楽しみが文華と向き合うことで「幽賞」が得られること、その邸宅の山荘の窓は「幽谷」に臨んでいるのだというように、詩宴において深められる琴・詩・酒の三友による交わりが幽賞であり、それは俗人の交わらない真の友のみが実現できる君子の遊びであり、それはまた山紫水明の自然と向き合うことで得ることが可能な楽しみなのである。7は藤原史の吉野詩に和した作で、吉野の塵外に幽居を求め、その山は帝者の仁の及ぶ処であるという。また、8は吉野の桃源へと至り、山中の明月を観望して「幽居」の心を得たのだという。俗世間を去ることのみではなく、吉野という特別な地にあることが幽なのであり、そこは仙境として理解されていた地である。10は7に同じく史《ふひと》の詩に和した作で、吉野で「幽隠」に親しむことを詠む。幽隠は山中に隠れた隠士であり、そこには神仙への思いが強く見られよう。そのようであれば7の「幽居宅」も隠士の住処を求めたものであり、山水仁智と神仙との合一が求められたものであるといえる。

このように、寂・雅・趣・幽という語は、『懐風藻』において基本的には儒教と老荘・神仙とを結合することで得られる新たな文化価値を示す語であることが知られる。儒教のみ、あるいは老荘のみでは表現し得ない、新たな美的価値を見出したものであることが理解されよう。そこには中国六朝以来の儒・老の合一とも軌を等しくしながら、日本古代の自然観が成立するのであり、それはまた、日本文化の価値としての規範を示す言葉（さび・みやび・おもむき・幽玄）になることは重要な問題であると思われる。

6　結

古代日本が漢字文化圏に参画することは、中華文明に発し東アジアに共通する漢字言語を獲得することにある。それは文字言語によって漢字文化を共有することであり、漢詩を詠むことは、東アジア漢字文化圏の一員であることの象徴的な証明であった。そのような漢字文明の受け入れにより注目されるのは、天皇の徳が儒教のみではなく道教の側からも称えられることで天皇は東アジアの王として大きく成長したことである。しかも偉大な聖天子の徳は儒教の徳をも越えているというのである。聖天子が登場することにより、君臣の和楽が実現する。班固がいう言語侍従の臣の立場がここにある。このように聖化される王は、まさに世界の主宰者としての位置を与えられるのであり、それは東アジア世界の主宰者としての王の姿でもある。漢詩が東アジア文化圏に共有されることによって、辺境の漢字文化圏にも唐土の聖王を越える有徳の王を現出させることとなったのである。それは中国の詩学を超えて現れる古代倭王権形成の歴史的過程であり、それを『懐風藻』の詩学が支えたということにほかならないであろう。

さらに日本的美的理念を形成する寂・雅・趣・幽などの語が漢語として受け入れられることで、それは漢詩のみではなく広く日本的文化的理念として受け入れられたことも明らかである。それらを支えるのもまた詩学の問題であるが、そうした詩学の形成した美の理念も十分に検討される必要があるものと思われる。

注

1 中西進『万葉集の比較文学的研究』『万葉史の研究』（講談社）に見える緒論を参照。
2 本文は、日本古典文学大系『懐風藻　文華秀麗集　本朝文粋』（岩波書店）による。訳は辰巳による。以下同じ。
3 本文は、国史大系新訂・増補『続日本紀』（吉川弘文館）による。
4 伊藤博「今歌巻の論」『万葉集の構造と成立　上』（塙書房）参照。
5 本文は、日本古典文学大系『古今和歌集』（岩波書店）による。
6 中西進「近江朝作家素描」『中西進 万葉論集 第一巻 万葉集の比較文学的研究 上』（講談社）参照。
7 辰巳「正月儀礼と上寿酒歌」『万葉集と中国文学　第二』（笠間書院）。
8 『全上古三代秦漢三国六朝文』（中文出版社）。
9 李善注『文選』（中文出版社）。
10 辰巳「天皇と行幸―人麿と言語侍従之臣について」『万葉集と比較詩学』（おうふう）参照。
11 漢文大系『文選』（集英社）による。以下同じ。
12 辰巳『悲劇の宰相　長屋王　古代の文学サロンと政治』（講談社選書メチエ）参照。
13 陶弘景は「特愛松風、庭院皆植松、聞其響、欣然為楽」（『南史』陶弘景伝）と言われる。

初出一覧

既発表論文を本書に掲載するにあたり、加筆訂正した。

Ⅰ　巫系から〈歌〉へ

神々の自然誌

未発表（初案二〇〇八年）

神倭伊波礼毘古の誕生

原題「カムヤマトイハレヒコの誕生」『古代文芸論叢』（二〇〇九年十一月）

苗族の焚巾曲と兄妹の恋

未発表（初案二〇一〇年）

軽太娘皇女の恋と風流鬼

原題「風流鬼論」『京都語文』第十五号（二〇〇八年十一月）後半部収録

死者の旅と指路経典

原題「死者の旅」『万葉古代学研究所年報』第九号（二〇一一年三月）

高天原と死者の書の世界

原題「高天の原と天上楽土」國學院大學特定課題研究口頭報告（二〇一〇年七月）

言霊論

原題「山上憶良の神事語彙と神道理解」『日本文化研究所紀要』第百輯（二〇〇九年三月）を一部補足

万葉集の神話叙述

原題「大伴家持と神話叙述」『古代文学の創造と継承』新典社（二〇一一年一月）

II 歌謡の民族学

歌謡の時代

原題同じ『國學院雑誌』第一一〇巻第十一号（二〇〇九年十一月）

貴州省南部侗族の大歌とその儀礼的性格

原題同じ『國學院雑誌』第一〇八巻六号（二〇〇七年六月）

甘粛省紫松山の花児会

原題「中国甘粛省紫松山の花児会」『國學院雑誌』第一一二巻三号（二〇一一年三月）

歌垣と民間歌謡誌

原題「歌垣の歴史」『東アジア圏の歌垣と歌掛けの基礎的研究』科研B報告書（二〇〇九年三月）

磐姫皇后の相聞歌

原題「風流鬼論」『京都語文』第十五号（二〇〇八年十一月）前半部収録

乞食の歌謡

原題「乞食の修辞学」『修辞論』おうふう（二〇〇八年十二月）

人麿歌集七夕歌の歌流れ

未発表（初案二〇一〇年）

歌謡のテキスト形成

原題「中国侗族の大歌と南島歌謡」日本比較文学会シンポジウム報告（二〇一一年六月）

III 歌人の生態誌

額田王の春秋判別歌

未発表（初案二〇〇九年）

人麿挽歌と守夜の哀歌

原題「守夜の哀歌」『万葉古代学研究所年報』第六号（二〇〇八年三月）

待つ女とうつろいの季節
未発表（初案二〇一〇年）
大宰府圏の文学
原題「大宰府圏の歌人」『時代別日本文学史事典　上代編』有精堂（一九八七年八月）一部補足
僧中の恋と少女趣味
未発表（初案二〇一〇年）
旅の名所歌と歌流れ
未発表（初案二〇一〇年）
家持の女性遍歴
原題「家持の歌遊び」國學院大學古典講座（二〇一〇年七月）講演
家持の歌暦
原題「家持の春苑紅桃の歌」國學院大學古典講座（二〇〇五年七月）講演

Ⅳ　万葉集と漢文学

憶良と敦煌百歳詩
原題「山上憶良と九想観詩」『國學院雜誌』第一一〇巻第四号（二〇一〇年四月）
憶良と敦煌九相観詩
原題「山上憶良と敦煌詩」『国語と国文学』第八七巻第七号（二〇一〇年七月）
倍俗先生と得道の聖
原題「奈良朝における儒教と仏教の葛藤」『日本文化と神道』第二号（二〇〇六年二月）
古代日本漢詩の成立
原題同じ『東亜視域与遣隋唐使』中国光明日報出版社（二〇一〇年六月）
太平歌と東アジアの漢詩

原題「太平歌と東アジア文化」『郷歌　注解と研究』新典社（二〇〇八年十一月）

日本的自然観の源流

原題同じ　辰巳編『懐風藻　日本的自然観はどのように成立したか』笠間書院（二〇〇八年六月）

原題「山水詩と山水画」『懐風藻研究』七号（二〇〇一年一月）

懐風藻の自然と自然観

原題同じ　辰巳編『懐風藻　日本的自然観はどのように成立したか』笠間書院（二〇〇八年六月）

懐風藻の詩と詩学

原題「先哲の詩学」『懐風藻研究』四号（一九九九年五月）

原題「置醴の遊び」『懐風藻研究』五号（一九九九年十一月）

原題「応詔の詩学」『懐風藻研究』六号（二〇〇〇年三月）

原題「儒と老の合一と美的規範」『懐風藻研究』九号（二〇〇二年十月）

跋

世界の文学史が神話・伝説を中心として成立しているのに比べると、古代の日本列島の中で悠久の歴史をたどりながら、二十巻四五〇〇余首を収める『万葉集』という歌集を生みだしたことは特筆すべきことである。いわば、歌を以て日本文化を成立させたという意味で、『万葉集』は世界文学史に並ぶものと思われるからである。そのような『万葉集』における歌の生成とは、どのようなものであったのか。

ここに取り上げた「万葉集の歴史」は、必ずしも時間軸の中に想定するものではない。あるいは、列島の固有種として想定するものでもない。なぜなら、歌の始まりを想定するにはより普遍的な民族史の理解が必要であり、時間の流れや段階的進展では解き明かせない、重層的な問題が多くあるからである。それゆえ歌における歴史は、過去の民族の記憶を大きく重ねるものであり、それは始発期の文学の大きな特質でもある。むしろ、本書における「万葉集の歴史」は、一つの作品内部が抱える文学史的状況にある。文学作品としての歌は遠い過去の文明や文化を背負い、また遠い記憶をも照射することにおいて、文学作品であり得た。そのような意味で文学史は通時的に説明することは困難であり、そこに大きく関わるのは民族の経験した過去の記憶や、あるいは累積した知識や感情の歴史である。ことのほか、歌は民族の精神性を強く反映しているものであり、その精神性の継承や伝承の歴史が「万葉集の歴史」だといえる。そのことからも、『万葉集』の文学史を描くことは作品の読み取りにあるといえる。

もちろん、人間の感情が列島の風土・習慣に基づくことは確かでありながらも、その列島の歴史が東アジア地域との長い交流の歴史であることを考えるならば、そこに東アジア文化を想定することは必然的なことである。日本海を隔てながらも中国・韓半島との関係史は、文物の交流に止まらず、そこには必ず歌や詩が存在した。歌は民族の声でありながらも、常に国境を越えて欲して列島に新たな創造を促したのである。まさに『万葉集』の歴史は、東アジアと常に向き合いながら成長した歴史でもある。列島に成立する漢詩文が、『万葉集』と同時代的に展開したのも、このことを教えるものである。それは『万葉集』が東アジアの文学史として描かれるべき必然性を持つということであろう。いずれの論も、そのような東アジアの文学史に参画する場合の試論として考えたものである。

なお、本書以外に『万葉集』の歴史に関わる拙論として、以下を参照して頂ければ幸甚である。

『万葉集と中国文学 第一・第二』（笠間書院、一九八七、一九九三）

『万葉集と比較詩学』（おうふう、一九九七）

『詩の起原　東アジア文化圏の恋愛詩』（笠間書院、二〇〇〇）

『詩霊論　人はなぜ詩に感動するのか』（笠間書院、二〇〇四）

『折口信夫　東アジア文化と日本学の成立』（笠間書院、二〇〇七）

本書の刊行にあたっては、このたびも笠間書院社主の池田つや子氏の厚情による。本書を以て九冊目が同社より刊行されることとなった。読者が手に取りやすい研究書を話し合い、紆余曲折を経てここにこのような素晴らしい本を作っていただいた。その編集は編集長の橋本孝氏の手になる。また、装幀は今回も右澤康之氏の手による。ここに厚くお礼を申し上げる次第である。

二〇一一年五月

辰巳正明

辰巳　正明（Tatsumi・Masaaki）

1945（昭和20）年生まれ。國學院大學文学部教授。

博士（文学）。

著書に『万葉集と中国文学』『万葉集と中国文学 第二』『詩の起原』『万葉集に会いたい。』『詩霊論』『短歌学入門』『折口信夫』（以上、笠間書院）、『万葉集と比較詩学』（おうふう）、『悲劇の宰相 長屋王』（講談社選書メチエ）などがある。編著に『懐風藻　漢字文化圏の中の日本古代漢詩』（笠間書院）『懐風藻　日本的自然観はどのように成立したか』（同）などがある。

万葉集の歴史　日本人が歌によって築いた原初のヒストリー

2011年10月30日　初版第1刷発行

著者　辰巳正明

発行者　池田つや子
発行所　有限会社笠間書院
東京都千代田区猿楽町2-2-3［〒101-0064］
電話 03-3295-1331　fax 03-3294-0996
NDC分類：911.1

ISBN978-4-305-70561-7
印刷/製本：モリモト印刷

事項索引

※当該索引項目と本書本文とは、類似した項目を取り上げていることから、必ずしも合致しないものがある。

ア
愛河　391,392,496,497,500
愛河や苦海　392,500
挨拶歌　226,229,244,336,417,447,448
哀悼歌の専門家　360
愛に殉じた男女　100,105,107
愛の歌の応酬　271
愛の歓楽　452
愛の悲劇　88,94,95,97,102
愛の喜びから挫折へ　272
愛別離　476,486
愛別離苦　397,473
青馬節会　463
秋風　158,263,265,272,311,315,322,379,381,382,385,387,461,562,574,580,583
秋山千葉の彩　351,355,567
明光浦　426
明光の浦の霊　427
麻田陽春　579,603
葦原統治　145
東歌　7,12,389,437
遊部　360
兄と妹との殉愛の歌　92
兄と妹による恋歌の生成　72
兄と妹の恋　72,75,83,91,290
兄と妹の恋の物語　72
兄と妹の悲劇　97
兄と妹の道行き　83
アマテラス大神　67,69,70
天の磐戸　68,123,148,367,368,373
天の石門　124,125,160,367
天磐戸　68,123,147,148,154,191,192,193,196,367,370
天の岩戸　123,193,367
天之石位　65,67,68,122,146,147,191
天の石位　146,191,196
天磐座　64,65,68,147,191,192,193,196,366,367,370
天香山の写し　156
天の河原　122,145,317,362,364,371
尼の私房　406,407
天の戸　148,175,189,191,192,192,193
天原　69,142,143,144,153,192,375
天の原の石門　122,146,192,366,372
天の原へと回帰　122,123,125,143,149,155
天の日嗣　189,195,197,198,199,200
安倍晴明　509
阿倍広庭　561,568,607

イ
家褒めの呪詞　296
異国　353,430,462,574
石川郎女　414,415,416,417,419,421
石川石足　578,599,604,605
異質な死者の書　150
石と出産との関係　66
石の古い文化性　65
石の文化　70,349
緯書　509,520
異常誕生　66
偉人　28,29
偉人誕生　37
異端　474,506,507,514,518
一回性のテキスト　330,332
市の歌垣　242,268,269
出雲国風土記　30,37
生贄　27,28,30,37,38,39,46,48,49,50
生贄とされる少女　27
井の傍の桜　349,350
イハアレ　58,63,66,67,68,70,160,371,373
イハレヒコの石中誕生　58
異物志　26
今様　206,211,212,213
妹と兄の成長　78
女郎の恋の仕掛け　417
女郎の恋の奴隷　446,449
異類　27,34,37,39,42,44,46,49,61,62,69
異類が求める生贄　27

色好み　18,100,290
色好みという風流　100
磐座　57,64,65,68,69,70,147,148,154,160,161,163,191,192,193,196,366,367,368,369,370,371,372,373
岩座　71,160,191,192,367,371,372
磐座からの出現　68
磐座祭祀とその神話　69
磐座祭祀の反映　68
磐座と磐戸　148,367
石門　65,67,69,70,122,123,124,125,145,146,148,149,153,154,155,160,192,193,362,366,367,372,559
磐門　148,155,367
石門は天の原の入り口の門　154
磐姫皇后　9,91,92,94,98,108,275,278,279,280,285,286,287,288,289,290,431,432
磐姫皇后の嫉妬　91,288
磐船　65,67,196,197
磐や石への古層文化　66
石屋からの再生　67
石屋からの誕生　67
石屋戸祭祀の意味　68
磐余　57,58,62,63,64,65,66,69,70,71,142,163,349,370
因果応報　116,117,119,140,299,508,509
淫祀　39,40
隠遁者の登場　572

ウ

鳥師　210,213
歌遊び　269,271,335,340,414,440,444,445,446,449,450,452,453,454,455
歌垣　3,5,6,8,12,17,51,56,81,85,97,98,100,107,131,132,135,207,209,218,226,232,233,234,235,241,246,247,249,250,251,252,253,254,255,256,257,258,259,260,261,262,263,264,265,267,268,269,271,272,273,274,314,315,324,327,329,334,335,336,339,340,341,342,355,356,357,378,382,384,410,411,414,421,435,436,455
歌垣起源の物語　260
歌垣習俗　314
歌垣の歌の定番　267
歌垣の会場　250
歌垣の起源伝説　97,260
歌垣文化圏の存在　249
歌垣や社交集会　5
歌が迎接の方法　226
歌掛けの方法　328,340,455
歌が人間関係を作る　223
歌刀自　11,16,412,417,444,445,450
歌友達　447,449
歌の管理　207
歌の競技的性格　440
歌の宗教的起源説　345
歌の流れ　211,250,251,272,311,339,386,430,455
歌の発生から完成　8
歌のポケット　329,330,333
歌班　221,223,224,226,231
童子女松原の伝説　96,97
采女比良夫　568
海幸毘古　61,62
梅に鶯　469,563,564,565
梅の実摘みの労働　254
浮気な男へと転落　450
運命　45,103,105,107,168,170,200,212,273,285,315,316,399,400,528,551,599
運命を左右する言語行為　170

エ

永遠の時間　369
穢土からの厭離　497
江戸小唄　207
越中時代の家持　464
越中の二上山　148,194
淮南子　154,368,521
絵巻物　429,430
宴会の遊戯　414
宴喜曲　245
宛丘　252
怨恨歌　230
怨恨の歌　445,463,469
艶情の歌　377
役行者　508
閻魔大王　118
厭魅呪詛　506,507,514,515
遠来の客　221,226,229,332
閻羅の使い　118
燕楽歌辞　541,545,547,550,593

オ

追いかける女　93,281,287,431
老いらくの恋　416,445,446
押韻　245,246

押韻や譬喩の方法　246
男餓鬼　413
王家溝　239,243,244
王家溝の花児会　239
王吉甫　543,546,549
王侯貴族の死後の世界観　127
黄金出土の詔勅　195
王子淵　199
王子喬　510
応詔詩　511,512,566,577,581,595,598,599,600,601
往生要集　116,117,140
王の政治と天文の知識　154
王梵志　404,474,485,493,496,500,501,503
王梵志詩集　474,493
近江朝の漢文学　351
大歌　7,108,206,207,212,213,214,215,217,218,219,220,221,223,224,225,226,229,230,231,232,233,245,332,341
大歌系　5,12,205,213
大歌・小歌の分類　207,217
大歌所　213
大歌所別当　213
大歌の収集・管理　213
大歌の歌唱システム　224,225
大歌は儀礼的な場　207
大歌や小歌　207
大津首　560,562,607
大津皇子　114,190,310,354,416,554,563,594
大伴池主　11,199,354,573
大伴王　512,556,557,563,599
大伴家伝　188,197
大伴氏の原点　189,200
大伴の氏族精神　195
大伴坂上郎女　8,11,16,384,412,444
大伴旅人　8,10,16,114,316,389,390,404,433,458,473,475,509,520,563,564,565,582
大友皇子　9,10,310,530,531,532,533,535,536,546,547,553,554,594,605
大伴家持　3,8,11,17,18,124,148,173,175,179,188,201,282,367,399,409,441,443,446,458,459,462,469,470,552,573,586
大神高市麻呂　561,594,599
大神安麻呂　557,561,605,607
大蛇　27,32,37,38,39,43,44,48
翁神　51,52
翁神を迎える土地の少女　52
沖縄の民俗的祭祀　40
憶良と敦煌　473,474,485,486,503
憶良の言霊　179,180
夫が許せない妻　431
夫に持つ疑念　431
男が女の情を詠む　261
男たちの欲望　436
男に挑発　338,378
男の歌　225,231,267,282,283,284,331,333,337,338
男の歌師　225
男の臭い脇毛　413
男の旅　424
男のテキスト　333
男班と女班　333
おとづれ人　292,293
訪れる神　40,48,215
オホヤマトクニアレヒメ　66
音曲の師匠　210
隠身の聖人　297
怨憎会　476
女歌が成立する根拠　384
女の歌　225,231,263,279,280,285,287,290,331,333,337,338,339,386,387
女の歌師　225
女のテキスト　333
女の内省する姿　263,264
女性の膝を枕に寝る　424
女の媚態　265,273
厭離穢土　114,116,117,497

カ

海外北経　38
外国体験　473
悔恨歌　230
海神の娘　42,57,61,62,69
回族のグループ　242
懐風藻　31,114,190,310,318,325,326,354,357,461,467,510,511,520,521,523,524,526528,539,530,535,536,537,551,552,553,555,556,558,560~564,566~571,573,576,577,580,583~586,588,589,590,592,594,595,597~605,608,609
懐風藻の自然表現　552
韮露・蒿里　277
嬥歌　97,249,439
歌会の起源伝説　88
瓜果を庭に陳列　312
雅楽　604

雅楽寮　207,213
柿本人麿　7,8,10,17,120,121,144,145,178,188,356,359,373,374,375,425,427,458,554
柿本人麿歌集　158,173,308,324,326,384
科挙試験　510
角二星　124,125,155,367
駆け落ち　83,87,88,89,107,108,110,130,131,210,254,255,286,289,315
駆け落ち婚　88
駆け落ちした娘　131
駆け落ちの歌　87,108,255
駆け落ちの覚悟　255
駆け落ちの末　87,107
河鼓　148,312,313
笠朝臣金村歌集　424
笠女郎　8,11,16,384,385,442,454
笠金村　423,424,428,437,438,439
華山　43,44,259,260,261
華山畿　210,260,261
華山畿の歌垣　261
華山の神　44
華山の麓の歌　260
歌師　207,213,218,221,223,224,225,231
花児会　234,235~248
花児会の歌詞　243,245
花児会の曲調　242
花児会の研究　245
花児会は恋歌の祭典　244
花児の歌曲　245
歌師の資格　224
賀正礼　459,462,535
春日老　579,581
風と煙の自然　583
花前月下　383,385,387
家族の崩壊　513
家族を棄てる　487,514
火中出現の神話的要素　61
火中出産　59,60
花鳥の使い　296,327
花鳥風月　563,565
河童という怪異　28
河童に関する伝承　28
歌人の登場する時代　9
題画詩や題画記　560
片歌体　4,5,6
片歌問答　5
片思いと片垸　454
形見の贈り物　258
河図　25,509
葛野王　175,510,564
金村の意図　432,435
河伯　28,39,40,45,46
河伯が妻を娶る　28
河伯の生贄　46
河伯の祭祀　40
河伯の妻　40
河伯を巫が祭祀　28
楽府　18,210,211,212,260,261,404,419,570,593,596,597
楽府詩　211,250,261,274,357,381,388,396,461,565
楽府の精神　212
神々の結婚　37,39
神々の聖なる空間　372
神々の巡行　46,48
神々の誕生　161,371
神と神を祀る者　25,27
神と天皇との交替　53
神の領域　32
神の零落　292,293,304,305
神迎えの失敗　36
神を迎える家筋　34
神を迎える女　40
神を迎える巫女　37,44,51
嘉摩三部作　392,396,404,475,485,521
鎌足伝　523,536,587
神阿多都毘売　58
カムヤマトイハレヒコ　57,62,70,149
蒲生野の歌垣　355
蒲生野の贈答歌　378
賀茂の社　42
華陽国志　26,29,54
歌謡という漢語　206
歌謡という言葉　206
歌謡の口伝　212
歌謡の時代　7,205,216,359
歌謡は時代を映す鏡　211
花柳界　210
軽太子と軽太娘皇女の悲劇　94
歌路　110,246,274,342
河島皇子　554,563,578,604,605
川の歌垣　315,324
河の神の祭祀　40
姦淫の罪　95
観客の歌　323

元日　463,548,566,579,580,599
漢字文化圏　546,547,569,586,587,595,608,609
勧酒歌　332
漢書　217,277,313
漢代の文章の復興　598
感染呪術　296
含霊　53
含霊の救済　496

キ

紀伊行幸　425,426
奇異や怪異　24,25,32
消えたテキスト　330
喜歌　300,301,306
擬魏太子鄴中集　526,527,566,594
偽経　118,119
貴公子への教育　446
鬼魂　131,135
鬼魂という死の使い　135
魏志　34,358,457
擬似的な恋愛　258
机上的テキスト　327,340
貴州風土記　25
喜捨　299
喜捨させる技術　299
起承転結　286,489
妓女による風流　211
妓女を鬼に喩えた　211
帰心　495,496,500,502
季節歌の分類　458
季節感　9,265,350,356,376,458,461,469,563564,
580
季節ごとの歌会　386
季節と恋　273,377,383
季節の色　578,580,581,583
季節の移ろい　271,376,377,380,381,382,387,470,
557,572,580,582
季節の観察　376
季節の服を準備する女　382
季節は女が待つ時間　386
貴族サロン　11,271,334,340,382,445,455
貴族サロンの歌垣　269
乞巧の行事　312
乞文　313
乞恋　312
吉備真備　525,586
黄文備　578
求不得　476
キトラ古墳　114,124,150,151,152,157
紀女郎　8,11,16,384,412,443,445,446,447,448
紀古麻呂　604
紀麻呂　511,582,594,599,600
後朝　257,311,320,323,386
後朝の別れ　258,311,379
棄婦　257
棄婦の歌　256
儀鳳暦　457,462,564
基本が短長の型　4
宮廷の年中行事　310
旧俗による喪葬　359
旧俗の慣習　53
仰観俯察　156,182
行基とその弟子　508
鄴宮　468,526,527,528,529,566,567,576,593,594
尭舜や周王　548
鄴中集　526,527,528,566,576,593,594
共通歌詞　329,330
曲調の持つ歌詞　330
玉燭宝典　312
玉台新詠　109,210,257,262,263,264,265,274,288,
318,326,380,382,388
極北の愛　91,98,100,102
極北へと向かう愛の物語　98
巨人の足跡　26
甄萱　36,37,55
儀礼的な挨拶歌　229
儀礼的な大歌　7
棄老説話に基づく教訓　52
禁断の恋　405,406
近隣文明圏との関係　206

ク

空海　484,492,502
空閨の淋しさ　379
孔頴達　573
草壁皇子　122,145,158,309,361,362,363,368,375
草壁皇子庭園の勾の池　158
草摘みの祭事詩　51
櫛名田比売　38,48,50
虞書　207
九想観　484,492,497
九想観詩　484,485,486,492,503
九想観詩並序　497
九相即事依経　483,484,492

百済宮廷の再現　523
百済僧の観勒　308,462
百済の祭法　534
百済の宮廷文化　532,535,587
百済の武王　29
百済の亡命知識人　548
百済亡命渡来人　9,535
百済和麻呂　563,568,578,579,582,603
旧唐書　539,551
国見歌　7,9,346
クニアレ　67
熊と言う氏族　42
熊の子孫　41
久米禅師　414,415,416,417,419
哺時臥山　34,43
君臣一体の文学観　526
君臣一体の文学理念　576
君臣祖子の道理　590
君臣の唱和　593,594
君臣の和楽　532,535,566,567,581,594,596,597,599,600,601,608

ケ

経国集　184,528
渓山清遠　559,562,563
閨情詩　265
経籍志　25
荊楚歳時記　252,312,325
渓亭山色　559,562
芸能的場面　331
芸文類聚　26,153,326
撃壌鼓腹の故事　602
解脱の門　496,500
結婚した兄と妹　131
月宮　137,138
下品さを話題　413
建安の七子　468,526,576,594,599
元嘉暦　457,462,564
牽牛・織女の伝説　308,312
牽牛・織女の石像　159
牽牛・織女の別れ　317
牽牛星　148,153,157,308
牽牛の渡河　314,319,320,321,324
言語侍従の臣　594,597,598,599,600,608
言語精霊　180
言語の霊魂　164
賢臣としての自負　200
幻術　506,507,514,515
原撰相聞部の巻頭　94
遣隋使　522,533
遣唐使　10,11,164,165,170,171,173,179,181,182,414,473,504,518,525,531,533,535,554,586,587
遣唐使少録　473
遣唐使の派遣　535,554

コ

恋歌が文学として成立　271
恋歌仕立て　448,455
恋歌の歌語　335
恋歌の競演　414
恋歌の生成　72,290,340
恋歌のテキスト分析　327,335
恋歌の担い手　376
恋に死ぬ女　281,283,285,287
恋の歌遊び　440,444,455
恋の歌流れ　330,440
恋の鬼　91
恋の駆け引き　269,339,417,440,446
恋の挑発　445,450
恋の病　260,411,412
高音部と多数の低音部　224
行歌坐夜　223,335,341
皇が万国の王　547
黄河流域の歌垣　250,272
巷間に流行する小歌　7
孝経援神契　157,509,520
好去好来歌　164,171,185
皇后の純愛　91,432
后稷　26
好色な女が老女に仮装　102
皇祖や天皇の言霊　180
小歌　7,206,207,213,214,217,220,232,245
小歌系　5,12,205,210,211,212
小歌系統の歌　211,212
小歌は私的な場　207
皇太子賓客　546,547
皇太子文化　310
皇帝　18,46,69,159,307,313,314,522,532,533,534,535,536,537,539,541,542,547,548,551,598
皇帝即位　69
公的儀礼の喪葬　361
黄土高原と砂漠地帯　235
黄土高原の西の外れ　235,247
五月五日　357,378,450,463,590

後漢書　296
獄卒　116,117,118,119
国風　209,251,252,272,287,360,528
国風の淫風的性質　209
国風の歌謡　251
国風の採集　528
心の移ろい　386
哭泣や歌舞飲酒　358
国文学の発生　24,186,306
乞食芸　293,296,300
乞食の歌　12,299,300,302,305
五盛陰　476
五常の教え　513
五七音　4
五七定型　6
巨勢多益須　511,556,578,599,604,605
五嫂と十娘　452
古層の民俗思想　139
古代国家の建設　522
古代の婚姻法　376
古代の旅　423
古代の妻問い　49,376
言挙げ　164,165,168,169,170,178,179,180,185,200
言霊　164,165,169,172,175,178,179,180,185,186,187,208
事霊の八十の衢　178,179
言葉の精霊　164
言葉は神との契約　165
言向け　164,165,166,167,168,184,185,189,196,197
呉中風土記　25
古代的な石の文化　70
古代における祈誓法　170
古代日本漢詩　522,524,528,546,548,555,569,577,588,601
古代の歌垣の歴史　250
古代の妻問い婚　376
古代の土俗的習俗　113
古代の祭式空間　371
古代日本人の季節意識　345,469
古代日本の死者の書　151
古代日本の博物誌　30
滑稽列伝　46
コツジキ296,297,306
乞索児　296,297,298
乞食行　297
乞食修行　297
乞食僧　297,299
乞食と聖人　297
乞食の神詣で　301
乞食の基本歌曲　299
乞食の物貰いの歌　299
乞食判許　297
五道　118,496,497
古風土記　24,54
小舟に乗った牽牛　323
古墳壁画　111,150,151
暦と季節感　461
暦は歌を得る　469
戸令の注　30
鼓楼　219,224,226
鼓楼大歌　225,226,229,230,232
婚姻は同氏族外　333
昆明池　159,163,313,314,326
崑崙山　25,600
崑崙山の入り口　154

サ

歳光の時物　574,575,576,580,581
採詩官　260,425,528
歳時記　252,312,325,463
歳時行事　308,313
最初の死のイメージ　112
境部王　561,581
作者未詳の歌　11,12,315
桜の神木　350
桜の花への賞美　350
雑集　113,483,484,485,492,493,500,501,502,503
左道　505,506,507
左道の内実　506
作宝楼　554,555,561,562,566,581,603
坐夜　342,360,361,374
三界　391,486,496,497,517
山岳修験の行者　509
三月三日　98,312,463~468,562,566,599,602
三教の葛藤　473
三国遺事　36,54,537,538,539,551
三神山の伝説　510
山水画　558,559,560,561,563,570
山水式庭園　562
山水詩の精神　559,560,561,562,563
山水仁智の徳　427,600
三仙女の恩徳　237
三輔黄図　159,313,326
三本足の烏　127

シ

詩讖　527,528,566
塩土の老翁　52,196
志怪・伝奇小説　43
詩学理論の発達　589
史記　26,45,46,124,151,152,153,155,156,159,162,296,318,326,368,
詩経　15,17,51,209,210,218,250,251,252,254,260,272,273,274,287,315,543,551,554,575,589,597,604,605
四苦　398,473,476,486,492
死九相観　492,496
地獄　113,116,117,118,119,138,139,140,496
地獄へと向かう旅　118
地獄や極楽の思想　116,138
死者哀悼　15,276,372
死者が死後に旅をする　111
死者儀礼　111,113,139
死者生前の善悪　116
死者生前の業績や徳行　121
死者世界の荘厳　114
死者の宇宙　151
死者の回帰する世界　114,152
死者の書　72,111,125,129,142,144,145,150,151,161
死者の辿る道　129
死者の旅装束　139
死者の旅を記した経典　118
死者のために歌う　360
死者の魂　75,128,131,151,372
死者の霊魂　73,75,113,125,129,289,363,372
死者への贈り物　139
四生　391,486,497
紫松山　234,239,240,241,242,243,244
紫松山の花児会　234,239,240,241,242,243
詩品　573,584,589
死身九想　484
死身九想観詩　492
四神と日月　150
四神や星宿図　112,368
自然誌　23,25,26,29,48,53,54,556
自然誌の発想　48
自然神崇拝　24
自然神の巡行　48
自然と文化　24
自然の歴史　25
始祖神の物語　215
始祖的兄妹婚　89
始祖伝承　29,52
漆姫や柘媛　510
四蛇　499,500,501
自度や私度　297,298
七夕　158,159,308~322,324,325,326,356,403,463,464,465,466,566,604,605
七夕伝説　157,309,311,312,314,318
七夕の宴　158,159,311,314,315,316,320,324,325,403
七夕の歌流れ　311,319,325
七夕の歌会　309,310
七夕の節　308,312
時調　206,211,213,216,218,388
日月図　368
室内歌垣　269,334,335
下辺の使い　115
嫉妬　91,265,271,275,279,280,281,288,290,406,424,428,429,431,437
嫉妬する皇后　278,290
嫉妬する女　288
嫉妬へと陥れる戯歌　437
祀典　534
持統天皇　8,32,53,143,144,149,159,356,357,359,363,426,427,457,462,587
詩の効用　209
詩の美的規範　585,601,602
詩の鄭風は淫　209
師傅　210,213
紫微　151,160,190,301,542
紫微宮　125,159,313,368
島の宮　158,309,363,365,375
島の宮の荒廃　365
島様式の庭園　309
四民月令　312
下毛野虫麻呂　562,573,574
邪淫の罪　409
社交情歌　454
蛇神　31,33,34,38,39,42,43,45,50
蛇身頭角　31,32
蛇神の妻問い　39
蛇神の求婚伝承　39
沙弥と娘子　411
沙門の道　517
謝霊運　526,527,528,559,560,566,567,570,576,581,594
謝霊運の山水詩　560
十王信仰　118

十王図　118
十王庁への旅　118
十王は地獄の裁判官　118
祝言職　292,293,298,304,305,306
周孔の学　352,523
周本紀　26
周の成王・康王　597,598
集団的な文学の場　527
集団的文学運動　577,588
獣頭人身図　368
自由な結婚　87,88,104
自由（な）恋愛　88,89,272,289
自由恋愛を得て結婚　88
酒歌　220,222,245,332,566
儒教学派　509
儒教的教化主義　209
儒教的君主観　528,554
儒教的山水観　511
儒教的秩序　45,53
儒教的な自然観　604,606
儒教のテキスト　251,551
儒教の道と沙門の道　517
修行得道の聖　514,515
出棺の前日の夜　360
出家者の詠む恋歌　405
出生に関わる因縁　57
酒席が正式な儀礼の場　220
呪的自然　346
儒の周孔と仏の釈迦　505
酒脯や時果　312,314
釈迦　391,396,486,496,497,505,517
釈智蔵　554,560,564,578,605
守護神　150
守夜　313,361,363,364,365,372,373,374
守夜の哀歌　358,361,364,374
周礼　359
酒令　374,414,421
酒令の罰則　414
純愛の妻　432
純愛の物語　288
純愛への願望　91
殉愛　91,92,97,98,100,103,104,105,106,107,108,
288,289,290
殉愛死　289
請安の学問　523
貞観の治　522,523,540
貞観の律令制度　540
少昊の母親　318
情詩　265,272,273,274,382
情死　91,94,95,100,103,104,106,107,108,109,110,
214,286,289,290
情死者の霊魂　289
情死の名所　289
情死への逃避行　100
尚書　25,197,207,217,590
少女趣味　405,406,408,409,411
少女趣味の歌　408
少女との贈答　449
賞心楽事　527,528,594
召南　254
丈夫百歳篇　480,481,482
聖武天皇　11,113,197,310,403,426,483,484,485,
486,492,493,500,503,550,554,586,590,594
照葉樹林文化　246,247,249
照葉樹林文化圏　234,246,247,273
照葉樹林文化圏論　247
昭明太子　593
情を尽くす　452
織女星　157,308
織女の怨情　318
織女の母の皇娥　318
織女の渡河　319
織女は天帝の女孫　318
子夜歌　211
修竹遠山　559,561
小の歌垣　334
儒・老の合一　608
初学記　163,313,326
徐整三五暦紀　153
女犯の罪　408,409
逡巡する女　285
鍾嶸　573
聖徳太子伝説　296
叙事大歌　110,214,215,225,232
叙事詩的発想　303
初死の時　117
処女の生贄　39
女性組は秋を担当　355
女性の気持ち　446
初唐四傑　555
書符の封印　506,507
舒明天皇の国見歌　7,9,346
女流の歌　11
新羅古歌謡　538

新羅と百済との紛争　523
新羅の客　567,574,606
新羅の客の餞宴　574
新羅は五廟　534
指路経　72,111,138,141,163
神異経　26
新興宗教　507,508
神事歌謡　51,212
神社祭祀の始まり　34
壬申の乱　8,142,184,366,370,522,530,531,553
神仙思想　509,510,601,606
神仙的自然観　511,555,557
神仙伝　51,570
神仙への憧れ　518,604
新嘗　40,297,348,350,463
新築祝いの歌　301
神道は神の教命　181
真徳女王　538,539,540,541,545,546,547,550
真徳女王の太平歌　541,545,546,547
神女塚　260
秦の始皇帝　159,314,547
神不滅論　505
神文王　533
新編花児　245
神武天皇　57,58,61,64,69,70,120,142,146,149,156,157,160,194,365,366,370,373,525
神滅論　505
神話とフォークロア　23
神話・伝説の時代　23

ス

水経　26
垂拱端座　199
水経注　26,28,40,46,54
隋書　25,54,124,141,155,277,367,533
水辺の歌垣　252
衰老相　479,480,493,494
衰老の姿　476,477
スキャンダラスな女　417
簾を動かした風　379
棄てられた妻の歌　257
捨てられ御子の説話　62
皇神の厳しき国　170,172,175,185
スメロキと呼ばれる神　50
スメロキの神の巡行　53

セ

西王母　510,579
西王母の伝説　579
声音大歌　225
政教的詩学論　596
西京賦　313
生九相観　496
聖君や明君は賢臣を得る　199
西山経　41,556
凄惨な地獄絵　116
青春時代の大伴家持　11,440,444
生身九想　483,484
生身九想観詩　492
盛相と衰相　476
生態的テキスト　327,328,340
正統な注釈家　509
盛年の姿　476
生命を支配する神　135
青楼の歌舞音曲　210
石壁飛流　599,562
石人　163,313
石人像　313
石中出現　67,69,70
雪月花　563,565
説文　155,193
説文解字　95,112,358,367
旋頭歌体　4,5,6
背奈行文　561,599,604
山海経　25,26,38,41,48,556,570
仙郷への憧れ　510
前近代の悪習　39
前近代の自然神　53
禅師と女子の問答　419
遷徙物語　129
千字文　13
禅定　415
占星台　154,308
先哲の遺風　526,528,552,588,589,590,591
先哲の事績　590
全敦煌詩　422,485,493,503
専門的な歌師　207

ソ

雑歌　14,15,16,175,176,276,277,341,376,377,379,382,383,384,387,430,461,462
宋玉　102,291,527,567,574
荘子　557,584

捜神記　26,54
喪大記　359,360
僧中の恋　405,406,409,420
僧中の恋歌　405
蒼帝　124,155,368
宗伯礼官　359
僧坊における恋歌　405
僧坊の規律　407
曹丕　468,526,527,528,529,566,576,581,593,594,599,600
曹丕の鄴宮詩讌　527,528
曹丕の文苑　529
曹丕の文学運動　581
曹丕の文学観　526
相聞　14,15,91,94,108,276,277,278,279,287,288,290,377,382,383,384,385,455
相聞歌　9,15,91,108,173,226,275,276,277,278,279,281,287,290,377,379,383,384,420
相聞歌の成立　266
相聞歌の始まり　91
僧を戯嗤する　413
楚辞　28,210,260,576
祖先神の物語　215
祖先の移動して来た道　129
祖先の故郷へと回帰　138,139
祖先の地へと回帰　129
蘇東坡の九想詩　502
祖婆や祖公　128
村外のテキスト　333
孫綽　516,517
村内の原テキスト　333

タ

大化の改新　45,522,523
退散する蛇神　45
第三の自然　552,555,557,558,563,569
第三の自然観　577,584
太宗の君臣問答　529
太宗の文苑　529
大乗顕識経　117,140
第二のテキスト　333
大の歌垣　334
大般若波羅密多経　501
太平歌　538,539,540,541,542,543,545,546,547,550,551
太平御覧　157
太平広記　43,55
太平頌　539
大宝律令　10,504,554,587
対面的歌唱システム　328
対面歌唱の歌舞　328,
対面歌唱の機能性　333
打歌　328
高千穂神話　188,189,194,200
高千穂の岳　191,
高千穂の二上山　194
高千穂の峰　125,147,149,156,193,194,365,366,367
高千穂の宮　149
高松塚古墳　114,124,150,151,152,367,368
高天原　39,67,119,142,144,156,191,195
高天の原の写し　156,159
高天の原神話の創造　146
高天の原の広野　143
高天原広野姫天皇　143,159
高天原への回帰　119,122,123,124,125,143,149,155,161,372
竹取の翁　51,52
大宰府文学圏　10,389,390,402,473
大載礼記　152
丹墀広成　606,607
橘諸兄政権　525,586
田中浄足　579
田辺福麿　7,173,354
旅の歌流れ　424,430,438
旅の土産歌　438
旅の夜の楽しみ　436
玉津島の神　426,427
魂の路　138
達磨系の禅　415
短歌体　5,6,11,213,214,332
短歌体恋歌　332
壇上即位　69
男女悦楽の表現　102
男女対唱の方法　210
男女による対歌形式　225
男女の愛の成就　315
男女の歌掛け　226,254,384
男女の交互唱　330,331
男女の交接の場面　101
男女の集団労働の場　253
男女の闇の歌　255
男女半分のテキスト　333
男女別々に歌班を構成　223

男女を一対とする考え　222,226
単套花児　246
短の五と長の七　6

チ

竹王始祖伝承　52
竹王誕生　29
竹書紀年　26
置酒の宴　459,587,593
地上が天上の写し　153
地上が天上世界の写し　156
地上世界が天の原の写し　154
地上の王宮　154,159,194
地上の恋愛行事　315
巷に歌われた童謡　206
中国絵画の歴史　568
中国古代詩と歌会　209
中国古代の歌垣　253,260,271
中国詩学　209,216,526,528,573
中国詩画の伝統　558
中国の元日儀礼詩　548
中国の乞食芸　293
中国の俗謡　210
中国南方の歌謡　210
中国の災異思想　184
中国の天文の思想　153
中国民間の七夕行事　313
長安の都　211,474
長歌体　4,5,316,331
長歌体恋歌　173,331,332,333,334
長夏幽居　559,560,561
張李鷹　574
長松飛瀑　559,561,562
長人魚身28
洮岷型　242
張郎　101,452,453
張郎と十娘との贈答詩　101
勅禁違反　506
勅撰集の成立　19
置醴の遊び　526,529,553,565~568,593~595
沈痾自哀文　117,474,487,494,495
鎮懐石伝説　66

ツ

墜形訓　154
筑紫の女の子　424
筑波山の歌垣　234,267
角のある蛇　31,33
海石榴市　234,268,336,421,435
海石榴市の歌垣　336
燕の卵　26
妻問い　39,49,102,223,257,271,272,319,347,376,448,452,455
妻問いと歌遊びの場　335
妻の祈りの歌　431
妻の嫉妬　429
妻の腐乱した死体　112
通夜　360,361,374

テ

出逢いから別離まで　270
定型とリズム　4
鄭箋（注）　209,217,506,575
鄭風　209,251,254,256
天円地方　151,152160
天漢　148,157,158,159,311,313,314
天官書　124,151,153,154,155,162,318,368
天宮　137,138,144,373
天極星　152,153,162,368
天極の星　151,152
天子　18,53,56,197,426,427,428,511,512,520,529,530,533,534,535,536,541~551,555,578,579,594,596~600,608
天子望祭　428
天上世界との通路　155
天上の宮廷　369,370
天上の門の護衛神　193
天上の霊格　364
天上を地上に写し取る　313
天人合一の音　163,208
天孫降臨　68,120,122,123,125,144,146,147,148,149,188,189~198,200,348,365
天孫降臨神話　147,188,192,194,196,198,200,366
天地開闢　76,77,122,145,214
天地開闢に関する神話　77
天地長久　434
天帝の住む居処　125,313
天帝の常居する天極　155
天廷のミニチュア　369
天帝の命　311
天庭の門　368
伝統歌詞　6,207,224,244,245,329
伝統花児　245
天と地の分治　373

天と人との合一の思想　156
天の宮廷　125,151,153,159,368,370,373
天の路　117
天は円く地は四角い　151,369
天への道　115,514
天皇号　547,587
天皇巡行の形式　48
天皇葬儀　121
天皇の言葉の徳　168
天皇の死後の行方　149
天皇の始祖　42
天皇の葬送　121,374
天皇の短命説　120,349
天皇の徳　45,46,53,167,168,185,548,549,556,600,608
天皇の崩御　121,123,125,155,358
天皇の霊魂　113,122,125
天皇は天極へ回帰　153
天皇への純愛　91
天皇霊　122,125,179,363,364,365
天武天皇の殯儀礼　112
天武天皇をめぐる殯宮　358
天命思想　366,543,598
天命による歴史思想　366
天門　124,125,126,148,154,155,317,367,368
天文学　151,156,308
天文志　155,367
天文博士　457
天門は天極への出入りの門　155
天門は墓室の入り口の門　155
典論論文　526

ト

踏歌　234,328,329,341,357
唐虞　549
東宮学士　531
道元　518,519
遠野物語　27,28
渡河の歌　254,322
道教的な命号　144
東国の開墾　32
逃婚調　87,88,90,108
童女をめぐる歌遊び　450
盗賊律　506,507
東大寺大仏の造像　11
道中の道行き　429
唐の太宗　529,535,550
唐の太宗の詩宴　529
動物神　23,24,25,46,53,150
東方の角二星　124,155,367,368
同母兄妹の姦淫　95
童謡　206,217
東洋の自然　571
東洋の死者の書　129
童謡は予兆や風刺　206
唐律　506,507,520
独詠歌　5
独詠的恋歌　454
独詠の歌　263,271,286
匿名の女性たち　450
毒薬の製造　506
独立天子国　535,536,548,549,551
独立天子国の天皇　548,550
渡河の歌　254,322
都城の思想　152,153
舎人たちの歌　363
舎人たちの慟傷の歌　362
敦煌遺書　404,484,485,492,493,500,502,503
敦煌詩　422,485,487,489,493,496,497,501,502,503
敦煌百歳篇　473,483,484,503
敦煌文書　118,479
侗族　108,134,135,214,219,220,221,222,223,224,225,226,228,231,232,233,295,332,333,335,341,342
侗族の大歌　219,221,224,231,341
侗族の大歌文化　231
侗族文化　219,221,222

ナ

泥洹の苦　391,486
内省する女　264,285,287,454
中臣鎌足　523
中臣人足　512,557,561
長年の治療法　408
中大兄皇子　173,174,374,523
長屋王　10,113,187,296,375,393,486,505,506,553,554,555,561,562,563,566,567,568,569,573,574,576,578,579,580,581,582,585,588,599,603
長屋王事件　393,505,506
長屋王政権　554
長屋王邸宅宴　555,562,563,566,567,573,574,576,577,581,603
寧楽遺文　501,503
奈良の二上山　148,156,194

南朝の宮廷　260

ニ
新嘗の夜の話　40
虹の橋　138
二十八宿図　114,124,153,368
二十八舎　124,155,367
二星相会　312,326
二星の運命　316
二星の罪　321
二星の悲恋物語　308,311,321
二星の逢会　317,318,320,323
二星を隔てる河　157
二鼠　499,500,501
日本古代の歌垣　267
日本人の死者儀礼　111
日本人の死の観念　119,120
日本の漢文学史　525
女人百歳篇　480,482
人間主義的な自然　569
仁徳天皇　93,98,99,278,279,280,290,347,549
仁徳天皇の物語　98,590

ヌ
額田王　7,8,9,268,271,272,274,340,345,346,351,352,353,354,355,356,357,377,378,379,382,387,388,458,459,461,469,527,554,567

ネ
熱烈な恋心　269
涅槃　418,486
涅槃経　398
涅槃の岸　501
涅槃への路　496
閨での戯れ言　256
年中行事　55,158,277,292,310,345,356,457,462,463,466,467
年齢別の歌班　221

ノ
農耕暦　345
呪いの人型　507

ハ
梅花の宴　395,404,458,461,470,570
梅花落　396,404,461,470,565,570
裴世清　522
倍俗先生　504,513,514,515,516,517,518
白村江　9,403,523,531,536,539,546,551,587
白族勒墨人　41
博物誌　25,28,29,30,54
藐姑射　557
秦朝元　414
八月踊り歌　328,329,330,421
八大地獄　116
八大辛苦　398,475,476,486
泊瀬の大王　50
花の錦　354,355,356
花の文化　349
母親の死出の旅　135
針仕事の上達　312
春の歌垣　107,252
春の季節祭　51
春の祭祀歌謡　215
春の花の錦　355
春を司る神　124
挽歌　14,15,16,69,107,122,123,145,146,149,154,158,192,276,277,309,331,358,359,361,362,364,365,366,369,372,373,374,375,391,392,430,474
潘岳や陸機　199,200
焚巾曲　72,73,74,75,89,90,129,130,141
班固　152,313,597,598,608
盤古・竹王を祭る祭祀　29
盤古の子孫　29
反社会的な自由恋愛　289
半獣神　23,24,25,53
伴宿　360,361
半神半人　77
半分のテキスト　333,334
般若に関する問答　417
般若問答　419

ヒ
東アジア的なリズム　7
東アジアの歌謡研究　210
東アジアの漢字文化圏　595
東アジアの国際情勢　523
東アジアの新思想　523
東アジアの文学史　17
引きとめの歌　258
媚態や艶姿　265
常陸国風土記　30,33,96,234,258,267,334,573
左に牽牛　313
日嗣ぎ　365

日嗣のあるべき姿　198
日嗣の業　195
火と出産に関わる習俗　59
人妻への恋　269,320,378,444
一揃いの固定歌詞　330
人麿歌集　157,158,173,174,180,308,319,320,321,324,326,354,356,384
人麻呂歌集の七夕歌　158,308,309,310,311,312,314,317,319,321,324,325
日並皇子　69,122,123,161,192,309,325,359,361,362,363,365,368,373,416
日並皇子殯宮挽歌　69,145,146,361,362,365,372,374,375
日の皇子　70,71,122~125,141,145,146,152,162,163,192,194,201,362,363~366,368,369,372,373,375
日の皇子の統治　153
日向の二上山　148
百歳篇　473,479,480,481,482,483,484,485,503
百歳篇の断片　483
百姓患苦　45
郷歌　216,538
病患相　495,496
病苦相　493
殯宮　112,121,145,161,309,361,362,363,364,372,373
殯宮儀礼　358,359,360,361,363
殯宮挽歌　69,122,123,145,359,361,362,364,365,366,369,372,375
備後国風土記　40

フ

布依族　97,109
風雨橋　219
風狂の歌人　463
風物の文が物色　573
夫婦の愛の物語　288
風流の意味　100,101
風流の鬼　91,97,104,105,106,107,108
風流を生み出す源泉　211
複雑な句体の歌謡　7
不謹慎な歌　436
巫系　3,7,9
巫系から歌へ　3,20
巫系の歌手　3,7
巫系の歌　12
巫系の世界　9
巫嫗　40,46
巫蠱左道　505,506
葛井広成　607
巫祝の家筋　34
巫祝の習俗　40
藤原宇合　168,379,560,562,607
藤原清河　170,525,586
藤原総前　310,604
藤原史　318,510,548,560,578,599,607
藤原不比等　393,554,587
藤原四氏　555
婦人を姦淫　95
扶桑の木　126,127
風俗歌　12,216
物色　552,555,557,558,572,573,574,575,576,577,578,580,583,584
物色相召す　573,575,577,580
物色への関心　573,575
仏説十王経　118
仏説除障菩薩所問経　297
仏像を耀かせる色　353
仏足石歌体　5
二上山への拘り　150
二上山を特殊化　148
二つの石人像　313
風土記（中国）　25,26,30,312
巫と覡　37
腐敗した官僚社会　198
巫は鬼神を制御　41
武力による平定　167
文化英雄　46,47,48,49,56
文化的遷移　48
文学起源論　24
文学序説　23,24,54
文芸興起の出発　524
文芸サークル　361
文芸としての恋愛詩　266
文章経国思想　526,528
文章経国の理想　599
文章の復興　597,598
文心雕龍　557,570,572,574,580,583,584,585,589
文王や湯王　549

へ

平城京東院庭園　312
平城京の女歌　16
平城遷都　8,403,504,554

別離の歌　271,335
蛇という異類　27
蛇の子　33,34

ホ
幇間的な役割　436
報告文学的性格　12
牟融　516
蓬莱や瀛州　510
乞食者詠　298,302,304,306
卜子夏　570,596
北斗七星　148,313
北方・南方起源説　24
煩悩と無明　496
凡夫　391,496,497,499,500,502
凡夫からの解脱　502

マ
馬王堆一号墓　126
真神の原の宮廷　370
待ち続ける女　280,283,285,376
松浦河遊覧　396,510
待つ女　265,266,271,272,280,281,283,287,376,377,379,380,381,382,384,385,386,387,423,431,432,436
待つ女が秋を発見　379
待つ女の嘆き　376,379
真土山　425,429,430,431,432
まれびと論　4,40,46,215,292,293,294
万葉　18
万葉の女歌　384

ミ
三方沙弥　409,410,411,412
右に織女　313
皇子庭園　158,314
皇子文化圏　158
道首名　604
道行く人の言葉　178
道塞ぎ　222
陸奥の可刀利少女　423,424,437
南淵漢人請安　522
簑笠を着けた神　39,293
三船の讒言　190
苗族　72,73,74,87,89,129,131,134,135,136,141,218,374
苗族古歌　77,214,218
苗族の葬祭　127
土産歌流れ　430
美和山祭祀の起源　36
三輪山の神　34
民間歌謡　206,207,209,211,249,260,261,263,273,327
民間歌謡の蒐集　211
民間歌謡の発生　210
民間に流通する歌謡　206
民間の呪術者　508
民族集団の掟　87
民族内の結婚の制約　88
民族の愛の歴史　214
民族の苦難の歴史　220
民族の婚姻制度　333
民族の重要な儀式歌　214,332
民族の叙事詩　89
民族の祖先　24,72,128
民族の祖の土地　128
民族の伝統的な他界観　150
民族の母　76,77,87
民族の歴史　129,130,138,140,207,214,215
民族融和の方法　239
民本政治　45

ム
無為自然　512,555,577,603,604,605,606
無題詩序　486,497,500,501
武塔の神　40
無用者の系譜　168
村の開拓者　47

メ
名山志　26
女餓鬼　413

モ
毛詩　209,217,557,596
毛詩正義　573
毛詩序　208,212,526,528,570
モガリの儀礼　358
沐浴する女　29
文字テキスト　328
物乞いの歌　299,304
黄葉が黄金の色　353
モミチと錦との相関　353
モミチの錦　354,355

黄葉も渡来の文化　352
文選　102,148,199,201,210,276,277,278,291,326,
382,396,501,526,528,537,543,551,559,566,570,
573,576,593,594,596,597,598,599,609,610
門前唱歌　448
門前の歌　271,335,452,455
門前の恋歌　452
門前の出逢い　448
文武天皇　13,508,509,562,563

ヤ
野外歌垣　334
家持神話の意義　200
家持と尼　412
家持の氏意識　189
家持の歌暦　457,458,464
家持の気遣い　446
家持の女性遍歴　440,444,455
家持の神話叙述　197
家持の詠む二上山　148
薬草摘み　257
薬猟の節日　378
痩せた恋の奴隷　447
八十の衢　178,179,180,268,336,421,435
八十の衢の言霊　180
八千矛の神の求婚　48,49,102
夜刀の神　30,31,44,45,46
夜刀の神の後日談　44
夜刀の神の追放　46
箭括麻多智　31,45
箭集虫麻呂　582
山幸毘古　61
八俣大蛇退治　37
山田三方　562
倭武天皇　46,47
倭建命　61,165,167,168,170,180,184,186,374
大和民族の形成　24
山城国風土記逸文　42
山上憶良　8,10,11,16,53,114,158,164,171,172,278,
310,316,389,390,395,399,403,404,459,473,474,
475,476,485,486,503,512,513,519,521,554
山の歌垣　100,234,252,267
山の神の異形　41
山部赤人　7,8,173,350,427,458
夜郎国　29,54,55

ユ
唯一のテキスト　330
遊女　19,211,212,261,263,265,273
遊女の歌　263
遊仙窟　11,51,101,102,109,396,404,421,452,453,
455,456
遊仙窟遊び　449,453
酉陽雑俎　28
雄略天皇　8,18,50,52,215,278
雄略天皇の求婚歌　7,9
行きずりの恋　424,433,434,435,436,437
喩族歌　189,198,201
喩道論　516

ヨ
夜明けの歌　257
妖怪　39,292,293,556
妖化の書　507
葉錦　354
煬帝　534
養老律令　31,504
養老令　39,45,213,
揚子江　210,211,216,234,246,247,250,259,260,
261,272,273
揚子江流域の妓楼　263
良からぬ楽しみ　423
吉田宜　560,561,603,606,607
吉野の宮滝　433
予祝芸を布教　298
黄泉の神　112
黄泉の国　112,113,119,140,145
黄泉の使者　113,115
黄泉の路を旅　114

ラ
礼記　208,209,359,360,373,426,506,515,534,535
攔路　222,232,233,246

リ
陸士竜　542
陸士竜の歌辞　543
六朝楽府　211,260
六朝歌謡　7
六朝期の知識人　505
六朝宮体詩　100
立夏　462,463,465,466,469
立秋　158,310,311,320,322,463

立春　292,459,462,463
立冬　463
律令的な国土の王　53
李善　313,326,537,558,572,573,576,580,583,609
李朝の妓生　210
吏読　13,19
劉勰　557,572,580,583
劉勰の物色論　576
劉徳高　530,531
良辰美景　527,528,594
梁塵秘抄　212,218
両都賦　152,313,597
理惑論　516
輪廻転生　398,509

ル
誄　121,359,360,361
類聚歌林　92,278,286,459

レ
霊格を嗣ぐ皇子　364
霊魂が浮遊する　114
礼俗大歌　225
暦日意識　459
暦博士　457,462
暦法による季節意識　457
暦本　154,308,457,459,462
恋愛問答　342,419
蓮花山の花児会　236,237,239,246,248
蓮花山令の基本　245
蓮花落　300,301,306,307

ロ
老子　516,555,572,584
老身重病歌　486,487,502
老人の死　75,76,130
老人の死と旅　130
老荘的な自然観　574,604,606
老荘の学　509,601
老齢の女　446
路銀　111,139,140
路銀を必要とした理由　115
呂氏春秋　151,162
論語　13,209,511,515,520,548,555,556,557,558,
577,600,604,606

ワ
若菜摘み　50,51,447,458
若菜摘みの祭り　50
若菜を摘む少女　52,215
倭人伝　34,358
笑わせ歌　268,424